有爱的青春陪伴者

情书只有风在听

上

十二相识 著

天津出版传媒集团
天津人民出版社

图书在版编目（CIP）数据

情书只有风在听：全两册 / 十二相识著. -- 天津：天津人民出版社，2022.11
ISBN 978-7-201-18699-3

Ⅰ.①情… Ⅱ.①十… Ⅲ.①长篇小说－中国－当代 Ⅳ.①I247.5

中国版本图书馆CIP数据核字(2022)第151350号

情书只有风在听：全两册

QINGSHU ZHIYOU FENG ZAI TING

十二相识　著

出　　版　天津人民出版社
出 版 人　刘　庆
地　　址　天津市和平区西康路35号康岳大厦
邮政编码　300051
邮购电话　(022) 23332469
电子信箱　reader@tjrmcbs.com

责任编辑　玮丽斯
特约编辑　娄　薇
装帧设计　刘　艳　孙欣瑞
责任校对　彭　佳

制版印刷　长沙鸿发印务实业有限公司
经　　销　新华书店
开　　本　880毫米×1230毫米　1/32
印　　张　21
字　　数　780千字
版次印次　2022年11月第1版　2022年11月第1次印刷
定　　价　65.80元

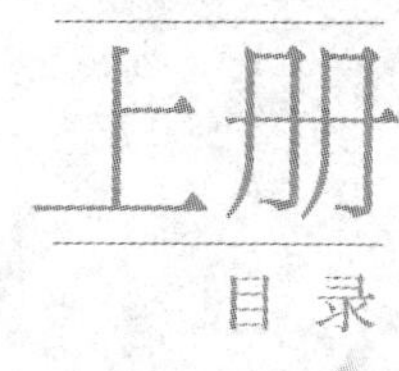

上册

目录

Chapter 1
你怎么那么爱脸红啊？ / 001

Chapter 2
你以后的练习册，我也包了 / 043

Chapter 3
我的意思就是，
以后你再敢动她一下试试 / 087

Chapter 4
他的笑容像金灿灿的阳光，
驱散了她心里的一小片阴霾 / 129

Chapter 5
她的眼睛很亮很亮，
里面满满都是崇拜 / 173

Chapter 6
远时，睡了吗？我是元日兄 / 184

Chapter 7
我也觉得这世间，只有你最好 / 218

Chapter 8
怕我孤独终老，
那你嫁给我不就行了 / 242

Chapter 9
摊开手掌，里面是两颗草莓糖 / 264

Chapter 10
林远时来势汹汹，
谁都看出来他是给叶婴撑腰来的 / 294

Chapter 11
最后在某一处停下，
对着上面的观众席飞来一吻 / 311

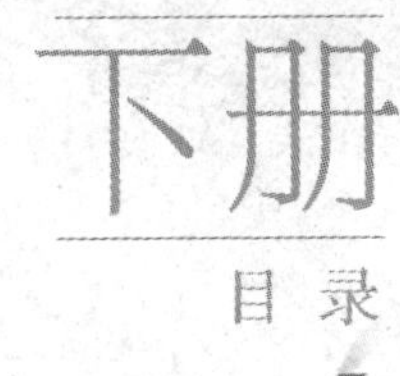

目录

Chapter 12
我喜欢一个姑娘 / 331

Chapter 13
叶婴，当年啊，我是真的爱惨了你 / 361

Chapter 14
哪里都有回忆，
看什么都觉得物是人非 / 380

Chapter 15
她一喝酒就脸红，
这一点还是没变 / 407

Chapter 16
得到了那么一小点就会无比珍惜，
但是心里又总会害怕失去 / 442

Chapter 17
他们都不重要 / 475

番外一
他讨厌别人看到她的笑容 / 532

番外二
她实在看不得叶郎落寞，心疼得要死 / 607

番外三
叶婴邪魅一笑，
学起那时林远时的语气，说道：
“你的本和我的一样，喜欢吗？” / 642

番外四
我和你的平行时空 / 651

Chapter 1

你怎么那么爱脸红啊？

“我真切地认识到了自己的错误，我不应该因为抢球场一脚把人踢飞，这样的行为是不对的，我以后一定……”

在林园的小训练场上，林远时双手向前伸平，一下一下地做着深蹲，口中大声背着自己胡乱写的检讨书。

他穿着一件纯白色鹅绒大衣，敞开着，里面是一件汗湿的球衣，贴着身子，漆黑的头发微微湿润。

一旁的保镖刘文兴冻得哆哆嗦嗦，说：“要不您还是把衣服拉上吧，太冷了。”

天空阴沉沉的，训练场旁边枯萎的枝丫朝天空伸出乞讨的手。

在冬日特有的昏暗沉郁之中，刚刚打完篮球的少年一身白衣刺眼，仿佛天地间唯一一抹亮色。

“不冷。”背检讨的间隙，林远时回答了一句。

“心火烧心火烧心扉呀……”

“心火烧心火烧心扉呀……”

林远时咬牙道：“这赌输了换的铃声什么时候能换回来？”他一边说，一边朝刘文兴使了个眼色，舌头碰撞上颚，发出响亮的

“哒”声。

刘文兴眨眨眼，明白了。

林远时从兜里拿出手机。

刘文兴往四周看了看，除了一波又一波的凛冽寒风，什么都没有。

林远时看着微信，毫不掩饰地笑起来：“真有招儿啊。”

他快速回复了一句之后，把手机扔进兜里，手臂平举，深蹲做得越发标准。

“我以后一定好好做人……”

闻言，刘文兴狠狠吸了一下鼻涕。

林远时在学校又犯事儿了，体育课上跟人家抢篮球场地，估计也是对方嘴里不干净，林远时一怒之下给了对方一脚。

这次老师打电话过来的时候，霍文初不在，是林老爷子接的电话。

这下可就惨咯。

林远时被罚写了一千字的检讨，大冬天的在训练场做深蹲。

正所谓皇帝不急太监急，刘文兴都替他捏一把汗，人家正主却丝毫不知愁，检讨念得那叫一个响亮。

林园主楼楼上，霍文初看着自己儿子跟一头白熊似的一蹲一起，回头嘱咐：“姜汤熬好了吗？”

“太太，熬好了。”

霍文初叹了口气，目光依然落在林远时身上。

敲门声响起，来人恭敬地说：“太太，张秘书来了。”

霍文初“嗯”了一声。

张秘书进来后，恭敬地弯着腰，说：“太太，叶家联系我们，问能不能抽时间见个面。”

霍文初一时没想起来，轻念：“叶家……”

张秘书连忙补充道：“少爷儿时病重，给少爷输血的那家……”

霍文初想起来了。

林远时天生熊猫血，小的时候生了一场大病，急需输血，医院联系到的就是一个姓叶的小姑娘。

正因为当时人家救了林远时一命，这些年来，林家一直资助着叶家。

“有什么事？”

张秘书说道：“那个小女孩的父母出了车祸，去世了，她被接到她小姨家。这次是她小姨联系我们，问能不能见个面，好像是办理转学手续的时候遇到了点困难。”

听说这事儿，霍文初心中有些不忍，说：“问问老爷子的意思。”想了想，她又嘱咐了一句，“让远时也见一见最好。”

张秘书连连点头：“是。”

叶婴吃完最后一口饭，放下筷子，说道：“小姨，我把这碗给小朗送过去。”

正在吃饭的中年女人连眼皮子都懒得掀一下，只是哼了一声。

叶婴扶了下眼镜，站起身。

小姨夫从饭碗里抬起眼睛。

小姑娘的身体似乎比同龄人更早熟一些，才十六岁的年纪就已经前凸后翘，婀娜有致，随着她的步伐，缎子般的长发在腰际一晃一晃。

晃得人心神不定。

“啪——”的一声，小姨把筷子一撂。

小姨夫猛地回过神。

“下午我去厂里一趟，你看着叶婴把家收拾收拾。”

小姨夫忙不迭地点头应道：“哎，哎。”

叶婴把装着饭菜的碗端到房间，床边的少年叶朗正在拧魔方。

他听到声音抬起头，喊：“姐姐。”

“吃饭吧。”

叶朗乖乖地放下魔方，拿起筷子。

叶婴摸着叶朗细软的头发，问道：“今天难受了吗？”

叶朗的一双眼睛和叶婴的很像，又黑又亮，长而浓密的睫毛忽闪忽闪。

“没有。”

叶朗有哮喘病，所以比同龄的十三岁孩子瘦小虚弱。

小姨说病气会传染，不让叶朗上桌吃饭。

叶朗吃饭很快，叶婴拿着碗去洗。小姨夫就靠着厨房门看着。

“小姨呢？”小姑娘镜片后面的眼睛中难得流转一丝波澜。

这些年，小姨一家和叶婴的父母联络少，小姨夫邵海生也就见过叶婴几面。

印象里，小姑娘脸上总是没什么表情，即使是父母葬礼的那天，她也依然冷清着面容、清冷疏离，脸上大大的圆框眼镜遮盖住了她眼中的锋芒，让她多了几分沉静的书卷气。

“你小姨下午都不在。”

叶婴心一动，刷碗的动作却没有停下。

她利索地干完活，说道：“我回房间了，小姨夫。”

经过邵海生的时候，他手臂往门边一伸，挡住叶婴的去路。他露出一口黄牙，身上那股烟酒混杂的混浊味道朝叶婴袭来。

“哎，急什么呀。”

女孩逐渐冷静下来，手指无意识地摩挲着门框边缘，眼神平静得可怕。

恶人，她见过的实在太多了。

突然，一个带着气声的童音响起：“姐姐，小姨的电话。”

这一声打断了邵海生对叶婴的凝视。

叶婴瞥了邵海生一眼。

邵海生向来惧内，不甘心地放下手，说：“赶紧去接吧。”

叶婴回到房间，锁好门。

意料之中，并没有小姨的电话进来。

“他欺负你了吗？”叶朗问道。

叶婴看向叶朗的眼神温软，说：“没有，姨夫只是有话要对姐姐说。”

叶朗垂下眼睛，点了点头。

“下午小朗跟姐姐去买衣服好不好？”

“姐，我下午想睡一会儿。”

“也好。”

叶婴从兜里翻出两张十元的纸钞，塞到叶朗手里，说道：“要是饿了就下楼买点东西吃。”

叶朗把钱攥紧了，点头说：“好。”

叶婴走后，叶朗听到门“哐”的一声合上。

他旋开房门把手，走向正在看电视的邵海生，说：“姨夫，我想跟你商量点事。”

邵海生烦死了这个小病号，一脸不耐烦，说：“干什么？”

“三百块钱，我把我姐姐引到……”

邵海生原本不想理会这个幼稚的男孩，但在听到他这一句话的时候，回过了头，问：“真的假的？”

邵海生狐疑地盯着叶朗。

男孩稍微有些怯懦，脸上是带着病气的苍白。

买完两套衣服，叶婴回到家。邵海生不在，大抵是出门打麻将去了。

叶朗正在安静地看书。

“小朗。”

叶朗回过头，露出纯真笑容，说：“姐姐，我晚上可能要出去一趟。”

叶婴整理着衣服，没有抬头，说：“姐陪你一起。”

叶朗绞着手指，说：“去给你买礼物。”犹豫了一下，男孩不放心地补充了一句，“想给你个惊喜，不用你陪我。”

叶婴深深地看着叶朗半晌，才说：“好。”

晚上叶朗出门，叶婴等了三分钟，跟随其后出了门。

自家弟弟几斤几两叶婴还是清楚的。

她一路跟着叶朗，走到距离小姨家不远的待拆楼群中。

吃完晚饭，林远时从训练场翻墙出去。

一落地，林远时就见自己的挚友姜成鹤坐在出租车里。

“时哥，时哥，这儿呢！”

林远时点点头，打开车门坐上车。

“时哥，这次出来这么费劲啊？”

林远时又穿了一身白色毛大衣，不是下午那件了。

他有轻微洁癖，就喜欢白色的衣服，这样的大衣他有满满一衣柜，冬天的时候换着穿。

“我爷爷看得严，我妈给我打掩护才逃出来的。”

走到半路下起雪来，到了一个胡同口，两人下了车。

漆黑旧巷，只有几户人家的灯火映在路上，周围一个人都没有，安静极了，鞋子踩在雪上发出“吱嘎吱嘎”的声响。

见越往里走路越黑，林远时有些不耐烦，说：“这是哪儿啊？”

姜成鹤说道：“时哥，你不认路啊？这不是老校区后面的小破楼嘛。”

林远时不解道：“就非得从这里走啊？”

“现在老校区都装监控了，从大墙那边翻肯定被逮。我都探好路了，这边的围墙因为钉子户在这儿，没有装监控，想怎么翻怎么翻。”

雪越下越大，没一会儿，就在地上积了厚厚一层。

姜成鹤搓了搓手，嘀咕：“真冷。”

林远时冻得鼻红眼亮，问：“外面监控搞定了，那里面呢？”

“教务处在二楼，那边窗户坏了一半，咱们从下面走，直接从窗户进。”

林远时将信将疑地说：“信你一次。”

到了墙边，林远时听到墙上方似乎有什么动静。

林老爷子是军人出身，林家的几个小辈自小训练有素，警惕性非常高。

“应该是老鼠。这边都是老旧小区，有老鼠很正常。”姜成鹤仰头看了看，“这边不行，太高了，我去那边探探路。”

姜成鹤走了，林远时没急着动，歪歪扭扭地站着，眯着眼睛十分轻蔑地看着那堵墙，嘀咕：“就这破墙，爬不上去？”

他正跃跃欲试之时，一道颤颤巍巍的声音传来：“姨夫？”

声音太小，林远时没听清，压低声音喊：“谁？谁在那儿？”

叶朗原本还在疑惑邵海生怎么会提前过来，是牌局结束得早了？可一听这怕被别人发现而故意压低的声音，又确定了。

还不等林远时明白过来，墙上一个黑影站起身，一桶还带着冰的冷水兜头浇下。

林远时的头发如帽子似的贴在脸上。

整个巷子里响起林远时带着回音的、超大声的呼号：“啊——”

还在找路的姜成鹤吓了一跳，他赶紧跑过来，就看到一身冷水和着大雪，几乎快要冻成冰人的林远时。

“时哥，怎……怎么了？”

林远时狠狠一抹脸，墙上那个黑影似乎也惊着了，从之前搭好的台阶处跳下来。

“你给我站住！”林远时拔腿就追。

在某个路口，就在林远时马上要追上黑影的时候，又一个身影不知从哪儿冒出来，拉着那黑影就跑。

大雪纷飞，林远时看不清楚，只知道随着奔跑的步伐，有什么东西一直在那个瘦弱身影的腰间晃动。

林远时长臂往前一伸，就在手指马上要触到那身影的时候，一脚踩在冰面上，他一个趔趄没站稳，手下意识地往前一抓，人没逮住，只扯下了那瘦弱身影大衣上的腰带。

那两个人玩命地狂奔，速度很快。

路面太滑，追了一段之后，寒冷像是锋利的刀子一般戳着林远时的背脊，不得已，他停了下来。

看着不远处一高一矮的两个背影，林远时手里紧紧攥着扯下来的腰带，恶狠狠道："最好别再让我遇到！"

姜成鹤磕磕绊绊地追上林远时，问道："你没事儿吧？"

林远时一腔怒火，狠狠骂了一声。

姜成鹤吓着了，说："要不咱们还是回去吧。"

可不得回去了，浑身湿淋淋的林远时衣服已经开始结冰，稍微搓一搓就往下掉冰碴。

叶婴带着叶朗回到家，叶朗以为叶婴会责备自己，一直耷拉着脑袋不说话。

但是，叶婴只对他说了一句话。

那句话直到很多年以后，叶朗都还记得——

"你要知道，放长线才能钓大鱼。"

叶朗把一直藏在衣服内兜的三百元递给叶婴。淋了一晚上的雪，叶朗的大衣早已湿透，三张红票皱巴巴的。

叶朗的目光捕捉着叶婴脸上的表情变化。

可是姐姐的表情没有变，她并不惊讶钱的来历，只是平静地把钱展平，收了起来。

那天晚上，邵海生气呼呼地回来，把门摔得震天响。

小兔崽子，下午为了让叶朗和叶婴单独相处，好让叶婴放松警惕，他特意早早出门打牌，输了钱不说，到了时间却未见到人。他在雪地里空等了半个多小时，鞋子都湿了，这才反应过来被小崽子放鸽子了。

邵海生合计着怎么教训叶朗，可叶婴一直在旁边转悠，他怕事情败露传到自家老婆那里，只能恶狠狠地瞪着叶朗——臭小子，最好别被我抓住。

三天后。

小姨一脸鄙夷地看着叶婴，用她独特的尖声说道："给你的一百块钱就买的这破衣服？"

叶婴淡淡地说："那我现在回去换。"

"你可算了，来不及了。"小姨一边推搡着叶婴往前走，一边嘀咕着，"也不知道一百块钱花没花完，倒是一分钱也没交给我。"

出租车停在林园门口，小姨下了车，整理了一下自己的衣摆，抬头看了一眼，说道："哎，人家有钱人，这别墅就是大气。"

她又尖声尖气地问出来迎接的管家："整个这一片都是老林家的吧？"

管家笑着称是。

叶婴凝视着眼前这栋古老繁复的建筑，目光深沉，不知在想些什么。

"快点走啊，傻愣着看什么呢？"小姨叫道。

叶婴回过神，应道："嗯，好。"

因为没有车进来，管家只给她们开了一个小角门。宽敞的道路两旁，是笔直整齐的行道树，尽头处有一个欧式的雕塑和一个喷泉池，雕塑上落了雪，池子里的喷泉也没有开。

叶婴看到池内有小灯，估计完全打开的时候会非常漂亮。

她们跟着管家进了大厅，入目之处皆是奢华，墙上的挂画和桌上的摆件几乎都是古董。

叶婴有一种身处十九世纪某贵族家中的错觉。

大厅的沙发上坐着一个女人，因为室内温暖如春，所以她只穿着一件短袖长裙，纤腰窄臀，头发盘得一丝不苟。岁月似乎格外偏爱美人，并未在她的脸上留下一丝一毫的痕迹。

小姨见到这个女人，腰都快要弯到地上，饱经风霜的脸上挂着谄媚的笑容。

"您就是林夫人吧，久仰久仰。"

霍文初点点头，回应："你好。张嫂，给客人倒两杯茶。"

小姨尖声道："不用麻烦了，不用麻烦了！"

霍文初比了个手势，说："请坐。"

小姨连连应道："哎，好，好。"

坐定后，霍文初看向叶婴。

"长这么大了。"

叶婴笑了笑，藏在镜片后面的黑眸眯成月牙的形状，像只温和的小猫，纯真无害。

她站得笔直，略带拘束地将双手放在身前，笑容如春风拂面，说："霍阿姨好。"

霍文初满意地点点头，说："好乖啊。"

"是啊。我们家叶婴特别乖巧，也聪明，就是临时搬到这里，我们两口子也没有门路，她上学就成了大问题……"小姨说道。

霍文初淡淡地说："稍微等一下，一会儿老爷子就下楼了。"

没等一会儿，楼梯处传来沉重的脚步声。林老爷子已是古稀之年，穿着盘扣布衣裳，拄着拐杖，腰杆挺得笔直。

他长眉下的眼睛里亮着鹰隼般的光芒。

林老爷子身后跟着一位年轻人，个子不算高，看到叶婴的时候朝她笑了一下。

“叶婴。”

时隔这么多年，林老爷子依然能够准确地叫出她的名字。

叶婴朝老爷子鞠了一躬，喊道：“爷爷好。”

林老爷子气场强大，原本小姨还尖着嗓子喋喋不休，见了他，竟连大气都不敢喘。

“这些年过得可还好？”林老爷子朝叶婴招了招手，“过来坐。”

叶婴走过去后，林老爷子的目光刚好落在叶婴满是线头的袖口上。

深冬季节，进来的大人都穿着羽绒大衣，只有叶婴穿着这样一件薄薄的外套，看上去有些格格不入。

“过得很好。我给您写了不少信，可是我们家那边的邮局太远了，我就把信全都带过来了。”

叶婴从书包里拿出厚厚一沓信件出来，继续说道：“后面附了您资助我的钱款去向的详细记录。”

见林老爷子接过信，叶婴眯着眼睛笑，眼神干净又纯粹，补充一句：“截止到上上个月。”

小姨的心重重一颤，赶忙说道：“啊，对对，这两个月老爷子打过来的钱都存在她的账户里了，等着给她办转学用。但是我们家没有门路，问了好几所学校都不收，其实过来找您也就因为这么一件事儿。”

林老爷子应了一声：“这是小事。以后小婴就在晋城住下了是不是？”

叶婴点了点头，眼睛透过镜片打量着林老爷子身后的年轻人。

他一直站着，很恭敬的样子。

林老爷子笑眯眯地说：“好，以后多来爷爷家。”他转向霍文初，“对了，远时呢？”

霍文初说：“远时还没起来呢。”

叶婴敛下目光。

——这个年轻人不是林远时。

林老爷子回过头，吩咐道：“文兴啊，你上楼去把远时叫下来。”

刘文兴点点头：“是。”

霍文初朝叶婴和小姨二人解释道：“就是当初小婴救下来的那个小哥哥，原本叫了他过来见你的，但是前两天他生病了，冻着了，发着高烧，所以起晚了。”

叶婴从小就知道自己的血救过人，可是具体情景她已记不清了，只听长辈们聚会聊天时常说起。

叶婴说道：“没关系，我……”

“哐——”

她话没说完，楼上突然传来一声巨响。

是砸门的声音。

叶婴敏锐地抬头看去。

刘文兴悻悻地从楼上下来，讷讷道：“老爷子……”

林老爷子皱起眉头。

霍文初马上说：“我上去看看吧。”

林老爷子没说话，默许了。

“小婴还有个弟弟是不是？”

叶婴收起好奇心，认真回答林老爷子的问题：“是，今年刚满十三岁。”

林老爷子若有所思道：“哦……该上初中了。”

没一会儿，叶婴听到楼梯上传来踢踢踏踏的脚步声。

她再次抬起头。

少年尚未睡醒，带着满身的慵懒与疲倦，一只手懒懒地插在裤袋里，另一只手懒散地垂着，狭长的眼睛微微眯起，困得连眼皮子都懒得掀一下。

霍文初跟在他身后，一步一步端庄地走下楼梯。

果然啊，霍文初这种绝世美人的儿子也是绝世美人。他几乎完美地承袭了霍文初全部的优点，只在眼角眉梢多了几分锋利与锐气。

明明姿态懒散无状，却不是没有骨头似的佝偻着。

一根傲骨，写满了贵气。

林老爷子一看到林远时散漫的模样，眉头都皱了起来，说：“衣服也不穿好，不成体统！”

叶婴的目光这才落到林远时的衣服上。

也许是才睡醒的缘故，林远时衣服的扣子扣得歪歪扭扭。

叶婴低了低头，一时之间不知道将目光落在哪儿好。

“小婴啊，这就是你救的小哥哥，林远时。远时，这位是叶婴，你的救命恩人。”霍文初介绍了一下。

林远时走到叶婴身边。

男孩子个子太高，叶婴的头顶勉勉强强到他的肩膀处。他这么一走近，叶婴立刻感觉得到他身上的热度。

“夜莺？”

少年的声音偏低沉，还带着一点重感冒下的鼻音与沙哑，以及习惯性的尾音上扬。

听在耳朵里，有一种别样的感觉。

叶婴下意识地抬起头，刚好对上林远时的视线。

林远时淡淡勾起嘴角，目光带着玩味——

呵，穿得还挺潮啊，线头破洞外套?

“中午一起吃顿饭，然后我亲自安排人给小婴办学校的事儿。”林老爷子说道，“别担心，爷爷帮你安排到全市最好的高中，最好的班级。”

叶婴微微鞠躬，声音甜糯：“谢谢爷爷。”

林老爷子看向林远时，说：“过来坐。”

林远时明了地摊了摊手，丝毫没有任何家里来了陌生客人的局促，反倒有些习以为常。

他实在见惯了这样的场面。

林家在晋城势力庞大，想要与之结交的人数不胜数。

今天“李伯伯家的公子”，明天“张叔叔家的女儿”，林远时还小的时候就有很多人过来给他介绍玩伴，他都烦死了。

叶婴坐姿乖巧，双膝并拢，手放在膝盖上，沙发只陷下去一小点儿。

少年迈开长腿绕过茶几走过去，大剌剌地坐下来。他手和腿整个舒展开，沙发顿时陷下一大块。

叶婴的身子不受控制地往他那边歪了歪。

林远时的膝盖不小心碰到了小姑娘的手，小姑娘迅速往旁边挪了一下。

叶婴回头去看他，少年丝毫没有感觉到。他半闭着眼睛，长长的睫毛耷拉下来，在眼底投下一小片阴影。

林老爷子看着小姑娘乖巧懂事的模样，喜欢得紧，问道：“功课怎么样？我看你数学和理综好像非常强，考过满分的吧？”

叶婴点点头：“嗯……只是偶尔。可能到了这边，教材不一样，会有一些不适应。”

话说得滴水不漏，既承认了自己的实力，又为后面若有失误留了余地。

话音刚落，她身旁的少年因为这句话稍稍睁开眼，轻轻“嗤”了一声。

空气安静，这道细微的声音突兀地传到叶婴的耳朵里。

她莫名其妙地绷紧后背，脸马上红了起来。

林老爷子看向林远时，训斥道：“你想说什么？你总成绩加一起能赶上人家的零头？”

林远时懒散地回答：“笑也不让了？”

林老爷子眉头一皱，出声想教训一番：“哎，你……”

霍文初快速看了林远时一眼，打圆场道：“刚刚给远时量了体温，还是有点发烧。”

林老爷子转过头，哼了一声，但语气终究是软了下来：“吃完饭还得吃药。”

霍文初点点头：“嗯，是。”

林远时看向自己妈，飞了个媚眼。

霍文初瞪了林远时一眼，示意他老实一点。

林远时斜斜地勾起嘴角。

老实什么老实。

他收回视线，刚好看到小姑娘直挺挺的背脊。

刚才霍文初上楼的时候，跟林远时说过叶婴和他的渊源，可是那时候他睡得迷迷糊糊的，起床气犯了，正烦着，也没怎么听。

不知道她是哪家伯伯的千金，不过“救命恩人”这个词儿倒是被林远时给记住了。

这个见面的理由最清新脱俗。

小姨本不想在林园吃午饭的，确实不太好意思，可是林老爷子盛情难却，一桌子丰盛的菜肴已经准备好了。

叶婴和小姨只好入席。

林远时慢悠悠地走过来，林老爷子命令道：“你坐小婴身边，你们年轻的孩子多熟悉熟悉。”

林远时无所谓，拉开叶婴身边的椅子坐下去。

林老爷子人很好，问了不少叶婴生活上的问题，唯独避开了她的父母。

叶婴一一答了。

小姑娘声音好听，语速不快不慢，听着十分舒适悦耳。

霍文初说道："小婴，吃饭啊。"

叶婴拿起筷子，应道："嗯，好。"

林家别墅的餐厅也十分气派，长长的餐桌上摆满了碗盘，离得远的菜根本够不到，叶婴只得对着自己面前的拌花菜频频下手。

林老爷子心细，对林远时说："给小婴夹菜，小婴够不到。"

林远时本来吃得好好的，一个命令下来，他只好抬起头，放下自己的筷子，用公筷随便挑了个离叶婴稍远的菜，夹起一块放到叶婴碗里。

"谢谢。"叶婴小声道。

林远时没理，继续吃饭。

叶婴也不以为然，低头咬了一口。

她笑着回答完林老爷子的问题之后，趁着大家不注意将口中的菜吐到一边。

是姜。

两人走后。

霍文初和林老爷子站在窗边。

"看样子小姑娘过得并不好，这个亲戚也不是省油的灯。"林老爷子沉静地看着远方，"她过来了，远时再怎么作，我们也能安心一点了。"

因为血型稀有，总会担心林远时哪里磕着碰着，况且林远时也实在不是一个安分守己的主儿。

霍文初不置可否。

林老爷子继续说："让这孩子多跟在远时身边，别离得太远。"他命令的语气带着莫名的生疏感，"可以适当多给一些资助，别让孩子大冬天穿单衣。"

霍文初表情未变，微微点头："知道了。"

林家的动作很快，不到一周，转学手续就已经办好了。叶婴的学校在晋城一中，之后叶朗的学校也定下来了，在距离一中不远的七星中学。

都是全市数一数二的学校。

临开学前，叶婴给叶朗收拾行李。

"到了学校好好学习，谨言慎行，跟同学们关系不要太近，也不用太远，别和别人有口舌之争，也不要让别人觉得你好欺负。”

“好。”叶朗抬头看了一眼姐姐，踟蹰着，“姐……我们学校只能住校。”

“嗯，我把你住校要用到的东西都准备好了。”

收拾好行李，叶婴站起身，捏了捏自己的额头。

“姐，还没好一点吗？”

叶婴揉了揉鼻子，话还未说出口，就打了一个喷嚏，再说话时就带着鼻音了。

叶婴是易感体质，几乎所有的风寒感冒都不会放过她。

叶婴自己心里也知道，大概就是那天去林家大宅，穿得少，冻着了，回来就开始昏沉无力。

叶朗叹了口气，问：“你带感冒药了吗？”

“没事儿，我喝点热水睡一觉就好了。”

叶婴把钱塞在叶朗的手里，交代道：“钱收好，别乱花，应该是够用的。之前的小手机我也给你装好了，要是钱花完了，就给我打电话。”

叶朗看着叶婴的眼睛，点点头：“好。”

叶婴行李不多，早上跟着林家派来的人到学校上交了资料，宿管给了叶婴一把钥匙。

晋城一中是省重点中学，新校区才盖好不久，四个人一间宿舍，环境非常好。

只是叶婴是新转来的，班级的宿舍早已经分好，不得已，她只能住在留学生宿舍，两人一间，现在另一个人不在。

叶婴把学校发的床单洗好，在阳台晾上，然后把衣服拿出来叠好，一件一件放入柜子里。

收拾好之后，叶婴背上书包，来到教室。

因为班上没有多余的课桌了，班主任老师邵军就让她搬了放饮水机的桌子先坐着，暂时坐在最后一排靠门的位置。

下午都是自习课，刚刚开学也没什么作业，老师把同学们假期写的试卷发给叶婴一套，让她先熟悉熟悉这边的考试题型和难度。

叶婴选了一套数学卷来做，发现自己只需要在她原有的知识体系中补全一点知识点就可以了，倒也不难。

对了一遍答案，除了一道选择题因笔误写错了，其他都没有什么问题。

叶婴做试卷向来很迅速，她不大用草稿纸，很多题目都是在脑子里演算出来，将过程一一“导”出之后，列一个简单的提纲和最终结果上去，最后标准答案跟她的过程几乎一模一样。

除了考试，她平时做卷子或者练习册，往往都是寥寥数笔，干干净净。

她写完一整套数学试卷，大约用了四十几分钟，比平时做题慢了一些。

她感冒还没有好，头昏昏沉沉的，如果不是这样，那道选择题也不会出现笔误。

叶婴没带感冒药，家里的那一点药都给叶朗装在行李里，她便去饮水机前接了点热水，吹凉之后慢慢喝。

叶婴看着挺乖，不怎么爱说话，班上的同学们对叶婴都挺好奇的，余光都落在她的身上。

这是省重点高中的实验班，成绩好的同学或多或少都有些傲气，叶婴不主动打招呼，自然也就没有人主动理她。

下午最后一节自习课，邵老师叫叶婴到办公室去。

开学事多，邵军一开始没来得及好好跟这位转学生聊聊。

无非是询问叶婴一些基本情况，包括以前的成绩之类的。

叶婴谦虚地说：“成绩只能算是中上游，到了这边还有点不太适应。”

邵军语重心长道：“咱们班的上课进度可能会比普通班级的快一些，要是在学习上有什么困难，可以直接跟我说。”

“好。”

小姑娘看着乖巧，说话总是平平淡淡的，礼貌之中带着一点疏离。

邵军也没有多说什么，点了点头：“宿舍那边你也不用觉得别扭，等咱们这边有空余的宿舍出来，我再给你调换。”

“没关系的，我住在那里挺好。”

“那就行，回去吧。”

叶婴去开门，邵军又叫住她：“等等，叶婴啊，把桌子搬到窗边去吧，你现在的位置是风口，有点冷吧？”

叶婴点点头：“行，谢谢老师。”

因为班级的人数是奇数，所以窗边原本只有一个人坐，现在叶婴转过来了，正好可以挪过去坐。

叶婴应班主任的要求挪了座位，然后安安静静地把另一套理综试卷做完。

写完最后一个字，她扣上笔帽，刚好打了下课铃。

晚饭时间是可以出校门的，叶婴感觉得到，自己好像有点发烧，不吃药是不行了。

她在外面的粥店买了两个包子，一边走，一边在学校附近找药店。

这个时间学校外面热闹得很，不少不爱吃学校食堂的学生出来吃小灶，小吃推车排了整整一条街，烟雾缭绕，各色香气弥漫开来。

叶婴找到一家药店，买了一盒感冒药，又到旁边的超市买了一瓶矿泉水。

在街上找了一圈也没有找到垃圾桶，最后在一个小巷子里找到了，她把感冒药打开，把药盒丢到垃圾桶里。

“我……我……

“其实我关注你很久了，但是一直没敢说。

“很久之前我们见过一面的，在运动会上，你……你还记得吗……”

一道细微的声音传入叶婴的耳朵。她眯起眼睛看了看，巷子里面有一高一矮两道人影。

事不关己，叶婴把一颗感冒胶囊扔进嘴里，拧开矿泉水瓶。

“不记得。”

一个低沉的声音不带任何感情地打断女孩的话。

“一点印象也没有。

“你是谁啊？”

三连否认的声音有点耳熟。

叶婴一边喝了口水，一边隐约想着。冰凉的液体滑进嗓子，因为心里想着事，她一下没注意呛着了：“咳……咳咳咳……”

叶婴很想忍住咳嗽，可是那口水把她呛得不轻，她咳得眼泪都出来了。

为了不打扰那两个人，叶婴转身离开。

林远时循声望过来，刚好捕捉到一个背影。

四周光线昏暗，看不清楚，只能看到背影十分娇小，隐隐约约有什么东西在其腰间晃动……

这个画面猛地和之前某个雪夜里那段不美丽的记忆重合。

林远时反应过来，喊：“你给我站住——”

等林远时追出巷子，只能看到热闹的小吃街人来人往，那个身影混在人海里，消失不见。

又扑了个空，林远时气得冒烟。

姜成鹤听林远时说起这事后，安慰他道：“没事儿，最起码咱们确定了那个人就在这一片啊。”

林远时咬牙切齿道：“最好别让我逮到！”

晚自习。

叶婴吃了感冒药之后困倦不已，写了几道题，实在太难受，干脆趴桌子上睡了一会儿。

到了两节大晚自习之间的休息时间，叶婴被下课铃声吵醒。

这时，班长朱木心拿着两本练习册到叶婴旁边。

“我叫朱木心，你好。”

叶婴还有点迷糊，声音嘶哑：“我叫叶婴。”

“这是咱们现在用的练习册，其中一本相对来说难一点，老师建议成绩好一点的同学用难一点的这本。”

叶婴在桌子上摸到眼镜戴上，看了看两本练习册，说：“嗯，谢谢你啊。”

朱木心没走，犹豫着问：“你准备买哪一本啊？”

话中的意思就是你成绩到底怎么样啊？

叶婴清醒了一些。

“难一点的，我做不懂。”她修长的指尖无意识地摩挲着笔记本的边缘。

朱木心还是有点狐疑，叶婴一看就是个乖巧的学生，不像成绩不好的样子。她问：“你确定？”

叶婴说：“这边的教材和我们那边不太一样，我有很多都没有学过。”

朱木心问：“你是从南方来的？”

叶婴点点头：“嗯。”

省重点高中实验班的学生，几乎全都是削尖了脑袋考上来的，十年寒窗苦读，成绩大于一切。

班上的同学，尤其是在高中阶段并不太占优势的女生，在这一方面尤其关注。

成绩最耀眼的那个往往最受瞩目。

落在身上的目光自然有好意的，更有恶意的。

叶婴不想惹出任何风波来。

透明人一样安稳度日最好。

不前不后，最不显眼。

父母去世之后，叶婴就是家里的顶梁柱，她必须保护弟弟，保护自己。

陌生的城市，陌生的环境，她不得不小心翼翼。任何一点波澜都会将她湮灭，枪打出头鸟，她不敢赌，因为她一点筹码也没有。

她走之前告诉弟弟的话，和同学们的关系不要太远，也不要太近，也是她要告诉自己的。

朱木心露出笑容。

“那行，你要是学习上有不会的问题可以过来问我。”

叶婴点点头：“好。”

“还有，晚自习不能睡觉。”

“抱歉，我有点感冒。”

“感冒也不行，晚自习睡觉被抓到会罚站的。”朱木心看了看四周，小声道，“你又不是你同桌。”

这话听得叶婴一愣，但也没多问。

晚上回到宿舍，叶婴看了看时间，给叶朗打了个电话。

“还适应吗？老师对你好不好？”叶婴用耳朵和肩膀夹着手机，手里把早上洗好晾干的床单收起来。

“挺好的。”

“嗯，那就好，老师讲课听得懂吗？”叶婴从包里找到牙具和洗面奶，放进脸盆里，到卫生间洗漱。

这边的留学生宿舍条件非常好，有单独的卫浴，还都挺新的。

“有的听得懂，有的听不懂。”

“嗯，把听不懂的先记下来，等周末我给你讲。”

“好。”

寥寥几句之后，两人挂了电话。

叶婴晚自习睡觉的时候出了一身的汗，洗了个澡，现在感冒药劲儿过了一些。

她出来刚把床单铺好，宿舍就断电了。

叶婴心里一惊，控制不住心脏狂跳。

不过幸好早有准备。

她颤抖着手指从裤兜里拿出一个小小的手电筒，打开来，微弱的光芒亮起，叶婴如释重负地长舒一口气。

拉好遮光帘，把亮着的小手电放在一旁，叶婴沉沉睡去。

第二天一早，林远时来到教室，看到旁边多了张桌子。

桌子上铺着干净的桌布，上面叠放着两个本子，压着粉色的小笔袋，另一侧放着白色的保温杯，座位上有一个粉白色的厚坐垫，后面是一个书包。

林远时把书包往桌子上一放："这谁啊……"

姜成鹤回过头，说道："咱班新转来个姑娘。"

林远时有起床气，皱着眉坐下来。

叶婴在食堂吃完早饭回到教室，看见座位上的男生时，脚步略微顿了顿。

他似乎还没有睡醒，狭长的眼睛微微眯着，头发乱成一团，看上去柔软蓬松。

叶婴推了推眼镜。

林远时？

转念一想，也是，最好的学校，最好的班级，林远时必定在这里。

林远时似乎感觉到什么，朝叶婴这边看过来。

目光相碰。

莫名其妙地，叶婴的心脏重重一跳。

似乎每一次看到他，都会被惊艳到。

林远时身上那种青春又跋扈的帅气实在有些锋利，总能劈开叶婴表面那层稳重的外衣。

"哎呀，这不是'偶尔满分'小姐吗？"林远时尾音上扬，带着一点戏谑和轻佻。

叶婴的脸一下子红了。

"转到我们班来了？"

"嗯。"

林远时阴阳怪气地说："那看来年级第一就要让位了。"

叶婴："……"

林远时不习惯有同桌，上课睡觉中途醒来，看到身边有个人总要吓一跳。

好在叶婴安静，不爱说话，不像班上其他女生那样叽叽喳喳的，林远时也就勉强忍了。

唯独有一点，林远时腿长手长的，趴在桌子上蜷缩着难受，就爱把腿伸到桌子外面去。

现在叶婴在旁边，林远时怎么趴着也不舒服。

“哎。”

正在上物理课，林远时轻轻地叫了叶婴一声。

“嗯？”叶婴回过头。

“往那边点。”林远时皱着眉，表情不太耐烦，“桌子。”

叶婴听话地把桌子往另一边挪了一点。

“再往那边点。”林远时说道，“太挤了。”

“那就挡着过道了。”叶婴为难地小声说。

“挡就挡，让他们从旁边那个过道走。”

挪完了桌子，两人中间空出了一大截。

地方大了，刚好能让林远时放条腿，他舒舒服服地重新躺了下去。

叶婴看了林远时一眼，稍稍抿了抿唇，松着肩膀吐了口气，继续认真听讲。

下午化学课，化学老师要抽查化学方程式。

“书和笔记都收起来，别让我看到谁低头瞎瞅。”化学老师目光一扫，“林远时。”

林远时被点名，抬起头，高高地举起手：“在。”

“不准低头。”

“遵旨。”

林远时成绩差，可是和老师的关系都不错。

他人长得帅，又会说话，在班级里从不影响其他学生学习，对待老师也向来恭敬。

所以老师们，尤其是女老师，嘴上训斥着林远时，心里都挺喜欢他的。

化学老师被阴阳怪气的一声逗笑，白了他一眼：“快点，拿出一张纸。”

“哎，满分，借张纸呗。”

林远时竟然真的要写，叶婴还挺惊讶，便从自己本子上撕了一张递过去。

纸张是淡粉色的，和笔记本的封面一个颜色，下面画着可爱的卡通小人，似乎还透着一股淡淡的香气。

“哪儿买的本子啊？”林远时有点轻微的洁癖，他很喜欢这些闻上去干干净净的味道。

“校门口。”

林远时自然是不会什么方程式的，看到下面的卡通小人，他兴致勃勃地提起笔。

十个方程式考完，老师说道：“这次的小测试就不收上来了，同桌互换检查，我找个人把答案写在黑板上，朱木心，你来吧。”

朱木心晃着马尾辫走上讲台，叶婴迟疑地看了看林远时。

林远时笑了笑：“等会儿啊，没写完呢。”

叶婴也不急，知道自己哪个写错了哪个没写错，所以不需要对着答案批。

林远时完成了，一把夺过叶婴的卷子。

“等会儿，我的一会儿再给你。”

早知道是同桌互批，叶婴就不把那些写错了，干脆空着，免得林远时对照着黑板一个字母一个字母判得这么费劲。

“错了八个？”

老师都开始上课了，林远时才终于批完，不敢置信地交给叶婴。

“一共考十个你错八个。”林远时话挺多，“就这水平还好意思在我爷爷面前吹牛？”

叶婴：“……”

林少爷开启吐槽模式：“就我这样的，都跟你差不多！”

叶婴心说：你确定？

林远时非常确定，把批完的卷子往叶婴桌子上一拍：“你自己改吧，改完顺便背一背，成绩太差了，真的是……”

在林远时的语气中，叶婴居然听出了一丝……教育的味道！

叶婴问道：“你的呢？给我呀。”

林远时笑了笑，露出两颗洁白的虎牙：“这个啊，等下课再给。”

叶婴停顿了一下。

也不知道有没有人告诉过林远时，不要轻易这样对别人笑。

被这道笑容勾起的少女情怀，他又不会负责。

也许每个女孩子的青春里都会有这样一个人吧，阳光、帅气，朦朦胧胧的倾慕，却谈不上是喜欢。

看到他可能会心动，离开他可能会想念，不喜欢他和其他女生说笑，莫名其妙吃足了醋。

进不得，因为没有勇气，退不了，因为心里实在舍不得。

不过，叶婴没到这一步。

可能她和林远时的身份本就是不平等的，初见他的时候就在仰望，林远时这个人在她的心里自带光环，只是多看几眼罢了。

叶婴垂下眼睛：“嗯，行。”

林远时歪了歪头，觉得反正叶婴成绩这么差，化学老师说什么她应该也听不懂，于是突然凑近，挑眉看着叶婴：“哎？你脸红什么呀？”

叶婴皮肤过于白净，脸皮又薄，心绪稍有一点波动就容易脸红。

林远时眼睛生得极好看，瞳孔不是纯黑的颜色，有一点点偏棕，像是有金色的阳光洒在里面。

下课铃响，化学老师讲完最后一个知识点，宣布下课。

林远时第一个站起身，伸了个大大的懒腰。

他从叶婴椅背后面绕出去，临走时把一张淡粉色的纸“啪”的一声拍在叶婴的桌子上。

叶婴看他走出教室，偷偷把纸翻过来，仔仔细细看了好久。

红晕渐渐爬上脸颊，连带着两只玉似的小耳朵都微微有些发红。

“叶婴。”

叶婴匆匆忙忙把纸收到桌洞里：“嗯？”

朱木心来到叶婴的桌前，皱皱眉：“你怎么把桌子挪到这儿来了？这样挡着过道了呀。”

“嗯……对，可以从这边走。”叶婴推了推眼镜。

朱木心也没管，她来也不是说桌子的事：“老师叫我告诉你一声，你的校服周五到，等有时间的时候去财务处交钱领一下，试一下大小。”

“好的。”

“课本可能得再等一等，再过几天就到了。”

“嗯，谢谢你啊。”

朱木心走后，叶婴才把桌子里的那张纸拿出来。

淡粉色的纸张上没有写字，中间用黑色水性笔画着一个小人儿，眼睛大大的，戴着一个圆框眼镜，头发很长很长，缎子一般垂在腰间，身子很瘦，穿了一件夸张的破洞线头外套。

底下还有一行字，写得非常潦草。

可叶婴还是一下就看懂了。

【哦，我学习不好的，只是偶尔满分。】

林远时下午自习的时候和一众男生到操场上打篮球，有的时候老师会说几句，但也管不了。

这几天下午林远时都在打球，晚上放学铃声一响，他飞速冲出学校，和石狮子并排站在门口，机警地扫视着来来往往的人群。

他就不信了，还能凭空消失不成?

一周无果，一周之后就是期初考试。

晋城一中每学期开学都有一场期初考试，为的就是测试一下同学们在假期时候的学习情况，也是为和之后的期末考试有一个比较。

期初考试要按照上学期期末成绩分配考场，叶婴之前没有参加期末考试，自然而然被分到了最后一个考场。

叶婴确认了一下自己的座位号，走进考场，一抬头就看到了跟一群高个子男生说笑的林远时。

林远时人缘似乎很好。

叶婴把透明文具袋放到桌面上，确定了一下自己的涂卡笔和黑色水性笔都在，便安安静静地坐着等待发试卷。

最后一个考场基本没几个学生会考前复习的，所谓查缺补漏，对他们来说，天下之大都大不过他们空缺的那块大洞，还有什么好复习的呢。

铃声响起，众人回到座位。

“呀？这不是错八个小姐吗？怎么，你也在最后一个考场啊？”林远时一脸的不可置信，丝毫没有往叶婴是新转来的，只能在最后一个考场这一方向想。

“不是，你在最后一个考场你怎么就能……哎呀，不得不说，你真的是我见过的牛吹得最脸不红心不跳的那一个。”林远时竖起大拇指，“牛牛牛。”

林远时好像是误会了什么，叶婴也不知道该怎么跟林远时解释。

对于她来说，也着实没什么解释的必要。

林远时在学校里从不会影响班上同学学习，但是他心里也不喜欢那些清高的学霸。

——“你考得怎么样？”

——“不好不好，好几道大题都没写对。”

结果一出成绩，就差几分满分。

这样故作低调的人林远时见多了。

吹牛说自己“偶尔满分”的学渣还真的是少见。

林远时都不好意思说自己偶尔满分，何况还那么一本正经的。

连着两天考试。

林远时答题的时候，旁边桌突然传来一声低呼。

“老师……”陆云亭弱弱地举起手，“我笔漏油了……”

期初考试没有期中期末那么严格，而且考试刚开始没多久，监考老师过来看了一眼，给陆云亭换了张答题纸。

“老师，我就这一支笔……还坏了。”

另一名监考老师在讲台上找了一圈也没找到水性笔。

“用我的吧，我有很多。”

叶婴从笔袋里拿了一支笔出来。

陆云亭跟她隔着两个过道，中间坐着的林远时帮忙递了一把。

她的笔也是粉色的，上面画着草莓的图案，笔杆细细的，握起来应该很舒服。

最神奇的是，林远时总能闻到有股淡淡的香气。

笔上带的吗?

怎么她的纸和笔都有香味啊?

小插曲过后，大家继续安静答题。

林远时看着自己手里黑色的百乐笔，普普通通的，商标被他习惯性地抠掉了，笔杆上还有一道小小的裂痕。

也没有香味。

林远时把笔一放。

不想答了。

“一共一百二十八元钱。

“找您两元，欢迎下次光临。”

周五下午期初考试结束之后，叶婴把刚刚买好的练习册装进书包，推门从书店走了出去。

最近班级发的卷子都做完了，之前朱木心推荐的普通练习册不能满足叶婴的练习需要，她必须再买几本，平时下了晚自习的时候做。

叶婴从书店出来，刚好看到陆云亭站在一个小推车旁边买东西。

“哎？叶婴？”陆云亭买完东西走过来，“你怎么在这儿啊？”

叶婴说道：“出来买饭的。”

“这家的炒饭特别好吃，那边还有一家，但不如这家。”

叶婴笑了笑：“我吃过前面的那家，确实不太好吃。”

陆云亭和叶婴同班，之前听朱木心说，叶婴这个人性格孤僻，挺冷淡的，不好相处，让他们没事不要过去招惹。

现在看来，叶婴也不像朱木心说的那样啊。

她一笑起来眉眼弯弯，看上去又软又甜。

同一时间，林远时一行人从面店出来。

贺名扬问林远时："你真不去了啊？晚上战队赛没有你，不得被人虐到死？

"你都蹲点一周了，还没找到呢？"

林远时淡淡地说："今天蹲不了，我弟今天回国。"

林家的车停在对面，林远时过去拉开车门。

"妈？你也来了？"

霍文初点点头："嗯，正好从公司回来，顺便过来接你了。"

林远时矮身上车，坐在霍文初身边。

学校门前这条街非常难走，人来人往的，车也提不起速来。

"刚考完试吧？考得怎么样啊？"

林远时漫不经心地说："挺好的，也就比年级第一差一点吧，稍微努把力，下一次就又能进步了。"

霍文初一愣："你什么时候学的这么能吹牛？"

林远时一摊手："你看你都知道我成绩怎么样，还问。"

霍文初向来拿自己儿子没办法，便换了一个话题："你们老师说叶婴现在跟你坐同桌呢。"

"嗯。"

"她怎么样？"

夜幕降临，路灯逐渐亮起，门口有很多学生，嬉笑打闹，非常热闹。

前面人实在太多，车子只好停下来礼让行人。

两个穿着校服的女生从旁经过。

"嗯？说话啊。"霍文初疑惑地回头，"你看什么呢？"

叶婴的个子在女生中不算矮，可是她骨架子小，看着就娇小一些，现在还背了一个巨大的书包，长长的头发梳成马尾，顺着书包的轮廓垂下来。宽大的校服罩在她身上，拉链拉到最上面，露出一张白净精致的小脸来。

夕阳的暖光打在她的身上。

干净，清纯，一举一动都是美好的。

她和身旁的女生说着什么，然后淡淡地笑起来。

她的眼睛眯成月牙儿形状，像一只温和无害的小猫，温温软软的。

“那个是叶婴吗？”霍文初问道。

“嗯？嗯，是。”

“我听说你们俩现在是同桌了，她怎么样啊？”

车子开动，再一次和叶婴擦身而过。

林远时走神了。

周五放学后，叶婴回了小姨家，叶婴把叶朗在学校做过的卷子全都看了一遍。

叶朗很听叶婴的话，把他不会的题都用红笔圈出来了。

所以叶婴打开他的练习册的时候，看到的都是红圈圈。

“小朗，如果你每道题都不会的话，就不用画红圈了……”

“好。”

叶朗从小就不爱学习，成绩非常差，基本……就和林家的那个少爷差不多。

这孩子身体弱，却听话，叶婴不忍心责备他，只得一道一道题细致地给他讲。

“这些学校老师都不讲吗？你有好好听课吗？”

叶朗的眼睛像极了叶婴，漆黑，深邃，里面像藏着一口古井，深不见底。

阳光照射过来的时候，像洒满了星星。

“有。”叶朗无辜地说，“每节课都认真听了。”

“那为什么不会做？”

叶朗实话实说：“听不懂。”

叶婴叹了口气，也没有多讲，怕叶朗消化不了这么多知识，拿了叶朗的衣服出去洗。

叶婴走后，叶朗乖乖地把姐姐讲过的内容又复习了一遍，然后随手拿起魔方，随意弄乱，又快速拼好。

如果叶婴了解一下有关魔方的世界比赛，她会知道，此时叶朗这样随便拼一下的手速有多么惊人。

把衣服洗干净晾好，叶婴又把房间的床单洗了一遍。

晾晒被子的时候，她的手机响了。

来电显示是“张秘书”。

叶婴敛了神情，接起电话。

“喂？你好，叶小姐，我是张维。”张秘书的声音响在电话里。

“你好，张秘书。”叶婴恭敬地说。

“少爷受伤，现在在医院里，夫人问您现在方不方便来医院一趟？”

叶婴的心里“咯噔”一下：“去医院？”

张秘书停顿了一下：“夫人的意思是，以防万一。”

以防需要输血的万一。

叶婴明白了：“好的，我马上到。”

上车的时候，叶婴问了一句：“他是怎么受伤的啊？”

张秘书顿了顿，回道：“打架。”

打架？

和谁？

谁能把林远时打到住院？

“啊——疼疼疼！

“轻点轻点！

“不行不行不行……”

霍文初的高跟鞋“咚咚咚”地敲在医院的走廊上，离老远就听到林远时的鬼哭狼嚎。

他头上那个最深的伤口已经缝好了，现在医生正在给他处理其他的伤口。

“喊什么喊，你先动的手，受什么伤都得忍着。”霍文初走进病房，说是这么说，但看到林远时脸上的伤还是不忍心，“大夫，这个会留疤吗？”

医生还没回答，林远时插话：“留疤好啊，男人留疤多帅……哎哎，疼了疼了！轻一点。”

医生说道：“夫人请放心，不会留疤的，除了额头的伤，其他外伤都比较浅。”

霍文初朝医生点点头，又开始数落林远时：“你说说你，和林斯寒动什么手！”

“那小子……哎哟——”

当霍文初看到林远时额头的血落在他的白衣上时，都吓坏了，她尖叫着叫人送林远时去医院，然后赶忙让张秘书打电话给叶婴。

好在到了医院，医生说只需要缝针，没有达到需要输血的程度。

伤在额头，缝针的时候，医生把他的头发剪短了一些。

林远时的五官非常精致、英挺，头发剪短了之后反而更加清爽。

说话间，病房门被敲响，一个小姑娘出现在门口。

林远时看到叶婴，立马坐直了身子，也不吵着疼了：“你、你怎么来了？”

叶婴稍微停顿了一下才想起来叫人：“霍阿姨好。”

路上堵车，到了医院已是午饭时间，霍文初让张秘书带叶婴出去吃点好的。

他们走后，霍文初看着林远时：“怎么不叫唤了？”

林远时一挑眉：“不疼，男人嘛，这点小伤小痛算得了什么。”

霍文初白了他一眼，并不想理。

让叶婴白跑了一趟，霍文初觉得挺过意不去的，周六那天请叶婴到林家吃饭，还让叶婴把叶朗也带上了。

席间，林老爷子问及叶婴在学校的情况。

“还行，挺适应的。”

林远时坐在叶婴旁边，勾起嘴角笑了笑。

我就静静地看着你吹牛。

“我们远时成绩不好，你们是同桌了，你多担待他，学习上也多辅导辅导。”

叶婴感觉到了身边的林远时一直在忍笑，但还是镇定地回答：“嗯……是，我们那边和这边的教材不一样，我学起来也挺吃力的。”

林远时又开始阴阳怪气地说：“吃力了？不是偶尔满分了？”

叶婴：“……”

她就知道……

林老爷子慈祥地笑了笑：“实验班的老师讲课速度快，没关系的，正好远时在外面有一个家教老师，周末上课，小婴跟着一起来吧。”

叶婴还没开口，林远时就抢先道：“别呀，我这水平怎么能跟人家一起上课呢？万一啥也听不懂怎么办？多拖人后腿啊。”

这个梗算是过不去了……

林远时还朝叶婴挑了下眉：“你说是不是？”

一直低着头吃饭的叶朗稍稍抬眉，瞟了林远时一眼。

他不喜欢这个人。

从一开始见面就不喜欢，也说不出理由。

林老爷子说：“小婴学习这么好，你正好跟人家多学学，看看人家的方法是什么，你应该如何改进。”

空调的温度调得太高，烘得叶婴有点脸红。

林远时吃饭特别快，筷子一撂，往叶婴那边睨了一眼。

最后询问叶婴意见的时候，叶婴点点头："要是少爷不嫌弃的话……那我周末就过来上家教课吧，谢谢爷爷。"

有只小手忽然拉住叶婴的衣角，扯了扯。

叶婴回握住他，没说话。

晚上回到家，叶婴问叶朗："你不想姐姐过去是不是？"

叶朗低头不语。

明知道他不愿意，可她还是同意了。

"小朗，现在我们姐弟俩吃的穿的全都靠着林家。"叶婴语重心长地说，"如果没有他们，咱们姐弟俩根本没有出路。林家需要我的血，我们需要林家的钱，看似互相利用，实际上我们更加被动。"

叶朗深深地低着头，看着自己身上那颗纽扣出了神。

"因为我们别无选择。"叶婴淡淡地说。

她长舒了一口气："再等两年好不好？等姐姐上了大学，勤工俭学供你上学，我们就不用寄人篱下了。"

叶婴的声音很轻很轻："小朗，姐真的很想考个大学……"

在叶朗的记忆中，叶婴一直都是一个无所不能，能给他遮风避雨的角色。

听了叶婴这话，叶朗一阵心酸。

"姐……"他不知如何表达，只能紧紧握住叶婴的手。

等着，等他快点长大。

一定会像小时候姐姐保护他那样，拼尽所有护姐姐周全。

翌日，六点的闹钟准时响起，叶婴睁开眼睛。

她先烧了热水洗漱，就着早晨的清爽复习了一下英语和语文，做完两道物理题，发现有一种题型以前没有见过。叶婴记得在自己买的一本练习册上见过，又把那本练习册找到，对照了两道题的异同。

叶朗还没醒，叶婴把他今天要做的作业提前看了一下，根据昨天给他讲过的内容安排了今天需要做的部分。

叶婴是一个非常自律的人，自律到可怕。

她习惯把时间安排得妥妥帖帖，几点起床，几点吃早饭，几点出门，哪段时间该做什么。

生活在时间组成的格子里，各种各样的事情会使生活变得充实。

这样她才有安全感。

叶婴做完这些，叶朗醒了，两个人一起吃了早餐。

叶婴嘱咐了叶朗今天留的作业，拿了钥匙出门。

张秘书早已等在楼下，载着叶婴去了林园。

林家给林远时找的家教都是晋城名师，别看林远时成绩烂得一塌糊涂，对于老师还是非常挑剔的。

他不喜欢女老师，尤其是长头发的女老师。

他挑老师主要是看够不够干净。

叶婴被张秘书带到书房，彼时林远时已经大剌剌地坐在一侧了。

男老师挺年轻，穿着白衬衫，很帅气的模样。

叶婴恭敬地叫了声“老师好”。

“你好，我叫程云桦，是远时的物理老师。”

“程老师好，我叫叶婴。”

叶婴把椅子拉开一点，坐下来，从包里把自己的透明文具袋、笔记本和学校发的练习册一一拿出来放在桌子上。

林远时那边的桌子干干净净，什么也没有。

早上叶婴洗了澡，小姨家的吹风机坏了，头发没有吹干，出门的时候没有扎起来，完全披散下来。

林远时懒洋洋地倚着靠背，手里拿着一支笔转着。

叶婴发质极好，又黑又亮，发丝很粗，笔直地垂至腰际，阳光一晃，泛出绸缎一般的光泽。

叶婴肤色雪白，发色纯黑，极致的黑与白交错出一种冷调的、动人心魄的美。

叶婴要写字，长头发垂着很不方便，手上又没有橡皮筋。她干脆拿了一支笔，手绕到后面熟练地用笔杆缠绕头发，最后往头发里一插，固定住了。

她低下头时，露出一截白玉似的脖颈。

林远时倚在后面，目光淡淡地落在她的身上。

她这么一动，头发上隐隐的香味萦绕开来。

很淡，很清新。

像是柠檬的味道。

林远时看着她黑发间的那支笔，饶有兴味。

“老师。”林远时叫了一声。

程老师回过头：“怎么了？”

林远时的嘴角上扬：“我没有笔啊，借支笔。”

程老师找了一圈：“我这儿也没有多余的……”

林远时看向叶婴："你有吗？"

叶婴从笔袋里拿了支笔出来。

林远时在书桌旁边随便找了个本子，拔下笔帽试了一下。

很难得的，林远时像模像样地记了一节课的笔记，听不懂老师在说什么，但是只要老师在白板上写，林远时就往本子上记。

他写到最后都有点不耐烦了，字迹潦草，龙飞凤舞。

下课的时候，林远时把笔一扔，满意地把本子拿起来瞧了瞧。

嗯。

笔好用。

程云桦一边收拾东西，一边问林远时："你们期初考试成绩快出来了吧？考得怎么样啊？"

林远时笑道："你猜？"

程云桦自然是知道林远时是什么水平的，转头问叶婴："小婴，你呢？"

叶婴一愣："我啊……我应该考得不好吧。"

程云桦安慰道："别灰心，慢慢来，记得把卷子拿回来，我给你好好分析分析。"

临走的时候，程云桦拍了拍叶婴的肩膀。

叶婴行了个礼："老师再见。"

叶婴收拾好东西，等待下一科老师的到来。

林远时有点别扭，目光在叶婴的肩膀上徘徊。

老程怎么想的?

洗手了吗，就随便拍人?

这是什么习惯?

林远时问道："要出成绩了，你紧张吗？"

叶婴："？"

"学霸人设就要崩塌，不害怕？"

叶婴无言，林远时看着她低头的模样，心里的阴霾驱散了一些。

林远时声音低沉："我帮你瞒着。"

"不用了，谢谢。"

叶婴的回答没有什么语调起伏，更不用提什么感情，林远时扁了扁嘴。

怎么感觉这小丫头有点冷啊。

不用就不用呗，凶什么凶?

上完两节课刚好是吃饭时间，因为下午还有课，叶婴没法走，只得跟着林远时一起在林园吃了饭。

老爷子他们都不在，只有一个做饭的张嫂。

吃完饭，张嫂拿着纱布过来：“该换药了。”

林远时犹疑了一下。

他把纱布接过来，去照了照镜子。

下不去手。

他打开书房门，对着那个背影“哎”了一声。

叶婴正准备睡一会儿，听到声音回了头：“嗯？”

“会换药吗？”

叶婴并不想多事，冷冷地回道：“不会。”

“不会我教你，跟我过来。”

叶婴只好起身跟着林远时出去。

他脸上青一块紫一块的，左边眉骨处有一处不大不小的伤，最重的那处伤在额头，此时贴着一块大纱布，每隔一段时间就要换一次药。

“把纱布揭下去，把新的贴上去就行了。”

叶婴有点紧张，局促地坐在沙发上：“我不知道轻重，要是疼了就吱一声。”

“嗯。”

叶婴搓了搓手，她天生手脚冰凉，尤其是冬天，不管环境多么暖和，手脚都冷得跟冰块一样。

“得罪了。”

感觉温度差不多了，叶婴这才小心翼翼地伸出手，轻轻地把林远时额头上的纱布揭下来。

缝的黑线还没有拆掉，像是一只蜈蚣，静静地趴在林远时的额头上。

药液浸着血肉，触目惊心。

叶婴有些不忍，下意识对着伤口处轻轻吹气。

有一点痒，又有一点舒服。

林远时咬牙忍着，整个脊背都快要僵掉了。

叶婴就坐在他的面前，个子小，那一头黑亮的头发又长又直，泛着淡淡的香味。

方才她想午睡，已经摘了眼镜，跟着林远时出来就忘记戴了。

这还是林远时第一次看到叶婴不戴眼镜的模样。

和之前完全就是两种感觉。

叶婴的眼睛非常漂亮，黑色的瞳仁水莹莹的，双眼皮非常明显。

眼睛不带什么感情，像是黑色的旋涡，眼尾藏了锋利的钩子。

看久了，能活活把人吸进去似的。

精致而危险，半分呆滞的书卷气也没有。

叶婴把新的纱布粘好胶带后，说道："我轻一点啊……"

林远时直直地看着她的眼睛，"嗯"了一声。

"为什么打架啊？"

大约是离得太近的缘故，叶婴的声音很轻。

她嗓音甜糯，这样听上去温温软软。

可是经她这么一问，林远时莫名其妙的有点心虚。

"跟我弟一言不合。"

"然后就动手了？"

林远时简直不想继续这段对话了，叶婴一句一句，语气淡淡的，可是林远时总能听出责备的意味。

叶婴的指尖微微有些凉意，轻轻触在他的额边，像是在挠痒痒，感觉怪怪的。

林远时稍稍躲了一下，但很快又坐回来。

这种有点疼还有点痒的感觉，竟然有点上瘾……

"嗯。"他声音闷闷的。

"我弟是军校的，下手太重了。"林远时又补救了一句。

叶婴一边粘胶布，一边轻轻吹气，林远时的目光不受控制地落在她嘟起的嘴唇上。

他仿佛又闻到了那股淡淡的甜香味。

林远时的鼻子非常灵敏，这道味道非常淡，他相信只有他能闻得出来。

再看叶婴的一张小脸，白净得几乎能看到青色的血管。

一点瑕疵都没有。

干净得让人不舍得碰触。

"好了。"叶婴往后退了一点，"疼吗？"

林远时停顿了一下才回过神来："啊……不疼。"

他站起身，这么一动才感觉到后背一股凉意。

就换药的这么一会儿，他出了一身的汗。

他撩起衣服下摆给自己扇了扇风："怎么这么热。"

下午那一节课上完，张秘书送叶婴回去。

林远时没急着上楼，在书房安静地坐着，也不知在想些什么。

过了一会儿，林远时倏地起身，打开书房门大步走了出去。

晚上七点多，霍文初从车上下来，看到一个黑影儿从别院出来。

那大摇大摆的走路姿势一看就知道是谁。

“远时。”霍文初叫了一声。

林远时停下脚步，等了她一会儿。

“你去哪里了？”

林远时挠了挠头，头发剪短了真不适应，冷风一吹感觉特别冻头。

“别院。”

“你又去别院干吗？”霍文初惊道。

难道又去找林斯寒动手了？

林远时一边大步走进屋，一边回道：“道歉。”

霍文初无言。

“他母亲刚去世，我不该动手的。”

霍文初想起林斯寒母亲的事，稍稍敛了眉目，目光深深的：“林斯寒说什么了？”

“没说什么啊，打了几把游戏。”

霍文初略略放下心：“嗯，他也是个可怜的孩子。”

说到这里，霍文初想起叶婴：“今天小婴跟你一起上课的吧？”

林远时往沙发上一靠，长腿一伸：“嗯。”

“小姑娘也不容易，父母刚刚去世，寄人篱下不说，我看她还很照顾弟弟，咱们……”

林远时像触了电似的，猛地站起身：“你说什么？”

霍文初疑惑：“什么？”

林远时皱眉，扯到了伤口，疼得他倒吸了一口凉气：“她父母刚刚去世？”

“是啊，怎么了？”

“她不是那个叶伯伯家的千金吗？”

“小朗，这一周重点把姐姐交代你的那部分内容好好听，等下周末回来姐再给你讲后面的内容。”

周一早上，叶婴交代完功课，把行李给叶朗带上：“路上小心，在学校要学会照顾自己。”

叶朗临上车，把叶婴给他带的牛奶塞到叶婴的手里：“知道了，姐姐。”

“小朗……”

“姐姐，你喝！”

说罢，“砰”的一声关上车门。

马上就要出成绩了，周一的早自习格外热闹。

同学们私下里小声谈论着周末和成绩——

“我课外的老师说了，这回的期初考试题太简单，分数应该都挺高。”

“是吗？我假期就上了几节课，不少东西都忘了。”

“好几道大题都是寒假练习册上的原题。”

“你做过啊？我都没看见，那你这次肯定能考特别好吧？”

“不能不能，我好几个空都算错了，这次应该考不过朱木心。”

“朱木心还能是第一吗？不是说那个新转来的在原来的学校特别厉害吗？”

“能厉害到哪儿去？比朱木心还强？她是南方人，学的和咱们都不一样。”

……

伴着这样的讨论声，叶婴用了十五分钟，做完了周末留的英语阅读题。

她正准备拿出数学练习册继续刷题的时候，一个人影晃过来。

高高大大，一身白色鹅绒大衣。

昨天晚上，林远时非常难得地失眠了，早上起来脾气非常差。

他长手一伸，往桌子上一趴，补觉。

“哎。”姜成鹤回过头来，用他的椅子撞林远时的桌子。

“嗯？”林远时懒洋洋地应了一声。

“手机借我一下，我用你的号跟他们排一把。”

林远时从兜里摸出手机，扔在桌子上。

姜成鹤正要接，林远时忽然想到什么，直起身子：“有个条件。”

“什么条件？”

“这节课下课后去超市给我买点吃的。”

姜成鹤接过手机：“没吃早饭啊？”

林远时把自己的校园卡拿出来扔给姜成鹤：“买就得了，哪那么多废话。”

说完，林远时懒洋洋地转过头去继续睡了。

林远时是走读生，不上大晚自习，五点多就回家了，早上也是从家里过来。

林远时在学校里非常受欢迎，经常有女生偷偷摸摸地把东西塞到他的桌肚里。

有时候是精致的水果盒子，有时是小甜点或者牛奶。

几天前叶婴还觉得好奇，偶尔瞟上一眼，现在叶婴也习惯了。

林远时是饿不着的就对了。

早上第一节是邵军的语文课，班上迷迷糊糊睡倒一片。

临下课的时候，邵军说道："一会儿课代表跟我回办公室取下期初考试的卷子，顺便把大榜贴一下。"

教室瞬间沸腾了。

"成绩"二字对于省重点实验班的学生来说，无疑是最重要的事。

叶婴把教辅材料的最后一页看完。

同学们还有一本教材没发，老师说为了不费两遍事，干脆把叶婴的教材和那些放到一起，再过几天才能发下来。

所以叶婴只能先买了教辅材料凑合着看。

合上书，叶婴手抵着胃稍微揉了揉。

她的胃不太舒服，随着呼吸隐隐作痛。

前面语文课代表秦婷拿了一沓卷子回来，大家吵吵嚷嚷地冲到前面去看。

秦婷组织了一下纪律："等一下，我一个一个念，大家听到名字再过来拿。"

"朱木心。"

"陆云亭。"

"葛旭。"

……

这声音把林远时吵醒了，他迷迷糊糊地坐起来，习惯性地揉了揉头发。

讲台上众人吵着等发试卷，秦婷不得不大声叫着他们的名字。

整个班上就一个人最从容。

她背脊挺直，低头写着什么。

头发梳成马尾，长长地顺下来。

企图用淡定来掩饰内心的紧张。

清风吹来，林远时一睁眼就看到这幅画面。

姜成鹤买完吃的回来，把满满一大包扔给林远时。

“你能不能轻点。”林远时不大高兴。

他瞥了一眼旁边的小人儿，还好没碰到她。

“你这一脸伤到底咋整的？”

姜成鹤知道林远时有起床气，虽然见面就看到了，但是一直憋着没敢问。

现在看林远时心情不错，这才问出口。

林远时没好气地说：“还能是谁？”

除了林斯寒，还有谁敢揍他？

姜成鹤其实想笑，但是不太敢。

林远时打开一袋薯片，姜成鹤也想吃，林远时一巴掌把姜成鹤的手爪子拍掉。

“脏不脏啊，就要伸手？”

“你自己还不是伸手拿了？”

“那能一样啊？”

讲台上，秦婷手里的卷子越来越薄。

“叶婴。”

终于叫到了叶婴的名字。

叶婴站起身，不少人都没散，抻着脖子看叶婴的分数。

语文好像才……八十八分？

这么低的吗？

合着就光看着学习好啊？

周围一片议论，叶婴领了试卷回到座位上，翻看了一下卷子。

林远时忽然踹了她的椅子一下。

叶婴转头：“怎么了？”

林远时把手里的薯片往前一递：“吃吗？”

“不吃了，谢谢啊。”

林远时在袋子里翻啊翻，找到一袋草莓软糖，丢给叶婴。

“给，别难过啊。

“认清现实才是王道。

“活在梦里总是不好的。”

叶婴回过头，刚好撞上林远时阳光的笑容。

他朝她眨了眨眼。

林远时是个隐形话痨，就着一个话题叨叨起来没完没了。

“成绩不好也没有什么的，听不懂就听不懂，还不许人家笨啊。

“再说了，吹牛这个东西，它也是有一定学问的，很容易就会吹爆的。

“你好歹还有一个‘换了地方不适应’这个理由可以用啊。”

在林远时的叨叨声中，叶婴的胃越来越疼，她皱了皱眉。

她从小肠胃脆弱，稍微吃一点凉的就会胃痛，现在突然疼起来，应该是早上那袋凉牛奶惹的祸。

叶婴是想给叶朗拿着车上喝的，早上她热过了，他喝的时候应该刚好是温的。叶婴拿到之后没有直接打开，到了学校才想起来喝掉，那个时候牛奶已经冷了。

“我没事，这个成绩我也不意外，也没有什么不好交代的，你放心吧。”

小姑娘说这话的时候语气淡淡的，可是嘴唇发白，轻咬着后槽牙，似乎是在隐忍着什么。

林远时从她说的话和她的表现得出一个结论——硬撑。

见她那双眼睛清澈干净，林远时的心似被烫了一下。

他一摆手：“好了好了，爷爷那边我替你兜着，别难过了。

“以后成绩单我也不拿回家，他们什么都不知道，你还是那个偶尔满分的小学霸，这样总行了吧？”

胃越来越疼，叶婴不想理他了，干脆趴在桌子上。

见叶婴顺了毛，林远时不禁失笑。

“看你那样儿，哎呀，真的是……”

他站起身，顺手又把那袋草莓糖放在她桌子上，出去的时候还在感叹：“哎呀，真的是……”

上午的课都用来讲期初考试的卷子，题不算难。

叶婴的语文和数学分数非常低，其他科还好，可也不拔尖，总成绩在班级中等偏下。

最不起眼的位置。

那林远时呢？

叶婴的目光顺着榜单之下找去，倒数第三的位置，赫然是林远时的大名。

英语和语文的成绩尚且还能看，理综和数学几乎没什么分。

七班的平均分排名第二，还是没比过另一个实验班。

各科老师都不太满意，课堂气氛格外沉重。大家都提心吊胆，生怕被老师叫起来训斥一通。

叶婴熬了两节课，胃好得差不多了。

她总是这样，身体说脆弱也脆弱，不是感冒就是这痛那痛，但是说坚强又很坚强，这点小伤小痛都不要吃药，稍微挺一下就会好。

第三节课下课，陆云亭来找叶婴。

“叶婴，我过来把笔还你，考完试忙忘了。”

“哦，你不说我也忘了，放你那里也没事的。”

陆云亭看到叶婴的笔袋：“哇，你这个颜色好好看啊，新买的吗？”

“不是，很久之前就在用了。”

陆云亭有点不好意思了：“怎么这么干净啊？我的笔袋都被划得不像样了……”

“这个材质的可以水洗。”

陆云亭简直像发现新大陆似的，叶婴的这个也好，那个也好，她简直就是个宝藏女孩。

林远时从洗手间出来，跟隔壁班的哥们聊了两句之后回到教室，刚好看到陆云亭两眼冒光地看看这，戳戳那。

两个姑娘聊得正开心，林远时往门口一靠，没回座位。

陆云亭爱和叶婴聊天，说了很久才回去。

快要上课了，叶婴出门洗了手。

她回来的时候，林远时已经大剌剌地坐在座位上了。

林远时看着叶婴拿出面巾纸，把手上的水擦干，然后从包里抽出一管护手霜来，均匀地涂在手上。

林远时闻到熟悉的草莓香味，想起第一次管她借纸，纸上就是这个味道。

原来不是纸带香味。

是她手上带着的。

“你们小姑娘这么讲究呢？”林远时凑近叶婴，挑眉问道，“这是干啥的？怕生冻疮吗？”

林远时深吸了一口气。

香味很淡，好闻。

叶婴解释道：“不是，保湿的，北方太干燥了，我不太适应。”

林远时又问：“你物理作业写完没？”

叶婴一愣：“什么物理作业？”

"程老师留的那些，写完借我抄抄。"

叶婴犹豫了一下。

林远时又说："班上人多，作业好糊弄，那边就咱俩上课，怎么也得写点。"

咱俩……

叶婴扭头看了林远时一眼。

她低下头，从桌肚里找到一个本子。

叶婴的桌肚收拾得非常整齐，书本按照大小摆放，一点边都不露。

林远时把她的作业本拿过来时，叶婴说道："你少抄一点啊，程老师能看出来的。"

林远时把本子一翻，看了一圈："啊，你一道也不会啊？"

叶婴做题不喜欢写那么多步骤，草稿纸用得也少，她习惯把几个重要的步骤写上去，最后直接一个结果。

叶婴知道具体步骤是什么，这样做更加节省时间，能让她刷更多的题。

更何况程老师迁就两个人的学习情况，讲的内容都非常基础，留的题只需要几个基础公式就能得出结果。

所以叶婴的本子上非常干净。

在林远时看来，就是叶婴瞎编了几个公式上去，实则一道也没做出来。

"你好歹写得靠谱一点啊。"林远时真的是服了，"行吧，我再跟老程说一声，别在爷爷那边给你说漏了。"

周末上家教课，林远时居然认真听了一会儿。

老师每提出一个问题，叶婴都等林远时先回答。

这课本来就是给人家上的，叶婴不能喧宾夺主。

叶婴发现了，同样都是成绩不好，林远时和叶朗的性质完全不同。

叶朗是真的听不懂，学不会。林远时则知识点全都是空白，可是只要程老师讲完，他立马就能学以致用，而且反应非常快，有的时候甚至会在叶婴之前说出最终答案。

他就是典型的被家里惯坏了，懒得学习的那种人。

"那么我们来看一下这个公式的变形题……"

程老师念完题目，林远时没急着答，身子往叶婴那边一歪："哎，你听懂了没？"

叶婴一时没反应过来："什么？"

"这道题啊，还是那个公式，反过来用了。"

叶婴心道：林远时这是……给我讲题吗?

林远时又说："动笔算一算啊。"

"我会做。"

林远时简直无语了："行了，就咱俩呢，你就别吹了。"

"我真的会，答案是两米每秒。"

林远时也不知道叶婴这是什么毛病："行行行，你会，你全都会，行了吧？别瞎蒙了，快，把公式列出来。"

叶婴叹了口气，在纸上一步一步把公式详细地写出来，最后得出结果。

林远时笑了笑："还真叫你给蒙对了。走下一题吧，她听懂了。"

下了家教课，爷爷刚好回到家。

叶婴问了声好就准备走了。

林远时说道："爷爷，晚上我同学要出国，有个送别会，我叫老孟送我过去，晚一点回来。"

林老爷子问道："什么同学啊？去哪里？"

"地址他们还没发给我呢，就以前认识的一个哥们。"

"你认识的那些哥们就没几个靠谱的，去也行，小婴啊……"

叶婴已经走到门口，闻言回过头："哎，爷爷。"

"你晚上陪远时一起去吧，结束了爷爷叫车送你回家。"

叶婴有点蒙。

林远时站在爷爷身后拼命朝叶婴使眼色。

意思是要是叶婴不同意同行，爷爷应该就不会放他出去了。

叶婴明白老爷子的意思。

他嘴上说是看着林远时，实际上是被上次林远时出那么多血给吓着了。

无论是留她在家里上课也好，还是让她跟着林远时出去也好，不过是怕林远时出什么差错，临时找不到她，或者她赶过去会像上次一样堵车，耽误了林远时。

多她一个又无所谓，干脆让她尽可能的一直在林远时身边。

叶婴太明白自己的身份了。

她沉默了下，点点头，非常乖巧地笑了笑："好啊，谢谢爷爷。"

林远时他们聚会的地点定在一家KTV，这是叶婴第一次来这种地方。

她跟在林远时后面，穿过长廊上到二楼。

林远时刚打开包间的门，一阵呼声扑面而来。

“来晚了！”

“过来坐这儿吧。”

灯光昏暗，林远时一来，所有人的注意力都放在他的身上，谁也没注意后面还跟了个叶婴。

叶婴找了个角落的位置坐下，环视整个包厢。

人不多，大约七八个，都是年纪差不多的学生，看得出来站着唱歌的那个是今天的主角。

“过来坐这儿。”主角拉着林远时坐下来，“卢雨欣，快点让个地方。”

卢雨欣往旁边让了让，中间跟主角递了个眼神。

林远时丝毫没注意到，在空位上坐下来。

大家嚷了一圈之后想要唱歌，有人喊道：“卢大校花在呢，谁敢开第一嗓啊！”

卢雨欣当初就是因为在艺术节的时候唱了首歌，声音空灵动人，一曲成名，加上小姑娘生得眉清目秀，也不知是谁先开玩笑说卢雨欣是晋城一中校花，后来“校花”这个名号就渐渐流传开了。

卢雨欣一听这话，神色一滞，下意识仰头看了林远时一眼。

林远时正跟姜成鹤他们玩闹着。

卢雨欣咬了咬下唇，犹豫着接过话筒。

“那我就唱一首《有点甜》吧。”待主角在点歌机上找到这首歌，卢雨欣又说，“这是一首合唱的歌啊，你们谁愿意跟我一起唱吗？”

主角立马明白了：“咱们男生里面还有谁比林远时唱得好啊！”

此话一出，立马有人应和：“那必然是林远时！”

“话筒呢？递过来递过来。”

林远时的人缘是真的好，大家一听说他要唱歌，起哄声一阵高过一阵。

林远时和卢雨欣一起被推到最前面，歌曲前奏响起，一高一矮，一个英俊一个娇羞，怎么看怎么觉得般配养眼，众人跟着节奏一起打着拍子。

林远时站在人前，懒洋洋地扫视了一圈，忽然想起什么。

“哎？叶婴呢？”

他的声音被话筒放大，在流畅动人的前奏曲中显得尤为突兀。

Chapter 2

你以后的练习册，我也包了

叶婴是谁?

这是在场的人的第一反应。

林远时往左一看，叶婴坐在一个小角落里，低头看着手机。

林远时抻长脖子去看：“干什么呢？”

见手机屏幕上是一个刷题软件的页面，林远时不由得愣了愣：“这么用功？”

叶婴一抬头，发现众人的目光都落在自己身上，于是淡淡地笑了：“你去玩吧，不用管我。”

“这谁啊？”主角大声问道。

林远时也大声回道：“我同桌。”

音乐声音太大，说话太费劲儿，主角绕过茶几走过来，坐在叶婴身边。

主角一瞧，是个挺漂亮的姑娘，心里欢喜：“你好啊，我叫陈曦。”

见陈曦伸出手，叶婴刚要伸手，一只大掌拦住了她。

“干什么！洗手了吗就碰她？”林远时不悦地看着陈曦。

陈曦和林远时从小一起长大，知道林远时的臭毛病，一挑眉：“你还唱不唱了？”

林远时把话筒递给陈曦，往叶婴身边一坐：“唱什么唱，我本来也不会。”

林远时坐在叶婴的右边，伸直长腿，隔开了她和其余众人。

“你好好刷题吧。”

前面陈曦和卢雨欣在唱歌，声音太大，叶婴没听清：“啊？什么？”

林远时不得不凑近她的耳边：“我说……”

光芒在叶婴如玉般白皙的耳垂上跳舞。

离得太近了……

她的发丝就在他的鼻尖，那股清淡的甜香味道丝丝缕缕地钻进林远时的鼻腔。

林远时有一瞬间的失神。

“我是说……我是说，你好认真啊。”

他想起最初见面时，叶婴一本正经地说自己偶尔满分，后来牛皮吹破了只能认命地学习。

真是……有点可爱。

歌唱得差不多了，有人提议玩游戏。

“行啊，输了怎么罚呢？”

“那就真心话大冒险呗。”

林远时凑到叶婴身边，问道：“你玩不玩？”

叶婴摇头：“我就不玩了，你玩吧。”

林远时还想说什么，陈曦隔着茶几喊了一声：“叶婴，一起吧？”

林远时皱眉回头：“一起什么一起？没事儿别献殷勤。”

他对着叶婴的时候，声音软下来：“你真不想玩啊？”

叶婴点点头。

“那行吧。”

叶婴性子安静，林远时不愿意勉强她。

大家吆五喝六地坐了一圈。

陈曦拍拍自己身边的位置，示意林远时：“过来坐这儿。”

卢雨欣心念一动，往旁边拉了拉自己的裙子。

林远时跨了一步过去坐下：“抓紧抓紧，赶紧开。”

这是一个考验反应能力和算数能力的游戏，林远时玩起来游刃有余，但是陈曦不行。

中间有一把陈曦卡了一下，被他们揪住了，陈曦看了林远时一眼求助，林远时悄悄告诉他答案。

“作弊！”

“林远时，你告诉陈曦干什么？不行不行，这局算输。”

陈曦反驳道：“怎么就算输了？你哪只眼睛看到他告诉我了？”

“我们可都看见了！”

林远时懒洋洋地看着他们吵，无所谓地笑了笑。

大小伙子们都要林远时和陈曦受罚，唯独身边一道声音替他辩解。

“我就觉得林远时没作弊。”声音很小却很坚定。

林远时扭头去看，卢雨欣娇羞地和他对视了一眼。

“得了得了，那我俩受罚，行了吧？”陈曦没辙了，扭头看林远时。

林远时无所谓道：“随便。”

林远时选择的是真心话，从牌盒里抽了一张出来。

陈曦心急地抽过来看了一眼：“什么啊？”

陈曦念道：“说一说你的择偶标准。”

叶婴悄悄抬起目光，换了一个姿势。

人群中有人大笑道：“这还用问，林远时的标准就一个，干净！”

“哈哈哈，最好一尘不染。”

“还不能是长头发。”

“哈哈哈。”

哄笑一声高过一声。

最后，陈曦问了一句：“林远时，还有什么标准啊？”

林远时懒散地坐在沙发上，想了想。

他就这么一偏头，恰好和角落里的某道目光相碰。

林远时空白了那么一瞬。

“啥标准啊？想这么久？”

林远时回过头，答道：“我哪来的标准，以后我媳妇啥样我就啥标准。”

人群中有人打趣道：“按照林远时这性子，以后不得把媳妇宠上天去啊！媳妇要星星，他都得搭梯子给摘去。”

林远时慵懒一笑，未置可否。

这句话落，大家更想知道林远时的标准了，嚷嚷着追问。

林远时只好认真想了一下，说：“怎么看怎么可爱的那种。”

陈曦一副恍然大悟的样子：“这……这说的不就是卢大校花吗！”

起哄声震耳欲聋，叶婴收回视线，专心刷题。

卢雨欣红了脸。

林远时没好气道："别瞎说啊。"

有人开始起哄："我看你和卢校花挺般配的。"

林远时往后靠了靠，一个眼神递过去："我看你和如花也挺配。"

直男不懂少女的心。

这句话一出，基本就是把卢校花和如花画了等号。

卢雨欣低下头，心里的委屈一股一股往上冒。

林远时扭头往某个角落看了一眼，发现叶婴连看手机的姿势都没换过。

颈椎能受得了吗？

林远时摆摆手："不玩了不玩了，没意思，聊会儿天回家了。"

陈曦挑眉："这么快就不玩了？"

林远时说道："不好玩。"

散了局，林远时重新回到叶婴身边坐下来，长腿一支，舒服得眯起眼睛。

聚会结束之后，一群人吵吵嚷嚷地往外走。

"你们都怎么走啊？司机来了没有？"陈曦毕竟是今天的主角，必须张罗着把大家好好送走。

有人答道："来了来了，我家司机就在对面了。"

陈曦找了一圈："林远时呢？"

见林远时跟在叶婴身后出门，陈曦说道："林远时，这就是最后一面了。"

林远时给了陈曦一拳："什么最后啊，你不回来了？"

陈曦声音越来越小："不是，我是说……"

发现陈曦眼圈有点红，林远时笑了笑："别整这些没有用的，到了那边，好好混，别给国家丢人。"

陈曦刚涌上来的一点伤感情绪被林远时这话给撑了回去。

林远时继续说道："好好照顾自己，国外不比家里，凡事多想多看。我们不在身边，长点脑子，别让人给骗了。"

陈曦哼了一声："你也太小瞧我了。"

闹够了，小伙子们挥手告别。

卢雨欣挂了电话，挺焦急地说："我家司机今天不在，你们谁和我顺路？"

有人问道："你家在哪儿啊？"

卢雨欣小声说："星海湖那边。"

“哎？那好像和林园挺近的啊！林远时呢？他家司机好像到了。”

那人拉了林远时过来，卢雨欣脸一红。

林远时无所谓，道：“我随便。”

林家来了两个司机，一个送叶婴，一个接林远时。

“慢点开，路上小心。”林远时送叶婴上车，叮嘱司机注意安全，然后看着车尾转了弯消失，自己才转到另一辆车上去。

卢雨欣打开车门，坐到后座。林远时犹豫了一下，一把拉开副驾驶的车门。

卢雨欣动作一滞，微微低下头。

林远时不太喜欢和女生距离太近，这点卢雨欣是知道的。

卢雨欣向司机说了家里的地址后，对林远时说：“今天的事……你别多想啊，他们都是瞎起哄。”

林远时正在看手机：“嗯。”

卢雨欣扯出一道笑容：“今天跟你一起的那个女孩是谁啊？你妹妹吗？”

妹妹？

林远时脑海中浮现出叶婴的模样，勾起嘴角笑了笑：“也行。”

卢雨欣一愣。

也行？

叶婴到家的时候，小姨和小姨夫都已经睡下了。

叶朗房间的门没关，光线从一条缝里漏出来。

叶婴收起小手电，换了鞋进屋。

“怎么还没睡啊？”叶婴小声问道。

叶朗还在做叶婴走之前给他留的题目，熬得眼睛都有些红了。

“姐，你回来了啊。”

叶婴有点心疼，抚了抚叶朗的后脑：“饿不饿？姐给你买了个红豆面包。”

叶朗很喜欢楼下的红豆面包，叶婴上楼顺道给他买了一个。

叶婴知道给叶朗留的那几道题对于他来说有一定的难度，但是没想到叶朗真的做了这么久。

吃完红豆面包，叶婴烧了热水给叶朗洗漱。

叶朗睡下之后，叶婴自己也洗了把脸。

她关了大灯，只开着一盏小台灯，然后在桌前坐下来，拍了拍自己的脸，试图驱散困意，让自己精神起来。

叶婴翻开之前买的练习册，拿起笔，把今天没有完成的题目写完。

周一，林远时没来学校。

早上考了一张语文试卷，都是基础的古诗词默写，同学们考得不错，邵军给了他们一节体育课作为奖励。

下午第二节自习下课，叶婴收起笔，稍微活动了一下肩膀。

低头做题久了，肩颈的位置总会不舒服。

“叶婴，走啊，下去上体育课。”陆云亭来到叶婴座位前。

“好。”叶婴起身和陆云亭手挽着手下楼。

天气越来越暖和，这个时间的夕阳很美，染红了天边的云彩。

另一个实验班也在上体育课，老师也知道实验班的学生能有一节体育课有多么不容易，也就没占用他们太多时间，跑了两圈热个身之后就让他们解散了。

男生们争相去抢篮球场，女孩们也四散开来。

“你想不想喝水啊？咱们去水吧那边吧？”陆云亭说道。

“行。”

叶婴和陆云亭来到水吧。

陆云亭买了一杯杧果多，问叶婴：“你喝什么？”

“我不太渴。”

陆云亭没有多说，付了钱跟叶婴一起往回走。

叶婴很少会买饮料或者零食，在食堂吃饭也是只点一个素菜一碗米饭。她从未和陆云亭说过她的家庭情况，但是陆云亭隐隐约约能感觉出来。

很奇怪，明知道叶婴家境应该不太好，可是陆云亭心中却一点怜悯的情绪都生不出来，反而觉得叶婴处处都好。

叶婴用了很久的笔袋比她的新，叶婴的坐垫比她的舒服，明知道她的笔一定比自己的百乐笔便宜很多，可是陆云亭就是觉得她的笔更好看，写出的字更加秀气工整。

甚至在食堂里，陆云亭点了满满一盘子菜，最后吃不完了的时候，她都会有点羡慕叶婴的那盘吃得干干净净。

叶婴的底气很足，所以即使不算富裕，也不会惹人怜悯。

两个姑娘手挽手往操场那边走。

经过篮球场的时候，能听到篮球敲击地面的“咚咚”声。

“哎，对了，叶婴，晚饭的时候你陪我去买个本子吧。”

叶婴问道："前几天买的那本用完了？"

陆云亭不大好意思地说："那本线圈的不舒服，写得不工整，我想换和你那个一样的本子。"

叶婴刚抬头想说话，余光忽然瞥见一个篮球朝自己这边飞过来！

她下意识抬手一挡。

"嘣——"一声，篮球重重地砸在叶婴的手腕处，力道之大，带得她往后趔趄几步。

"对不起，对不起……"盛雪川从远处跑来，看到叶婴捂着手腕直吸气，心里愧疚感倍增，"投篮投偏了，对不起。"

陆云亭扶着叶婴的肩膀，质问道："你说对不起就行了？你看看把人砸的！"

叶婴始终低着头，那一瞬间的疼痛刺激得她眼泪都流出来了，整条胳膊都已经麻木，不敢动，也不敢碰。

"对不起，太对不起了。"

盛雪川词穷，只能点头哈腰地赔礼道歉。

叶婴缓了一会儿，抬起头："没事，就是有点疼。"

盛雪川低头看了看叶婴的手腕，通红一片，微微有些肿起。

"我带你去校医务室看看吧。"

叶婴尝试着稍微活动了一下，强忍着火辣辣的疼，说道："不用了，马上就要上课了。"

下一节是物理课，叶婴不想耽误。

陆云亭不放心地说："这都砸成什么样儿了，赶紧去看看吧。"

叶婴摇了摇头："真的没事，过了晚自习再看看，要是还不好就去医务室。"

盛雪川饱含歉意，说："真是太对不起了，我是八班盛雪川，你要是去医务室的话过来找我，我跟你一起去。"

叶婴点了点头："行。"

"你叫什么名字啊？"

"七班叶婴。"

盛雪川恍然："啊，你就是那个新转来的啊，怪不得看着眼生。"

叶婴淡淡笑了笑，跟陆云亭一起回了教室。

盛雪川远远看着叶婴娇小瘦弱的背影，叹了口气。

他心里那层愧疚依然萦绕着，挥散不去。

伤在右手，这就让叶婴有点闹心了。

自习的时候，她拉起校服袖子看了看，肿得比之前更厉害了些。

没有那么疼了，感觉热热的，辣辣的，还有点胀，叶婴用左手轻轻碰了一下，针扎似的疼。

她只能用左手翻书，不动笔，在心里把公式列出来，有的时候实在需要动笔，就用左手稍微算一下。

晚饭前，朱木心叫了叶婴一声。

“叶婴啊，你的书到了，在一楼教务处旁边那个屋里，赶紧过去拿一下。”

叶婴迟疑了一下：“哦……好。”

朱木心一挑眉：“怎么了？找不到吗？”

“不是，能找到。”

“赶快去拿啊，要不然老师下班了。”

“好。”

课本有点多，办公室的老师看叶婴那么瘦弱有点狐疑：“你拿得了这么多吗？”

“嗯，我分几趟拿，谢谢老师。”

叶婴搬起书来试了一下，尽量不用右手使力，可是多多少少还是会扯到伤口。

叶婴咬了咬牙，把一摞书搬走。

同学们都去吃饭了，教室里没人，叶婴来来回回走了两趟，把最后一摞书本放在桌子上。

收回手的时候，整个右臂疼得几乎麻木了，她还来不及长长舒一口气，就发现最下面一本书压到了她校服下摆。她手一收，最底层的书本摇晃了一下，眼看着就要倒，叶婴赶忙过去扶了一下。

这一扶，书本倒是没有倒，却不小心碰到她手腕上的伤处，疼得她“嘶”的倒吸了一口凉气。

泪水再一次漫上眼眶。

叶婴笔直地站了一会儿，什么也没做，专心和疼痛抗争。大约过了一分钟，叶婴在座位上坐下来。

她抬起头的时候，眼眶微微有些红。

搬了书，又碰了那么一下，晚自习的时候，叶婴默默把袖子拉起来，原本纤细的手腕已经肿得不成样子，最上面一点又青又紫。

叶婴皮肤白，这么一衬，倒显得伤处十分恐怖。

原本是不想耽误时间去医务室，不想后来又要搬书。

她皱了皱眉，放下校服袖子盖住。

晚上回到宿舍，叶婴找了一圈也没找到消肿的药膏，实在太疼，她只能找了一罐芦荟胶往伤处涂了一点。

但是芦荟胶并没有起什么作用，第二天早上起来，手腕依然肿着，叶婴活动了一下，似乎没有昨天那样火辣辣地疼了，看看下午能不能写字，要是还不能，就抽一节自习课去医务室看一下，不然效率实在太低。

叶婴吃完早饭回到教室时，林远时正懒洋洋地倚在墙边，跟前座的姜成鹤聊着什么。

叶婴回到自己的座位，拿出物理课本大致翻看了一遍，和教辅书上讲得差不多，唯独一些知识链接没有提到，叶婴一一把知识链接又看了一遍。

这种细碎的知识点出的题目少，很容易被忽视，可是每次一出都是拉分题。

林远时靠着椅背看着叶婴，总觉得她的姿势有点奇怪。

物理课下课，老师把练习册拿过来，让讲台旁边的同学发一下。下课时间不少学生都不在座位上，那位同学过来把练习册分给叶婴一部分，让她帮忙分发。

叶婴犹豫了一下，左手接过练习册，用右手把最上面那本缓慢地放在对应的座位上，动作奇怪又迟缓。

等她那一摞练习册发完，陆云亭刚好从超市回来。

“叶婴，你怎么还发上作业了？你手好一点了吗？”

“好多了，没有昨天那么疼了。”

陆云亭看到叶婴桌面上的新书：“发书了？什么时候拿回来的？”

“昨天晚饭的时候。”

“不会是你自己搬的吧？”

叶婴笑了笑，没否认。

上课铃响了，陆云亭只好回到座位。

“你怎么了？”林远时问叶婴。

“嗯？什么怎么了？”

“你手怎么了？”

叶婴没说话。

林远时不由分说扯了下她右手的校服袖子，叶婴疼得瑟缩了一下。

林远时把袖子一掀，看到她的手腕已经肿成一个青紫的小山包，还隐隐发黑，触目惊心。

他心中一股无名的怒火突然燃烧上来：“这怎么弄的？”

声音有点大，前面讲课的邵军不悦地看向后面：“林远时！”

林远时马上乖乖地说：“我知道了。”

邵军叹了口气：“你要想讲，上来讲。”说完回头继续写板书。

林远时依然皱着眉，问：“谁弄的？”

叶婴收回手：“没什么事，我肤质就这样，稍微碰撞一下就会红肿。”

林远时看到那个伤处的时候，心脏简直被什么东西揪起来了一样，难受得呼吸都有点困难。

结果人家自己一副无关紧要的样子，又是搬书又是发作业，什么也不想告诉他。

林远时忽然有点生气。

“到底是怎么回事？”林远时有点危险地眯了眯眼睛。

叶婴没有注意到他忽然不高兴了，习惯性地推了推眼镜：“没什么事，都快要好了。

“我身体好，这点小伤小痛好得快。如果下午还不好就去医务室。”

其实林远时也不清楚自己为什么这么愤怒，可能方才看到叶婴的伤处实在太过震惊，她自己却丝毫都不在意似的。

问她究竟怎么回事，她一句一句全是敷衍。

林远时看着她淡漠的脸，咬了咬牙，忽然一脚踢在叶婴的桌子上。

叶婴的桌子又往外挪了一点，摩擦地面发出声响。

邵军再一次点名：“林远时！你又干什么？”

林远时道：“同桌太挤了。”

邵军看出林远时不大高兴，这节课的内容也着实重要，撂下一句“你要是再不老实就出去待着”之后继续讲课。

大家纷纷朝这边看过来。

叶婴沉默了一下，缓慢又艰难地微微起身，用左手移动椅子，稍微离他远了一些。

林远时快要烦死了，侧过头，往桌子上一趴。

这一趴就是两节课，下课的时候，有男生来找林远时，林远时都没有起来。

林远时虽然傲气，可是脾气很好，在同学中颇有人缘。

大家很少见到林远时这么生气。虽然平时玩得好，可是林远时身上自有一种不怒自威的气场，一时间谁也不敢靠近去问究竟是怎么回事。

叶婴还是照常听课，只是不能写笔记，只能把老师讲的重点在书上标记下来。

化学课，林远时翻了个身，恰好看到叶婴抬头看黑板。

她左手拿着笔放在桌子上，右手放在自己腿上。

整个人离他更远了一些。

一副……什么事都没有的样子。

她这是干什么？

故意气他的吗？

还是这人，根本感觉不到疼的啊？

姜成鹤在底下玩手机玩得正开心，椅背忽然被人踹了一脚。

他瞄了老师一眼，悄悄回过头，用口型问道："干吗呀？"

林远时抱着手臂坐在座位上，说道："手机，拿过来。"

林远时说话的时候没有刻意压低音量，讲台上的化学老师充满警告意味地看了他一眼。

姜成鹤胆儿小，为难道："我正玩着呢。"

林远时又是一声："别废话。"

这下班上的同学全都听见了，纷纷疑惑地回头看去。

化学老师扔了个粉笔头："林远时！不许在底下讲话！"

林远时勾了勾嘴角，轻轻抬起双手，朝化学老师示意了一下。

可是这个知识点还没讲完，林远时又明目张胆地拿了部手机在桌子上玩。

化学老师忍无可忍，怒道："林远时，你给我站起来！"

林远时放下手机，懒洋洋地起身。

身边一道目光看过来。

林远时心里冷笑：只有这个时候才肯看我一眼。

"你自己不学可以，但是不要影响到其他人听课！"

林远时犯了浑，直接说道："控制不了，必须影响。"

化学老师简直不敢相信自己的耳朵："你说什么？"

林远时故意往旁边站了一点，站在他和叶婴座位的中间。

离她很近。

"我说——就是想影响——"

化学老师气极，指着他大声说道："你……你给我出去站着！"

林远时早就预料到了，一副不以为然的样子，甚至还轻笑了一声。

再次感觉到有视线看过来，林远时拿外套的工夫，看了叶婴一眼，然后冷冰冰地掠过。

这一次叶婴没有移开视线，一直目送林远时离开教室。

可能那节课知识点浅薄，或者是她的手腕又开始疼起来，自他出去之后，叶婴什么都没有听进去。

她心里像长了草，乱七八糟烦得很，怎么都不舒服。

终于下课了，叶婴站起身，鼓起勇气到走廊那边看了一眼。

他不在。

也对，他怎么可能乖乖罚站呢。

叶婴小小地吐了口气，回到座位上，拿出下一节课的书本。

铃响，数学老师夹着书进来。

朱木心站起来，说道："上课。"

叶婴跟着同学们一起站起来，鞠躬："老师好。"

数学老师点点头："好，请坐。"

林远时不在，叶婴总觉得有点空。

"上节课我们学习了概率，下面我找同学说一下……"

"报告——"

一个懒洋洋的声音响在后门门口，叶婴敏锐地回头看去。

数学老师看了一眼，见是林远时，也就不足为怪了。

"快点回座位了，开始上课了。"

林远时的目光落在叶婴身上，笑了笑，把手放在耳边，然后一挥："好的，老师。"

不知去了哪里，他稍微有点喘，身上带着一股寒气，外套也没穿，随意地搭在臂弯。

叶婴收回视线，低下头。

林远时走过来，经过叶婴座位的时候，"啪"的一声，把一个小袋子扔到她的桌子上。

叶婴抬眸看了一眼。

里面是消肿的药膏、喷雾和各种消炎药。

消肿药膏是进口的，医务室没有，看他气喘吁吁的样子，应该是跑出校园去买的。

这种感觉就像是在寒冷冬日喝下一口热水，一路暖下去，熨帖得整个人都舒展开了。

叶婴看着林远时被风吹得乱七八糟的头发，想跟他说谢谢。

可是林远时始终板着脸，也不看她，叶婴根本没有开口的机会。

数学课，老师在前面讲概率问题的新课，叶婴撕下一张便利贴，在上面写写画画之后，粘到林远时的桌子上。

叶婴若无其事地继续听课，两秒钟后，林远时拿起便利贴。

上面画着一个 Q 版的小姑娘，穿着夸张的线头破洞外套，上面还画了一个泡泡，写着：【谢谢你啊。】

字迹娟秀工整，明明只有四个字，可是林远时翻来覆去看了半天。

啧，画得真好，比他画得好多了。

字也漂亮。

他拿起来闻了闻，还有一股淡淡的香味。

林远时忍不住嘴角疯狂上扬。

他小心翼翼地把便利贴收起来，也像模像样地听着课。

课间，姜成鹤站在走廊外面跟外班的季成羽他们聊天。

“你是不知道，我们前天的比赛打得多漂亮！”

“这么牛，上单谁打的？”

姜成鹤一脸得意：“当然是林远时。

“以前他是打 ADC 的，一直是天秀，但是他嫌辅助不行，改了上单，一个人战全场，直接带着我们翻盘。”

“那最后你们赢了？”

“那必须啊！这次城市赛有不少职业选手参加，没想到被我们半路出家的给截胡了。那边挺多公司呢，就等着最后签人。”

“签人干吗？走职业电竞啊？”

“对啊。”

季成羽顿时流露出羡慕的神色：“哇！能被电竞签走的，可都是天才吧……”

正说着，刚好林远时从教室里出来，姜成鹤叫了他一声：“林远时，快给他说说咱们的比赛。”

林远时摸了摸鼻子：“什么比赛啊？”

姜成鹤有点着急：“城市赛啊。”

林远时沉吟了一下，对上季成羽渴望知晓的目光，淡淡地说了四个字：“后悔去了。”

季成羽愣住了。

姜成鹤也愣住了。

语文课的时候，林远时的手机振动了一下，他在底下看了一眼，是一条短信。

【您好，我是 OW 电竞俱乐部经理人陈瑜，请问您是否方便出来聊一聊？】

林远时想了一下，回道：【什么时间。】

陈瑜：【中午一点以后，因为之后想让您去基地看一眼。】

林远时：【抱歉，我在上课。】

陈瑜：【那么就中午的一段时间可以吗？我们可以约在您学校附近。】

林远时：【我们午休时间很短。】

陈瑜：【就……一点课都耽误不得？】

林远时：【耽误不得。】

陈瑜是真的很想见一见林远时，他们俱乐部现在不太景气，老队员非常厉害，可是新来的这一批根本顶不上去，正是青黄不接之时。

林远时在城市赛上的操作着实令他惊艳。

看得出，林远时玩游戏时间应该不长，不是职业选手，没有那么多技巧，可是准确的判断力和惊人的手速操作，真是让陈瑜大吃一惊。

比赛还没有结束，陈瑜就已经找工作人员要了林远时的联系方式，他知道，林远时的这番操作足以让在场的所有经理人惊叹。

他要先下手为强，不然这颗星可就要被其他人摘去了。

陈瑜挺主动了，可是林远时的学校竟然是省重点晋城一中，休息时间少得可怜。陈瑜想再约个时间，毕竟这是决定他以后人生的大事，可是林远时说什么也不肯逃课。

这着实让陈瑜有点头痛。

天才的个性都这么强的吗？

林远时扔下手机，看了叶婴一眼。

“手好点了吗？”

叶婴把袖子拉上去一点：“好多了，药膏很好用。”

青黑的痕迹还在，可是已经消肿不少，也没那么疼了。

林远时“嗯”了一声，把头转过去。

他还是看不得她的伤处，一看就揪心得呼吸不畅，憋闷得想打人。

林远时暗暗下着决心：以后再不逃课……

中午，姜成鹤哭丧着脸找到林远时：“我听说 OW 的人找你了？”

林远时一眼就在操场的人群中间找到叶婴："嗯。"

姜成鹤一脸震惊："你真的没同意？"

林远时不以为意地说："没时间。"

姜成鹤有些难以置信："你会没时间？"

林远时笑了一下："当然，我还要学习呢。"

姜成鹤说不出话来了，因为林远时一直都是这样。

林家是晋城四大名门之一，林远时是林家唯一名正言顺的儿子，可他从不把这个放在心上，更不会因为家世瞧不起任何人。

所有老师都说林远时非常聪明，反应快，理解能力强，只要有一点点精力放在学习上，他都不会是现在这个水平，可他偏不着急。

他是晋城一中最受欢迎的男孩子，长得帅，性格又好。

林远时拥有的都是别人羡慕的，只有他自己不放在心上。

别人不知道为什么，但从小和他一起长大的姜成鹤知道。

林远时的自信和阳光是刻在骨子里的，是优渥的家境和良好的教育培养出来的。

这些虚名他从不在意，因为他心里清楚自己的实力。

他不把别人求都求不来的 OW 放在心上，因为他知道，以他的水平，没了 OW，还会有更好的。

姜成鹤说道："行吧。"

过了一会儿，姜成鹤又愤愤道："你真的就不会遭遇滑铁卢吗？"

林远时没听懂："什么？"

"滑铁卢"这个词是姜成鹤听文科班的贺名扬说的，贺名扬知道这么个文化词儿之后，一直跟姜成鹤瞎显摆。

姜成鹤一本正经地说："我有预感，你的滑铁卢就要来了。"

林远时不屑地"嘁"了一声。

"干吗？你不信啊？"

"什么炉，听不懂。"

姜成鹤腹诽：听不懂你得意个什么？

前面十米左右，陆云亭挽着叶婴的手："小婴，食堂我都吃腻了，要不我们出去吃吧？"

叶婴笑了笑："行，你有想吃的了？"

"我想吃米线！"

"行。"

学校西门拐角处的米线店生意很火，原本是一家小店，可是因为口味独特，几年之后直接把拐角处最大的店面盘了下来，生意依然火爆。

陆云亭特别喜欢吃那家的米线，隔三岔五就得去一次，每次都要排很久的队。

两人站在店门口，陆云亭有点失望地说："人也太多了……"

每一桌都坐满了人不说，就连过道的位置都有人在等位，除了周边学校穿着校服的学生，还有不少专程开车过来吃的成年人。

叶婴看出来陆云亭是真的想吃，于是说道："这样，你去等位，我去点餐，咱们分头行动。"

陆云亭点头："好！"

叶婴是队伍的最后一个，终于轮到她点餐了。

"一份鱼丸米线，一份肥牛米线，谢谢。"

"好的，一共三十五块钱。"

叶婴付了钱，从后面进来几个男生。

"老板，两份米线全套餐，一份肥牛米线。"

老板看了一眼后台："哎哟，最后一份肥牛米线已经被这位同学点了。"

那位男生扭头喊道："林远时！肥牛米线没有了！"

叶婴回过头，果然看到林远时跟在后面摇摇晃晃地走进来。

林远时一看是叶婴："呀，你也爱吃肥牛米线啊？"

叶婴说道："老板，把我的改成同价位的鱼丸米线吧，肥牛的就让给他吧。"

贺名扬看到这副场面，撇了撇嘴，悄声问姜成鹤："这位，谁啊？"

姜成鹤小声说："林远时的新同桌。"

贺名扬长长地"哦"了一声，坏坏地笑着，好像明白了什么。

米线好了，叶婴端着盘子放在陆云亭的座位上。

陆云亭苦着脸："叶婴，为什么来之前那么多人，我辛辛苦苦抢了一个位置，结果现在没什么人了。"

叶婴看着空出来很多位置的大厅，笑了笑，没说话。

陆云亭看着叶婴的碗，问道："你不是爱吃肥牛的吗？"

"肥牛就剩一碗了，就让给林远时了。"

"林远时？"

"嗯，之前手受伤的时候，他给我买了药膏，这碗米线算是还他的人情。"

陆云亭娇生惯养长大的，胆子非常小，她很害怕那些高个子男生们。

他们看上去就很凶，很可怕。

“不过叶婴……”陆云亭凑近叶婴，看着那群男生坐得离她们很远才压低了音量说道，“你少和那帮人接触啊，我听说他们打架连眼睛都不眨一下的！”

叶婴的动作停顿了一下：“嗯，我知道。”

叶婴和陆云亭吃得快，中午还要赶着回去休息一会儿。

几个大男生却不在乎，慢悠悠吃完，下午自习刚好睡觉。

端盘子的时候，贺名扬就贼兮兮地盯着林远时，一直到大家拿好了餐具和调料。

林远时问道：“你总看我做什么？”

“那小姑娘，谁啊？”贺名扬朝叶婴那桌扬了扬下巴。

林远时回头看了一眼，笑了笑：“她啊，我的身体里还流着她的血呢。”

辣椒放多了，林远时的舌头有点发麻。

姜成鹤一边吸溜着米线，一边接话：“叶婴这个人吧，挺乖巧的，没什么存在感，也不怎么爱说话……”

贺名扬不以为意：“就凭刚才的举动，就是有意思，而且是不好意思说出来的那种‘有意思’。”

贺名扬非常笃定。

林远时虽然是将信将疑，但是潜意识里是想相信贺名扬说的话，不太爱听姜成鹤的反驳。

回去的路上，大家都吵吵嚷嚷的，唯独林远时落在后面，很沉默。

其实有一些言论很怕对号入座，不管是否正确，只要把事情一一对上，很容易就会被人相信。

林远时把之前两人的种种接触想了个遍。

从叶婴一开始看到他就脸红，在爷爷面前提到成绩时的吹嘘，到后来借给他笔借给他纸，还在家教课上处处让着他，即使她什么都不会，还是把作业借给他抄。

现在为了他，还下定了好好学习的决心。

天……啊……

为了他努力变成更好的人，但是胆小怕事，又害羞，不敢说出口，受了伤也不想让他知道，只能默默付出，把最后一份米线让给他！

林远时又回想了下自己的所作所为——

把她的桌子踢远，时不时拿她吹牛的事情嘲讽她，丝毫不顾及她的感受，在她受伤的时候跟她发脾气。

再一想到之前霍文初跟他说过的叶婴的身世和她输血救他的事实。

这……这是人干的事儿吗？

“哥？”

林远时回过神：“啊？怎么？”

贺名扬说道：“你想什么呢？快点走啊。”

“啊，好。”

林远时心事重重，拒绝了哥们儿打篮球的邀请，默默回到教室。

同学们大都回宿舍午休了，教室里没有几个人，安静得很。

林远时看着自己和叶婴桌子中间巨大的空隙，心里实在有些不太舒服。

他以前写过不少检讨，各种承认错误的话都写过，但写是那么写，可是都没走心。

他为自己之前莫名其妙就发脾气感到无比愧疚。

也不知道这些事情会不会把叶婴心中那簇萌动的小火苗给浇灭。

“唉——”林远时烦躁地揉了揉自己的头发。

前面几个正在做题的同学疑惑地回头看他。

林远时一愣：“看什么看，学你们的习。”

午休结束，林远时听着铃响莫名有点焦虑。

五分钟之后，同学们陆陆续续回到教室。

林远时稍微有点紧张，时不时瞄着门口，背脊无意识地挺得笔直。

叶婴跟陆云亭一起走回教室，到自己的位置上坐好。

她看了眼下午的课表，心里稍微规划了一下下午和晚上的学习计划。

等上课的这会儿工夫，叶婴翻开笔记本，扭头问道：“你为什么一直看着我？”

林远时吓了一跳：“啊……”

这么明显的吗？

林远时晃了一下椅子：“嗯，没有啊，我有吗？我刚刚在发呆而已。”

下午自习课，叶婴做题有些累了，伸手拿起水杯想去接点水喝，发现杯子里面早已装满温水——可她明明记得上午已经把水喝光了。

对照着答案批改完练习册，红笔没笔芯了，叶婴出去洗手，回来就发现一支崭新的红色百乐笔在她的笔袋里。

晚饭时间，叶婴去文具店买本子，挑挑选选之后，发现林远时在货架子后面。

叶婴跟他打了招呼，不想林远时的脸“唰”一下就红了。

叶婴有些莫名其妙。

林远时自己缓了一下，磕磕巴巴地跟她打招呼：“嗨，嗨，小婴。”

“你也过来买本子啊？”叶婴问道。

他绕到叶婴身边，点点头：“嗯。”然后低头选了几个和她一模一样的本子。

林远时顺道拿过叶婴手里的，一并到收银台付了钱。

叶婴追上他：“不用不用，我把钱给你。”

林远时低头看她，把本子往她手里一放，说道：“一样的本子。”

叶婴一愣：“啊……是，你也喜欢这种？”

林远时的脸好像更红了，又重复了一遍：“和我的一模一样。

“喜欢吗？”

叶婴：“？”

次日，第一节是英语课，课文讲述了外国餐桌上一些奇怪的礼仪习惯。

“那么针对这样一个问题，我们同桌之间讨论一下，如果让你写一篇作文，告诉外国的朋友李华，有关于中国的一些餐桌礼仪，我们可以从哪几个方面下笔去写？好，讨论开始。”

见林远时没有趴桌子上睡觉，叶婴用眼神示意了林远时一下：“要讨论吗？”

林远时看了眼叶婴英语书的页码，也像模像样地翻到那一页去。

之前对她太不好了，现在既然已经知道了小姑娘的心思，还是要尽力弥补一二。

看看她这渴望和他一起讨论的小眼神……

啧啧……

“你在看什么？”

闻言，林远时猛地回神：“啊？啊……没什么。”

叶婴拿起笔：“餐桌礼仪，你说，我翻译成英文。”

林远时一挑眉：“你会吗？你英语不是才八十多分吗？

“写汉语拼音可不好啊？

“一会儿老师万一提问你，怎么办？”

叶婴说道：“那你翻译。”

林远时叹了口气，万万没有想到成绩倒数只有英语稍微拿得出手的自己，有一天还要担当翻译的大任。

“行吧，那你得借我笔。”

叶婴点头：“嗯。”

“还有纸。”

“好。”

也不知道是不是心理作用，林远时似乎又隐隐约约闻到一股清淡的草莓香。

心情不知不觉愉悦起来。

趁着讨论的工夫，林远时试探着问道：“咱俩是不是离太远了？你把桌子往我这边挪挪吧？”

叶婴勾了勾唇：“不用，不就是我说你翻译吗？”

啊，小家伙还是有点害羞。

林远时了然：“啊……那也行吧，你说吧。”

叶婴一早就知道林远时是想要缓和一下关系的意思，但是忍不住想要逗逗他，努力忍着笑说：“你都翻译得出来吗？”

林远时心说“总比你强”，但是怕再伤着小姑娘，没说出口：“没事儿，你说吧。”

叶婴说道：“夹菜的时候不要给人夹生姜。”

林远时呆了。

叶婴清楚地看到林远时耳朵上的红晕逐渐扩散，她几乎快要笑出声。

“怎么了？”

林远时的声音没有方才那么有底气了：“生姜……用英语怎么说啊？”

叶婴再也忍不住了，一下笑出声。

她的眼睛眯成月牙儿的形状，眼角眉梢尽是狡黠。

林远时忽然想到那天叶婴给他换药，没有戴眼镜的模样。

精明俏皮，是和之前截然不同的伶俐相。

英语课下课，隔壁班的钱家旭过来找林远时，在门口喊了几声。

林远时正和姜成鹤闹得欢，没听见。

叶婴听见了，叫了他一声：“后门有人找。”

林远时“哦”了一声，到走廊去了：“怎么了？”

钱家旭贼兮兮地看了眼周围路过的同学，把林远时拉到一个离教室远一点的地方。

“时哥，我来是想问你借点东西。”

“什么东西啊？”

钱家旭小声说道：“情书，就是你平时收到的那些，能不能借我看看啊？”

“你要这些东西做什么？我都扔得差不多了。”

“没事儿，攒个一两天不就有了？我就是想要借来参考一下。”

晚自习的时候考了一张大卷，题比较基础，叶婴很快做完。

今天的刷题任务还没有完成，叶婴把卷子放在一旁，从包里拿出练习册来做。

“注意一下啊，这是考试，所有人不准拿教辅材料看。”朱木心是班长，坐在前面监考。

刚做完一页，朱木心走到叶婴桌子旁边。

“叶婴，你怎么说不听呢？”

同学们都在答卷，朱木心的声音落在安静的教室里，显得十分突兀。

大家的目光都往这边看过来。

“不知道这是考试吗？不准拿教辅材料。”

“我没有看教辅。”叶婴抬头说道，“这是练习册。”

朱木心一看，还真是练习册。

“练习册也不行，谁让你翻原题了？”

“考的是数学，我做的是物理。”

红晕逐渐爬上朱木心的脸颊：“你什么意思啊？你觉得往后高考的时候，人家考英语，你拿另一科资料出来看就行了，是吗？”

“很抱歉。”

叶婴实在不想耽误时间。

她的时间都在格子里，多一分不多，少一分不少，她早已经算好，剩下的时间刚好可以把这几页做完，回到宿舍就能直接睡觉。

“那我现在交卷吧。”

叶婴说出了令朱木心无比震惊的一句话。

“什、什么？”

交卷？

从开始考试到现在还不到四十五分钟，朱木心才刚刚答到大题的部分。

叶婴凝视着朱木心的眼睛，朱木心有一种叶婴能看透她在想什么的恐怖错觉。

“反正我也不会做。”叶婴眯着眼睛笑了笑，露出纯真无害的笑容。

朱木心愣了一下：“那我收走了，你随便玩吧。”

打了放学铃，叶婴刚好做完最后一道物理题，和陆云亭一起出了教室。

叶婴住在留学生宿舍，不和陆云亭同路，到教学楼下便分开了。

晚风清凉，夜空璀璨，叶婴长长地舒了口气，活动了一下肩膀，顺手摘了眼镜，捏了捏鼻梁。

很累，这样学习真的很累。

叶婴知道自己的实力，她知道自己根本不是所谓的天才，她今天的所有成绩，都是靠比别人多几倍，甚至几十倍的努力换来的。

她做题速度快也是因为平时刷了无数的题，将题型归好类，做得多了，自然就熟悉，只需要加快运算速度就能很快做完。

叶婴注意力非常集中，效率比别人高出很多，所以她从不会去宿舍楼的自习室，每天晚上学习到十点多对她来说已经足够，她需要早早睡下，保证第二天精力充沛。

晚上小姨打了电话过来，这让叶婴有些吃惊。

“喂？小姨？”

电话那头是小姨特有的尖锐嗓音：“林家的钱怎么还没打过来？”

叶婴的声音很轻，听上去有些无辜：“我也不知道啊，别的途径也没有汇入吗？”

小姨冷冰冰地说：“没有。”

“那也许是张秘书忘记了吧。”

小姨哼了一声：“不会是叫你这小丫头给私吞了吧？家里的开销有多大你不是不知道，你和你那个有病的弟弟周末在家吃在家住，没有钱是根本不行的。”

叶婴的心被这句“有病的弟弟”刺了一下，目光逐渐变得深沉，可是出口的话依然语气恭敬：“没有啊，小姨，怎么会？那要不这样吧，我在学校不方便，我把张秘书的联系方式给您，您和他联系一下？”

“哎……那可能真的是他们忘记了，再说吧再说吧，挂了。”

挂断电话，叶婴轻轻勾起嘴角。

色厉内荏的草包，只敢对着他们姐弟开刀，对于林家的人，连联系一下都不敢。

呵……

翌日一早，路上没有堵车，林远时早早到了教室。

食堂人太多，叶婴和陆云亭买了早饭到教室里来吃。门一开，带着一阵凉气，叶婴清清爽爽地走进来。

林远时问道："买的什么呀？"

叶婴回道："粥和豆沙包。"

"哦。"

叶婴慢条斯理地把袋子打开，发现身边那道目光一直没有离开，于是问道："你……要吃吗？"

果然啊，小女生的心思还是藏不住的，那句话怎么说的来着？"喜欢"这种东西，嘴上不说，也会从眼睛里冒出来。

啧。

林远时痞痞一笑："你是想要给我吗？"

"我刚好买了两个……你要是想要的话，给。"

叶婴知道林远时有洁癖，特意用干净的袋子装了给他，她的手一点也没碰到。

原以为林远时会喜欢女生们送的精致小点心，万没想到他居然好豆沙包这口。

林远时和叶婴一同吃着豆沙包，非常满意。

"好吃吗？"

"非常难吃。"

"那要不你别吃了？"

"我不。"

大小伙子吃东西很快，不像叶婴，嘴巴小，总是细嚼慢咽的。

"明天再给我加一杯豆浆，太噎了。"

叶婴一愣："明天你还想吃食堂的豆沙包？"

"还有什么别的选择？我可不吃馒头花卷什么的啊，比豆沙包还难吃。"

带早餐倒也不是什么难事，叶婴的生活习惯非常好，每天都会早起到食堂去吃早饭，便点头应下："行吧。"

吃了早饭的林远时心情非常好，看着叶婴翻书，他把胳膊肘撑在膝盖上，俯身靠近：“哎，你今天早上学什么呀？我可以辅导辅导你。”

“你想……怎么辅导？”

“老程留的作业你做完了吗？那些题我都听了，要不你现在做，我帮你看看？”

叶婴原本的计划也是利用这一早上的时间把那几道题做完，于是说：“也行。”

叶婴刚把桌上的一本书收起来，林远时便眼尖地看到她的笔记本底下夹着一个浅蓝色的信封。

信封上面没有写名字，但是那个小小的雪花标志刺到了林远时的眼睛。

那人居然敢打他同桌的主意？

“怎么了？”叶婴疑惑地问了一句，顺着林远时的目光，看到了那封信。

“这是什么？”叶婴拿起来看了一眼，“给你的？”

林远时的桌子上和桌洞里经常会有情书，叶婴都见到过午休的时候有小女孩偷偷摸摸进来，把情书塞到林远时的桌洞里。

所以，叶婴以为这封是不小心掉到她桌上来的。

“啊！对！给我的。你……不想看看吗？”林远时犹豫着问道。

钱家旭那封情书的末尾没有署名，他说只需要女神知道他的心意，不用知道他是谁。

叶婴把笔记本拿出来：“什么？”

林远时把那个信封收起：“啊……没什么没什么。”

林远时有些慌张，没想到替钱家旭代笔的情书竟然是给叶婴的。这个讨厌的钱家旭。

下午体育课，叶婴和同学们一起站排。

铃响，体育老师拿着记录本走到前面，问道：“林远时来了吗？”

“到——”林远时个子最高，站在排头的位置举起手来。

老师瞥了他一眼：“过来，带着同学们先跑三圈热身，然后做一下简单拉伸，今天我们要测试一千米。”

“好嘞。”

林远时成绩不怎么样，但是运动细胞非常发达，他不仅是校篮球队主力队员，更是运动会的主要得分选手，所以从高一开始，林远时就是体育委员。

叶婴体育非常差，她比较瘦，学习刻苦，根本没有什么锻炼身体的机会，浑身都是软软的，没什么力气。

跑着跑着，叶婴就掉到了队伍的最后面。

“你这体质不行啊。”林远时跑在队伍以外，跟在叶婴身边。

跑一圈下来，叶婴已经累得口干舌燥，嘴里有股涩涩的味道，说不出话来。

林远时迈一大步，叶婴的小碎步要接近三步才跟得上。

眼看着离队伍越来越远，叶婴却越跑越慢。

林远时颇无奈地叹了口气，说道：“跟着我。”

他忽然伸出手，隔着校服攥住叶婴的手腕。

“调整呼吸。

“步子稍微大一点，步频不要变。”

握着自己的大掌非常有力，叶婴感觉到有一股莫名的力量从手腕处传来。

叶婴听林远时的话，稍微把步伐迈开，此时她已经完全无法动脑思考，因为身体的疲惫几乎消耗了她所有的精力。

她的手腕很细，有一种稍微一使力就能捏断的脆弱感。

风不算暖，可是林远时竟跑出了一身的汗。

他的手稍微动了动。

有人说美人在骨不在皮，叶婴就是那种骨相非常漂亮的女孩子。

他的拇指轻轻摩挲着她微微凸起的手腕骨，心里有一种酥酥麻麻的感觉。

最后四百米，叶婴步履踉跄，几乎要撑不住了。

林远时感觉到了，虚扶着她低声道：“实在太累可以靠着我点。”

叶婴没有办法，稍微把力量放在林远时身上一点，他那只手臂没有动。

她又放上一点，他还是没动。

于是，就这样试探着，试探着，叶婴终于确定林远时完全撑得住她，她这才真的依靠在那只手上。

只剩最后一点点距离了，林远时松开叶婴的手腕。

到了终点，林远时在她耳边夸奖道：“真棒，跑得真好。”

跑步对于林远时来说就跟玩一样，两圈下来脸不红气不喘。

他个子太高，说这话的时候俯身弯腰。叶婴抬起头来，林远时又直起身子，嘴角勾起一抹笑容，跑走了。

以前他们的热身都是一圈，叶婴勉强撑得住，现在完整地跑完三圈下来，身体里的全部热量都袭上脸颊。

叶婴那张小脸白里透红，眼睛更加明亮，也许是太累了，眼神稍微有些迟缓。

林远时跑到队伍前面，组织大家排好队准备拉伸。

叶婴撑着自己的膝盖休息，身边的陆云亭看到叶婴的脸非常红，有些担心地扶了她一下。

“你没事吧？”

叶婴摆摆手，艰难地说：“没事，歇一会儿就好。”

陆云亭问道：“你这是多长时间没跑步了呀？”

叶婴想了一下：“大约……中考之后就没跑过。”

陆云亭也想了一下：“哦，好像我也差不多。”

林远时看了一眼队伍，说道：“这一排，转过去，那排到前面来，咱们到那边去做拉伸。”

大家按照林远时的话换了一下方向，掉转之后，叶婴和陆云亭这一横排就成了第一排。

林远时满意地点点头，到后面组织了一下。

“啊，哈哈哈……”

身后忽然传来一阵尖锐的笑声，叶婴疑惑地回头。

朱木心掩着嘴，笑声止不住：“叶婴，体育课你好歹换双鞋呀，你这样鞋底子万一跑掉了怎么办？”

朱木心说完，身边一圈女孩看着叶婴的鞋底都笑了起来。

叶婴低头看了一下，自己的运动鞋底开胶了，走路的时候鞋底就像舌头一样一动一动的。

太阳下，叶婴的脸有点红。

朱木心继续说：“学校旁边就有卖鞋的，不是，我主要是为了你的安全……”

“都给我闭嘴！”

林远时忽然一声吼，把朱木心吓了一跳。

“要不要到前面表演一段？”林远时一动不动地看着朱木心，勾起嘴角，讥讽一笑。

朱木心的脸“腾”的一下红了。

她从小成绩就好，一直是班长，每一阶段的老师都非常喜欢她。

她脸皮非常薄，就连父母都很少这么直白地说她。

现在林远时这么一说，全班的目光都往她这边看过来。

朱木心如芒在背，羞耻感像是蚂蚁一样，密密麻麻地爬她一身。

朱木心低头不说话了，心里厌恶地骂着林远时：不学无术的公子哥，以后考不上大学，没有出路，就混吃等死吧！

小插曲过后，拉伸开始，林远时站在队伍左边，也就是叶婴正前方。

后面的姜成鹤跟了一会儿，说道："林远时，你往中间站站，看不到啊。"

林远时不以为意地说："那儿有个坑，站不了人。"

姜成鹤蹲下身一看。

哦，指甲盖大的一个坑。

叶婴脸上潮红退去，在阳光下面显出一种炫目的白皙。

解散之后，林远时和一众男生到篮球场打球。

有两个班级上体育课，自然而然分成两个队伍。

因为林远时是校队的，实力比他们强太多，平时大家一起玩的时候，林远时都不会使出全力来，大家都能进球，这样别人才有参与感。

可是今天——

断球，传球，扣篮。

传球，篮板，扣篮。

断球，奔跑，远投。

一点面子没给。

等到林远时狠狠一撞，一个假动作把球晃到自己手中时，钱家旭不太高兴了。

"你干吗啊？"

"教你做人，再来！"

断球，假动作，扣篮，林远时好像全都冲着钱家旭一个人去的。

别人手里的球，林远时碰都不碰一下，可是一旦球到了钱家旭手里，不管他多么快速地传球或者投篮，都快不过林远时，一定会被林远时抢去，然后利落地扣上篮筐。

这还让不让人玩了？

钱家旭不满地说道："你这么玩可就没意思了，我们还怎么玩啊！"

林远时一边控着球，一边跑过来，坏坏地笑了一下："不是'你们'，单单只是'你'。"

钱家旭蒙了。

我招你惹你了?

一场篮球赛下来，四班被七班血虐，只有那几个同样也是篮球队的男生得了几分。

也就那么可怜兮兮的几分……

比赛结束，姜成鹤喊林远时一起去买水。

林远时说：“给我带一瓶。”

姜成鹤问道：“你不去啊？”

“我得回教室，还有事。”

姜成鹤一脸疑惑：“有事？”

林远时认真地说：“巩固知识点，建立知识体系，用最简洁的方法，举一反三。”

姜成鹤想说，背不明白的话，您就别强求了行吗？练习册上的宣传语根本不是这么说的……

此时姜成鹤内心毫无波澜，甚至有点想笑。

叶婴走进教室的时候，林远时已经大剌剌地坐在座位上玩手机了。

叶婴喃喃道：“这桌子……”

林远时疑惑回头：“嗯？什么桌子？”

此时，叶婴的桌子并排和林远时的桌子放在一起，中间没了缝隙。

林远时掩饰道：“啊，可能……可能是谁不小心撞的吧。那什么……马上上课了，你抓紧坐下。”

叶婴在座位上坐下，支着下巴问道：“林远时，桌子是你刚刚移过来的吧？”

林远时手一抖：“啊？你说啥？怎么可能，我有洁癖，很怕挤的！”

叶婴长长地“哦”了一声：“那我还是移走吧。”

林远时赶忙制止：“哎哎哎，你别移走啊，挡着过道了，同学们来来回回的一点都不方便！做人不能这么自私，知不知道？”

“这样啊，那好吧。”

在以前的学校，叶婴的同桌都是女同学，娇娇小小的，两个人并排坐着也不觉得挤。

现在林远时这么一个大高个坐在身边，空间本就逼仄，他的坐姿一贯张牙舞爪，叶婴已经很努力地缩小自己的活动范围，可还是时不时就会碰到。

尤其是林远时打完篮球回来，叶婴甚至感觉得到他身上一阵一阵的热气。

下午自习课，叶婴正在写一套卷子，一节课的时间不够，中间的下课时间也被她利用上了。

门口闹哄哄的，有人喊了一声："叶婴，有人找。"

叶婴停下笔："我？"

她转来时间不长，而且非常低调，和班上的人交集都不多，更别提别的班级了。

林远时睡得迷迷糊糊的，听到这个声音抬起头来。

叶婴跑到教室外面，走廊里高个子的男生看上去有点眼熟。

"叶婴，你不记得我了吗？我是盛雪川。

"之前打篮球砸到你一直挺不好意思的，所以买了这个，权当补偿。

"那个……你手腕好一点了吗？"

叶婴想起来了："哦，早就已经好了，你不用放在心上了。"

盛雪川把手里的袋子往叶婴手里塞："你快点拿着吧，我心里还能过得去一些。"

叶婴刚拿到手，下一秒，那个袋子就被人抢了去。

"这什么呀？"不知道林远时从哪里冒出来的，他不耐烦地往袋子里看了一眼，又扔回给叶婴，"不知道是什么。"

林远时一边大摇大摆地从他们身边走开，一边说道："不用看我了，你们继续聊你们的。

"我就是路过。"

和盛雪川又聊了几句之后回到教室，叶婴把那个袋子拆开来。

里面规规矩矩地放着一本练习册——《高中一轮小题狂练》。

"就送的这玩意儿啊？"

林远时忽然出现在叶婴身后，把叶婴吓了一跳。

"嗯。"

林远时不客气地拿过来翻了翻，又扔回叶婴桌子上，低低地"嗤"了一声。

叶婴把练习册收到桌洞里，看了眼时间，把之前没有完成的卷子写完。

林远时从桌洞里拿出手机，找到一个微信群。

林远时：【下午约一波篮球。】

骄傲的千纸鹤：【妥。】

扬名：【同上。】

九日：【同上上。】

林远时：【最后一节课下楼，在食堂那边的小篮球场。】

到了时间，几个人如约下楼。

贺名扬问道："约在这么个地方啊，一会儿放学了岂不是很挤？"

林远时有点不耐烦："你玩不玩？"

贺名扬连连点头："玩，玩。"

林远时一直不怎么专心，时不时看一眼教学楼的方向。

放学铃响起，一拨又一拨的学生从教学楼中出来。

林远时断了贺名扬手里的球，一个利落的远投。姜成鹤抢到篮板，林远时忽然快速跑过来，晃过钱家旭，拿到球之后扭头看了眼某个方向。

他停住脚步，铆足了劲儿，把篮球狠狠地往那个方向砸去。

篮球几乎被抛出了一条笔直的线，朝着人群飞去，"哐"的一声，重重地砸在了某个人的身上。

一个一米八几的男生，生生被砸得趔趄了几下。

贺名扬几个人都看蒙了。

林远时懒洋洋地笑了笑，扬声道："哥们，不好意思啊，投篮投歪了。"

盛雪川疼得说不出话来。

周围有朋友挺生气，刚想理论一番，一回头，见是林远时，立马老实了。

惹不起……

贺名扬过去捡了球回来，问林远时："你故意的啊？"

林远时笑了笑："嗯。"

"为什么啊？"

"他欺负到我的人了。"

这几天倒春寒，叶婴到商场给叶朗买了一件厚一点的外套。叶婴是按照原来叶朗的身高体重买的，不想回来给他一试，竟然有点小了。

叶婴帮叶朗把领子整理好，高兴地说："小朗长高了。"

叶朗的衣服都是叶婴买的，他不愿意逛商场，这些东西姐姐操办就行了。

“是吗？”叶朗看着镜子里的自己。

好像确实高了一点，基本和姐姐持平了。

见叶朗踮了踮脚，叶婴笑起来：“这样就比我都高了。”

“这样最好。”

“快把衣服脱了吧，我明天去商场给你换个码。”

“好。”

叶婴收拾衣服，叶朗像个小尾巴似的跟在她身后：“姐，我们班有女孩给我写情书了。”

叶婴一愣。

叶朗长得非常干净，那双眼睛又黑又圆，说话斯斯文文的，叶婴早该想到弟弟在班级一定很受女孩子的欢迎。

“那小朗是怎么处理的？”

“我交给老师了。”

叶婴伸手摸了摸叶朗的头发，问道：“小朗不喜欢那些女孩子吗？”

叶朗认真地看着叶婴：“不喜欢。”

叶婴笑了笑：“嗯，小朗现在的主要任务是学习，学习之外的事情尽量少操心。人的精力是有限的，既然不喜欢，就不要浪费过多的精力在不值得的人和事上面。”

叶朗反问叶婴：“那姐姐对林远时呢？会浪费精力吗？”

叶婴沉默了一下：“那不是浪费。”

叶朗直白地说：“我不懂。”

叶婴扯开一个笑容：“小朗还小，也许你长大了就会明白。”

叶朗不依不饶，也许这个问题埋在他的心里很久了，今天一定要打破砂锅问到底：“姐姐喜欢那个人吗？”

叶婴反问道：“你明白什么是喜欢吗？”

叶朗嘴唇动了动，没说话。

叶婴垂下眼睛，声音如泣如叹：“他啊……”

后面的话叶婴没有继续说下去。

叶朗想说，他知道什么是喜欢。

他看着叶婴的背影，几乎自虐一般快速把魔方打乱，又迅速拼好，打乱，拼好，如此往复，手指都有些红了也不停歇。

姐姐说错了，现在他的首要任务不是学习。

而是长大。

昨天又下了一场雨，淅淅沥沥的，不算大，落在地面结了冰，天气冷得一点也不像是春天。

叶婴还是第一次经历这样的天气。

在她的老家广元那边，这个时间应该已经很暖和了。

林远时穿上了一件满身白毛的大衣，看着像是冬天穿的，那身白毛张扬着“十分难打理”的贵气。

叶婴走在林远时身后，不由自主地开始脑补林远时穿着这身衣服摔进泥沟里的样子……

“林远时，等等我。”姜成鹤从后面跑过来，经过叶婴身边的时候脚底打了个滑，险些摔倒，“哎哟，这不是叶……”

叶婴也不知道为什么姜成鹤转过身看到她的时候，整个人狠狠一怔。

陆云亭先开了口：“看什么？滑傻啦？”

姜成鹤连忙摇头：“不、不是……”

陆云亭追问：“不是什么？”

姜成鹤跑到叶婴身边，小声说道：“叶婴，你今天……还是躲着点林远时走吧。”

叶婴不解：“为什么？”

姜成鹤咂了一下嘴：“你就听我的吧，为了保住你的小命，回教室就把外套脱了，随便塞哪里，别叫他看见就行。”

叶婴看了眼自己身上的风衣。

有什么不对吗？

回到教室，叶婴脱了外套，只穿着校服坐在位子上。

林远时端着刚买的热咖啡，晃晃悠悠地进来。

“早啊，小婴。”

叶婴回道：“早。”

看到自己的桌子，林远时的笑容逐渐消失在嘴角。

他一把把书包扔下，用力把椅子往后一挪，发出很大的声响，然后弯腰往桌洞里看，伸手进去摸摸摸。

点心、巧克力、家教课的笔记本、教科书……

找了一圈，林远时直起身子。

我的豆沙包呢？

叶婴一直在背单词，可是一个早自习快要过去，书本也没翻动过一页。

听着身旁“乒乒乓乓”找东西的声音，她的嘴角略略勾起。

叶婴给林远时买了很久的早餐，每天早上林远时都会看到一个皱巴巴的方便袋躺在自己的桌上，今天竟然没有了。

林远时看了眼身边正在背单词的叶婴，欲言又止。

要问吗?

听上去像不像个要饭的?

可是为什么不给他买了?

林远时把咖啡重重往桌子上一放，心里有一股说不出的烦躁。

第二节课，林远时饿醒了。

他臭着一张脸随便在桌洞里摸出一盒提拉米苏，“嗞啦”一声撕开，放在嘴里咬了一口，立马又吐了出来。

真难吃。

比豆沙包都难吃。

叶婴听课很认真，时不时还做一做笔记。

“你听得懂吗？”林远时叹口气，凑近问道。

叶婴头也不回，轻描淡写道：“嗯，听得懂。”

现在两个人的桌子靠在一起，更方便林远时跟她讲话了。

林远时习惯性地用胳膊肘撑着膝盖，弯下腰来，把下巴搁在俩人桌子中间的缝隙上。

他头发毛茸茸的，像一只哈哈吐气的大狼狗。

“真的假的？”他阴阳怪气地问道

叶婴不想理他。

过了一会儿，林远时不放弃地说：“你看老师在黑板上画的那个圆，你看它像什么？”

叶婴迅速回答：“集合。”

林远时腹诽：谁要集合？集合干吗去?

“不是，你看它的形状。”

叶婴明知故问：“你想说什么？”

林远时直起身子：“哎，算了，没什么，你集合去吧。”

叶婴淡淡笑了笑，继续认真地看着黑板。

下课，叶婴去卫生间洗手。

她真的很注意卫生，林远时觉得她甚至比自己还要有洁癖。

她几乎每节课下课都会洗手，涂护手霜，有的时候还会把脸也顺便洗了。

教室门口晃悠着几个外班的男生，林远时眼尖，看到钱家旭在门口探头探脑地往里看。

“哎——真的是……”林远时把书一扔，起身走了出去。

“干吗呢？”林远时懒洋洋地扬着下巴。

林远时高大的身子挡住了钱家旭的视线，钱家旭往旁边侧了一下，林远时也侧了一下。

“你同桌呢？不在啊？”钱家旭问道。

“找她干吗？”

余光瞟到某个一边往教室走，一边用纸巾擦手的娇小身影，林远时揽过钱家旭，把他拉到另一边。

“怎么了？”钱家旭问道，“我女神是不是看到那封信了？”

林远时咬着后槽牙：“看到了。”

钱家旭的小眼睛猛地一亮：“她什么反应啊？”

林远时往后瞥了一下，见小身影回教室了，他才松开钱家旭，嫌弃地搓了搓手，也不知道这人洗没洗校服。

一会儿他也得去洗手……

“她有喜欢的人了。”林远时说道。

钱家旭震惊得瞪大双眼。

洗了手之后，叶婴觉得自己稍微清醒了一些。

她把书包抽出来，在里面翻找练习本，发现书包夹层里有一个硬硬的东西，她不记得自己往这个夹层里放过什么，便拉开拉链一看，竟是一个叠得四四方方的字条。

叶婴疑惑地把纸张展开来。

挺大一张纸，字却没写几个，字迹似乎仿照着网上的圆润少女体写的，歪歪扭扭，故作可爱。

【你好哇，你的头发真好看啊，你的衣裳真干净啊，你的手指真细啊。】

【我觉得你太可爱了，怕你自己不知道，我不得不写信告诉你。】

【但是你不要猜我是谁。】

【因为你根本猜不到。】

林远时把钱家旭打发走之后，刚要回教室，就看到叶婴正在看那个小字条，忽然闪身到门后去。

他没注意，撞了姜成鹤一下。

“干吗呢？”

林远时俊脸通红：“走开！”

陆云亭从前面匆匆忙忙跑到叶婴座位前，凑到她的耳边，问道：“你有没有姨妈巾啊？”

叶婴和陆云亭对视了一眼，说道：“我给你找找。”

叶婴从书包的夹层里找到一个，藏在袖子里偷偷递给陆云亭。

“谢了。”陆云亭小声说了一句。

下课时间，教室后面站了不少人。

陆云亭跑过后门口的时候，刚好和一个要拐进教室的人撞上。

陆云亭的头重重磕在那人的胸口，力道太大，又被猛地弹了回来。

往后倒的时候，她下意识抓住一旁的椅子，手里的东西一下脱了手。

唐疏予的胸口被撞得生疼，也往后趔趄了几步。他刚要伸手揉揉胸口，却见天上一个什么东西飘落下来。

唐疏予下意识接住了。

“你的头是铁……”

“做的”两个字还没说出口，手上柔软的触感让唐疏予觉得有些奇怪。

他手指动了动，里面的东西还有点滑，拿到眼前一看。

一个粉色的、方块状的陌生玩意儿被修长的手指捏着。

周围的一切静止，引线点燃，“嗞啦嗞啦”往上燃烧。

两秒钟之后。

烟花“轰”的一下在唐疏予的脑海里炸开，全身的血液涌上脸颊。

陆云亭从地上爬起，刚好看到全班最绅士、白净的男生，满面通红地捏着自己的卫生巾……

那一刻，她几乎能听到周围同学倒吸一口凉气的声音。

啊啊啊！

下腹忽然一阵钝痛，陆云亭也来不及尴尬了，伸手夺过卫生巾，匆匆从唐疏予身旁跑过。

唐疏予白皙的脸庞红得快要滴血，僵硬地维持着捏卫生巾的动作。

那种奇怪的触感似乎依然停留在指尖。

“太……太……太不像话了。”

憋了半天，唐疏予才憋出这么一句话来。

下午自习课，姜成鹤和林远时打赌赌输了，认命地帮林远时跑腿去超市买了点吃的回来。

林远时打开一袋旺仔小馒头，往叶婴那边递了递："吃不吃？"

叶婴冷声道："不吃。"

"你怎么什么都不吃啊？"

顿了顿，林远时伸脚踢了一下姜成鹤的椅子："喂，你吃吗？"

姜成鹤没好气道："好好叫我，我就吃。"

林远时翻了个白眼："爱吃不吃。"

姜成鹤立马谄媚地笑了："嘿嘿嘿，开玩笑的，我吃我吃。"

说着，他就要伸爪子去拿。

林远时及时制止了他："我给你倒。"

姜成鹤伸出手，林远时给他倒了一点出来。

"哎，傻鹤，你觉不觉得小馒头的形状很像某种面食啊？"

姜成鹤一脸蒙："什么？"

林远时瞥了叶婴一眼："某种面食，像什么呢，你说？"

叶婴握笔的手顿了顿，明白了林远时的意思，微微抿了抿嘴角。

姜成鹤傻乎乎的："像啥？像馒头啊？"

林远时若有所思："也有点。"

他捏着一个小馒头，凑到叶婴跟前："小婴，你觉得像什么？"

叶婴看了一眼："像……集合。"

林远时："……"

叶婴支起下巴，坦诚道："你想说它像豆沙包吗？"

林远时没想到叶婴这么快就猜到了："它不像吗？"

叶婴笑了笑："不像。"

她又不说话了！

林远时皱眉，想把这个话题自然地圆过去，好问一问为什么早上没给他买早餐："哎——"

叶婴转过头："嗯？"

"那什么，看到这个小馒头我才想起来，那什么，今天的早餐呢？被你吃了？"

"哦，你绕来绕去是想说这个啊？"

林远时的耳朵有一点红了，但还是鼓足最后一丝勇气和叶婴对视着，大言不惭："我没绕来绕去。"

叶婴目光深深，白生生的手指一下下摩挲着教科书的边沿。

“我今天吃早餐的时候忘记了，抱歉啊，明天给你带。”

林远时：“……”

“明天你想吃什么？”

这么轻易就把他忘记了，林远时不大高兴了：“不想吃了。”

叶婴马上回道：“好。”

林远时：“？”

好?

好什么好?

看她那模样，是一开始就不想给他带!

林远时把笔一摔，下午自习课一节也没上，在楼下打了一下午的篮球。

隔着窗子，叶婴看到他只穿着单薄的白色卫衣，在寒风之中奔跑，弹跳。

叶婴的目光落回到自己的作文纸上——

【世界上最大的失落，往往不是“失去”，而是“得而复失”，相反的，世界上最大的惊喜不是“得到”，而是“失而复得”。】

【只有经历了失落，才会珍惜惊喜。】

与其说她的字迹工整娟秀，不如说是另一种克制，每一笔都不会出格，不多不少，恰到好处。

叶婴目光深深，摒弃心中杂念，换了一科的练习册来做。

她很快投入进去，再放下笔时，已是晚上放学。

林远时回到教室收拾东西。

陆云亭来找叶婴的时候有些低落：“你想吃什么就吃什么吧，我没胃口。”

叶婴关切道：“你怎么啦？”

陆云亭小嘴一撇，眼看着就要哭出来似的：“我丢……丢人了……”

叶婴拍了拍陆云亭的背：“别难过了，都过去了。”

其实叶婴不太会说什么安慰人的话，在她看来，小伤小痛不需要别人的安慰，而真正的心痛那一点点安慰也根本无用。

何况于她来说，所有的苦难都是她自己扛过来的，不是靠别人安慰过来的。

“我带你去吃炒饭吧。”

陆云亭说道：“那我看着你吃。”

“也行。”叶婴一边说，一边穿上风衣外套。

姜成鹤刚好回头，惊讶得瞪大眼睛，扭头朝林远时看去。

林远时此时的目光也落在那件大衣上。

挺普通的衣服，很干净，看上去也很暖和，腰间空着几个卡扣。

缺失了一条腰带……

穿好之后，叶婴把长马尾拉出来，挽着陆云亭出了门。

长长的马尾刚好垂到腰际，随着叶婴走路的动作，一晃一晃的。

姜成鹤不太敢看此时林远时的脸。

林远时好像在思考着什么。

姜成鹤举起双手：“你别激动啊，我觉得可能只是巧合，叶婴应该不是那天的凶手，这两件衣服可能只是……”

姜成鹤每每想起那天晚上冻成冰人的林远时发狠赌誓说“一定不会放过他”，都觉得害怕。

叶婴那么瘦，那么娇气，还是林远时的同桌。

这要是……

后果简直不堪设想。

林远时回过头：“休息的时候陪我去趟商场吧。”

姜成鹤蒙了。

去商场？

干什么？

林远时语气淡淡地说：“我要去买鞋。”

鞋？

两人出了教室，姜成鹤试探性地问道：“你还记得那个雪夜你追凶手的时候，扯下了那人大衣的腰带吗？”

“记得啊，怎么了？”

“那、那……”

“你想说什么？”

姜成鹤犹豫着：“你还记得那个腰带的颜色吗……跟叶婴的衣服……”

“不一样啊。”

姜成鹤挑眉，努力回忆了一下：“不一样吗？”

林远时嫌弃地睨了姜成鹤一眼：“去商场陪你再配一副眼镜吧。”

姜成鹤真的开始怀疑自己的眼睛，挠了挠后脑勺：“真的不一样吗？”

林远时催促道：“走吧，吃饭去。”

食堂，叶婴打了饭回来，陆云亭还是恹恹的。

“你真的不吃吗？”

陆云亭摇了摇头。

她不说话，叶婴也就安安静静地吃饭。

“小婴，你说，今天唐疏予会怎么想我呀？以后都不会理我了吧？”

叶婴如实说：“我也不知道。”

陆云亭更难过了，把脸埋进手肘，声音闷闷的：“我完了……”

唐疏予和陈青打完饭，在食堂找了一圈，发现就叶婴旁边还有俩座位。

唐疏予把饭放到陆云亭旁边。

“唐疏予干吗要撞我呀！烦死了！”陆云亭忽然说道。

唐疏予不知道旁边就是陆云亭，被这声音吓了一跳，惊恐地看向叶婴。

叶婴朝他点了点头。

“云亭……”叶婴叫了她一声，“要不你……”

陆云亭根本不理叶婴，声音还在继续：“这下好了，小时候他就总嫌弃我成绩差，嫌我笨，现在更有说辞了。

一旁的唐疏予耳根发热，和陈青尴尬地对视了一眼。

陆云亭说够了，猛地抬起眼睛，看到身边的唐疏予，惊讶之后，两个人都红了脸。

唐疏予原本想说点什么，可是看着陆云亭通红的眼眶，表情逐渐软了下来。

“你……肚子还疼不疼啊？”不知道哪根筋搭错了，唐疏予脱口问道。

月末就是期中考试了，因为上一次的期初考试输给了另一个实验班，所以这次期中考试邵军非常重视，希望能够一雪前耻。

期中考试之前学习强度非常大，下午的自习课基本都被各科老师占领。

邵军单独找了班上那几个拖后腿的学生谈了话，在期中考试之前，这几个人都老老实实地跟着上课，没出去瞎嘚瑟。

第二天一早，叶婴和陆云亭一起到教室上早自习。

陆云亭心情好多了，小姑娘心思单纯，情绪来得快去得也快，尤其昨天唐疏予给她买了杯热奶茶之后，陆云亭简直高兴得快要飞起。

林远时已经到了，懒洋洋地看着窗外。

叶婴脚步稍微停顿了一下，因为她发现自己的桌子上，放着一份热气腾腾的早餐。

有粥，有豆沙包，有豆浆，有小甜品，还有一份水果。

“是……你买的？”叶婴问林远时。

林远时没看她，含混不清地“嗯”了一声，而后又补充了一句：“顺便买的，你爱吃就吃，不爱吃就扔了吧。”

叶婴自然不可能浪费，慢吞吞地把那些东西吃掉，最后剩了一盒水果。

叶婴递了一根牙签过去：“一起吃吗？”

林远时对着窗外出了神，下意识答道：“脏不脏啊，一起吃。”

余光中，小姑娘的动作明显一顿。

林远时顿时后悔自己说了这样的话。

他不是那个意思。

叶婴淡淡地笑了，那道笑容扯得林远时的心狠狠一疼。

林远时想解释什么，可是叶婴已经收回手，转过身去。

这几天，叶婴给自己安排的学习强度非常大，倒也不是因为期中考试，只是最近小姨催钱的电话来得越来越频繁，叶婴心里烦闷，这些压力通通转化成了学习的动力，就连课间休息都不放过，全都在刷题。

连着两天，林远时都没有和叶婴说话。

只是在听课的间隙，叶婴低头想要记笔记的时候，能感觉得到林远时的目光正落在她的身上，好像欲言又止。

林远时经常这样看她。

无论是上课时，还是课间，他都很喜欢这样直白地盯着她看。

有的时候中午放学，操场上站着很多人，林远时也能在人群中一眼找到叶婴，然后目光就一直在她的身上徘徊。

叶婴习惯了。

也不知道是不是期中考试即将到来的缘故，这两天林远时也没有在底下玩手机游戏，姜成鹤约他他也爱搭不理，更多的时候都无精打采地趴在桌子上，或者是直勾勾地看叶婴。

第三天下午自习，物理老师剩下一道题没有讲完，稍微拖了会儿堂，迟了五分钟下课。

叶婴有点困了，到洗手间洗了把脸，回来的时候恰好看到盛雪川站在教室后门，往里面张望。

叶婴往那边走，盛雪川看到她，说道：“哎，叶婴，我正找你呢。”

林远时枕在自己胳膊上，在嘈杂的人声中敏锐地捕捉到这个声音，微微睁开眼睛。

“盛雪川。”叶婴和盛雪川打了声招呼，“找人？”

“嗯，对，就是找你。”

叶婴用纸巾擦干净手：“有什么事吗？”

盛雪川温和地笑了一下：“快期中考试了，我就是想问问……你还缺练习册吗？”

叶婴抬起头，一脸不解。

“啊，我的意思是，我可以根据你的成绩给你推荐几本练习册做做，毕竟临阵磨枪，不快也光嘛。”

叶婴能记住盛雪川的名字，并不是那次的渊源，而是因为期初考试。

年级第一盛雪川，第二唐疏予，第三陈星海，叶婴记住了这三个名字。

“哦，不用了……”叶婴眯起一个月牙儿笑，温和地说，“你推荐了我也不大愿意做。”

和盛雪川没聊几句，就打了上课铃，叶婴匆匆和他告了别回到教室。

从进门的那一刹那起，叶婴就感觉有一道炽热的目光落在自己身上。

不用想也知道是谁。

叶婴迎着那道视线回到座位，刚要坐下，林远时放在她椅子上的脚突然往后一钩，椅子腿摩擦地面发出刺耳的“嘶啦”声，她的椅子便到了他的腿边。

叶婴还来不及站直，林远时忽然伸出手，握住叶婴的手腕往回一拉，叶婴顺势坐在椅子上，距离林远时很近很近。

近到，叶婴有一种直接坐在林远时腿上的错觉。

她的脸瞬间就红了。

叶婴刚想反抗，化学老师夹着书本走进来。

同学们站起来跟老师问好，坐下的时候，叶婴手扶着椅子想要挪回原来的位置。

可是林远时的脚还放在那里，男女力量差距何等悬殊，她用尽全身力气，椅子都纹丝不动。

林远时轻轻吐了一口气，似无奈，似愤恨。

他再一次捉住她的手腕，把她拉回椅子上坐好。

“你再动试试。”因为离得太近，林远时的声音就响在叶婴的耳边，带着一股狠劲儿。

叶婴立马老实了。

有时候林远时做的一些事、说的一些话，在让人诧异的同时，总能让叶婴一向冰冷的心，稍微温暖那么一下。

林远时虽然玩世不恭，可是身边从老师到同学，几乎没有不喜欢他的。

并不是没有理由的。

“我……”叶婴微微垂下眼睫。

“那天的早餐，我不是嫌弃你的意思。”林远时小声说，“我就是不习惯。”

叶婴抬起眼睛看他。

他这是……反过来向她解释吗?

林远时被叶婴的目光看得有点发毛，说：“你可别……你可别那啥啊。”

你可别就此放弃啊。

叶婴什么都没有解释，可是她的一个眼神，就让林远时心里的气消失得无影无踪。

晚上放学，林远时背起书包，心情极佳，说：“明天不用吃早饭了，我给你带。”

叶婴收拾东西的动作停顿了一下。

林远时想了想，又补充了一句:“你以后的练习册，我也包了。”

期中考试那天天气很好，只穿着校服也不觉得冷。

早上六点，叶婴准时起床，叠好被子，刷牙洗脸，她下楼刚想往食堂的方向走，突然想起什么，微微笑了一下，转过身，到超市买了瓶水之后直接去了教室。

省去了去食堂的时间，所以叶婴到教室的时间比平时早了一些，正复习错题的时候，一个精致的小袋子出现在眼前。

她顺着袋子往上看，袋子由一只修长的手指钩着。

“谢谢你啊。”叶婴说道。

林远时还没睡醒似的，含混地哼了一声。

早自习结束，他们要分别去到各自的考场。

“你居然从最后一个考场出去了？”林远时这才清醒一些，看着考场分布惊讶道。

叶婴有点无语：“我本来也不是最后一个考场的。”

“行啊你。”

临走时，叶婴把那瓶饮料递给林远时。

“哟？”林远时斜斜一笑。

啧啧，小女生的心思啊……

“当是对你早餐的回礼了。”

林远时黑了脸，一把把饮料塞回叶婴手里：“回礼可就不必了。”

叶婴有些错愕，略略低下头。

“哎，算了算了。”看她失落的小模样，林远时没忍心，又把饮料抢了回来，“你说什么就是什么吧。”

“赶紧去吧，小学霸，别迟到了。”林远时用大手轻轻摸了摸她的头顶，转身走了。

叶婴皱了皱眉，去到自己考场。

期中考试是晋城一中自己出题，题目往往很难，平均分会比平时低上许多。发下卷子的时候，林远时大略看了一遍。

不会。

他悠闲地把笔一放，目光扫过桌角的那瓶水。

见是买的小茗同学，林远时“啧”了一声，打开后小小地抿了一口。

啊，又想吹口哨了。

午休，姜成鹤到林远时这边，看到那瓶饮料还挺惊讶：“你不是说你不喝这些乱七八糟的东西吗？”

他刚要拿起饮料瓶来看，林远时先他一步一把夺了去，一个眼神瞪过来。

“别动。”

姜成鹤被这道声音震慑了一下：“什么呀？宝贝似的不让碰啊？”

林远时把饮料好好地放起来：“就是宝贝。”

期中考试结束之后是一个小假期，叶婴答应了叶朗，要带他去游乐场玩一圈。

晚上叶婴回到房间，叶朗很兴奋，拿着手机查拍照技巧：“姐，人家都说那个游乐园有几个景点特别适合拍照，路线我都查好了，咱们一个一个走。”

叶婴问道：“你不想玩里面的设施吗？”

“不想，姐姐玩，我负责给姐姐拍照。”

叶婴笑了笑，把明天要穿的衣服准备好，顺手收拾了一下小包后，打开衣柜深处的钱包一看，笑容逐渐僵硬在嘴角。

“怎么了，姐？”叶朗凑过来问道。

叶婴迅速把钱包合上，弯起嘴角笑道：“没事，明天把水杯也带上吧，免得进去之后口渴。”

叶朗的动作迟疑了一瞬：“好，我去拿。”

叶朗出去之后，叶婴坐在床边，指肚一下一下地摩挲着床沿。

今天小姨夫不在，似乎是晚上厂子里有聚会，只有小姨在家，此时她正坐在沙发上看电视。

叶朗洗好了水杯，说道：“姐，我把杯子放在这里，明天早上再装……”

话说到一半，叶婴忽然拿过柜子里的钱包，猛地打开房门。

“哎？姐，你去哪儿？”

叶婴怒气冲冲到了客厅，一把把钱包摔在茶几上。

“小姨，我想请问一下，我和小朗上学这段时间，有没有人动过我的钱包？”

叶朗站在门口，看到一向乖巧的姐姐突然失控，心里一惊：“姐！”

叶婴一个眼神递过来，叶朗动作微微一滞。

小姨把瓜子皮吐到地上，一挑眉：“哟？这是干什么？”

Chapter 3

我的意思就是，
以后你再敢动她一下试试

叶婴质问道：“我钱包里的钱去哪儿了？”

不知是因为害怕还是因为愤怒，叶婴的声音微微有些颤抖，眼眶有点红。

小姨轻蔑地笑了笑：“我怎么知道？钱包里的钱不见了，你自己问钱包去吧，我可没动你那什么破玩意儿。”

“我和小朗上学，钱包就放在衣柜里，现在里面的现金不见了，您跟我说您不知道？”

“这钱不是我们拿的。哦，你的钱包放在衣柜里，我都不知道。你现在吃我们家的，住我们家的，就算是我们拿的，那也是应该的！

“你看看那林家，都已经多久没有给钱了。怎么，现在你就要白吃白住啦？说是你救过人家孩子，可是人家也没怎么把你放在眼里的嘛，一点点生活费都舍不得的嘛。”

叶婴的声音里满满都是委屈：“就算林家这几个月钱给得少，不及时，可是每个月我和小朗的生活费我都已经给过您了，我们不是白吃白住您的啊。”

小姨嗑了一口瓜子，像是听到了什么笑话一样，尖锐地笑起来：“你给的那点钱够干什么的？还附了账目，简直可笑！除了那些实质性的，我的精神损失费呢！”说着往叶朗身上瞟了一眼，“天天带着个病号走来走去，我说什么了？我家里都快被病气充满了！”

小姨又说道：“再说了，你一个大姑娘，我也就是看着林家现在还能帮衬一把才好心好意收留你们，要不然……”

听到小姨话里骂起了叶婴，叶朗顿时暴起：“你再说一句试试！”

小姨一挑眉：“怎么着？你还能动手打我不成？”

说着，她回过头斜斜地睨了叶朗一眼，目光微微一顿。

饶是小姨是市井里泼妇惯了的，也被叶朗现在的模样震摄了一下。

叶朗的瞳仁非常黑，平时只觉得那双眼睛无比清澈单纯，此时却写满怒意，那张略带病气的小脸苍白如纸。他直勾勾地盯着小姨，带着初生牛犊不怕虎的乖张劲儿，狠狠咬着牙关，仿佛地狱里爬出的鬼魅，若小姨再说他姐姐一句，他就能把小姨生吞活剥了似的。

“你干什么？用这种眼神看我做什么？我说的不对吗……”

“这件事情我就不再计较了，小姨，我尊重您是长辈，也希望您能拿出一个长辈该有的样子来。”叶婴停顿了一下，“我的钱……就只剩下这些了，就当是给您的生活费吧，以后要拿钱，也烦请告诉我一声。”

叶婴说完最后一句话，带着叶朗回到房间，没一会儿就听见小姨气吼吼地换了衣服换好鞋，“砰”的一声关上门出去了。

叶婴吐了口气，无意中撞上叶朗的目光。

这么一对视，叶婴就知道，还是没能瞒得过叶朗。

叶朗双眸中的黑暗完全褪去，看着姐姐的时候，依旧一副天真纯净的样子。

心意相通，两人都笑了起来。

叶婴问道：“你是怎么看出来的？”

叶朗搓了搓手：“我站在门口的时候，姐姐的那个眼神告诉我的。”

叶婴淡淡地笑起来。

“我姐姐不是一个冲动的人，那样跟小姨撕破脸，一定是别有用意的。”

“你知道我为什么这么做吗？”

叶朗摇摇头，笑容甜蜜纯净：“我不用知道，姐姐是我的脑，我是姐姐的手，我保护姐姐，这样就可以了。”

叶婴从自己贴身的口袋里拿出一张银行卡来。

"之前我上家教课的时候，和林家老爷子提出想要换一张银行卡打钱，但是不告诉小姨，林老爷子同意了。这几个月林家给了我们很多钱，我把其中的一部分打给原本小姨握着的那张卡，一部分取出来放在钱包里，最多的那一部分留在这张卡里，给我们自己用。

"如果这次小姨拿了我们的现金，我们还没有什么动作，她一定会察觉除了这笔钱，我们手里还有，她就会想方设法地把所有钱全都拿走。这样跟她闹一出，让她觉得我们除了那些现金，完全没有别的存款，穷途末路才会这样，小姨就不会查到我手里的这张卡。"

叶朗点点头。

"对了，姐，为什么小姨这么讨厌我们，还是继续收留我们啊？"

叶婴目光放远，笑容轻蔑："他们能有什么人情，无非为了利益。"

"那这件事之后，小姨会不会不要我们了啊？"

叶婴眸光深深："只要这个钱包里陆陆续续还有现金，他们就不会。"

说起这些肮脏事，叶婴的神色永远平平淡淡，叶朗却禁不住皱了皱眉。

叶婴安慰道："没关系，他们会做得越发不着痕迹的。"

叶朗眯起眼睛笑了："只要他们不伤着姐姐，我就不会真的动手。"

叶婴回头，摸了摸叶朗的头发，说道："卡里的钱足够，明天咱们先去游乐场，再去看场电影，好不好？"

叶朗乖巧点头："好。"

这还是林远时第一次逛女鞋区。

当导购员问及他想买运动鞋、瓢鞋、凉鞋、高跟鞋、帆布鞋，还是皮鞋的时候，林远时有点蒙。

"有……这么多款式啊？"

少年一身运动装，个子很高，宽肩窄腰，整个人看上去矜贵清爽，有着这个年纪特有的青春感。

简直是心动的感觉。

女导购的目光直勾勾地落在他的脸上。

"那您是想要搭配什么衣服呢？"

林远时正在挑选："嗯？"

女导购解释道："是搭配运动休闲系列的运动鞋呢，还是要搭配裙装的瓢鞋或者高跟鞋，或者更喜欢英伦风？小香风？"

林远时蒙了。

什么风，听不懂。

女导购沉吟了一下：“这样吧，要不你看看我们店里的新款。”

姜成鹤听不下去了，拉过林远时：“你到底要买什么样子的鞋啊？这样漫无目的逛了一上午，你也没拿个主意出来啊？”

林远时喃喃道：“都不适合她啊……”

“可不是嘛，阿姨肯定要穿高定高跟鞋啊，你总往运动鞋那边看，当然没有适合的。”

林远时顿了一下：“呃，对啊，走吧走吧，下一家。”

姜成鹤有些不解：“你怎么突然想着要给阿姨买鞋了？她生日啊？”

林远时鄙视地看了姜成鹤一眼，从鼻子里出了口气“哼”：“你咋那么多问题？”还不如带贺名扬出来，简直快要被姜成鹤烦死了。

要他出来陪着买鞋，他偏要问给谁买的，好巧不巧，林远时忽然想起之前跟贺名扬说的“我的身体里流着她的血”的梗，脱口而出：“给我妈买。”

于是，姜成鹤就开始一直叨叨：“给阿姨买这双不合适吧？

“还是高跟鞋好一点。

“这个颜色也太难看了，哈哈哈。”

林远时被嘲讽得心烦意乱之时，忽然看到橱窗里的一双鞋子。

他也没理姜成鹤，闪身拐进店中，拿起来看了看。

“先生您好，是要看看这款小脏鞋吗？”

姜成鹤后一秒进了店：“你不会要买这双吧？”

林远时问道：“小脏鞋啊……有没有更脏一点的啊？”

导购有些迟疑：“呃……要不您再看看这边的？”

叶婴和叶朗从游乐场出来，叶婴出了一身的汗。

选择在小长假出来玩，简直就是找虐，哪哪都排队，哪哪都堵车。

但是叶婴玩得还是挺开心的，叶朗身体弱，不能玩太刺激的项目，可叶婴胆子大，过山车、激流勇进、海盗船、大摆锤，她全都玩了一遍，而且是游客之中最淡定的一个。

安安静静，不喊不叫，即使在倒置的最顶端，叶婴也没什么表情。

叶朗之前学的拍照技巧没用上几个，因为人实在太多了，手机像素也不大好，拍出来的人像非常模糊。

“不过没关系，我再学一下修图就好了。”叶朗还是对手机里姐姐的照片很满意的。

数量取胜。

现在手机内存基本都快满了。

叶婴答应过叶朗，游乐园结束之后要去看一场电影。到了商场，叶朗说他有些饿了，叶婴看了下商场地图，五楼是餐厅。

“你想吃什么？”叶婴问叶朗。

叶朗没有来过这么大的商场，看着这些餐厅的牌子，他一个都没吃过，于是随手指了一个：“要不……就这家烤肉吧。”

“好。”

两人正要进店，身后传来一道声音：“叶婴？”

语气里还有点不可置信。

“好巧啊。”林远时和姜成鹤并肩走过来，“你也在？”

“啊，是，我带弟弟出来玩。小朗，这位是林少爷，你见过的，这边是姜成鹤，姐姐的同学。”

也不知怎么，林远时和叶朗对视着，两个人都在对方的眼睛里读出了满满的不友好。

虽然心里不悦，但叶朗还是乖乖叫人。

姜成鹤一看叶朗这浓眉大眼乖巧的样子，心里喜欢极了，况且他姜成鹤行走江湖多年，还真就没有人叫过他哥。

姜成鹤走过去，手往叶朗肩头招呼：“小弟有点可爱啊，今年多大了？”

叶朗也不反抗，看向姜成鹤的目光非常干净：“初一。”

姜成鹤问叶婴：“是你亲弟弟吗？看着不像啊？”

叶朗还未说话，叶婴抢先一步回答：“是的。”

姜成鹤挠挠头：“神态倒是挺像，尤其是眼睛。”

林远时显然没有预料到会在这里碰到叶婴，耳根微微发红：“你是……你是在跟踪我吗？”

叶婴一时没反应过来。

林远时意识到自己说错了话，马上岔开话题：“啊……不是，我是、我是说，你们也要吃饭吗？”

姜成鹤替林远时说了剩下的那一半：“那就一起啊，反正我们也没吃呢。”

地点就定在旁边这家烤肉店。

也许是见了陌生人的缘故，叶朗有些怯懦，往里走的时候，他牵起叶婴的手，身子微微靠着她。

服务生引他们四人往里走，林远时回过头，还没说话，目光便落在了叶朗的手上。

“大堂里太吵了，还是包间吧，包间清静点。”姜成鹤回头跟林远时说。

林远时走到后面，站在叶婴的另一边。

“小婴，你想吃什么？”

林远时个子高，叶婴说话的时候不得不仰起头：“小朗不吃辣，其他的你们看着点就好。”

林远时弯下腰凑近了一些：“啊？小婴你说什么？”

“我说……”

“姐。”叶朗把叶婴往他那边拉了拉，“我可以吃点鱿鱼吗？”

叶婴的注意力被叶朗吸引过去：“不行，你吃鱿鱼会过敏的。”

“可是我有点想吃了，就吃一点点，一点点行吗？”

小男孩讨好地笑着，渴求地看着叶婴。

叶婴淡淡道：“一点也不行。”

他们跟着服务生穿过大堂，周围稍稍安静了一些。

叶婴清楚地听到自己头顶传来轻轻的一声：“嗤——”

也不知是落了什么毛病。

仿佛那口气吹在了她的脖颈处，几乎是反射性的，叶婴背脊一麻，脸迅速红了。

到了包间，姜成鹤招呼大家坐下，圆桌，有两个烤炉。

林远时率先坐到里面，叶婴跟着进去，叶朗刚要坐到叶婴身边，林远时把叶婴往身侧一拉，俯身，手里提着的东西往那个座位上一放。

他嘴里嘟囔着：“哎，有点挤啊……真的是……包间也有点挤。”

姜成鹤叫了叶朗：“小朗，过来坐这儿。”

叶朗看了叶婴一眼，叶婴朝他点了点头。

林远时低低地吹了声口哨，把菜单递给叶婴：“累的欸（lady），佛斯特（first）。”

叶婴接过菜单：“我居然听懂了。”

林远时绅士一笑，脸上写着“满身才华藏不住”“偶尔露一手惊艳到你了”“非常抱歉，但是我也没有办法”的欠揍表情。

叶朗瞪着林远时，白了他一眼。

姜成鹤看着叶朗：“小朗学习好吗？”

叶朗没说话。

姜成鹤不知死活地继续问道：“刚刚他说的那句英文，你听懂了吗？”

叶朗还是没说话，可是通红通红的小脸已经回答了这个问题。

叶婴翻看着菜单，忍不住微微勾起嘴角，问道：“你们有什么不吃的吗？”

姜成鹤说道：“林远时不吃香菜，我都吃。”过了会儿又补充了一句，“多点点肉啊。”

林远时没完了：“密特。”

叶婴点头：“好。”

过了会儿，叶朗小声说道：“肉的意思，我听懂了……”

语气里竟还有小小的得意?

林远时牛兮兮地一摆头：“额老特奥夫，密特。”

叶婴实在是听不下去这场菜鸟互啄，点了几样之后把菜单交给他们俩，看看他们想吃什么再点一些。

姜成鹤还是嫌肉不够多，又加了好几份。

“我和林远时都是肉食主义者，我妈说了，多吃肉才能长高。”

林远时拿过菜单，坏笑着看向服务生：“请问，有鱿鱼吗？”

服务生回答：“有的。”

林远时笑眯眯的：“来四份。”

他扭头拿出一副大哥哥的样子，教育道：“小朗不能吃，闻闻味儿就得了，哥哥们替你吃，乖。”

叶朗心底翻起一个无比巨大的白眼。

他们误打误撞选的这家餐厅味道还不错，大家吃得都非常满足。

时间有点晚了，叶朗不想去看电影，想和叶婴直接回家。

叶婴说道：“那也行，回去太晚不太好，那你们呢？回家吗？”

姜成鹤答道：“我们也准备回了，叶婴，上学见。”

叶婴笑了笑：“上学见。”

林园。

初春时节，天气越来越暖和，管家刚刚找了园丁把花园修整了一番，晚上也不算冷，霍文初披了外套，在园子里浇花。

暖灯悉数亮起，映得霍文初的眼睛非常漂亮。

张秘书一身西装，大步走进花园，微微颔首：“夫人。”

霍文初瞥了张秘书一眼：“怎么了？这么个表情。”

张秘书小声说：“查到了。”

霍文初浇花的手一顿：“陈佳玉？”

这么多年过去，再次说起这个名字，霍文初还是抑制不住微微颤抖。

她咬着牙，满眼都是恨意。

张秘书微微点头。

霍文初冷笑一声："她还没死？"

"没有……"

霍文初直起身子，把水壶丢给张秘书，转身出了园子，纤瘦的背影在华灯之下显得越发孤独。

"我知道了。"霍文初再出口的声音已经平静许多。

"还有一件事，夫人。"张秘书说道，"林总快要回来了。"

霍文初回过头："真的？"

"是的。"

霍文初眼珠转了转："先别动陈佳玉，千万不能让如许知道。"

"什么东西不让我爸知道啊？"

远处响起林远时懒洋洋的声音。

霍文初顺着声音的方向寻去，看到自家儿子晃晃悠悠地从门口走来。

霍文初眼睛里的情绪悉数消失，嘴角挂着温柔的笑容："不能让你爸知道你的期中考试成绩，不然你又要挨揍。"

林远时脸上的笑容立马消失了："这是必须的！还有爷爷，也不能知道！"

霍文初笑了笑："买了什么啊？这么晚才回来？"

林远时把手里的袋子往后拎了拎："没啥，买了双鞋。妈，我还给你带了一瓶香水，一会儿你闻闻看喜不喜欢。"

霍文初伸手摸了摸林远时的头发："这么乖呀。"

林远时躲了一下："哎呀，妈，别老弄我头发。"

霍文初无奈地摇了摇头，跟着林远时一起走进大厅。

"对了，妈，我爸回来……我得给他准备点啥啊？"

林如许是在林斯寒的母亲去世之后离开的晋城，去了国外谈合作，一晃也小半年了。

林如许性子冷淡，话不多，跟林远时一直不大亲近。

在林远时的印象里，林如许总是一身西装，头发梳得一丝不苟，很冷漠，不是正在开会，就是准备开会。

林远时话这么多的人，到了父亲面前也常常无话可说，尴尬地等气氛凉透。

以前林远时以为父亲不爱他，后来发现林如许对谁都这样。

对爷爷、霍文初，还是自己，都这样。

哦，不对。

只除了一个人。

——林斯寒的母亲，韩芳。

霍文初说道：“看看你爸爸具体哪天回来吧。”

林远时点点头：“行。”

林远时回到自己房间，脱了衣服洗了个澡，拿起手机看了一眼，群里的人正张罗着要打游戏，问他要不要参加，林远时拒绝了。

音响里放了歌，林远时找了件衣服套上，蹲下来，把鞋盒打开。

里面静静躺着一双小脏鞋。

如果就这么直接送，叶婴一定不会收。

林远时端正地看了看，拿着鞋快速跑到楼下的花园里，把鞋子扔在泥土里滚了几圈。

他满意地拿起来一看，更脏了。

林远时买的是定制版，店家说限量的没有货，需要很久才能有，于是林远时就挑了里面最贵的一双买下来。

林远时特别喜欢球鞋，他喜欢的那几个牌子，不管是限量款，还是联名款，几乎每一双他都有，有的买不到的，就让刘文兴去给他弄，到最后鞋子堆了满墙。

对于他的那些球鞋来说，这款小脏鞋还真不算什么。

但也比她的那双烂掉的鞋强吧。

林远时满意地看着表面非常脏的小脏鞋，勾了勾嘴角。

小长假结束，在走廊里就能听到教室吵吵嚷嚷的声音。

有人在聊小长假做了什么，有人在讨论期中考试成绩怎么下得那么快，还有人在闷声不响地抄作业。

叶婴回到座位上，林远时还没来，她带了一点杧果和她自己做的点心，拿了一些放在林远时的桌子上。

林远时来的时候还是一副将醒未醒的样子，看到桌子上有东西，以为又是哪个女生送的，顺手塞进桌洞里，然后往桌子上一趴。

过了一会儿，铃声响起，邵军踩点走进教室，然后说道：“期中考试考得怎么样啊？”

班级里顿时怨声载道：

“题目根本就是超纲了的。”

“题出得太偏了，咱学校老师出题总是这样。”

“数学最后一道大题我算出了六位数的答案，顿时蒙了。”

邵军笑了笑：“作文写得怎么样啊？材料看懂了吗？”

同学们几乎是异口同声的：“不——好——”

朱木心问道：“老师，主体立意是什么？”

邵军说：“择优的方式。”

叶婴听着，心里一阵一阵发寒。

这次的题目非常新颖，叶婴在一本练习册上见到过，还归了类。期中考试的时候看到这些题目，她以为这只是一些简单的类型题，按照期初考试的水平，以写对几个写错几个的方式答完了。

朱木心一听是这个立意立马泄了气。

邵军问道：“这个立意有多少人写对？举手我看看？”

零零落落的几个人把手举起来，不出十个人。

其中就包括叶婴。

语文卷前面已经故意答错不少，她以为作文就没有什么跑题的必要了。

叶婴的手指无意识地摩挲着书本边缘。

看来这次应该也会比她预估的名次稍微靠前一些了……

班级里一片混乱，所有人都在抱怨究竟是哪个老师出的变态题目。

邵军稍微组织了一下秩序：“其他班也差不多是这个状态，这次也算不上是难，就是知识点比较灵活，看你们究竟有没有完全掌握。行了，别说话了，把卷子拿出来，咱们一起看一下。”

这几节课基本都是讲期中考试的卷子，大家听完之后情绪激昂，老师们也知道这次的题确实出得难了，一边安抚学生情绪，一边尽量把每一道题都讲解通透。

题目难归难，如果真的有些学生能考出高分，那就证明是真正的高手。

这几次年级第一和年级第二都没有变动，也不知道这次会不会有其他人夺了年级第一的宝座。

前面的化学老师讲课讲到一半，问道：“这个知识点不能不会吧？来，我找个人把这道题的方程式配个平。”

老师在教室里看了一圈，大多数同学都在低着头看卷子，唯独最后面的某一个，没穿校服，一身白色卫衣本来就已经很扎眼了，他还在趴着睡觉，长腿长手伸开来，挤得他同桌就剩那么一点点地方。

化学老师扬声道：“林远时，你站起来给我把这个方程式配平一下。”

林远时睡得正香。

他睡觉的时候倒很安静，完全不会影响到别人，离得近了还能听见沉沉的呼吸声。

第一声叫他，他没醒。

叶婴看了眼讲台上老师的神情。

“林远时！”老师的声音大了一些。

叶婴皱皱眉，轻轻拉了拉林远时的衣角，在底下小声说道：“哎，哎！老师叫你呢。”

班上同学的目光悉数往后面看过来。

姜成鹤悄悄回头，用椅背撞了撞林远时的桌子：“醒醒。”

林远时猛地睁开睡眼，叶婴担忧的小模样映入眼底。

“怎么了？别怕……”林远时尚未清醒，完全不知道发生了什么事，只是看到叶婴的样子，下意识地安慰，声音沙哑温柔。

叶婴微微一怔，这道声音像是砂纸轻轻磨在她的耳郭上，酥酥麻麻的，心跳莫名漏掉了一拍。

“老师叫你呢，快站起来。”

林远时倒干脆：“哦。”

林远时高高地站起来，似乎还默默伸了个懒腰。

化学老师说：“把这个方程式配平。”

林远时皱了皱眉，什么方程式？

化学老师看林远时愣头愣脑的模样，声音一厉：“不会啊？放假前刚刚讲过的，你不要告诉我你不会啊？”

林远时笑了笑，露出一颗尖尖的虎牙：“会，会，您别生气呀，生气对身体不好。”

化学老师白他一眼：“少跟我贫！”

说是这么说，可是老师的表情已经柔和下来，想笑又极力忍着的模样。

化学老师指着林远时说：“我跟你说，这个方程式你要是不会，就给我出去，写完三十遍再回来继续上课！”

叶婴皱了皱眉，稍微低下头来。

走廊很冷，林远时穿得少，又刚刚睡醒……

有人轻轻地牵动他的袖子。

林远时低下头来。

叶婴小声说了答案。

林远时勾了勾嘴角，把叶婴的答案重复了一遍。

化学老师刚升起来的怒气顿时只剩下白烟一缕：“还行，脑子没白长，还能稍微记得点东西，行了，坐下吧。”

林远时坐下之后笑眯眯地凑近叶婴。

“你这次怎么没质疑我啊？”叶婴问道。

林远时讨好地笑道：“我相信你。”

课间，叶婴洗手回来。林远时彻底清醒了，背靠着窗台，侧身坐着，脚踩在叶婴的椅子腿上。

“过来。”他朝叶婴勾了勾手指。

这个姿势……

林远时手长腿长，这么大剌剌地伸展开，像张大沙发一样。

这个姿势就像是在说“过来，到我怀里”一般。

叶婴稍微低了低头，走了过去。

“怎么了？”

“那什么，看在你仗义提醒的分上，奖励你点东西……”

“什么东西？”

“那个……”林远时挠了挠头，把座位下面的袋子扔给叶婴，“捡了双鞋。”

叶婴打开袋子看了一眼，没有鞋盒，只有一双脏兮兮的鞋子。

“穿上看看合不合脚。”

叶婴问道：“送我的？”

林远时眨了眨眼：“送什么送啊！我送你东西干什么？这是……这就是我捡的，就是脏了点，也没坏，看着跟你脚大小也差不多……

“就……就顺便给你拿过来了。”

叶婴拿出鞋来看了看，鞋子上的泥土黏在她手上：“你这是从哪儿捡的啊？”

林远时想起那天把这鞋子在花园的泥土里滚的样子，忍着笑说：“在垃圾堆。”

叶婴翻了个白眼。

林远时装作有些不耐烦：“哎呀，洗一下就好了。”

洗一下就好了？

简直不敢相信这是从林远时这个大洁癖嘴里说出来的话。

“别看了，快点穿上试一下，大小不合适我好回去换。”

叶婴挑眉："回去换？"

"不是，换什么换，哎呀，你快点穿。"

林远时急了，俯身就要给叶婴脱鞋。

叶婴赶忙阻止："我穿我穿，我自己来。"

叶婴换了鞋，走了几步。

"舒服吗？"大男孩眼睛里有晶晶的亮光。

"蛮舒服。"叶婴说道。

"大小呢？"

"正好。"

林远时终于露出笑容："正好啊？那就好。"

他欣赏地看着叶婴走来走去，评价道："还有点潮呢？搭配你那件破洞的外套，完美！"

叶婴笑了笑："晚上我拿回去洗一下。"

林远时表情有点奇怪："啊，那也行。"

马上就要出成绩了，这一下午大家都紧张兮兮的。

叶婴知道，现在很多好学生口中的"我完了，我这次考砸了"只是一句不能当真的玩笑话。

他们的愁眉苦脸是为了掩饰真正的实力，好跟普通同学打成一片而已。

唯独陆云亭，她的脸这一天都是苦兮兮、皱巴巴的。

"我完了，小婴，我又考砸了。"

陆云亭是班级里倒数几名，成绩跟林远时差不多，有的时候甚至还不如林远时。

她的语文和英语都还不错，但理综数学就差得实在太多了，倒也不是她不学，是真的学不懂。

叶婴理解她，明明已经很努力了，可就是听不懂，一点办法都没有。

叶朗就是这样的人。

叶婴安慰地拍了拍陆云亭的肩膀："没事了，下次再继续努力嘛。"

正说着，门口传来一阵吵闹声，叶婴抬头看去。

"大榜来了！大榜来了！"

所有人都很关心大榜，唯独林远时。

他低头看着叶婴穿着小脏鞋走来走去，美滋滋地勾着嘴角不说话。

这次的榜单印了整整一沓，每人一份。邵军说先发下来大家看看，一会儿要用一节班会的时间分析这场考试。

叶婴从前座手里接过榜单，递给林远时一份。

林远时懒洋洋地拿起来看了一眼，从后往前找比较方便。

他最先看到姜成鹤的——呵，这次又没我考得好。

然后，他看到他自己的——很意外啊，这次出了倒数前十，荣耀跻身倒数第十一了?

也许林如许回来，这张榜单可以拿给他瞧一瞧。

林远时接着往前找……往前……

继续往前……

什么情况啊?

没印叶婴的吗?

林远时坐直了身子，开始从前面一个一个地找。

这下很快就找到了。

"第……第五？"林远时不可置信地看向叶婴，"小婴，你第五？"

林远时简直不敢相信自己的眼睛，反复确认了好几次——自己的确没有看错。

"这成绩也没输入错啊……你怎么了？真进步了？"

能进步得这么快吗?

半个学期，超过了一大半的人?

是怎么做到的?

叶婴没有想到这次题目的难度会让这个省重点实验班的同学这么为难，明明她是按照期初考试的分数来答的，结果上一次在倒数的位置，这次居然一跃成为第五名。

"嗯……程老师课讲得好，我就进步了。"叶婴随便胡诌了个理由敷衍道。

"是吗？"

林远时不可置信地盯着叶婴看：跟我没关系吗？你确定?

跟着榜单一起发下来的还有各科的答题纸，林远时兴致勃勃地拿起叶婴的答题纸看了一遍。

看不太懂吧。

但就是觉得厉害，这小字儿写得赏心悦目的。

铃声响起，邵军黑着脸走进教室。

他脸上几乎写着"你们完蛋了""居然又没考过另一个实验班""看

我怎么收拾你们”的字样。

班级瞬间安静，依稀能听到走廊里传来的其他班级的吵闹声。

“这节课班会，咱们来分析一下成绩啊，先一科一科说，再一个人一个人说。”

邵军平时是个挺和气的人，也许是老师当得久了，身上自有一股气场，不怒自威。

即使他是笑眯眯地开玩笑，这几个浑小子也不敢在他面前太过分。

更何况现在邵军板着一张脸，更是谁也不敢在他面前造次。

大家低着头，大气儿都不敢喘。

“先说我这科，语文，你们说题目难题目难，先看这道成语题，里面哪一个成语我没讲过？来说说，哪一个？错这道题的举手我看看来。”

邵军在讲台上滔滔不绝，叶婴低头认真听着的时候，桌子底下，一张小便利贴缓缓移向自己这边。

叶婴看了邵军一眼，接过来。

便利贴上写着：【我刚刚把你的成绩发给老程了，老程惊呆了。】

叶婴拿起笔回复：【你发给程老师干吗？】

林远时：【没忍住。】

叶婴：【就这一次侥幸而已。】

林远时没说全，他不光发给了老程，还发了他所在的微信群、QQ群。这下，学校里认识他的人，全都知道了他的同桌在他的熏陶下考了全班第五。

林远时还特意百度了一句话，之后微信和QQ的个性签名全都改成了：【近朱者赤】。

之后，叶婴没再回复，专心听邵军训斥。

每科都轮了一遍之后，同学们本就凝重的心情变得更沉重了。

叹气一声接着一声。

“下面看个人啊，第一名唐疏予，年级也是第一，还不错，继续保持啊，上一次被盛雪川拿了个第一，这次终于反超了，但是物理还是不行，还是拖你后腿了，等会儿把你卷子给物理老师看一下，看看具体是哪里存在问题。

“第二名……

“接着，我要重点表扬一下叶婴啊。”

叶婴心里“咯噔”一下。

“叶婴同学这个进步非常大，语文分数中等不算高，但是理综和数学相比期初考试，进步就非常明显了。

“你们多学学叶婴同学，每一次我看监控，人家都是在学习。你们聊天的时候，她在学习，你们睡觉的时候，她还是在学习，就这样努力的人，能不进步吗?

“叶婴啊，以后继续努力啊，现在就差在英语和语文上了，下一次争取再进步！”

叶婴低着头，还是能感觉到一道道的目光朝她这边看过来。

叶婴控制不住脸红了。

身旁的某人却非常高兴，一副与有荣焉的模样，大剌剌地笑着，迎接四面八方羡慕的眼神。

“第六名，朱木心……”邵军皱着眉停顿了一下，似乎斟酌着语言，不知道该怎么说自己这位班长。

“朱木心退步……太多了啊。”

座位上的朱木心头低得快要垂到桌子上，邵军刚说一句话，她的泪水就已经溢满眼眶。

“这个分数不行，语文比前一名差了十多分，理综还是弱项，英语这次考得倒还算不错，但也不是你以往的水平。”

老师客观地点评着，但这一句一句，像是鞭子一样抽在她的身上。

疼痛与屈辱堆满了她的整颗心，压得她快要爆炸了。

邵军看了朱木心一眼，也没说太多。

他知道这个姑娘心气儿高，脸皮薄，说太多也许对她并没有什么好处，点到为止即可。

“班会”终于结束，邵军抱着书本离开教室。

同学们顿时松了一口气。

陆云亭凑到叶婴桌前：“小婴，你好厉害呀。”小姑娘满眼都是崇拜，“居然进步了这么多！”

一直没什么交集的前座曹佳彤也转过身来：“叶婴，老师说你作文是班上分数最高的，能借给我看看吗？”

叶婴马上点头：“哦，好。”

她找了一圈才想起来，之前的那几张答题纸都在林远时那里，现在他正在后面跟姜成鹤他们拿着篮球瞎玩。

叶婴叫了他一声：“哎，林远时。”

林远时立马回头：“嗯？怎么了？”

“我的语文答题纸在你那里吗？”

“桌洞里，自己拿。”

“哦。”

林远时的桌洞很空，就放着她的那几张答题纸，叶婴找到语文的，递给曹佳彤。

曹佳彤看了看后面，小声说道：“叶婴，你什么时候和林远时关系这么好了？”

叶婴挑眉：“好吗？”

怎么看出来他们关系好的？

曹佳彤想了想，说道：“嗯……我也不知道，反正就是觉得你俩相处得挺自然的。”

这次叶婴成绩进步非常大，在实验班里人气飙升。

不少之前没什么交集的学生，都过来问叶婴题。

“老师说你的理科思维很好，果然啊，这种解法太巧妙了。”

“叶婴，你平时是怎么背单词的啊？我为什么总是记混。”

“叶婴，这道题老师讲的时候我没听懂，你能再给我讲讲吗？”

叶婴性格温软，说话总是慢条斯理，讲题的时候一步一步来，非常有耐心，而且叶婴非常聪明，一下就能明白对方没有弄懂的地方在哪里，换一种讲法，题目就会变得简单易懂。

那些抱着试探的态度过来问过一次题的同学，发现叶婴是个极好相处的人，下次有不会的都会再找叶婴问。

就这样，叶婴在实验班的人缘越来越好。

以前大家觉得她冷冷的，性子安静不太愿意说话，接触下来才知道，这个小姑娘真的好讨人喜欢啊。

问题的人越来越多，这个结果……有点出乎叶婴的意料。

她以为这会是一个染血的战场，谁成绩好谁就会成为众矢之的，拉下前面的一个人，可能自己就多了一次往上爬的机会。

可事实却不是这样的。

当她笑脸迎人的时候，别人也会善意地对待她。

这个世界恶人的确很多，却终究多不过好人。

叶婴的防备心太强，小心翼翼地把自己束缚起来，不敢和这个陌生的世界接触。

现在这样偶然的机会，这层束缚打开了一点点，外面金色的阳光透了进来。

认识了林远时，认识了实验班的这些同学，叶婴原本冷漠防备的心，似乎开始渐渐融化了。

但是这件事却让林远时不大开心，像是自己珍藏许久的宝贝，忽然被曝光。

大家也发现了她的好，以后欣赏她的人越多，想要抢夺她的人就越多。

林远时莫名其妙有种危机感。

叶婴慢条斯理地给那个一下课就过来问题的胖男生讲解题思路的时候，林远时很想问一句——

你当真不记得大教室窗台边的你男神了吗?

“叶婴啊，那这条边……”

“还没问完? 边什么边啊? 马上上课了，回座位去吧。”林远时不耐烦地说。

“还有三分钟呢，来得及。”胖男生看了眼自己的手表，“上课老师讲的我没听懂。”

“没听懂就问老师去。”林远时警告地扬起下巴，“你已经占用了她很长时间了，人家也有别的事情需要做的好吗? 做人能不能不这么自私? ”

林远时性格好是好，但在大家眼中，他终究是四处惹事、不学无术的少爷，这么一发狠，还真就把胖男生给唬住了。

胖男生悻悻地拿着自己的本子开溜。

“你怎么这么受欢迎啊? ”林远时酸了吧唧地说。

叶婴一脸不以为意:“还好吧，大家只是问我题而已。”

叶婴还挺喜欢大家和她一起讨论题目的。

在给他们讲解题思路的时候，她自己也会产生新的灵感。

林远时心一横:“我也有问题，你帮我也看看。”

“好啊，你什么题不会? ”

想当年都是他给小婴讲题，现在才过了半个学期，人家的成绩就突飞猛进了，现在他居然沦落成了听题的那个。

又有一个男生抱着练习册过来，林远时的目光死死地盯着人家。

男生刚说一句:“叶婴……”

林远时忽然握住叶婴的椅子，连人带椅子往自己这边一拉，椅子摩擦地面发出“刺——”的一声。

“哎? 有个先来后到啊，兄弟。”

男生不敢置信:“你也要问题? ”

林远时也要问问题?

林远时笃定地点头：“是的，当然，看不出来吗？”

看着男生的背影，林远时悲凉地想：听题就听题吧，也比在旁边干看着强。

这么一回头，林远时才发现方才那么一拉没掌握好距离，现在叶婴离他很近很近，一低头就能看见她绑头发的橡皮筋，上面有一个指甲盖儿大的粉色蝴蝶结。

叶婴这样小小一只，几乎被他整个罩在怀里。

林远时的脸顿时火烧一般，说话也结结巴巴的：“小婴，你脸红什么……”

“嗯？什么？”

叶婴猛地抬起头来，下巴尖尖小小，大眼睛又圆又亮。

林远时看直了眼睛，喉结明显地上下动了动。

大脑一片空白，无法思考。

“铃——”

尖锐的铃声响起，两人都吓了一跳。

叶婴回过神来，把自己椅子搬到原位：“上课了，上课了……”

林远时的目光却一直落在叶婴身上，许久都没有移开。

这日吃完晚饭，叶婴想去校外的书店，给叶朗买几本练习册。

他们学校用的那本有点难度，不适合叶朗，叶婴想给他选几本偏重基础的。

现在是校门口最热闹的时候，叶婴跟陆云亭手挽手出了校门。

“我想买碗炒焖子，你等我一会儿啊。”陆云亭说道。

叶婴：“嗯，不着急。”

在小推车前等待的时候，叶婴习惯性地左顾右盼。

校门口右边一群高个子男生吸引了她的注意。

其中有几个应该不是本校的，他们骑着机车，手里抱着头盔，另外几个穿着校服，吆五喝六地跟他们侃大山。

其中最高的那一个站在最后，他把白色卫衣的帽子从校服里面翻出来，单肩背着一本书也没装的黑色书包，懒洋洋地眯着眼睛。

周围路过的女同学，或多或少都将目光盘桓在他身上。

羞涩又朦胧。

“好了。”陆云亭拿到炒焖子，闻了一下，顿时饿了，“好香，咱们赶快走吧。”

叶婴收回视线：“好。”

她和陆云亭转向另一个方向，拐进路旁的书店里。

林远时他们几个在外面等了一会儿，钱家旭和贺名扬并肩从校园里出来。

吕歆铖说道：“哟，你怎么了这是？丧兮兮的呢？”

贺名扬无奈道：“我开导一路了，换你们来吧。”

见钱家旭低着头，贺名扬用嘴型告诉大伙儿：“失恋了。”

姜成鹤长长地“哦”了一声：“追谁啊？还是上次那个？”

钱家旭没好气道：“就那一个好不好！”

吕歆铖是校外的，听了这事儿一脸嫌弃：“不是哥们说你，土不土啊你？”

“怎么了？不让啊？”钱家旭梗着脖子道。

贺名扬实在忍不住吐槽：“我都是后来才知道的，这家伙，写完之后没署名，哈哈。”

姜成鹤马上笑了：“你是想让人猜你是谁吗？哈哈哈。”

“那我看你最后一句不如写……你快猜猜我是谁，保准你猜不到。”

林远时：“……”明明说的是钱家旭，但是这一句一句的，像是拍在自己脸上似的。

林远时摸了摸下巴，假装看向远方。

两个人影从书店里拐出来，经过他们的时候，林远时没忍住，吹了一声响亮的口哨。

叶婴一愣，见他们几个还没走，与林远时的视线碰了一下，又很快移开。

因为这声口哨，那几个男生的目光都往她们这边看过来。

陆云亭吓了一跳，顿时红了脸，缩着头往叶婴身后猫：“哎哟，怎么都看我们啊，完了完了，不会是想要过来揍我们吧。”

“天啊，好恐怖，快走快走。”陆云亭拉着叶婴走了。

“这是谁啊？”吕歆铖问道。

林远时回答：“我同桌。”

过了会儿，他忍不住又炫耀了一句：“这次考了第五名。”

一直到叶婴二人进了校门，林远时才回过神来，他一巴掌招呼在钱家旭的后脑上：“别看了！”

吕歆铖最先反应过来：“追的就是她啊？”

钱家旭没否认。

吕歆铖说道：“那不是林远时同桌吗？你让他帮帮你不就完

了吗？”

钱家旭傻兮兮地回头：“怎么帮？”

吕歆铖立马道：“我跟你说，一般女孩子听说过某个男生的光辉事迹后，这个男生就会自带光环的，你知道吗？”

钱家旭不懂：“啊？啥意思啊？”

吕歆铖恨铁不成钢道：“你就让林远时在不经意之间给她讲讲四班的钱家旭有多么优秀，有多帅，她心里就会想要去了解，下一次她知道你就是钱家旭……”

吕歆铖一拍巴掌：“什么事儿都成了。”

贺名扬恍然：“真有招儿……”

钱家旭有点不敢相信：“能行吗？”

吕歆铖被夸了一句之后有点飘了，话格外多：“你得让她主动对你感兴趣，懂吗？”

钱家旭挠了挠后脑：“啊，我懂了……但是还有一个问题我不懂。”

“吕老师”点点头：“嗯，问。”

“她有喜欢的人了怎么办啊？”

吕歆铖问道：“你知不知道是谁啊？”

“知道啊，上回林远时没告诉我，我自己查到了。”

“是谁啊？”

钱家旭老实回答：“年级第一，盛雪川。”

林远时一愣：“谁？”

晚自习林远时不在，叶婴的地方非常宽敞。

前半节课，她做完了一套数学试卷和一套英语试卷，课间休息的时候，叶婴翻看了一下给叶朗买的练习册。

她挑选的都是侧重基础的，叶朗做起来应该刚刚好。

叶婴大致按照学习的进度给他划了个范围，然后把练习册合上，稍微晃动了一下脖子。

第二节自习课，叶婴心里计划了一下之后，拿出之前她自己买的练习册来。

前段时间学校领导抽查学生晚自习纪律，有个班级学生在后面打闹被逮，于是学校决定增加晚自习轮岗值班的教师，并且要求每班班长在晚自习的时候坐在前面管纪律。

朱木心拿着自己的书本，搬了椅子坐在讲台上。

叶婴题做到一半，前座的曹佳彤回过头，递了一张纸，上面是一道数学题。

叶婴把步骤完完整整地写了一遍，递还给曹佳彤。

曹佳彤没看懂，把不懂的地方勾出来。

叶婴正在写解答过程，曹佳彤又想到了什么，为了方便，也为了节省时间，直接回过头来跟叶婴说。

“曲线 AB 为什么能相交？是因为……”

“这个方程一开始解错了。”叶婴小声说，“这一步的交点不对，所以后面的答案就不对了。”

似乎感觉到了什么，叶婴猛地抬起头，刚好碰上朱木心的目光。

“叶婴。”朱木心紧着嗓子叫了一声，“怎么？给人讲题这项业务拓展到晚自习上来了？”

叶婴脸一红，周围陆陆续续有学生往这边看过来，她低了低头。

曹佳彤悻悻地收回纸张，不说话了。

安静了一会儿，前面有一张纸递过来，还是曹佳彤的，上面重新解了一下交点，后面还是错的。

叶婴认真看完，帮她把用错的公式标记了一下，刚伸手准备递给她，讲台上的声音再次响起：“叶婴，你没完了是吧？这次不说话了改传字条？”

这下大家都好奇地往她这边看过来。

曹佳彤坐不住了，辩解道：“不是，是我问叶婴题的。”

朱木心很强势，说道：“问题下课干什么去了？晚自习问题啊？班级被扣分你能担得起这个责任吗？”

曹佳彤不敢说话了。

朱木心说道：“叶婴，你出去站一会儿。”

这就有些过分了，同学当中有人想说话，恰好值班的老师经过走廊，通过门上的玻璃往里看，大家赶忙低下头，装成认真学习的样子。

值班老师走后，朱木心目光笔直地看着叶婴。

这本来不是一件大事儿，错也不在叶婴，更何况朱木心哪有让学生出门罚站的权力。

道理有很多，可是眼下叶婴既不能辩解，又不敢反抗，如果真的说下去，两人必定辩解起来，总不能在全班面前跟朱木心撕破脸。

斟酌良久，叶婴拿上练习册，站起身。

曹佳彤非常愧疚，拉了她一下：“叶婴……”

朱木心见状，马上说道：“你想一块儿站着？”

曹佳彤立马放开了手。

叶婴笑了一下，走出教室。

值班老师刚刚过去，走廊上十分安静。

叶婴站了一会儿，感觉到一阵又一阵的冷风钻进自己脖颈。

她抬头一看，原来是走廊的一扇窗子没有关严，漏了冷风进来。

叶婴里面穿得少，外面就一件校服，站久了便有些冷。

去关窗的时候，叶婴稍微停顿了一下。

随后，她把手放在窗框上，力气朝着相反方向使。

“呼啦——”

窗子顿时打开，冷风不由分说地劈面而来。

叶婴打了一个寒战，索性站在窗口，就着灯光拿起练习册。

第二天一早，叶婴踩着铃声来到教室。

林远时等她半天了：“早啊，小婴——”

“早。”

叶婴带着浓浓的鼻音，小脸红扑扑的。

“你怎么了？”林远时的声音一下子紧了。

曹佳彤看到叶婴，歉疚地说道：“叶婴，对不起，昨天都是我不好。

“天啊，你不会感冒了吧？

“这怎么办……对不起，我不该问你题害你罚站的。”

林远时眉头紧锁：“什么问题啊？什么罚站？”

曹佳彤是个中规中矩的好学生，平日里有点害怕林远时。

他这么疾言厉色地一问，曹佳彤有点慌，一五一十悉数招来：“昨天晚自习，我问叶婴题被班长抓了，结果……害得叶婴被班长罚站了。”

曹佳彤话音刚落，叶婴正准备拿课本，一只手掌忽然探向叶婴的额头。

叶婴吓了一跳。

林远时站起身，拉起叶婴就往外走。

叶婴不明所以：“怎么了？快要上课了，去哪儿啊？”

林远时高大的背影就在叶婴眼前，他没有回头。

“医务室。”

两人刚好在走廊碰上要进教室上课的邵军。

“老师，我同桌病了，我带她去医务室看看。”

林远时难得这么正经严肃地跟邵军说话。

邵军看了叶婴一眼，发现她的脸色的确很差，两颊泛着不正常的潮红，整个人都恹恹的，没什么精神。

邵军有些动容：“行，去吧。”随后不放心地嘱咐，“别趁机出去玩啊，好好照顾她。”

林远时点头：“知道了。”

到了楼梯口，林远时松开叶婴的手腕：“能走吗？”

叶婴知道自己在发烧，早上起来就感觉头昏昏沉沉的，浑身没有力气。

“还行。”

林远时皱了皱眉：“嗓子都哑成这样了。”

出了教学楼，林远时问道：“冷不冷？”

“不冷。”

林远时换了一个话题：“那个……昨天晚自习到底怎么回事啊？为什么要罚你出去站着？”

“曹佳彤问我题，说了两句话，也都是我不好。”

林远时平时是个一点就炸的性子，这会儿竟然还挺冷静。

风从身后吹来，林远时闻到叶婴身上若有似无的香味。

医务室很近，下了楼梯之后几步路就到了，林远时在门口把叶婴放下来，带她走进去。

“老师好，我们班同学病了。”林远时敲了敲门说道。

医务室的医生穿着白大褂坐在桌子后面，说道：“过来坐下我看看。”

叶婴到前面坐下，老师看了叶婴的舌苔，给她量了体温。

林远时一只手撑在桌子上，问道：“医生，严重吗？”

“高烧三十九度五，留下输液吧。”

叶婴点点头：“好。”

医生去准备药品和针了，林远时小声问道：“害不害怕？”

叶婴摇了摇头。

医生拿着输液瓶过来，瞥了林远时一眼：“男同学送完可以回去上课了啊。”

“行，我等您给她扎完再走。”

“嗯，手伸出来。”

叶婴挽起袖子，露出一小截细白的胳膊。

医生扎了橡皮筋，拍了拍她的手背，用酒精棉画着圈消毒。

林远时看着银色的细针刺进她的血管，叶婴没什么表情。

“疼吗？”林远时问道。

不等叶婴回答，医生率先乐了：“疼什么疼，大小伙子了，又没扎你。”

林远时朝医生很阳光地笑了一下：“医生，那我回去了。”

医生仰头帮叶婴调着药液的流速：“嗯，去吧。”

“走了，拜拜。”林远时跟叶婴打招呼。

叶婴点头：“拜拜。”

林远时走后，医生一边整理东西，一边笑着说：“这男孩子在你们班很受欢迎吧？”

“嗯，是。”

不光是在班级里，他在整个学校都很受欢迎。

输液需要很久，到一半的时候，医生突然起身：“你在这儿输液，我出去一下。”

“好的老师。”

医生走后，叶婴百无聊赖地倚在沙发上。

“咚咚咚……”

叶婴循声往窗边看去。

林远时一张大大的笑脸出现在窗外。

叶婴笑起来：“你怎么回来了？”

医务室在一楼，外面是篮球场，早上要通风，所以窗户开了条小缝。

但是有防盗栏，林远时进不来。

“我怕你疼哭。”林远时摇了摇手里的东西，“接着。”

叶婴下意识地用那只没有打针的手接住，看了一眼：“草莓软糖？”

“超市打折，顺便买的，非常顺便。”林远时笑了笑，“你好点没？”

还不等回答，门口传来医务室医生和另一个人谈话的声音。

叶婴赶忙看向林远时，朝他摆了摆手，焦急地用口型说：“快走快走。”

林远时比了个“OK”的手势，在老师开门的前一秒，闪身离开。

叶婴把袋子打开，拿出一颗草莓糖放在嘴里，丝丝缕缕的甜萦绕着舌尖融化开来。

叶婴低头，好好地把糖袋封好，放进自己的口袋里。

课间，陆云亭有点渴了，想找叶婴去买水，看到她不在，以为她又去洗手了，便站在座位前等她。

过了会儿，林远时回来，瞥了陆云亭一眼："找我同桌啊？"

陆云亭想了想，这好像是高中以来，第一次跟这种坏坏的男生说话，虽然他们同班，可是陆云亭胆子小，每次都像是白兔见了灰狼，总绕着他们走，所以一直也没有什么交集。

啊啊啊，有点害怕。

不喜欢她过来找他同桌吗？

"啊……是，我来找她，买水……"陆云亭也觉得自己抖得有点夸张，但她就是控制不住！

林远时说道："这节课应该不行，她去医务室输液了，下节课才能回来了。"

"输液？"陆云亭一听说叶婴生病了，发抖都忘在脑后了，"她……她没事吧？"

"有点发烧。"

陆云亭别别扭扭的，不知该说什么好的时候，唐疏予恰好从后门处进来。

唐疏予看到陆云亭在和林远时说话，小姑娘有点害怕，还时不时用眼神瞄一瞄林远时。

唐疏予皱了皱眉，经过她身边时，语气不大友善："干什么呢？"

陆云亭一惊："啊？我来问问叶婴的事。"

唐疏予看了林远时一眼，丢给陆云亭一句："赶紧回来做题，还想不想考好了？"

陆云亭连连点头："哦，哦……对。"

陆云亭颤颤巍巍地给林远时略鞠了一躬："谢谢。"

说完，她缩着脖子亦步亦趋跟在唐疏予后面，老老实实回到座位上做题了。

打完针，叶婴拿着老师给开的药回到教室时，正是课间，林远时却没像以前一样出去和姜成鹤他们打闹，而是静静地坐在座位上。

他看到叶婴从后门进来，目光率先落在她黏着白胶布的手背上。

"好点了吗？"

"退烧了，再吃几天药就好了。"

前面落了一节课的内容，叶婴问曹佳彤借了笔记来看，还好讲的知识点之前叶婴预习过，并不会耽误她的学习进度。

物理老师叫朱木心去把之前收上去的练习册发下去，已经批完了，要求同学们把错的改过来，并且整理到错题本上。

朱木心在黑板的一角圈了块地方，踮着脚用粉笔写道：

【物理作业：修改练习册，整理错题。】

然后，她找了几个人一起分发练习册。

等发到最后一本，朱木心把练习册放到林远时手里。

“班长。”林远时忽然叫住她，声音低沉懒散。

朱木心听得后背莫名一寒。

林远时原本虚虚地靠着桌子，现在站起身来，高出朱木心一头还多。

头顶阴影袭来，压抑感逼迫得人心慌。

朱木心很讨厌这些不学无术的公子哥儿，背地里不知说了他们多少坏话，可是真的接触上了，她还是会害怕，心虚得半点气势都没有。

“昨天我同桌为什么罚站啊？”林远时嘴角似乎还带着笑容，眼睛里却藏着冰，冷冷地瞧着她。

“叶婴吗？叶婴她晚自习讲话，还传字条。”再怎么害怕，朱木心好歹是班长，管理班级同学是她应尽的职责。不单单是叶婴，这些坏小子们也应该服从她的管理。

想到这儿，朱木心稍稍硬气了一点。

“哦——我同桌真是不听话，这样，以后她的事情我来管，就不麻烦班长你了。”

朱木心挑眉：“你这是什么意思？”

林远时走近了一些，笑容消失在嘴角：“我的意思还不够明白吗？

“我的意思就是，以后你再敢动她一下试试。”

林远时是什么家境，什么脾气，朱木心再清楚不过了，这么直白跋扈的威胁让朱木心强撑着的那点硬气瞬间消失。

她像是被扎破的气球一样瘪下去。

叶婴洗完手回来，刚好看到这样一幕——

朱木心脸色煞白，仓皇地从林远时面前逃走。

林远时看到叶婴，方才的戾气顿时消失，笑着叫道：“小婴。”

叶婴略略低头，笑了笑，乖巧地走过去。

她的目的达到了。

以后在这个班里，再也没有人敢欺负她。

那种感觉就像是一颗冰冷久了的心浸泡在了温水里，所有紧绷的细胞全部舒展开来。

她近乎病态地享受着此时令人无比着迷的安全感。

中午吃了感冒药，下午自习课叶婴觉得无比困倦，哈欠一个接着一个。

“实在困就睡会儿吧。”林远时说道，“我帮你看着老师。”

叶婴真的有点坚持不住了，困得眼泪都快流下来，便听了林远时的话趴下来。

也不知道是老师没有进来过，还是老师来了林远时也没有叫醒她，叶婴睡了整整两节课。

睡得很沉很沉。

叶婴想了想，似乎……已经很久都没有睡得这么舒服过了。

她醒来的时候，身上披着一件校服，宽宽大大的，几乎拖到叶婴的膝盖处。

“醒了？”林远时一身白色卫衣，懒洋洋地倚靠着窗台。

看着叶婴还睡眼惺忪，他忍不住勾起嘴角。

“嗯。”

叶婴一觉醒来，身上轻快不少，之前那种昏沉的感觉尽数消失，伸手摸到自己的眼镜戴上，坐起身来。

“是你的校服吗？”叶婴把身上的衣服拿下来。

林远时稍微坐直了一点：“不、不是我盖的……”

叶婴笑着不说话。

林远时眼珠转了转：“哦，哦，刚刚我校服掉了，姜成鹤以为是你的，就盖你身上了。”

“是吗？是真的——”叶婴看着他，说，“还是假的啊？”

“当然是真的！我说谎干吗？有必要？”

叶婴淡淡一声：“哦。”

林远时偷偷往叶婴那边看去，她的表情和以往一样，没什么波澜。

叶婴和陆云亭出去吃了晚饭。

叶婴吃完回到教室时，发现林远时还在，于是问道：“还没走？”

林远时点点头：“嗯。”

林远时一直到打了晚自习的铃儿都没走。

叶婴刚拿出要写的卷子，身边的人忽然站起身，像模像样地拿了本书，走上讲台。

“啊，以后，我就代替班长，坐这儿看晚自习了，同学们有什么需要，尽管跟我说哈。”林远时毫不客气地坐下来，对着众人疑惑的目光说道。

林家在晋城有着怎样的地位大家心里都清楚，林远时就是典型的少爷出身，所以不管他有什么特权，大家都不会特别在意。

早上给叶婴送完糖之后，林远时给霍文初打了个电话。

“妈，今天开始，我也想上晚自习。”

霍文初：“？”

什么情况？

今天太阳从西边出来的？

自家儿子从小烦透了学习，高一的时候跟他提过要不要住校，这样学习时间又长，效率又高，但是被林远时要死要活地拒绝了。

现在竟然主动提出要上晚自习了？

“你是林远时吗？”

霍文初想不会是冒充的吧？

林远时笑起来：“您还有第二个儿子呗？”

霍文初也不跟他开玩笑了：“怎么想着要上晚自习了？”

林远时把黏在自己衣服上的小毛毛吹掉：“想学习了呗。”

霍文初嗤笑一声：“行，我跟你们老师说一下。”

“哎，等会儿——”

“怎么啦？”

“我还有个条件。”

“什么条件，说。”

“晚自习得让我坐前面管纪律，我就上。”

电话那头的霍文初宠溺地笑了笑：“这是小事儿，还有吗？”

“没了。”

“行，晚上你下了晚自习我让老孟去接你。”

“妥。”

林远时坐在前面，隔着教室遥遥地朝叶婴眨了下眼睛。

叶婴抿了抿嘴角。

明明没有吃草莓糖，可叶婴还是感觉到有丝丝缕缕的甜味弥散开来。

晚自习的时候，林远时还真就像模像样地翻开了书。

林远时一直都是晋城一中的传奇人物，一方面是因为显赫的家世，另一方面也是他自身的长相性格。

即使是在实验班，林远时也一直是女生中的话题人物，关于林远时的八卦满天飞。

哪天他稍微和谁多说几句，就会引来同学们的无限遐思。

这下林远时忽然有这么个大动作，难不成……

是和叶婴有关？

学霸女生大都腼腆清高，平时不太敢正眼看林远时的，借着这个晚自习的工夫，清清楚楚偷看了个仔细。

灯光下的男生，轮廓英朗精致，眉眼深邃迷人，坐姿带着一点儿懒散劲儿，可又不会佝偻。

看书的间隙，他偶尔转转笔，笔杆在他修长洁白的指间快速旋转，像是有了生命一般。

林远时看了下时间，又换了姿势。

这个破晚自习时间怎么这么长？坚持了半天以为马上就要打铃了，谁知道才过去十分钟……

林远时快要无聊死了！

他往教室后面看了一眼，叶婴还保持着那个低头的姿势，动都没动一下。

长长的缎子一样的黑发顺着脖颈垂下，肩膀瘦瘦窄窄，细白的小手握着笔，偶尔写点什么。

林远时把笔一放，站起身来，伸了个大大的懒腰。

他踱步到讲台下面，脚步轻轻，一直绕到叶婴身后。

她正在做题，练习册上只有寥寥数笔，草稿纸放在一旁，还是一片空白。

林远时坐回到自己的位子上，弯着腰，把手肘撑在膝盖上，下巴一扬："你干吗呢？"

叶婴看了他一眼："做题啊。"

"什么题啊？"

叶婴把练习册一翻，封皮上写着"高中一轮小题狂练"。

林远时眸子一紧。

他站起身的同时，把她的练习册合上，拿走了。

"你干吗？"

林远时头也不回："这本没收了，你写别的吧。"

叶婴没有想到，林远时真的老老实实地上了一周的晚自习。

教务处主任认得林远时，轮岗值班的时候看到他坐在前面看纪律，不住地朝他竖大拇指。

毕竟浪子回头金不换。

周末，叶婴到林园去上家教课。

管家带着叶婴进了门，叶婴莫名觉得有些奇怪，问管家："今天林园有什么人来吗？"

管家回道："叶小姐洞察力真强，今天林总回来了。"

"林总？"

"就是林远时的父亲。"

叶婴点了点头："哦，这样。"

叶婴在林园上家教课的时间也不短了，霍文初倒是见过几次，但从来没见过林远时的父亲。

到了书房，程老师已经等在里面，林远时还没到。

叶婴有礼貌地问好："老师好。"

程老师抬头笑了笑："这次考得很好。"

叶婴跟管家说了再见，把书包放好坐下来："也还好。"

"还挺谦虚呢？远时都快把你吹爆了。"

"什么？"

程老师找到手机，调出和林远时的微信聊天界面，稍微划了几下："看到没？这么长的内容，全是夸你的。"

林远时唠唠叨叨了很多，程老师没有一一给叶婴看，这样划过去，叶婴只看到几个"厉害""影响""第五""下次第一"的字样。

叶婴扶额："好吧。"

有的人表面上波澜不惊，背地里开心到爆，还四处吹牛。

程老师收起手机说："确实考得很好。这次的题目灵活，下一次能考更好。"

叶婴略微低了头。

程老师继续说："其实……第五名应该也不是你应有的水平，对吧？"

叶婴一愣。

程老师笑了笑："你的逻辑思维非常强，反应很快，虽然在课上常常说你不会，听不懂，但是我当老师这么多年了，学生怎么样我还是看得出来的。"

叶婴看着程老师的眼睛，不说话。

程老师拿出一份题目来："我这儿有一份适合你原本水平的题

目，你可以尝试着做一下，做完把答案发给我。”

叶婴一下就明白了程老师的用意。

之前给她和林远时一起做的那些题都非常基础，对于叶婴这种水平的来说没有什么意义。

所以程老师特地给叶婴准备了一份适合她的题目，希望她能再进步。

叶婴双手接过题目：“谢谢老师。”

程老师说道：“不谢，近期林老爷子会问你们的学习情况。”

叶婴想了一下：“您实话实说就好。”

程老师对上叶婴的眼神：“好。”

又等了一会儿，林远时开门进来。

今天的他有些失落，都没有一开门就开心地叫她“小婴”。

叶婴收回目光，沉吟片刻。

林远时在叶婴身边坐下来，对程老师说：“可以上课了，老师。”

这一节课林远时兴致不高，除了程老师点名叫他回答的几个问题之外，他几乎一言未发。

一道题讲完，程老师说：“这种题型我们的期中考试也考过，只不过它是这道题的变形式。”

程老师放下白板笔，手撑在桌子上：“说起这次的期中考试，不知道你们学校的老师有没有说过，这次的考试其实算不上难，离不开咱们讲过的这些题型。”

“但是非常灵活，辨不出来是哪一种类型题而已。”程老师笑了笑，“所以啊，这次能考好的学生，都是基础很好，并且很聪明的。”

程老师说话的时候，笑眯眯地看着叶婴。

“那是当然。”

身边的林远时忽然出声，语气里是掩藏不住的骄傲。

“老师你知道我同桌这次考多少名吗？”林远时想了想，“哎？我告没告诉过你啊？”

林远时坐直了一些，颇有些指点江山的范儿：“我同桌考了第五名，这次题难，哦不，题灵活，她都考了第五。”

林远时的性子终于被调动起来，程老师和叶婴对了一下眼神，彼此一笑，心知肚明。

叶婴弯了嘴角：“你早就告诉过程老师了。”

林远时一愣：“是吗？好吧。”他跷起二郎腿，习惯性地扬了扬下巴，“她厉害吧？”

程老师点点头：“嗯，确实非常不错，希望下次继续进步。”

程老师想起什么，转头对林远时说：“哎？对了，我记得你们学校实验班都是按照成绩排座的，期中考试结束了，快换座了吧？你和小婴……”

“什么？”

林远时顿时坐直了身子，动作幅度很大，碰掉了叶婴的笔袋，里面的笔“哗啦啦”洒落一地。

程老师没想到林远时会有这么大反应，笑了笑，说道：“不是吗？到时候你和小婴应该就……”

“老师！”叶婴出言打断程老师的话，“白板上的这道题好像算错了。”

程老师回头去算题的时候，叶婴转头看了林远时一眼。

林远时稍微侧着身坐着，手里转着笔。

林远时从来没有想过这个问题。

叶婴能坐在他身边纯粹是因为她刚刚转来，暂时坐在这里，等考完试再重新调整。

林远时弯下腰去帮叶婴捡笔，皱着眉，不知在想些什么。

“小婴能督促我学习，我跟老邵说一声，他肯定不能把小婴换走。”林远时把笔袋放在叶婴那边，说道。

程老师算完题转过头来：“你们班主任能同意？”

“当然能！反正除了小婴，谁也不能跟我同桌。”

原以为聊起换座这件事能把林远时的注意力提高一些，不想林远时更加萎靡了。

这一整个上午，除了提到叶婴成绩的时候他开心一些之外，其他时候他几乎都没有笑过。

程老师不该提换座的事情的，看来程老师还是不了解他。

叶婴扭头看了林远时一眼，默默低下头去。

中午下课，程老师布置了作业离开。书房里只剩下叶婴和林远时两人。

安静了一会儿后，叶婴斟酌着开口：“你……没事吧？”

“没事。”

这时，周嫂过来敲门：“少爷，开饭了。”

“好。”

今天中午林老爷子也在，到了餐厅，叶婴一眼就认出了席上哪一位是林远时的父亲。

林远时的五官和霍文初非常相像，而他的脸轮廓分明，干净利落，这就遗传了他的父亲。

林如许一身黑色西装，戴着一副金丝边眼镜，头发梳得一丝不苟，左腕戴着手表，修长的手指拿着金色的刀叉。

林老爷子已坐在席间，说道："小婴啊，过来一起吃。"

林如许的目光朝叶婴这边看过来。

叶婴微微鞠了躬："林叔叔好。"

林如许似乎微微点了点头，又似乎没有。

林老爷子说这是林远时儿时的救命恩人。

林如许也只是淡淡略过，并不感兴趣。

叶婴坐在林远时身边，略微有些局促，因为席上实在是太安静了。

平日里林远时总喜欢和爷爷或者霍文初插科打诨，嘻嘻哈哈的，十分轻松，这会儿却一句话也没有。

只有爷爷偶尔和林如许交谈几句公司的事情。

霍文初似乎也有些紧张。

她今天的妆容格外精致，就连耳环都是精挑细选过的。

她席上不住地跟林如许搭话，可是林如许也只是"嗯""好""听你的"几句过去。

吃完午饭，下午还有其他课程，林远时和叶婴回到书房。

林远时似乎比之前更加沉默了。

叶婴看了会儿书，抬起头，凑近林远时："下午的课我们不上了吧。"

林远时愣了愣："嗯？"

叶婴笑了笑，眼睛眯成月牙儿："我们逃课出去玩好不好？"

"你想出去？"林远时挑了挑眉，这实在不像是"叶乖乖"会提出的。

叶婴点头："嗯。"

"行。"

林老爷子今天没空管林远时，林远时自己跟下午的老师请了假，带着叶婴直接从大门出去。

林远时没带司机，用手机叫了车，输入目的地的时候有些犹豫："我们去哪儿啊？"

叶婴提议道："要不就去上次那个商场吧？"

"行。"

从林园出来，林远时的心情似乎好了一些。

叶婴也没有多问有关他父亲的事。

两人并排坐在车后座，叶婴往林远时那边凑了凑：“你想不想看电影啊？”

“好啊，你有什么想看的吗？”

叶婴根本不知道最近有什么片子上映，说道：“我们到那儿再看，能赶上哪部算哪部。”

林远时睫毛很长，稍微眨了一下：“好。”

很快到了商场，两人直接坐电梯上四楼，又坐了一层扶梯到五楼电影院。

林远时看了下时间，说道：“最近的是《京城81号》，你敢看吗？”

“敢啊，你敢吗？”

林远时停顿了一下，挺直腰板：“你是在开玩笑吗？我一个一米八九，四舍五入就是一米九，再四舍五入就两米的大男人，还能怕？真、真有意思……”

叶婴弯了弯嘴角：“那就这部吧。”

林远时话又开始多了起来，心情应该是好多了。

叶婴小小地舒了口气。

林远时买了电影票，见距离开场还有几分钟的时间，他又给叶婴买了爆米花、两杯水，还买了两支棒棒糖。

这还是叶婴第一次到商场看电影，检了票之后，她在里面转了几圈都没找到二号影厅在哪里。

林远时倒是来过几次，但他是个十足的路痴，从里面绕出来问工作人员的路还是叶婴领着的。

工作人员指了方向之后，两人再次往里走。

“傻不傻，傻不傻，转个弯就到了。”叶婴笑着说道。

“哦——刚刚没看到。”

到了某处，叶婴拉过林远时的衣角：“哎哎，拐弯了。”

“哦……”

影厅里面一片漆黑，林远时走在前面，拉过叶婴的手腕，领着她上楼：“小心点啊。”

找到座位，林远时和叶婴一起坐下来。

周末电影院人还不少，好巧不巧的，他们身边坐着的都是情侣。

把东西放好之后，林远时歪头对叶婴说道：“一会儿出门你带着我走啊。”

“你又忘了出去的路？”

林远时笑了下。

我是根本就没记得过。

林远时调整了一下坐姿，膝盖几乎抵到前面的座位。

叶婴看着自己的膝盖和前面座位之间的一大块空隙，不得不感叹，老天造人的时候有多么偏心。

怎么有的人的个子可以那么高？

比例可以那么好？

叶婴语气淡淡的：“一会儿跟着人群走就行了。”

“不要，我就要跟着你。”

这句话说完，刚好熄了灯，遮住了叶婴略略红起的脸庞。

林远时拿出两支棒棒糖，撕开包装纸，递给叶婴一个。

叶婴有些疑惑：“你这么喜欢草莓味？”

前两次他买的糖都是草莓味儿的，这次的棒棒糖也是。

林远时疑惑地问：“你不喜欢吗？”

“还行。”

“嗯？还行你还总用草莓味的东西？”

“因为在打折。”

“那我喜欢草莓味。”

叶婴笑了笑：“因为我喜欢，所以你才喜欢的吗？”

叶婴忽然转过头来，屏幕广告的光芒在她的眼中明明灭灭。

在她眼中，影厅里的黑暗好像不复存在，林远时所有的紧张和无措摊开在她的面前，无处遁形。

在这道目光的注视下，林远时心跳越来越快，几乎就要从心脏的位置扑腾出来。

“嗯？是不是啊？”

她还问！

叶婴知道，应该点到为止的，可是看着林远时的模样，实在是忍不住想逗他：“你究竟是喜欢草莓味，还是……”

恼羞成怒的林远时忽然俯身，用口中棒棒糖的小棍一下一下戳着叶婴的肩膀。

再问，叫你再问！

戳你戳你戳你！

一场电影结束，屏幕滚动起字幕，灯光亮起。

观众们都站了起来。

林远时却还坐着不愿意走："这电影这么短的啊？我还没看够呢，现在这个电影时长都缩水了吗？"

身边的人要从他们这边出去，叶婴从他手里把袖子拽出来："咱们快走吧。"

林远时不情不愿地站起身："好吧……"

叶婴一边走，一边问："你觉得好看吗？"

出门的人有点多，林远时护着叶婴，没注意听她说什么："嗯？你说什么？"

从前面的门出去后，林远时走在叶婴身边。

叶婴指了指身后影厅里面的电影屏幕，再次问道："好看吗？"

在林远时的角度看，叶婴的手指更像是指着他自己。

这是干什么？

指着他问他好不好看？

林远时镇定道："好看啊。"

他的声音和表情管理得很好，可是两只耳朵却很不听话地红了起来。

叶婴笑了笑："你觉得好看就好。"

"我一直都觉得很好看。"

叶婴不解："一直？"

热度就要蔓延上脸颊，林远时连忙转身："咱们下一步干什么？吃点东西再回家吧。"

走了没几步，衣角被一只小手拉住。

林远时回头："嗯？"

叶婴忍着笑："这边。"

"哦。"

出了电影院，下扶梯的时候，叶婴先下了两格，回头想跟林远时说话，脖子差点没仰掉了。

"小婴，这么看你有点像小矮人。"

叶婴翻了个白眼。

林远时往下走了几阶，然后回过头来，抬头看叶婴："你想说什么？"

隔壁往上走的扶梯上，不少人的目光落在他们身上。

高个子的男孩站在下面，仰头看着小姑娘。

一双眼睛干干净净。

满满都是她。

啧。

令人无比艳羡的年少时代啊……

“咱们一会儿去哪里啊？”

林远时想了想：“带你去吃甜品吧。”

叶婴答道：“行。”

一楼门口就有一家甜品店，这个时间人还不少，叶婴没来过这样的甜品店，林远时帮她点了几样。

叶婴见林远时挺熟悉这里的，问道：“你之前来过这儿？”

“当然没有，大老爷们谁来这种地方。给你点的这几样，都是之前贺名扬带朋友过来常吃的。”

叶婴点了点头：“哦。”

提到贺名扬，林远时忽然想起什么。

服务生把第一份甜品端上来，林远时递给叶婴一杯，自己拿了一杯。

他用勺子在里面搅啊搅，问道：“你知道贺名扬吗？我们经常一起玩的。”

叶婴想了想：“我听说过这个名字，但是不知道具体是哪个人，对不上号。”

林远时搅杯子的手慢了一些：“哦——”随即又问道，“那我的这些朋友们，你都听过吗？”

“没有。”

林远时如释重负地笑了一下：“那就好。”

叶婴疑惑：“什么？”

林远时吃了一大口冰沙，说道：“我有一个朋友，特别特别优秀。

“他吧，长得帅，公认的那种长得帅，从小就总有人来夸他。

“但是他本人非常高冷，对这些一概不理，但是依然阻止不了女孩们的热情，因为他实在是太——优——秀——了。”

叶婴小小抿了口冰沙，弯起嘴角，问道：“哦，然后呢？”

林远时看了叶婴一眼：“个子高，篮球打得好，什么体育项目都会，又会打架，特——别有安全感。”

叶婴挑了挑眉：“那他学习好吗？”

这个问题……

林远时稍稍停顿了一下，才答道：“好啊！当然好！但是他这个人啊，非常低调，低调又高冷，之前那个年级第一，什么盛什么雪什么川的，根本不是他的对手。”

叶婴长长地“哦”了一声。

林远时有些心虚地问：“你不信啊？”

叶婴轻飘飘道：“信啊。”

林远时笑起来：“真的，我朋友里边就他最优秀了。”

“那他叫什么名字啊？”

林远时想了一下：“叫穆元日。”

“哦。”

安静了一会儿，林远时斟酌着叶婴的表情。

“你……有想要认识他的冲动吗？他在你心里自带光环没有？”

叶婴不以为意地说：“有机会应该会认识的吧。”

嗯？

什么意思？

什么叫“有机会”认识啊？

可是再多问就要露馅了，林远时及时止住了话头。

又一份甜品上来，林远时说：“我还有个朋友叫钱家旭，你听过吗？”

叶婴摇摇头：“没有。”

“没听过就对了。”

叶婴：“……”

吃完甜品，两人从商场出来准备回家。

叶婴有些踟蹰：“今天看电影吃饭都是你花的钱……”

临时决定要出来玩，叶婴兜里一分钱都没有。

“小婴，你这是嘲讽我呢？”

“嗯？”

“这三百二百的也用得着跟我计较？”

虽然知道他并不在乎，可叶婴心里还是不大舒服。

“那等回学校，我请你吃饭吧。贵的我请不起，肥牛米线还是请得起的。”

林远时非常开心：“行，你请我吃食堂我都愿意。”

叶婴笑了笑：“那我先回了，拜拜。”

林远时也笑着挥手：“拜拜。”

看她抬脚上了出租车，目送她离开，林远时正要走，想起什么，吩咐老孟等他一下，转身回了商场。

周一中午，陆云亭说她肚子疼，就不去食堂吃饭了，让叶婴帮她带一点回去。

叶婴买完自己的饭，又点了陆云亭要的那份，结果陆云亭点的荤菜太贵，叶婴卡里的余额不够了。

“那……阿姨，多余的那份排骨不要了。”

这样应该就刚刚好了。

“哎，别啊。”身后传来一道声音，叶婴回头，是盛雪川。

他走到叶婴身边，拿出自己的饭卡在刷卡机上划了一下。

“刷我的吧。”盛雪川对叶婴笑了笑。

叶婴从兜里拿出现金：“我现在把钱还你。”

盛雪川轻推了她一下：“哎，不用，我找你是有事想要麻烦你呢，如果你把钱给我了，我反倒不好张口了。”

叶婴认真地看着盛雪川：“什么事？”

“是这样的，我有个外甥女，现在上五年级，小姑娘数学不太好，之前我一直帮忙辅导的。但是男女生思维差异比较大，我外甥女说我讲题她听不懂，我姐就让我帮忙找一个学习好一点的女孩子，周末晚上去帮忙辅导一下。”

“嗯……”

“课时费的问题你不用担心，帮我外甥女补习的课时费都很高的，而且，她才小学五年级，也不用你费多少时间。”

“那我回去考虑一下吧。”叶婴把手里的饭钱递给盛雪川，“但是饭钱还是要给你，一码归一码。”

临走时，盛雪川说：“你好好考虑啊，我真的觉得不错的。”

叶婴回头问道：“你为什么没有找你班里成绩好的女生呢？”

盛雪川愣了一下，脸略微有点红：“我……嗯……就是觉得可能你更适合。”

叶婴点点头：“嗯，我先回去了，再见。”

午休结束，叶婴和陆云亭一起回到教室。

中午林远时去打球了，踩着预备铃回到教室。

他没急着坐下，先拿着瓶矿泉水仰头往下灌。

下巴到脖颈的线条流畅性感，凸起的喉结有规律地一上一下。

天气还不算暖和，少年就已经穿起短袖球衣，衣服微微贴着肌肤，勾勒出里面精壮漂亮的腹肌。

林远时长得白，不是叶朗那种虚弱的苍白，而是一种健康的、干净的白。

喝完水，他拉起领子随意地擦了擦嘴，顺便又想擦脸。

一张洁白的纸巾递在自己眼前。

叶婴的纸巾没有香味，就是干干净净的那种。

林远时接过来擦了把脸。

叶婴又问道："需要湿巾吗？"

林远时一笑，回到座位上："不用了。"

没一会儿，邵军站在门口，喊道："林远时，跟我出来一下。"

林远时"哎"了一声，起身出去。

不知邵军找他做什么，林远时一直到课上了一半才回到教室，表情也没什么变化。

趁讲台上的老师不注意，叶婴递了一张便利贴过去：【怎么了？老师找你有事儿？】

林远时很快回过来：【没事儿，我爷爷给老邵打电话了。】

叶婴想了想：【为什么？】

林远时：【期中不是没考好嘛。】

叶婴许久没回。

过了一会儿，林远时递了一张便利贴过来：【没事儿，别担心我。】

周二学校准备校庆，老师们要开大会准备节目，下午就提前了一会儿放学。

叶婴跟叶朗约好了，要用这个时间去叶朗的学校看看。

晋城一中和七星中学都在一条街上，也就十分钟的路程，离得很近。

叶婴在校门卫处登记后进去，看到叶朗正在上体育课，他和几个男生在打篮球。

七星中学的篮球场地很大，看得出里面的几个场地是高年级的学生在玩，中间的是和叶朗一样的初一学生，叶朗他们几人在最旁边的场地上。

叶朗自幼体弱，身材瘦小，和他一起玩的也是同样瘦瘦小小的男生。这边的场地环境最差，地面凹凸不平，篮筐也是歪歪扭扭的。

但是几个男生还是玩得很开心。

叶朗很少运动，随便动几下就会脸蛋潮红，气喘吁吁。

叶婴站在篮球场边看了一会儿。

看得出来，和叶朗一起玩的几个男生都挺照顾叶朗，经常给他传球不说，叶朗拿到球准备投篮的时候，也没有人和他抢。

玩了一会儿，叶朗看到篮球场旁边的叶婴。

叶朗和同伴们打了声招呼，跑向叶婴：“姐！”

叶婴莞尔一笑，伸手帮他擦干净额上的汗珠，问道：“累不累？”

叶朗拉着叶婴到一旁的座位上休息：“不累！”

“喜欢打篮球？”

叶朗重重点头：“嗯！老师说经常打篮球能长高。”

叶婴难得来，叶朗拉着她在学校四处转了转，想把自己所有的生活都展示给叶婴看。

最后回到篮球场，叶朗的小伙伴们都在叫他，马上就要上课了，最后再来几把。

“你去跟他们玩吧，我得回去了。”

叶朗脸上的笑容逐渐消失：“这么快就回去啊？”

“嗯，快上晚自习了。”

“那好吧……”

叶婴看着叶朗回到打篮球的队伍里，跟他招了招手说再见。

晚自习中间休息时，林远时见叶婴在走神，从讲台上下来，问道：“小婴，干吗呢？”

叶婴放下笔：“你是不是对球鞋特别了解啊？”

“怎么了？你要买球鞋吗？”

叶婴点了点头：“能给我推荐一点性价比高的吗？”

林远时一笑：“好啊，你都有什么要求啊？”

叶婴想了想，说道：“主要就是跑步、打篮球能舒服一些，颜色和款式倒是无所谓，价格的话……”

林远时的注意力却不在这里：“打篮球？小婴，你要……买给谁啊？”

Chapter 4

他的笑容像金灿灿的阳光，驱散了她心里的一小片阴霾

叶婴说道：“买给我弟弟。”

“啊！”林远时恍然大悟似的，长出了一口气，目光躲闪，“啊，也对，应该是买给你弟的。那什么，你弟喜欢什么颜色啊？”

“白色吧，干净一点。”

“等哪天我帮你看看吧。”

“那谢谢你了啊。”

这几天陆云亭一直心事重重的样子，中午吃完饭往宿舍走，陆云亭挽着叶婴，往她身上一靠。

“怎么办啊？小婴，我想不出来了。”

叶婴问道：“想不出来什么？”

叶婴身上的味道很好闻，陆云亭靠上就不想走了。

“唐疏予马上就要过生日了，我想破脑袋都想不到要送他什么。”

叶婴想了想：“男生喜欢的杯子啊、围巾啊、球鞋啊，都行吧？”

陆云亭的小脸更苦了：“这些我早都已经送过了呀。”

唐家和陆家是世交，唐疏予的妈妈和陆云亭的妈妈又是多年闺密，关系特别好，所以陆云亭和唐疏予很小就认识了，一起上小学、初中，现在又一起上了高中。

度过了这么多年，唐疏予的每一个生日陆云亭都参与了，能想到的礼物全都已经送过了。

所以这几天陆云亭才会这么愁苦。

她太了解唐疏予这个人了。

他一副正人君子的做派，从小就是个大学霸，是老师和家长口中的完美学生，无论智商还是情商都优秀出天际。

但是陆云亭知道，那全都是装的！

他在长辈面前很照顾她，可是背地里损她的时候，嘴下可没留情。

有一年唐疏予生日，陆云亭送了他一盒手工巧克力，人前唐疏予面无表情地收下了，可是当家里的阿姨让陆云亭叫唐疏予下楼吃饭的时候，陆云亭分明看到唐疏予在房间里一边吃那盒巧克力，一边笑。

陆云亭问他笑什么。

唐疏予瞬间收起笑容，淡定地说道："太难吃了，世界上居然有这么难吃的巧克力。"

那件事情简直成了陆云亭的阴影，之后她每每看到唐疏予都会想起那年他一个人在房间里，一边吃着巧克力，一边嘲笑她的样子。

陆云亭很想在唐疏予面前维持一个良好的淑女形象，至少在他优秀闪亮的光环下，也稍微发一点点光。

可偏偏命运弄人。

从小到大，陆云亭各种丑事唐疏予要么参与了，要么亲眼见证。

"啊啊啊——"陆云亭抓狂地挠着头发，"他为什么总过生日啊！烦不烦！"

叶婴问道："他是哪天啊？"

"就是这个周末啊。"陆云亭想起什么，一把抓起叶婴的手，"小婴！好小婴，你陪我一起去吧好不好？"

叶婴一愣："我也去？"

陆云亭点头："这次是唐疏予的成人礼，他们家准备的是宴会，咱们班应该有很多人会去的。"

"成人礼？他比我们大一岁啊？"

"是啊，他原本比我高一个年级，初中的时候留级了。"

叶婴疑惑："留级？"

"是啊，因为和人打架。"

"唐疏予也会和人打架？"

每个人听说这件事都是这个反应，陆云亭都习以为常了：“是啊，我就说他是一个表面功夫的人嘛。

“所以啊，小婴，你陪我一起吧，这样我也能多点底气嘛。”

叶婴有些犹豫：“周末作业应该挺多的……”

“不要嘛，你写一写就好了，好不好啊，好不好，好不好？”

“我还要上家教课……”

“就一天，就一天，小婴，就你最好了，求求你了，帮帮我吧，好不好？”

叶婴是典型的吃软不吃硬，陆云亭这么一求，她纵有再多理由，也有点心软了，只得无奈地笑了笑：“好吧，那我就陪你过去吧。”

陆云亭开心坏了，一把抱住叶婴：“啊！你真是太好了！我爱你。”

叶婴被她抱得走路都有点困难，笑容更深，拍拍她的手：“好了，好了。”

陆云亭还在她的肩头撒娇。

正走着，迎面碰上刚好从校外回来的林远时和姜成鹤，他俩身边还有几个叶婴不认识的高个子男生。

叶婴敏锐地感觉到，林远时在看到她的一瞬，脚步稍微停顿了一下。

他低声跟她打招呼：“小婴。”

陆云亭听到这声音，辨出是谁之后，立马松开叶婴。

阳光下的林远时微微颔首，眯了眯眼睛。

陆云亭心中一惊。

啊！

林远时不是在看叶婴！

是在看她！

他眼神里仿佛有刀子劈过来，吓得陆云亭连叶婴的手都不敢牵了。

这是干吗啊……

陆云亭想哭。

她不知道为什么林远时这么讨厌她。

好像也不是完全的讨厌，他只是很讨厌她跟叶婴接触。

不知为什么，可就是好可怕。

好像她再抱叶婴一会儿，林远时就要亮刀了似的。

叶婴朝林远时笑了笑，点了点头。

陆云亭头低得脖子都快要断掉了，悄悄扯着叶婴的衣角，低声说道：“快走，快走……”

等他们几个男生走远了，叶婴笑起来：“你怎么这么害怕我同桌啊？”

陆云亭问道：“你不觉得可怕吗？”

“不可怕啊，他人很好的，脾气也很好，善良又好欺负。”

陆云亭简直不可置信：“好欺负？小婴，全校学生里，可能就你一个人觉得林远时脾气好，好欺负。”

过了会儿，陆云亭想了想又说：“不过也是，林远时看你的时候的确和看别人不太一样。”

“怎么不一样？”

陆云亭歪着头想了想：“像是一只无比忠诚的大狼狗，看着他的主人那样。”

说完，陆云亭反应过来，立即捂上嘴：“天啊，我这是说了什么？”

我居然敢说林远时像狗？

陆云亭心虚地看了看四周，拉着叶婴又快走了几步：“快走，快走，别被他听见了。”

叶婴忍着笑：“没事，他已经走远了。”

“不不不，他们无处不在，很可怕的。”

周五下午，两节自习课中间的休息时间，叶婴想要拿下一节课要用到的教辅书。

书包夹层鼓鼓的，叶婴把拉链拉开，里面果然又有一张小字条——

叶婴不禁弯了嘴角，把字条展开。

【你新买的鞋子，好漂亮。】

【配你刚刚好。】

【我知道你前几天感冒了，要好好照顾自己。】

【你是不是很好奇我是谁啊。】

【那我给你个提示。】

最后有一个落款，画了一棵树、一个圆圈和一个太阳。

叶婴照旧把字条好好地折叠整齐，和上一张放在一起。

林远时中午就走了。

上了一周晚自习的他实在憋得够呛，周五老师们开大会，几个哥们约他去打游戏，但是林远时拒绝了，退而求其次地选择在学校里打会儿篮球。

吕歆铖跟校门口的门卫也混熟了，门卫知道他是林远时他们几个的好朋友，也就睁一只眼闭一只眼，放他进来了。

林远时心情不错，连着扣了几个球，不一会儿，钱家旭和贺名扬也下来了。

跟吕歆铖他们打了一会儿，姜成鹤嚷嚷着累了，众人坐在篮球架子下喝水休息。

吕歆铖朝钱家旭一扬下巴："你那个姑娘追得怎么样了？"

钱家旭被太阳晒得眯着眼睛："还行，有好几天我跟我女神擦肩而过，她都跟我点头了。"

说到后面，他的声音有点小，看上去还有点害羞。

"哎哟……"贺名扬赤裸裸地嘲笑他，"瞧你那副德行。"

钱家旭转向林远时，问道："时哥，你是不是跟我女神夸我了？"

林远时喝水的动作停顿了一下："夸了啊，当然夸了。"

钱家旭一拍林远时的肩膀："我就知道我时哥最够义气。"

林远时没搭理他，问吕歆铖："追姑娘还有什么招数啊？"

吕歆铖疑惑地抬起头。

林远时立马甩锅："我帮他问的。"他指着一旁的钱家旭。

钱家旭更加感动。

吕歆铖想了想："可以用你的人格魅力征服她，不断地在她眼前出现，或者是你的人，或者是你的名字，反正你就像个影子似的黏着她就对了，让她习惯了你的存在，以后也就离不开你了。"

简直是长知识。

林远时低低地"哦"了一声。

划重点——黏着她。

吕老师最后总结陈词："女孩子都是水做的，都心软，只要你用心了，对她真的好了，她就会感动，一感动，就落到你设的陷阱里了。"

钱家旭苦着一张脸："她不会烦我吗？"

林远时答道："会。"

钱家旭不解："为什么？因为盛雪川？"

林远时烦死这个名字了："都说了不是不是，你怎么总说他？"

钱家旭无辜道："不是啊，我那天亲眼看见我女神给他送练习册了啊。"

林远时问道："什么练习册？"

钱家旭想了想：“蓝皮儿的，好像是叫什么小题狂练的。”

林远时翻了个白眼：“那是之前他送我同桌，我同桌不要又还给他的。”

钱家旭恍然大悟般“哦”了一声。

叶婴刚把字条收起，陆云亭就接完水来到叶婴座位前：“小婴，就是后天了哦，你把你地址给我一下，我去你家楼下接你。”

“不用过来接我了，我自己过去就行。”

“没事的，我还要跟你说一件事呢。”

“什么事啊？”

说起这个，陆云亭一张小脸立马又垮了下来：“明天陪我去商场好不好？”

“你还没买礼物呢？”

陆云亭委屈兮兮地点了点头：“嗯，没买呢。”

叶婴有些哭笑不得：“我明天有家教课，下午上完课陪你去，行吗？”

陆云亭马上点头：“好。”

话音刚落，教室后门传来一阵拍篮球的声音。

林远时和姜成鹤回到教室。

陆云亭一见林远时回来了，吓得立马拿上水杯，也不知是在跟谁解释：“我来接水的，就是来接个水，嗯……”

陆云亭走后，林远时把篮球往后面一放，坐回自己座位上：“你俩说啥呢？”

“说……哦，对了，这周日我想跟程老师请个假。”

“你不来上课了？为什么？”

“唐疏予生日，云亭让我陪她去参加唐疏予的生日宴。”

“哦，行，我帮你跟老程说一下。”

铃响，数学课代表抱回来一摞卷子：“这节课老师说要考试，大家把自己手里的教辅啥的都收一下。”

传完了试卷，邵军走进教室，说道：“答卷之前我先说个事儿啊。”

大家抬起头来。

“这周咱们就先不换座了。等下周回来咱们需要按照成绩把座位调整一下。然后语文作业我已经交代下去了，一会儿我要开会，朱木心啊，你监督着大家好好答卷啊。”

朱木心答道：“好的老师。”

邵军看了一圈，也没什么要嘱咐的了，转身离开教室。

叶婴低头答卷。

林远时停顿了一会儿，说道："小婴，借支笔。"

叶婴觉得惊奇："你也要答？"

林远时低低地"嗯"了一声。

写到某处，林远时低头找草稿纸，无意间看到桌洞里的一本《小题狂练》的练习册。

之前钱家旭说他看到叶婴去找盛雪川还练习册，也就说明那天晚自习自己没收的那本不是盛雪川送的。

那该怎么还给她呢……

没收的时候自己的态度还挺强硬……

林远时后悔得长舒了口气。

算了，还是先做题吧。

林远时强撑着精神把选择题连做带蒙地写完，到了填空实在是没有耐心了。

看到身边的小婴还在安安静静地写，林远时凑过去把下巴搁在她的桌子上。

叶婴没抬头，嘴角已经弯了起来。

"怎么啦？"

林远时叹了口气，没说话。

学习好无聊啊，小婴怎么会那么喜欢学习啊？

"不会做吗？"叶婴问道，"下课我给你讲讲？"

林远时眼睛一亮："那我先预约了，你不能再给别人讲。"

叶婴点头："好。"

林远时回到自己那边，趴在桌子上，一下一下地玩着笔。

刚刚说错了，这些小破题也蛮可爱的。

盼啊盼啊，终于盼到了下课，林远时的下巴准时搁过来："小婴。"

叶婴问道："你哪道题不会？"

林远时笑嘻嘻的："除了第一道。"

叶婴跟林远时一起上家教课，深知林远时具体薄弱的部分，看了一遍他写的答案，果然跟她猜想的差不多。

"那就先看第二题，这道题考的是数列问题，你还记得有关数列的两个公式吗？"

叶婴语速适中，一把好嗓子如清泉敲击在岩石上，带着冷冽的温柔。

她的睫毛很长很长，在眼底投下一小片阴影，两颊白皙，嫩得几乎能看到里面青色的血管。

叶婴瞥了他一眼："快把这题讲完，我想收拾收拾东西，下周要换座位了。"

一提起这个，林远时立马坐起来了。

哦，学习。

按成绩排座。

叶婴得逞，莞尔一笑："刚刚我说了什么？"

林远时呆了："啊？什么？下周换座啊……"

"这道题，我说了哪两个公式啊？"

林远时看着斜上方，皱着眉思考，磕磕巴巴地把公式说了出来。

再对上叶婴的眼睛，林远时心里一跳，又把两个公式流畅地复述了一遍。

叶婴这才满意："继续看下一题。"

林远时再也不敢走神，叶婴每说一句话他都要在心里重复一遍，生怕她再提问。

讲完了五道题，林远时才终于歇了口气，喜滋滋地恭维道："小婴，你好厉害啊，一讲我就听懂了。"

叶婴瞥了他一眼："等比数列求和公式。"

林远时几乎是下意识就流畅地说了出来。

叶婴笑了一下，把一个东西递给林远时："奖励你的。"

林远时接过来，是另一个牌子的草莓糖。

他拿了一颗放在嘴里。

嗯，甜。

"小婴，你吃了吗？"

"没有呢。"

上课铃声响起，林远时踟蹰着，伸手拿过叶婴放在一旁的草莓糖袋，又倒了一颗，看了看四周，然后迅速把那糖块塞进叶婴嘴里。

整个过程做得流畅自然，滴水不漏。

因为太紧张，动作也太快，林远时有一瞬间的空白。

嘴里的草莓味道四散开来。

甜甜的。

"林远时。"叶婴忽然转过头来。

林远时整个人一僵！

叶婴笑了笑："谢谢啊。"

她的声音和平时不太一样，尾音微微上扬。

林远时愣愣地道：“我……不客气……”

叶婴笑了一下，转过头去听课了。

周六下了家教课，叶婴来到之前和陆云亭约定好的地点。

陆云亭比叶婴早到了一会儿，看到她下车，高高地朝她招手。

“嗨，小婴，在这儿呢！”

叶婴跑过去，两人挽手走进商场。

叶婴问道：“想好买什么礼物了吗？”

陆云亭说：“边走边看吧。”

陆云亭看着瘦瘦小小，逛起街来真的是毫不含糊，两人一直逛到了晚上七点多，陆云亭依然没有挑到满意的礼物。

快要放弃准备去买东西吃的时候，无意路过一家手工陶艺店，里面精致的手工陶艺作品吸引了陆云亭的注意。

“这家好，我们进去看看。”陆云亭拉着叶婴进去。

店主是一个非常温和的男人，戴着金框眼镜，个子很高，穿着一件浅灰色的毛衫，外面是黑色的工作服。

他笑着跟她们打招呼：“你们好，需要点什么？”

陆云亭四处瞧着：“我想给我的一个朋友买一件生日礼物。”

这家店的装潢艺术感十足，除了橱窗里的陶艺工艺品外，其余的墙面、天花板，还有各种装饰都是复古的红色，右边墙上挂着一个夸张逼真的白色马头，下面是这家店的Logo（品牌），树枝凌乱却也有序地拼成鸟窝形状，里面是一盏白莹莹的小圆灯。

店主问道：“是买成品还是自己做？”

陆云亭回头看向叶婴：“你着急回去吗，小婴？”

看得出来，陆云亭很喜欢这家店，她的意思是想要自己做。

叶婴笑了笑：“我不着急，还是自己做的比较有意义。”

陆云亭感激地对叶婴笑了一下，转头和店主说：“我自己做吧。”

“好的，两位跟我到这边来。”

店主引他们上楼，楼上人还不少，大都是父母带着孩子过来玩，工作台几乎都坐满了。

陆云亭不太放心：“有没有简单一点儿的啊？我手特别笨。”

“有的，我们这边有专业人员手把手教你做，不会做不成的，放心吧。”

“那你们这边做完之后要多久才能拿到成品啊？”

“一般情况下是半个月左右，加急可以缩到一个星期。”

陆云亭有些犹豫了：“哈？要这么久啊。”

“那就要看你对这个朋友重不重视了，要是重视的话，自己手工做一件东西送给他是非常有意义的。”

这番话说完，陆云亭又有点偏向想等了。

毕竟好不容易找到一份还比较满意的礼物。

叶婴看了店主一眼。

这人口才还真是好，一眼就能看出陆云亭这个小丫头最需要的是什么，这样的人做买卖是不会吃亏的。

果然，最后陆云亭还是听从了店主的建议，选择了等。

两人坐在工作台边，翻着图册挑来选去，陆云亭选择了一个稍微有点难度的花瓶：“这个挺好看的，图案跟唐疏予的房间风格也挺搭的，但是会不会太难了啊？我能做好吗？”

店主说道：“其实没有你想象的那么复杂，只是花纹稍微多了一点而已，都是有技巧的，后期陶艺师会指导你，不用怕。”

陆云亭挺开心，接过店主手里的工作服：“那行，我就做这个吧。”

叶婴说道：“我也想做一件。”

陆云亭挑了挑眉：“你也做？送给谁啊？”

叶婴笑了笑：“不送谁，自己拿来玩。”

手工陶艺比正常的成品稍微贵一些，如果选择最好的材料最好的工艺，价钱就更高。

叶婴向来节俭，这实在不太像她会做的决定。

店主问叶婴：“你想做什么？”

叶婴指了指图册上的一件作品：“这个异形的杯子。”

店主一顿：“小姑娘很有胆量啊，看到下面的难度指数了吗？这是本店最难的作品之一了。”

叶婴点点头：“我想试一试。”

“好。”

店主给两人准备好了材料，工作人员过来指导他们制作。

两人一直忙活到很晚才从商场里出来，这时商场里几乎已经没有什么人了，反倒是外面的广场上人还很多。

后面就是酒吧一条街，人来人往的。

晋城是座不夜城，越到夜晚，风光越是旖旎，越是柔情似水。

陆云亭活动了一下脖子："好累啊……"

叶婴也稍微舒展了一下，露出一个疲惫的笑容。

"小婴，你是真厉害，动手能力太强了。"

叶婴选择的作品是最难的，店主找了店内最资深的陶艺师过来指导，因为除了这位，店里其他师傅也做不出这样的作品。

叶婴非常聪明，很快就能领悟陶艺师的意思，手上动作利落又干净，就连陶艺师都夸赞叶婴是他见过的，天赋最高的客人。

"我小的时候就喜欢弄这些稀奇古怪的玩意儿，玩泥巴长大的，能不会做这些吗？"叶婴淡淡地说。

这还是两个人认识这么长时间以来，叶婴第一次跟陆云亭提起自己的童年。

陆云亭人虽然单纯，但是心思细腻敏感，她能隐隐感觉到叶婴对她有淡淡的疏离。

陆云亭知道，叶婴和她完全不是一类人，陆云亭是个小话痨，相处这么久了，她的童年、家世都跟叶婴说了。

可是叶婴不一样。

她自己的事情，什么都不会对陆云亭讲，除了知道她有一个弟弟之外，陆云亭对其他事情一无所知。

叶婴总是云淡风轻，什么都不在意似的，可是陆云亭知道，叶婴心软又善良。每次陆云亭想要叶婴陪她做什么事，不管之前叶婴多不愿意，只要陆云亭一软下来央求，叶婴总会笑着答应。

也许是小的时候受过太多的苦，让叶婴不得不把那颗柔软的心一层层地包裹起来，藏起来，那层冷淡的疏离其实是她自己的保护伞。

以免自己受伤。

陆云亭很喜欢叶婴，所以她也不急。

等到什么时候叶婴想说了，自然就会主动告诉她，就算一直不想说也没有关系。

她知道，叶婴也很喜欢她的。

陆云亭问道："你的老家在哪里啊？"

长桥下，点点车灯汇成长河，缓缓驶向远方。

微风拂过，叶婴看着远处，说道："在四川广元。

"一个非常漂亮的地方。"

没有晋城大，也没有晋城繁华。

那是一座很小的城市，她的家在那座城市边缘处一个很小的山村。

那里山清水秀，春天有花，秋天有水，夏夜繁星漫天，冬天也不会特别寒冷。

“你是在那里出生的吗？”陆云亭真心实意地说，“也只有那么漂亮的地方，才能生出你这样的姑娘吧。”

叶婴忽然转过头，嘴角的笑容还没有消失。那一刻，她的黑眸里似乎藏着一汪清泉，摇晃着温柔的波光。

“我不是在那里出生的，我不知道我是在哪里出生的。”

陆云亭一愣。

叶婴笑意更深：“来车了，我们走吧，明天还要去找唐疏予呢。”

提到这个，陆云亭的注意力果然被吸引走，整个人垮下来：“啊，对，明天那个大坏蛋看到我没有带礼物过去，指不定怎么损我呢……”

唐疏予的成人礼宴会在晋城最大的丽华酒店举行，叶婴后来才知道，唐氏是国内很多大型酒店的幕后控股集团。这家丽华酒店，也是唐氏名下的产业。

二楼会场被整个包下，里面布置得非常华丽，除了唐疏予的部分同学，还有不少他父母生意上的伙伴也来参加了。

与其说是一个生日宴会，不如说是供上层商圈联络人脉的名利场。

到楼下的时候，陆云亭给唐疏予发了一条微信，上了二楼，唐疏予已经等在会场门口。

唐疏予穿着一身品质精良、剪裁得体的西装，领口处有一个简单的黑色领结，头发理得利落干净。

唐疏予本就是班上公认的最白净的男生，文质彬彬的，这样一身更加衬得他成熟稳重，温润如玉。

“迟到了？”唐疏予跟叶婴点头示意之后，皱眉看着陆云亭。

陆云亭小声道：“起晚了……”

唐疏予轻揽了一下陆云亭的肩膀：“门口冷，快进来吧。”

陆云亭扯过唐疏予的衣角：“哎，等一下……”

唐疏予停下脚步，低头看她：“怎么了？”

陆云亭小声地说：“我……我的礼物可能要晚几天才到。”

唐疏予眸光一顿，冷笑了一下：“以前好歹还能有一件，现在连礼物都要迟到了？”

陆云亭顿时奓毛：“什么叫好歹还能有一件啊？什么叫好歹你能不能给我解释一下？哪一件算是歹？”

唐疏予笑了一下：“行了行了，赶紧进去吧，我妈等着你呢。”

见陆云亭气得小脸红扑扑的，唐疏予投降了，一脸认错的表情：“行了……有没有礼物都行，您老人家能来，小的就已经很知足了，行了吧？”

陆云亭哼了一声，才勉为其难地进了会场。

会场里的人都穿得隆重，唐疏予的那帮同学也有穿着西装出席的。

还好陆云亭提前告诉了叶婴，今天要穿裙子。

唐疏予的妈妈原本在和客人聊天，看到陆云亭进来了，跟宾客们打了声招呼，笑眯眯地走过来。

唐疏予的妈妈性格很好，爱开玩笑，在公司没有职务，平时在家里健健身、养养花，或者是出去旅旅游。

她的年纪和叶婴的小姨差不多，可是保养得非常好，看上去也就三十出头的模样。

“小亭亭。”唐阿姨走过来，热情地抱了抱陆云亭。

陆云亭笑着唤她：“唐阿姨。”眼神里的笑意非常自然，一点都不拘谨。

“这位是谁啊？长得真漂亮。”唐阿姨指着叶婴问道。

“这是我的好朋友，叶婴。”

陆云亭没有说她是她的同学，说的是朋友。

唐阿姨又过来抱了抱叶婴。

这个礼数叶婴倒是不大习惯，动作稍微有些僵硬。

“长得可太好看了，白白净净的。”唐阿姨笑起来，“你们班同学颜值都好高啊。”

“饿不饿？有几种糕点特别好吃，阿姨全都尝过了，有几种肯定符合你的口味，过来阿姨给你拿。”唐阿姨一手牵着叶婴，一手牵着陆云亭，给她们拿了小瓷盘，把她觉得好吃的糕点放在她们的瓷盘里。

陆云亭吃糕点的时候，唐阿姨贼兮兮地撞了陆云亭一下：“小亭啊，我们家小予可成年了啊。”

陆云亭正吃着，糕点碎渣粘了一嘴，含混地“嗯”了一声：“成年怎么了？”

“你也得抓紧了，等你也成年了，就能……光明正大地谈恋爱了。”

叶婴一口糕点吃下去，听了这话，差点噎着。

陆云亭的脸蛋儿顿时变得通红："唐阿姨……"

唐阿姨看了叶婴一眼："啊，小婴不知道，我们小亭和我儿子有娃娃亲……"

陆云亭马上打断："阿姨！"

唐阿姨笑了笑："哈哈哈，但是俩孩子谁也不承认，就我和小亭她妈承认，哈哈哈。"

叶婴被唐阿姨的笑声感染，也禁不住弯起嘴角。

唐疏予看到她们在这边，走过来，问道："聊什么呢？"

唐阿姨乐不可支："聊……哈哈，我要是说了你肯定会说我，所以我就不说了，哈哈哈。"

唐疏予略略皱眉，看着陆云亭，问道："来之前吃东西了吗？"

陆云亭点点头："吃了一点，不饿。"

唐疏予"嗯"了一声。

唐阿姨八卦兮兮地问："哎？今年小亭给你买的什么礼物啊？"

陆云亭脸一红，不知如何回答，尴尬地张了张嘴，下意识看向唐疏予求救。

"她自己做的小点心。"唐疏予低声说道，"已经被我吃掉了。"

唐阿姨白了唐疏予一眼："你嘴怎们就那么快呢？小亭给你做的你不好好留着，吃什么吃。"

"留着不就坏了吗？"

"坏什么坏，你这孩子就嘴硬。"

唐疏予略略勾起嘴角："反正她做得那么难吃，留不留着都一样难吃。"

陆云亭不高兴了："喂！我还在这儿呢！要想说我坏话的话，好歹等我走了之后吧。"

唐阿姨和唐疏予都笑了起来。

他们眉目之间的神韵很像，只不过唐疏予更加锋利，唐阿姨则更偏温柔。

唐阿姨想到什么，转头对陆云亭说道："一会儿阿姨带你去奖品池，你先挑，挑剩下的再给小予。"

唐疏予浅浅一个白眼翻过去，未置可否。

唐阿姨坐在这里跟他们逗了会儿，说道："我得去那边看看了，他爸找不到我，又要到处问了。"

陆云亭忙点头："嗯，阿姨您先去忙。"

唐阿姨跟他们摆摆手："我一会儿过来找你。"

叶婴也跟唐阿姨打了招呼："阿姨再见。"

"拜拜，拜拜。"

唐疏予是今天的主角，很忙，没坐一会儿也走了。

陆云亭把自己觉得好吃的一样糕点递给叶婴。

叶婴说："唐阿姨对你真好。"

"是啊，我小时候还吃过唐阿姨的奶呢。"

叶婴没忍住，笑起来。

"我妈跟唐阿姨是大学同学，还是室友，关系特别好，俩闺密在一起就总说些什么，你生闺女我生儿子，以后他们俩就结婚这样的话。"

陆云亭说着说着，脸又红了："结果她俩真的一个生了闺女一个生了儿子，俩妈都乐坏了。

"太扯了，都什么年代了。"

叶婴淡笑了一下，没说话。

陆云亭是泡在爱里长大的，也正是因为这样融洽幸福的环境，才培养出陆云亭这样开朗又可爱的性格吧。

爱给了一个人善良的底气，她知道自己背后永远温暖，所以才敢无所畏惧，一往直前。

不需要像叶婴这样，遮遮掩掩，小心翼翼。

正聊着天，唐阿姨挽着唐叔叔往门口走，不少宾客也都略略停了一下。

叶婴问道："怎么了？"

陆云亭往外看了一眼："好像是谁来了？什么身份啊，尊贵到唐叔叔和唐阿姨亲自迎接？"

见唐疏予也放下饮料出去，陆云亭叫住他，问道："发生什么事了啊？"

唐疏予小声说："林远时来了。"

叶婴蒙了。

林远时一进门，就成为整个会场的焦点，似乎所有的光束都打在了他的身上。

这是叶婴第一次真真切切地感受到林家的势力究竟多么庞大，在无比繁华、寸土寸金的晋城，究竟有着什么样的地位。

以前只觉得林远时不过就是富家公子，可是今天他出现在这样的酒会，看着身边那些巨贾对他奉承地笑，叶婴才知道，林远时身上的标签绝不仅仅是富贵那么简单。

“林远时怎么会来啊？”陆云亭疑惑地小声说道。

叶婴不解：“他为什么不能来？”

“唐氏和林氏没有合作过，两家虽然认识，但一直没有更深的交情。林家什么段位啊，不是所有的企业都能被林家看得上眼的。”

叶婴沉吟着点点头。

“哎，同样在实验班，这下你知道为什么林远时再怎么放肆都没人敢管了吧？”

叶婴皱了皱眉：“林远时没有放肆。”

林远时不爱学习，可是从来不会影响其他人，上课很少讲话，要么是自己在底下玩手机游戏，要么睡觉，一点声音也没有。

他知道，他可以不在乎成绩，但是班级里的其他人不可以。

他也尽量减少和其余人的接触。

他怕自己会影响别人。

林远时从未欺凌过同学，更不是什么校霸。

叶婴知道挺多人都误会了林远时，她不能一一解释过去。

可是发生在她眼前的误会，她必须说清楚。

她不喜欢别人误会他。

陆云亭“啧啧”了两声：“小婴，你怎么这么护着林远时啊？你不会也……”

叶婴打断她的话：“也？”

陆云亭一挑眉：“对啊，不会也喜欢林远时吧？学校里甚至校外，喜欢林远时的姑娘多了去了。”

叶婴略略垂眸。

“而且林家势力庞大，好多人排着队等着攀高枝，想要联姻了。”

会场里开着空调，吹的风有点凉。

叶婴抱着手臂搓了搓，无所谓地说：“哦，那也很正常。”

所以叶婴第一次去林家，林远时是把她当作要去林家联姻的人，才会那样对待她的吧？

林远时一抬头，刚好和人群中的某道目光相碰。

林远时笑起来，露出嘴边一颗尖尖的虎牙。

“真没想到林远时会亲自过来。”唐叔叔和林远时握了握手，“听说林总最近回来了？”

林远时恭敬地跟两位长辈问了声好：“是，我父亲也说有时间一定和各位老朋友聚一聚。”

教养和尊贵是写在骨子里的，再怎么散漫，林远时都不会没有礼貌。

他把礼物递给唐疏予，说道：“生日快乐。”

唐疏予面无表情地接过：“谢谢。”

和唐氏夫妇寒暄几句之后，林远时走进会场。

不知你们的生命中有没有这样一个人，光彩夺目到能让整个环境蓬荜生辉。

叶婴感觉得到，自打林远时来了之后，整个会场的宾客们，或多或少都在注意着林远时。

从外厅走进来，就已经不断地有人过去搭讪，等着敬酒。

林远时虽然不耐烦，可依然笑脸迎人。

最后，他走到叶婴身边，笑着和她打招呼：“小婴。”

叶婴原本平静的心，在这一刻忽然轻快起来。他的笑容像是金灿灿的阳光，驱散了她心里的一小片阴霾。

淡淡的愉悦，让她控制不住地嘴角向上。

叶婴仰头问道：“你怎么来了啊？”

林远时低头回答：“来参加唐疏予的成人礼。”

他们两个并排站在陆云亭眼前。

陆云亭莫名其妙有种感觉——

他们俩怎么这么般配啊？

具体也说不清楚是哪里般配，反正这么看过去，怎么看怎么都是一对养眼璧人。

明明没有什么接触，无非说了几句话而已。

可就是觉得他们俩非常亲密。

林远时在服务生那里拿饮料时，陆云亭悄悄撞了一下叶婴，小声问道：“你俩什么时候买了情侣鞋啊？”

陆云亭这么一说，叶婴才注意到林远时脚上的鞋，也是一双脏兮兮的鞋，和她的那双一模一样。

林远时拿了饮料回来，问道：“小婴，你一会儿干什么去啊？直接回家吗？”

叶婴忽视了他的问题：“你这双鞋……也是捡的？”

林远时神情一滞：“啊？鞋啊，不是……是我朋友送的，哎呀！刚好和你的一样啊？好巧啊，哈哈哈。”

叶婴嘴角上扬：“是哪个朋友啊？穆元日吗？”

“你还记得他啊！说对了，就是他！这么说，你和他还真是挺有缘的哈。”

“嗯，挺有缘。”

看着叶婴的表情，林远时舔了下后槽牙：“那什么，你想认识他吗？”

叶婴眼珠一转：“想啊，你什么时候介绍我跟他认识吧！”

她有点期待的眼神，让林远时心里一酸。

“介绍什么介绍，他忙死了。”

林远时和叶婴聊了一会儿，被几个过来敬酒的人拉到别处。

林远时回头跟叶婴晃了一下杯子，叶婴朝他笑了笑，用嘴型说“拜拜”。

陆云亭陪唐疏予去挑礼物了，叶婴一个人百无聊赖地坐了一会儿。

“叶婴？”

身后有人叫她，叶婴回过头，居然是盛雪川。

“是你？你怎么在这儿？”叶婴笑了笑，“你怎么总在我身后出现？”

盛雪川解释道：“我跟唐疏予很早就认识了，哎，叶婴，你穿裙子真好看。”

“谢谢。”

叶婴说着，余光瞥见一道高瘦的身影从旁边走过来。

叶婴弯唇笑起来：“那个……之前你提的那件事。”

盛雪川想起了什么：“哦，对了，我外甥女的事儿，你考虑得怎么样了？

“我外甥女很乖的，就是小女孩嘛，对于理科的一些问题理解不到位，所以数学不太好，你稍微讲一下她听懂了就行。”

叶婴问道：“都什么时间需要补习啊？”

“周末。”

“我外面有家教课，可能没有时间。”

“哦……这样啊。”

叶婴笑了笑说：“我再想想吧，看能不能抽出时间来。”

“好。”

林远时拿着饮料杯站在一束百合后面。

“今天过来，是为了她吧？”

林远时闻言，回头看着唐疏予。

唐疏予优雅地喝了一口杯中的红酒，微微扬了扬下巴：“林大少爷可千万别说是为了我的成人礼，我可受用不起。”

林远时瞥了唐疏予一眼，冷冷一笑：“为了你？做梦。”

唐疏予和林远时初中就是同班同学，唐疏予是自己努力考上去的，林远时则是家里捐了一栋教学楼送上去的。

两人在同一个班级，互相看对方不顺眼。

唐疏予嫌弃林远时不学无术，林远时说唐疏予假正经。

两个人都会打游戏，曾在网吧里一起打过比赛，分属两个战队，实力不相上下。

你赢一局我赢一局，比了很久都没有分出胜负。

姜成鹤提议让他们两个加入同一战队，那这个战队基本就无敌了。

但被他们两人异口同声、非常坚决地拒绝了，说完互相看了对方一眼，都觉得对方是傻子。

唐疏予摇晃了一下自己的杯子，笑了一下：“雪川还挺喜欢叶婴的。”

林远时问道：“你怎么看出来的？”

“雪川问了我挺多有关叶婴的事儿。”

林远时皱眉：“你都告诉他了？”

唐疏予微微笑起来：“不然呢？”

林远时瞪了他一眼。

“雪川想让叶婴去给他外甥女补习，你知道他外甥女住在哪儿吗？”

“住在哪里？”

唐疏予淡淡道：“住在雪川家。”

林远时的脸瞬间黑了。

唐疏予看着林远时的样子，非常开心。

这是今年生日收到的最好的礼物了。

他简直想把这一刻的林远时给拍下来。

他的酒杯晃得更起劲儿了，临走的时候，还好心提示道：“哦，对了，林少，你可不能喝酒。”

林远时不解。

唐疏予淡淡地说：“毕竟你现在未成年。”

唐疏予比林远时大三个月。

这点破事儿唐疏予一直拿出来说。

“你看陆云亭在干吗呢？”林远时悠闲出声。

唐疏予往远处一看，摇晃酒杯的动作狠狠一滞。

一个西装革履的男士正在跟陆云亭说话，不知说到什么有趣的事情，陆云亭笑得花枝乱颤。

偏偏这个时候，陆云亭的一绺头发掉落下来，那位男士稍微停顿了一下：“等等，别动。”

他伸手帮陆云亭把那缕头发掖到耳后。

扳回一局，林远时略略勾起嘴角：“快点去吧，小寿星。

“不然傻乎乎的陆云亭被人骗走了。

“你就别装了，赶紧把酒杯放下吧。”

嘲讽三连，不给唐疏予一丝喘息的机会。

林远时愉快地看着唐疏予愤愤地放下杯子，朝陆云亭那边走去，暗暗骂道：“呵……”

叶婴和盛雪川刚聊完，林远时晃晃悠悠地过来：“聊什么呢？”

声音里像是沁了冰块儿一般，又低又冷。

叶婴停顿了一下：“盛雪川想让我给他外甥女补习。”

林远时装作一惊：“补习？补习什么？”

“好像是数学，有报酬的。”

“你想去啊？”

叶婴点了点头：“有点想，我想赚钱给我弟买球鞋。”

林远时深深地看了她一眼，没说话。

叶婴拿了杯饮料，斟酌着他的表情：“你怎么了？”

林远时侧过身，不让她看。

“生气了？”

林远时立即答道：“没有。”

“那你为什么不高兴？”

林远时端起杯子：“我高兴得很，我都开心死了。”

这时恰好有人过来叫他，林远时跟那人走了，临走时叶婴似乎还听到他从鼻子里发出的淡淡的一声“哼”。

叶婴看着他的背影，手指摩挲着高脚杯的下边沿，眸光深深。

周一一早，林远时在校门口遇到了姜成鹤。

姜成鹤下了车跟林远时打招呼。

林远时没睡醒，狭长的眼睛微微眯着，稀里糊涂地“嗯”了一声。

俩人正并肩往学校里走，姜成鹤兜里的手机响了，是群消息。

姜成鹤有无数个微信群，并且哪个群都没有屏蔽，手机一响就得拿出来看。

大到谁手机被学生处主任没收，小到谁的笔被谁偷，谁因为上课讲话被单独谈话，哪个班的事儿他都知道。

姜成鹤一一看下去，吸收了一波消息，一边看一边乐。

点开最后的微信群，姜成鹤惊呼了一声。

林远时没怎么睡醒，被他吓了一跳，不耐烦地出声："怎么了？谁踩你尾巴了？"

"咱班换座位了！"

林远时一下子就清醒了："你说什么？"

姜成鹤一字一句地重复道："咱班！换座位了！"

林远时忽然拔腿就往教学楼跑，跑得姜成鹤猝不及防。

"哎？你去哪儿啊？"

林远时原本单肩背着书包，他的速度太快，书包里也实在没装什么书本，轻得很，在林远时身后晃了几下就掉了下来。

林远时嫌书包碍事，干脆扔地上，继续往前跑。

姜成鹤在后面喊道："哎，你书包！你书包不要了啊？

"你还记不记得你是学生啊，喂，书包都不要了？"

与此同时，邵军拿着一张纸走进教室。

"朱木心。"

"哎，老师。"朱木心跑过去。

"这个是新的座位表，你把它抄到黑板上，然后大家把座位换一下。"

"好的，老师。"

叶婴看着自己身边还空着的桌子，略略低下头。

林远时经常迟到，也不知道今天他来教室，发现已经换了座位，会作何感想。

朱木心写在黑板上的名字越来越多，大家也都收拾了东西行动起来。

叶婴的东西本来放得就很规整，稍微装一下就可以了。

趁着这个工夫，她撕下一张便利贴来，写着：【我走啦，你要好好学习。】

黑板上写到了她的名字，在倒数第二排，和班上的一个叫秦永康的胖男生同桌。

实验班的座位说是按照成绩排，其实也不完全是，至少他们班不完全是。

邵军不想用成绩定学生的生死，所以排座位的时候也参考了学生的性格，看谁和谁坐在一起能够相互促进，一起进步。

而且班级纪律也很重要，有的时候太长时间不换座位，跟周围的同学混熟了，就很容易讲话打闹。

所以大考之后换座是他们班的传统。

邵军安排叶婴和秦永康坐在一起，大概是下课的时候秦永康经常过来问叶婴题的原因。

邵军回到办公室，正要去接水，只听走廊里传来“轰隆隆”的跑步声。邵军正要抱怨，又是哪个班的学生在走廊里打闹，楼都要震塌了。

结果，办公室的门“砰”的一声打开。

邵军手一抖，水洒了一地。

林远时跑得太快太着急，头发都竖起来了，校服也是歪歪扭扭的，大剌剌站在办公室门口，胸口微微起伏。

气氛有点尴尬。

林远时没想到会把邵军吓到：“呃……”

他伸出手，敲了敲撞在墙上又颤巍巍弹回来的门，说道：“老师好，我能进来吗？”

邵军没好气道：“你已经进来了。”

林远时愣了愣。

邵军把水杯放下，坐回自己的位置上：“说吧，这么着急找我，什么事儿啊？”

“老师，换座了吗？别动我同桌行吗？”

“叶婴？”

“老师，我跟别人坐一起学习不了。”

邵军乐了：“哎哟，你跟叶婴坐一起这段时间也没学啊。”

“我……”

上课铃响起，邵军夹起书本：“有什么事儿下课说，走吧，回教室。”

“老师！别换了，我求你了。”

林远时嘴里能说出这种话，邵军还挺稀奇，回头一看林远时嬉皮笑脸的模样，就知道他又是在开玩笑。

“干什么？是不是欺负人家转学生欺负上瘾了？”邵军一边走，

一边问道。

“上瘾了，反正我不能和别人坐一起。”

“你说和谁同桌就和谁同桌？你来当这个班主任得了？”

邵军把林远时的请求当作无理取闹，语气严厉了一些：“赶紧给我回教室，整天就弄这些幺蛾子。”

班级里，朱木心把所有的名字都写完。

林远时离叶婴也不远，就在她的斜后方，秦永康的后面。

姜成鹤单人单座在讲台旁边，林远时坐在最后，也没有同桌。

座位表写完了，大家开始准备换座。

秦永康看到叶婴是自己同桌，非常开心，主动走到叶婴座位旁边，说道：“我帮你搬吧。”

叶婴笑了笑：“谢谢啊。”

林远时随意地将校服外套套上，见姜成鹤拿着他的包等在门口，他拽过自己书包的带子往肩膀上一搭，走进教室。

“你怎么了？”姜成鹤问道。

林远时没说话，径直走进教室。

他刚进门就看到叶婴对着秦永康笑着说谢谢。

林远时本来就不爽到极点，看到这一幕，一股火就烧了上来。

他走到自己座位旁，把书包往椅子上重重一放。

叶婴的东西都已经收拾好了，桌洞里的书已经搬走大半，平时她放衣服的袋子拿走了，粉坐垫没了，透明的小笔袋也拿走了。

全都搬空了啊。

见桌子上放着什么东西，林远时拿起来一看，是一张小小的便利贴。

叶婴还有些尴尬：“嗯……”

林远时拿着小字条弹了一下：“你还挺开心？”

叶婴没明白：“什么？”

林远时嗤笑一声：“我要是一直不在，你是不是打算说都不说一声就全都搬走啊？”

他看着她的眼神无比冷冽，方才玩命往邵军办公室跑的汗这会儿全散了。

他现在从头到脚全都冰凉冰凉的。

“换座位了……”叶婴说道，“我不收拾东西怎么办啊？”

是啊，她不收拾东西能怎么办呢？

她是一定不会去找邵军说的。

反正和谁同桌都一样，老老实实做一个听话的学生不好吗？

好学生和他这种一听说换座了，吓得拔腿就跑，不管不顾地冲进班主任办公室的坏学生，能一样吗？

林远时忽而笑了一下。

那道笑容让叶婴的心骤然疼起来。

她在他的眼睛里，看到了冷冰冰的失望。

对她的失望。

林远时就这样笑着，往后退了一步，歪着头说："要我帮你搬吗？"

叶婴垂下头，那个样子看上去还有点可怜。

林远时别过头去。

不管怎么样，他都看不得她这个样子。

"不用了……"叶婴低声说，"谢谢了啊。"

她说完像是逃避什么似的，把最后一点东西搬完。

到了新的座位，叶婴把桌子擦干净，然后把自己的书本一一摆放整齐。

"要扔垃圾吗？"秦永康看着叶婴，"我帮你吧。"

叶婴把手里的垃圾袋递给他，笑不出来："谢谢啊。"

秦永康笑起来，露出一个挺可爱的酒窝："没事儿。"

林远时没什么东西，座位变动也不远，他早就已经收拾好了，懒洋洋地趴在桌子上。

秦永康坐在里面，出去的时候，校服把叶婴的笔袋蹭掉了。

"哎，对不起，对不起。"

"没事。"叶婴蹲下身捡笔，"你去吧，我自己来。"

"嗯……行。"秦永康最后又说了一次，"对不起啊。"

有一支笔滚远了，一直滚到后座林远时的脚边。

叶婴伸手够了一下，够不到。

她站起身，先把其他的放在桌子上，这么一抬头，发现林远时已经醒了。他正支着头，懒懒地看着她，嘴角扬着一抹玩味的笑容。

叶婴的脸霎时一红。

"能帮我捡一下吗？"叶婴小声问道。

林远时冷冷地说："你绕过来不就行了。"

叶婴无奈。

如果他不肯动的话，她就只能绕到他那边，蹲在他腿边捡。

"算了，我不要了。"

说完，叶婴转过头去，不看他了。

这样蹲下再站起，叶婴感觉头有点晕，坐在座位上的时候轻微摇晃了一下。

秦永康回来了，叶婴给他让地方。

“你怎么了？”秦永康看着叶婴，“脸色煞白啊。”

“没事，一会儿就好了。”

叶婴把手伸到校服兜里，心里抑制不住地失落。

原来草莓糖也已经吃完了。

第一节课间，朱木心下来收作业，经过叶婴旁边的时候，她似乎踢到了地上的什么东西，“咔哒”一声滚走了。

朱木心低下头找了一圈儿，发现一个粉色的圆柱形小东西躺在脚边。

她捡起来看了看，是一个小手电筒。

“捡笔”事件之后，林远时一直都没有和叶婴说话。

每次叶婴借着回头看表、看风景，或是跟秦永康说话的工夫看林远时，林远时都趴在桌子上，似乎一直睡着，动都没动过。

化学课前，化学老师要讲一张卷子，叶婴拿出红笔，先把卷子大略看了一遍。

是昨天晚上的作业卷，叶婴写得很认真，大致看一遍是为了加深一下印象，回忆昨晚做题时是哪一道题有点卡，哪一道做得有点慢，一会儿老师讲授的时候需要做重点记录。

秦永康桌上桌下翻找了半天，最后又找了一遍自己的书包，老师已经开始讲第一题了，他面红耳赤地抬起头来。

“我的卷子不见了……

“叶婴，我能跟你看一份吗？”

叶婴把自己卷子往中间移了一下：“行。”

秦永康动了一下椅子，距离叶婴稍微近一点儿看得清楚点。

秦永康这个人性格很好，说话总是低声细语的，但是有个不太好的习惯，就是抖腿，做题的时候抖，听课的时候也抖。

现在也不例外，听课没一会儿，他就开始抖起来。

他的椅背直接靠着林远时的桌子，他这么一动，连带着林远时的桌子也跟着一颤一颤。

林远时正睡着，不耐烦地往后撤了一下。

化学老师提了一个问题，看到秦永康和叶婴看一份卷子，便把秦永康叫了起来。

“你来回答一下，这两种物质最后生成什么？”

“生成……醋酸铵。”

“嗯，答对了。你卷子呢？”

“老师，我好像放在宿舍楼自习室忘拿了。”

秦永康一贯听话，想来也不是没写作业，于是老师就让他坐下来。

结果他这么一站起坐下，椅背又靠上林远时的桌子，这次还微微有些重叠。

秦永康习惯性抖腿，震得林远时的桌子跟着“咚咚咚”响。

林远时懒懒地抬起头。

前座两人头挨着头，共看一张卷子。

叶婴把老师讲的知识点记在卷子上。

秦永康看着她写的，有一处没明白。

“哪里？”

看到秦永康指的地方，叶婴回道：“哦，这个方程式是因为题目里有‘少量’，所以……”

她解释到一半才发觉到不对，感觉身后有一道目光笔直冰冷地朝自己射来。

叶婴侧过头，果然看到林远时完全坐起身，长腿伸直，抱着手臂看着他们。

他眼睛里写满了嘲讽。

叶婴的心狠狠揪了一下，逼自己收回目光。

这时，化学老师提出一个问题，在班级扫视一圈，同学们都低着头看试卷。

“林远时，你站起来告诉我，这道题要想生成硫酸氢钠，必须得是谁少量？”

林远时慢吞吞地站起身，良久没有说话。

高高瘦瘦的他站在最后，没有同桌，看上去有点……

孤零零的。

一种莫名的罪恶感自心底里升起，叶婴皱了皱眉，回过头，小声提醒：“硫酸。”

她知道林远时听到了，因为他好看的嘴角冷冷地勾了一下。

他却并没有说出她的答案。

化学老师说道：“不会啊？前面的同学回答一下。”

秦永康弱弱地站起身：“硫酸……”

“对了，坐下。”

这一节课叶婴过得难受极了。

终于挨到了下课，林远时把书本往桌子上一扔，起身走出教室。

叶婴回头的时候，只来得及捕捉到他的一个单薄背影。

整整一上午，林远时都没有出现。

他以前也经常逃课，各科老师看到他的座位空着，也不觉得有什么奇怪。

课间的时候，叶婴回头看到他的桌椅空荡荡的，总觉得有人扼住了她的心脏一般，难受极了。

中午吃饭，就连陆云亭都看出了叶婴的不对劲。

“小婴，你怎么了？为什么总是心神不宁的样子呢？”

叶婴低着头，没反应。

“小婴？小婴？”

叶婴回道：“嗯？你刚刚说什么？”

陆云亭把手探向叶婴的额头：“你怎么了？没事吧？”

叶婴摇摇头：“哦，没事啊。”

陆云亭夹了一块排骨，一边啃，一边说：“我昨天晚上去外面的文具店买笔，看到林远时他们那一拨人了呢。”

叶婴猛地抬起眼睛：“林远时，他在做什么？”

陆云亭嘴里都是排骨，含混不清地说：“他们好像在商量着去哪个学校要办什么事儿。

“我就是路过一下听了一耳朵，具体的也没有听清。”

叶婴的筷子停了停：“你看到林远时了吗？”

陆云亭点了点头：“看到了啊，他站在最后面，最显眼了，怎么可能没看到呢。”

叶婴忽然有些后悔，昨天晚上为什么没有跟陆云亭一起去外面买文具。

陆云亭回想了一下昨天晚上的林远时，说：“也不知道他是没睡觉还是怎么了，两只眼睛通红通红的。”

叶婴问道：“他看见你了？”

“当然没有！我躲都还来不及呢！”

陆云亭想了想继续说道：“不过凶是凶了一点，我觉得林远时的情绪好低落啊。”

叶婴的心里又是一酸：“啊？怎么看出来的啊？”

陆云亭其实也说不太上来："就是一种感觉啊，感觉他的世界都快要崩塌了的那种……"

叶婴低头放下筷子，说道："哦，这样。你吃好了吗？我不太想吃了。"

陆云亭惊讶道："你吃完了？小婴，你也没动几口啊。"

叶婴是一个非常节俭的人，每次在食堂打饭都只打一份菜，二两饭，最后把饭和菜都吃得干干净净，从来不会剩饭。

但是今天她的饭盘几乎没怎么动过。

"小婴，你没事吧？"陆云亭再一次确认道。

叶婴艰难地扯出一个笑容来："没事。"

她刚要起身去倒盘子，陆云亭说道："哎呀，那不是林远时他们吗？"

叶婴顺着陆云亭目光的方向看过去，果然是林远时他们几个。

正是饭点，食堂人最多的时候。

他们一共五个高高的男生，单手抄着兜，晃晃悠悠地往食堂里走。

他们刚一进来，闹哄哄的食堂似乎瞬间就安静了几分。

学生们的目光或多或少落在他们身上，有的小女孩完全不避嫌，一边看着他们，一边在底下叽叽喳喳议论着什么。

这样又高又帅的男生，在高中校园里简直是至宝一样的存在。

其余几个男生低声说笑，林远时走在最后，离他们远一些，低着头，叶婴看不清楚他的表情。

他是吸引目光最多的一个。

陆云亭没有说错。

女生们一边看着他，一边疯狂地小声讨论着。

"咱们走吧。"叶婴收回目光，对陆云亭说。

陆云亭连忙点头："哦，好。"

她们过去倒了盘子，回头的时候，刚好和正在找座位的他们几个打了个照面。

陆云亭顿时哆嗦起来，僵硬地挥了挥手："嗨，你们也在呢？"

自打看到叶婴，林远时的目光自始至终都落在她的身上，片刻不离。

陆云亭的招呼并没有人回应。

除了林远时，其他人都不认识陆云亭，而林远时也丝毫没有回应的意思。

陆云亭的手只得尴尬地停留在半空，放下也不是，继续摆着也不是。

其中一个男生看出来，转头问林远时：“你班的？认识啊？”

林远时忽然勾了勾嘴角。

“前同桌。”他的声音格外低哑，听上去冷冰冰的，“不太熟。”

说罢，他径自从叶婴身边经过，好像真的不认识她一般。

叶婴整个人都僵在那里，动也不能动。

陆云亭就算再傻也看出不对劲儿来了。

出门之后，她问叶婴：“你和林远时吵架啦？”

叶婴低头笑了一下：“没有啊，只是不是同桌了而已。”

陆云亭恍然大悟似的：“哦，怪不得昨天晚上我感觉到林远时那么失落。”

“怪不得？”

“你知道最忠诚的大狼狗被主人抛弃之后会怎么样吗？”

“会怎样？”

“会死。”

叶婴一怔。

陆云亭继续说道：“我知道我这个比喻始终都不太恰当，但是我真的……你没看到昨天晚上他的那个样子，就真的好像天塌了一样，原本多有精气神的一个人啊，怎么就成那个样子了呢？

“我看着都觉得可怜。”

叶婴低头捻了捻手指，似乎想要努力忽视心口处丝丝的痛感。

可也只是徒劳。

“行了，别说了，咱们走吧。”

这周轮到叶婴他们组做值日。

一个小组七个人，午休时间不能回宿舍，需要打扫教室走廊，还有他们班分属的室外区域。

组长是朱木心。

中午吃完饭回到教室，朱木心数了一遍人，皱眉问道：“林远时呢？”

没有人回答。

“又没来啊？”朱木心不太高兴地说，“从高一到现在，一次值日都不参加！这未免也太过分了吧！”

当事人林远时不在，也没有老师主持公道，不知道朱木心这通抱怨的话说给一帮组员听有什么意义。

“他的那份我帮他扫了吧。”叶婴声音很轻地说，“你别再说了。”

朱木心回头看了她一眼，随口说道：“你帮他扫？那你就去把篮球场后面那块地方扫了吧，一会儿扫完我过去检查。”

叶婴点头：“嗯，行。”

朱木心给其余人也分配了任务。

解散后，秦永康好心提醒叶婴：“叶婴，篮球场后面有一个垃圾桶，那里可不好收拾，正常都有两个人打扫。”

“没事儿，我自己慢慢来。”

“那我快点把走廊拖完，然后去帮你。”

叶婴笑了笑：“谢谢你啊。”

叶婴拿着工具到了篮球场后面——就在他们班楼下。

不远处有一个垃圾桶，平时各班的垃圾都往那个垃圾桶里扔，确实挺脏的，也是最难收拾的。

有不太道德的学生，站在远处直接把垃圾袋一扬，若是飞进垃圾桶还好说，最怕的就是在空中的时候，垃圾袋裂开，垃圾飞一地。

这里又是监控盲区，大家就有些有恃无恐。

叶婴放下簸箕，叹了口气。

她先把离垃圾桶远的空白区域扫干净，把垃圾扫成一堆，用簸箕装好，倒到垃圾桶里。

正午时分，太阳升到头顶，光芒和热量毫不吝啬地投洒下来，一丝风都没有。

叶婴弯腰许久，扫完之后直起身子，额上满是汗珠。

她看了眼时间，还来得及，于是走到树荫下，想稍微休息一下再扫。

耳边传来篮球砸地的“咚咚”声，叶婴侧过头。

球鞋摩擦地面，身体碰撞之后，“哐”的一声，球入篮筐。

“漂亮——”

男生们异口同声称赞一声。

林远时扣球之后轻巧落地，一边往回跑，一边用球衣领子抹了把脸。

初春时节，少年早早换上了无袖球衣，露出的肩膀和手臂白皙漂亮，肌肉不多不少，线条流畅精致，充满勃发的青春感。

林远时说道：“再来。”

打了一中午篮球，还没吃午饭，又是顶着烈日，姜成鹤他们几个早就已经不行了，也就林远时才能这么一直扣篮不嫌累。

钱家旭小声说：“我不行了。”

林远时断了钱家旭的球，跑了几步，低声道：“最后一把。”

姜成鹤说：“你上把就说是最后一把。”

林远时把球往姜成鹤的方向一传：“那你来不来？”

姜成鹤下意识接住，脸更苦了，认命道：“来。”

大家都看得出来林远时心情糟糕到了极点，谁也不敢撞枪口上。

几个人又打了几个来回，实在累得不行，倒在一旁，捧着矿泉水狂饮不止。

唯独林远时。

他还在满场跑，扣篮，远投，什么都不耽误。

姜成鹤汗如雨下，一边喝水，一边感叹道：“这什么体力……”

贺名扬身体最弱，早就下场了，他背靠着篮球架，悠闲接话道：“下个月和七星中学的篮球赛可不用愁了。”

钱家旭说道：“可不，有林远时这个怪物在，对方还想赢不成？”

“哎？咱们校队除了林远时，还有谁参加啊？”贺名扬问道。

钱家旭笑着说：“那不得问主任吗？”

“姜主任”自觉接话：“林远时、二班的刘语熙、陈江华，好像还有盛雪川。”

“哐——”

对话被打断，众人往林远时那边看去。

林远时把篮球狠狠砸向篮筐，拎起一旁的矿泉水，猛地往下灌。

篮球反弹到场地另一边，在地上弹了几下，滚远了。

“回去吧。”林远时轻描淡写道。

姜成鹤欣喜道：“我们下午去打游戏吧，你也去？”

林远时终于要带他们打游戏了吗？是真的吗？幸福来得这么突然吗？

“不去。”

也不知林远时是怎么了，自打期初考试完就不逃课了，战队里没了林远时，只能由钱家旭走上单，一路流血一路送，他们队好歹是城市赛冠军啊！

姜成鹤心又凉了。

又得输一下午。

见林远时拿面巾纸擦了擦脸，贺名扬站起来：“那我们先走了？”

林远时“嗯”了一声，把篮球包往身后一背，转身去捡球。

这边有个小小的下坡，篮球一直滚到球场后面，林远时晃晃悠悠地走到球边，停在那里。

不远处，一个细瘦的小身影正在打扫卫生。

她力气小，垃圾桶有点高，她手里拿着簸箕，艰难地提起来，踮着脚，弓着身子，努力把垃圾倒进去。

天气热，小姑娘晒得脸蛋儿通红，刘海微微汗湿，漆黑的眉眼泛着水莹莹的光。

林远时微微往旁边一靠，倚在大树边，抱臂看着她来来回回地走。

这一片的卫生十分难扫，其他地方已经收拾干净了，唯独剩下垃圾桶附近。一个一个的垃圾袋又重又难清理，叶婴提不动，扔下一个之后要休息很久才能再提起另一个。

林远时远远看着，也不出声，也不帮忙。

最后收拾得差不多了，叶婴直起身子，摘下眼镜，擦了擦脸上的汗珠。

实在太热了，叶婴又把校服的拉链拉下来一点，稍微扇了扇。

等把最后一点垃圾扫完，叶婴弯腰提起簸箕，刚想往回走，一阵风吹过来，楼上忽然飘飘悠悠地散下来很多碎纸屑，下着雪一样飘落在叶婴刚刚扫完的地面。

细碎的纸屑洋洋洒洒落了一地，非常难清理。

叶婴抬起头，楼高六层，扔纸屑的人早已经缩回头，根本不知道是谁扔下来的。

林远时略略蹙眉。

那个小人儿看着眼前的景象，似乎还没有反应过来，耷拉着肩膀，愣愣地看着这一地的纸屑。

委委屈屈的，有点可怜。

她的手指藏在校服里，轻轻摩挲着袖子边缘。

一下……

两下……

林远时轻咬后槽牙，大步流星走过去。

叶婴看到林远时过来，微微勾起嘴角。

他来了。

"你……"

林远时没理叶婴，一把拉过她的手腕，到垃圾桶旁拎起最大的一袋垃圾，转身上楼。

林远时腿长步子大，台阶都是三级三级地上，叶婴只能小跑着勉强跟上。

一路跑到教室，林远时“砰”的一声推开门。

朱木心吓了一跳，手里拿着簸箕站在窗前，错愕回头。

林远时懒洋洋地站在门口，狭长的眼睛微微眯着。

朱木心镇定了一下：“你干什么？谁教你这么开门的啊？”

林远时冷冷反问：“谁教你把纸屑往窗外倒的？”

“什么纸屑啊？我没有！你可别诬赖人啊！”

林远时走进去：“诬赖？纸片上还写着名字呢！你以为把自己卷子撕碎了，别人就看不出来了？”

朱木心马上反驳：“你胡说，那根本不是我的卷子！”

林远时笑了笑：“哦，看来班长大人比我想象的更没素质，撕的别人的卷子？”

朱木心明白过来，方才林远时那一问是个陷阱，她顿时脸红了，挺直腰背强撑着：“我都说了不是我，你凭什么这么说我？信不信我告诉老师啊？”

林远时淡淡地说：“不信。”

他笑眯眯地把手里的垃圾袋高高提起来，朱木心立马知道林远时要干什么，整个后背狠狠一僵。

“你干吗！你敢！”

林远时慵懒一笑。

有什么不敢的？

他五指张开，垃圾袋掉到地上，里面的垃圾纸屑开了花儿似的盛开，干净的地面顿时布满零零落落的果皮纸屑。

“林远时！”朱木心尖叫着冲过来，“我刚拖完的地！

“我要告诉老师！”

林远时往门框上一倚：“去啊？老师不够的话，校长的微信你要不要？名片推给你啊？”

“你！”

朱木心不知是羞愤还是生气，脸通红通红的，龇牙咧嘴跟林远时对峙着。

林远时笑不入眼，把身后的叶婴往身边一拉。

“我是不是说过，以后不要动我同……她。”林远时踩着垃圾走过去，“你是真的很想试一试？”

林远时的眼神无比凉薄，朱木心手心后背全是冷汗。

她嗓子眼里似乎堵着一团棉花，发不出声音。

“嗯？想试吗？”他低着头，轻声问道。

朱木心腿发软。

好汉不吃眼前亏。

她转过头，忽然朝叶婴鞠了一躬："对不起，我是不小心把碎纸屑碰到楼下的。"

叶婴不禁往后退了一步，摆手道："没事没事。"

林远时语气冰冷："结束了吗？"

朱木心眼圈发红，狠狠咬着牙："我会……把楼下打扫干净。"

林远时满意了，微微笑了一下，转身离开。

他从叶婴身边经过的时候，似乎略微停顿了一下。

但是终究也没停下来，也没看她。

叶婴看着他离开，微微低下头。

朱木心整整收拾了一个中午，组员们都回来了她都没有收拾完。

秦永康最先回来，看到满地的垃圾一愣，拿过扫帚想要帮朱木心一起打扫，却被朱木心拒绝了。

"不用不用，别帮我。"

秦永康以为她只是客气："没事儿，马上就要打上课铃了，要不就干不完了。"

朱木心忽然直起腰来，失控大喊："我都说了不用帮忙了！我自己的工作我自己能做好！走开！"

朱木心这么一抬头，秦永康才看到她眼眶通红。

他一时尴尬地杵在那里，不知说什么好。

也不知是被林远时吓着了还是怎么样，朱木心怎么也不肯要别人帮忙，非要坚持自己把这些垃圾扫完。

直到午休结束，上课铃响，朱木心才洗好拖把回到教室。

下午第一节是语文课，今天是《荆轲刺秦王》的最后一课时。

邵军提问了上节课的内容和基本的课文翻译之后，正式开始课程内容。

"我们学完整篇课文之后分析一下，你们觉得文中的荆轲究竟是怎样的一个人呢？现在可以同桌之间讨论一下，一会儿我提问，说出你的理由。好，现在开始。"

秦永康最喜欢"同桌讨论"这一环节，老师话音刚落，他便转过头来，笑着问叶婴："你觉得荆轲是什么样的人啊？"

叶婴想了一下，小声说道："要不我们带上林远时一起讨论吧。"

秦永康的表情立马变了——他实在有些害怕林远时。

“他一个人坐，要是不带他，感觉不太好。”叶婴解释。

这终究是叶婴提出来的，秦永康也不想反驳她，于是就同意了。

两人拿着语文书一起回过头。

林远时正低着头打游戏，掀起眼皮看了一眼。

叶婴笑了笑：“嗯……咱仨一起讨论吧。”

林远时关了屏幕，把手机往桌洞里一扔。

“讨论什么？”

秦永康试探着看着林远时：“讨论荆轲是怎样的人物形象。”

他还战战兢兢地补充了一句：“你……要不要看看课文？”

林远时顺手拿过叶婴的书本，上面工工整整地写着答案：【擅长辞令，果断坚决，工于心计。】

“哟？”林远时挑了挑眉，看向叶婴，“跟你挺像。”

叶婴无语。

秦永康看看林远时，又看看叶婴，不知道他们在说什么。

明明他才是叶婴的同桌，林远时是多出来的。

可是不知为什么，他总有一种，他俩是一起的，他自己是多余的那一个的感觉。

秦永康问道：“那个……叶婴啊，那你觉得荆轲擅长辞令的理由是什么啊？”

“他说完一席话之后，樊将军自愿自刎献出头颅。”

秦永康点点头，记了下来。

写完之后，秦永康挠挠头：“写得也太假了，真的有人能为了另一个人自愿去死吗？”

“有啊。”林远时轻描淡写地说，“甚至不需要说这一席话。”

叶婴略略低头，林远时看不到，可是在秦永康的角度，他看到叶婴微微上扬的嘴角。

得，他好像又成了多余的那一个。

语文课结束，化学课代表过来通知下节自习课要考试，时间不够，所以要提前一会儿上课发试卷。

叶婴想要去洗手，临走时把水杯放在林远时桌子上。

林远时挑了挑眉：“干吗？”

叶婴笑起来：“能帮我接杯水吗？时间不够了。”

林远时“嗤”笑一声，没说话，目光继续落在手机屏幕上。

叶婴低下头：“你要是不愿意就算了。”

秦永康听到他们的对话，主动回过头来，极殷勤地说："叶婴，你要接水吗？我去帮你接吧。"

说这话时，秦永康刚站起身，手还未碰到她的杯子。

林远时一个眼刀飞过去，声音低沉："放下。"

秦永康一抖，顿时不敢动了，又坐了回去。

叶婴满意地去洗了手，回来之后拿到卷子，悠悠闲闲地拿起保温杯。

——里面盛着满满一杯温水。

叶婴拧开盖子抿了一小口。

嗯。

今天的水好像有点甜是怎么回事？

一周之后有教育局的领导要到晋城一中检查，学校非常重视，这几天老师大会小会不断，全都在强调这件事。

邵军还专门拿出了一节课的时间来说。

学校规定所有学生下课除了去洗手间，不准去走廊，暂时取消体育课，没有事情不准去操场，中午和晚上不再开放校门，学生必须在食堂吃饭。

这些规定一出，学生抱怨不断，诸多不满。

除此之外，学校的卫生和美化工作也要求极高，校领导亲自到班级检查。邵军用班费买了几盆绿植放在窗台，还要求学生们把教室后面的黑板布置好。

"板报的风格必须符合这次大检查的主题，设计好之后给我看一眼。陆云亭啊……"

陆云亭马上回道："到。"

"你把画稿设计一下。"

"好的。"

陆云亭从小学习美术，画功很好，每次板报的画稿都是她来完成的。

"写字就……"邵军看了一圈儿，"叶婴。"

叶婴抬起头来："嗯？"

邵军说道："黑板报的文字内容由你来负责，按照你平时的字迹来就可以。"

叶婴的字是典型的应试体，工整娟秀，很少连笔，跟打印出来的一样，简直太适合后面的黑板报了。

“好的，老师。”

叶婴坐下来，捕捉到陆云亭回头来看她的目光。

陆云亭朝她眨了眨眼，叶婴也笑了一下。

下课后，陆云亭亲昵地来到叶婴座位旁边。

现在叶婴不跟林远时坐一起，陆云亭简直开心死了。

秦永康多好啊，和和气气的，每次陆云亭一来，他就自动把位置让给她。

不像林远时那个大魔头，总是用那种恐怖的目光盯着她看。

陆云亭蹦蹦跳跳地过来，坐在叶婴身边。

“小婴，咱们弄个什么主题比较好啊？”

她们俩第一次合作黑板报，陆云亭还挺开心：“你查查政治书，然后告诉我画什么，板块我来设计。”

叶婴点点头：“行。”

下午自习课，陆云亭喜滋滋地拿出一张白纸，大略规划了几个板块。

陆云亭语文极差，幸好内容不用她操心，只要画得漂亮就行了。

也不知道是分成四个板块好，还是五个好。

四个看上去更加工整简洁，五个的话会更有设计感，有详有略。

陆云亭咬着笔头想了想，觉得不如把两种设计方案都给叶婴看看，最后让她来决定好了。

陆云亭动笔画完了第一个板块的草稿，正准备画第二个的时候，身边传来一道凉凉的声音：“这一节课都准备画画玩了？”

陆云亭一个哆嗦，笔下的线条失去控制，拖了条长长的尾巴出来。

“我……我……”陆云亭的眼珠迅速转了转，“啊，老师让我设计黑板报的，时间紧任务重，我得先画完，小婴才能往上面写字。”

官方认定，并不是她瞎画着玩的。

嗯，就是这样。

不用怕唐疏予。

陆云亭下巴一抬，气势十足地和他对峙。

期中考试后，班级大换座，期中考试题目太难，陆云亭的成绩又退步了。她妈妈跟邵军打了招呼，想让陆云亭和唐疏予坐在一起，好让唐疏予带一带自家姑娘学习。

这事情不难办，但是陆云亭性格活泼好动，唐疏予沉稳寡言。邵军怕陆云亭影响唐疏予学习，于是给唐疏予的妈妈去了一通电话，把陆妈妈的请求说了一下，不想唐妈妈一百个同意。

既然双方家长都同意，他们成绩差异也确实适合坐在一起，那次换座，邵军便把陆云亭和唐疏予安排在了一起。

见唐疏予看上去不太高兴，邵军私下里把他叫到办公室问他，如果觉得陆云亭太吵，可以再调。

“别调！”唐疏予马上回道。

邵军一愣。

唐疏予挠挠头：“呃……我的意思是，嗯……

“她实在太烦了，还是放在我身边吧，免得影响其他人。”

唐疏予是班级第一，成绩非常稳，在邵军眼里，他是一个非常好的苗子，还指望着他成为这一届的状元，好给自己长长脸呢，半点马虎不得。

邵军担忧道：“她不会影响到你吗？”

唐疏予一笑：“她可影响不了我。”

同桌坐了快一个星期，陆云亭表面上跟唐疏予咋咋呼呼，但是内里还挺怕唐疏予的。

邵军观察了一下，唐疏予也确实没被影响，反而陆云亭跟唐疏予坐在一起之后，老实了不少。

有好几次邵军在监控里看，陆云亭竟然在自习课上做起了题。

按照以往，陆云亭都是做两道题就困得不行，倒下见周公的。

唐疏予听了陆云亭的解释，冷冷一笑：“黑板报？”

“是啊，黑板报，那天你不在，老师在下课的时候布置给我的任务，让我完成画稿，我从小就爱画画，所以这项工作必然是由我来完成。”

说着说着，陆云亭还真就觉得自己身负重任，大义凛然了呢。

唐疏予白了她一眼：“你岂止是爱画画，我看你是爱除了学习以外的所有事吧？”

陆云亭亮起细白的小拳头：“说什么呢你！”

唐疏予一把夺过她的画稿，淡淡道：“自习课就要学习，要想画这些幺蛾子，下课再弄。”

陆云亭伸手去抢，可是唐疏予把画稿举到另一边，陆云亭的小短手怎么也够不到。

“还给我！还给我，还给我！

“这怎么能是幺蛾子呢！

“这是老师让我画的，这是黑板报，不是画着玩的！”

唐疏予并不理会陆云亭的跳脚。

他面上不动声色，可看着她着急的小模样，终究是松了口。

“一页练习册，换画这个东西三分钟。”

陆云亭立马停止动作，伸出五根手指头跟他讨价还价：“五分钟。”

“两分钟。”

陆云亭的手指落下一根：“四分钟。”

唐疏予垂下眼睑：“一分钟。”

陆云亭哭唧唧，只剩三根手指：“三分钟。”

唐疏予回头看了她一眼。

陆云亭不情不愿地拿出练习册，动作慢吞吞的。

唐疏予叹了口气，颇无可奈何地帮她把练习册翻到之前写到的位置，指了几道题。

“这页吧，题都不难，好好做，做完就把画稿还你。”

陆云亭嘟了嘟嘴：“那你可要好好保管啊，别给我弄坏了。”

唐疏予点头：“嗯，好。”

他把笔递到她手里，又拿了几张白纸出来：“写吧，草稿纸在这里。”

陆云亭扁扁嘴，低头看题。

唐疏予眼睛一瞥：“腰直起来，注意眼睛。”

“哦……”

刚看了两道题，陆云亭就有点困了，眼睛眯缝着，头一点一点的，有好几次差一点戳到笔上。

迷迷糊糊地又一点头，陆云亭猛地惊醒。

手里的笔已经被人拿到一边，她咕哝着，顺势倒在自己臂弯里，三秒钟不到就睡着了。

唐疏予做完一整套卷子，轻轻合上练习册，看着身边熟睡的姑娘，微微勾了勾嘴角。

叶婴的效率很高，下午就把文字内容确定好了。

她拿过来和陆云亭碰了一下，还把简单的草稿给邵军看了一眼。

邵军很满意，对她们竖起大拇指：“不错啊，有深度，又不失幽默，内容是你们自己写的吗？”

陆云亭骄傲极了：“是叶婴写的，她说什么我画什么。”

邵军看了叶婴一眼。

叶婴说道："老师，那这个可以往黑板上画了吗？"

邵军点点头："可以，你俩自己找时间，这周五之前弄完就行。"

"好。"

这几天为了让学生别出去乱跑闯祸，学校"丧心病狂"地组织了大大小小无数场考试。

课间也考，体育课也考，自习课也考，考到最后，学生们都有点乏了。

休息时间都被占用，要想画黑板报就只能利用午休时间。

化学课结束，陆云亭到叶婴座位前，问道："小婴，你饿吗？咱们快点去食堂吃完饭，中午回来画板报吧，要不然来不及了。"

叶婴回道："行啊，不过我刚才吃了面包，这会儿不太饿。"

"我也不饿！那我们中午就不吃饭好了，正好就减肥了。"

"好。"

同学们陆陆续续走得差不多了，教室里面安静下来，叶婴拿了粉笔到后面，先把黑板擦干净。

陆云亭学习不好，画画却是真的很有天赋，简单几笔就能看出功底，整个排版布局都在她的心里，稍微圈几下之后，画面感立马就出来了。

"小婴，这个是第一个板块，我现在把我大概要画的位置腾出来，你就可以在空白的地方写字了。"

"好。"

上面比较高，叶婴搬了桌子过来，照着之前打好的草稿一字一字地誊到黑板上。

文字内容有很多，叶婴写了还不到一半的时候，陆云亭就已经把后面的大致内容画完了。

小姑娘从椅子上跳下来，放下粉笔，拍了拍手："啊，好累。"

陆云亭欣赏了一番这个还没有完成的黑板报，心底的自豪感油然而生。

"小婴，我觉得咱们班的板报简直完美，主要它是我们两个一起完成的。"

"不是检查之后还有比赛吗？"

"对啊，如果得奖了能登在校刊上呢！"

叶婴笑了笑，把最后一段内容写上："咱们可以拼一拼。"

"不知道有没有奖金啊，要是有的话，咱俩就出去大吃一顿。"

走廊响起脚步声，大抵是吃完饭回来的学生。

唐疏予走进教室，刚好看到坐在桌子上满眼憧憬的陆云亭。

窗户开着，蓝色的窗帘被微风吹起，在窗边一荡一荡的。外面阳光正好，穿着校服的姑娘坐在桌子上，小脚一晃一晃的，金灿灿的阳光映在她的眼底，漾起细碎的波光。

“这个时间画板报？”唐疏予低声问道。

陆云亭回过头：“哎？你吃完饭啦？好快啊。”

唐疏予看了一眼板报，这种绘画风格一看就是出自陆云亭之手。一中午的时间，已完成大半。

唐疏予皱了皱眉：“你没吃饭？”

虽然是问句，可是唐疏予说得无比笃定。

陆云亭有点心虚，大眼睛眨啊眨：“那个，那什么，我吃了呀，小婴去买然后带回来我吃的。”

唐疏予合上练习册，嗤笑一声。

从小到大都不会撒谎。

陆云亭见唐疏予重新站起身，连忙问道：“哎？你要走啦？”

唐疏予经过陆云亭身边，顺手拉了她一把。

“哎？干吗去啊？”

唐疏予头也不回：“带你去吃饭。”

陆云亭挣扎起来：“我不要吃！我要减肥呢！”

“减什么肥减肥，瘦成杆儿了还减肥。”

“你说谁是杆儿呢！你再说一遍试试！”

……

走廊里，他们的声音越来越远，叶婴不禁弯起嘴角，摇了摇头。

“时哥，一会儿陪我们打几把吧，这几天小学生是放假了吗？我的队友都太傻了。”

吃完饭从食堂出来，姜成鹤他们几个一边往教室里走，一边说。

贺名扬问道：“玩什么？王者啊？”

姜成鹤点头：“嗯。”

姜成鹤给贺名扬使了个眼色，贺名扬会意：“那咱们五个组队打呗，偷偷的，别被老师发现了。”

钱家旭阴阳怪气道：“你胆子什么时候这么小了？”

贺名扬瞪了他一眼：“你不知道，前几天我自习课打游戏被逮，我们老师罚我在外面蹲了整整一个下午？听明白了吗？是蹲！蹲了一下午，比站着都累。”

姜成鹤接话：“这点我能做证啊，扬哥没撒谎，那天晚上我和扬哥出去吃饭，扬哥就是这么出来的。”

姜成鹤夸张地学了一下蹲了一下午的贺名扬走路，肩膀一高一低，一走一垮，惹得众人都笑起来。

贺名扬脸通红，照着姜成鹤的屁股狠狠踹了一脚：“我是这么走的吗？”

姜成鹤嬉皮笑脸的：“差不多。”

几个人有说有笑地进了教学楼，姜成鹤和贺名扬对视一眼。

都明白了。

成功了，终于不用大中午的陪时哥在操场上打球了。

开心。

“哎？那咱们去哪儿玩啊？”钱家旭问道。

姜成鹤突然说道：“我手机在书包里呢，我得回教室一趟。”

贺名扬提议：“那就直接在你们班玩呗，现在是中午，应该没有什么人吧？”

“应该是，咱们坐后面别出声，要是有人也不影响。你们说呢？”

林远时淡淡地说：“我还是更想去打球。”

姜成鹤皱眉：“哎，你饶了我们吧，就休息一天，行吗？”

林远时沉吟着不说话。

姜成鹤扭头叫贺名扬：“老贺，快点，叫吕歆铖上线。”

贺名扬拿出手机：“好嘞。”

姜成鹤朝林远时“嘿嘿”了一声。

林远时语气依旧平淡：“行吧。”

上了楼，转过弯，透过门上的玻璃，林远时一眼就看到了站在椅子上写黑板报的叶婴。

她也在啊？

那他今天中午不想打球了。

林远时低头走进教室，叶婴听到声音回头。

还不等林远时跟她打招呼，身边响起一个磕磕巴巴的声音。

钱家旭一脸错愕，眼睛都有点发直：“叶……叶婴。”

林远时皱了皱眉，差点忘了这个人也在。

姜成鹤和贺名扬对视了一眼，说道：“叶婴，你今天画板报啊？我们坐这里打游戏，影响你吗？”

叶婴摆摆手：“哦，没事儿，你们玩吧。”

女神就在自己面前，钱家旭激动得手心儿都有点出汗了。

姜成鹤看着好兄弟这样，立马热心介绍道：“这位是贺名扬，十二班的，这位是四班的钱家旭。”

他想了想，又补充道：“钱家旭你知道吧？篮球打得特好的那个。”

林远时“嗤”了一声。

贺名扬听出姜成鹤是在帮钱家旭，立马说道：“对，钱家旭打游戏也厉害，今天我们想让他带我们一下呢。”

林远时又“嗤”了一声。

叶婴扫视了他们一圈，笑了一下：“我叫叶婴。”

他们几个准备落座，教室里有监控，虽然对于他们来说也不是什么大事儿，可是坐在监控底下明目张胆地玩手机终究是不好。

只有教室后面是监控盲区，稍微遮挡一下就拍不到了。

林远时刚要坐下。

贺名扬非常机警地指着那个位置，对钱家旭说：“哎，旭哥，你坐这儿吧。”

那个位置距离叶婴最近，林远时一挑眉，直接坐下。

林远时往后一倚，他的身后就是叶婴踩着的桌子。

“你坐那边去。”

钱家旭偷瞄了叶婴一眼：“那……好吧。”

这一眼，搞得林远时非常不爽。

“别废话，磨磨叽叽的。”林远时有点不耐烦。

姜成鹤打圆场道：“旭哥，你坐这里也行，反正在哪儿都能带我们飞。”

叶婴写完了一个板块，稍微甩了甩手臂，正要从桌子上下来。

一只手伸到自己面前。

手掌干净白皙，手指修长细腻，指甲更是修剪得干干净净。

陆云亭是妥妥的手控，曾经给叶婴看过一组名为“手控福利”的图片。叶婴初见觉得惊艳，后来看到林远时的手，便觉得图片上的那些也不过如此。

林远时的这一双手，精致、干净，足以秒杀那些图片。

林远时懒懒地瞥了她一眼：“笨手笨脚的，别摔了。”

钱家旭刚把手机拿出来，感激地看了林远时一眼。

看来时哥是在提醒他了，怪不得刚刚让他坐在这边，原来是好方便他拿椅子啊！

叶婴还未伸出手，一把椅子出现在自己视线内。

她抬头，钱家旭略有些羞涩地笑了笑，说道：“直接从桌子这边不好下，你踩着椅子下吧。”

叶婴勾起嘴角笑了笑：“谢谢你啊。”

然后，她直接忽视林远时的那只手，踩着椅子跳下来。

林远时一怔。

叶婴开始第二个板块的书写，他们的游戏也已经开始了。

姜成鹤问道：“林远时，你用什么啊？”

林远时斜斜一笑：“荆轲。”

贺名扬感到惊奇：“哎？你玩打野啊？不上单了吗？”

林远时一笑：“嗯，现在喜欢荆轲了。”

Chapter 5

她的眼睛很亮很亮，里面满满都是崇拜

叶婴写字的手微微一顿。

姜成鹤喃喃道：“那我选什么呢……”

钱家旭说：“我上单。”

林远时轻蔑地瞥了钱家旭一眼，那个水平玩上单，就等着死吧。

贺名扬点点头：“行，反正钱家旭什么英雄都会用。”

林远时翻了个白眼！

游戏开始了，果然不出林远时所料，还不到四级，上路就已经送了一血。

姜成鹤这些日子输得太惨了，胜负心很重，看到上路岌岌可危，紧紧咬着牙关，但是碍于叶婴在场，他嘴上还不得不恭维钱家旭。

“哇塞，钱家旭，你太厉害了，又杀人了。

“钱家旭，快来救我一下……天啊，我死了。

“钱家旭，你这是什么出装啊？太牛了，纯输出装啊？”

到最后上路快要被人推到家了，姜成鹤简直夸得咬牙切齿。

“钱家旭，你太牛了，又一对四了呢。

“钱家旭，你又被包了，真是临危不惧啊。

“别追了，追完又死了，执着坚韧说的就是你了。”

钱家旭等待复活的间隙，看着画面里正在反野的荆轲，苦兮兮道："时哥，你刚刚怎么不救我一下啊……"

在时局大逆风的情况下，林远时用的阿轲全场经济最高，战绩12杀0死11助攻，神出鬼没，出其不意手刃敌方后排之后大招溜走。

操作简直天秀。

对面射手被杀得有些恼了，刚开始还在骂阿轲，到后来渐渐变成了崇拜。

"打野牛。

"对面打野是王者段位吧？

"求加好友！求带飞！"

打野行踪成谜，对面埋伏的时候一个不注意，就会被突然出现的阿轲反杀。

保射手，保中单，甚至保辅助，一个阿轲带动全场。

唯独上路，从开始到现在，除了收收兵线，阿轲一次都没去过。

这一次甚至眼睁睁看着上单死在自己眼前，阿轲站在草丛里待了一会儿，然后悠闲地满血跑走。

钱家旭简直想哭。

对面似乎也发现了这个规律，开始疯狂地抓上路，一抓一个准，谁也救不了他。

林远时又杀了对面射手一次，懒洋洋地勾起嘴角，声音里带着玩味："钱家旭好厉害啊。

"这个战绩——超鬼了吧？"

姜成鹤和贺名扬一个没忍住，笑了出来。

吕歆铖是唯一一个肯说实话的，在评论区气坏了。

"上单你脑子坏了吗？

"追什么啊追，被反杀了看不见吗？

"手不会用可以捐助给有需要的人。"

钱家旭手机的页面再一次变暗，他扭头看向叶婴。

她的黑板报已经快要写完了。

钱家旭看着这娟秀的小字，满眼欣赏："叶婴，你的字写得好好看啊。"

听到她的名字，林远时条件反射地抬起头。

姜成鹤问道："时哥你干吗呢？怎么不动了？时哥！"

兰陵王手刃一动不动的阿轲，对面一片欢呼——

【撒花撒花。】

【打野掉线了吧？】

……

林远时回过神来，复活之后从下路一路偷上去。

对面一来他就跑，对面走了他又去赖线，直到破了高地，推上水晶。

贺名扬和吕歆铖还在团战，阿轲已经神不知鬼不觉地偷了水晶。

久违的“VICTORY”（胜利）字样出现在屏幕上。

姜成鹤跳起来欢呼：“终于赢了，终于赢了……”

姜成鹤说到一半停下来，看了叶婴一眼，又转头看向钱家旭：“钱家旭，你太牛了，又带我们飞了一回。”

等他们吹完钱家旭的彩虹屁，林远时说道：“陈曦上线了，六个人。”

林远时看了钱家旭一眼：“三对三对战啊。”

钱家旭有点心虚：“啊？对战啊？”

林远时扬起下巴：“不敢？”

这时，叶婴略略停下来，回头看了他们一眼。

钱家旭吞吞口水：“敢！怎么不敢！”

贺名扬和姜成鹤异口同声：“我跟林远时一队！”

说完气氛有点尴尬，林远时悠闲地跷起二郎腿。

钱家旭小声说：“行……那我跟吕歆铖、陈曦一队。”

叶婴的目光从林远时身上移开，继续看着自己的黑板报，嘴角微微扬起。

三对三的房间刚开，叶婴余光一扫，教室门口站着一个人。

林远时最是警惕，猛地抬起头，另外几个还在吵吵着挑选英雄。

林远时把手机往桌洞底下一塞，伸了个懒腰：“老师万福金安。”

邵军上楼路过班级，听到里面男生们的动静，心里觉得奇怪，过来瞧一眼。

一进门，呵，果然啊，一个年级的浑小子都聚齐了，在班级后面躲着监控打游戏呢！

“你们干什么呢！”邵军皱着眉进来，“手机都给我拿出来！”

林远时一脸无辜：“嗯？什么手机啊？我不知道啊。”

“没有手机？没有手机你们凭空打游戏呢？”

姜成鹤大眼珠子一瞪：“我们没打游戏，我们在……在帮助同学一起画板报呢！”

邵军冷笑一声：“你们还会画板报？”

林远时接话：“那可不，你看看，除了字是叶婴写的，其他的都是我们几个画的。”

邵军问道：“是吗？这不是陆云亭画的吗？”

姜成鹤嘿嘿一笑：“陆云亭交代我们帮她完成边边角角，老师您看，我们画得好吧？

“为了研究画稿，我们还特意请了外班的两个同学过来帮忙呢。”

说谎不眨眼。

邵军心里明镜似的，但是这群小子谁家里都不差钱，考不考大学将来都会过得很好，家里惯着，即使没收了手机，第二天家长就会打电话来讨要。

邵军也嫌麻烦。

他们几个也就算了，只要不影响其他学生就行。

于是，邵军睁一只眼闭一只眼，交代了一句“要画就画，不许吵闹”之后，就背着手，走出了教室。

老师都来过了，他们几个也不好再拿出手机来玩，跟陈曦和吕歆铖说了一下情况之后，他们几个都下线了。

一时之间教室安静了下来。

只有叶婴的粉笔摩擦在黑板上，发出“沙沙”的声响。

林远时支着头，懒洋洋地看着叶婴的背影。

她还有最后几个字就写完了。

小姑娘穿着干干净净的蓝白色校服，微风阵阵，阳光灿烂，她的长发像是精致的缎子垂在腰间。

林远时重新拿出手机，叫了她一声：“小婴。”

叶婴下意识地回头：“嗯？”

“咔擦——”

画面定格。

林远时满意地看着自己手机里的照片。

叶婴脸红转头：“谁让你拍了。”

林远时装作无辜：“我没拍啊，你有证据吗？”

叶婴写完最后几个字：“你手机里的照片就是证据。”

林远时把手机放怀里，坏坏地一笑：“是吗？那你过来拿啊。”

叶婴翻了个白眼。

黑板报写完了，叶婴拍了拍手上的粉笔灰，把板擦和粉笔盒放回原位，出门洗手去了。

她回到座位擦护手霜的时候，钱家旭问道：“叶婴，你学过书法吗？字这么漂亮。”

林远时的眼睛瞥向钱家旭。

叶婴答道：“没有。”

姜成鹤想到什么，问道：“哎？叶婴好像不是晋城人吧，我记得你转过来之前老师说过，你是从南方那边来的吗？”

叶婴点头：“嗯，是。”

姜成鹤给钱家旭使了个眼色，示意他继续聊下去。

钱家旭接收到信号，身子转向叶婴那边。

他一开始坐的位置就在叶婴座位的旁边，隔着一条窄窄的过道。

这么一转过身，两人刚好面对面。

“原来你是南方人啊，怪不得说话口音和我们不太一样。”

叶婴挑了挑眉：“不一样吗？”她自己倒是感觉不到。

钱家旭没有一开始看到叶婴时那么紧张了，放松下来之后，居然还挺会聊。

“不一样啊，吴侬软语，格外好听。”

叶婴微微低下头，笑了笑。

那边的贺名扬和姜成鹤对视了一眼，贼贼一笑。

钱家旭又问：“哎？那你们那边的女孩是不是都像你这么白啊？”

叶婴还未来得及回答，林远时的声音响起：“起开起开，坐那边去。”

一个高高的身影遮住了叶婴的视线。

林远时不耐烦地把她往里推了推。

叶婴只好坐到里面秦永康的位置上，林远时则大剌剌地坐到叶婴身边。

他侧着身，胳膊肘撑在前后两张桌子上，把叶婴整个圈在里面。

“你刚刚说啥？”现在换了林远时和钱家旭对视。

钱家旭摸了摸鼻子：“我说……哎？我说什么来着？”

林远时满意地勾了勾嘴角：“你问小婴喜欢长得白的还是长得黑的吧？”

钱家旭一愣：“是吗？”

林远时回过头：“小婴？”

叶婴的粉坐垫不仅好看，原来坐上去这么舒服啊……

啧。

林远时换了个姿势，重新坐在她身边，看着她整洁的桌面，心情好极了。

“我们那边也不都是白净的。”

钱家旭追问道：“那你喜欢那种白白净净的男生吗？”

原本叶婴已经避过了这个问题，不想钱家旭又给绕了回来。

钱家旭的皮肤有点黑。

林远时就不是。

林远时本身就白，细皮嫩肉的，怎么也晒不黑的那种。

叶婴忽然想起那天在食堂，某人的那句“前同桌，不太熟”，心下一黑。

“我还蛮喜欢皮肤黑的男生的。”她说完最后一个字，差一点没忍住笑出声。

口哨声骤然停止，林远时的二郎腿也放下去了。

叶婴抿着嘴唇，又补充了一句：“看着就很阳光。”

钱家旭高兴地说：“我也这么觉得，那小婴……”

“小婴什么小婴。”林远时瞪了他一眼。

钱家旭脸一红，瞥了叶婴一眼：“啊……抱歉啊。”

叶婴双眸弯弯：“没关系。”

“出去出去，我要睡觉了。”林远时站起身来赶人。

钱家旭错愕抬头：“睡觉？”

林远时吼道：“你中午不睡觉啊？”

姜成鹤想说，以前他们是午睡的，也不知道是谁不让他们睡。

非得叫下去打篮球……

可是谁都看得出来，此刻林远时非常不爽。

姜成鹤也不敢直说了。

贺名扬看了眼时间：“快到点了，咱们回去吧，歇一会儿又要上课了。”

钱家旭有点不舍：“那好吧……”回头跟叶婴说，“再见。”

叶婴朝他摆了摆手。

身后的林远时一把把他的头转过去：“别看了，赶紧走。”

叶婴回到自己的位置上。

写了一中午的板报，她也确实有点累了，趴在桌子上睡了会儿。

邵军对于叶婴和陆云亭做的黑板报非常满意，交了板报的照片上去参加比赛。

次日中午，叶婴吃完午饭没有和陆云亭一起回宿舍，买了一杯咖啡之后回到教室。

昨天下午实在太累，学习效率很低，自习课的任务没有完成，叶婴想用今天午休的时间把昨天的卷子做完。

到了教室门口，叶婴脚步一滞。

林远时正趴在桌子上睡觉。

偌大的教室里只剩下他一个人，没有拉窗帘，阳光静静落在他的身上，映得他的头发泛着淡淡的金色。

叶婴悄声走进教室，关上门。

她回到自己座位上，拿出练习册看了一会儿，半天过去了，一道题也没看完。

叶婴转着笔，犹犹豫豫地回过头。

林远时闭着眼睛，长长的睫毛耷拉下来，在眼下有一小片阴影。

眉峰锐利，轮廓精致。

林远时是那种非常英挺的长相，虽然皮肤白皙，但是丝毫不显阴柔。

他沉沉睡着，让这个年纪的少年身上特有的锐气沉下来不少，显得安静又温柔。

叶婴不禁看直了眼睛。

这样为祸人间的长相，不受欢迎就怪了。

她正想着，林远时忽然睁开眼睛。

叶婴吓了一跳，身子下意识往后躲。

林远时刚才是真的睡着了，反应慢吞吞的：“干吗？”

之前他们两个是同桌，每天抬头不见低头见，现在俩人的关系变得有些微妙。

加上林远时逃课的频率变高了，叶婴竟有一种和他许久未见的错觉。

林远时伸了个懒腰坐起身。

“还生气呢？”叶婴轻声问道。

林远时不答话，叶婴似乎轻轻叹了口气：“换座位我没有很开心。”

林远时抱着手臂坐着，懒洋洋地看着叶婴。

“我也不太习惯的。”叶婴温和地解释道，“但是也没有办法啊，只能等下一次考试了。”

“你怎么不习惯的？”林远时坐姿轻松，可是声音有点紧，语气还有些生硬。

叶婴微微弯了嘴角。

他肯回答，她心里酸痛的感觉终于减轻了一些。

“就是——刚想跟他说话，发现他不是你，就不知道该说什么了啊，也没有人问我借笔了，而且他也没有草莓糖。刚换座的那个上午有点低血糖，也只能自己挺过来……”

林远时动了动，手伸到桌洞里摸了摸，拿出一袋糖来扔给她。

叶婴笑了笑，拿出一颗糖来：“你还有啊？”

林远时没好气地“嗯”了一声。

别别扭扭的。

叶婴眼珠转了转，站起身，忽然伸出手，把那颗糖塞进林远时的嘴里。

林远时整个人一僵。

见他抬起头来，叶婴笑容温柔地问：“好吃吗？”

尾音上扬，眼睛眯成月牙儿，像一只得逞的小狐狸。

也不知道脑子里哪根筋搭错了，可能是想报复她一下，林远时忽然伸出手，摘掉叶婴的眼镜。

说不上是为什么。

就是觉得这个呆呆的眼镜和她的气质太不搭了。

“你干吗？”叶婴眉头一皱。

林远时嘟囔着把她的眼镜收起来：“你要给什么盛什么雪什么川的补习吗？”

叶婴回道：“不是给他补习，是给他外甥女。”

“你要去吗？”

“我还没想好呢……”

林远时往桌子上一趴，冷笑一声：“眼镜别想要了。”

“你……”

林远时还真就趴着不动了，他耍无赖，叶婴也没有什么办法。

叶婴双手托起下巴：“你游戏打得很好吧？”

林远时淡淡地说：“还行吧。”

“嗯……比钱家旭还厉害吗？”

林远时把桌子上的书一摔：“他也能拿出来说？”

叶婴目光一顿。

林远时摸了摸鼻子：“我是说，他非常差。

“不光是游戏，还有打球。

“哦，还有学习，都非常差……一点也不阳光。”

叶婴抿起嘴角：“哦……这样。”

林远时皱眉："你笑什么？提到他你这么开心啊？"

"他是不是样样都不如你啊？"

她的眼睛很亮很亮，里面满满都是崇拜。

林远时的喉结上下动了动。

这个眼神让他的整颗心都柔软了下来，被久违的温暖包裹着，舒服极了。

林远时喉咙一紧："以后不准夸别人。"

"嗯，好。"

"不准不理我。"

"嗯。"

"别在我不在的时候……离开。"

"好，还有吗？"

林远时没说了。

叶婴问道："你中午吃饭了吗？"

林远时侧过头去："吃不下。"

叶婴的声音无比轻柔："我这里还有一个小面包，你要不要？"

林远时顿了一下："一会儿我就走了。"

"嗯？去哪儿？"

"打球。"

"哦。"

林远时低低一声，像是自嘲，像是无奈："实在没劲……"

因为一转头，她不在。

空空荡荡的。

四处透着风。

偏偏前面两位相处得很好，叶婴还一直对着那人笑。

她很开心吧?

想到这儿，林远时就更难受了。

他无法再若无其事地在这里上课。

叶婴回头刚想说什么，林远时猛地站起身。

"你……要走啦？"叶婴仰着头。

林远时拿了篮球，脱了校服，走到门口，想起什么来，折返回来把一袋草莓糖扔在叶婴桌子上。

"以后低血糖了跟我说，给你买。"

叶婴略略低头："好。"

林远时似乎还想说什么，但是没有说出口。

他停顿了一下，手没忍住在她的头顶抚了抚，低声道：“等我。”

说完，他头也不回地走了。

整个下午，林远时都不在。

在操场打了会儿球，林远时心情好极了，连扣了好几个球。

姜成鹤又累得不行了，提议道：“要不去打游戏吧，人家的身体真的不行了，绕了人家吧。”

林远时瞪了一眼：“别恶心我。”

姜成鹤语气终于正常了：“去不去啊？”

“不去。”

林远时坐着歇了一会儿，不知想到了什么，扔下篮球，转身往教学楼里面走。

“哎！你干吗去？”

林远时头也没回：“找老邵商量点事儿。”

他声音里都透着轻快，一扫之前的阴霾。

身后的几个人面面相觑。

贺名扬问道：“他怎么突然这么开心啊？”

钱家旭问道：“妇女主任，你知道吗？”

“姜主任”说道：“我也不知道……你才妇女主任，你全家都妇女主任！”

教师办公室，邵军批卷子的笔停顿了一下：“你说什么？要把座位换回来？你还有完没完？”

林远时一边挠后脑，一边组织语言：“嗯……把叶婴换回来就行。”

邵军把笔一放，面对着林远时，跷起二郎腿：“你和我说说为什么，一而再再而三地来找我，就非得和她坐在一起？”

“她能……给我讲题，我有一颗想学习的心，停不下来。”

“那我怎么没看到你有什么进步呢？”

“还没……来得及呢。”

邵军斟酌了一下：“这样啊，你想学习呢，这是好事，但是座位已经换完了，咱们搞一个约定吧。”

“什么约定？”

“只要你期末名次进步二十名，我就同意让叶婴跟你同桌。”

林远时垂眸想了一下。

邵军拿起杯子喝了口水，笑着说：“怎么？不敢赌啊？”

“加个时限。”

“什么时限？”

“如果我能进步二十名，她就一直和我同桌。”

邵军一口水差点儿没呛着。

之前考虑的就是用这个条件吊着林远时，让他每次都能进步一点儿。

没想到这个臭小子也能想到这一点。

啧啧。

不愧是商人世家养出来的孩子，脑子好使。

“那可不行。”

林远时笑起来：“我每次都会进步一点，但是您不能用她来威胁我。”

“为什么？”

林远时动了动嘴唇，没说话。

邵军也是男人，又教了这么多年的书，他知道这个年纪的男孩子脑子里在想什么。

“行，我同意你的要求。”邵军停顿了一下。

林远时知道他没说完，没急着插话。

“但是你每一次都要进步，不能退步，只要你退步一次……”

“我答应你。”

邵军笑了起来：“成交。”

Chapter 6

远时，睡了吗？我是元日兄

林远时是晚自习的时候回来的，他依然坐在讲台上负责管纪律。

叶婴总觉得，今天的他和以往的不太一样。

林远时似乎安静了不少，不会隔一会儿就不耐烦地换个姿势，也不会时不时望着她发呆。

他低头看着卷子，手里的笔转一会儿，写一会儿，好像真的在做题。

叶婴低下头，长舒一口气，展开一套卷子。

秦永康很爱学习，常把不会的题画下来，下课的时候问叶婴，晚自习也不例外。

晚自习下课的时候，秦永康把练习册挪过来："叶婴……"

叶婴抬起头，林远时也拿了一套试卷，说道："小婴，过来。"

叶婴犹豫地看了秦永康一眼。

"啊，那你先给他讲吧，我不着急。"秦永康还是有一点害怕林远时的。

叶婴点头道："好。"

那一刻，林远时的心里有种莫名其妙的感觉。

叶婴被林远时盯得心里有点发毛："你不是要问题吗？"

林远时回过神：“嗯，这个。”

这次林远时听得还挺认真。

但是他从小学开始就没怎么认真学习，基础非常差，讲一道题，通常要把之前的一部分知识串起来，通通讲一遍。

所以一节课间下来，他们只讲完了一道小题。

秦永康听了叶婴给林远时讲题的全程，小声跟叶婴说：“挺累的吧？林远时的基础是真差啊，那么简单的东西都不会……”

叶婴收拾卷子的动作一顿，略略低头。

“可是他一点就通。”

秦永康一愣。

很快就到了周末，叶婴如约去林园和林远时一起上课。

叶婴礼貌地跟老管家告了别，推开书房的门。

这一次林远时比她先到，正在问程老师题。

叶婴跟林远时点了点头，然后和程老师问了声好。

程老师朝她笑了笑。

林远时问道：“所以选 B 是吗？”

程老师一愣，心里稍微算了一下：“嗯，完全正确，反应很快。”

叶婴坐下来，从书包里把笔记本、笔袋一一拿出来。

她不经意往旁边一扫，稍微错愕了一下。

林远时的那边一向是干干净净，什么都没有的，以前就连一张草稿纸都要问叶婴借。

今天竟也摆了几本练习册，还有一个笔记本，此时他正把方才程老师给他补充的知识点誊写在笔记本上。

程老师问道：“好，咱们现在开始上课，还记得我上节课讲到哪里了吗？”

叶婴想了一下：“行星问题。”

程老师点点头：“嗯，对，下面我出一道题，你们看看能不能做出来。”

程老师回头写题的间隙，林远时侧头对叶婴说：“借支笔。”

叶婴从笔袋里拿出一支递给他：“你那不是有笔吗？”

林远时一本正经地回答：“不好用。”

这节课林远时听得很认真。

他是那种，虽然有很多知识点空缺，可是只要老师讲过一遍，他就一定记得住的人。

而且他和叶婴一样，心算能力非常强，很少会用到草稿纸，稍微在本子上写几个运算步骤，答案直接就能出来。

这一节课下来，叶婴觉得林远时有点恐怖。

因为有很多次，林远时说出答案的速度超过了叶婴。

甚至一道题她才反应出第三步，他就已经说出答案了。

她发誓她没有藏拙。

她是使出全力去算的。

叶婴知道自己现在的运算速度是做了多少的题，刷了多少套卷子才练就的。

这大概就是上天的不公。

有的人，天生拥有聪明的头脑。

物理课结束，中间短暂休息。

林远时正在整理笔记。

叶婴问道："你怎么突然这么爱学习了？"

林远时写字的间隙，瞥了叶婴一眼："怎么了？"

"没怎么，就是不太习惯。"

林远时勾起嘴角笑了笑："以后你就知道了。"

叶婴心里疑惑了一下：跟我有关系？

傍晚，一辆黑色轿车缓缓停在林园门前，一只精致的镶钻高跟鞋率先落地。

霍文初一席优雅裙装，从车上下来。

张秘书跟着霍文初一起走进林园，手里拿着文件夹，一边走，一边跟霍文初汇报工作。

"和盛氏的合作项目已经谈得差不多了，下一周准备签合同。堂湾的新项目目前没有征得林总同意，现在还无法启动。

"之前媒体报道的有关高层私下贿赂的新闻已经压下来了，危机公关正在处理，但是这件事，老爷子好像已经知道了。"

霍文初始终没有什么表情，只偶尔"嗯"一声表示她在听。

"那……这件事……"

"让老爷子去查。"霍文初微微勾起嘴角，"谁都不干净，能查出什么来？还能自己打自己脸不成？"

张秘书微微颔首："好的，我知道了。"

霍文初的高跟鞋敲击在地面，发出响亮的声响。

"还有一件事……"张秘书犹豫了一下。

霍文初刚推开书房的门，眉毛一挑，利落开口："说。"

"林总下午三点钟的飞机，已经走了。"

霍文初终于有了一点表情，眼中的失落遮掩不住。

"他……改签了？"

看霍文初的神色，这件事情林总果然没有告诉她。

张秘书的声音变得轻柔，似乎这样就能减少一点对霍文初的伤害。

"是。"

霍文初垂下眼睛："晚上的视频会议不用取消了。"

他已经走了的话，她就不用特地腾出时间去送机了。

张秘书应道："好的。"

"他走之前去了哪儿？"霍文初问道。

张秘书垂下眼睛，在看文件夹："去了陈佳玉的墓地。"

霍文初嘲弄一笑，她就知道。

这些年来，林如许在乎的，也就一个陈佳玉了。

陈佳玉生前能让他魂牵梦萦，死后依然霸占着他全部的思念。

霍文初面上没有什么表情，可是心已经凉透了。

"陈佳玉的孽种找到了吗？"

张秘书马上回答："还没有。"

霍文初厉声道："为什么还没有找到？"

"夫人……当年不是说，陈佳玉的儿子已经死了吗？"

霍文初冷笑一声："死了？呵，她儿子如果当年就死了，她绝对不会活到现在。"

张秘书一惊："您的意思是……"

霍文初咬牙切齿道："继续给我查，必须给我找出来！"

张秘书连连点头："是。"

一道光亮骤然闪现在霍文初的脑海："老爷子有什么动静吗？"

"除了调查新闻报道的事，没什么动静了，怎么了？"

霍文初若有所思："没事。现在用尽所有力量，把那个孽种找到！"

"是！"张秘书看了眼手表，"夫人，远时快要下课了。"

提到林远时，霍文初的目光温柔许多："嗯，之前远时跟我说了件事儿……"

霍文初回过头："你去把叶婴给我叫过来。"

张秘书应道："好的。"

下了课，叶婴收拾好书包，正要走，张秘书叫住她："叶婴小姐。"

叶婴回过头，乖乖巧巧地笑了笑："张秘书好。"

张秘书也弯了弯嘴角："夫人有事找您，请您去二楼书房一趟。"

叶婴点头："好。"

跟在张秘书后面上楼，叶婴问道："夫人找我是什么事情啊？"

"应该是少爷的事。"

叶婴在心里盘算了一下："哦，我知道了。"

她站在门口敲了门。

"进。"是霍文初的声音。

叶婴进去之后，张秘书便退了出去。

霍文初笑眯眯地看着叶婴："小婴，这段时间在学校还好吗？"

霍文初的眉眼非常温柔，头发高高地盘起来，一身白色裙装，身段玲珑，保养得宜，看上去贵气优雅。

从她的眼角眉梢就能得知，她年轻的时候，该是一个多么倾国倾城的美人。

"很适应。"叶婴笑着说。

"这些日子，远时没欺负你吧？"霍文初拉着叶婴的手一起坐在沙发上。

"没有没有，他性格很好。"

"那就好，他要是欺负你了，一定跟阿姨说。"

叶婴笑了笑没答话。

——霍文初究竟想说什么？

"远时最近学习怎么样？"

叶婴斟酌了一下，说道："很有热情，和以前不太一样了。"

"那就好，他挺喜欢你的，想必也是你上次成绩进步带动了他。"

叶婴再怎么玲珑剔透，终归阅历太浅，涉世未深，她不懂霍文初这样绕来绕去究竟想要表达什么。

但她知道霍文初没有表面看上去那么温和无害，一个女人，在林氏手握大权多年，仅凭林家儿媳的身份是做不到今天这个地步的，手腕和资源必然都要有的。

这和林老爷子还不一样。

每一次霍文初单独找叶婴都是有目的的。

在没有想清楚她的真正目的之前，叶婴尽量少说话。

说多错多。

“是这样，远时现在有一个想法，我想先问一问你的意思。”

“嗯，您说。”

“就像你说的，远时现在在学习上有了热情，但是他基础不好，之前程老师跟我说过，你是一个非常聪明的姑娘，成绩也很优秀，你们又做了这么久的同桌，想必对于远时也比较了解。

“远时想让我问问你，能不能在平时的时候，晚上出来给远时补补课？”

叶婴沉吟了一下，没急着说话。

霍文初继续说道：“是这样的，我给远时在学校旁边买了套公寓，他实在不喜欢住校，每天晚自习之后回家又太远，所以让他暂且住在公寓里。如果一周你能抽出一两天的晚自习时间，到公寓里去给远时补习一下，也不用多讲什么，就是统一给他解决一下积攒的问题就行。你看看时间上方不方便？

“我也想过给他找家教老师，但是远时太挑剔，公寓是他住的地方，他接受不了别人进他的房间，但是他不排斥你。”

叶婴的手指无意识地摩挲着袖口的边缘，思索片刻后，说道：“这倒是小事，但是……”

“我会按照课时付给你酬劳，不会让你白跑，至于班主任那边，我也会打好招呼。”

什么都考虑到了，话说得滴水不漏。

所有拒绝的理由都被断了后路。

这才是真正的霍文初。

叶婴露出一个漂亮的月牙儿笑：“也好，我也挺喜欢和少爷一起补习的，能一起进步就最好了。”

霍文初眸色深深：“你很谦虚。那这件事情就这么说定了，具体是哪天你和远时决定。我会安排人在那边照顾远时，也有专门的陪读老师，你不用担心。”

“好的，谢谢阿姨。”

霍文初停顿了一下：“远时能交到你这样的好朋友我也为他感到开心，他快要成年了，到时候会有一场聚会，希望你也来，一起热闹热闹。”

林远时对于叶婴的感觉从来不会掩藏，通透如霍文初，一定看得出来。

这次的补习霍文初大概也深思熟虑过，到底是利大于弊的，只是她必须断了叶婴的念想。

叶婴和林远时不在同一层次，千万不要产生什么错觉。

灰姑娘的故事到底只是童话，现实里根本不存在。

其实不用霍文初提醒，叶婴早有这个自知之明。

只是——

这段时间被叶婴有意识地忽略了而已。

其实叶婴的目的已经达成了。

林家给的课时费绝不会比盛雪川给得少，如果林远时的成绩进步了，也许她和叶朗以后的生活费都不用愁。

挺圆满的一件事儿，可是霍文初的那句叮嘱就像根刺，梗在叶婴的嗓子眼，咽不下，吐不出。

很难受。

叶婴从霍文初的办公室出来，看到林远时等在一楼的沙发上。

“我妈跟你说啥了？”林远时嘴角上扬，试探着问道，“提到我没？”

听到他的声音，酸涩的感觉从叶婴心底萦绕开来。

“以后我会给你补习的，晚自习的时候。”

林远时一个激灵坐直了，似乎有些不太敢相信，眼睛里满是兴奋的亮光：“去公寓里吗？”

叶婴点头：“嗯。”

林远时单手撑在沙发靠背上，轻巧一翻，落到叶婴身边：“周几去啊？”

叶婴仰头看他：“你决定。”

林远时想了一下：“周二周三周四吧！行吗？”

“周三和周四吧。”

林远时声音弱了一些：“就两天啊……”

叶婴淡淡地“嗯”了一声：“两天足够了。”

林远时不情不愿：“那好吧……听你的。”

“那我走了，周一见。”

“周一？你明天不来上课啦？”

“我刚刚跟程老师请过假了，明天有点事。”

林远时觉得叶婴不大对劲儿，又说不出来具体是哪里不对。

“小婴，你没事吧？”

“没事，我先走了，拜拜。”

“哦……拜拜。”

林远时目送叶婴的背影出了大门，霍文初从楼上下来。

“看什么呢？”

林远时回头，脸上的兴奋不加掩饰，大步跑到霍文初身边：“妈——小婴同意了！”喊得霍文初都快要耳鸣了。

看着自家儿子兴奋得大跳，霍文初不禁被他的笑容感染，也跟着弯了嘴角：“这么高兴啊。”

林远时一身的劲儿用不完，蹦了几下出了门：“哎呀，好热！妈，我打篮球去了！刘文兴呢？”

霍文初提醒道：“你慢着点儿！”

林远时已经没影了。

霍文初无奈地摇了摇头。

周日，叶婴去商场去给叶朗买鞋。

叶朗现在已经比叶婴高了，模样越发清秀，试鞋子的时候，导购员争相过来帮他拿取。

叶朗试了一双，看了眼标签。

叶婴问他：“喜欢吗？”

叶朗看着镜子里的自己，走了两步，摇头道：“不太喜欢。”

叶婴沉吟了一下：“那再试试别的。”

叶朗点点头：“好。”

连续试了好几双，都是一样的结果。

最后，叶婴拿出最开始试的那双，对导购员说：“帮我把这双包起来吧。”

“姐！”

“没事，我知道你最喜欢那双。”

叶朗皱了皱眉。

拎着鞋子从商场出来，叶婴说道：“我给你找了一对一辅导的老师，周末的时候，你要去老师家里上课。”

叶朗抬起头。

“我精力有限，还是老师更加专业，你到了老师家里要好好学，有两科老师的家离得有点远，中间你可能会比较辛苦。”

说着，叶婴把一张银行卡塞到叶朗手中：“这个你拿着，一会儿我再给你一点现金，你来回打车走，别迟到了。”

叶朗疑惑：“姐，一对一补习很贵吧？”

叶婴笑了笑，伸手摸了摸叶朗的头发：“不贵，你别担心钱，好好跟老师上课。”

“林家多给我们钱了？”叶朗一把握住叶婴的手，“还是姐你出去打工了？”

“我没打工，你放心，姐姐有分寸，不会耽误我自己的学业。”

“那你的钱是哪里来的？”

“我以后会给林远时补习，林家会给我课时费。”

叶朗始终皱着眉，咬着牙关：“我不补课，姐，你也不要去给别人补。

“鞋子我也不要，我有鞋。”

叶婴有点生气：“小朗。”

从小到大，叶婴从没跟叶朗红过脸，每次只要叶婴板下脸来，叫一声“小朗”，叶朗就立马顺毛。

叶朗看着叶婴，实话实说：“姐，我不喜欢那个林远时。”

“为什么？”

叶婴感觉得到叶朗对林远时的排斥。

以前在老家的时候，叶朗也见过不少叶婴班级里的男同学，可是都没出现过这种情况。

叶朗在脑海里措了下辞，他不知道该怎么形容自己的这种感觉。

“我总觉得……他会把你抢走。”

叶婴忽然笑了，叶朗并不理解这道笑容。

叶婴清清淡淡地说：“放心吧，不会的。”

这两天，林远时总感觉叶婴若即若离的，虽然以前她也温温和和，但是他总觉得，这两天她和以前不一样了。

她会频繁地对他说谢谢，不太愿意和他对视，有的时候走在路上，明明已经看见他了，她却转过身去，也不和他打招呼。

温和之中……带了点疏离似的。

林远时觉得很奇怪。

下午有节体育课，老师组织跑了两圈之后解散。

陆云亭挽着叶婴，往教学楼后面的水吧走。

“小婴，你喝吗？”点单的时候，陆云亭问道。

“我不喝了。”

“好吧，我要一份柠檬柚子茶，加冰！”

“加什么冰？加冰！”

身后传来一道凉凉的声音。

陆云亭吓了一跳，回过头，是唐疏予和几个男生到这边来买文具。

陆云亭瞪了唐疏予一眼，嘟囔着：“多管闲事。”

唐疏予拽起陆云亭的衣领，拎小鸡似的把她拎到一旁，站到窗口对里面的老板说：“刚刚的那份柠檬柚子不加冰，谢谢。”

他嘱咐完之后顺手付了钱，又和那几个男生一起晃晃悠悠地走了。

老板把柠檬柚子递给陆云亭。

陆云亭挽着叶婴离开，喝了一口之后苦着脸：“不加冰的一点也不好喝……”

叶婴问道：“你是不是快到日子了？”

陆云亭歪头想了想，瞬间瞪大双眼：“啊！好像就是今天！”

叶婴无奈地笑了笑。

陆云亭有点慌：“完了，完了，完了，我又忘记带姨妈巾了！”

叶婴安慰道：“放心吧，我有。”

陆云亭一边说“啊，小婴你最好了”，一边抱着叶婴的胳膊晃啊晃。

彼时，林远时正跟姜成鹤他们在篮球场打球，离老远就看到陆云亭和叶婴的身影。

林远时把篮球扔给姜成鹤：“哎。”

姜成鹤一脸蒙：“怎么了？”

林远时朝叶婴的方向扬了扬下巴：“你带那小丫头玩一会儿去。”

姜成鹤看过去：“啊？谁啊？”

“就那个，陆陆陆……”

“陆云亭啊？”

“嗯，对。”

姜成鹤挠了挠后脑：“带她玩去？玩啥啊？”

林远时催促道：“爱玩啥玩啥，快点去，把她带走就行。”

正好姜成鹤也不想打球了，趁这个机会开溜也挺好。

叶婴和陆云亭走到半路，见姜成鹤犹豫地走过来，还带着一脸谄媚的笑容。

“哎，小陆，那个啥……”阳光下的姜成鹤有点脸红，“你陪我去那边坐会儿啊？”

陆云亭和叶婴对视了一眼。

陆云亭看着姜成鹤，问道：“你找我有事儿啊？”

姜成鹤不知道答啥了，回头看了眼林远时。林远时朝他摆摆手。

看他干吗！

这不全都露馅了吗？

叶婴顺着姜成鹤的目光，看到远处的林远时，一下子就明白了。

姜成鹤还在绞尽脑汁想理由：“就是有话想跟你说。”

陆云亭不解地问：“有啥不能在这儿说啊？”

唐疏予买完文具之后上楼，在楼梯间的窗前不经意一瞥，刚好看到忸怩的姜成鹤和一脸莫名其妙的陆云亭。

唐疏予脚步一滞，下意识皱了皱眉。

前面的男生见他停了下来，叫了他一声：“哎？老唐，走不走啊？”

唐疏予头也没回，目光定定地落在那人身上。

“你们先回吧。”

“行吧。”

陆云亭傻乎乎的，再问下去姜成鹤就该哭了。

叶婴帮腔：“可能是真的有事情吧，你跟他过去吧。”

陆云亭回头拉了一下叶婴的手：“我一会儿就回来啊。”

看到陆云亭的这个眼神，叶婴就明白了。

陆云亭心思细腻，一开始就知道姜成鹤想要单独找她，一直问下去想要委婉地拒绝，其实是怕叶婴多心。

从陆云亭的角度看，姜成鹤单独把她找过去，躲的不就是叶婴吗?

叶婴不禁心中一暖，回握了陆云亭的手。

“没事，你去吧。”

姜成鹤和陆云亭走后，唐疏予也转头上楼，他手里刚买的笔记本，被握得变了形。

林远时跑向叶婴，拍了一下她的肩膀：“嗨，小婴，这么巧。”

巧吗?

“你也要去买东西吗？一起吧？”

叶婴看着林远时嘴边的那颗小虎牙，鬼使神差地回道：“好。”

夕阳正好，从他们正面照射过来，刺得叶婴眯起眼睛，抬手挡阳光。

林远时快走了几步，叶婴只觉一道阴影落下，一抬眼，刚好撞进林远时的眼睛里。

他站在她前面，转过身，倒退着走路，他比她高出很多，刚好替她挡住阳光。

“不刺眼了吧？你这几天怎么都不理我啊？我犯什么错了吗？”

林远时话说得有点委屈。

“有吗？没有啊。”

“小婴，马上就是周三啦。”

周三她就要去他的公寓帮他补习了。

“公寓已经买完了吗？在哪里啊？”

林远时指着不远处的一栋高楼：“就在那里，很近，周三放学我们一起走。”

一想到这事儿，林远时就很开心，连之前叶婴的一点不对劲儿都没有放在心上了。

“小婴，你喝不喝奶茶？”

“不喝，我不太喜欢奶茶。”

“那你想喝什么？”

叶婴想了想：“小茗同学吧。”

“又是小茗同学啊，好。”

俩人进了超市，林远时又问：“你喝什么味的？”

“绿瓶的吧。”

林远时在货架前走来走去：“那我喝啥呢……”

最后，林远时选择了另一个口味的小茗同学，付了钱之后，跟她一起走出去。

林远时把她的那瓶拧开，递给她：“给。”

叶婴接过来，小小抿了一口。

“女生不是都爱喝奶茶吗？”

叶婴挑了挑眉：“你知道？”

林远时吓了一跳，赶忙摆手：“哎！可不是我了解的啊，是听贺名扬说的！他天天跟我们科普。”

叶婴笑了笑，不说话了。

林远时往叶婴跟前凑了凑：“小婴，你不会怀疑我说谎吧？”

叶婴实在忍不住，弯起嘴角。

“我信。”

林远时这才放下心来，轻松地喝了口饮料：“绿瓶的好喝吗？啥味的啊？”

选择的时候，林远时犹豫了一下，要不要跟她一样买绿色瓶的，后来一想还是算了，买另一种口味的，这样能多尝试一些。

现在才反应过来，他喝他的，又不是两瓶都能喝。

怎么多尝试一些呢？

“酸不酸甜不甜的味儿。”叶婴说道，“就是看瓶子好看。”

林远时“哦”了一声。

酸不酸甜不甜是个什么味儿啊?

晚自习中间的休息时间，林远时原本想问叶婴题的，叶婴说让他先等一会儿，她出去洗个手。

林远时点了点头。

他目光一扫，看到那个绿瓶的小茗同学和叶婴的保温杯并排放在她的桌子前面。

林远时停顿了一下。

酸不酸甜不甜是个什么味道呢?

会是个什么味道呢?

林远时想起下午的时候，叶婴拿起这瓶水浅浅地抿了一口。

她嘴巴小，嘟嘟的，放下瓶子的时候，唇边沾了水渍，亮晶晶的。

林远时的喉结动了一下。

晚自习中间的休息时间很长，不少同学都下楼去操场了，教室里没剩几个人，秦永康也不在。

没有人注意到他。

林远时把手里的练习册放在桌子上，眼睛盯着那瓶小茗同学。

他迅速看了眼前门后门，一把拿起那瓶饮料，拧开瓶盖，对着瓶口猛灌一口，然后又把瓶盖拧好，把瓶子放回原处。

动作流畅迅速。

他分几口把饮料咽下去，满足地“哈”了一下。

小婴这是怎么形容的?

也不酸啊。

都要甜死了。

叶婴的身影出现在后门处，林远时迅速抹了把嘴。

叶婴走到林远时身边：“你怎么了？”

见他的脸红得快要滴出血来似的，叶婴又问：“没事吧？”

“没有啊，怎么了，什么事也没有。”

标准的否认三连。

叶婴也没多问：“你有哪些题不会啊？”

林远时翻开练习册的间隙，有人要从这个过道过去，手里还拿着一摞卷子。

叶婴往前让了一下，还是有点挤。

林远时侧着身，余光瞟到后面有人之后，眼疾手快地拉了叶婴一下。

叶婴顺势往前倒去，手撑在桌子上。

地方太小，林远时只能侧身坐着，两条长腿支棱在外面。

现在叶婴刚好站在他的两腿之间，林远时的大掌还握在她的手腕上。

这样一个距离，让两人俱是一愣。

叶婴的脸“唰”的一下就红了。

像是着了火一般，温度瞬间上升。

林远时也有点尴尬，放开了手：“呃……那个……我就是怕碰着你。”

叶婴站直了身子：“啊，没事，我知道。”

诡异地安静了三秒钟，两个人谁都没有说话。

叶婴先打破了沉默：“你有哪道题不会啊？我帮你看看。”

林远时突然回神：“啊，啊，对，问题。”

叶婴心神不宁，题目讲得半点逻辑性也没有，乱七八糟的。

林远时也根本没听进去，一直“嗯嗯”着点头。

休息结束，打了上课铃，叶婴坐定之后，拿出练习册来，低头，手背放在自己脸蛋上，想要给自己降降温，但是没有什么效果。

她平静了一下，拍了拍自己的脸颊，翻开练习册。

她一边看题，一边习惯性地拿起前面的饮料。

——手上的力道空了一下。

叶婴摇了摇饮料瓶，有些疑惑。

她记得自己没喝多少啊，怎么现在就剩一小口了？

叶婴想把最后一点喝完，拧了一下瓶盖，没拧开。

叶婴包着校服用力拧了一下，还是没开。

“这是谁给我拧得这么紧啊……”叶婴一边用力，一边小声说道。

秦永康回过头：“嗯？叶婴，你拧不开了吗？我帮你吧。”

秦永康帮叶婴拧开瓶盖，叶婴道了声谢，刚要喝，林远时忽然响亮地咳嗽了一声。

林远时站起身，踱步到叶婴身边：“不许喝。”

叶婴觉得有些莫名，小声问道：“为什么？”

林远时背着手：“我说不许喝就是不许喝。”

叶婴乖乖拧上瓶盖：“好吧。”

“我再给你买，这个你先别喝了。”

“嗯。”

林远时回到讲台上，握笔的动作紧了紧，红晕渐渐爬上耳朵。

晚自习结束，叶婴收拾起自己的书本。

陆云亭晚自习上又睡着了，脸蛋红红的，右边脸颊睡出了一条长长的红印。

“走吧，小婴。”

叶婴拿好东西，回道：“嗯，好。”

临出门的时候，叶婴往讲台的方向扫了一眼，看到林远时没急着动，懒洋洋地坐着。

他的目光越过众人，准确地落在她身上。

叶婴弯了弯嘴角。

陆云亭睡得迷迷糊糊的，一边走，一边跟叶婴抱怨：“自习课好冷啊，你觉不觉得？”

她们正跟着同学们一起下楼。

叶婴回道：“嗯？没觉得啊。”

“是吗？可能是我睡着了的原因？”

“有可能，你没多披一件衣服？”

陆云亭想了想，以前有一次她在自习课上醒来，看到自己身上的确披了一件衣服，不过不是她自己睡觉前披上的，那衣服还挺大，压根儿也不是她的。

但是当时醒了一下之后，陆云亭再一次沉沉睡去，再醒过来的时候，就忘了这码事儿了。

现在说起来，陆云亭才隐隐约约记得有这么件事儿。

“没有啊。”陆云亭瘪着嘴说。

下了楼，身边一个高高的身影经过。

陆云亭精神了一点，刚要打招呼：“哎，唐……”

名字还没叫全，那人便冷着脸从她身旁走过，一秒都不曾慢下来。

“你们俩怎么了？”叶婴疑惑地问道。

陆云亭翻了个白眼：“鬼知道，一个晚自习都没搭理我，好像我根本就不存在一样。”

叶婴搞不清他们俩的事，没再作声。

出了教学楼之后，到达一个拐角，叶婴和陆云亭分开。

叶婴住在留学生宿舍，陆云亭和同学们吵吵嚷嚷的，往另一个方向走去。

回宿舍需要穿过一条小路，叶婴的身影隐没在黑暗之中。

没走几步，叶婴觉出不对，停在那里。

前面的路灯坏了，似乎是电路出了问题，那条路漆黑一片。

叶婴站在那里，心跳越来越快。

她的手颤抖着在校服兜里摩挲，可是衣兜和裤兜里全都是空的。

叶婴有点着急，额头已经微微渗出冷汗来，动作越来越快，嘴里小声念着："我的手电筒呢，手电筒去哪儿了……怎么不见了……"

她整个人都冰冷下来，背上全是冷汗，内衣贴在身上，非常不舒服。

大脑一片空白，根本无法思考。

她想要叫住另一个方向的同学们，可是没有人听到她的求救。

她只能徒劳地、一点一点地寻找着。

"我的小手电筒呢……

"原来就放在这里的……

"去哪里了?

"快出来，求求你快出来……"

叶婴索性脱下校服，一点一点地摸索。

黑暗像是一个巨大的猛兽，一步一步朝她逼近。

叶婴的动作已经有些失控，僵硬又快速地一遍一遍寻找着。

"手电筒……

"手电筒……"

声音里几乎带了哭腔。

忽然吹来一阵凉风。

顿时，小时候的那些不愉快的记忆像是洪水一般灌入她的脑海。

"啊——"

她终于失控地叫喊出声。

忽然，有个人一把把她拉起，紧紧把她拥在怀中。

"好了好了，不哭了……"

她撞上一个坚硬又温暖的胸膛，回忆褪去，她重新回到现实。

大掌温柔地抚着她的后脑，声音响在她的耳边。

"我在，别怕。"

低沉的声音如水一般流淌过她的心上，叶婴大口大口地喘着气，眼前的事物慢慢清晰。

林远时弯着腰，死死地把她扣在怀里。

叶婴全身都在发抖，脸上满布泪痕，僵硬的身子在他的怀中逐渐软下来。

"没事了，没事了。"林远时轻拍着她的背。

风吹过，天边云朵散开，皎洁的月光洒下来，驱散了身旁的黑暗。

林远时缓缓放开她，手掌扣着她的双肩，低头看着她，问道：“好点了吗？”

叶婴抬起头，双眸被泪水洗得无比明亮，泪花盈睫，眼睛中的恐惧还未完全褪去。

“你怎么会在这儿？”叶婴刚刚哭过，说话时还带着浓浓的鼻音。

“呃……我……我刚好路过这边，看到你，想跟你打招呼来着……”

“路过这边？”叶婴回头看了看，现在学生们大都已经回到宿舍，那边那条大路上也逐渐安静了，“你不是不住校吗？”

林远时挠了挠头：“对啊，就……想往这边走，哎呀，反正就是路过。那什么，你刚刚怎么了？害怕啦？”

这几天叶婴一直没怎么搭理他，下了晚自习之后，林远时则跟着叶婴一路到这里。

不想叶婴忽然失控。

林远时心中满是庆幸。

庆幸自己今天没有直接回家，而是想送她回宿舍。

不敢想象如果刚刚他不在这里，她该有多么害怕。

“我……我很怕黑。”

“怕黑？”

叶婴点了点头：“嗯，我很怕绝对黑暗的环境。原本有一个小手电筒的，晚上睡觉的时候放在枕边，但是它不见了，不知道掉哪儿去了。”

“晚上睡觉的时候也得有光亮吗？”

“嗯。”

林远时皱眉：“那你今天晚上怎么办？”

“不知道……”

“不知道啊……那我教你一招吧。”林远时说道。

“什么？”

林远时坏笑了一下，忽然俯身，凑近叶婴。

叶婴吓得往后退了一步，这边电路断了，监控自然用不了。

月光下的林远时看上去更加矜贵，五官深邃，脸型轮廓如刀削斧凿般精致。

漫天星子落在他的眼中，叶婴看到他眼睛里的自己。

叶婴略略低头。

林远时从兜里拿出手机，调出手电筒，递给叶婴："给，我的手机，好像快没电了，这是充电宝和充电线，临时当你的手电筒吧。"

叶婴怎么也没想到，林远时会直接把他自己的手机给她。

她有点不太好意思："这……我自己也有手机。"

林远时乐了："你的那个小破老人机？"

叶婴："……"

"你拿着用吧，没有密码，想玩也可以玩两把。"

说完，林远时下巴一扬，舌头碰撞上颚，发出"咔哒"一声。

叶婴问道："没有什么秘密吧？"

林远时笑起来："我的手机你随便看，你走吧，我送你回去。"

走过这条路，尽头就是叶婴的宿舍楼了。

"我到了。"叶婴说道，"今天谢谢你了。"

林远时没理，转过身，朝她扬了扬手："走了。"

叶婴转身上楼。

叶婴没有看到，她转身之后，林远时停了下来，懒懒地倚在旁边的大树下，仰着头，看着楼道里的灯，从二楼亮到四楼，四零二宿舍的灯亮了，窗帘合上，林远时才起身离去。

叶婴用她的老人机给叶朗打了电话。

"姐，今天怎么比平时晚了一点？"

叶婴打水的手停顿了一下，关上水龙头："嗯，今天做题做晚了。"

"嗯，姐别太辛苦了。"

"你们期中考试成绩下来了吧？这次怎么样？进步没有？"

"没有。"

"你……还真诚实啊。"

那边没有声音了。

叶婴深吸了口气："行啦，不说你了，姐知道你用功了就行。"

"姐，用功其实也一般。"

叶婴不禁笑起来："那你都干什么啦？"

叶朗有些不好意思开口："总有小女孩过来缠着我。"

叶婴叹口气，自家弟弟生得好，不知道又是多少女孩青春年少时的梦。

"小朗还记得姐跟你说过什么吗？"

"嗯，我不会浪费时间。"

"好。"

想起什么，叶朗有点开心，语气中都带着笑意：“姐，我们学校高中部和你们学校高中部有一场篮球赛，到时候我可以去你学校当观众。”

“是吗？我们学校还没讲这事儿呢。”

叶朗笑着说：“我们老师今天说的，篮球赛是一个月以后呢，到时候我就去找你。”

“行。我们快熄灯了，先挂了。”

“好，晚安，姐。”

“嗯，晚安。”

挂了电话，叶婴快速地冲了个澡，洗了内衣和袜子，在阳台晾好。

一切收拾妥当之后，叶婴把林远时的手机拿起来。

最新款的手机，没有手机壳，纯黑色定制款，背面是磨砂的。

屏保是一个黑人篮球明星，叶婴不认得，她把手电筒打开，关了灯，拉好遮光帘。

手机手电筒的光很刺眼，叶婴用一张纸巾稍微遮挡了一点。

闭上眼睛没多久，枕边的手机忽然振动了一下，叶婴吓了一跳。

是微信消息，叶婴有些犹豫。

要拿起来看吗?

还是算了，那毕竟是林远时的隐私。

过了没一会儿，手机再一次振动。

这次不是微信，而是短信。

短信没有隐藏，内容直接出现在屏幕上。

【远时，睡了吗？我是元日兄。】

——没有备注，显示的只是一串手机号。

叶婴忽然想笑，拿起手机翻了个身。

查看刚才的那条微信，那人的名字是一个太阳的表情。

【在干吗？】

【睡了吗？】

叶婴想了想，回复：【我不是林远时，我是叶婴。】

林远时的微信名字就是他的大名，头像也是一位黑人球星。

叶婴脸盲，分不清和他手机屏保上的那位是否是同一个人。

林园，三楼卧室偌大的床上。

一个不明形状的物体卷着被子四处翻滚。

“嗷嗷嗷——”

林远时一把掀开被子。

她回复了！！

林远时趴下来，颤抖着手拿着手机，修长的手指快速敲击着屏幕。

【哦，我知道你，林远时跟我提过。】

叶婴看着这一条，想了想，回复道：【是吗？他怎么说的？】

林远时翻了个身，在被子里跷起二郎腿，脚还一晃一晃的：【他说你是他同桌，聪明又漂亮。】

屏幕的蓝光映在叶婴眼睛里，她的嘴角微微上扬：【林远时还能说这个呢？我以为他会损我。】

林远时：【为什么？远时不是那样的人！】

叶婴：【那他是个什么样的人？】

林远时想了一下，退出微信页面，百度了一下“形容男人帅的成语”，挑了几个好的记下来，组织了一下语言。

【剑眉星眸，玉树临风，又好说话，讲义气，我们这些好朋友都特别喜欢他。】

叶婴：【他也说过你很优秀。】

林远时的手指打字飞快：【赶不上赶不上。】

叶婴翻了个白眼：【我要睡了，你有什么事情吗？明天帮你转告林远时？】

有什么事情？

林远时想了想。

【没事儿，我自己跟他说，你好好睡吧，晚安。】

后面是一个月亮的小表情。

叶婴看了那枚小月亮很久，双眸逐渐温柔。

【嗯，晚安。】

次日清晨，林远时迟到了。

他顶着两只熊猫眼，挺大动静地坐到后面。

秦永康吓了一跳，默默地把椅子往前挪了一点，继续一边听课，一边抖腿。

感觉身后有一只手胡乱地扒拉着椅背，叶婴回过头。

林远时枕着自己的胳膊，睡眼惺忪，哑声道：“小婴，笔。”

叶婴把自己的笔递给林远时，看他是要拿出笔记本起来听课的架势，说道：“要实在困就稍微睡一会儿吧。”

林远时眼睛都快闭上了：“不困。”

打了下课铃，林远时一头栽在桌子上，沉沉睡去。

叶婴给秦永康让路的间隙，回头看到林远时，目光温柔，逐渐弯起嘴角。

林远时是真的睡着了，上课铃都没有听到。

他是被课前的那声“老师好”给吵醒的。

林远时坐直了，肩上搭着的什么东西掉落在地。

林远时低头一看，是一件校服。

林远时把校服捡起来放在腿上。

前座的姑娘穿着一件白色卫衣，长长的马尾辫垂下来，又顺又亮，像是黑色的锦缎一般，露出的那小截脖颈白得发光。

前面的数学老师发了卷子下来，一套一套往后传。

秦永康传给林远时的时候，叶婴也跟着回过头。

“咦？你醒啦？”

林远时点点头：“嗯。”

“那把校服还我吧。”叶婴伸手拽起校服的一个袖子，要拿走。

“嗯？”林远时拉着另一只袖子，“什么啊？什么还你？”

叶婴说道：“我的校服啊。”

她手上使了点力道，没拉动。

林远时保持最后的倔强，不肯松手。

叶婴有点无奈：“你不是睡醒了吗？”

林远时摇头：“不，我还没有。”

叶婴最后使劲拉了一下，把衣服拉过来，声音柔软了一些，有点诱哄的味道：“好好听课了。”

林远时手里空空的，不太开心地把下巴抵在桌子上：“好吧……”

叶婴从书桌里拿了一个笔记本出来，递过去：“买多了一本。”

林远时迟疑着接过来。

叶婴快速地说道：“和我的一样。”说完之后转过头去。

林远时看着她头上的粉色橡皮筋，不禁勾起嘴角。

要送就直说呗，还买多了一本……

啧。

小婴怎么那么害羞啊！

林远时把那个本子翻开，在扉页写下自己的大名。

他想了想，又在名字后面跟了一个字母——

“Y”。

物理老师习惯在课前提问公式，不会背的直接站着，现在教室右边已经“阵亡”了一大片。

到了最后一个唐疏予，他起身流利地说完之后，物理老师很满意，不愧是她的得意门生。

“很好，下面你指定一个同学回答吧。”

唐疏予的目光扫视一圈。

自己身边的某人像小兔子似的缩成一团，好像这样唐疏予就看不见她似的。

“别叫我，别叫我……”陆云亭小声念叨着。

唐疏予的声音低低响起：“姜成鹤同学。”

姜成鹤正在讲台下偷偷用手机看小说，骤然听到自己大名，吓得一个激灵，条件反射地站起来，一脸惊恐。

物理老师淡淡地说：“向心力公式。”

姜成鹤哪里知道什么向心力，只能认命罚站，他的座位在讲台旁边，物理老师提问了一圈开始上课之后，后面的学生说姜成鹤挡着看黑板。

物理老师随手一指：“墙边站着。”

姜成鹤只好垂着头，蔫巴巴地走到墙边。

终于提问完了，陆云亭“幸免于难”，小手在自己胸前拍了拍。

好险好险。

陆云亭非常胆小，很害怕在众人面前讲话，她本来就记不牢这些公式，每每老师把她拎起来，她就更是大脑一片空白，什么都记不得了。

所以她最害怕课堂提问，不管她会不会，都一定是站着接受大家目光鄙视的那一拨。

“别哆嗦了，都过去了。”唐疏予凉凉地说。

陆云亭微微抬起头来，一双大眼睛亮得很。

唐疏予似乎被这道目光刺了一下，不大自然地转过头去。

有人轻轻牵了牵他的衣角，唐疏予低头一瞥。

小手白生生的，指甲剪得干干净净，食指的位置上有一条小小的疤痕。

唐疏予的心微微一痛，他知道这个伤疤是怎么来的。

记忆回到十年前。

那时陆云亭上一年级，唐疏予还没有留级，比她大一级。

小时候的唐疏予非常讨厌陆云亭，觉得她笨笨的、傻傻的，总是跟在自己屁股后面，什么也做不好。

殊不知这耽误了他多少好事。

唐妈妈总是叫唐疏予好好照顾这个妹妹，出去玩要带着，写作业要带着，有的时候唐疏予偶尔想要背着父母干点坏事，头都还没开呢，陆云亭就先出现了。

她叫他疏予哥哥，声音甘甜清脆。

"疏予哥哥，你在干吗呀？"

"疏予哥哥，你要去哪儿呀？"

"疏予哥哥，你等等我呀。"

唐疏予烦都烦死了。

那天，唐疏予到陆云亭班级门口接她放学，彼时他们班正在检查个人卫生。

小豆包们伸出爪子放在桌子上，卫生委员颇具威严地背着手走在座位之间，一一检查他们的指甲、耳朵、头发。

这种指甲检查非常严格，稍有一点白边就算不合格。

合格的孩子到了时间放学，不合格的就要留在教室里，剪干净了或是清洗干净才可以走。

唐疏予踮着脚站在乱哄哄的教室门口，最后人差不多都走干净了才看到陆云亭。

她正委委屈屈地和不合格的那一堆人站在一起，等着卫生委员发指甲刀。

唐疏予在门口等得不耐烦，晚上还约了哥们一起出去玩。

陆云亭看到他了，刚露出笑脸要朝他跑去，想起自己指甲不合格，重新蔫巴下来。

唐疏予瞧着她这副模样，简直气不打一处来。

为什么世界上会有这种人啊？从来只知道拖累别人，自己什么都做不好。

妈妈还总要自己照顾妹妹，唐疏予真想冷笑。

他才不要照顾她！

唐疏予把书包往肩膀上一扛，不准备管她了。

陆云亭看出唐疏予生气了，赶忙追出去。

"你怎么啦？"

唐疏予不想理她。

陆云亭拉着他，有些疑惑："疏予哥哥？"

唐疏予一听这个称呼就觉得烦，一把推开陆云亭，吼道："你干什么？烦不烦啊！”

小姑娘被这一声吓到了，看着唐疏予愤怒的脸庞，眼睛里渐渐蓄起泪水。

她不出声了。

唐疏予抬起头来，刚好看到她两颗豆大的泪珠滚落下来。

唐疏予更加心烦意乱。

哭哭哭，就知道哭。

“你哭什么？”那个年纪的男孩根本无法理解女生的眼泪。

陆云亭还是属于那种一哭起来就止不住的，那两颗眼泪之后，就仿佛洪水开了闸，根本停不下来。

“你能不能别哭了！哭也没有用！”

眼看着教室里的豆包们都剪完指甲给卫生委员检查完回家了，人越来越少，唐疏予心里更加着急，眼前的小人儿还在哭个不停。

唐疏予皱着眉：“你抓紧剪！我送完你还有事呢！”

哦，对！

剪指甲！

陆云亭哭得哆哆嗦嗦的，视线被泪水模糊，颤抖着双手，剪了半天也没剪到。

陆云亭有点着急了，抹了一把鼻涕，继续剪。

可是她越着急就越委屈，越委屈眼泪掉得越快，眼前越模糊，剪得就越慢，陷入了一个死循环中。

唐疏予等了半天她也没剪完。

陆云亭看出来他的不悦：“你等会儿啊，马上就好了。”

她下意识去拉唐疏予。

唐疏予正烦着，随手一推：“走开！你赶紧剪。”

说来也是巧，他推她的时候，指甲刀刚好抵在她指甲缝的嫩肉上，在她完全没有意料的时候，尖锐的刀锋狠狠划破她的手指，鲜血汩汩而出，落在她的白裙子上，开出一朵一朵血红色的鲜花。

刚刚划伤的一瞬间，陆云亭甚至都没有反应过来，还想要安抚唐疏予叫他别着急，看到唐疏予惊恐的表情，才知道自己受伤了。

她受伤后的第一反应却是——

糟糕了，又要耽误时间让他不开心了。

伤口愈合得很快，可是在她的手指上留下了一道小小的伤疤。

伤疤再也不会愈合了。

从那之后，陆云亭每次都在检查指甲之前就把指甲剪得非常非常短，甚至抠到肉里去。

现在懂事了长大了，她的指甲一直都是扁扁的、小小的，就是小的时候剪得太短，现在反而长不长了。

唐疏予极力压抑住心中的苦涩，回过头，问道：“怎么了？”

陆云亭小心翼翼地问道：“你是不是生气了呀？”

女大十八变，他们在一起的时间太久，有的时候唐疏予常常会忽略，原来陆云亭已经出落得这么漂亮了。

漂亮到也会有其他男孩子觊觎。

她的眼睛里也不再只有他一个。

“以后不许和姜成鹤说话。”

“啊……”陆云亭没跟上这个神一样的脑回路。

“没听到？”

“听到了，但是……”

“但是什么？”

“但是我不要。”

白聊。

唐疏予冷哼一声，转过头去。

陆云亭把这节新课的标题写在笔记本上，也哼了一声。

奇奇怪怪的。

不理我，我也不理你。

谁怕谁啊……

周四那天下了一场大雨。

早上从宿舍出来还是日光初升，天空湛蓝，第三节课就变天了，乌云滚滚而来，遮天蔽日，狂风大作。

物理课上，一声响雷平地而起，大风裹挟着雨珠噼里啪啦地敲打在地面上。

秦永康起身关窗，刚站起来就被飓风掀了一下。

窗户紧闭，声音弱下去不少。

豆大的雨点狠狠砸在玻璃上，空气变得潮湿，白炽灯显得格外晃眼，明明是上午时分，可是外面阴沉得仿佛傍晚。

叶婴把最后一点笔记写完，看了看窗外。

早上走得急，她没有带伞。

物理课结束，陆云亭过来找叶婴。

“小婴，你帮我看看这道题怎么做呗？我没看懂答案。”

叶婴放下水杯，接过她的练习册，一边看题，一边随口问道：“你怎么没问唐疏予啊？”

提到他就生气，陆云亭哼了一声：“唐疏予？那是谁啊？我认识吗？”

叶婴有点无奈：“那可能是不认识吧。”

叶婴把解题思路给陆云亭讲了一遍，陆云亭很快就听懂了，喜滋滋地说：“简直太简单了，我会了！”

叶婴了解陆云亭，她基础其实不错，就是理科思维实在欠缺，给她讲题如果说得很深她会听不懂，用最简单的方式给她说反而更好。

“你带伞了吗？”

陆云亭愣愣地说道：“没有……啊！下雨了！小婴，你不会也没带吧？”

在生活上，陆云亭挺粗心的，常常丢三落四，顾头不顾尾。叶婴就非常细心，事事周全，什么都想得非常周到。

可是偏巧这次叶婴还真就没有带。

“天啊，这么大的雨。”陆云亭抻长脖子往窗外看了一眼，“中午怎么去吃饭啊？”

秦永康坐在里面，听到了她们的谈话，说道：“你们没带伞啊？我这儿有一把。”

秦永康从桌洞里拿出一把黑色折叠伞来：“先借给你们吧！”

陆云亭笑道：“别呀，你把伞借我们，你怎么办啊？”

秦永康憨厚地笑了笑：“我没事儿。”

陆云亭犹豫着：“你这伞多大呀？”

秦永康还未回答，门口闪过一道高大的人影，快步走进教室，停在陆云亭身后。

这人明明冷着一张脸，可是眼神飘忽躲闪，有点不自在。

陆云亭顺着秦永康的目光回过头，见是唐疏予。

“干吗？”她没好气地问。

唐疏予薄唇微抿，没说话，手里拿着一袋巧克力，往陆云亭跟前一送。

“给我啊？”陆云亭一撇头，“我不要。”

唐疏予的耳朵有些红了。

他眼睛往四周瞟了瞟，有点难为情。

他晃了晃手里的巧克力：“给你买的，拿着。”

陆云亭虽然还是后脑勺对着唐疏予，爱搭不理似的，但是唇边情不自禁抿起的笑容出卖了她。

她小手往后一伸，唐疏予笑了一下，剥开一颗巧克力放在她白兮兮的手心。

叶婴看到这一幕，不禁弯了嘴角。

想必这巧克力，一定很甜啊！

秦永康犹疑地看着伞："你还要不要借了？"

唐疏予低头看着陆云亭："你没带伞？"

陆云亭点头："嗯，我和小婴都没带。"

"我有。"唐疏予看了秦永康一眼，声音沉下来，"用我的。"

陆云亭问道："你有几把啊？"

"要几把有几把。"唐疏予又强调了一遍，"用我的。"

叶婴眼珠一转："云亭，要不中午你跟唐疏予一起走吧。"

唐疏予低下头，和叶婴对视了一眼。

叶婴轻轻点了点头，说道："中午我想把之前的物理笔记整理一下，刚才吃了点面包，现在不怎么饿。"

陆云亭有点惊讶："那你中午就不吃啦？"

叶婴点头："嗯，不吃了，外面雨太大了，走一圈鞋都湿了。"

陆云亭看了一眼叶婴脚上的小白鞋："那好吧。"

她仰头对唐疏予说："那我跟你一起走。"

唐疏予抿着嘴角："好啊。"

林远时湿着手走进教室，习惯性地从叶婴那里抽了张纸巾出来。

叶婴想起个事情，说道："对了，昨天有个人找你。"

林远时笑眯眯地问："谁啊？"

"穆元日。"

"哦，你跟他聊了吗？"

"你除了那部手机还有其他的手机吗？"

林远时有点心虚："啊？没有了啊。"

"那我还是还给你吧，你没有手机不太方便。"

"哎哎哎，别还给我呀，我的意思是，你就用着呗，当个手电筒不是挺好。"

"那……"

"我刚刚玩游戏啊，刚好赢了一部手机，我刚想告诉你这件事呢。"

"什么游戏啊？送手机？"

“说了你也听不懂，反正你就拿着就得了。”

马上上课了，下节课是语文，邵军习惯性在铃响之前来到教室。

他一进来，教室立马安静了不少，大家自觉回到座位上等上课。

“课前我先说一件事儿啊，这几天教育局领导在严查，所以这几天中午不允许同学留在教室学习，高一高二的宿舍自习室也暂停开放啊。”

有多嘴的学生在下面接话：“一看就是查减负。”

邵军笑了笑：“大家自己心里清楚就行。大约暂停一周，一周之后全部恢复正常。”

有个学生问道：“老师，从今天开始吗？”

邵军点点头：“嗯，对。那个……朱木心啊，你中午最后一个走，把门直接锁上。”

朱木心乖巧地回答：“好的，老师。”

叶婴眉头轻蹙，翻开语文书，拿起桌前的小便利贴，撕了一张下来，快速在上面写了几个字，然后转头贴在林远时的桌子上。

林远时拿起来看了一眼。

【我没有伞。】

林远时正在喝水，把瓶子一放，龙飞凤舞回了俩字：【我有。】

下课铃一响，林远时第一个冲出教室。

他三步并作两步跑下楼，站在四班门前：“哎，同学，帮我叫下贺名扬。”

他在走廊等了一会儿，四班来来往往的女生多了不少。

——都是特意出来看林远时的。

贺名扬一听林远时找，赶忙跑出来：“怎么了？”

“有伞没？”

“有啊，你要啊？”

“嗯，借我。”

贺名扬转过身：“哎？要几把？”

林远时快速地想了一下：“一把就够。”

“等着。”

林远时看着手里的伞：“粉色啊？”

“没办法，我同学的，我没有啊，她还有一把紫的，你要不要？”

“算了，粉的就粉的吧，借我了，用完还你。”

“行。”

雨越下越大，小篮球场上已经积了浅浅一层水，雨点落在水上，激起一朵一朵水花。

中午打了放学铃，大家吵吵嚷嚷往门外走，陆云亭从人群中间挤过来。

“小婴，中午不让留教室了，你跟我一起走吧。”

林远时把叶婴往身后拉了一下：“不用，小婴有伞。”

怎么又是林远时啊……

陆云亭害怕得缩了缩脖子：“那那……”

唐疏予跟到陆云亭身后：“跟我走吧。”

陆云亭实在害怕林远时，但又放心不下叶婴，犹犹豫豫的，不肯走。

叶婴说道：“没关系的，林远时借我伞了，放心。”

“那好吧，那我走了啊。”

叶婴点点头：“嗯，下午见。”

有了一个跟叶婴一起走的正当理由，林远时非常开心。

因为下着大雨，楼梯上的同学格外多。林远时拉过叶婴走在一旁，在她的身后不着痕迹地护着，谁都挤不到她。

到了楼下，林远时把伞撑开，举到叶婴头顶。

狂风裹挟着暴雨朝叶婴袭来，她低着头躲风，拉着校服紧了紧。

鞋子几乎立马就湿了，身上却没有落多少雨点。

叶婴在狂风中微微抬起头，眼前是一只修长白皙的手。

那只手紧紧握着黑色的伞柄，很用力，能看到手上的青筋。

很奇怪，明明雨那么大，空气里尽是潮湿的泥土气味，可是叶婴还是能够闻到他手上飘来的薄荷香。

叶婴回过头，看到林远时的大半个身子暴露在雨水中，几乎湿透了。

“你好好打伞！”

雨声太大，叶婴必须呼喊着他才听得到。

“我打得多好。”林远时竟然还挺开心，咧嘴笑着。

叶婴腾出一只手握住伞柄，想往他那边推一点，可是没有推动。

“你乖一点。”林远时大声喊着。

“你给你自己打一点啊。”

“好。”

应是应了，可是伞还是在叶婴的头顶，半分未动。

风实在太大，林远时有力地控制着伞，从教室走到食堂，叶婴的身上几乎没怎么湿。

到了食堂，林远时把伞收起来，矮身甩了下伞上的雨水。

林远时的头发全都湿了，他的发丝很硬，刺猬似的根根竖立。

林远时猛地甩了一下头，脱了校服外套，到旁边拧了一下，拧出不少水来，又把自己里面的短袖下摆拧了拧。

他一手拎着伞，一手拎着校服帮叶婴拉开食堂的门帘：“走吧。”

“我请你吃饭，你想吃什么？”叶婴问道。

“听你的。”

“三楼吧。”

“行。”

林远时心情好极了，一边上楼，一边哼起小曲儿。

叶婴问道：“你冷不冷？”

湿漉漉的短袖贴在他的后背，紧紧地勾勒出他后背的形状。

少年身材颀长，很爱运动，身上有着流畅干净的肌肉，不多不少，恰到好处。

“不冷。”

上了三楼，两人点了饭，林远时直接刷了卡。

“不是说好了我请的吗？”叶婴眉头轻蹙。

“行，下一次好不好？”

叶婴的眉头皱得更紧。

林远时直接把她的饭也端起来：“走吧。”

找了座位，两人面对面坐下。

因为头发湿着，衬得林远时的眉眼越发漆黑。

“怎么是粉色的伞啊？”叶婴云淡风轻地问道。

林远时一惊，如实地说：“是我借的！”

叶婴抬起眼睛。

“不是！是我哥们的，我哥们班女同学的。

“但是我不是直接管他班女同学借的，我是管他借的。我都不认识他班女同学啊！”

叶婴微微弯起嘴角，低头吃饭。

林远时偏头捕捉她的眼神：“小婴？”

“吃饭吧。”

“你别误会了！”林远时着急地解释，“我可没管女同学借啊！”

“好，我知道了，快点吃饭吧。”

“哎！”

她没误会就好。

林远时吃饭很快，而且纯属肉食性动物，点了四个荤菜。

他看着叶婴的盘子颇有不满。

“小婴，你也吃太少了。”林远时皱着眉说道，“一个素菜二两饭，你这是喂猫呢？

“就这样的能长肉吗？这个菜叶子那么好吃吗？

“我妈说了，吃肉才能长大个儿，你看你是不是不吃肉才不长个的？”

林远时吃饭很快，女生的嘴巴本来就小，吃起饭来细嚼慢咽的，很斯文。

林远时吃完了等她，一边等，一边碎碎念。

“我要是和你一样长到一米九，我就不上学了，直接去打排球。”叶婴说道。

“那可不行。”

不上学怎么遇见他呀。

“你一米八就够了，一米九我有压力。”林远时笑嘻嘻的。

叶婴吃完了，擦了擦嘴：“我还没有请客。”

“说好了下次。咱们走吧。”

临出门的时候，林远时打了个喷嚏。

叶婴皱着眉，问道：“是不是冻着了？”

“开玩笑，哥的身体棒棒的，哪那么轻易就感冒的？”

下午的时候，雨慢慢小了，到了傍晚，太阳出来了，经过大雨的冲刷，整个城市似乎都反射起金澄澄的光。

林远时去还了伞，往楼上跑的时候，忽然晕了一下，站着缓了一会儿才好。

林远时摸了摸自己的额头。

不会真感冒了吧？

大步跑上楼，林远时给自己灌了一大杯水。

身体还是像掉进沼泽地里一样，逐渐变得沉重无力，就连动作都有些迟缓，到最后眼皮子都沉重起来。

林远时实在撑不住了，整个人趴在桌子上。

课间，叶婴回过头，看到林远时依然睡着，一种不好的预感袭上心头。

叶婴用手背在他的额上试探了一下，烫得她瞬间收回手。

这时，上课铃响了，同学们陆陆续续回到教室，唯独叶婴，忽然不管不顾地往外跑去。

她和过来上课的化学老师打了个照面。

老师叫住她："叶婴，你干什么去？"

叶婴一边跑，一边说："我去找一下班主任老师。"

化学老师还来不及多问，叶婴就已经不见了人影。

叶婴气喘吁吁地出现在办公室门口。

邵军有些疑惑，叶婴一向稳重乖巧，很少会有这么狼狈焦急的时候，于是问道："怎么了？急成这样？"

"老师，林远时好像生病了！"

邵军跟着叶婴一块回到教室，发现林远时已经烧得迷迷糊糊。

邵军赶紧给学校的医务室去了电话，紧接着又给林家夫人霍文初打了一个电话。

霍文初一听林远时发烧了，放下手里的工作直接开车过来。

林远时中途醒了一下，被霍文初带回了家。

叶婴坐下来，头低了一节课。

下了晚自习，叶婴借着林远时手电筒的光小跑着回到宿舍，打开微信，找到那个小太阳的表情。

【吃药了吗？好点了吗？】

【现在退烧了吗？】

等了一会儿，没有回复，叶婴快速到卫生间冲了个澡，出来之后率先拿起手机。

依然没有回复。

叶婴擦干头发，给叶朗发了短信，告诉他今天太累了，就不打电话了。

距离熄灯时间还早，叶婴已经躺在床上，关了灯，拉起遮光帘，捧着手机等。

可一直到叶婴支撑不住，沉沉睡去，都没有等到小太阳的回复。

那晚，叶婴睡得很不好，中间醒来好几次。

每次醒来第一反应都是拿起手机看一眼。

可是都没有回复。

他应该已经睡下了。

林家应该有很厉害的私人医生吧？

他回家了，一定会没事的。

早晨五点半，叶婴从梦中惊醒。

收拾好东西，临出门的时候，叶婴顿了一下，她回到床边拿起手机放在校服兜里，这才安心出门。

上午第三节课时，衣兜里的手机振动了一下。

叶婴记笔记的手略一停顿，瞥了老师一眼，另一只手悄悄从兜里拿出手机来。

【才睡醒，好多了。】

过了一会儿，又是一条：【哎？你怎么知道我生病了？】

叶婴低着头，忍不住微微笑了一下，终于放心了一些。

他说他好多了，可是第二天林远时还是没有来上学。

周五放学，叶婴接到张秘书的通知，本周的家教课暂停。

叶婴又开始不安起来。

他病得这样严重吗?

她给张秘书回复了短信：【是林远时生病了吗？】

张秘书惜字如金：【是。】

叶朗放学回家，看到叶婴捧着手机发呆，叫了她一声："姐？"

"嗯？"叶婴回过头，绽开一个笑脸，"小朗。"

叶朗奇怪地看着姐姐："你怎么了？脸色这么不好？"

"没事，小朗这周有不会的题吗？"

叶朗放下书包："有。"

"今天晚上把题目稍微整理一下，明天去上一对一课程的时候问问老师。"

"姐，你明天还去林园上家教课吗？"

叶婴沉吟了一下，点点头："嗯，去。"

"哦，好吧。"

周六一早，叶朗背着书包去上课，叶婴看了眼时间，收拾收拾准备换衣服。

临走的时候，她给张秘书发了一条信息：【张秘书，不好意思，我想起上周的一本练习册落在林园了，今天方便取一下吗？】

张秘书回复得很快：【我安排司机。】

叶婴：【不用了，我已经在车上啦。】

林园在星月湖一带，真正的富人区，没有公交没有地铁。

叶婴从公交车终点站下车，步行很久才到。

张秘书跟管家打了招呼，管家在门口等着叶婴。

“伯伯好。”叶婴乖巧地跟管家打了声招呼。

“小婴来了，进来吧。”管家一边走，一边说，“远时生病了，今天的家教课要请假啦。”

“他还没有好吗？”

“嗯，肺炎，在楼上休息呢。”

“我能……去看看他吗？”

“夫人早上刚走，现在远时应该睡着呢。”

叶婴小心翼翼地问：“我就看一眼，行吗？”

“抱歉啊，他实在不喜欢别人进他的房间。”

叶婴低下头：“好吧。”

刚进门，林老爷子刚好从楼上下来。

“小婴。”

林老爷子一身运动服，戴着墨镜和帽子，看上去年轻极了。

叶婴向林老爷子鞠了一躬：“爷爷好。”

“小婴是来看远时的吧？”林老爷子摘下眼镜，一双眼睛非常明亮，声音中气十足。

叶婴笑了笑：“练习册落在这里了，顺便来看看远时，他不是生病了吗？”

林老爷子笑了一下：“上去吧。臭小子睡觉呢，小声点。”

叶婴愣了一下，回头看了管家一眼。

林老爷子说道：“不用管他的臭毛病，还不准同学过来探望了？”

叶婴笑起来：“谢谢爷爷。”

叶婴跟在管家身后上了楼，左拐右拐之后，到了一个走廊前。

管家停住脚步：“尽头就是远时的房间了。”

“好的。”

之后管家便下了楼，想必林远时有轻微洁癖，管家也不敢轻易到他的房间。

厚重的长毛地毯吸收了叶婴的脚步声。

叶婴悄声走到他的房门前，轻轻敲了敲门：“林远时，你睡了吗？

“我可以进来吗？”

没有声音。

叶婴心脏“怦怦”直跳。

她把手放在古铜色的门把手上，轻轻往下一旋。

Chapter 7

我也觉得这世间，只有你最好

房间里面非常安静。

厚重的窗帘阻挡了所有光芒，只余一小段从门缝透进的光亮，从这个角度能看到地板明亮，不染纤尘。

这是一间套房，外面像是一间小小的客厅，摆放着风格简明的沙发和茶几，里面还有一扇门，那才是林远时的卧室。

叶婴轻手轻脚走进去，门没有关严，留着一条细窄缝隙。

借着昏暗的光，叶婴看到茶几上放着果盘，里面有半颗橙子，旁边有一个小小的置物架，上面整整齐齐码着很多袋草莓糖。

全都是进口的，袋子上印着各个国家的字，叶婴看不懂。

叶婴想起来，换座那次和林远时说起她有低血糖，林远时之后就经常带草莓糖给她，每次带过来新的都会问她哪种味道好，喜欢酸一点的还是甜一点的，有夹心的还是没有夹心的。

每给她带一种，原来都是他自己首先尝过的，他费尽心思淘来各个地方的糖果，试过之后觉得好吃的，再给她带过去。

叶婴扭头看向那扇紧闭的房门，眸光闪烁，晦暗不明。

林远时这一觉睡得很沉，却并不安稳。

堕于梦中，无法自拔。

大约是林远时三四岁时的事情，幼儿园老师组织孩子们做父亲节礼物。

林远时幼时非常调皮，老师们都拿他没办法。

其他孩子都在用橡皮泥给爸爸做饭、做花、做领带的时候，林远时把橡皮泥拍在桌子上，什么都不肯做。

老师问林远时为什么不做，林远时说，爸爸常年不在家，做了饭他又不会吃。

老师只知林氏庞大，可能林总也只是比较繁忙，并不知林家的具体情况，于是用平常安慰小朋友的话来安慰林远时。

“爸爸繁忙也是为了你好，给你更好的生活，做你的榜样。”

林远时并不相信，最后老师没有办法了，惨兮兮地背着林远时和另一位老师抱怨。

完了，礼物又少一份，这次检查肯定不合格了。

老师抱怨完之后喝了口水，换上一张笑脸回到教室：“小朋友们，捏得怎么样啦？”

小朋友们叽叽喳喳跟老师汇报自己又做了什么什么，老师一一笑着回应之后，看到最远处的小调皮林远时竟然安安静静坐着。

老师觉得有些奇怪，走过去一瞧，看到林远时手里的橡皮泥已经捏到一半了。

他捏的是一部手机，黑色的，有屏幕有按键，看着很逼真。

老师按捺不住心中欢喜，在班级里表扬了林远时。

林远时也没看出有多么开心，但还是拿着那部小小的手机回到家。

没想到这天父亲真的回来了。

老远就看到林如许的车停在林园前面，林远时在车里跳起来：“我爸爸回来了？”

司机老孟笑眯眯地说：“好像是。”

车子缓缓停稳，林远时迫不及待地跑下车，想起了什么，又飞快折回来，从小书包里翻出一个什么东西，双手托着，又飞快地跑走。

林如许也刚到家不久，霍文初正在帮他脱西装。

林远时进门的一瞬间停下步伐，稳稳地走进去。

唯独那一小绺立起来的头发证明了他刚刚是疯跑进来的。

林远时像模像样地走进去，双手妥帖地托着那个小东西。

林如许面若寒冰，淡淡地瞥了林远时一眼，转过身，由霍文初帮他取下领带。

霍文初率先开口：“远时回来了？今天在幼儿园玩得开心吗？”

妈妈的笑容像是春风，林远时也被感染，终究是个孩子，蹦跳几步过去。

他笑嘻嘻的，想要把自己辛苦做的宝贝礼物拿出来。

林如许坐在沙发上，拿起报纸，冷冷道：“没规矩。”

林远时立马站直了，和霍文初对视一眼，稳稳地走了几步过去：“爸爸，父亲节快乐。”

林如许把报纸翻了一页，动作没变，目光却落在林远时身上。

小小的娃娃，生得粉雕玉琢，细皮嫩肉，眉眼之间和霍文初有七八分相似，却又糅了自己的一二分棱角和神韵进去。

林如许移开目光：“谢谢。”

林远时双手递上自己的礼物：“爸爸，送给你，希望你在忙碌的时候也要注意身体。”

林如许终于放下了报纸，拿起那部小小的手机看了一眼，然后随意地放在茶几上。

林远时面露喜色，回头看了霍文初一眼，霍文初对他竖起大拇指。

林如许淡淡地说：“明天斯寒回来。”

林远时看到霍文初嘴角的笑容一点点僵硬，到了某一处，又忽然绽开。

“好的，我吩咐张嫂准备一下。”

林远时知道自己有个弟弟，但是这个弟弟并不是妈妈生的。

年幼的他不知道这是怎样的一层关系。

那是林远时第一次见到林斯寒。

林斯寒被林如许抱在怀里，不像一般的小孩子那样爱笑，反倒对那个怀抱稍有抗拒。

就连在饭桌上吃饭，林斯寒都一直微微蹙着眉头。

林如许对林斯寒却是关怀备至。

从小到大，林远时都没有见到林如许这样开心过。

林如许抱着林斯寒，在饭桌上给他夹菜，饭后又让保姆带着他去房间午睡。

林斯寒不知道，他曾无限推拒的父爱，是林远时毕生求而不得。

路过书房，林远时偶然听到一耳朵父亲与母亲的谈话。

霍文初说：“他的眼睛，果然和佳玉很像。”

父亲没有说话。

过了一会儿，霍文初又说：“想必他的母亲和佳玉长得更像吧？”

她语气故作轻松，可就连年幼的孩子，都听得出里面沉积的落寞。

沉默良久，林如许说道：“以后别在斯寒面前提这件事。”

他说完打开门，目光和门口一脸错愕的林远时相碰。

林如许没有半分停顿，和没看到一样，侧身离开。

楼下打扫卫生的张嫂指着茶几上的一小块橡皮泥，问道：“这是什么？还有用处吗？”

小小少年从楼上下来，看了那块橡皮泥一眼：“没有用处了，丢掉吧。”

林如许的声音像是响在一个神秘可怖的传声筒里，变成一道枷锁，在林远时的梦中反复回响。

林如许西装领带，一丝不苟，满目寒冰，看着林远时，就好像在看一个陌生人。

这台阶仿佛永远也走不到尽头，那道冰冷的眼神一直落在林远时的身上。

挥之不去。

林远时还在走楼梯，眼睁睁看着前面是一道深渊，可是他已经无法自主停住脚步。

“不可以……”

“不可以……”

梦里的林远时不再是幼年时的模样，长腿长手，高高瘦瘦。

越往下走越黑暗。

林远时想要逃离，想要后退。

楼梯忽然变了形状，陡然前倾，林远时被掀得往前倒去。

“不要。”

“不要！”

马上就要落到地面的时候，前面忽然出现一个人。

她穿着蓝白相间的校服，一头长发披散着，像是上好的绸缎，泛着粼粼的波光。

看到她的那一刻，阳光普照。

大地回春。

一切阴霾全都不见。

林远时猛地从梦中惊醒。

他一直在做噩梦，所以骤然醒来的时候，思维慢了半拍才跟着回到现实。

他在自己的房间里，刚刚吃过药，捂着大被子睡了一觉。

方才出了一身冷汗，睡衣湿哒哒地贴在身上，难受得很。

林远时坐起身子，按下开关把窗帘拉开了一点点。

他翻身下床，一边走，一边把上衣拉起来，往上一翻脱了下来。

他打开门，晃晃悠悠地走出去，走到一半，觉得有什么不对，僵硬地扭过头。

叶婴一张小脸平淡无波，两丸黑亮眼珠笔直地瞧着他，目光如水一般干净清澈。

一点，一点。

林远时的脸在叶婴的目光下爆红。

嗷嗷嗷——

她怎么在这儿?

林远时双手交叉放在自己胸前，飞速跑回卧房，“砰”的一声关上门。

不一会儿，林远时穿得板板正正从房间里出来。

他好像什么也没发生一样和叶婴打招呼。

“哎？小婴，你怎么来了？家教课不是暂停了吗？不会是故意来看我的吧?

“都说了我身子骨棒棒的，啥事儿没有。”

他语气自然，表情也无懈可击。

唯独那双耳朵，通红通红，可爱至极。

叶婴也不戳破，微笑着回答：“我看你病了好长时间，觉得有点抱歉。”

林远时坐在小沙发上，把所有窗帘都拉开了，随手拿起一袋草莓糖递给叶婴。

“我已经没事儿了，就是医生说最好再养一天，我妈就没让我去。”他一边说，一边又把那半个橙子剥完，递给叶婴，“尝尝，还挺甜的。你想不想吃桑葚？昨天买的，我尝了尝还挺甜的。”

话没聊多久，叶婴手里的吃的已经快要塞不下了。

“不吃了，我也不是过来吃东西的。”

林远时走回来，坐下：“你吃太少了，太瘦。”

林远时太大一只，手长腿长，大剌剌往沙发上一坐，叶婴身边的沙发歪下去一小块儿。

“你刚刚做噩梦了吗？”

林远时一愣：“你听到了？”

叶婴点点头。

林远时自己也挺好奇："我说了什么？"

这扇门不隔音，进屋没一会儿就听到了林远时的声音。

"什么也没说，或者说了什么听不清，只是发出声音了而已。"

林远时皱了皱眉："什么声音？"

叶婴停顿了一下："类似'哈哈哈'的声音。"

林远时眉目一愣，过会儿说道："又闹。"

这个话题在叶婴的揶揄中就这么过去。

林远时的声音，类似哭泣，类似呜咽。

原本叶婴想问他做了什么梦，为什么会有这样的声音。

后来想一想还是算了。

这样难过的事情，她不想他第二次想起。

"小婴，你中午在我家吃饭吗？"林远时问道，"我让张嫂做点你爱吃的？"

"不用了。"

"前几天家里请了个厨师，爷爷说是南方那边过来的，我问了一下，他说会做你家乡的菜。"

饶是叶婴再怎么成熟沉稳，听了这话，双眸还是骤然一亮。

她已经很久没有吃到家乡菜了。

她在食堂总是打一个菜，吃得不多，一来是为了省钱，二来其实是真的吃不习惯。

晋城属于北方，偏爱面食和炖菜，叶婴不习惯吃这样的汤汤水水，更喜欢家乡的小炒和辣椒。

林远时看到她的笑容，更加开心："等着，我给你说去。"

窗帘拉开了，房间明亮起来，叶婴扫视这个房间。

林远时喜欢宽敞，最外面那一排都是落地窗，窗外就是星月湖，此时天空湛蓝，阳光正好，金灿灿的细碎光芒落在湖面，微风吹皱一池湖水。

门响，林远时兴冲冲地回来。

"我告诉厨师大哥了，今天中午咱们就吃四川菜。"

"你们吃得惯吗？爷爷他们能吃辣吗？"

"我妈去公司了，我爸出差，我爷爷出门去打高尔夫了，就咱俩。"林远时嘿嘿地笑，"你来得真是时候，要不然我就又得自己吃饭了。"

叶婴笑了笑："你真的不发烧了吗？我听管家说你得肺炎了？"

林远时不以为意地说："轻微的，挂了水退了烧就好了，现在就是睡多了，有点晕。”

林远时矮身把额头凑过来：“不信你摸摸？”

“不用了，你不发烧了就行。”

林远时仍然低着头，又往叶婴跟前蹭了蹭：“别呀，你不放心，你摸摸，摸摸。”

叶婴不禁抿了嘴角，有点无奈地把手放在林远时的额上。

“还是稍微有点烫。”

林远时心满意足地抬起头，笑着说：“刚睡醒的缘故，没啥大事儿。”

中午，叶婴跟林远时一起吃了饭，家里的确只剩下他们两个。

叶婴忽然有点好奇：“你以前经常自己一个人吃饭吗？”

林远时扒拉一口饭，挑眉道：“嗯？你怎么知道？”

“你说的是‘又得你一个人吃饭’。”

林远时“哦”了一声：“很平常啊，老妈经常有应酬，老爸经常出差，我弟弟不跟我们住一起，爷爷有的时候也不在家。

“怎么了？”

叶婴回神，答道：“没怎么。”

以前总觉得林远时不知人间疾苦，集万千宠爱于一身。

现在看来，他的生活似乎和她想象的也不太一样。

“你爱吃吗？”叶婴夹菜的间隙，看到林远时辣得满头大汗。

“爱吃啊，怎么不爱吃。”林远时一边嘶嘶着猛灌凉水，一边说道。

叶婴夹起一筷子青菜，想要放到林远时碗里，可是想到这样似乎不太卫生，作罢，把那菜叶放进自己碗里。

“你吃这个，这个不辣。”

林远时说道：“我不怕辣，从小最爱吃辣了。

“辣妹子辣，辣妹子辣。辣妹子从来怕不辣，说的就是我。”

叶婴没忍住，笑起来：“你这么喜欢民歌吗？”

林远时一笑：“还行吧。”

和那张嘴相比，身体还是比较诚实。

之后林远时的筷子几乎就没离开过那道青菜，频频下手，一顿饭下来，唯独那盘青菜见了底。

“小婴，我下午带你去湖边吧。”

“看完你我就得走了。”

“去哪儿啊？”

“去接小朗。”

林远时咂了咂嘴：“小兔……”

他想了想，改口道：“小兔……子一样可爱的弟弟不会自己走吗？都这么大了还要接？”

“两个老师家离得有点远，我怕他第一次走不知道路。”

“那我跟你一起。”

“你好好待着吧，把身体养好。”

下午医生还要过来，林远时蔫巴下去。

临走时见他还是闷闷不乐的样子，叶婴说道：“赶快好起来，这周二我去公寓帮你答疑吧。”

“真的？！”林远时兴奋得眼睛都亮了。

喜悦是会传染的，叶婴也不禁弯了嘴角：“嗯，真的。”

林远时想大跳：“说好了！”

叶婴点头：“嗯，说好了。”

周一上学，林远时非常准时地出现在校园。

几天未见，他们几个高高瘦瘦的男生一起往教学楼里走，一路上吸引了无数女同学的目光。

“马上就是篮球赛了，前几天张老师刚说这件事儿。”贺名扬说道。

林远时问道：“第一场对哪所学校？”

贺名扬回答：“七星中学。”

林远时轻蔑地撇过头：“这也算事儿？”

贺名扬解释道：“不是，队里来了不少新人，都没配合过，赛前怎么也得练一练吧。”

姜成鹤插话：“可不能输了，这回咱们学校可是东道主呢。”

林远时又问：“七星的过来打啊？”

姜成鹤点头：“嗯，队员和一部分观众都来。”

贺名扬说道：“要不咱们挑哪天晚上碰一下，然后练一练吧。”

林远时忽然勾起嘴角：“周二周三周四都不行。”

贺名扬不解：“为什么？”

林远时不想解释：“不行就是不行。”

到了教学楼，林远时上楼，贺名扬转弯。

贺名扬轻轻皱眉：“不行就不行呗，你高兴个什么劲儿啊？”

早自习的时候，邵军也说了篮球赛这件事儿，学校张罗着找啦啦队员和临时志愿者，当观众还要报名。

这场比赛学校还挺重视的，一来晋城一中作为东道主，输了不好看；二来这些年晋城一中和七星中学并列晋城最好的中学，晋城一中是一所百年老校，文化底蕴非常丰厚，七星中学则是这些年的新秀，成绩斐然，甚至在去年，清北录取率压过了晋城一中。

两所学校总是绷着一股劲儿似的，所以这场球赛显得尤为重要。

林远时是校队主力，却并不十分在意。

因为，周二马上就要到来了。

心焦地度过最后一节课的最后几分钟，听到悦耳的放学铃，林远时马上拿起书包站起来，催促道：“小婴，走哇。”

叶婴把会用到的书本放在书包里，刚要背，被着急的林远时一把夺过。

“走了走了。”

林远时急吼吼地出了教室，肩上一个是他自己的空空的黑色书包，另一个是叶婴的干净的粉白相间的书包。

他们一高一矮，一前一后走在校园里。

夕阳西沉，拉长了两人的影子。

“回家咱们先吃饭，张嫂现在在这边。”林远时回头对叶婴说道。

地表的热气还没有完全散去，穿着校服的娇小姑娘脸颊红红，抬起手遮挡刺眼的阳光：“好。”

林远时的公寓在距离学校很近的一处高档小区里。

从热闹的小吃街拐过来，几乎一下子就安静了。

小区绿化率非常高，树木成荫，苍翠欲滴，一株玉兰在枝头绽放，摇曳风中。

叶婴步速慢，林远时腿长步子大，刻意照顾着她，放慢了自己的步速。

他看到叶婴还挺喜欢这些花花草草，便说道：“这个小区还挺大，我带你转转看？”

不知是不是树木成荫的缘故，小区里面非常安静，也很凉爽，微风阵阵，夕阳温柔，走在里面，人的心也跟着安静下来。

叶婴点点头：“好啊。”

过了会儿，她又问道：“我书包沉吗？要不还给我，我自己背吧。”

林远时一摆手：“嗨，这一点儿重量。”

高大的少年拨了拨乱蓬蓬的后脑勺，兀自走在前头，不太想让她看到他的正脸。

叶婴抿了抿嘴角，少年从一棵垂柳下路过，他个子高，稍微把柳枝拨开一些。

也不知怎么，林远时越是这样，就越能勾起叶婴的坏心。

“那次背着我去医务室，你为什么气喘吁吁的？”

她轻飘飘地问道，尾音稍稍有些上扬，带着一点鼻音。

“我什么时候气喘吁吁了？”林远时非常不悦，“那次是……那次是……”

“我体力好着呢！”说不明白了，林远时总结陈词道。

叶婴勾起嘴角，眯着眼睛，像一只得了便宜的小猫咪。

林远时有点气恼。

小婴又是故意的。

他忽然停住脚步，转回身，伸出手，捉住叶婴的后颈，猛地往前一拉。

娇娇笑笑的人儿，轻轻松松就拉到自己眼前。

他俯着身子平视她，目光凶狠。

叶婴静静地和他对视着。夕阳细碎的金光落在她的眼睛里，双眼皮褶皱的弧度非常漂亮，像两弯羞涩的月牙。

话到了嘴边，林远时忽然空白了那么一下。

他忘记了自己要说什么。

真尴尬……

叶婴坦荡荡地看着他。

林远时的一切，都和其他人不同。

这种魅力像水，温温和和，平平淡淡，可以载舟，亦能覆舟。

致命地吸引人。

叶婴站直了身子，眉目温润，乖乖巧巧。

可是脸庞的碎发有些凌乱，衣裳也因为刚刚被林远时狠狠揪着领子而显得歪歪扭扭。

林远时眸色一冽，伸手替她整好衣领，理顺了头发。

他兀自走在前面不远处，说道：“走了，回家。”

叶婴有过心理准备，可是这套公寓的豪华程度还是超乎她的想象。

这种面积，这种装修，还是越层的，开了电梯直接就是他的家。

这和别墅有什么区别？

换了拖鞋，叶婴一面走，一面看。

“房子是我舅舅的，装修也是按照他喜欢的风格来。”林远时先是挤了一点免洗洗手液搓了搓手，然后脱下校服外套放在外面。

叶婴跟上去，到了客厅：“你舅舅？”

林远时把果盘给叶婴端过来，随手拿起一个橘子剥起来：“嗯，我妈妈的哥哥。”

橘子剥完，林远时把上面白丝揪干净，完整地递给叶婴。

“你不吃吗？”叶婴问道。

“你先吃，我再剥。”

厨房飘来饭香味，林远时问道：“饿不饿？吃完饭再写作业？”

叶婴点头：“好。”

张嫂的手艺非常好，几道菜做得精致可口。

“你多吃一点，长胖一点。”

“好。”

“如果食堂吃不惯，就回家里吃。”

叶婴停顿了一下：“好。”

吃完饭，林远时引叶婴到了书房。

这间书房比林园的那一间还要大，满墙的书柜里面全是书籍。

“哇……”叶婴扫视一圈，“你舅舅很喜欢看书吗？”

林远时歪头想了想：“我舅妈喜欢，我舅妈是个作家。”

叶婴脑海里浮现出一个戴着黑框眼镜，盘扣衣衫，头发梳得一丝不苟，极其严谨的女性学者形象。

随后，林远时补充道：“在网站上写网文的那种。”

哦，这样啊。

好吧。

只是这些花花绿绿的封面放在古色古香、雕花刻纹的实木书架上，显得有些奇怪。

“我舅舅宠舅妈是出了名的，之前这套公寓不是这样的，我舅妈原本在这里租房子，我舅舅为了追她，把这套房子和对面的那套一起买下来，假装是我舅妈的邻居。

“装了一阵子之后，他们结婚了，我舅舅就把两套房子连起来，所有装修都是按照我舅妈的喜好来的，他说想给她一个独属于她的小窝，让她有安全感。万一以后他们吵架了，让她不会觉得无处可去。”

“那她来过吗？”

林远时摊开手：“并没有。

“结了婚之后，我舅舅都快把我舅妈宠上天，还吵架？给他一万个胆子，他也不敢跟我舅妈吵架。”

叶婴不禁弯了嘴角：“你舅舅真好。”

林远时没说话，蹙了眉。

叶婴在书桌前坐下，打开书包：“这周你有没有什么不会的？咱们从哪一科学起？”

林远时也跟着坐下。

叶婴拿出一本物理练习册：“要不先把程老师留的题做完？”

林远时还是不说话。

叶婴拿出一支笔，又给林远时拿了一支，翻开题册。

“我舅舅抽烟喝酒，脏兮兮的，一点都不好……”良久，林远时嘟嘟囔囔地说。

叶婴没听清：“什么？”

林远时不悦地拔下笔帽：“没什么。”

叶婴撑着手肘，轻轻扶着额头：“没有你这么爱干净啊？”

林远时一抬眼，和她的目光撞了个正着。

“嗯。”

叶婴抿起嘴角，忽然凑近。

林远时握笔的手堪堪停滞了一下。

“那看来还是你最好。”

叶婴的声音轻轻浅浅落在他的耳畔。

“好啦，学习吧。”叶婴愉悦地翻开习题册，“把这一页做完，才可以跟我说话。”

林远时呆了：“啊？”

叶婴目光一瞥，没答言。

林远时忽然笑了，学着叶婴的样子，凑近她身边。

“我也觉得这世间，只有你最好。”

说罢，他拿起题册转过身去，兴致勃勃地看起第一道题，笔在指尖转得飞快。

“我做完了，小婴。”林远时把笔一放。

叶婴停下笔：“这么快？”

林远时一笑：“可以说话了呢。”

叶婴帮他对了一遍，看得出真的是他自己做的。有几个错了，叶婴帮他讲了讲。

叶婴跟林远时一起上过这么久的家教课，她知道他学东西很快，给他讲题非常轻松。

之前秦永康说林远时基础差，问叶婴累不累的时候，叶婴的回答就是她心底的答案，她没有说谎。

林远时的确基础薄弱，可是只要讲过一遍他必然就能记住，而且运用得非常灵活。

所以很多时候，叶婴只需要点拨一句，林远时立马就能明白。

可能秦永康不太能理解。

叶婴和林远时这样一起学习，会有一种惺惺相惜的感觉。

有时林远时会有比叶婴还要新颖的思路，还有的时候，叶婴的一句话，又会提点了林远时。

不像是叶婴给他补习，更像是两个人一起交流。

学习对于他们来说，都不是难事。

原本林远时是不喜欢，现在迫不得已必须做，那倒也不难。

但是林远时没有叶婴那么有耐心，尤其是做语文的时候，磨磨叽叽一大篇阅读，林远时看不进去，几行之后就开始耍赖。

“我累了。”

叶婴和他做同一套卷子，有点无奈：“不是刚刚休息过吗？”

林远时往桌子上一趴：“我就是累了。”

叶婴笑了笑：“不爱看语文啊？”

林远时不说话。

叶婴看了眼落地钟，说道：“时间差不多了，我该回学校了。”

林远时一个激灵坐起来：“这才几点啊！”

叶婴说道：“原本想做完这张语文卷子再回去的，现在你不爱做，那我就直接回去再写吧。”

林远时握住叶婴的手腕：“我写，谁说我不写的？”

叶婴狐疑地问：“真的？”

“嗯，你乖乖坐下。”

“那好吧。”

叶婴重新坐下来，林远时鼓足勇气，把第一段读完了，困得眼皮子打架。

为什么会有人写这么无聊的东西啊？

作者在写它的时候没有睡着吗？

肯定是睡着了吧？不然怎么会这么无聊。

“小婴，要不你给我念吧，好不好？”

看得出林远时是真的看不进去了，叶婴自己的任务也早已经完成，于是点点头：“那好吧，卷子拿来。”

叶婴的声音非常好听。

不是其他女生清脆的叽叽喳喳声，动不动还要尖叫一下的那种，她的声音偏轻偏软，有一点点口音，平平淡淡的，没有过多感情，可又会觉得非常温柔。

叶婴念完第一段，发现林远时看着她发呆，眼神直勾勾的。

“你……好好听了吗？”

林远时回过神：“嗯？什么？”

叶婴看着他，不说话。

林远时有点心虚。

她刚刚问的啥？是题还是啥？

他只隐隐约约听到一句“好听”，她是问他……好不好听？

林远时“啧”了一声。

忽然想起那天在电影院，小婴指着自己问他好不好看。

小女生啊，还真是可爱。

林远时笑嘻嘻的：“好听啊，天籁。”

叶婴：“……”

怎么了？

没听够？

“小婴，你长得也好看，声音也好听。”林远时滔滔不绝道，“超级超级可爱。”

“行了行了……”

“不好意思啦？”

叶婴侧过头，把卷子甩给他：“念完了，把题做了。

“做不完就不用送我回去了。”

“我做！”

这三道题林远时做得非常痛苦，可还是磕磕绊绊地做完了。

错了一道，是他看错了选项。

时间差不多了，林远时生怕叶婴不让他送，赶忙站起身，飞速换了衣服，还贴心地帮叶婴收拾好了东西，主动背上书包，手机手电筒打开。

“走吧，小婴。”

出了门，林远时看了看天空，脑海里忽然出现一个想法。

如果现在下起那天那样的大雨该有多好，就能有正当理由让小婴留下了。

舅舅把舅妈的那间卧室装修得极致浪漫，林远时都想好了，如果叶婴留下，就让她睡那一间。

“想什么呢？”叶婴出声，“快走啊。”

“好嘞！”林远时快走几步跟上。

林远时晚上不在学校，无法参加校队的训练，张老师临时把队长的位置交给了贺名扬。

贺名扬非常尽职，可以说是为了这次的篮球赛鞠躬尽瘁。

说起来他还挺大义凛然的，但是哥几个都知道，他就是闲得没事干，只能把这场篮球赛当个大事儿。

贺名扬来实验班找过林远时好几次，想让他晚上留下来参加训练，但是都被林远时拒绝了。

林远时是晋城一中的主力，他若不在，根本没人能顶上去，更何况队里那几个新人嗷嗷叫着想见时哥一面，让时哥指导一下。

这天，贺名扬到他们班级门口，林远时正在跟姜成鹤聊天，没看到他。

贺名扬临时拉了一个要进实验班的女生，说道：“哎，同学，帮我叫下林远时……是你啊？”

叶婴看了贺名扬几秒，准确地叫出他的名字：“贺名扬。”

“是是是，你帮我叫下林远时呗，他再不来，我们篮球队就要解散了。”

“怎么了？”

贺名扬简要地跟叶婴说了原委。

叶婴想了一下，问道：“是跟七星中学的比赛吗？”

“是是是，就是那场，咱们是东道主，七星中学的队员会过来，好像还要带观众和啦啦队呢。”

叶婴早就知道这场篮球赛了。

叶朗作为七星中学的观众，一个月前就在跟叶婴唠叨这件事。

叶婴说道：“我去帮你叫他。”

贺名扬非常感激：“好的。”

临走时，叶婴问道：“你们训练是什么时候啊？”

“一般都是晚上，但是这周末我在一个篮球馆订了位子，想好好实战练习一下，大家的配合什么的都需要磨合。”

“周几？”

贺名扬疑惑叶婴为什么要问这么详细，但也来不及细想，脱口答道："周六。"

叶婴点点头："好，我去帮你叫他。"

贺名扬看到叶婴进去之后和林远时说了几句话，林远时笑着俯身和她打趣了一句什么之后从过道穿过来。

林远时到教室后门门口的时候，脸上的笑容还没完全消失。

"干吗？"

"我觉得你现在笑得有点像流氓。"贺名扬一脸真诚，他向来不擅长伪装，想啥说啥。

林远时一脚踹过去："有事说事，没事赶紧走。"

贺名扬说道："篮球训练赛啊，周六你到底能不能来？"

林远时点头："能能能。"

贺名扬继续说道："我跟你说，这次训练是最后一次了，我在外面定了篮球馆，咱们……哎？你刚刚说啥？"

"我说能去啊。"

"啊！"

这么容易的吗？

那之前他一肚子劝说的话都白准备了吗？

有点突然啊。

贺名扬惊喜地瞪大双眸，高兴地跳起来，"噌"一下蹿到林远时的身上，双腿紧紧夹着林远时的腰。

"你下来！

"贺名扬，你有病吧？"

林远时嫌弃地把贺名扬的双手掰开："下来！"

贺名扬跳下来，拉着林远时的手腕不肯松："真的？真去啊！说好了！不能反悔的啊！"

林远时算是怕了他，敷衍了几句后，逃也似的回了班级，生怕他再跳上去似的。

贺名扬开心地看着林远时的背影傻乐。

时哥有点害羞啊。

这就对了嘛。

林远时同意参加训练赛了，贺名扬一边下楼，一边在心里盘算着。

晚上可算是能给队里那帮新来的臭小子们一个交代了，还得把篮球馆的时间加长，林远时好不容易来一回，必须练够了才行，也正好让那帮臭小子见识一下林远时的魔鬼体力。

周六早上六点，叶婴准时起床，洗漱，做早饭，然后送叶朗出门。

叶朗现在已经习惯了周末上家教课的生活，叶婴随机考过叶朗几个小问题，答的倒是比以前强那么一点点了，不少基础公式背得比以前熟络，但是成绩还没有进步。

不过叶婴也不着急，慢慢来嘛。

其实叶婴并不是一定要求叶朗成绩多么多么好，在学校多么多么优秀的。

她知道好学生并不一定就是好孩子这个道理。

她对于叶朗的学习一直都很关注也很上心的原因是，她不希望将来叶朗后悔。

她希望叶朗学会一个道理——想要做成一件事，必须全心投入，全力付出，才有可能成功，而不是觉得这件不适合自己，就换下一件来做。

也许到了下一件事，遇到一丁点困难，还是习惯性地知难而退。

结果并不重要，叶婴要的是叶朗努力的这个过程。

同时，她私心里也希望不管是学习还是生活，都能尽她全力给叶朗最好的。

别人有的运动鞋，叶朗也要有，别人上的补习班，叶朗也要上。

自从她认了叶朗是她弟弟那天起，她就在心底里发誓，今生今世他就是她亲生的弟弟。

他们是这个世界上最亲近的人。

她会保护他，来报答幼时他救她出小黑屋的那一命。

叶朗这孩子很早熟，他深知姐姐的苦心，所以他一直按照叶婴的想法来做。

叶婴是他的脑，他是叶婴的手，这是他之前经常说的一句话。

见叶朗回头朝她招手，叶婴笑道："路上注意安全，在老师家里好好听课。"

叶朗乖乖道："好的，姐，放心吧。"

叶朗走远了，叶婴把自己收拾了一通准备出门。

林远时早早等在书房，今天的他穿了一身球衣，无袖，肩头很白净，手臂肌肉线条非常漂亮，上面有一个浅浅的花印，大概是小的时候打疫苗时留下的。

叶婴在林远时身边坐下，老师还没来。

林远时歪头对叶婴说："今天咱们就上一节课。"

“我知道，你要去打篮球。”

“你也去。”

“别忘了你答应我的事。”

“我保证把卷子做完，请领导放心。”

贺名扬来找林远时的那天，叶婴回到位置上跟林远时说，她可以陪他一起参加这次的篮球训练，但是前提是他必须把这周留的所有作业都写完。

叶朗会是篮球赛的观众，他也爱打篮球，叶婴私心里希望林远时把这场篮球赛赢得漂亮一些。

或许能缓和一下自家弟弟和林远时的关系。

至于缓和关系有什么用。

叶婴也不知道。

她清醒地给自己催眠着——

频繁地和林远时接触，是为了弟弟，是为了林远时提高成绩，是为了林家给的补课费。

绝不是为了自己。

叶婴垂下眼睛，专心听课。

物理课结束，林远时把笔扔到叶婴笔袋里：“老师再见。”

程老师一挑眉：“下个课这么开心呢。”

林远时说道：“打球去。”

程老师一边整理题册，一边问道：“又跟刘文兴一起啊？”

“跟叶婴一起。”

程老师挺年轻的，一直跟林远时关系不错，男人之间一个眼神，彼此就都懂了。

程老师笑了笑：“就是不一样。”

林远时喜滋滋地看着假装什么都听不懂、专心收拾书包的叶婴，故意说道：“当然不一样。”

林远时有一个篮球包，里面放着他的衣服和鞋子，早就收拾好了的。

林远时往肩上一背：“走吧。”

出了门，林远时说：“咱们打车过去吧，不让老孟送行吗？”

这次是和同学一起打球，和上次送陈曦出国不一样。

上一次个个是名门子弟，随便一个家里都有司机，所以让老孟跟着也就无妨，可是这次不同。

叶婴明白林远时的意思，说道：“好。”

俩人走了几步，林远时摸了下裤兜：“我手机忘带了，换衣服了，在另一件衣服兜里。”

“要回去拿吗？”

太阳很大，晒得叶婴睁不开眼睛，林远时有点心疼：“算了不拿了，我们赶紧走，赶紧去打车吧，别晒着你。”

俩人坐上一辆出租车。

“去哪儿啊？”司机师傅问道。

“去……”林远时想了想，眨了眨眼，“港东篮球馆。”

“哪个区啊？”

“师傅您不认路啊？”

“我地图查一下吧。”

“行。”

“是胡台区那个吗？”

“应该是，走吧。”

车子缓缓开动，叶婴看着车窗外。

安静了一会儿，林远时往叶婴那边凑了凑：“小婴，你是不是一直都是一个学霸呀？”

叶婴回过头：“怎么这么问？”

“就是……感觉到的。”

和她一起学习这么久了，林远时也不傻。

他感觉得到叶婴基础有多么好，反应有多么迅速。有时叶婴给他讲题，随口就能说出某市某年高考出过类似题，都做了什么样的变形。

有的时候林远时甚至觉得，叶婴的习题储备量甚至超过了某些老师。

可是他觉得很奇怪，为什么一开始叶婴要故意考得不好呢?

“因为我害怕。”叶婴说得诚实又直白。

“我和弟弟背井离乡，寄人篱下，只能小心翼翼地生活，到了一处陌生的环境，我不敢表现得太过瞩目，不敢招摇，我害怕背地里有人嫉妒，有人起什么坏心思。

“所以我想夹着尾巴做人，老老实实地考一所大学。等到能养得起弟弟了，一切就都会变好。”

林远时完全没有想到背后的理由会是这样。

被叶婴平平淡淡地讲出来，林远时觉得无比心疼。

小婴她看似柔弱，实则没有人比她更坚强。

林远时从小张扬，一直都是耀眼的人物。

站在灯光下的人，便不会考虑阴影，因为没有感同身受。

他的家庭给了他自信、张扬的底气。

可是叶婴不同。

她没有家。

她必须自己强大起来，成为替别人遮风避雨的港湾。

叶婴说完之后看着窗外，林远时看着她的背影。

叶婴永远不会知道，在这一刻，林远时是用了多么大的力气，才控制住自己不去抱她。

少年轻咬着牙，似乎忽然明白了什么。

“小婴，我快过生日了。”林远时忽然说起一个不相干的话题。

叶婴点点头：“嗯，成人礼吗？”

“嗯。”

听霍文初提起过他的成人礼，想必全城瞩目。

叶婴压抑住心底逐渐弥漫起的苦涩，笑着问道：“想要什么礼物?

林远时认真地说：“期末，你好好考一次。”

窗外的景物不断倒退，叶婴眸色闪烁。

林远时斜斜勾起嘴角，歪头靠近叶婴：“你相不相信，我能保护你。”

视线交错。

四目相对。

只要你想，我能护你招摇过市，肆无忌惮。

没有人敢嫉妒，没有人敢对你不利。

随心所欲，一样可以拥有被爱与自信的底气。

只要你想。

叶婴垂下眼睛，语气清清淡淡的，分不清是问句还是陈述句：“你拿什么保护我啊？”

林远时还没来得及回答，就被司机师傅一句话打断了。

“小伙子，你确定是胡台区的篮球馆啊？”

司机略带着口音大声问道。

林远时收回目光，有点不耐烦：“啊对，就按导航走吧。”

司机点头：“行吧。”

林远时回过头：“刚说到哪里了？”

叶婴笑了笑：“没什么，我有点晕车，你先自己玩。”

师傅的这辆车大约开了挺多年了，稍微开快一点儿就哗啦哗啦响，更不用提外面的风顺着不完全封闭的窗户往车里灌的声音。

“那你歇一会儿吧。”

“嗯。”

差不多过了半个小时，叶婴率先觉出不对。

“这怎么……越走越荒凉啊？”

楼房越来越远，前面的八排车道在阳光底下泛着光，路上车辆极少。

前面甚至有大片的玉米地和水稻田。

司机说：“你不是说胡台区的吗？胡台区还没到呢。”

林远时也说：“对呀，还没到呢，不用着急。”

叶婴还是觉得不对：“师傅，胡台区真的有篮球馆啊？”

司机回道：“地图上显示有个篮球社的，不知道和你们说的是不是一个呢。”

司机从后视镜里看到小姑娘白白净净，好心好意开始了科普：“以前胡台区就是一个山沟沟，后来晋城建新区，就在那边开了一家滑雪场，不少平房都拆迁了，新城区才刚开始建设……”

林远时也终于觉出不对了。

山沟沟，平房，滑雪场？

都是什么？

这次训练林远时能参加把贺名扬高兴坏了，扬言斥巨资定了晋城最好的篮球馆训练。

“师傅别走了，就在这里停下吧。”林远时说道。

“行。”

车子靠边停，林远时一掏兜：“天啊！”

叶婴问道：“怎么了？”

“钱包跟手机……在另一件衣服里。”

“没关系，我带了一点钱。”

司机从后视镜里狐疑地看了他们一眼。

叶婴拿钱的工夫，眼珠一转：“师傅，你把我们送回原来的位置可以吗？”

司机摇头：“不行不行，赶紧给钱，就到这儿了。”

走了实在太远，叶婴带的钱也只刚刚够付车费的。

下了车，一股热气席卷而来。

从小衣食无忧的林远时，还是第一次面对这样的境况。

出租车把他们放下之后，绝尘而去。

他们站在路旁，两边是一望无际的稻田。

绿油油的叶子被太阳晒得有些打蔫。

“热不热？”叶婴拿出一包湿巾，“擦擦汗。”

林远时问道：“你带手机了吗？给贺名扬打个电话啊。”

“你的那部没有带。”叶婴从包里翻出一部老人机。

林远时刚把屏幕摁亮，“电量不足”的标识闪烁两下，然后……灭了。

叶婴结结巴巴地说：“没……没有电了。”

两人互相看了一会儿，忽然都笑起来。

不知道被扔在哪里，太阳无比炽热，没有钱，没有手机。

这样窘迫的境遇下，两人居然觉得好笑，而且是那种根本停不下来的好笑。

最后都笑得没什么力气了。

叶婴直起腰来，擦干了眼角的眼泪，问道：“现在怎么办呀？”

林远时往远处看了一眼：“一边往回走，一边试着拦车吧。”

“没有钱怎么拦车啊？”

林远时想了想：“嗯……人品吧。”

两人并肩走了五分钟，这一路上连个阴凉处都没有，林远时把所有负重都放在自己肩上。

“累不累？”林远时低头问道。

“还好。我真的还好，小的时候家在大山里，想要去婆婆家玩，就要走很远很远的山路，背上还背着弟弟。”看出林远时有些烦躁了，叶婴轻松地说起小时候的事，想吸引林远时的注意力。

“那你不会累吗？”

“会啊，你知道我怎么缓解这种累吗？”

“怎么缓解？”

“讲故事。我弟弟从小就特别会讲故事，还挺神奇的，小家伙书读的一般，可是每次讲故事都绘声绘色，我也不知道他是从哪里看到的，还是他自己编的。”

林远时看了眼远处：“啊。”

叶婴抬头看向林远时，抿着嘴角：“然后我们一起去婆婆家，就不会那么累了。”

话落，走了十几步远，林远时都没有回话。

又走了一段，林远时忽然拿下篮球包，挂在自己脖子上，走到叶婴身前，背对着她蹲下身子。

“上来。”

叶婴停下脚步，小白鞋的鞋尖就在他的身后：“干吗？”

“背你。”林远时说，“快点，上来。”

叶婴迟疑着往前挪了一点儿，林远时的大手扣住叶婴腿窝，往前一勾，叶婴落在他的背上，林远时轻轻巧巧站起身。

林远时一边走，一边说：“从前吧，有一个大户人家……”

叶婴错愕了一下，随即明白过来。

叶婴看着他的耳朵，微微笑起来。

可爱。

“大户人家的，那个……”

叶婴歪着头：“怎么了？”

她语气里的期待非常明显。

她真的想听啊……

林远时沉了声音：“这户人家是那个城市非常有名的望族，经历过大起大落，从爷爷辈开始白手起家，好在掌舵人都很厉害，这个家族承蒙老天庇佑，一直兴旺着。

“老爷子有一个独子，这个独子有一个白月光一般的伴侣，他非常非常爱她，可是迫于家族的一些原因，他娶不了她。这个女孩没过多久含恨而死，独子娶了另一个望族的女儿作为妻子，他的妻子很爱他，可是他并不喜欢他的妻子，他的心里只有他的白月光。

“他的妻子给他生下一个儿子，很自然的，他也不喜欢他的这个儿子。后来他在外面认识了另一个女人，这个女人和他的白月光有七分相似，独子着了魔似的爱上了她，还和她生了另一个儿子。”

讲完之后，林远时停顿了一下：“小婴，你说说看，这个故事里最可悲的人是谁？”

叶婴伏在林远时的背上，随着他的步伐一起一伏。

“你觉得是谁？”

林远时笑了笑：“大概是他可怜的妻子吧。”

“不是。”

“嗯？”

“是他的白月光。”

她才是最可怜的那一个，在最美丽的年纪，爱而不得，含恨而死。

“不管怎样，活着就会有希望，可是如果死了，就一切都没有了。”叶婴淡淡地说。

这句话本不是出自她的口，这话是叶朗说的。

孤儿院里的孩子，与别处的孩子不同。

这种不同来源于原生家庭对他们造成的创伤，在他们心中留下可怕的、不可磨灭的印记。

这种印记也许会变成他们前行的动力，也许会变成一种阴影，必须把那些伤害原封不动施加到另一个人身上才会开心。

那些孩子就是这样。

叶婴回过神来，笑了笑："如果你是那个独子，你会怎么做呢？"

林远时想都没想："我会保护她。"

"怎么保护呢？"

"谁敢碰她一下，我就要了谁的命。"

叶婴在他的背上，听到有车子的声音，猛地回头，高高地招手："哎！有车！"

林远时顺着叶婴指的方向看去，果真，远处一辆黑色奔驰正朝这边驶来。

"喂！救命！能停一下吗？"

奔驰车在不远处开始减速，然后稳稳地停在两人身边。

车窗降下，露出一张线条精致俊逸的侧脸。

车里的男人大约二十七八岁，穿着黑色的长袖衬衫，盛暑天气，光是降下车窗就已经能感觉到车里非常凉爽。

"师傅，请问您是往市区走吗？能带我们一程吗？"

男人回过头。

那是一张极温润的脸，眉目弧度温和，嘴角微微上扬，鼻梁高挺，架着一副金丝边眼镜。

他左边眉尾处有一道浅淡疤痕，位置特殊，虽然浅淡却也显眼。

这样一道疤莫名为这样温柔的面容徒添了一丝凶意。

"可以。"声音像是在冰水里沁过，冷冰冰的没有什么情绪，并没有看上去的那么温和。

"上来吧。"

Chapter 8

怕我孤独终老，那你嫁给我不就行了

车子平缓地行驶在道路上。

这辆奔驰是顶配，后座舒适度非常高，车速不算慢，可是车里听不到一点杂音。

叶婴是真的累了，倚在座位上困意汹涌，眼睛都要睁不开了。

“困了就睡吧，到了我叫你。”叶婴勉强辨别出这是林远时的声音。

她努力点了点头，只点了一下就沉沉睡去。

再一次醒来，是林远时轻轻唤她的时候。

“小婴，起床啦。”他的声音很轻很柔。

叶婴缓缓睁开眼睛，彼时她正靠在林远时的肩头。少年又高又瘦，肩胛骨突出，他怕硌着她，手臂伸出去，让她靠在他的肩窝。

这个角度——

叶婴睡得舒服极了。

“到了吗？”叶婴直起身子，不知是之前晒得太久还是什么，她的小脸红扑扑的，一双眼睛格外明亮。

“到了。”

她刚醒，林远时的声音也无意识地温柔许多。

林远时低头收拾好东西。

叶婴揉了揉眼睛，回过头的某一瞬似乎感觉到什么，往前面望去，刚好在后视镜里捕捉到那双藏在眼镜后面的狭长眼睛。

叶婴稍微停顿了一下，随即微微笑着点了下头。

那双眸子里并没有什么感情，冷冷地收回目光。

窄窄的后视镜只框出了他的眉眼，眉尾的疤痕显得尤为突出。

除了凶，莫名还有一丝邪气。

以至于已经下了车，叶婴的脑海里还是反复回放着后视镜里的那双眼。

“谢谢您啊，师傅，您留个联系方式给我吧，我会付钱给您。”下了车，林远时对男人说道。

男人略一沉吟，从包里拿出一张名片递给林远时。

“好的，我会联系您的。”林远时双手接过，再一次说道。

男人没说别的，最后看了叶婴一眼，升起车窗，黑色奔驰绝尘而去。

名片是黑色的，磨砂质感，上面印着烫金的文字。

林远时手里捏着名片：“今念软件的啊。”

“你认识？”

“和林氏旗下一家公司有合作，是这几年最牛的电脑软件公司了。”

叶婴点点头：“哦。”

“咱们走吧。”

贺名扬等在篮球馆外面，看到林远时他们过来，苦着脸跑过来。

“你们去哪儿了？迟到这么久？手机也打不通，我还以为你们不来了呢。”

“都答应你了，他们都到了吗？”

“早就到了。”贺名扬算了算时间，“都在里面等你呢。”

这次贺名扬是真的很重视，他包下了港东篮球馆里最大最专业的场地给他们训练。

“贺名扬挺慷慨啊。”林远时跟贺名扬开玩笑。

“你还好意思说？你迟到的每一分钟都是钱你知道吗？我的肉有多疼你知道吗？”

又开始了。

“你这个毛病是被姜成鹤传染的吗？”

闻言，贺名扬更来劲了，牵起林远时的手放在自己胸口：“你知道人家的心很痛吗？你感觉得到吗？”

林远时快速看了叶婴一眼，随后非常嫌弃地"哎哟"一声，甩开了。

他俩一边开着玩笑，一边走进去。

场上的训练早已经开始了，少年们统一穿着球衣，有几个在场上挥汗如雨，有几个在场下休息喝水。

看到林远时进来之后，少年们全都起身站好，跟林远时打招呼。

叶婴注意到，走过来的人中，除了要参加训练的篮球队员，还有几个女孩。

看得出来，她们也是为了林远时而来。

其中有几个队员是校篮球队的，跟林远时很熟了，他把那几个女孩子拉过来，介绍道："这是我妹妹。"

林远时一愣："妹妹？"

那男生说道："啊，认的妹妹。"

林远时的目光淡淡落在那几个姑娘身上，有两个扭扭捏捏的，红着脸不敢正视林远时。

穿红裙子的那个最大胆，大方一笑："我叫郑欣宜。"

林远时并不在意，稍微点了下头示意，目光从她们身上滑过，问道："休息区在哪儿啊？"

红裙子抢先答道："那边。"

林远时回头对叶婴说："你去那边再歇一会儿行吗？"

叶婴点头："嗯，这里有能充电的地方吗？"

"有。"贺名扬说，"跟我来吧。"

叶婴到一旁把手机充上电，男生们已经开始准备训练。

那几个女生坐到休息凳的另一边，对叶婴感到很好奇。

叶婴天生一张冷脸，除非笑着，其余时间都给人一种很高冷，不太好相处的感觉。

所以她们小声议论了好一会儿，才敢往叶婴这边凑近。

"哎？你也是晋城一中的学生吗？"说话的姑娘眉清目秀，留着乖乖的学生头。

叶婴说道："嗯，你们也是吗？"

见叶婴说话了，声音很温柔，似乎也没有看上去那么不好相处，另一个长头发的抢先道："我们不是，我们是旁边技校的，过来看球。"

说到具体过来干什么的时候，长头发和学生头对视了一眼，都笑了。

叶婴知道，过来何止是看球。

红裙子在林远时面前挺大方的，似乎跟这两位关系并不好，他们聊了这么久，她一直在旁边坐着，一点没有想参与进来的意思。

“你跟林远时很熟吗？我看你们是一起来的。”长头发问道。

“嗯，我们是一个班的。”

“晋城一中的实验班？”

“是。”

学生头和长头发又对视一眼，学生头有点羡慕地说道：“那你学习真好啊。”

长头发并不太关心学习：“那他在你们学校是不是特别受欢迎啊？我在晋城一中的姐们说你们晋城一中的小姑娘为了他都要疯了。”

叶婴微微笑了笑：“也还好吧……你们是怎么认识林远时的啊？”

学生头回道：“我哥哥跟他们认识，之前大家一起吃过饭，然后就认识了。”

叶婴点了点头。

长头发的女生八卦兮兮地凑过来，指了指一旁的红裙子，说道：“那回大家一起吃饭的时候，林远时喝了她买的水，之后每次我们出来，她都觉得比我们高一等，跟林远时更熟似的。”

学生头也不禁笑起来：“谁说不是，她自己觉得挺厉害的，刚才听她说自己名字时，林远时都没有什么反应。”

长头发越说越来劲儿了：“林远时根本连她是谁都不记得了。”

叶婴的重点却不在这儿：“为什么林远时会喝她买的水啊？”

学生头摇摇头：“不知道啊，可能太渴了吧。”

叶婴垂下眼睛：“哦。”

这时，小手机已经充了一会儿电，开机了，叶婴看到几个未接来电，都是来自叶朗。

叶婴给叶朗回过去：“小朗？找我吗？”

叶朗的声音有些着急：“姐，你没事吧？”

“我没事，就是手机没电了。”

叶朗似乎长舒了一口气：“哦。”

“找我什么事？怎么没在上课啊？”

叶朗：“刚刚张老师给我打电话，说下午的课程暂时取消，她的孩子生病了要去医院。”

叶婴看了眼时间：“那你现在在哪里？”

“我还在语文老师这里。”

想起语文老师家刚好在这附近，叶婴说道：“我现在也在这边，我过来接你，中午我们一起吃饭吧。”

叶朗声音轻快许多：“好啊！”

“你站着别动，我过来接你。”

“好。”

叶婴拔下充电器，放到贺名扬篮球包旁边。

长头发问道：“哎？你要走啊？”

叶婴点头：“嗯，一会儿再回来，去接我弟弟。”

叶婴从球场边上走出去，林远时投球的间隙瞥到她的身影。

他立马扔了球跑过去，可是叶婴步速很快，听到声音往林远时那个方向瞥了一眼。林远时还来不及勾起嘴角，叶婴已经移开目光，目不斜视地走了出去。

“哎？哎！小婴！”

林远时回头朝休息区喊了一句：“她去哪儿啊？”

学生头愣了一下。

长头发反应过来，回答道：“她说她去接她弟弟，一会儿就回来。”

林远时挠了挠头。

哦，这样。

但是怎么感觉小婴不太开心呢？

叶婴到了篮球馆外面，远远看到叶朗乖乖等在某个小区门口。

他看到叶婴出来，高高地朝她招手：“姐！”

叶朗过了马路跑到叶婴身边：“咱们现在去吃饭吗？”

“得等一等，你饿了吗？这边有卖甜品的，要不然先买一点吃。”

“不饿，我跟你一起吃。”

“走吧。”

叶婴把来篮球馆的缘由跟叶朗说了一下，叶朗的脚步略微停顿了一下。

“哦……”他面上的神色黯下去几分。

叶婴见他走得慢了，习惯性地等了他一会儿，伸手揽过他肩膀。

“上午老师讲的都听懂了吗？”

叶朗因为姐姐的这个动作微微笑了笑，亲昵地凑近她：“没有。”

“有不懂的姐再帮你看看。”

叶朗露出笑脸：“好。”

进了篮球场，叶婴脚步一滞。

叶朗疑惑：“姐？”

叶婴冷淡地移开目光：“走吧。”

叶朗往球场看去，一眼就看到了林远时。

他实在太显眼了。

他站在球场靠里的位置，面前站着一个红裙子女生。

女生比他矮了一头还多，把一瓶矿泉水递给他。

林远时刚打完球，大汗淋漓，随意用纸巾擦了把脸，接过那瓶水道了声谢。

红裙子见他接了水，可高兴坏了，追着过去跟他说着什么。

学生头她们俩也遥遥看着林远时那边。

“呵，真会，我咋没想到去送水呢。”

“他喝水的动作有点帅。”

“你看你看，又死皮赖脸地凑上去了。”

“嗨。”叶婴跟她们俩打了声招呼。

俩人齐齐回头。

叶婴介绍道：“这是我弟弟，叶朗。”

说来也奇怪，这俩人看到叶朗的表情都是一样的——

先是惊愕了一下，而后两眼冒光，伸手就要往叶朗脸蛋上招呼。

“我的天，好可爱啊！”

“小弟弟怎么长这么白净啊！”

“过来过来，让姐姐看看。”

知道她们是叶婴的朋友，叶朗也不躲，乖乖问好：“姐姐好，我叫叶朗。”

这一出声更是不得了，两个怪姐姐要喜欢死了，把叶朗拉到她们中间坐着。

叶朗颇有一种唐僧进了妖精洞的感觉。

叶婴有些无奈，小少年是不太喜欢被怪姐姐摸脸的，但是碍于叶婴的面子还得忍着，大眼睛里满满都是无辜。

“小弟弟在哪里上学啊？”

叶朗乖乖回答：“七星中学。”

“哎呀，真可爱，在学校里有没有小女生追啊？”

叶朗：“……”

“有女生追也不准同意知不知道。”

叶朗求助地看向叶婴。

叶婴丝毫救他的意思都没有，好像还挺享受看叶朗被她们欺负的，抱着手臂，一副等着看好戏的样子。

叶婴补刀："我们小朗还有酒窝呢。"

"真的啊？快笑一个！"

叶婴继续补刀："小朗唱歌也特别好听。还会玩魔方。

"你们看他的手，手指又细又长。"

叶朗无语。

得，这波求助还不如不求。

林远时看到叶婴回来了，跑了几步过来。

"小婴，你去哪儿了？"

叶婴回头，目光率先落在他手里的矿泉水瓶上。

林远时看到了叶朗："哎？小弟弟也来了啊？"

叶朗站起身，看到林远时，眼睛中伪装出来的乖巧天真尽数消失，充满了防备。

叶婴提醒道："小朗叫人。"

叶朗不情不愿，垂下眼睛，低声道："哥哥好。"

"哎！真乖。"林远时在叶朗头上狠揉了一把。

叶朗抬起头，无声地瞪着他。

林远时本来也是故意的，也无声地和叶朗对视。

叶婴问道："你们结束了吗？小朗饿了。"

林远时目光未动，一边嘴角挑起来："饿了啊？那离结束可远了。"

叶朗说："那我和我姐去吃。"

林远时威胁道："你敢和你姐去吃。"

"我就和我姐去吃。"

"你敢……"

叶婴也不知道为什么，这俩人一见面就会变得这么幼稚。

余光中有一抹红色靠近，叶婴转过头，问道："小朗渴不渴？带你去买水。"

叶朗马上回答："好。"

叶婴拉起叶朗的手，转身的一瞬，红裙子刚好出声跟林远时打招呼。

林远时却完全没有看她，指着叶朗的背影，恶狠狠地说："臭小子，你把手给我放开！"

出了篮球馆，叶朗晃了晃叶婴的手："姐，刚刚的那些姐姐都是你的同学吗？"

"不是。"

“那……那个红裙子的姐姐……”

“我不认识。”

叶朗沉吟了一下，再抬起眼时，眸色深沉了几分。

买完水往回走，叶朗去了洗手间，叶婴先进了篮球馆。大家准备出去吃午饭了，在收拾东西，吵吵嚷嚷的，叶婴回到休息区，恰好看到那瓶矿泉水静静放在凳子上，里面还有小半瓶水。

叶婴低垂着眼睛，走到休息凳旁。

她拿起那瓶水，走到外面，隔着十几步的距离，远远一投。

水瓶在空中抛出一道弧线。

“哐当——”一声，准确落入垃圾桶中。

长头发她们看到叶婴，追上来问小朗去哪儿了，叶婴指了洗手间的方向。

没过多久，就听见——

“哎呀，小可爱，想姐姐了吗？”

“一会儿想吃什么？姐给你买。”

能想象刚出洗手间就遇上她们的叶朗一脸蒙的样子。

叶婴强忍住笑意。

林远时没背篮球包，看到叶婴立马狗腿地凑上来：“小婴。”

叶婴淡淡地看了他一眼，转身就走。

“哎？小婴，你怎么啦？”

林远时个头高，叶婴又不肯抬头，林远时腰弯得都要断了。

林远时刚刚运动过，身体像个大火炉似的往叶婴跟前凑。

“生气啦？为什么生气呀？”

叶婴权当没看见这个人，直直往外走。

男生那边有人叫了林远时一声：“中午吃啥啊？”

林远时回头看了一眼：“你们有啥想吃的没？”

说了几句再一转头，叶婴就没影了。

林远时赶忙跑了几步，指着叫他的那个男生：“你你你……真是坏事儿！”

叶婴已经走到叶朗身旁。

叶朗被两个姐姐缠得快疯了，看到自家姐姐过来，赶紧跑过来，揽着叶婴的胳膊，满脸写着“救命”。

叶婴心头的阴霾散了一点点，伸手揽过叶朗，把他放到另一边护着。

“小朗小时候更可爱。”

俩姑娘的注意果然被这句话吸引。

“真的啊？有没有照片啊！”

“快给我看看。”

叶婴拿出自己的小破手机，找出照片。

俩人如获至宝，捧着手机去看。

叶婴回过头来看叶朗，两人相视一笑。

这边，林远时追过来：“小婴。”

叶朗听到声音，手臂紧了紧。

林远时来到叶婴身边，问道：“小婴，你怎么了？”

叶朗不自觉地拉着叶婴快走了几步。

林远时拎起叶朗的领子把他拎到一边去：“你个小孩先去那边玩去，我找你姐有正事。”

叶婴抬头刚要说话，后面追过来一个人：“林远时！你篮球包忘记带了。”

林远时巨大的篮球包挂在娇小的姑娘身上，非常不和谐。

叶婴瞥了红裙子一眼，敛了神色，正要走，发现自己手腕被人抓住了。

这下林远时可长了记性，在自己转头之前，先把叶婴拽住，省得一回头又没影儿了。

林远时的声音里带着毫不掩饰的不悦：“谁让你动我东西的？”

红裙子被这一声吼吓了一跳：“我是怕你的包放在这儿会丢……”

红裙子话没说完就委委屈屈地低下头。

林远时感觉到掌心细瘦的小手腕挣脱起来，要逃。

他轻轻往后拉了一下，想往哪儿逃?

有个念头自心底闪过，林远时俯下身子凑近叶婴。

“小婴，你不会是……嗯？”

“大火炉”的热气悉数喷在她的耳边，熏红她的脸。

叶婴忽然抬起眼睛。

两丸黑眼珠又大又明亮，像是最美丽的黑曜石，刺得林远时微微愣了一下。

叶婴仰起头，直直地看着林远时：“呸——”

林远时错愕的瞬间，掌心的手腕挣脱束缚，跑了。

他们在篮球馆附近的一家餐厅订了位子，姜成鹤上午没过来，在餐厅跟他们会合。

看到叶朗也在人群中，姜成鹤朝他招了招手："小朗，好久不见啊。"

叶朗笑了笑。

姜成鹤特别喜欢叶朗。

"是这家餐厅吗？"叶朗忽然出声问道。

贺名扬顺着叶朗指的方向看去："不是，咱们今天人太多了，吃日料有点奇怪。"

"那吃什么？"

"火锅。"

到了火锅店，服务生引他们到楼上提前预定好的包房去，很大的一间，众人找位置坐下。

叶婴始终牵着叶朗。

林远时跟在人群后面进来，远远看着叶婴。

叶婴没理，反倒是叶朗和他碰了下目光，然后两人默契地互相瞪了一眼之后瞥开视线。

叶婴坐在最里边，身边坐着叶朗，林远时想往她这边挤，但是她那边都是姑娘，也没有给他留位置，林远时只好委屈巴巴地和姜成鹤他们坐一起。

点完餐等上菜的工夫，学生头有点口渴，让她哥把那边的茶水拿过来。

红裙子好心问道："你喝得惯茶水吗？我这儿还有一瓶新的矿泉水没有喝，给你吧？"

学生头摆摆手："没事的，我想喝点热的。"

其实红裙子和学生头关系没有那么好，但是现在包括林远时在内的一众男生都在场，红裙子就会表现出非常善良，对谁都很友好的一面。

叶婴见过太多这样的女生了。

红裙子从包里拿出那瓶矿泉水，见学生头不要，转过来就问林远时："你要喝吗？我刚刚看你那瓶水好像不见了。"

这时，对面有男生打趣："欣宜，我才是你哥吧？怎么有水都不先给我喝了？"

说话的那位就是红裙子的哥哥。

叶婴把自己和叶朗的餐具细细洗了一遍，擦干。

红裙子闻言略有些羞涩，快速看了林远时一眼。

红裙子的哥哥继续说道：“要不你也认林远时当哥得了？”

叶朗拿过姐姐洗好的餐具，倒了杯温水递给叶婴，又分别倒了两杯给另外两个姐姐。

“认谁啊？我？”林远时的声音响起。

叶婴缓缓喝了口水。

红裙子的哥哥说道：“你看我妹妹对你这么好。”

林远时似乎轻轻笑了一下。

“我们老林家，这一辈最大的是我，然后是我弟弟，从来没听过还有别人。”

简单的一句话，可已经是最直接最残忍的拒绝。

带上了林家，话就截在这里，再也接不下去了。

想认妹妹，先看看自己什么身份，再决定进不进得林家的门。

果真是见多了大场面的林远时，拒绝的话说得自然妥帖，既不会伤了自己的体面，也不会给对方留丁点念想。

林远时就是林远时。

永远与别人不同。

叶婴放下水杯，黑色眼瞳里氤氲起淡淡雾气。

长长的睫毛一掀，雾气散去，清澈的眸子里隐隐有些许笑意。

吃完饭，那几个技校的女孩就不能跟他们一起了，两个学校的作息时间不同，几个女孩子得回学校了。

叶婴和叶朗跟着几个大男生重新回到篮球场。

走在后面的叶朗小声问道：“姐，我们不能也回去吗？”

林远时听到了，斩钉截铁道：“不能。”

叶朗抬起头。

烦死了，虽然他长个了，可还是比这个烦人的家伙矮了大半头。

“想知道为什么不能吗？”林远时坏笑着走到叶朗身边，把他往旁边拎了一下，然后自己站到叶婴身边。

叶朗愤愤地盯着他，不说话。

看着小少年气鼓鼓的模样，林远时更高兴了，不想知道也得知道：“因为你姐姐答应了……我一点事儿，至于到底是什么事儿呢……”

叶朗正听着，林远时反倒卖起了关子：“你现在还不能知道，你还小嘛。”

看着叶朗一点点沉下去的脸，林远时哈哈大笑。

“林远时。”叶婴开口叫他。

“哎！”林远时立马收起笑容到叶婴身边待命，“小婴，你终于肯理我了。”

叶婴微微蹙眉：“离我弟弟远点儿。”

林远时回头看了叶朗一眼，叶朗一脸得意。

林远时走到叶婴的另一边：“好嘞！”

看得出来，下午大家都有点累了，尤其是刚吃完饭这会儿。

可林远时的体力非常好，上午迷路背着叶婴走了那么远，叶婴刚回来的时候都累得七荤八素，但林远时直接上场，传球、扣球、远投一个不落，还是球场上最牛的前锋。

现在吃过了午饭，大家都有些疲惫，可是林远时还是奔跑跳跃，没半点疲劳的样子。

“天啊，怪物，我今天算是见识了。”

“时哥，你真的不累吗？”

“所以我球技不佳是有原因的，谁能像他这样满场跑不带累的啊。”

那个男生又小声说了句什么，几个男生顿时哈哈大笑起来。

最后几个人也累得不行了，林远时拿着球走到他们这边，提议道：“那就休息一会儿吧。”

休息的时候，姜成鹤觉得没意思，嚷着想要组局玩游戏，男生们纷纷拿出手机。

开了游戏房间之后，林远时想起什么，晃晃悠悠走到叶婴身边坐下，把自己手机丢给叶朗。

“来一把。”

叶朗拿着林远时的手机，说道：“我不会。”

“我教你，过来。”

叶朗带着疑问看了叶婴一眼，叶婴淡淡地点了点头。

叶婴看得出来，叶朗是想玩的。

林远时真的开始手把手教起叶朗玩游戏。

看着他们俩头挨着头在一起，叶婴微微弯起嘴角。

其实都不是发自内心讨厌对方的……

就是都有点小心眼儿。

“我的天，这真是第一次玩游戏的小孩吗？别骗人啊。”

“这操作这手速够我练十年，都不一定够。”

“这算啥啊，天才吗？为什么我刚玩的时候就一路送呢？”

姜成鹤好心提醒：“你现在也是一路送。”

一局游戏之后，大男生们齐聚过来，叶朗俨然成为人群中的焦点。

叶婴完全不知道叶朗有这项技能。

小朗从小就成绩不好，是那种怎么努力学，成绩都不好的。

可是孩子一点也不笨，就是在学习上一窍不通。

他喜欢玩魔方，叶婴也见过，他手速的确很快，反应非常迅速。

可是叶婴并不了解魔方，她不知道叶朗的速度已经到了“惊人”的地步。

现在就连林远时都有些震惊，叶婴意识到，也许小朗在这方面是真的很有天赋。

他们又玩了几局，临走的时候姜成鹤有些不舍。

“小朗有手机吗？我给你建个号，你啥也不用干，充皮肤买英雄都是哥的事儿，你只要带我上分就行……你看怎么样？”

叶朗小声说道：“我的手机特别卡。”

老人机，能不卡吗？

姜成鹤悲伤地撇下嘴角：“好吧……”

林远时站起身：“走吧，送你们回家。”

这次的篮球训练不仅仅是要带新人，主要还是要商量排兵布阵，应付之后和七星中学的球赛。

结果训练赛的第二天，就接到了篮球比赛延期的通知。

原因是马上就要高考，高三的老师向学校提议，这段时间禁止文娱体育活动，以免影响高三学子。

晋城一中最重视成绩，领导明面上什么都没说，但就相当于默许。

晋城一中向来不作为考场，所以高考那两天都没有放假。

午休的时候，陆云亭到秦永康的位置上，望天感叹：“这么快高考了，明年就是我们了。”

叶婴正在写卷子，她答应了林远时，这次期末会好好考，这段时间学得格外认真。

不知怎么，她倒是有点害怕期末会考不好。

叶婴看了陆云亭一眼，问道：“对于未来，你有什么打算吗？”

陆云亭想了想，把下巴支在桌子上：“我也没有什么想法，小的时候吧，特别想当个画家，也没有多喜欢，就是大家都说我画得好，我妈妈特骄傲，总把我的画四处显摆。

“可是后来上学之后就没有时间学了，你也知道啊，人家各科成绩都好，在长辈们面前总是一副正人君子的模样，妥妥的‘别人家的孩子’，我妈就让我收心，好好学习。

“你现在要问我以后想做什么，说真的，我也没有什么想法了，因为这些年我一直都在学习，又学不好，我怎么知道以后要做什么呢？”

说了这一大堆，陆云亭沉默了一会儿，然后问道：“你有什么打算啊，小婴，以后想做什么？”

小婴一定是有想法的，绝对不会像她这么迷茫。

叶婴淡淡地说：“我以后应该会离开这里。”

“嗯？你要去哪儿？”

“不知道。”

“你不喜欢晋城吗？”

“不是。”

叶婴也停下笔。

外面天空湛蓝，一丝风也没有。

她看着天边的那丝白云，声音很轻。

“我很喜欢。”

高考结束之后，高三学子回来填报志愿，顺便拿走之前的书本。

那真的是堪称“疯狂”的一天。

高三的学长学姐们站在楼上，把一摞一摞的书本撕掉，扔到楼下去。

像是下了一场鹅毛大雪，纸屑飘飘洒洒落了一地。

“真是难以想象，明年的这个时候，我们也会这样吗？”陆云亭和叶婴手挽手走在楼下，说道，“可是其实我倒没怎么痛恨学习啊。”

叶婴点了点头：“我也是。”

“我和你不一样，我是学不懂也做不懂，也就无所谓了。”

叶婴笑了笑没说话。

走过一个转角，一个熟悉的声音传来。

“对不起啊，我是真的……”

“你可以再考虑一下！先别急着回答我。”女声打断了这道声音。

这时，叶婴和陆云亭刚好露头，在教学楼后面，一个没穿校服的高三学姐堵住了一个高高的男孩，脸上透着无限希冀。

陆云亭惊呼：“唐疏予？”

唐疏予猛地抬起头，见是她们两个，立马慌了神。

“你……你们怎么在这儿啊？”

陆云亭看了看学姐，又看了看唐疏予：“天啊，你被表白了？”

学姐刚刚高考完，有点破罐子破摔，天不怕地不怕的架势。

表白就表白，撞见就撞见，她已经毕业，一切都是合法的！

唐疏予脸顿时红了，慌慌张张地解释：“我……我不是，你别那啥，你别瞎想啊，我就是……”

“太好了，唐疏予！”陆云亭兴奋得一拍大腿。

唐疏予一愣：“什么？”

陆云亭走过去，捶了唐疏予一拳：“你终于不用孤独终老了！”

这是之前他们经常开玩笑的一句话，陆云亭总是说唐疏予性格古怪脾气臭，以后一定没有姑娘要他，势必孤独终老。

听了这话，唐疏予面色沉了下去。

陆云亭恍若不觉，笑眯眯地看着他，说道：“挺漂亮啊。

“我不打扰你们了，继续，继续啊。

“千万不要被我打断。”

陆云亭拉着叶婴就要走，最后还对学姐做了个“加油”的动作。

不想那位学姐也是个狂野派，还回了一句“志在必得”！

说得简直气壮山河。

俩姑娘的身影消失在转角，唐疏予的脸已经黑到了极点。

陆云亭拉着叶婴走出教学楼，她开心极了：“唐疏予那货可算是有人要了，不容易啊不容易。”

叶婴不解地问：“以前没有人喜欢过他吗？”

这样干净帅气的人，在晋城一中应该很受欢迎吧？

陆云亭仔细想了想：“应该有吧，我也不知道。”

过了会儿，她很随意地摆了下手：“反正这么些年，也没听说唐疏予有什么绯闻。”

她想了想又说：“他要是真在高中搞出点什么事，我肯定第一个告诉老师，不对，告诉主任！他装了这么些年，居然还不被世人看穿，真是气人。”

叶婴和陆云亭买完文具上楼，在楼梯上迎面遇上唐疏予。

陆云亭挺八卦，问道：“哎？你那位，咋样啊？”

唐疏予淡淡地瞥了她一眼，声音很沉：“没怎样。”

他说完就要走，被陆云亭牵住了衣袖：“你去哪儿啊？马上上课了。”

唐疏予深吸一口气，轻轻蹙眉，似乎耐心耗尽：“医务室。”

陆云亭笑容僵了一下：“去医务室干吗？你怎么啦？”

“胃痛。”

唐疏予说完挣开陆云亭的手，“噔噔噔”下了楼。

陆云亭快速看了叶婴一眼：“小婴，我去看看他。”

叶婴点头道：“嗯，好。”

说罢，陆云亭快跑了几步去追唐疏予：“哎，你怎么啦？怎么突然胃痛？”

陆云亭为了追他跑得太快，脚下不小心绊了一下。

唐疏予一手扶住她，陆云亭笑嘻嘻的：“谢谢。”

唐疏予迁就着她，稍稍放慢步伐，可是面上还是一副冷淡的样子。

“你怎么了啊？刚被表白完就生病了？”

陆云亭站在唐疏予身边，显得小小一只，小白兔似的跟着蹦跶蹦跶下了楼。

她还敢提起这件事。

唐疏予轻咬着后槽牙，不想理她。

陆云亭见状，以为他是真的难受了，有点担心：“你没事吧？这么难受啊？要不要打电话告诉唐阿姨啊？”

“不用。”

转过弯，俩人一起往医务室走。

“你……答应那个学姐了吗？”

唐疏予一个眼刀递过来。

其实陆云亭没想真的说这事儿，只是看唐疏予实在疼得难受，她想聊点别的，转移一下他的注意力。

陆云亭想不到别的，一时之间只想起这件事来。

“这么想知道？”

是胃太疼了吗？

为什么感觉他的声音都有点不太一样了呢？

陆云亭立马摆手：“不是啊，我不是要阻止你的啊，我就是好奇，想问问。”

小姑娘瞪圆了双眼，忙不迭否认的模样，不禁让唐疏予想起几年以前，陆云亭刚上初一那会儿。

那时候唐疏予比她大一级，在上初二，唐妈妈说小亭也升初一了，就在他们学校，让唐疏予多照顾照顾。

唐疏予初一的时候，陆云亭在上六年级，俩人分开了整整一年。

虽然周末两家经常聚会，他和陆云亭也常常见面，可是放学不用去她班等她，不用跟她一起坐车回家，唐疏予竟然还有一点不习惯。

好几次在学校超市，看到了陆云亭最喜欢的那个口味的巧克力，唐疏予买了两份之后才猛然想起。

哦，她跟他不在一所学校，只能等周末给她。

现在一年终于过去了，跟在自己身后的小豆包终于要来了。

唐疏予面色淡淡地“哦”了声，之后唐妈妈又跟他说了点什么别的，唐疏予一声没吱。

他后来突然说道：“上初中学习挺累的，咱们给她买个宽带子的书包吧，她之前那个细带子的不行，勒得疼。”

唐妈妈一愣，过会儿才反应过来他在说什么：“合着你还想着这事儿呢？”

唐疏予耳朵微微红了：“嗯。”

唐妈妈说道：“下午咱们去商场挑挑看吧，一应的书本什么的也都买回来。”

“她也不住校吧？到时候我去她班接她。”

“嗯好。不过我看你怎么这么开心啊？”

唐疏予嘴角上扬：“有吗？并没有啊，小豆包又跟过来，麻烦死了。”

陆云亭刚上初一的那天，唐疏予家的车老早就在门口等着。

两家都在同一片别墅区，近得很。

上车之后，唐疏予塞给陆云亭一袋温牛奶，他自己叼着一袋一模一样的。

“上初中和上小学不一样，初中的老师都很严格的。”唐疏予一板一眼地给陆云亭科普上初中的注意事项。

陆云亭听得一愣一愣的。

小时候的陆云亭生得非常可爱，脸上带着婴儿肥，眼睛浑圆明亮，小嘴嘟嘟的。

这样一愣神，像个小洋娃娃。

“很注重学习吗？”陆云亭问道。

唐疏予稳重地拿捏着气派，说道：“也不算，老师非常注重男女生之间的关系。”

陆云亭似懂非懂地“哦”了一声。

“初中的老师非常讨厌男女生之间走得太近，所以，千万离你们班上那些男生远一点，知道了吗？”

“知道了。”

过了一会儿，陆云亭想起什么，问道：“那我和你也不能说话的吧？”

“不啊，我不一样。”

陆云亭又点头：“哦。”

唐疏予补充道：“但是别人可不行啊，听见了吗？老师知道了可是要开除的。”

“这么严重？”

唐疏予严肃点头：“非常严重。”

唐疏予反复叮嘱，陆云亭也很听话，不怎么搭理班上的男同学。

可谁知，往往越是得不到的越会显得弥足珍贵。

更何况那时陆云亭的清纯长相已初见端倪，在青春期的少男少女中显得非常亮眼。

她乖巧懂事，不太爱搭理人。

不光他们班，其他班的男生都有不少喜欢陆云亭的。

陆云亭对男生们都很冷淡，除了一个人。

那人就是初二年级的风云人物，常年霸占年级第一的宝座，老师们口中的完美少年唐疏予。

陆云亭对他很亲密，大家经常能看到两人一起放学回家。

有人问陆云亭那是谁，陆云亭都是按照唐疏予之前说的回答，说是她哥。

男生们这下就放心了。

陆云亭平时非常细腻敏感，可是一到了男女之间的事，她就显得有点大条了，从来不会多想。

有暗恋她的小男孩暗示了半天，陆云亭也不能理会他的意图。

后来，追陆云亭的男生越来越多，表白的方式也越来越直白。

——要不她实在听不懂。

初一下学期的时候，有一个男生在陆云亭去书店的途中，直接把她堵在小巷子里，挺霸道地跟她说了些话。

那男生在上初三，平时在学校里狐朋狗友非常多，这次不知怎么看上了陆云亭，还把她堵在小巷里。

陆云亭哪里见过这架势，顿时就有点害怕了。可是这男生却觉得，害怕了的陆云亭更加可爱。

陆云亭吓坏了，也不知道是哪里来的力气，一把推开男生，直直地往巷口跑，刚好撞到唐疏予的胸口。

唐疏予吓了一跳。

遇到危险的时候陆云亭没哭，现在看到自己熟悉的人，她反倒后怕起来，“哇”的一声哭出来。

“怎么了这是？怎么哭了？”

她一哭，唐疏予整个人都慌了，陆云亭轻轻靠在他肩头，他的手抚着她的后背。

陆云亭断断续续、抽抽噎噎地把事情的经过说了一遍。

唐疏予的目光越来越沉。

“他是谁？”他的声音忽然变得很低很低。

似乎是从紧咬的牙关中发出来的。

“告诉我，他是谁？”

陆云亭用他的纸巾擤了鼻涕，说道：“是初三的，叫张俊阳。”

“知道了。”唐疏予垂下眼睫，伸手抚去她眼角残余的一滴眼泪，“不哭了。”

之后，年级第一唐疏予，做了一件几乎让整个初中瞠目结舌的事。

他去找了教导主任，然后认真地说：“我想留级到七班，我愿意留级。”

唐氏集团家大业大，况且谁不知道唐疏予是出了名的好学生，现在忽然说要留级，教导主任怎么劝他都不听，只好去找了唐疏予的妈妈。

唐妈妈一听是小亭被欺负了，气不打一处来地说：“那我们就去小亭的班级，千万不能让小亭受欺负了。”

这件事儿在初二年级传得沸沸扬扬，初一的陆云亭只是道听途说了个大概，追问唐疏予，唐疏予什么也不说。

第二天，唐疏予就来班上上课了，把陆云亭吓了一跳。

当时，她瞪着一双大眼睛，快速摆手：“别啊，你别留级啊，你这么好的成绩，未来不可限量，怎么能说留级就留级了呢？”

表情和现在的样子没差多少。

只不过，那次是关心他，这次……不得而知了。

唐疏予点点头，心里弥漫起淡淡的苦涩：“我没同意。”

陆云亭挑了挑眉：“为什么啊？”

唐疏予脚步突然停住：“你很失望？”

陆云亭没听清：“嗯？什么？”

唐疏予忽然扯起嘴角笑了一下：“这么怕我孤独终老啊？”

"那当然啊。"

"怕我孤独终老，那你以后嫁给我不就行了？"

陆云亭脸上的笑容逐渐变得不自然："别闹了行吗？我怎么嫁给你啊？"

唐疏予又是一笑，轻轻的、淡淡的，带着无限的自嘲。

"胃好痛，赶紧走吧。"

不愿意啊。

不愿意就算了。

六月过得很快，天气预报说七月末将迎来晋城百年一遇的持续高温天气。

刚好赶上期末复习，一摞一摞的卷子、堆成山的作业、成套的练习册，把学生们淹没在了题海里，好像做一辈子都做不完。

窗外的柳条被太阳晒得打了蔫儿，头顶的风扇没日没夜地转着，可是半点作用也没有，汗还是会浸湿短袖校服。写题的时候，汗还会顺着额角滑落到练习册上。

"没关系，我们马上就要换教室了，高三教学楼的教室里有空调。"邵军这样说道，"换到高三教室，你们就是真正的高三学子了。"

马上考试了，林远时在学习上也紧张起来，天气太热，偶尔做题做得烦躁了，叫叶婴回头逗两句，逗得小姑娘红了脸，林远时的心情立马就好了不少，拿起笔继续做题。

期末考试之前，林远时特意跑到叶婴的考场去。

那时已经快要考试了，考生都已经坐好。

林远时忽然出现在门口，吸引了所有人的注意。

林远时一眼看到叶婴，一阵风似的大步跑向她。

"怎么了？"

"水。"

林远时把一个绿色瓶子的小茗同学放在她的桌子上。

他就说了这一个字，又快速地跑走了。

之后大家纷纷议论起来，目光时不时落在叶婴身上。

莫名地，叶婴竟有些享受他们的这种讨论和注视。

这场考试叶婴答得非常顺手，不用瞻前顾后，不用判断难度、刻意写错。

顺顺利利地把每一科答完，叶婴有一种酣畅淋漓的感觉。

考完试就放假了，所以英语考试进行到最后几分钟，教室里已经有些蠢蠢欲动了。

监考老师知道学生辛苦，也就睁一只眼闭一只眼。

铃响，考试结束。

老师收好卷子，叶婴跟着同学们一起往校外走，不想竟看到在校门口等待的叶朗。

“小朗？你怎么来了？”叶婴有些惊讶。

叶朗的目光瞟向叶婴身后：“姐，你们考完试了？嗯……我也刚好放学，所以就过来看看你。”

不多时，林远时他们几个从学校里面晃出来。

姜成鹤老远就看到叶朗：“小朗！你可算是来了，走走走，打游戏去。”

叶朗回过头，目光澄澈地看着叶婴。

叶婴就知道，小朗一定不是单单过来找她。

看着叶朗期待的样子，叶婴也不忍心拒绝。

“去吧，早点回家。”

叶朗难得露出笑容：“那我走了啊，姐。”

姜成鹤拉过叶朗：“走走走，今天哥带你玩。”

他们勾肩搭背地走了，回头发现少了一个人。

姜成鹤回过头，大喊：“林远时，走啊！”

林远时一摆手：“我不去了，你们去吧，好好玩。”

姜成鹤很惊讶：“这么突然啊，行吧……”

他们走后，林远时来到叶婴身边。

“小婴，走，带你买东西去。”

“嗯？”

阳光打在林远时的头发上，镀上一层淡淡的金色。

林远时拉起她的手腕：“走走走。”

俩人打车到了商场，林远时走在前面。

到了女装区，林远时一间一间看得很认真。

“小婴，你喜欢什么颜色啊？”

“为什么要给我买衣服啊？”

这个问题叶婴问了一路，林远时一直神秘地笑着，不回答。

其实他不说，叶婴基本也能猜出个大概。

“嗯？快说，喜欢什么颜色？”

“白色。”

林远时忽然勾起嘴角。

林远时偏爱白色的衣服，他的衣柜里有无数件白衣服。

小婴也喜欢白色。

是不是因为他?

啧。

开心。

林远时挑了一件白色的公主裙，裙摆是细纱材质，前面坠着碎钻。

“小婴，这件好看吗？”林远时叫了导购员过来，“麻烦给这位小姐挑一件尺码合适的，谢谢。”

“好的，请跟我来。”

叶婴站在门口，脚步有些迟疑。

这个牌子，这个设计，再看这件礼服摆放的位置，基本也能猜出它的价格。

叶婴从来没有见过这样华丽的裙子。

林远时走到叶婴身边，问道：“怎么啦？”

林远时个子高，每次跟她说话的时候，都习惯微微俯身，侧耳听她说话。

叶婴怯懦了：“我……”

林远时俯下身，牵起叶婴的手腕：“别害怕，跟我来。”

叶婴微微蹙眉。

林远时就这样牵着她一步一步往里走，叶婴的大脑忽然空白了那么一下，无意识地跟着他。

到了试衣间门口，林远时轻轻放开手，笑着看她。

“请吧，公主殿下。”

他用只有他们两个人能听见的音量，这样说道。

叶婴回头，刚好撞进林远时的眼睛里。

狭长，漆黑，精致，贵气。

里面满满的，只有她一个。

Chapter 9

摊开手掌，
里面是两颗草莓糖

叶婴换好了衣服，拉开试衣间的门走出来。

林远时懒洋洋地坐在沙发上，稍微直起身子。

裙子是抹胸的设计，露出少女修长洁白的脖颈和精致漂亮的锁骨，胸前的碎钻闪着微光，裹着她的玲珑身段，蓬松的下摆像是盛开的百合。

叶婴的皮肤在灯光下白得近乎发光。

林远时看着她，手指微微有些颤抖。

“嗯……我……”见他半天没说话，叶婴有点尴尬，“不太好看啊？”

林远时的耳朵微微泛红，一时之间竟也不知道该说点什么：“你喜欢吗？”

“我……我也不知道。”

以前没穿过这样的裙子，觉得……有点奇怪。

“我喜欢。”林远时声音轻轻的，语气却是不容置疑的笃定。

“小姑娘穿这件衣服真是太漂亮了。”导购员帮叶婴整理好裙摆，“简直就是给她专门设计的一样，尺码也合身，气质也很符合，简直太好看了。”

叶婴被导购员的一通彩虹屁吹得有点不好意思了，脸颊微红，看着林远时，说道：“我去换下来了？”

“等会儿，在店里再看看有没有别的喜欢的。”

“好吧。”

叶婴穿着裙子在店里走了一圈，林远时跟在她后面，什么也不干，就这么直勾勾地盯着她看。

走完一圈之后，叶婴回过头：“好像没有……”

“咔嚓——”

林远时收起手机。

“嗯？你说什么？”

“你在干吗？”

“没干吗啊，自拍一个，没有喜欢的就换下来吧，咱们去看看鞋和项链什么的。”

叶婴进了试衣间，小心翼翼地把裙子脱掉。

试衣间的门不隔音，她清楚地听到外面林远时和导购员的对话。

“这件裙子真的很配这位小姐啊。”

“你也这么觉得吧？我家小姑娘长得白净，穿这件裙子好看。”

“对对对，这衣服看着好看，但其实挺挑人的，腰线那里细细一掐，简直太漂亮了。”

“就是，主要是她腰细，其实她穿什么都好看，我们学校那破校服，蓝白相间的那个，她穿都好看。”

两人你一句我一句地互吹了一会儿，叶婴红着小脸从试衣间里出来。

“走吧。”叶婴低着头。

导购员把衣服包好，林远时把卡递给她。

看着俩人一高一矮出了店门，导购员不禁有点酸。

年少时期的情谊啊。

简直美好到九霄云外去了。

挑选项链的时候，叶婴实在不知道该选哪个，林远时就把她看过的那几条全都买下来了。

叶婴赶忙阻止，林远时俯身看着她，在导购员拿着卡去刷的时候，低声笑道：“没事儿，今天哥带的钱够把商场里你目光掠过的一切都买下来了，别担心。”

“那啥，其实吧……我快过生日了。”林远时说道。

叶婴微微抿了抿嘴角：“嗯，我知道。”

林远时惊了："你怎么知道？"

"夫人说的。"

林远时"哦"了一声："成人礼，你会来吗？"

叶婴看着他的眼睛："好。"

早知道会是这个答案，可是听叶婴亲口说出来，林远时还是高兴得想要大跳。

"说好了啊，就穿这套参加啊。"

叶婴点头道："好。"

林远时给叶婴买了一整套装备，从商场出来，林远时送叶婴回家。

车子停在了小姨家楼下，林远时正要下车，叶婴忽然拉住他。

"嗯？怎么了？"

"这些东西可以放在你那儿吗？"

"可以啊，反正你也得先到我家，到时换就行。"

"好。"

东西就放在车上，林远时和叶婴下了车。

小姨骑着自行车，老远看到这辆黑色轿车停在自家楼下。

叶婴和一个高个子的男生下了车，说了几句话之后，男生上车离开。

小姨觉得那男生面熟得很，一边想着，一边走过去。

到了叶婴跟前，小姨终于想起来。

那不是林远时嘛！

林远时怎么会送叶婴回家？

"叶婴！"

叶婴正要上楼，一个尖锐的声音叫住了她。

叶婴回过头，乖乖叫人："小姨。"

小姨把自行车推到单元门里，一层层地锁好。

"刚刚那是林远时？"

叶婴点头："嗯。"

小姨狐疑问道："他为什么送你？你们不是刚考完试吗？"

"他到这边接一个朋友。"

两人一起上楼，小姨的声音在幽深的楼道里回荡："真的？"

"嗯。"

开门进屋，换了鞋，叶婴想回房间，却被小姨从后面狠狠拉了一下。

叶婴瘦，被她的大手劲儿拉得趔趄了一下。

“你等会儿。”小姨的手在叶婴的包里和衣服里细细翻找了一遍，“林远时没给你钱？没送你什么贵重的东西？”

叶婴一边挣扎着，一边后退：“小姨，没有送，真的没有，你别找了。”

找了一圈真的什么都没有，小姨有点不甘心：“你最好别跟我装！我告诉你，我现在辛辛苦苦养着你，所以林家的钱必须都给我！”

叶婴被她抓得很疼，轻皱着眉点头：“知道了。”

小姨狠狠剜了叶婴一眼，骂了句之后回了房间。

林远时的生日是七月十四号，早上林远时派了司机老孟过去接叶婴。

老孟把叶婴带到林园，张嫂引叶婴上了楼，到林远时的房间。

“您的衣服放在这里了，已经熨烫完了，您换好衣服之后叫我，我带您去化妆间。”

“谢谢张嫂。”

一切收拾妥当，老孟送叶婴到了酒店。

叶婴牵着裙摆下车，林远时从远处走来。

他穿着一身西装，品质精良，剪裁得体，头发全都梳起来，露出漂亮的额头，整个人看上去肩宽腿长，干净清爽。

叶婴看着他一步步朝自己走来，忽然心潮澎湃，眼睛酸得像要落下泪来。

走近了，叶婴看清了他的西装。

——领边的暗纹和她的裙摆花纹一模一样。

这一套西装和公主裙，俨然一对情侣装。

叶婴有些不确定：“你……”

林远时的嘴角勾起一抹淡淡的笑容，他走到叶婴身边，伸出臂弯：“一起吗？美丽的公主殿下。”

叶婴脸一红：“别乱说……”

她挽上他的手臂，和他并肩走进会场。

“你怎么会在外面啊？”

林远时反问：“你猜呢？”

叶婴低下头：“不猜。你这衣服是怎么回事？”

林远时淡淡地回答：“定做的，好看吗？”

叶婴微微皱眉。

林远时交代道："一会儿我不能一直在你身边，但是我把那个陆……陆……"

"谁？陆云亭？"

"嗯，我把她叫过来陪你了。"

整个生日会场布置得非常奢华，出席的宾客都是晋城有头有脸的人物，衣香鬓影，觥筹交错。

林远时亲自出门挽着一位女伴进来，大家面上没什么，可在场的都是人上之人，内心里都注意着林远时的动向，谁都明白这究竟是怎么回事。

霍文初注意到客人微妙的目光，回头看了一眼，稍微错愕了一下。

林远时把叶婴安置在一个角落后，说道："我先走了，一会儿陆云亭就到了，你别害怕。"

他一转头，喊道："妈？"

霍文初穿着一身改良旗袍式的晚礼服，漆黑长发高高盘起来，妆容精致，眉目温婉，手里拿着透明的高脚杯，手上的戒指和项链、耳饰是一套，并不是有钱就一定买得到。

整个人看上去贵气又温柔。

叶婴赶忙站起身："霍阿姨。"

霍文初淡淡点了点头，仰头对林远时说："你父亲和爷爷一会儿就会过来，你去接一下。"

林远时点头："好。"

他转身之后，不放心地看了叶婴一眼。

霍文初察觉到他的目光，也回过头。

叶婴淡淡勾了勾嘴角，漾起一个乖巧无害的月牙笑。

霍文初没有多说什么，跟林远时并肩上楼。

没一会儿，陆云亭就来了，她一眼就看到角落里的叶婴。

"小婴。"陆云亭提起裙摆在叶婴身边坐下。

叶婴跟陆云亭摆了摆手。

"真是不一样。"刚坐下，陆云亭便啧啧感叹，"不一样，不一样。"

"什么不一样？"

"林远时成人礼这排场真的是……"

叶婴微微笑了笑，看向远处。

林远时和林如许一起下了楼，父子俩身高相差不多，西装革履，眉目精致，只是一个干净清爽，一个冷若冰霜。

到了楼下，霍文初过去微笑着挽上林如许的臂弯，跟他低声说着什么，林如许微微点头，大步朝宾客那边走去。

“那就是大名鼎鼎的林总吧？”陆云亭拿起一块小点心，一边吃一边说道。

陆云亭嗤笑起来：“林总还是对霍夫人不太好啊？连装都懒得装了。”

“嗯？什么意思？”

“你不知道啊？”

叶婴垂下眼睫：“不知道。”

陆云亭小声说道：“我也是偷听我妈她们姐妹谈话的时候听到的，就是说林总年轻的时候，超级帅，你看现在林远时这样，就知道林总得有多好看了。

“林总有一个青梅竹马的姑娘，他们好像是偶然认识的，后来青梅竹马家破产了，但是我们林总超级深情，还是很喜欢她，准备娶她。

“后来吧，我也不知道具体怎么回事，应该只有林家的人知道了。林总没有娶到那个姑娘，反而和霍家旁支的大小姐结了婚，就是现在的霍夫人。”

陆云亭喝了口水，继续说道：“他们俩是典型的商业联姻，林霍两大家啊。他们结婚之后，带来的商业价值是根本无法想象的。但是吧，传说林总一直对他的青梅竹马念念不忘，和霍夫人关系并不好，前几年还能勉强装装样子，在公共场合做给外人看，后来不知道怎么了，林总对霍夫人冷冰冰的，半点感情也没了。”

之前林远时给叶婴讲过这个故事，但是并不完全，现在听完了，叶婴才知道，林远时究竟是在怎样的环境里长大。

看着林远时和宾客们寒暄的背影，叶婴心底里蔓延起丝丝缕缕的疼痛。

“而且啊……我还听说一个大秘密。”

“什么秘密？”

陆云亭凑近叶婴：“我听说啊……林总娶了霍夫人之后，外面还养了一个小老婆，林远时的弟弟你听过吗？”

“林远时的弟弟？”

“据说他弟弟不是霍夫人亲生的。”

叶婴略略蹙起眉头。

“但是这事儿林家从来没有多说一句，大家谁都不敢提起，这算是一个禁忌。”

“哦……”

余光中，一个穿着白纱裙的女孩走近林远时，叶婴敏锐地望过去。

林远时跟女孩打招呼：“路大小姐。”

路南南笑了笑：“别这么叫我啊。”

路南南把手里的东西递给林远时：“生日快乐。”

林远时示意身边的刘文兴把礼物接过后，说道：“谢谢啊。”

霍夫人应酬完那边的客人，来到林远时身边：“南南还是这么漂亮。”

路南南略略红了脸：“霍阿姨也越来越年轻了。”

她们两个聊着，林远时想走，被霍文初拉住。

“南南到这边来，这些水果都是你小时候爱吃的。”

他们就站在叶婴附近，说的话全都传到叶婴耳朵里。

叶婴和陆云亭聊着天，可是注意力却都在林远时身上。

霍文初说道：“远时，你还记不记得你小的时候跟南南在咱们家玩藏猫猫的事儿啊？那时候南南藏在衣柜里，你找不到她，吓坏了。”

路南南看了林远时一眼：“我记得呢，那还是我第一次看到他慌张的样子。”

林远时皱着眉，对眼前这个丫头从“没有什么印象”变成了“印象有点差”。

林远时冷冷地说：“我记得，那时候就害怕你藏我房间里，弄脏我的手办。”

路南南尴尬地看了看霍文初。

霍文初岔开话题：“一会儿有跳舞的环节，远时，你跟南南一起跳支舞，你们怎么也是小时候的玩伴。”

又来了。

林远时懒洋洋地笑了一下：“行啊，但是你可能得排个队，我‘小时候的玩伴’实在太多了。”

路南南更加尴尬，站在那里，走也不是，留也不是，只能僵硬地笑着。

林远时到叶婴身边，摊开手掌，里面是两颗草莓糖。

叶婴完全想不到，刚刚林远时和宾客寒暄的时候，还有拒绝路南南的时候，手心里都攥着这两颗糖果。

叶婴拿起一颗，递给陆云亭。

林远时问道："玩得开心吗？"

陆云亭看着林远时的西装，又看了看叶婴的裙子："那……那个，你……"

陆云亭总是很怕林远时，一到他面前，说话就不顺畅。

"怎么了？"

他这么一问，陆云亭立马退缩了，"你"了半天，不敢说了。

林远时是真的很忙，没坐一会儿又有人来找他，他不得不离开。

不多时，宴会正式开始，林老爷子讲话之后，林远时也上台发表了对诸位来宾的感谢。

叶婴遥遥看着他高高站在台上，目光总是时不时往她这边看，嘴角微微勾起。

两人心照不宣。

讲话之后就是林远时邀请女伴独舞环节。

也是今天最重要的一个环节。

在林远时的成人礼上与他共舞，以后和林家的合作基本也就八九不离十了。

这不单单是一个女伴，更涉及商场上千丝万缕的关系。

伴随着缓缓的音乐，林远时走到台下，目光直直地看向最后的某个角落。

他的步伐稳重坚定。

众人的目光都投向后面。

叶婴的心瞬间就热了起来。

太安静了。

她几乎能听到自己的心跳声。

林远时走到叶婴跟前，把手放在胸前，微微弯腰，行了一个绅士礼后，朝叶婴伸出手。

"这位美丽的小姐，请问，能赏脸和我共舞一曲吗？"

所有人的目光都聚集在这里，带着好奇，带着疑问，带着困惑。

叶婴站起身，手指微微颤抖着，狠狠绞在一起。

安静就像爬进骨髓里的蚂蚁，让人十分难受。

林远时抬起头，看到叶婴淡色的嘴唇，小脸煞白，没有什么血色。

林远时伸出手，把她的手指掰开，放进自己手里紧紧握住。

她手指冰凉，手心里全是汗。

林远时的大掌把她紧紧地包在手心，把自己的温度渡给她。

“当然了，你愿意也得愿意，不愿意也得愿意。”

林远时把她拉到自己身边，侧着头，低声说道：

“别紧张，跟着我走就行了。

“不怕。”

叶婴微微低着头，咬着下唇，一步一步跟着林远时走到最前面。

音乐响起。

林远时微微俯身，撑起她的一只手，另一只手扣在她的腰际，轻轻把她拉向自己。

叶婴只在电视上看过这种舞蹈，看上去挺简单的，可是真正跳起来，而且还是在这么多人的注视下，不由得动作僵硬。她只能堪堪跟着音乐的拍子，任由林远时带着，小心翼翼地左右。

“别害怕。”林远时的声音响在她的头顶，从他的角度，能看到叶婴微微颤抖的长长睫毛。

叶婴长长吐出一口气，似乎想说点什么，缓解自己的紧张。

“我给你带了礼物。”

“真的？在哪儿呢？”

“我放在林园了。”

“好，宴会结束我去跟你拿，其实我也给你准备了一个礼物。”

叶婴抬起眼睛：“你过生日，给我准备什么礼物？”

林远时凑近她：“等回家后，我跟你交换。”

叶婴没留神，错了一个音乐拍子，高跟鞋踩偏了，身子不稳，狠狠往旁边一歪。

林远时死死扣着她的腰身，她才不至于摔倒。

那一刻，叶婴听到一声轻笑。

叶婴略一侧头，看到路南南捂着嘴，嘴角的笑意还没有褪去。她撞上叶婴的目光，略略停顿了一下。

不知名不知姓，不知哪里来的野丫头，目光这么冷硬。

冷不丁的，堂堂路家大小姐竟被这道目光唬了一下。

叶婴转过头。

林远时在她耳边说：“还能动吗？痛不痛？”

叶婴咬着牙，努力忽视脚踝处的疼痛。

“我想……跳完。”

林远时皱了眉：“不行。”

“我想跳完。”

语气更加笃定。

林远时对上她的双眸，微微叹了口气："行吧。"

他手臂略略使力，扣着她的腰把她往上一抬，叶婴双脚离地。

林远时一只手抱起她，随着音乐起舞。

叶婴被他这么抱着，能感觉到自己腰间的手臂多么有力，不禁又有些脸红。

"我重吗？"

这个角度，他和她的身体紧紧贴在一起，林远时轻笑了一声，她甚至感觉得到他胸腔里微微的震动。

"小猫儿似的，你说重不重？"

一支舞毕，林远时扶着叶婴下台。

她的脚踝扭到了，还穿着高跟鞋，每走一步都钻心地疼。

林远时把她带到陆云亭身边，半跪下去，拿起叶婴的一只脚，轻轻帮她脱下鞋子，问道："疼吗？"

"不疼。"

林远时挑眉："真不疼？"

"就是刚刚崴的那一下疼，现在好一点了。"

"我叫人送你去医院。"

"真的不用。"

霍文初走过来，垂眸看着叶婴："小婴受伤了？"

叶婴想要站起来，被林远时制止住了。

"扭到脚了，妈，能叫隋亦过来看一下吗？"

"行。"

隋亦是林家的私人医生，医术高超。

隋亦帮叶婴看了一下，喷了一点药在脚踝，问道："现在怎么样？"

叶婴答道："好多了。"

"稍微等一会儿，宴会结束就差不多能走了。"

隋亦没有说错，宴会结束后，叶婴真的一点都不疼了。

司机先送叶婴回到林园，大约过了一个多小时，林远时也回来了。

他脱了西装外套，一路跑上楼，推开门。

"小婴，我回来了。"

叶婴靠在他房间里的沙发上，闭着眼睛，沉沉地睡着了。

也许是太累了，叶婴睡得很沉，丝毫没有听到林远时开门的声音。

空气静谧美好，林远时不觉放轻了脚步，关上门。

她睡得十分安静，长长的眼睫垂下来，眉清目秀，房间里没有开灯，皎白的月光倾洒下来，映得她的皮肤瓷白温柔。

林远时俯下身，深深地看着她的睡颜。

她的鼻翼轻轻翳动，拉长呼吸。

林远时盯着她，着了魔一般，心脏快要从嗓子眼跳出来了。

叶婴迷迷糊糊地从睡梦中醒来，先是听到沙沙的削苹果的声音，然后微微直起身子，看到林远时正坐在一旁的沙发上。

“醒了？”

叶婴坐直了，带着一点鼻音：“嗯，你什么时候回来的？”

天已经完全黑了，林远时知道叶婴怕黑，特意留了一盏小夜灯亮着。

“刚回来不一会儿。”

林远时把削好的苹果切下一小块儿递给叶婴。

叶婴睡了很久，正口渴着，苹果甘甜爽脆，甜蜜的汁水溢在舌尖。

“甜吗？”

叶婴点头回答：“甜。”

吃了几块苹果之后，叶婴起身，从自己包里翻找到一个礼盒，递给林远时：“生日快乐。”

林远时放下苹果和刀子，问道：“是什么？”

叶婴转过目光：“嗯……就是之前随便做的一个杯子。”

林远时欢喜极了：“我能拆开吗？”

“你等我走了再拆吧。”

林远时听她的：“行。”

林远时拿着礼物盒左看右看的。

是啥样的杯子啊？

以前听贺名扬说过，送杯子的寓意是“一辈子”。

小婴这是要……

要干啥呀。

林远时的脸有点红，他拿着礼物盒转过头去，不想被叶婴发现。

“你要送我什么啊？”

叶婴这么一问，林远时才想起来，手里拿着那个礼盒不舍得放下，只好暂且放在腿上，从茶几下面拿出一个小盒子。

他打开来，里面是一条十分精致的项链，下面的小小吊坠是蓝色的，带着鹿角的装饰。

“项链？”

“我能帮你戴上吗？”

“为什么要送我项链啊？”

林远时摸了摸鼻子：“啊，那天看你没挑到喜欢的，我那啥……就给你做了一条。”

“你做的？”

“嗯。”

做得还挺费劲儿。

林远时是第一次做，手笨，挺多细节做得不好，偏他又是个细节控，给叶婴的东西丝毫不能含糊，重来了一遍又一遍。

好在现在这条林远时还挺满意的。

他帮叶婴把项链戴上，退后两步欣赏了一下。

“好看。”

林远时把自己的礼盒拿到手里，央求道：“我想拆开……”

“那好吧，但是……你别嫌弃啊。”

林远时一听她同意了，兴致勃勃又小心翼翼地拆开礼盒，看到一个异形的陶瓷杯子躺在里面。

“哇……”林远时一脸惊喜，“小婴……”

“还行吗？”

“简直太行了，小婴，你好厉害啊，怎么什么都会啊？”

时间差不多了，叶婴该回家了。

晚上，林远时频频下楼，拿着个杯子到处乱晃。

“张嫂，有水吗？我有点渴。”

“哎，妈，我下来喝水的，你喝了吗？”

“爷爷，你渴不渴，分你点水啊？”

“哦，杯子啊，好看吧？”

“给你看看，就看看啊，别碰……哎，还行还行，也就是特别好看特别好用而已，没什么特殊。”

“手感啊，手感也好，握着舒服，啧。”

……

几天后要返校，发成绩单和大榜，组织家长会，还有一些放假通知需要强调。

前段时间学习太发狠了，林远时接近半个月没打球，现在一刻也不想在班里坐着，刚到就跑去了篮球场。

因为刚考完试不久，教室里面闹哄哄的。

没有铃声，估计时间差不多了，邵军拿着一摞大榜，端着保温杯走进教室。

嘈杂的声音弱下去一些，但还是有嗡嗡的说话声。

邵军没有像往常那样管理纪律，放下东西之后笑眯眯地跟前排的同学聊着天。

看样子，这次大家考得不错，邵军心情好极了。

聊了几句之后，邵军拍了两下手："好啦，安静一下啊。"

"朱木心啊，把大榜先发下去。"邵军把榜单递给朱木心，"同学们猜一猜这次的年级第一是谁？"

有和邵军关系很好的男生喊道："肯定是咱班的啊！"

邵军笑得更加开怀，但也没多说什么。

成绩榜单逐渐下发，拿到成绩单的学生发出夸张大叫："天啊！"

声音此起彼伏。

女生则含蓄一些，用倒吸一口凉气表达自己的惊讶。

叶婴停下笔，双手接过朱木心递来的成绩单。

她率先找到林远时的名字，看到后面跟着的一串数字，对应了一下自己对于他的理想分，算出偏差，又拿出他的卷子看了一遍。

成绩单发完了，邵军在台上笑眯眯地说："现在我宣布，这次年级第一终于是咱们班的了，恭喜叶婴同学。"

同学们还在议论纷纷："理综和数学……满分？"

"卷子简单也没简单成这样吧？"

邵军继续说道："叶婴也是全年级唯一一个作文满分的同学，我已经把她的作文印出来了，大家传看一遍。"

朱木心继续面无表情地发作文，路过叶婴的时候，淡淡地看了她一眼。

说实话，朱木心是真的挺讨厌叶婴的。

并没有特别的原因，她就是不喜欢这种故作高冷的女生，还总是和班上那几个有钱的学生走那么近，一看就很有心机。

现在叶婴的成绩超过了她，这种讨厌的感觉更加强烈。

朱木心背后也跟邵军告过不少状。

换座那次原本邵军是不打算把叶婴和林远时分开的，是朱木心告诉邵军，林远时和叶婴坐在一起经常讲话影响其他学生，邵军才决定把他们俩分开，调成了前后座。

这次叶婴忽然考出这样惊人的成绩。

说实话，朱木心最初看到这个成绩的时候，心里还是震惊的。

震惊之余，还有羡慕、崇拜。

朱木心从小生活在“成绩决定一切”的家庭里，在她看来，成绩好的就是好学生。

她一直都很照顾唐疏予，也是这个原因。

她觉得唐疏予是最好的学生，她喜欢和他聊天交流。

很明显，叶婴的成绩超出唐疏予太多。

市内统考不可能提前透题，叶婴这种成绩也不可能是作弊得来的，而是叶婴刚转过来的时候刻意隐藏了实力，现在才终于显露出来而已。

朱木心跟她要好不起来，可是现在似乎也讨厌不起来了。

邵军简单总结了一下成绩，看得出来，这次考试成绩让邵军满意极了，不单单是叶婴，班上拖后腿的林远时成绩也进步了，真的履行了之前的承诺。

班级的平均分一下提高很多，远超另一个实验班，可算是让邵军一雪前耻、扬眉吐气。

他在办公室里喝水都喝得有底气了。

“我还得说件事儿啊。这次暑假学校组织了一次乡村支教活动，时间是十天，有兴趣的同学可以找我报名。”

闻言，叶婴猛地抬起头。

“会有专门的老师带队，主要是帮助贫困山区的孩子们学习，也会有相应的捐助。”

邵军刚说完这件事儿时，林远时也刚好打完篮球，抱着杯子回到教室。

林远时先把杯子放下，然后朝叶婴要了张纸巾擦汗。

叶婴回头的时候，刚好看到他的杯子，问道：“打球也拿杯子喝水？”

“嗯，好用。”林远时的头发湿湿的，亮亮的，身体像是大火炉一样散发着热量。

之前林远时下楼的时候，没人注意到林远时的杯子。

林远时就在他们找位置的时候，举着杯子在他们每个人眼前晃了几圈。

有人问道：“你拿杯子干吗？”

林远时稍微举了举：“哦，你说这个，眼力真好，一眼就看出这是个不一样的杯子了。”

"……"

打篮球的时候，林远时也不好好打，隔一会儿就要显摆一下。

"我觉得我有点渴了，需要用我的杯子喝点水了。"

"你喝矿泉水啊？很不健康的……对，你没有杯子。"

"哎呀，没有水了，我得用我的杯子去接点水了，你们先玩。"

林远时知道叶婴的成绩之后，发出了声音最大的一声惊呼。

唯独听到这句，叶婴露出淡淡的笑容。

她回过头，静静地等着他说下去。

她眼神里满满都是期待，像是做了好事等待夸奖的孩子。

"小婴，你也太厉害了吧？

"小婴，你是那个……那个叫什么？状元！是不是状元！

"这不是爆炸了吗？科科满分啊？你这是什么小脑袋瓜啊，怎么能这么聪明啊！"

林远时倒也不吝啬，一通胡吹乱捧。

叶婴微微笑了笑："还行吧。"

这次的成绩几乎刷新了班上同学对叶婴的看法，原本只是觉得她讲题时逻辑清楚，几乎没有题能难得倒她，挺厉害的。

现在大家看她的目光渐渐从震惊过渡到崇拜，这何止是"挺厉害"啊！

只有一个人还挺镇定，像是对她的成绩毫不意外似的。

那就是陆云亭。

放学，叶婴和陆云亭一起出了教室。

"我早就感觉到了啊，期初考试你借给我笔的那次，我就知道小婴是个学霸。

"但是你这次好像真的把他们吓到了，哈哈。"

叶婴不禁笑起来："是啊，尤其是林远时。"

陆云亭挑了挑眉："他吓死了吧？"

叶婴点头："嗯。"

陆云亭嘻嘻地笑起来。

到了楼梯口，叶婴说道："我得上去找一下老师，你先走吧。"

陆云亭难得反应很快："你找老师……你不会是要去支教吧？"

叶婴笑了笑："这是我一直想做的事儿，我先走啦。"

周六一早，叶婴把最后一件衣服放进行李箱。

叶朗坐在床边，叮嘱道："姐，你去了之后一定要注意安全。"

叶婴把行李箱的拉链拉好：“嗯，姐知道。”

叶朗皱着眉：“手电筒带了吗？充电器呢？”

“都带了，以防万一，我带了好几个手电筒呢，放心吧。”

叶朗怎么可能放心得下，抿着嘴不说话。

他一路把叶婴送到学校的集合地点，看着叶婴走进队伍，不舍地朝她挥了挥手。

叶婴笑着说：“快回去吧。”

叶朗点点头。

距离出发时间还有一会儿，叶婴去一旁的超市买了两个面包。

这次要支教的地点在浚县，所属城市距离晋城不算远，可是这地方非常偏僻，群山环绕，山路难行，早上出发预计要下午或者傍晚才能到。

高速服务区的东西都很贵，叶婴在这边先买着，中午吃两个面包充饥。

从超市出来，也差不多到出发的时间了，叶婴回到队伍里。

“哎？是你？”盛雪川没带行李箱，背着一个巨大的背包站在叶婴身边，一转头，惊喜道，“你也来参加支教啊？”

叶婴笑着点头：“嗯。”

盛雪川挺开心的，因为这是学校组织的活动，各个年级的学生都有。

除了叶婴，他一个人也不认识。

他刚刚还在想要不要主动和谁搭讪聊聊天，结果一转头就看到了叶婴。

“这次要十天呢，能有个伴儿挺好的。”盛雪川说道，“你怎么想着要来支教啊？不像是你会做的事儿啊。”

叶婴被这个问题问得莫名其妙：“我为什么不能支教？”

盛雪川不太好意思地说：“你看队伍里面只有几个女生，嗯……都是看上去比较……”

叶婴知道盛雪川想说什么。

队伍里几个姑娘都是皮肤黑黑，看上去十分朴实无华的那种，这样的女生在男生中间并不受欢迎，甚至有的时候还会成为他们开玩笑的对象。

叶婴生得白净，细皮嫩肉，娇小瘦弱的，看着不太能吃苦的样子，所以盛雪川才会这么问。

叶婴微微垂下头：“我和她们没有区别。”

也许盛雪川并没有什么恶意，只是这个年纪的男孩子会无意识地以貌取人。

叶婴稍微回想了一下。

她从来没有从林远时口中听到他随意取笑哪个女生。

时间到了，老师点完名之后，站在前面又强调了一下这次支教的注意事项。

说得最多的就是“注意安全”和“不要给山区人民带去麻烦，一切困难先找老师”。

叶婴跟着同学们一起上车，盛雪川主动帮叶婴放好行李，坐在她的身边。

手机在兜里振动了一下，叶婴拿出来看了一眼。

是叶朗发过来的，问叶婴上没上车。

叶婴回复完叶朗，正要收起手机。

盛雪川说道：“定制机？”

这次叶婴带的是上次林远时给她的那部手机。

没想到盛雪川一眼就看出来了，叶婴认真地看了一眼手机。

——和正常手机有什么不同吗?

盛雪川一脸惊讶：“别告诉我……还是限量款？”

叶婴没说话，盛雪川把手机翻了个面：“天啊，还真是……”

叶婴一怔。

盛雪川无比羡慕地看着这部手机：“当时我就想定制来着……”

叶婴不太希望他接着问下去，便把手机收起来，说道：“这也不是我的，是我一个朋友的。”

在市内有点堵车，走走停停，上了高速就快了很多。到服务区的时候，叶婴没有下车，把两个面包吃掉了。

盛雪川见她没下去，自己也去超市买了面包，顺便还给叶婴买了香肠。

进了山区，道路就变得非常颠簸难行。

身边的盛雪川睡得很沉，叶婴偏头看着窗外。

天空湛蓝，翠山连绵，层层叠叠的树木像是屏障，遮住大山的眼睛。

最后到达目的地，学生们陆续下了车，老师去跟校长打招呼，校长表示了对支教学生们的欢迎。

站在队伍里，叶婴忽然觉得自己身后似乎有什么人在看自己。

猛地回过头，却什么也没有。

林园。

恰逢林斯寒从军校回来，家里人一起吃饭，林远时一直抱着手机，像是在焦急地等待着什么。

林老爷子舀了勺排骨汤，问道：“远时要不要？”

林远时回神：“嗯？不要不要。”

林老爷子不太满意地看了林远时一眼：“吃饭就好好吃饭。”

林远时心不在焉地“嗯”了一声，手机放在一边，可是目光还是落在屏幕上。

“怎么了？等消息？”霍文初问道。

“嗯，小婴不回消息，明天就要上课了。”

霍文初垂下眼睛，喝了口汤，淡淡地说道：“小婴假期不来上课。”

“什么？为什么不上课？”

“小婴没告诉你吗？她支教去了。”

“支教？什么支教啊？她没说啊！”

“她报名了你们学校的暑期支教。”

“那什么时候回来啊？”

“不知道，怎么也要半个多月吧。”霍文初看林远时一脸错愕，微微笑道，“小婴连这个都没告诉你啊？”

可是林远时的注意力完全不在这儿。

“支教……条件应该不太好吧？”

那小婴能受得住吗？

哎呀，小婴怎么这么不让人放心啊。

吃完饭上楼，林远时在自己房间一通翻找，然后给刘文兴打了通电话，把他叫了过来。

林远时把手里的一张银行卡给刘文兴。

“干啥呀？要赏给我赎身啊？”

“赎你个头，你去，拿这点钱去给我买点东西。”

班上一共十几个学生，一开始孩子们还有一点怯懦，看着这些小老师有点惧怕，又有些好奇。

一整天相处之后，孩子们也稍稍卸下防备。

次日中午，叶婴帮孩子们热饭的时候，再一次感觉到身后的墙角有一道目光传来。

这一次叶婴没有直接回头，而是对站在自己面前的小朋友说：“你帮叶老师看看，墙角那里站着的是谁。”

因为叶婴放低了声音，小朋友也学着她的样子压低声音，神神秘秘地说：“老师，不看我都知道，那是李振树。”

“李振树是谁？”

回到班级，小朋友给叶婴“科普”了一下。

李振树是这个班级里年纪最大的学生，他家庭条件非常不好，父母出门打工，已经好几年没有回来了，一直照顾他的奶奶前年去世，爷爷身体不好，李振树每天中午都要走几公里的山路回家给爷爷做饭。

他们说自打奶奶去世之后，李振树的性格就变得非常古怪，总是低着头，谁也不理睬。

“之前你们的老师没有找他谈谈吗？”

有一个小朋友抢着回答道：“有的，可是李振树他见着老师了也不说话。”

有人补充道：“之后他爷爷身体不太好了，他就不怎么过来上学了，现在为啥来了，我也不知道……”

叶婴点点头：“好，今天我们的谈话就到这里，你们答应老师，从这一刻开始，老师不在的情况下，不要在背后谈论李振树同学，不管说他好的，还是坏的，都不要谈论，就把他当成一个平常的同学来看待，可以吗？”

稚嫩的童音异口同声道：“好！”

叶婴想了想，说道：“以后他在后面看我们，我们就当成没有看到，不要刻意去看他，好吗？”

“好。”

叶婴教的科目是数学，这天上课之前，她出门看了看四周，把一个崭新的笔记本和一支笔放在墙角的位置，然后才回班级上课。

她回头写板书的间隙，余光瞥到角落里有一个黑影闪过。

叶婴微微勾起嘴角，在给孩子们讲题的时候，身子特意侧过一个角度，保证站在那个角落的孩子也能看到黑板。

中午下课，叶婴欣慰地看到门前的笔记本和笔不见了。

盛雪川和以前一样过来找叶婴吃饭。

“今天晚上可能会断电一段时间你知道吗？”

叶婴一惊：“啊？谁说的？”

“你上课的时候，老师回来说的，好像是君山那边天气不太好，晚上会断电抢修。”

叶婴点点头：“哦……”

这些支教的学生没有宿舍，就在教室旁边的小茅屋里辟了一间屋子出来。校领导不想影响孩子们的生活，就没有用原本属于孩子们的宿舍。

能有个住处已经很不错，实在做不到男女生分开，一群人躺在一张大土炕上，村里给他们每人发了一床棉被。

好在这边不拉窗帘，外面有一盏小灯能透出光亮来，晚上睡觉也不是完全黑暗的环境。

可是今晚停电……

叶婴不禁有些担心。

洗漱之后，回到土炕上，叶婴拿出自己的小手电筒来。

叶婴怕这点光亮影响别人，只得把被子蒙到头上，在被窝里打开手电筒。

这样躺了没一会儿，叶婴耳尖，听到外面似乎有窸窸窣窣的声响。

她用衣服挡住手电筒的光，从被窝里坐起身来。

起来之后那声音也消失了，叶婴以为自己听错了，满心疑惑地重新躺下。

没一会儿，那声音又开始了。

这时，一个小身影从前面的窗前略过。

叶婴吓得猛地一颤。

脑中灵光一闪。

这道身影像极了中午上课时窗前的影子。

叶婴坐起来，轻手轻脚地下了床。

她把手电筒调成远光，在宿舍门前走了一圈。

东边的树叶忽然颤了颤，叶婴捕捉到那道身影。

“出来。”

她的声音沉稳清冷，带着一点严厉。

黑影不动了。

叶婴稳了稳心绪，把手电筒照过去，往前走了几步：“快点，出来。”

树叶又动了一下，一个身影从一边的树林中钻出来。

他的脸庞也不知多久没有洗过，脏兮兮的，头发上也挂着落叶。

一双眼睛却无比明亮。

那个眼神，让叶婴一下子想起叶朗。

他的眼睛就是这样。

无比明亮。

像是世上最锋利刀剑的锋芒，又像是洒了一层漫天璀璨的星子，带着一种清澈的狠劲儿。

回想到这里，叶婴的心一下子软了不少，放柔了声音：“李振树，过来。”

小男孩比班上的孩子年纪大一些，看上去已经有十二三岁了。

“你怎么了？告诉我，为什么没有回家？”

李振树低着头，躲避着叶婴探寻的目光，也不说话。

他左脚的脚尖不断摩擦着右脚。

他不是不友善，也不是孤僻古怪。

叶婴知道，他只是因为原生家庭的变故，使他产生了一种强烈的、无法抵抗的自卑感。

叶婴不让班上的小朋友谈论他，也不让他们可怜他，就是这个原因。

她不希望别人用异样的眼光看他，那样只会让他更加自卑。

所以叶婴尽量用对待普通小朋友那样对待他。

“你不说我就回去了，你要是告诉我，我或许可以帮你。”

闻言，李振树的头稍稍抬起来一些。

可还是不肯说话。

叶婴当真直起身子，往宿舍里走。

刚转身，一只小手牵住她的衣摆。

叶婴微微勾了勾嘴角。

李振树的声音又低又哑，音量很小很小，可叶婴还是听清了。

“爷爷病重了，我……该怎么办。”

叶婴也不知道自己是因为那道目光和小朗的太像，还是其他什么缘故。

当她想也不想说出那句“你家在哪儿，我跟你去看看”的时候，叶婴自己也震惊了。

她轻轻叹了口气，一手牵着李振树，一手拿着手电筒，走在空无一人的山路上。

“你说句话。”叶婴的声音微微变了变。

李振树抬起头。

“你快点说。”叶婴语气里带着些许急切，一点也没有方才的处变不惊，“我害怕……快点说句话。”

李振树“哼哼”了一声。

兜里的手机忽然振了几下，叶婴拿出来看了一眼：“在这大山里竟然还能有点信号？”

李振树没说话，手指了指前面。

叶婴一看：“有信号基站啊。”

过了会儿，叶婴收起手机，俩人又恢复了安静。

叶婴心里毛毛的，扯了扯李振树的胳膊。

李振树手里拿着叶婴给的帮爷爷治病的药，捏着药盒发出声音。

“这样？”

叶婴低下头：“不行，必须你说。”

“哼……”

“不许光哼！”

安静了一会儿。

李振树“嗯嗯”了一声。

叶婴无奈：“你赢了。”

走到一半，叶婴有些受不住了。

“还有多远啊？”

山路难行，很难想象李振树上学的时候，中午跑回家给爷爷做饭是怎么坚持下来的。

“有近路。”

叶婴一惊：“那你不早说？”

李振树不说话了，拉着叶婴转了个弯，拐到树林里。

走了几步，叶婴反悔了。

“太陡了，算了吧，还是回大路吧。”

李振树说道：“跳下来。”

一个挺大的坡，李振树轻松跳下去，在下面朝叶婴伸出手。

李振树走惯了，也不觉得这是一条多么危险的路。

可是对于叶婴来说，着实有点难了。

她在土坡前踌躇着，尝试了几下还是不敢。

借着手电筒的微光，叶婴看到李振树嘴角略略上扬。

笑?

嘲笑她?

叶婴眉一皱，心一横，拉着李振树的手，尽量把身子放低，往下一跳。她不敢真的借李振树的力，只能偏了力道。

到了下面一个没站稳，叶婴手下意识地扶住旁边的树干。

李振树反应非常快，飞身过来及时接住了她。

两人一起倒在地上。

李振树一骨碌爬起来，看了一下叶婴。

还好没受伤。

叶婴良久没动，方才手扶住树干的时候，手电筒顺着山坡滚了下去。

光亮瞬间消失。

叶婴想起什么，赶忙摸出手机，摁亮。

整个人长长地舒了口气。

一个低低的声音响起："你怕黑？"

手机屏幕的蓝光映出叶婴惨白的脸。

她站起身，说道："没事，走吧。"

手机"嘀嘀"了一下，叶婴打开来看了一眼，喃喃道："定位？"

林远时的手机，除了简单的微信短信功能之外，其他的叶婴都不太会用。

也不知道这个定位是什么意思。

走了没一会儿，她的身后突然出现一阵脚步声，凌乱又急切，一点一点地靠近他们。

叶婴心一慌，下意识先把李振树护在身后。

"是谁？"

一个高瘦的人影从后面的山坡上跳下，轻巧落地。

"小婴。"

声音低沉沙哑，尾音习惯性地微微上扬。

叶婴提着的心忽然像是落到最安全的地面。

她整个人都轻松下来，眼泪瞬间漫上眼眶，声音都有些颤抖。

"你怎么会来？"

林远时朝叶婴走来。

他高大的身形从黑暗中剥离出来，看着叶婴，懒洋洋笑着。

"小婴，我跑了一天。"林远时走到叶婴跟前，低头看着她，脸上挂着汗珠，刚好有一滴滑落下来。

"终于找到你了。"

他勾起一边嘴角。

叶婴心里暖融融的，像是整个人跳进了热水池，眼眶又酸又涩，目光闪烁，出口的声音微微有些颤抖："累不累？"

“我顺着定位找过来的，你现在要去哪儿？”

“孩子的爷爷病了，我给他送点药。”

林远时一低头，看着李振树牵着叶婴的手，不满地挤到他们中间。

“走吧，一起去。”

林远时拿了一个巨大的手电筒，打开之后前面几十米都看得清清楚楚。

林远时一路跑过来，身上流着汗。

“小伙子，你家还有多远啊？”林远时问李振树。

李振树无动于衷，连头都没抬一下。

叶婴说道：“刚刚还有一半了，这条是近路，应该快了。”

林远时提醒道：“慢慢走，不着急。”

叶婴又问：“你是怎么过来的？”

“刘文兴开车带我来的，哦，对了，我还买了不少东西带过来，明天给孩子们分一分。”

“你还买了东西？”

“嗯。”

“老爷子和夫人知道你过来了吗？”

“我告诉爷爷了，我妈不知道，我妈要知道了肯定不会让我来。刘文兴是爷爷的保镖，放心吧，没事儿。”

之后的路程，李振树只负责带路，一句话都不说。

到了目的地，李振树率先到房间里点了蜡烛，开了门让林远时和叶婴进去。

李振树家在浚县最偏远的山里，两间草房并排挨在一起，其中一间已经破败得不成样子，另一间是他们现在住的。

好在家里的院子挺大，菜园里面绿油油的，还养了几只鸡鸭。

虽然破落，家徒四壁，可是家里收拾得很利索，就连爷爷身上穿着的衣服都是干干净净的。

很难看出，这是一个十二三岁的孩子撑起来的家。

爷爷咳得有点厉害，叶婴和林远时照顾他吃了药后，李振树扶着爷爷重新躺下，帮他盖好被子。

李振树直起身的时候，目光从两位客人身上滑过。

他搬了两个凳子过来放在他们身后，又“哒哒哒”跑去厨房拿了两个洗好的西红柿和两根黄瓜，塞到他们手里。

爷爷缓过来一些，知道来了客人，细细碎碎地和他们说着话，林远时完全听不懂方言，叶婴却能自然而然地接话，聊得很自然。

“你们说啥呢？”林远时问叶婴。

“我也不知道。”

“你不知道还聊得那么起劲儿？”

“可能老爷爷自己也不知道在说什么，但是他会知道有个人在陪他。”

林远时点点头，咬了口清脆的黄瓜。

聊着聊着，老爷爷睡着了。

时间已经很晚了，李振树把自己的房间收拾出来给他们住。

“你去哪儿睡？”叶婴问道。

李振树正往外走，回头看了她一眼，没说话。

叶婴命令道：“回来！”

李振树哪里肯听。

林远时不乐意了，语气不大友好：“臭小子，叫你回来呢，听不见？”

叶婴拦了林远时一下：“哎，你别那么凶啊。”

谁知李振树还真就吃这一套，听了林远时的声音之后，乖乖返回站在门口，露出半颗脑袋看着叶婴。

叶婴朝他笑了笑：“炕上睡得下，你快过来。”

李振树不动。

叶婴继续追问：“不然你睡哪儿？外面吗？”

林远时看看叶婴，又看看李振树，伸出手臂，一把把他从门后揪了出来。

“让你睡炕上呢。”

李振树挣扎着不让林远时碰，林远时偏要把他揪上来。

两人你推我攘地扭打在一起，李振树常年做农活，力气不小，但在年纪上吃了亏。

林远时想要控制他就跟玩一样。

林远时却没有扣死他，玩三分，让三分，让李振树还能进攻，却又不能奈林远时何。

叶婴铺好了炕，说道：“行了，别闹了。”

林远时立马停下手。

李振树似乎也知道了，只要一不听叶婴的，林远时就揍他。他也学乖了，不声不响地坐过来。

上炕的时候，林远时犹豫了一下。

他含着金汤匙出生，娇生惯养，还有轻微洁癖，到了这儿指不定多不适应。

叶婴手里拿着被子，正要说什么，林远时直接跳上来。

“睡觉睡觉。”

林远时和衣躺下，被子往身上一盖，倒是坦然。

叶婴躺在另一边的炕上，略微勾起嘴角。

第二天一早，林远时和叶婴回到学校。

刘文兴跟这边带队的老师打好了招呼，所以老师见到林远时非但没有责备，反倒亲切地和他打招呼。

“把车上的东西抬下来吧！”林远时转头对老师和校长说，“我买了点物资过来，校长看看用不用得上。”

学生把车上的书本、棉被，还有各种孩子们用得到的生活用品一一抬到教室。

看到这些东西，校长脸上乐开了花。

搬东西的间隙，盛雪川凑到叶婴身边，问道：“林远时怎么来了？”

“他也过来支教，只不过比我们晚几天来。”

盛雪川皱了皱眉：“他能吃得了这个苦？”

叶婴抬起眼睛。

“他能。”

之前教学的科目已经分完了，林远时来了之后，也没什么可教的，就成了闲人一个。

叶婴上课的时候，一眼扫过窗外，看到两个人影并肩坐在外面的台阶上。

一高一矮，一大一小。

这下好了，他们俩玩到一块儿去了。

虽然林远时不教课，只有下课时间和孩子们接触，可这还是抵挡不住林远时的魅力。

班上有几个调皮的学生总不写作业，叶婴好说歹说，软硬兼施，都不好用。

林远时看到了，只用一句话，第二天作业就交上来了。

叶婴笑着说这帮小孩儿是小白眼儿狼，她当他们是亲学生，悉心教导，林远时才来了几天，也不教学，他们和林远时竟比和她还亲近。

林远时能说会道，长得又帅，下课的时候带着孩子们踢足球、打篮球、玩滑板，好像就没有什么是他不会的。

如果叶婴是学生，肯定也会非常喜欢这位大哥哥的。

这日午间，叶婴帮学生们热好了饭盒。

“吃饭了。”叶婴喊了一声。

他们在后面玩篮球，等了一会儿也没有人理她。

叶婴无奈地叹了口气，厉声道：“林远时！”

不出三秒，小操场上传来踢踢踏踏的脚步声，然后声音猛地停在叶婴身后。

叶婴奇怪地回头：“怎么不……”

“哥哥面前一条弯弯的河，妹妹对面唱着一支甜甜的歌，哥哥心中荡起层层的波，妹妹何时让我渡过你呀的河。”

孩子们有序站在叶婴身后，稚嫩的童音回荡在操场，唱完一整段副歌，林远时笑嘻嘻地从后面走出来。

“小婴。”

叶婴皱了皱眉：“你教的？”

有嘴快的学生率先接口道：“是大哥哥送姐姐的礼物！”

“哎，别瞎说！”不等叶婴开口，林远时倒先像模像样地制止了。

他把那孩子扛起来，低声笑道：“都说好了，怎么就给忘了呢？”

叶婴愣住了。

林远时绕回来，狗腿地笑着：“好听吗，小婴？”

叶婴问道：“你们不是去打篮球了吗？”

林远时凑到叶婴身边坐下，帮她给孩子们分发饭盒：“教了好几天，惊喜吗？”

叶婴抿着嘴角，低下头，没回答。

阳光底下，叶婴的小脸白得近乎反光。

盛雪川从远处走来，问道：“小婴，吃饭了吗？”

之前林远时没来的时候，每天中午盛雪川都会来找叶婴吃饭，今天也不例外。

叶婴能感觉到，在盛雪川叫出叶婴名字的那一刹那，林远时的毛瞬间就奓起来了。

他微微直起身子，懒洋洋地晃到叶婴身前：“哟，盛同学。”

盛雪川看到林远时，也收起了笑容。

林远时比盛雪川高了半头，这气势上平白就比他多了八分。

四目相对，无声的硝烟弥漫在两人中间。

有孩子感觉到盛老师和大哥哥之间的杀气，轻轻地牵了牵叶婴的衣角。

叶婴把最后一点饭盛出来，头也不抬："吃饭了，一会儿菜凉了。"

隔了两秒，林远时微微勾起一边嘴角，垂眸俯视着盛雪川："她叫我吃饭了，你要一起吗？"

林远时坐到叶婴身边，扬声道："小树，拿把凳子过来给盛老师坐。"

一个小身影哒哒哒跑进教室，搬了把椅子又哒哒哒地跑出来，往盛雪川身边一放，沉默跑走。

叶婴看着李振树这一连串动作，简直不敢相信自己的眼睛。

"你什么时候跟他这么熟了？"叶婴看着李振树的背影，"他才来多长时间啊？小白眼狼！"

林远时笑了笑，对李振树说："以后小婴老师的话也要听，知不知道？"

闻言，李振树跑的动作略一停顿，点了点头。

林远时满意地扒了一大口饭。

盛雪川插话道："今天的菜不咸了，小婴，你不是说前几天的菜太咸了吗？"

身边某人夹菜的手略微停顿了一下。

叶婴端着饭碗，不禁弯了嘴角："嗯，我口淡。"

"那你平时吃学校食堂的饭菜也觉得咸吗？"

"有点。"

两人就这么聊上了，林远时脸上的笑容一点点消失。

"我家离学校很近，你要是觉得学校食堂咸的话……我可以帮你……"

叶婴马上打断："哦，不用了，那样太麻烦了。"

盛雪川很想说，不麻烦的，但是他没有说出口。

还记得那次打篮球砸到叶婴，看到那截白生生的手腕红肿起一块儿，盛雪川心里就有点不太舒服。

他以为仅仅是觉得愧疚，后来才发现，那时他更多的是心疼。

夕阳下的女孩穿着干净的蓝白校服，柔和的光芒洒在她身上，之后再回想起来，总觉得那段时光像被镀上了一层温柔的光晕，让他控制不住地不断回想。

盛雪川做了接近十年的好学生，那还是他第一次上课走神。

脑子里全都是叶婴。

以前在书上看过一句诗——平生不会相思，才会相思，便害相思。

盛雪川那时才真正体会到这句话的含义。

书上的文学作品也都有了女主角，他知道了“丁香般的姑娘”是什么样子，知道了“夕阳下的新娘”有多么美丽。

那些诗句、文章全都有了生命，因为她变得美丽起来。

盛雪川才真正觉得校园生活不是一潭死水，除了学习，他终于找到了另一层乐趣。

之后，盛雪川在叶婴班附近徘徊了很久很久，叶婴这辈子都不知道盛雪川在她不知道的情况下等了她多久。

有的时候，盛雪川甚至不是为了等到她，因为整个等待的过程他都觉得喜悦。

班级里会有人讨论实验班新转来的女生，每次盛雪川都会刻意靠近聆听。

任何事情，只要和叶婴沾上一星半点的关系，他都想要靠近，都想要知晓。

有时盛雪川觉得，这辈子除了叶婴，他再也不会像这样全心全意去关注谁了。

可是盛雪川并没有表态，他只是安静地等。

具体在等些什么，他自己也不知道。

他不想给叶婴造成一丝一毫的困扰，他觉得无论她知不知道都无所谓，只要叶婴存在着，她同他一个学校，他就会觉得美好，觉得幸福。

所以叶婴这样一开口拒绝，盛雪川就不会再往下接话。

“对，小婴口味清淡，但是爱吃辣的。上一次在我家吃辣的吃得特别开心，是吧，小婴。”林远时笑眯眯地说。

盛雪川一惊：“在……你家？”

“嗯，是啊，小婴经常来我家，我爷爷我妈妈都特别喜欢她。”

盛雪川的表情在林远时的话中一点点变得僵硬，连夹菜夹到一半都忘记了。

叶婴吃了一口饭，轻微叹了口气。

早就知道林远时又得犯浑。

“你们以前就认识吗？”盛雪川问道。

林远时故作高深地说：“那这事儿说起来可就远了，算起来，我俩还是娃娃的时候就认识了。”

叶婴问道：“我什么时候认识的你？”

“你救过我啊，你忘啦。四舍五入，我们俩也就算是青梅竹马吧。”

盛雪川有点蔫了："哦。"

林远时"啧"了一声："有时候想想，还真是美好。你说呢？盛同学。"

盛雪川不说话了。

叶婴吃完最后一口饭，瞥了林远时一眼，没好气道："快点吃，就剩你了。"

林远时笑嘻嘻地说："好嘞！你吃完啦？"

叶婴拿着自己的餐具要去洗："嗯。"

林远时又喊了一声："小树！"

李振树跑过来，没等林远时吩咐，不由分说夺过叶婴手里的餐具，跑到井边洗了。

林远时吆喝道："有人要给小婴老师表演节目的吗？谁表演得好，哄小婴老师笑的，下午哥哥给奖励。"

"我我我！！"

孩子们抢着跑过来，唱歌的、跳舞的、背诗的，小操场里瞬间充满欢声笑语，好不热闹。

叶婴被孩子们包围着，听着他们稚嫩纯真的笑声，自己也被感染得笑眯眯的。

林远时满意地转回头继续吃饭。

盛雪川看着叶婴的笑脸，忽然沉声说："有的时候，我挺佩服你的。"

林远时吃着饭，没抬头。

小婴让他快点吃，他可没时间陪盛雪川聊天，只问了一句："嗯？佩服我什么？"

盛雪川站起身，什么也没说。

林远时吃完最后一口，把自己的餐具洗干净，又顺手把几个年纪小的孩子的餐具也洗了。

Chapter 10

林远时来势汹汹，
谁都看出来他是给叶婴撑腰来的

他们从浚县走的那天，下了一场小雨。

校长为感谢他们这些支教的学生，在学校里举办了一场小小的欢送仪式。

叶婴和其他十几个支教人员一起站在前面，看着跟自己相处了十多天的孩子们，心中五味杂陈，说不出是什么滋味。

欢送会之后，学生们坐上回程的客车。

林远时帮叶婴放好了行李，还没有坐稳，听到客车下面有人喊了一声。

“等一下！”

林远时偏头，看到李振树匆匆跑来。

李振树从门口挤上车来，用衣服裹着满满一兜什么东西，到了林远时和叶婴的座位前，“哗啦啦”一倒。

新摘的大李子、樱桃、黄瓜、西红柿滚了一座位。

叶婴错愕地抬起眼睛。

李振树似乎跑了很久，额头上挂着点点汗珠。

他并没有抬头看他们，扔完东西之后，一言未发转身就走。

“哎——”林远时想要叫住他。

但是叶婴稍微拉了林远时一下："别叫他。"

叶婴刚刚在李振树抬头的时候，看到小小少年红着眼眶，竭力压抑着。

叶婴知道，林远时要是开口叫李振树，他一定会停下来。

叶婴很害怕看到他的眼泪。

车子缓缓开动。

车上的学生们朝车下挥手，不少姑娘都忍不住哭了。

司机师傅似乎也知道，车速刻意放得很慢，可是这一点点时间，还是不够让大家好好道别。

叶婴心情复杂地看着车下孩子们稚嫩的小脸。

他们跟着车子奔跑，一声声唤着"小婴老师""大哥哥"。

林远时推了叶婴一下，叶婴这才反应过来，原来自己脸上也落满泪痕。

叶婴尴尬地侧过头，林远时递来一包纸巾。

叶婴擦干眼泪后，林远时递给叶婴一颗李子，说道："还挺甜的。"

叶婴接过来。

林远时说道："放心吧，回去之后我会告诉爷爷，把这里加入林氏的慈善项目里。"

叶婴点了点头，又想起什么，说道："我也是你们的慈善项目呢。"

"你可不是。"

叶婴刚哭过，还带着浓浓的鼻音："不是吗？"

林远时凑近她的耳边："你可是我的救命恩人，那能一样嘛。"

叶婴笑了笑，没说话。

客车在校门口停下，同学们依次下车，林远时想送叶婴，被叶婴拒绝了。

刚把林远时送走，叶婴就看到了马路对面的叶朗。

他遥遥地朝她招手："姐！"

叶朗左右看了看车，跑到叶婴身边，目光在她的脸上盘桓几秒之后，皱了眉："姐，你瘦了。"

叶婴笑了笑："是不是也黑了啊？"

"那倒没有，更好看了。"

叶婴亲昵地拉着叶朗，问道："你什么时候学得这么会说话了？"

叶朗笑了笑没回答，一手拉着叶婴，另一手叫了辆车。

"打车回去？"叶婴挑了挑眉。

“嗯，先不回去，带姐姐去吃点好吃的。”

看出叶朗的状态不太对，叶婴心中泛起疑惑，但是她没明说。

叶朗带着叶婴到了一家火锅店。

这是之前叶婴跟叶朗提起过的，她说她想吃火锅了，但是小姨家从来不吃。叶朗默默记住了，这次带着叶婴来吃。

“这是我在网上搜的，说是晋城最好吃的火锅店。姐，你好好尝尝，好像大虾是这间店的招牌菜。”

等叶朗点完菜，叶婴沉声道：“小朗。”

叶朗知道叶婴想要说什么，主动交代：“姐，我赚到钱了。”

叶婴皱了皱眉：“你怎么赚的？”

叶朗垂下双眸，缓缓说起叶婴不在的这段时间发生的事。

姜成鹤找叶朗去打游戏，游戏进行到一半，叶朗的电脑出现了一点故障，网管便给叶朗换了一台电脑，之后有专业修电脑的人员过来进行调试。

叶朗一局游戏结束，姜成鹤跟其他人侃侃而谈，叶朗就看着那个电脑维修人员修电脑。

维修人员修长的手指在键盘上飞速敲击，屏幕上出现一个个细碎的符号，简单调试之后，按下回车键，屏幕回归桌面，电脑就这样被修好。

叶朗忽然对这项操作非常感兴趣。

他用之前叶婴给他留下来的钱去买了一套电脑方面的书本。

这一套书本，简直打开了叶朗有关新世界的大门。

他对这套书本爱不释手，抱着它到电脑前进行操作演练，没几天，之前那个维修人员的操作他就已经完全领悟。

其实原本只是一个小故障，对于业内人士来说并不是难题。

好巧不巧，网吧里另一台电脑也出现了相同的故障，电脑刚好在叶朗旁边。

叶朗看到这个兴奋至极——终于有机会让他实战演练一番！

他跟那位电脑的主人简单说明了一下，男人似乎短暂停顿了一下，之后沉声道：“可以。”

叶朗放下书本，操作比之前专业修电脑的人还要灵活熟练。

叶朗更是在这场实操中，找到了一个更加简单快捷的调试办法。

他从小就爱玩魔方，手速非常快。

一番操作之后，叶朗朝那人笑了笑：“可以了。”

那人的鸭舌帽微微抬起，对上叶朗的眼睛。

“你调试电脑的功夫是跟谁学的？”那人问道。

叶朗平时的状态和面对电脑时的状态完全不同，面对电脑的时候，他目光坚定如炬，像是一位胸有成竹的将军，面对着自己熟知的战场。

叶朗有些羞涩地笑了笑：“嗯……没有人教我。”

那人似乎有些错愕：“没有人教你？你是自学的？”

“嗯，是。”

“你自学了多久？”

“三天。”

三天就能有这样的操作了？

这个小问题需要简单的编程功底，普通人自学编程，往往好几个月后才能真正摸到编程皮毛。

可是这个小男孩，看上去不过十三四岁的样子，真的能用三天的时间自学成才？

说实话，赵野是不信的。

他经营一家电脑公司，要不是今天临时有急事需要用电脑，他的笔记本又偏偏没有带来，他也不会到网吧来。

原本那个小问题他自己就可以解决，不想半路“杀出个程咬金”，小男孩竟然自告奋勇。

赵野姑且想要看看他的实力。

男孩操作迅速，逻辑敏锐流畅，倒是不容小觑。

小小年纪能有这样的成绩，真的挺不错的。

可是他居然说他只自学了三天。

赵野白手起家，从小被人说是计算机方面的天才，开公司这么长时间，大大小小的计算机精英着实见过无数。

如果他说的是真的，这足以让包括赵野在内的所有业界同行震惊。

“你现在还在上学吗？”

闻言，叶朗狐疑地看着赵野。

赵野微微笑了笑：“我是开计算机公司的，如果你对这方面有兴趣，我可以指导你，如果可以，你也能到我的公司参观参观。”

叶朗有些心动了。

他是真的很喜欢计算机。

他以前从来没有接触过，现在才终于发现，究竟什么才是最适合自己的。

“后来他就带我去了他的公司，还有一份简单的工作交给我做，我在网吧很快就完成了，他支付给我一笔钱，算是酬劳。”

叶婴听完之后，问道：“确定那个人不是坏人吗？”

“我一开始也怀疑，但是接触下来我觉得他不是坏人，他是个电脑高手！”

一提到计算机，叶朗的眼睛都亮了起来。

叶婴笑了笑：“小朗，姐姐不会反对你学习计算机，但是你要答应我，不能因为这个，影响你的学习。”

叶朗小心翼翼地问道：“那我能在放假或者休息的时候……”

“能。”

小朗绽开一个巨大的笑容：“谢谢姐！”

吃完火锅，两个人一起回到家，正好赶上小姨和姨夫在吃饭。

听到门响，小姨掀了一下眼皮：“过来吃饭。”

叶朗回道：“我们已经吃过了……”

叶婴赶忙拉了叶朗一下，可还是晚了，叶朗已经说出口了。

说完之后，他也觉出不对。

小姨脸色一变：“吃完了？你们在外面吃的？”

小姨夫也回过头：“我怎么闻着有股火锅味儿？”

小姨又开始尖着嗓子阴阳怪气：“哟，你们还有钱出去吃火锅？这个月的生活费还没交呢！”

叶婴冷冷地回答：“每次都是月初交给您的，这个月的不是已经给您了吗？”

“你给的那个是学费！”

“可是……学费林家那边已经交完了啊。”

小姨把筷子狠狠一撂：“你还敢跟我顶嘴了是吧？”

叶婴低着头：“对不起。”

叶朗终究年幼，经历的事情少，他见不得姐姐这样，尤其是他现在能赚到一点钱，他不想再让姐姐受委屈。

他忽然把叶婴拉到身后：“我姐说已经给你了的！银行都有账单，你抵赖不了！现在怎么还管我们要钱？”

小姨夫最烦叶朗，看到他就来气，见小姨有点火气，便赶紧推波助澜。

“你们！你们两个白眼狼！我们家供着你们，养着你们，现在你们自从傍上了林家，就一个子儿都不往外蹦了！现在平白让我们养着，一毛不拔了是吧？”

“我们一毛不拔？”叶朗的火气也被点燃，“你自己看看你们现在的嘴脸！”

小姨夫咬牙切齿道：“你跟谁说话呢！”

你一句我一句，硝烟味越来越重。

叶婴拉了叶朗一下：“小朗。”

叶朗沉静下来，立马不和小姨夫他们争论了。

就在这时，小姨忽然冲过来，抡圆了胳膊，一个耳光甩在叶朗脸上。

叶朗被打得头狠狠一偏，左脸立马肿起一大块儿。

鲜红的血液顺着他白皙的嘴角流淌下来，黑眸墨发，透着一种妖冶的美丽。

听到响亮的一声，叶婴顿时愣在那里。

“你再敢动我弟弟一下。”

她的声音不大不小，却含着刺骨的冰凉。

小姨被这气势唬了一下，过会儿还是直起身板儿。

怕她干啥？一个小姑娘，无依无靠的，有啥可怕的？

上一次被叶朗给牵制住是因为老公不在家！

现在老公也在，就更肆无忌惮了。

“我就动了！怎么着吧！就动了！”小姨一下一下打在叶朗身上，一边打，还一边挑衅一般看着叶婴。

在第三下的时候，叶婴忽然扑了上去。

她一把抓住小姨的头发，用尽所有力道狠狠一拽。

小姨被拉得尖叫一声：“你愣着干什么呢！快来帮我啊！”小姨一边挣扎着，一边叫小姨夫。

平时叶婴乖乖巧巧的，从来没跟他们红过脸，现在竟然像个泼妇似的狠狠拽着小姨的头发。

真可怕！

都说了这姐弟俩不正常。

小姨夫听了小姨的话，想要过来拉叶婴，那边叶朗却像是一头牛一样，一头顶了过来，撞在小姨夫的肚子上，愣生生把小姨夫撞倒在地，后背狠狠磕在墙上。

小姨夫看着身强力壮，可是他常年打麻将，从来不锻炼，身上大病小病不断，反正也没有详细体检过，并不知道究竟都有什么毛病，身子终究是虚的。

哪里比得上叶朗。

就在叶家姐弟占上风的时候，小姨在挣扎间摸到叶婴脖颈上挂着的细链。

“这是什么？”

小姨手上狠狠一扯，项链被扯断，那个小小的吊坠被她拿在手里。

叶婴的瞳孔迅速缩小，小脸瞬间煞白煞白：“还给我！”

小姨往后一躲，站起身来：“这是什么东西啊？很贵吧？”

叶婴看着那条项链被小姨拿在手里，心里像是被人揪起来一样难受。

“还给我！”叶婴失控地大喊，扑过去就要抢。

小姨眼疾手快，一个箭步跨到窗边，开了窗子把手垂在外面，冷笑道：“想要？”

叶婴站在那里不动了，头脑冷静下来：“你想怎么样？”

小姨质问道：“说！是不是林家那个太子爷送给你的？值不值钱？他还有没有送你别的值钱的东西？都给我拿出来！”

叶婴双眸一沉，转过身去。

小姨愣住了：“哎？你这是什么意思啊？”

叶婴头也不回：“没什么意思。你想扔，那就扔好了。”

刚刚明明是真的在乎了，害怕了，才会有那样的反应。

怎么现在又变了？

一定是装的。

小姨不相信，今天一定得把叶婴身上的油水全都榨出来！

她的手又往外伸了几寸：“我扔了，我真的扔了！”

可是叶婴头都不回，冷笑一声：“随便你。”

今天算是跟他们一家人撕破脸皮，叶婴摘了眼镜，那双幽深古井一般的双眸露出来，身上沉闷呆滞的书卷气悉数消失。

她轻轻勾了一下嘴角，带着和这个年纪不相符的狠厉。

她在小姨的视线里大步离开。

那条项链攥在小姨手里，她手轻轻颤抖，还是卖了吧，牙签肉也是肉啊。

晋城一中是九月份开学，但是高三学年早一些，要求全体高三学生八月中旬回到学校上自习。

林远时可算盼到了这一天。

他来得比谁都早。

叶婴从后面进到教室，第一眼就看到林远时懒洋洋的笑容。

“早啊。”

叶婴忍不住微微抿了嘴角：“早。”

秦永康也跟叶婴打了招呼，然后有些奇怪地看着她：“你怎么不戴眼镜了？”

“哦，视力恢复了一些，可以不用戴眼镜。”

秦永康皱了皱眉：“哦。”

叶婴问道：“怎么了？”

“没什么，就是不太习惯，你戴眼镜和不戴眼镜，看着就跟两个人似的。”

叶婴垂下双眸，没说话。

今天不是开学，所以也就没有所谓的开学典礼，但是邵军说了，从这一刻开始，他们就已经是不容置疑的高三学子了。

邵军还说了不少鼓舞人心的话，最后说道：“开学更没有时间，所以现在我们先把座位换一下。朱木心，过来把座位表抄到黑板上。大家抓紧换座，然后我发几套卷子，顺便把假期作业拿出来放在桌子上，一会儿我下来检查。”

感觉有人推她的椅背，叶婴回过头。

林远时眯着眼睛笑：“小婴，你不戴眼镜真好看。”

叶婴问道：“什么事儿这么高兴啊？”

林远时神秘兮兮的：“一会儿你就知道了。”

朱木心抄完了座位表，大家准备收拾东西换座。

叶婴看了一眼黑板，回头说道：“我们又是同桌了？”

“开心吗？”

叶婴觉得有些奇怪：“你一开始就知道我们会重新坐回同桌吗？”

“你直接享受胜利的果实就行了。”

胜利的果实。

也不知道林远时是哪来的自信。

叶婴微微抿着嘴角不说话。

这次换座位林远时显得特别积极，雷厉风行地把叶婴所有的东西都搬过来，整理好，一下都没用叶婴伸手。

陆云亭把自己的一摞书本放在原本叶婴的桌子上。

叶婴抬头看了一眼：“哎？你跟秦永康同桌了啊？”

陆云亭说：“是啊，小秦同学，以后多多关照啊。”

感觉到身后有一道寒凉目光朝这边射过来，叶婴微微侧过身，一个高高的身影穿过重重人群，不满地朝这边看过来。

不用看也知道是谁。

陆云亭全然不知，兴致勃勃地一点点把东西从唐疏予身边搬走。

陆云亭这个人特别细致，虽然成绩一般，可是书本卷子都是按照时间顺序和科目分类，一套一套整理到一起，什么卷子在她这里都能找到，东西非常多，自然也就非常难搬。

她气喘吁吁地跑了好几趟，班上大部分同学都已经坐好了，她一半都还没搬完。

她艰难地把最下面的一摞卷子拿上来，一抬眼就看到唐疏予全部收拾妥当，正襟危坐。

“哎，我说……”陆云亭不满地叫了他一声，“好歹当了这么长时间的同桌，能不能帮我一下啊？”

唐疏予抬起头，淡淡地瞥了她一眼，什么话都没有说。

“哎！”陆云亭又叫了他一声，“唐疏予！帮我一下！”

“不帮。”唐疏予低头看书，手指却渐渐握成拳，“从我身边搬走，我为什么要帮？”

“认识了十几年了，这点小忙都不帮……”陆云亭也说不动他，一边把那一摞书搬走，一边碎碎念。

唐疏予始终低着头，一言不发。

叶婴的东西林远时都已经收拾妥当，她便过去帮陆云亭整理。

这一趟回来，叶婴看陆云亭噘着个小嘴。

“怎么了？不高兴了？”

陆云亭丧丧地把书本往桌子上一放：“没有，就是感慨。”

“感慨什么？”

“感慨唐疏予的心到底是什么做的，为什么对我总是忽冷忽热的，这人有毛病吗？”

暖的时候能在她被人欺负的时候，借给她肩膀哭泣。

冷的时候呢，莫名其妙甩脸子，不理她，每次都得她先放下面子去求和。

从小到大，陆云亭一直被动。

“还好，终于不跟他同桌了，也不用再问他题了，以后跟秦同学好好相处。”陆云亭说完，哼了一声。

这一次，她一定不会主动跟他说话！

哼！

换好了座位，唐疏予一抬头就能看到陆云亭喜滋滋地跟秦永康打招呼，说话聊天。

唐疏予手里紧紧握着一套卷子，手上的力量几乎要把卷子捏碎。

“唐疏予，以后我有不会的题可以问你吗？”唐疏予的新同桌小声问道。

她是个成绩中游的小姑娘。

唐疏予回过神来，手一松，放过了那张卷子。

“不能。”

有人欢喜有人愁。

林远时这边开心得想要出去放鞭炮了。

“小婴，中午咱们一起出去吃饭好不好？算是高三前一起聚一下，然后拼一年，毕业了我们再聚。”

叶婴想了一下：“我问问陆云亭。”

林远时点头：“行。”

过了会儿，他又补充了一句：“别让她带唐疏予啊，我烦他。”

中午，叶婴、陆云亭和林远时及其一众兄弟一起去校门口的小餐厅吃饭。

原本陆云亭是不想来的，她实在是害怕林远时，但是现在和唐疏予僵着，又不想去食堂遇上他，所以只能跟叶婴一起到外面去吃。

餐厅中午人还挺多，没有包间了，老板把几张桌子拼在一起，让他们先在大堂坐着。

上菜之后，吃了几口，姜成鹤给大家都倒上果汁，然后举杯。

“高三了，都说这是人生中最苦的一年，但是我想，有幸能和在座的各位相识，这一年就不会那么苦，里面怎么也会有甜滋味儿。”

说完，大家起了个哄，碰了一杯。

“姜成鹤肯定从小就跟他爸四处参加饭局，要不然不能这么会说话。”陆云亭小声对叶婴说道。

“现在咱们先喝果汁，等一年以后毕了业，我请大家喝酒，喝多少都算我账上！”姜成鹤说道。

“要喝酒谁找你啊，肯定去鑫茂酒店去喝啊，什么好酒没有。”席上有个男生喊道。

鑫茂酒店是全晋城最豪华的酒店，属林氏旗下，之前林远时的成人礼就是在那个酒店举办的。

林远时笑了笑：“行，等毕了业，我带你们去嗨上三天三夜。”

大家鼓掌欢呼，又为林远时的这句话走了一杯。

林远时一边喝，一边小声说道：“你也得去。”

叶婴停顿了一下，点头：“好。”

林远时眉头一皱：“不坚定。”

叶婴没说话。

“重新说。”

叶婴垂下眼睛：“快点吃饭吧。”

林远时觉得有点不对，拉着叶婴：“小婴，你成绩这么好，你想往哪儿考？清华北大吗？”

叶婴喝了一口饮料：“我没想好。”

“我考不上的你的大学，但是我必须跟你一个城市。”

叶婴抬起双眸。

“不一定呢，我有可能参加竞赛，提前录取。”

“什么竞赛啊？”

“没想好。”

林远时急了，眼睛都有点红：“提前录取是什么意思啊？不念完高三吗？”

“也不是……”叶婴不太想谈这个话题，“赶紧吃饭吧，下午还得回学校自习呢。”

不念完高三，那就意味着高三后期就见不到小婴了吗？

高三学生之间的话题，离不开“未来”“选择”这几个词，大家的双眸里面满怀期待，描绘着以后的画面。

所有人都怀揣着憧憬与希冀，唯独林远时一言未发。

就在这时，谁也没有注意到，餐厅门口走进来一个戴着黑色鸭舌帽的男生。

男生又高又瘦，低着头，到最角落的位置上坐好。

服务生问他要什么，他低声说道：“一碗面，谢谢。”

之后，他的目光便一直落在大堂中央最热闹的那一大桌上。

面上来了，他压低帽檐道了声谢，大口把面条吃完。

大家都吃得差不多了，叶婴起身到一旁接电话。

回来之后，她面上没什么变化，但是林远时还是感觉到了异常。

“怎么了？是谁打来的？”

叶婴微微低下头：“没什么。”

“小婴？”

叶婴轻轻叹了口气：“对不起……”

“为什么突然道歉？”

“我的项链……”叶婴的眼睛里面含着一层浅淡的泪水，“我的项链……要被我小姨卖掉了。”

林远时眸光一紧。

“是怎么回事？”

叶婴大致把那天的经过跟林远时说了一遍：“刚才她给我打电话，说再不把钱给她，她就要把我的项链卖掉。”

“别着急。”林远时的声音低沉了几分，“项链无所谓，晚上我送你回家。”

叶婴抬起眼睛：“你送我？”

林远时勾起一边的嘴角：“顺便拜访一下小姨，送点礼物给她。”

他们之间的对话悉数落到后座的男人耳朵里。

男人吃完了面，帽檐微微抬起，露出嘴角一抹淡笑。

小丫头……

这么多年了，演技倒是越发精湛了。

叶婴刚刚退席接电话，他清楚地看到她的手机屏幕。

——并没有电话进来。

鸭舌帽付了面钱，起身出门。

他从兜里摸出烟，风有点大，于是用手心窝着火把烟点燃，然后低着头，大步往街角走去。

临出门的时候，叶婴把刚刚拍的席上菜式的照片发了条朋友圈，设置部分人可见之后，才锁上手机跟他们一起离开。

下午第二节自习课，叶婴的手机响了。

叶婴看了眼来电显示，默默挂掉电话，继续做题。

没一会儿，电话继续打来，等到第三通的时候，叶婴站起身，到走廊把电话接起。

“小姨？我现在正在上课，你有什么事吗？”

“你还上什么课！赶紧给我拿钱！”

叶婴把手机拿远了一点，说道：“小姨，这个月的生活费你容我缓两天吧，我现在身上真的没有钱。”

小姨听后冷笑一声，随即尖锐的声音更大了：“没有钱？你骗谁呢！天天下馆子穿名牌，那边扣着林家的钱，这边在我们家白吃白喝白住！你们姐弟俩到底要不要脸啊！真把自己当成是我们家人了？”

叶婴略略垂下双眸，目光被窗台上的一只小瓢虫吸引。

它正艰难地顺着窗框往上爬。

“我知道我和弟弟不是你们家人，所以啊……”叶婴眸色深深，“钱我当然不会全都给你。”

小姨气不打一处来：“你！你终于承认了啊！”

“我知道你们过得不好，但是没有办法，林家资助的人是我，不是你，你再怎么困难，也和我没有关系啊，你说对吧？”叶婴云淡风轻地说。

那只小瓢虫终于爬到窗框的一半，一阵风吹过，它又被吹落下去。

可它依然没有放弃，又开始新一轮的征程。

“你的心是黑的吗？什么叫和我们没有关系啊？哦，我们养你这么长时间是白养的吗？”

“我已经付给你们生活费，只不过这个月的还要等一等而已啊。”叶婴懒懒地看着那只瓢虫迎着风往上爬，话说得委屈，可是表情却是淡淡的，甚至嘴角还微微上扬着。

“我……”

“小姨，有事回家再说吧，我要上课了。”

“上什么课上课，没有钱就别上课！赶紧给我回家来！不给钱，今天就别回来了！”

叶婴眼中的烟雾像是丝线一样缠绕开来：“好的，小姨。”

那边愤怒地挂断电话。

叶婴勾起一抹笑：“小姨再见。”

她收起手机，看到那只马上就要爬上去了的瓢虫，伸手捉住，重新把它拿到最下面。

放学后，林远时一手拿起叶婴的书包：“走吧。”

一路回到小姨家，叶婴说道：“你能帮我买瓶水吗？”

林远时问道：“你想喝什么？”

“小茗同学。”

“行。”

叶婴把门牌号告诉林远时，自己先上楼。

刚开门，小姨站在门口，冲过来就是一耳光。

“这是我替你死去的妈教育你的！尊重长辈！好好跟长辈说话！”

叶婴咬了牙，小姨又一耳光甩过来，叶婴眼疾手快，伸手捉住了，然后狠狠往后一拧。

小姨的胳膊被拧成恐怖的角度，她疼得眼泪直逼眼眶。

“小姨教我尊重长辈。”叶婴手上的力气大得很，嘴角的笑容却轻柔好看，“谢谢小姨，我学会了，不知道还有没有别的需要学习的？”

“疼疼疼——快点放手！”

叶婴发了狠，眼睛死死盯着她：“我的项链呢？”

小姨眼珠转了转：“项链？什么项链啊？”

叶婴手上加了力道：“小姨啊，请问，我的项链被你拿到哪里去了？”

“那项链是你的生活费！我的亲闺女在国外都要待不下去了！我没有多余的钱来养你们俩！快点给钱！”

“小姨，您当然没有养我和小朗，您一直在用我们两个赚钱呢，不是吗？”

话音刚落，走廊里忽然响起一阵急促的脚步声。

“叶婴！你疯了！快点松手！”

小姨夫冲过来，一把拉开叶婴，狠狠把她甩到一边。

叶婴被门槛绊倒，重重摔在地上。

门框发出一声闷响。

“你敢动手？你现在居然敢动手？”小姨夫怒极，倏地举起拳头，眼看着就要往叶婴脸上招呼。

叶婴偏过头。

可是拳头并没有落下，而是停在半空，被一个大掌阻挡。

林远时推开小姨夫的拳头，一脚踹向小姨夫的胸膛。

“我看看谁敢！”

小姨夫被踹飞了。

“你……你……”小姨夫气坏了，手指着叶婴想骂，可是胸口的疼痛又让他骂不出口。

小姨见了林远时，气势立马弱了下去，唯唯诺诺的，仿佛踹飞自己老公的人不是他。

“真是失礼了，那、那什么，您怎么会来啊？来来来，快坐快坐。”

小姨有些局促，看了看林远时，又看了看叶婴，搓着手，低头站着。

林远时警告地瞥过一眼，俯身拉起叶婴。

“受伤没有？”

叶婴摇了摇头。

林远时把小茗同学递给叶婴，另一手搬了凳子放在她身边：“等我一会儿。”

叶婴坐下来，抬头看他。

林远时注意到叶婴右脸颊的红肿。

林远时问道：“谁打的？”

他的声音很轻，却像直接敲击在他们的心脏上一样，令人心惊。

小姨夫是典型的窝里横，除了叶婴姐弟俩，他从来不敢对别人凶狠。

他这个时候更是畏首畏尾，像个缩头乌龟。

林远时来势汹汹，谁都看出来他是给叶婴撑腰来的。

小姨也是战战兢兢地说：“不、不是，小婴在我们家里，我们都对她很好的，这次是因为你们林家的……林家的钱没有给我们，我们实在也生活不下去了，所以这才……”

林远时厉声问道：“我是问你，谁打的？”

小姨狠了心，手指向小姨夫：“他……”

林远时几步过去。

“你？”林远时居高临下地看着小姨夫，“哪只手打的？”

小姨夫惊恐地看向小姨，小姨立马缩了脖子，手往兜里伸。

她想拿出手机报警。

“林远时。”叶婴忽然出声。

林远时回过头：“你乖乖等我。”

“过来。”叶婴说道。

林远时沉吟了一下，还是朝叶婴那边走去。

小姨吓得立马收回手：“怎么了？”

叶婴说：“他们是我的小姨和小姨夫，帮我要回项链就行了。”

“项链在这儿，项链在这儿。”小姨马上从包里拿出那条项链，双手递到林远时手里。

原本她想拿去卖的，但是总觉得这条项链不寻常，也想先查一查是不是什么限量款，她怕别人坑她。

“我再给你做一条。”林远时有点嫌弃地看着小姨的手。

叶婴垂下眼睛：“那这条也是我的。”

林远时点头：“好，你的。”

最后从小姨家走的时候，林远时说道：“以后你们再敢欺负她，我们就走着瞧。”

小姨吓得忙不迭点头：“哎，哎！”

林远时微微揽过叶婴：“今天先去公寓里住吧，我回家。”

叶婴小声说道：“我也不想和他们搞这么僵的，多给他们一点钱也没有什么，但是那天我发现，小姨偷换了小朗的药，买药的钱进了她的腰包，我就有点害怕了。”

“别回去了。”

“可是……”

“就剩最后一年了，公寓离学校也近，你就在那儿将就一年，上了大学，我们就在别的城市了。”

叶婴还是没有说话。

林远时抿了抿嘴，知道叶婴在担心什么。

于是，他不大情愿地补充了一句：“叶朗也去吧。”

“林远时。”

“嗯？”

“谢谢你啊。”

林远时笑了笑，把大掌放在她的后脑拨了拨：“走吧。”

这不是叶婴第一次来林远时的公寓，上学期期末，她几乎每天都要过来给林远时补习。

但今天却是叶婴第一次睡在这里。

“你就住这一间吧。”林远时把房门打开。

这大概就是之前舅妈的那间卧室了。

里面装修得非常豪华，不像公寓其他房间那般透着庄重的豪华感，这间卧室更多的是轻盈的少女心，无论是圆形的大床、淡粉的床幔，还是巨大的浴室和衣帽间，都充满了浓浓的公主风。

“我……真的要住这里吗？”

林远时挑挑眉：“当然！里面就有浴室，什么都可以用。”

虽然林远时这么说了，可是叶婴还是心怀忐忑。

晚上，叶婴帮林远时辅导完功课，问道：“你回家吗？”

“嗯……那什么，今天忘了告诉老孟了……”林远时尴尬地挠了挠后脑勺，“但是你放心……”

叶婴笑了笑：“你饿不饿？”

“嗯？啥？”

“我饿了，煮个方便面行吗？”

“哦，哦！我饿了！小婴，你还会煮方便面？”

“这有什么难的。”

叶婴到厨房找材料，林远时屁颠屁颠跟在后面：“小婴，你真厉害，我给你打下手。”

叶婴问道：“你从来都没下过厨吗？”

叶婴从橱柜里找到两袋方便面，又在冰箱里拿了紫菜、鸡蛋和香肠出来，用小锅接了一点水后，打开煤气。

“没有。”林远时帮叶婴切了香肠，“小时候有一次一个人在家，中午我饿了，到厨房想要找吃的，打开煤气之后没关严，差点中毒。

“从那之后，我妈就没让我下过厨。”

水开了，叶婴把方便面放到沸水里，然后放了调料，没一会儿，香味儿就飘出来了。

“你还有一个人在家的时候？”

“嗯，我弟弟刚搬过来的时候。那时他妈妈身体不好，我爸把保姆都调到别院去了。”

叶婴没想到会是这个原因，马上岔开话题：“把香肠拿过来。”

“哦。”

盖上锅盖闷了一会儿，面好了。

叶婴把面盛出来，林远时把两碗面端到餐桌上。

“卧了两个鸡蛋的那碗是你的。”

林远时抿着嘴角：“哦。”

太烫了，俩人一边吹，一边吃。

林远时问道：“那你呢，一直自己做饭吗？”

“嗯，小时候爸爸妈妈也很忙，我做饭给小朗吃。”

林远时不大高兴地一口咬下蛋清：“臭小子。”

叶婴笑容渐渐褪下：“小朗其实很好的，如果没有他，我可能也活不到现在。”

Chapter 11

最后在某一处停下，对着上面的观众席飞来一吻

大小伙子吃东西很快，三下五除二吃完了一碗面，坐对面等着叶婴。

叶婴吃了还不到半碗，林远时看着她用筷子把面条挑起来一点，放在勺子上，送进嘴里，细细咀嚼之后喝一口面汤。

林远时笑了笑，也不着急，懒洋洋地靠在椅背上。

一碗热乎乎的面下肚，虽然谈不上饱，但是真的舒服。

叶婴吃了一多半之后就饱了，她放下筷子，抽了纸巾擦嘴。

“你回去吧，我收拾。”林远时站起身。

叶婴问道：“你会吗？”

“扔洗碗机里不就行了吗？”

“行吧，那我去把书收拾一下，你睡哪间房啊？”

林远时端着碗转过身：“那什么……你不用管我了，你直接去房间洗澡睡觉吧。”

“好。”

叶婴没走几步，林远时又不放心地强调了一遍：“没事儿不用出来看我啊，我自己睡，你别出房门。”

“好。”

叶婴回到房间，林远时看着她剩下的那一小碗面条儿，喃喃道：“哎，这浪费多不好啊。

“哎，这也没有筷子了，就只能用你的了。

“哎，浪费真不好，真不好。”

林远时重新坐下来，拿起叶婴的筷子，把她剩下的小半碗面几口吃完。

吃完之后，他一路碎碎念着把碗放进洗碗机里：“我就是担心浪费……”

叶婴匆忙从小姨家里出来，什么都没带，好在公寓里什么都有，甚至还有一身新睡衣。

叶婴原以为是林远时舅妈的，可是林远时说那些都是他重新买的。

等叶婴深问下去，林远时就不回答了。

到现在叶婴都还有点搞不清楚，这次住在公寓里是意外的决定，还是林远时蓄谋已久。

叶婴拿着新睡衣到浴室洗了澡，把长长的头发吹干，轻轻地舒了口气。

环视整个房间，叶婴有种不真实的感觉。

躺在漂亮的公主床上，原本还想理一理今天发生的事情，做下一步的打算，可是没一会儿，叶婴就睡着了。

林远时站在门口，听到里面吹风机的声音消失，知道她已经准备睡了。

林远时自己去洗了澡，换了身干净衣服，把被子从卧室里拿出来，往沙发上一扔。

林远时满足地仰面躺下。

愿望就这么实现了……

守护她睡觉，比他想象中还要幸福。

林远时最后看了她的房门一眼，闭上眼睛。

次日清晨，叶婴准点起床，一开门吓了一跳。

林远时听到门响，迷迷糊糊睁开眼睛。

“小婴，起这么早啊。”林远时坐起来，他的头发又有些长了，睡一觉起来张牙舞爪的。

他一张俊脸还迷糊着，带着晨间方起特有的苍白。

“你——怎么睡在这儿啊？”叶婴皱眉退了几步。

“守着你啊。”

林远时想也不想蹦出这四个字。

叶婴的心脏似乎被什么戳了一下，塌陷了下去。

她低下头：“哦，我洗漱完了，早饭想吃什么？”

林远时的眼睛稍微睁开了一点儿：“早饭你也会做啊？小婴婴，你好厉害啊。”

叶婴略略红了脸，快步走进厨房：“煎个蛋吧，行吗？”

林远时掀开被子：“我给你打下手。”

早饭很好做，叶婴把面包烤了一下，煎了两个蛋，切了两片西红柿，摆上芝士片，挤了点果酱，又撒了一把坚果在盘子里。

也实在没什么需要打下手的，林远时就是怕叶婴一个人在厨房太无聊，她走哪儿他跟哪儿。

两人吃完早饭，背起书包去学校。

“给。”林远时塞给叶婴一袋牛奶。

叶婴小声说道：“谢谢。”

两人一人叼着一袋牛奶下了楼，走到小区门口，叶婴的鞋带散开了。

“你别动。”

叶婴一愣：“嗯？”

林远时把书包往后背了背，单膝跪地俯下身。

“哎，别……”叶婴的小脚尖往后蹭了蹭。

林远时先她一步抓住鞋带，几下系好。

林远时重新站起来：“走吧。”

叶婴小脸稍微有点红，在熹微晨光的映衬下，显得格外好看。

林远时被她的脸红挠得心痒，俯身看着她：“我系的又不是你系的，你脸红什么？”

“我哪有脸红……”

“小婴婴，你说说你，脸皮儿怎么这么薄呢？”

“脸皮薄怎么了？”

“可爱呗，还能怎么。”

正走着，身后传来“哐”的一声，两人停下脚步回头看去。

陆云亭刚关完车门，看到叶婴想打招呼，一看她旁边站着林远时，立马哆哆嗦嗦的，说不出话了。

“那……那个……”

叶婴先跟她摆了摆手：“云亭。”

陆云亭小跑几步过来，挽上叶婴的手臂：“你……你们怎么……”

叶婴解释：“哦，我们刚刚碰上的。”

陆云亭点点头：“这样啊。”

走了几步，又一道关车门声响起，是唐疏予迈步下来。

他刚好看到林远时带着叶婴和陆云亭往校门口走，不禁微微皱眉。

林远时也看到唐疏予，嫌弃地侧过头。

唐疏予朝陆云亭摆了摆手：“过来。”

陆云亭抱紧叶婴的手臂：“不要。”

唐疏予声音沉了几分：“过来，快点。”

陆云亭怕了，拉着叶婴说：“要不咱们走快点？”

叶婴点头：“行。”

林远时喊道：“哎哎哎，小婴，你书包可还在我这儿呢，你不跟我走我可打球去了啊。

“那你的书包背去哪儿可就不一定了啊。

“你想好了。”

叶婴犹豫地看着陆云亭。

唐疏予没跟他们僵持，大步过来拎起陆云亭的衣领，强行把她和叶婴拉开。

林远时双手抄兜，不屑地“嘁”了一声。

前面的唐疏予顺手接过陆云亭的书包，陆云亭小小一只，不满地和唐疏予跳脚。

“你干吗呀！”

“我怎么了？”

“你拎我干吗！”

“谁让你不赶紧过来。”

“我过来干吗呀！”

“跟我一起走！”

“谁要跟你一起走啊！”

……

一路上，前面两个人你一句我一句停不下来。

叶婴无奈地摇了摇头，仰头看林远时，问道：“你为什么不喜欢唐疏予啊？”

“就烦这种装模作样的好学生。”

“我觉得他没有装模作样啊。”

林远时停下脚步，看着叶婴，认真地说："你要是再夸他，我就更讨厌他了。"

四个人一起进了晋城一中大门，汇入蓝白相间的河流。

一个黑色的人影从门口的大树后面闪身出来，目光落在有说有笑的四人身上，片刻后，那人压低帽檐，转身离开。

周末，叶婴从林园出来，这个时间小姨和小姨夫都不在家，叶婴想回去收拾一下东西，顺便接上叶朗。

叶婴收起手机，站在公交车站旁等车。

"叶婴。"

闻言，叶婴猛地抬起头，发现不知什么时候，身边站着一个一身黑衣的男人。

他抬起头，勾起一抹笑容："好久不见。"

叶婴略略皱眉："陈泽宴？你怎么在这儿？"

陈泽宴笑了笑："有兴趣一起吃个饭吗？"

街边的肯德基店里，陈泽宴端着餐盘穿过重重人群，放到窗边的位置上。

"你怎么从广元过来了？什么时候来的？"叶婴一肚子疑问。

陈泽宴把可乐递给叶婴，用纸巾擦干桌面上的水珠，说道："前几天刚到。"

陈泽宴跟叶婴从小就认识。

叶婴被父母收养之后，住在四川广元小茂村，陈泽宴和他的母亲也住在那个村子里。

两家离得不算近，可是小茂村也就那么大地方，走二十分钟也就到了。

更何况那时叶婴父母在村里开小超市，不得空的时候就会让叶婴出去送货。

叶婴第一次去陈泽宴家的时候，着实愣了一下。

叶婴从小在孤儿院长大，可是看到陈泽宴家的情况的时候，还是觉得心惊。

陈泽宴的母亲是村里出了名的疯子，他们是十几年前搬过来的，刚来的时候女人怀着孕，一个人拖着大大小小的行李箱，搬到村子最深处的破旧老屋里。

一开始大家觉得她挺可怜，纷纷过去慰问，结果全都被女人连骂带打地轰出来。

大家觉得莫名其妙，就连村长都吃了一通闭门羹。

小村里平静安逸，鲜少有什么新鲜事儿，这个女人的到来，一时之间成了村里人人谈论的八卦。

大家都在猜测议论这个女人的来历。

有人说她是被大户人家赶出来的，有人说她根本就是一个从事不良职业的人，还有的说她是被高利贷追杀，过来躲债的。

众说纷纭，却没有一个定论。

村长去给女人办理了过户手续，从她家出来的时候，大家好奇地凑过去，想问问村长女人究竟什么来历。

村长什么话也没说，只是摇头。

女人的身世来历一直是一个谜。

搬过来之后，女人几乎从不和村里人来往交谈，刚来的时候，她那张脸圆润细腻，长得有几分姿色，可是一年下来，窘迫的生活让她的那点姿色消失得无影无踪。

她的脸纤瘦灰败，没什么血色，更没有什么表情，像是开败了的花朵，毫无生机。

渐渐地，大家对她的好奇没有当初那么强烈，反倒是觉得她这个模样有点可怕。有的时候家里的小孩子不听话，大家总会用“不乖的话，村头的怪女人就会把你捉走”这样的话来吓唬小孩。

后来女人生了孩子，取名陈泽宴。

大家的好奇心又被点燃。

陈泽宴渐渐长大，大家总想从他口中套出点什么。

年幼的陈泽宴因为营养跟不上，比同龄的孩子瘦小很多，他母亲的疯病越来越严重了，常年把他关在小屋里不准他出门。

大家拉过陈泽宴想问一问他母亲的情况，陈泽宴抬起头，大家虽面上不说，可还是被这孩子的眼神吓了一跳。

他不说，大家竟也不敢深问下去。

在一个村子住着，但是叶婴跟陈泽宴始终没有什么交集。

唯一的一次交集是某一年夏天，叶婴从学校回来，没看到叶朗，便出门寻找。

最后在一个深巷里找到叶朗。

彼时，陈泽宴把叶朗堵在巷子里，沉声威胁道：“你再敢多看她一眼试试。”

叶婴吓了一跳，赶忙过去拉开陈泽宴。

叶朗一直被他揪着领子，此时终于呼吸到新鲜空气，止不住地咳嗽起来。

“你干什么！”叶婴把叶朗拉到身后，大喊道。

陈泽宴虽然瘦，可是个子却比叶婴高出不少。

他垂眸看着她，一言未发，转身离开。

叶婴被那道目光看得后背发凉，等他走之后，回头问叶朗：“怎么回事啊？”

叶朗咳得脸都有些红了：“我也不知道……”

“他说你多看了一眼谁？”

叶朗想了想，说道：“今天，我就是放学遇到了何栖迟，跟她一起回家的……”

叶婴皱了皱眉：“行了，以后离他远一点。”

现在的陈泽宴，相貌与小时候有八分相似，但更加瘦了，也更加高了。

叶婴目测他似乎比林远时更高一些，接近一米九的个头。

其实陈泽宴的五官非常精致，虽然出身寒门，身世堪怜，皮肤苍白，瘦骨嶙峋，可是他身上自有一股阴郁的贵气。

每次看到他，叶婴都会想到电影里夜行的吸血鬼王子。

即使年幼时分，身上的气质也和“可爱”“天真”等词联系不到一块儿去。

“你现在在晋城一中上学？”陈泽宴的声音和他的人一样，低沉、缓慢，像是最深处的泉水，又像最优质的大提琴发出的声响。

“嗯，是。”

不管怎样，陈泽宴忽然过来晋城，又特地过来找叶婴，一定不是单纯的叙旧。

两人也着实没有什么旧可叙。

陈泽宴喝了口可乐，问道：“小朗在七星中学？”

叶婴垂下眼睛，吃了一根薯条：“你去看过他了。”

不是疑问句，是用肯定的语气说出来的。

“听说你父母去世之后，你一直受林家的资助。”陈泽宴什么也不吃，一口一口喝着可乐。

“你调查过我？”

陈泽宴笑了笑：“你别紧张，我来，是有事情想要求你帮忙。”

他提到了叶朗，叶婴心中瞬间警惕起来：“什么事？”

“帮我送一样东西给林老爷子。”

叶婴皱了皱眉："你跟林家老爷子有联系？你要我送什么东西？"

"放心，不是什么要命的。"

陈泽宴把一个文件袋放到桌子上。

叶婴迟迟没接，问道："你怎么会认识林老爷子的？"

陈泽宴看了看叶婴，用修长的手指拈起一根薯条："我当然不认识。"

"那你为什么要把这个东西给他？"

陈泽宴又把那根薯条放下，没有正面回答叶婴的问题，假意皱眉想了想："林家的叫……林远时，是吧？"

叶婴目光笔直地看着陈泽宴，不说话。

这个人比他想象中更加复杂。

从一开始，陈泽宴依次提到叶朗，提到晋城一中，提到林老爷子，最后说了林远时。

看似云淡风轻地聊天，实则是在威胁叶婴。

叶婴的一切，他都清清楚楚，他知道叶婴聪明机敏，所以从一开始就把所有事情都摊在她眼前。

不用她去猜度什么，她想知道的，他全都告诉她了。

那些陈泽宴没有说的，隐藏起来的，叶婴连猜测都无处下手。

这才是陈泽宴高明的地方。

听到这里，叶婴才知道，敌在暗她在明，她的一切他都知道，而她对他一无所知，这场对话本就不是公平的。

她根本不是他的对手。

"如果我不帮你……"

"没关系，你不用勉强。哦，对了，你弟弟最近跟赵野走得很近，好好看着点儿。"

陈泽宴站起身，拿起那个文件袋离开。

叶婴在座位上坐了许久才走。

陈泽宴出了肯德基餐厅，低头点了支烟，拐进一条小巷里。

他租的房子就在这条深巷中。

陈泽宴在小推车前买了一瓶矿泉水，付了钱。

"新搬来的啊？"卖水的大姐跟陈泽宴搭话。

陈泽宴把找的零钱塞进裤袋，没说话。

大姐看着陈泽宴的背影，啧啧两声："生得倒挺俊俏的，怎么这么冷漠哇。"

小巷里面非常安静，和外面熙攘的街道俨然两个世界。

这是一片老旧小区，里面住的大都是花甲老人。

走了一段路，发觉身后传来轻微异动，陈泽宴脚步未停，云淡风轻地吞云吐雾。

他拐了一个弯，轻巧地攀上矮墙，从上面跳下去，一闪身，躲在后面的楼群中。

脚步声逐渐凌乱，往另一个方向去了。

安静片刻，陈泽宴从楼群中出来，没走几步，觉出不对。

他回过头。

一个光头男人身后跟着一群身穿黑色西装的打手出现。

“叫我们好找。”光头年轻的时候嗓子受损，说话声音非常沙哑，像是指甲划在黑板上，低低地摩擦着耳膜，听上去十分难受。

“把东西交出来。”光头的目光落在陈泽宴手中的文件袋上。

陈泽宴踱步到墙边。

而后，他忽然回头，狠狠一拳打在身后想要偷袭的人脸上。

动作又快又狠，职业打手尚且防不胜防。

这一拳之后，那些人全都冲了上来。

陈泽宴出拳迅速，每一下都正中他们要害。

身后有人抡起了铁棍，照着陈泽宴的头打过来。陈泽宴迅速躲过，手上拉着另一人的衣领，往后狠狠一拉。

铁棍打在那人身上，头破血流。

毕竟是多对一，陈泽宴挨了几下，鲜血顺着他的嘴角流下。

中间对峙的工夫，陈泽宴舔了下嘴角，勾起一抹淡笑，狭长的眼睛微眯，飞起一脚踹在光头的脸上。

“有两下子啊！给我上！”

见光头发了狠，陈泽宴从怀里拿出那个牛皮纸文件袋，远远一扔。

光头愣了一下。

就在这一瞬，陈泽宴拔腿就跑，灵巧一滚，越过矮墙，顺手拿起恰好燃了一半的烟，闪身往旁边一拐。

他腿长步子大，动作轻巧迅速，风在他的耳边略过，几下，就把追过来的人甩掉了。

光头气急败坏，还好拿到了文件袋。

结果打开来一看，里面空空如也。

光头把文件袋往墙上狠狠一摔：“虚晃一招！”

陈泽宴刚走，餐厅门口一个男人推门进来，叶婴看着有些眼熟。

那男人也看到了叶婴，对上她的视线，跟她打了声招呼："小婴？"

叶婴想起来，这人是林家老爷子的保镖刘文兴。

刘文兴奇怪地看了看刚出门的瘦高男人，又看了看叶婴。

"那是谁啊？你认识？"

"啊……是以前的一个朋友。"

刘文兴挠了挠后脑，自顾自嘀咕了一句："看着有点儿眼熟呢……"

精致的高跟鞋敲在瓷砖地面，发出"咚咚"的声响。

霍文初一把关上办公室的门。

张秘书跟在后面，停顿了一下才拿起文件夹跟霍文初汇报。

他从没有见过霍文初这般生气。

"盛世还没签署合同，因为老爷子那边压着没有签字，盛世说如果今天九点之前再不放货，他们那边可能就要找别家了。"

霍文初看了眼文件，而后狠狠地把文件摔在地上。

"老爷子这是怎么了！要干什么啊！"霍文初站起身，用力地将高跟鞋踩在地上，"明明知道前段时间林氏高层受贿这事儿刚刚平定，和盛世的这次合作对于林氏来说有多重要，难道不是显而易见？

"为了这次合作，前段时间我花费了多少心力，老爷子难道不知道？我不信他不知道！"

张秘书不说话，微微颔首。

霍文初的怒气发泄出来一些，现在平静不少："我总觉得最近老爷子有点奇怪。"

虽然以前因为一些事情，林老爷子跟霍文初的关系并不好，但是这么多年过去了，霍文初在林氏手握大权，林老爷子也就得过且过，并没有在明面上为难霍文初。

"按理说远时已经成年，林老爷子却没有在他的成人礼上宣布给远时林氏股权，而且绝口不提。"霍文初理顺了一下最近发生的事情，"我怀疑这件事情跟陈佳玉留下来的孽种有关。"

张秘书垂眸。

霍文初问道："之前让你查的，查到了吗？"

张秘书马上回答："查到了陈泽宴的行踪，但是这个人非常警觉，刚找到他的踪迹，又让他给跑了。”

“废物！是不是在晋城找到他的踪迹的？”

张秘书看了眼霍文初的表情，缓缓点头。

霍文初咬了咬牙：“给我找！找不到就去找警局的刘队长，他能帮你们。”

“是。”

霍文初忽然想起什么，问道：“那个人是从哪里来的晋城？”

她真想知道当年被她满世界追的女人，究竟逃到了哪里。

“四川广元。”

霍文初一边踱步，一边摩挲着手上的钻戒：“广元，广元……为什么有些熟悉……”

这时，办公室的门被人敲响，霍文初沉声道：“进。”

助理小章走进来：“霍总，明华集团的孟总到了。”

“我知道了。”

临行前，张秘书叫住霍文初：“霍总，下周的董事会……”

霍文初咬了咬牙：“照常开。”

说罢，她踩着高跟鞋走出办公室。

张秘书深深地看着霍文初的背影，垂手站了许久。

因为陈泽宴的突然造访，这几天叶婴有些心神不宁。

好在刚刚开学，课程没有那么紧张，叶婴还能应付。

之前因为高三复习而延迟的篮球赛，那天自习的时候邵军过来通知，就要在下周三举行，想要当观众的同学可以在朱木心那里报名。

这周下午的自习林远时都没有参加，他是篮球队的主力，有的时候叶婴学习累了，一偏头，就能看到林远时跟篮球队的成员在远处的篮球场上训练。

林远时个子最高，十分显眼。

他似乎跟负责篮球训练的体育老师关系很好，有的时候队员们在操场上跑圈，林远时跟老师在一旁聊天，有的时候老师有事不在，林远时就会帮着老师看管队员们的训练。

很快，周三到了。

篮球赛在下午，和七星中学这个老对手的比赛，学校非常重视，特地定在篮球馆举行。

叶婴早早在班级站好队，跟着同学们一起进到篮球馆里，在他们班的位置上坐好。

球赛还没有开始，两队球员都在热身。看到观众进场，林远时手上的动作缓慢了一些。

叶婴刚进去，一抬眼便撞上林远时的目光。

他总有这样的能力，能够从众多人中一眼寻到叶婴。

叶婴朝林远时笑了笑，林远时高兴地拿起自己的杯子喝了口水，带着队员们热身更加有劲儿了。

叶婴在位置上坐定，环视四周。

不知道是不是因为他们班出了球队主力的缘故，他们班级观众的位置非常好，两边的球队都能看到，离主席台也近。

叶婴正想从包里拿东西，一抬头，看到对面观众席中，有人朝自己一个劲儿地挥手。

叶婴不禁抿了嘴角。

会场禁止喧哗，叶朗不能大声呼唤。

叶婴跟叶朗示意了一下，没一会儿，球赛开始了。

叶婴知道林远时喜欢打篮球，但是真正认真看他打球，这还是第一次。

林远时个子高，弹跳力好，虽然对方先他们一步得了两分，但被林远时抢了个漂亮的篮板，拿到球后的林远时飞速跑到另一边。

他的速度太快，对方球员大都在另一侧防守，林远时如入无人之境，三步弹跳起来，一个利落漂亮的扣篮，瞬间扳平比分。

动作帅气流畅一气呵成，扣篮之后，全场爆发出一阵欢呼尖叫声。

林远时速度快体力好，反应非常迅速，是非常好的前锋，这几年晋城一中篮球队老队员有些松懈，新队员能力不够顶不上，正是青黄不接的时候。

多亏有了林远时，一个人带动全队，队员们失误送给对方的分数也都被他尽力找回来了。

上半场结束，林远时的头发完全被汗水浸湿，他本来就白，现在运动过后，显得更加细皮嫩肉，白里透红。

别人都用矿泉水瓶，只有他带了个异形的杯子，喝完之后还要小心翼翼地收好，以免被篮球砸到。

休息结束，林远时往观众席上看了一眼，忽而笑了一下。

叶婴脸上的笑容还来不及绽放，就听到前座女生一阵尖叫，兴奋地推着她旁边的女孩。

“啊！刚刚林远时在看谁啊？是咱们这个方向吗？”

另一个女生回道：“不知道看谁，不过那个眼神真的好苏啊……”

“我觉得他就是往咱们这边看呢！天啊，我的男神啊！我要被他帅昏了。”

旁边的姑娘也加入讨论：“你认识他吗？他会看你？咱们后面是实验班的观众，时哥肯定是看他班的人啊。”

最开始尖叫的那个女生小声说道：“实验班？怎么可能入得了他的眼？”

“那可不是，他班有几个小姑娘长得可好看了，尤其是……”那个女生再一次压低声音，“尤其是新转来的那个学神。”

“对啊，我听说那个女生还是他的同桌呢。”

“今天好像就来了，就在后面坐着呢。”

“是哪个啊？指给我瞧瞧。”

她们几个人纷纷回过头来，叶婴的目光落在林远时身上，不再理会前面叽叽喳喳的几个女生。

下半场比赛刚开始，晋城一中的队员们就丢了几个球，原本领先的比分直接被反超。

体育老师非常着急，在看台边上心焦地走来走去。

这批队员体力不佳，原本指望着他们能在上半场势如破竹，多甩七星几分，下半场绝对不是他们的主场，也许能被七星扳回去一些，到最后的胜负全看上半场能否领先。

可是队员们的体力还是出乎老师的意料，到了后期，他们的打法就已经疲软，全靠林远时一个人撑着，上半场领先的那几分，在下半场刚开始的时候就被反超。

体育老师不住叹气。

可是比赛没有结束，他也不会存有放弃的念头。

一转眼，林远时一个线外三分球进，老师兴奋地跳了起来。

林远时似乎知道老师在想什么，投篮之后往老师那边看了一眼。

他沉稳坚定的眼神像是一针定心剂，让老师放了心。

老师心中不禁重新燃起希望。

可是篮球终究是场团队作战，七星中学的队员们训练有素，配合默契，这三分并没有给比分带来太大变化，反倒激起对方的士气，频频上篮，连得十几分。

眼看着两队的比分越拉越大，体育老师叫了停。

队员们下来喝水，本来体力就已经跟不上，现在士气也没了。

林远时猛灌了几口水，命令道：“都过来。”

队员们围聚过来，林远时说道：“这是你们高中生涯最后一场比赛，赢，要打下去，输，更得给我坚持。不管体力能不能跟上，都得拼死了打。因为这一场之后，再也没有这样的机会。”

一番话落，队员们脸上抱怨、失望的情绪悉数消失。

沉默了一会儿，贺名扬忽然出声：“一起击个掌吧！”

大家围拢过来，手叠放在一起。

“不论输赢，都拼命到底！”

“加油！加油！加油！”

休息结束，对面的队长看着林远时，挑衅地笑了笑：“怎么？林队长，聚在一起加油了？加油去赢，还是加油去输啊？”

这次他们的战术本来是一对一盯防，可是自打下半场以来，他们竟两个人甚至三个人盯防林远时。

晋城一中的队员们体力跟不上，打法疲软，林远时这边又被防得死死的，所以比分越拉越大。

比分差距越大，队员们的士气越发受挫，因此陷入一个死循环中。

那边的队长这样得意，也是这个原因。

七星的队长在读初中的时候，和林远时打过一场比赛，被虐得体无完肤，现在再次在赛场相遇，七星的对长终于能一雪前耻。

队员们听后非常生气，林远时却表现得云淡风轻。

“终于能在我面前大展拳脚了，这么开心。”

林远时说完，对面队长脸色都变了。

那种感觉非常难受，林远时天生傲骨，一身贵气，说这话的时候，语气平淡，唇边浅笑依旧。

反倒衬得七星的队长小人得志一般，得了一点成绩就在林远时面前跳脚。

比分差距带来的喜悦瞬间消失殆尽，留下的全是耻辱不堪。

七星的队长瞬间变了脸色，狠狠地瞪着林远时：“你就等着输吧！”

林远时也不生气，照常开始比赛。

休息之后，晋城一中好像换了战术。

两人盯防林远时之际，林远时得到球后拼命突出重围而不得，眼见球就要被晃走，林远时忽然一个传球。

防守的人以为林远时要像下半场前半部分一样，靠运气远投，全都往篮筐下冲去，不想林远时忽然改变方向。

“他不是投球，他是传球！”七星的队长大喊道。

可是已经晚了，篮球稳稳落到贺名扬手中，所有人的注意力都放在林远时身上，根本没人防着贺名扬，他夺了球之后利落上篮，毫无疑问进球。

只有两分，可是这样的配合让晋城一中的队员都有了士气。

之后的几次进球和这次进球如出一辙，林远时似乎舍弃了自己投篮的机会，每一次进攻都是传球，更何况林远时在校队多年，经验丰富，往场内扫一眼就知道哪里防守最松懈，传球更是又稳又准，传到的那个人身边防守最弱，进球就跟玩一样。

连续几次之后，比分竟然逐渐拉了回来。

晋城一中这边越战越猛，观众席的气氛也被这几个漂亮的进球调动起来。

“晋城一中加油”的声音喊得无比响亮。

晋城一中又进一球，观众们都激动地站了起来。

叶婴一向稳重，不禁也被这气氛感染，跟着观众一同起身。

老师也高兴坏了，笑着组织纪律，虽然没什么人听从，老师也没有真的生气，一直笑眯眯的。

七星中学终于发现了晋城一中的战术，开始改变战略，只留一个人盯防林远时。

假动作晃过防守这件事对于林远时来说就跟玩一样，他像是一匹野马，根本没有人困得住他，断球，上篮，传球，如同一股旋风刮在整个球场，所到之处必定掀起欢呼的波浪。

最后和七星的比分越拉越大，最后三分钟，七星中学几乎快要放弃。

比赛结束，晋城一中以绝对优势赢了七星中学。晋城一中这边欢呼一片，七星中学从队员到观众，都难免失落，最后，队员们依次碰了肩膀，双方体育老师也握了握手。

林远时高举双手，绕场跑了一周，最后在某一处停下，对着上面的观众席飞了一吻。

那一片的观众都沸腾了，不住尖叫起来。

叶婴无奈地摇了摇头。

又嘚瑟起来了……

谁也浪不过林远时。

球赛结束，也到了晚饭时间，叶婴找到叶朗，想和他一起吃晚饭。

“不了姐，我晚上还得去野哥的公司一趟。”

“不用上晚自习吗？”

“今天球赛，晚自习可以不用回去。”

叶婴皱了皱眉：“小朗学会说谎了。”

叶朗眼珠转了转：“姐，今天野哥在公司开会，我想过去跟着学习。”

叶婴不说话。

叶朗保证道：“我晚上一定按时回学校，姐，你就让我去吧。”

“你们老师说你成绩又下滑了，是不是跟你总去赵野那边有关系？”

“去那儿能赚钱。”

叶婴早就看出来了，最近叶朗阔绰得很，又是给叶婴买鞋，又是换书包的。

“别耽误了正事，赚钱是姐姐的事，你安心读书。”

“我知道啦，那我走了，姐。”

“注意安全。”

送走叶朗，林远时他们走过来。

“小婴，一起出去吃饭吧。”

“吃什么饭？”

“庆功，老余说了，这次的庆功宴他请客，想怎么吃就怎么吃。”

老余就是这次指导他们的体育老师。

叶婴看了看后面的一众男生，说道：“你们去吧，我就不去了……”

林远时不等叶婴说完，忽然扳过她的肩膀：“哎，走吧，走吧。”

最后庆功宴选定的地点在距离学校不远处的一个小饭馆里。

大家坐在包间里，兴高采烈地嚷着篮球赛的诸多细节，叶婴则坐在位子上安安静静地吃菜。

说到最高兴的地方，男生们碰了杯，有人觉得不过瘾，嚷道：“光喝这破橙汁儿没味儿啊，要不咱么玩游戏吧？”

立马有人响应：“好哇，我们玩什么？”

“玩……我这么干想也不知道啊，要不玩骰子？咱们搜搜聚会游戏都有什么吧。”

众人拿出手机，搜了一大圈儿，排除了需要复杂道具的，排除了无聊又老套的真心话大冒险，最后只剩下狼人杀。

“正好张新鹏带了狼人牌，大家都会吧？”

“要不你把规则再重复一遍。”

热热闹闹商量一番之后，按照人数确定了身份。

他们正好十三个人，一个法官，四个平民，三个狼人，四个神牌分别是：女巫、预言家、猎人和丘比特，丘比特可以连接两个人成为恋人，这样他们两个和所有人对立。

林远时低声问叶婴：“你听懂了吗？”

叶婴点点头，说道：“听懂了。”

林远时“哦”了一声，他虽然面不改色，但是心里有点打突：自己要是别的身份牌还好，万一是个狼人，叶婴可能一眼就能把我看穿。

狼人杀这个游戏除了背后的逻辑思维，玩的就是心理战术和面不改色。以前林远时玩这个游戏特别厉害，他对待谁都是一副吊儿郎当的模样，大家根本看不出来他究竟有没有身份，但是这份自信在面对叶婴的时候立马分崩离析个彻底。

叶婴挑了挑眉，问道：“你会玩吗？”

林远时正不知道该回答“会”还是“不会”的时候，看到叶婴勾了勾嘴角，眉若远山眸如春水，就知道自己刚刚的内心活动又被小婴知道了。

你看看你看看，他就说吧。

介绍完规则，游戏开始了。

法官发完牌之后，林远时躲到后边偷偷看了眼自己的牌，上面赫然写着：女巫。

呼——

不是狼人，林远时偷偷松了一口气，看了看叶婴，叶婴放下牌之后并没有什么表情，也不知道她的是什么，这个时候法官让闭眼，林远时还在想着叶婴会是什么牌。

第一夜被刀的是张新鹏，他一脸不甘地问法官：“有遗言吗？”

法官说：“没有。”

张新鹏“呀呀呀”了半天，最后来了句：“你们加油。”

大家开始发言猜测，林远时却一直在后面盯着叶婴的后脑勺儿看，琢磨着这个小脑袋瓜里究竟想着什么。

到了林远时发言，目前有三个人跳预言家，他也跳了。

“如果其中三个人里有真的预言家，那么我可以退票，如果没有，那么我认预言家，保我可以保平民和神牌赢。”

“那你给谁金水？”

知道金水就是确认过的好人，林远时指了指张新鹏，说道：“他。”

最后投票时大家把其中一位跳预言家的人票出局，林远时这波发言其实很危险，最后险胜。

第二夜。

等狼人刀完了人，女巫睁开眼，法官用手势告诉他，今夜死的人是叶婴，你有一瓶解药，要救吗？

居然是小婴？

林远时几乎不假思索地点了点头，按理说用了解药之后是不能用毒药呢，可法官为了不被人知道照例问了他一遍。

平安夜。

大家睁开眼，游戏进行到这里似乎有些疑惑。

有人提议：“我觉得预言家可以跳了，这个时候金水很重要。”

有人不赞成：“还是不要跳，现在场上还有三匹狼。”

林远时则表示同意：“上一局跳预言家的人可以试着给一下金水，顺便可以验证一下预言家身份了。”

林远时说话的时候见叶婴没回头，他心里有点敲起边鼓。

很快到了第三夜，因为解药已经用完了，法官不再告诉女巫是谁被刀，只问他是否使用毒药。

林远时咬了咬牙，摇头。

大家开始发言，第一轮跳预言家的几个人纷纷退票，给不了金水。

林远时就知道，被刀的张新鹏就是真正的预言家，第一轮完全没有给出金水，连个遗言都没有，更别说关键信息了。现在预言家陨落，那么前面跳预言家的人要么是狼，要么是为了保护预言家的平民或者猎人，猎人可以在死后带走一个人，林远时仔细斟酌着大家互相试探互相猜测的神态，最后把视线落在小婴身上。

林远时往前坐了一点，凑到叶婴跟前，像个大狗狗似的把头放在她手边的桌子上，仰着脸看她，问道：“小婴，你是好人吗？”

这两轮小婴的发言都很保守，她说她是好人牌，但是知道的信息有限，只能说这么多。

林远时想：如果小婴说的是真的，那么她的发言指向就是丘比特，但是如果小婴说假话，那可能性可就多了。

现在小婴跳丘比特的话没有人反驳，是不是就说明小婴说的是真话呢?

还好还好，小婴是和他一边的，林远时差不多放宽了心。

游戏继续，后面的发展却越来越出乎林远时的预料，甚至有人离开时的遗言是“林远时是个狼人”！

直到第六轮，猎人出局，带走了林远时。

林远时一腔苦水，没有遗言，一肚子话说不出去。

他这才知道，自己是中了叶婴的计了。

最后答案宣布，叶婴是狼人，和尤源是恋人，尤源是丘比特，人狼恋，和所有人对立，屠城才获得胜利。

众人皆叹他们两人太厉害，林远时却越想越不是味儿。

尤源是丘比特，居然连了他自己和小婴?

连谁不好，连小婴干吗?

“挺能装啊。”林远时冷笑着看着尤源，“谁都没发现。”

尤源谦虚地说：“主要还是小婴厉害，第二局先提出……”

“小婴也是你叫的吗？”林远时不客气地打断他。

“我猜到你是女巫了。”叶婴小声对林远时说。

这个动作取悦了林远时，他顺着问道：“是吗？”

他转念一想：“所以你才刀自己？”

叶婴点点头。

就因为确信你会帮我，所以我才敢为所欲为，那一刀不仅消除了林远时的防备心，还给自己之后的胜利铺了一条平坦大路。

回公寓的路上，路灯把两人的影子拉得老长。

叶婴转头问林远时：“如果再给你一次机会，知道我是坏身份的情况下，你还会用解药救我吗？”

林远时幻想了一下那个情境，法官告诉他死的人是叶婴，你救还是不救?

“救。”

答案依然不假思索。

和游戏无关，只要带上了叶婴，林远时就说不出不救。

叶婴弯了嘴角，她猜到这个答案，所以才这么肆无忌惮。

叶婴以前活得小心翼翼，别人对她的一丁点好都要存起来，劈成瓣儿，掺杂着猜疑一点一点享用。现在林远时对她的好是汪洋大海，纯净到不染纤尘，她根本无须怀疑，无须分辨，只要她想，林远时愿意把天上的月亮摘下来给她。

情书只有风在听

下

十二相识 著

天津出版传媒集团
天津人民出版社

Chapter 12

我喜欢一个姑娘

第二天一早，林远时先叶婴一步醒过来。

头痛欲裂，林远时难受得皱着眉，用两指掐了掐额头。

好晕，天旋地转的感觉。

林远时睁开眼看了天花板几秒，几乎要吐出来。

过了一会儿，叶婴醒了，开门看到林远时。

“好点了吗？”叶婴趿拉着拖鞋走到林远时身边，“你昨天熬得太晚了。”

林远时面色苍白，紧紧闭着眼，喃喃道：“难受。”

叶婴有些心疼地说：“今天先别去上学了，在家休息吧。”

林远时未置可否。

叶婴洗漱出来，见林远时还是躺在那里，难受地闭着眼睛。

“好点了吗？”

林远时没说话，只是摆了摆手。

“现在知道熬夜的坏处了？难受吧？”

见林远时委屈地扁了扁嘴，叶婴抿了抿嘴角，不说他了。

“你去上学吧。”林远时的声音哑到了一定程度。

“你自己在这里能行吗？”

“没关系。”

叶婴不放心，把家里从烧水到各种食材的位置全都跟林远时讲了一遍，又给他切好了水果放在一边。

“那我走了？真的走了？”

“嗯，快去吧。”

小婴重视成绩，林远时不想因为自己耽误小婴上学。

林远时一个人在家，叶婴一整个上午都心神不宁的。

中午一打放学铃，叶婴第一个冲出教室，到药店买了风油精，又去粥铺买了点粥和包子带给林远时。

林远时已经起来了，正裹着被子窝在沙发上一边吃水果，一边看电视。

“好点了吗？”

“小婴？你怎么回来了？”

叶婴没回答，把粥拿出来摆在茶几上，又拿了风油精出来，问道：“吃饭了吗？”

“没呢。”

林远时也是真的饿了，拿起筷子，三下五除二吃完了包子，端起粥碗喝了干净，最后满足地“啧”了一声。

“饿了吧？”

“有点。”

“头晕的话就涂一点。”

“好。”

“你下午去上学吗？”

“不去了，我妈过来接我，让我回家一趟。”

“好。”

霍文初把车停在公寓楼下，正准备上楼，就见林远时背着包从电梯里走出来。

“背的什么呀？”霍文初问道。

林远时笑了一下：“书啊。”

霍文初挑了挑眉：“太阳打西边出来了？”

“那是，现在要好好学习，发愤图强呢。”

林远时跟霍文初一起上了车，经过校门口的时候，他不住地往校园里看，目光在一众蓝白色中间寻找着什么。

“你看什么呢？”霍文初偏头问道。

“嗯？没什么。”

“叶婴现在怎么样？”

一提到叶婴，林远时立马来了兴致：“小婴啊，我跟你说，之前不是说她在南方那边的时候学习特别好嘛，我一开始还不信，最近这次考试你猜怎么着。”

“怎么着？”

“妈，全校！唯一一个满分作文就是小婴，厉不厉害？”

霍文初的目光深邃了一下，然后微微勾了勾嘴角：“我知道，她也跟咱们家这边提过。”

“嗯？提过什么？”

霍文初看向林远时，说道：“她想出国。”

林远时的笑容一点点僵硬，不可置信地偏过头：“小婴……要出国？”

霍文初挺好奇地挑挑眉：“嗯？她没跟你说？你们不是同桌吗？我以为你已经知道了。”

“她准备去哪里啊？”

霍文初低头看着自己新做的指甲：“她没具体说去哪儿，不过以她的成绩，外国名校也不是什么问题吧。”

林远时没说话。

“你呢，有什么打算没有？”

林远时看着窗外，把车窗降下来一些：“有啊。”

“什么打算？”

“她去哪儿我去哪儿。”

霍文初的心重重一跳。

车停，林远时关了车门，大步走在前面。

张秘书顺着后视镜看了霍文初一眼。

愤怒、不解、隐忍，无数复杂的情绪蕴含在她的表情中。

最后也只化作云淡风轻。

张秘书小声问道：“您还什么都不知道吗？”

霍文初垂下眼睛，开了车门，叹了口气：“下车吧。”

方才林远时的神态和语气，像极了当年的林如许。

那时林如许年轻帅气，多金又洒脱，有人说他是林家最纨绔的公子哥，什么都玩，什么都参与。

他能在赌场上一掷千金，也能在谈判桌上一分不让，舌战群儒，能日进斗金，也能花钱如流水。

有人说他邪，能不顾多年情谊，解雇业绩不达标的公司高层，半分情面未留；也有人说他善，林氏所有慈善项目都是他一手创立，捐赠过的希望小学和帮助过的困难大学生数不胜数。

这样一个人，鲜活独立，风采卓然，丝毫不像现在，终日冰冷着面容，无欲无求，任人宰割，仿佛一切都不能使他动心。

林如许曾经也这样带着三分戏谑、七分玩味地跟霍文初说，我喜欢一个姑娘，疯狂地喜欢。

那时霍文初还以为他在开玩笑，没有一点正经样儿。

可是越是这样平淡出口的话，越说明他是真的喜欢，真的爱上了。

那时霍文初还不明白这个道理，她从小和林如许一同长大，从情窦初开到花样年华，她的世界只有他。

霍文初喜欢着林如许，那是一个少女最初的梦，亦是最终的期待。

但是现在全部落空。

霍文初原本不相信凭空出现的一个女孩，能够动摇他们十几年的感情。

可是林如许的种种变化、种种表现，越来越让霍文初心寒。

林如许开始不再出入各处酒吧，不再玩名车、收集名表，反倒把所有时间都花在那个姑娘身上。

姑娘生日那天，五十二辆红色法拉利载着满车玫瑰，张扬地从市中心开到她的学校。

几乎所有的学生都出来围观。

跑车把停车场变成一个车展场地。

林如许的车停在最前面，他从车上下来，张开手："全是你的礼物，去挑挑看？"

那次的事件上了当地新闻，晋城人人皆知林氏集团的纨绔少爷最近在追一个穷苦女大学生。

现代版灰姑娘的故事，引起了一众小姑娘的尖叫。

霍文初调查了那个女孩，她叫陈佳玉，从农村出来的，被朋友叫去酒吧时，被人调戏，林如许恰好经过，救了她。

一眼沉沦。

陈佳玉胆子小，那次生日的阵仗把她吓怕了，不让林如许这样张扬。

林如许中了邪似的，陈佳玉说什么他都听。

陈佳玉不让他去酒吧，他真的不去了，也戒烟忌酒。

他还把陈佳玉的家乡作为林氏第一个重点慈善项目。

直到那时，霍文初才真的确认，林如许是真的动心了。

他没有开玩笑，他真的无比疯狂地爱上了。

和现在林远时的状态如出一辙。

霍文初轻轻咬着牙，高跟鞋踏在石子路上，风吹过，细碎的落花铺了一地。

霍文初恍若未闻，细而尖的高跟鞋踩得落花成泥。

张秘书看着霍文初纤细窈窕的背影，脸上写满了悲哀。

林老爷子穿着一身粗布衣裳，刚从院子里打完太极回来，顺着落地窗边看到林远时和霍文初一前一后走进林园。

他在水池旁洗了手，擦干，把袖子微微挽起，拿起一份文件。

"又是霍总送过来的？"

刘文兴略略颔首："是，林氏和盛世的合作被延后，董事会之后，霍总亲自去找了盛总，盛总答应宽限一周，若是一周之后再不出货，就不再和林氏合作。”

老爷子看完文件，眯起眼睛。

“霍总应该不止这一手吧。”

刘文兴点头道：“是，随后霍总联络了新明珠集团。”

老爷子手一顿：“卢强？”

“是的，卢强卢总亲自接待霍总。”

老爷子眸中厉色一闪，把文件放在一旁，冷冷地说道：“新明珠……亏霍文初想得出来，这是要亮底牌了。”

安静了一会儿，林老爷子站起身，说道：“去看看给远时炖的汤好了没有。”

刘文兴后退了一步：“是。”

林老爷子背过手，哼着小曲儿下了楼。

周末，叶婴如常到林园上课，推开书房门，林远时不在，原本她的位置上坐着一个女孩。

有些面熟。

“你好，我是卢雨欣，霍阿姨说，今天开始我跟你们一起上课。”

叶婴把书包放到最边上的座位上，回道：“哦，你好，我叫叶婴。”

之前林远时的朋友出国，叶婴跟他一起去过一次欢送会，当时卢雨欣也在。

两个姑娘并排而坐，也没有什么话。

叶婴自己拿出卷子来写，卢雨欣想和叶婴说话，可是叶婴一直没有抬头。

气氛稍微有些尴尬。

程老师明显不想蹚这浑水，背着身写着板书。

过了一会儿，林远时开门进来：“小婴……你谁啊？”

卢雨欣赶忙站起身：“时哥，你不记得我了吗？”

这什么记性啊，之前陈曦还在国内的时候，他们经常一起玩啊。

“啊，我们要上课了，你可以出去了。”林远时轻飘飘地说道。

卢雨欣有些尴尬：“嗯……霍阿姨说今天让我跟着你们一起上课。”

林远时说道：“小婴学习好，讲课这么快你能跟上吗？”

叶婴无语。

卢雨欣顿了顿：“我努力吧。”

林远时把自己的东西放在卢雨欣的桌子上：“行吧，你坐那边去吧。”

卢雨欣一愣：“啊？什么？”

“你坐那边，我得挨着小婴坐。”林远时扶着叶婴的椅背，朝卢雨欣笑了一下，“懂了吗？”

卢雨欣看了看林远时，又看了看叶婴，似懂非懂：“啊……好吧。”

等卢雨欣挪到一边，林远时在叶婴身边坐下，从兜里拿出一颗巧克力来：“尝尝。”

叶婴拿起来看了看，撕开包装纸。

林远时笑嘻嘻地看着她，问道：“好吃吗？”

“还行，里面有夹心儿。”

“嗯，好了，上课吧，表现好了哥再上去给你拿。”

林远时看着卢雨欣的时候没什么表情，像是看着一件没有感情的器物。

而对着叶婴时，说话的表情和语气完全不同，眼睛都是发着光的，语气是宝贝似的宠着、哄着，百般顺从。

卢雨欣握笔的手紧了紧，棱角硌得手指生疼。

中午下课，卢雨欣和叶婴都在林园吃饭，难得霍文初也在家。

“雨欣啊，过来，坐阿姨身边。”霍文初朝卢雨欣招了招手。

卢雨欣乖巧地跑过去，坐在霍文初和林远时中间。

林远时看了这阵势，忽然站起身，把椅子往旁边挪开。

霍文初瞪了他一眼：“远时，你干什么？”

林远时懒懒地回道：“挤。”

叶婴洗了手回来，看到他们的座次，心里什么都明白了。

自觉坐到餐桌最角落。

林远时要过来，霍文初叫了他一声。

林远时却跟没听到似的。

叶婴皱了皱眉：“林远时。”

林远时挑起一边眉毛：“嗯？”

叶婴小声道：“坐下！”

“哦。”

挺大一只又乖乖退了回去。

卢雨欣和林远时是旧相识，霍文初有意把话题往他们小时候上引，卢雨欣乖巧应答，林远时一言未发。

“小时候你们还一起去旅过游，好像是小学的拓展活动吧！”霍文初说道。

卢雨欣连连点头：“嗯，对，好像是四年级的时候，学校组织的，去了十几个人。”

霍文初转头问道：“远时，你还记得吗？”

林远时不说话，大口大口吃饭。

叶婴难得吃得很快，放下筷子乖乖坐着等他们。

林远时隔着餐桌望着她，腹诽道：吃那么一小点儿，跟小猫似的。

“张嫂，给小婴盛点饭。”林远时扬声道。

叶婴摆摆手：“不用了不用了，我吃饱了。”

林远时皱眉：“吃太少了。”

霍文初接话：“小婴啊，再吃一点吧，没事的。”

叶婴看了霍文初一眼，笑了笑：“谢谢夫人，我真的吃饱了。”

看着叶婴的脸，一道光忽然闪过霍文初的脑海。

“小婴，你的家乡是哪儿来着？我忽然忘记了。”

“四川广元。”

霍文初弯起嘴角，目光变得复杂：“哦，广元是个好地方啊。”

叶婴住在林远时的公寓，叶朗虽然不情愿，但是也搬了过来，林远时则每晚回林园睡。

这天放学回家，林远时刚放下书包，正要喝水，身后传来一个清脆的声音：“时哥。”

霍文初和卢雨欣并排从楼上下来。

再一次见到林远时，卢雨欣的脸上写满开心。

“哦，又来了啊。”林远时淡淡地说。

霍文初白了林远时一眼：“什么叫‘又’来啊，你这孩子，不会说话。”

卢雨欣跳了几步跑过来：“你要写作业了吗？一起吗？”

林远时拿起茶几上的苹果咬了一口：“不用，约了刘文兴打球去。”

林远时站起身，看都没看卢雨欣一眼。

后院的小篮球场上，林远时又进一球，刘文兴抢了篮板，正要传球，动作却停顿下来。

林远时问道：“怎么了？”

刘文兴朝门口的方向扬了扬下巴，林远时回头看去。

卢雨欣换了一身白裙子，拎着三瓶水小跑过来。

“喝水。”

卢雨欣一头长发披散着，垂在肩头，风吹起她白色的裙摆，瞳仁漆黑，唇红齿白的一张小脸完整地露出来。

林远时走了几步过去，冷冷道：“你总跟着我干什么？”

卢雨欣回道：“过来给你们送水呀。”

最后的这个“呀”字咬得很重，本来挺清纯一个姑娘，平白添了一层媚俗。

刘文兴拿起一瓶水：“谢谢你啊。”

卢雨欣眯着眼睛笑了笑。

顺着风的方向飘过来一丝发香，林远时微微蹙眉，躲到一旁。

真难闻。

“你什么时候开始学习啊？霍阿姨让我跟你一起，她说你现在成绩进步可快了。”

“不学习了，马上就要睡觉了。”

“睡、睡觉？七点钟就睡觉？”

“嗯，早睡早起身体好，你霍阿姨告诉过你吧？我的房间谁也不准进的。”

卢雨欣疑惑地点了点头：“嗯，是。”

“走了。”

林远时回了别墅。

刘文兴看着卢雨欣的目光带着些许安慰。

看上谁不好，非得看上林远时。

这不是找罪遭吗？

烈日当头，青草铺就的绿茵场上，戴白帽子的老者站在绿茵场地左侧，比了两下之后，利落甩起一杆，白色的小球飞远。

球童开着小车过去，赞道：“Good shot（好球）！”

林老爷子摘下墨镜，到一旁的休息区坐下，用纸巾擦了擦脸上的汗。

“爸爸。”

霍文初踩着一双高跟鞋从远处走来，身后跟着帮她撑伞的张秘书。

林老爷子抬头一笑：“来啦。”

霍文初一身紧身裙装，和这个运动场地显得有些不搭。

到了休息区，张秘书收了伞，恭敬地站在一旁。

“坐吧。”

霍文初坐下来，修长的双腿优雅地交叠起来，用黑色的手拿包遮住裙摆，笑容温婉得体：“爸爸的球技又精进了。”

林老爷子喝了口水，笑着摆摆手：“不比年轻时候了。”

“前几天刘总还说，最近老爷子爱玩高尔夫，他家那边买了一块地，正准备开发成高尔夫球场，全是最高级的设施，以后老爷子可以去那儿玩。”

“刘老最会享受，也最拼命，这个岁数了，还没退下来呢。”

霍文初眸色一敛：“刘总是公司的老高层了，在我手下也用惯了。”

老爷子笑而不语，一时空气安静下来。

霍文初稍微换了一个坐姿：“说起高尔夫球，卢总也是一把好手。”

老爷子略一沉吟：“新明珠集团的卢强。”

霍文初笑容绽开一些：“对，就是卢强卢总。”

一旁的小茶壶“咕嘟嘟”响起，老爷子拿起来，浇了一遍茶水。

“我知道，他家闺女经常过来找远时。”老爷子洗了茶，把热水倒进杯子里。

茶叶的清香在两人之间飘散开来。

“是，雨欣跟远时从小就认识了，经常在一起玩。”

老爷子把一杯茶放在霍文初跟前。

霍文初恭敬地说：“谢谢。”

“但是我看远时不是很喜欢她。”

霍文初动作一顿，马上回道：“远时就是那个性子，喜欢也不说，不喜欢也不说。”

老爷子闻了闻茶，稍稍品了一口。

霍文初继续说道：“现在远时已经成年了，也快要毕业，我之前问过远时，他有进公司的打算。”

“哦？远时这么说的？”

“远时没直接说，但是他和新明珠千金关系越来越好，两家公司势必合作，中间联络不断，远时不想进，也得进。”

这话，听起来就有点深意了。

一方面，铺垫了林氏和新明珠的合作，另一方面，侧面敲打林远时的股份问题。

“虽然远时不懂，但也要一点点来。”霍文初继续说道。

霍文初现在在林氏大权在握，让林远时进公司是轻而易举的事情。

可是霍文初也知道，林老爷子不是什么好惹的人物，当年能让濒临破产的林氏起死回生的人，势必有着旁人不可及的缜密思维和判断能力。

至今，霍文初也猜不透林老爷子究竟在想些什么。

老爷子说是退休了，只知道太极高尔夫品茶逗鸟，就连董事会都不参加，公司的事情全权交给霍文初。就连那一年，霍文初给公司高层大换血，把林老爷子的人全部换掉，他都没有出手参与。

可是他手里的股权又迟迟不肯让步。

林家的规矩是下一辈成人礼时，长辈会把股权分到小辈头上。

林远时的成人礼过去这么久了，林老爷子提也不提。

之前，霍文初需要的文件他都会签字同意，最近却不一样了，不仅压着和盛世的合同，而且连现在霍文初好不容易跟新明珠谈成合作意愿，他也不说明立场。

霍文初百般试探，他似乎还是偏向不同意的一面。

霍文初隐隐有种感觉，把之前林老爷子撒手不管公司的事情联系到一起。

他似乎在下一盘大棋，每一步都在他的计算之中。

清清楚楚，明明白白。

霍文初也是一子，身在棋中，根本看不透下棋人的意思。

但是无论如何，她必须先把眼前的事情办好。

林氏和新明珠的合作必须成功。

“你了解卢强这个人吧？”林老爷子忽然出声。

“嗯？爸爸指的是哪一方面？”

林老爷子放下茶杯，鹰隼般的目光看向霍文初，眼中弥漫着智慧的沟壑，精明锐利的光芒闪烁在他的眼中。

这是真正的领导风范，和霍文初的千面伪装完全不同。

“新明珠，你在合作之前，应该完全了解的吧？”

霍文初完全没有想到林老爷子说得这么直白。

老爷子之前跟她斛旋半天，其实对于霍文初的真正来意，他心里明镜似的。

霍文初心虚了一下，随即正色道：“在商言商，这一方面，对我们的合作有什么影响吗？”

林老爷子眯起眼睛，看着绵延的山峰尽头，天空湛蓝，几丝白云悠悠飘过。

“当年祖辈一手创立林氏，这么多年过去了，林氏得上天庇佑，侥幸在每一代掌舵人手中发扬，直到现在，你知道靠的是什么吗？”

“您说。”

“是正气。”

“林氏从来就是一湖干干净净的湖水，从生意到文化，走的都是正道。短利的确诱人，曾有无数短利捷径摆在林氏面前，就在最破落的境地，都没有人这样选择。当年，我宁愿亲自一个一个去销售，去拉单宣传，都没有和有污点的企业合作，都没有人敢贿赂高层。”

最后一句话，像是一个巴掌，狠狠甩在霍文初脸上。

“我是个老红军，小米加步枪一步步走过来的，我不是商人，也不清楚那么多花花肠子，我只知道，小富靠勤，大财靠德，一个企业如果最根本的德行出了问题，不管现在多么风光，发展得多么迅速都没有用，走不长远，咱们且看最后。”

霍文初看着林老爷子，满脸通红。

“我知道，当年你嫁到林家，是在林家最困难的时候，是为林家平息丑闻，帮了我们。但是还有一些事情，你自己心中要有数。”

林老爷子最后看了霍文初一眼，拿起一旁的球杆，走到阳光下。

霍文初垂下双眸，站起来微微整理了一下裙摆。

林老爷子听到高跟鞋的声音渐行渐远，长长地舒了口气。

霍文初走后，林老爷子又打了几杆，司机老孟过来接他，林老爷子上了车。

“老爷，是否去林氏大厦？”老孟问道。

林老爷子看着窗外，说道：“走滨海路。”

“是。”

林老爷子没有说具体位置，老孟便在滨海路绕了两圈。

到第三圈的时候，老孟问道：“老爷子，还要走吗？”

林老爷子看了眼时间：“把车停在这里，我一会儿过来找你。”

老孟有些疑惑，但多年工作经验告诉他，不该他知道的事情不要多问。

“是。”他恭敬地点了点头。

老孟从后视镜里看到林老爷子下了车，摆手叫了一辆出租车，不知去了哪里。

周五的时候，下了一场大雨。

雨是突然下起来的，豆大的雨点噼里啪啦打在窗户上。

正是下课时间，教室里面乱哄哄的。唐疏予正在做题，时不时往门口瞟一眼。

过了一会儿，陆云亭和叶婴一路小跑回教室，两个姑娘的头发和校服都湿了。

“啊，真倒霉，买个水居然下雨了。”陆云亭一边掸去身上的水珠，一边小声抱怨道。

“谁让你非要出去买水。”

冷冰冰的声音自身前响起，陆云亭错愕抬头。

唐疏予不知什么时候出现在她的面前，居高临下地看着她。

“这也要怪我？”陆云亭提高了音量。

小姑娘湿漉漉的刘海滴着水，衬得一双眼睛水汪汪的，唐疏予的表情柔和下来，从口袋里拿出纸巾，帮她擦了擦脸上的水珠。

“回头感冒了，又该埋怨我没照顾好你了。”唐疏予皱着眉，刚想把陆云亭拉回自己身边的位置，忽然想起他们已经换座位了，陆云亭早不在自己身边。

唐疏予叹了口气，送陆云亭回到秦永康旁边，自己则在过道里站着，看着她把头发先擦干。

雨来得急，不少学生跑出去，结果淋了雨。

过了会儿，林远时也跑了回来。

他的头发和衣服全都湿了。

林远时在教室门口疯狂甩了甩头发，然后走进教室。

“你去哪儿了？”叶婴看着林远时一身是水，疑惑问道。

“打球去了。”林远时脱了校服，只穿着里面的一件球衣，手臂流畅的肌肉线条看上去是满满的青春感。

他从叶婴桌子上抽出纸巾擦头发。

叶婴忽然想起那天晚上林远时回家后，没注意直接在她面前脱掉上衣的情景。

林远时擦完之后去扔纸巾，忽然瞥见叶婴转过头。

他笑嘻嘻地弯腰凑近，逗她：“小婴，你脸红什么呀？”

叶婴躲着他，无意识地往旁边侧了一下身。

“你想什么呢？”

林远时额角的头发全都湿了，显得越发漆黑，俊脸上带着一种干净的贵气。

“什么也没想。”叶婴对上林远时的眸子，说道。

林远时咧开嘴笑了，重新直起身子：“我就感觉你在瞎想呢。”

擦得差不多了，林远时刚拉开椅子坐下，邵军就夹着文件进到教室。

“下面给大家发的这份文件是高考提前录取的通知，大家好好看。之后会给大家发一个详细的高考报名白皮书，包括具体的学校和专业，还有历年分数线，大家在课余的时候好好看一下。”

叶婴拿到那份文件，低头看了看。

林远时问道：“这什么呀？看不懂。”

叶婴回道：“提前录取的，空姐啊飞行员之类的。”

“你也不用看吧，你要当空姐吗？”

“不一定啊，都是机会，看看呗。”

林远时放下文件，手肘撑在膝盖上，弯腰看着叶婴：“小婴，你要考去哪儿一定要提前告诉我。”

叶婴看了林远时一眼：“我知道。”

林远时咧开嘴笑了：“真乖。”

他从兜里拿出一个棒棒糖递给叶婴：“奖励你的。”

叶婴拿起来看了一眼，笑着放到笔袋里。

晚上放学时，雨还在下，叶婴带了伞，想说送林远时出去，但是林远时接了一个电话，没顾上叶婴。

楼梯上的人实在太多，林远时和叶婴一前一后被冲散了，林远时没有伞，出了教学楼门口，迈开长腿一路狂奔。

叶婴也就放弃了，自己举着伞慢吞吞地往外走。

校门口停着整整两排来接学生的车，叶婴拐了个弯，一眼就看到霍文初的那辆车。

一个白裙子姑娘举着一把小花伞从车上跳下来，笑得无比明媚。

“你淋湿了吧。”

男孩子太高，女生只能伸直手臂才能把伞举过男孩头顶。

“快点上车吧，今天雨欣做了好几道菜，快回家尝尝。”霍文初降下车窗，看到不远处的叶婴，“哎？小婴也在呢？一起回林园吗？”

不是“一起回林园吧”，而是“一起回林园吗”。

原本可以在车上出现的对话，在看到她之后发生在车外。

分明就是说给她听的。

包括一起上家教课那次。

霍文初其实已经正面侧面地敲打过叶婴很多次。

叶婴揣着明白装糊涂，也不知是欺骗别人还是欺骗自己。

叶婴脸上漾起一个乖巧的笑容：“不用了，谢谢阿姨。”

“哎……”林远时正想说什么，可是叶婴已经转身跑走。

“完了完了完了。”林远时说着就要去追，被卢雨欣给拉住了。

霍文初厉声道：“今天你爸爸也回来了，抓紧给我上车！”

雨太大，卢雨欣又一直拽着他，林远时淋得一脸雨水。

车窗开着，雨落在霍文初的肩头，她忽然掩唇打了一个喷嚏。

林远时皱着眉，绕过车子坐到前面，无奈道：“走吧。”

卢雨欣也上了车，收了伞放在脚边。

林远时低头玩手机，卢雨欣一直想和他搭话找不到机会。

霍文初见状打圆场：“今天雨欣……”

“妈。”

林远时懒洋洋地打断。

“嗯？”

林远时回头道：“有点过分了啊。”

霍文初的笑容僵了一下，卢雨欣觉得更尴尬了。

霍文初不解地问：“你什么意思啊？”

林远时勾起嘴角笑起来：“您知道我是什么意思。”

霍文初一怔。

叶婴回家开门，叶朗迎过来，看到叶婴的样子，脸上的表情顿了顿。

“姐？”

叶婴对上叶朗担忧的眼睛，笑了笑：“吃饭了没有？”

“没呢……姐，你没事儿吧？”

“没事啊，怎么了？”

叶朗皱了皱眉。

他总是瞒不过叶婴，同样的，叶婴的种种也骗不住叶朗。

叶婴解释道：“啊，就是看到了一些不该看到的东西，没事儿。”

叶婴到厨房去给两个人煮了点面条，每碗卧了一个荷包蛋。

“吃饭了。”

在大雨滂沱的夜里，室内温暖如春，暖黄色的灯光映得人的心也暖暖的，一碗热热的面条下肚，叶朗有片刻的满足。

“小朗，你有什么特别喜欢的城市吗？”

“怎么突然这么问啊？”

灯光下，叶朗的五官看上去十分立体，下巴的线条逐渐锋利，婴儿肥悉数消退。

叶婴这才恍然意识到，现在的叶朗，已经不是当年那个眼睛圆圆、粉雕玉琢的小娃娃了。

飞速生长的身体逐渐拉伸出浓浓的少年感，面部轮廓也有了介于少年与成年之间的锋利。

个子也已经高出叶婴一个头。

“今天学校发了提前录取的文件，我想问问你有没有喜欢的城市，如果有，姐就努力往那边考。”

叶朗沉吟了一下：“姐，你原来不是打算留在晋城，方便照顾我吗？”

“我想好了，现在你也搬出来了，我可以考到距离晋城不太远的城市，一边照顾你，一边勤工俭学。”

“姐……其实，现在我也能赚钱了，要不……”

“要不什么？”

“我真的念不好书。”

“不可以。”

叶朗垂下头：“姐，我想照顾你，不想被你照顾。”

“姐知道，姐都知道。”

叶婴的眼眶有些红了，叶朗看得心疼。

今天一定有什么事情发生，以前的叶婴从来不会这么敏感脆弱。

她从不会在叶朗面前掉一滴眼泪，甚至连“难过”这种情绪都不会表现出来。

今天实在太反常了。

叶朗把一张银行卡递给叶婴：“姐，我拿到一笔奖金。”

“是吗？什么奖金啊？多少钱？”

“他们给我报名参加了一个比赛，我以最快速度破解了对方的防火墙，得了个金奖。”

一说起这个，叶朗整个人都明亮了似的，眼睛都在发光。

“小朗这么厉害。”叶婴摸了摸叶朗的头发，终于开心了一些。

“姐，里面有二十万。”

“这么多？”

“全国性的比赛，现在好多家公司想要签我。”

叶婴笑了笑：“那也不行，先得上学。”

叶朗扁扁嘴：“姐，我养得起你。”

“上学。”

“好吧。”

“真乖。”

叶朗蔫巴巴地去洗碗。

叶婴坐在餐厅，挥了挥手里的银行卡，喊道：“小朗。”

“嗯？”

“你是姐姐的骄傲。”

同样的夜里。

一身黑衣的男人在深巷之中一路狂奔，黑色皮鞋踩过雨水打湿的狼藉，狂风裹挟着暴雨拍打在他的脸上。

他的身后跟着凌乱的脚步声，回响在漆黑的深巷中。

他最后跑到一个工厂里，绕过一层层的楼梯跑上去，几下跳过矮墙，从那边的窗口翻出来，又从后面的楼梯“噔噔噔”跑下去。

绕到另一个矮墙，男人蹲下身把自己藏在黑暗中。

追的人从楼上跑下来，脚步声停住了。

似乎在寻找男人的踪影。

可是眼前只剩下大雨下的夜幕和一层层萦绕起来的雨雾。

“撤！”

一声令下，脚步声渐行渐远。

男人松了口气，刚站起身，身后忽然抡过来一个铁棍，重重敲在男人的肩膀上。

一声闷响。

男人愣是一声没吭。

男人咬紧牙关，下颌线绷紧，忍着剧痛，伸出长腿狠狠一脚踹在那人的胸口。

黑色的人影从各个角落走出，男人被一众黑衣人层层围在中间。

男人个子太高，此刻微微有些驼背，方才有人一拳打在他的脸上，他的嘴角流出鲜血。

男人勾起一抹淡笑，伸手把那抹血渍抹掉。

“就这么点人啊？”男人的音量不大不小，夹杂着雨声传到身旁人的耳中。

语气清淡，无比嚣张。

滂沱大雨中，拳头的声音、重重倒地的闷响。

就在男人马上就要倒地的时候，一辆车停在马路边。

一个一身西装的男人举着一把黑伞撑在他的头顶。

“请问，是林泽宴先生吗？”

男人抬起头，一脸是血，明明疼得全身都在颤抖，却依然勾起一个笑容。

“你们……终于……来了。”

“失手了？我就知道。”

林园书房，霍文初摇晃着手上的红酒，微微勾了勾嘴角。

张秘书微微颔首：“很抱歉。”

“他在哪里消失的？”

“我们追到工厂外面的公路上，跟丢了。”

霍文初笑了一下，暖黄的灯光映在她的眼睛里。

“夫人您……丝毫不感到意外吗？”

霍文初挑眉：“你真的以为林泽宴是孤军奋战？”

张秘书沉吟了一下：“您的意思是……”

霍文初回头，看着张秘书笑道：“老爷子插手了。”

“可是……当初我们不是说……”

“也许从一开始，老爷子就知道了。”

张秘书看着霍文初的眼睛，忽然觉得自己身处一个巨大的旋涡中，周围一片黑暗，一股一股暗涌推着他，连半分反抗的余地都没有。

只能随波逐流，明哲保身。

他又想起陈佳玉美丽的脸庞。

陈佳玉生得非常白皙，骨相极美，眼尾微微上挑，颇具古典意味。

当年林如许对她是一见钟情的。

陈佳玉出身寒微，胆子又小，在大学里踏踏实实上课学习，课余时间都去校外打工，或是做服务生，或是做家教，本本分分的。

之后，陈佳玉在晋城出了名。

谁都知道林如许喜欢上了一个贫家女。

霍文初知道之后非常生气。

霍文初上头有两个哥哥，虽然她家是霍家的旁支，可她从小聪明伶俐，嘴皮子利索，因此在霍家非常受宠。

她想要的任何东西，家里都会满足，从来没有落空的时候。

她和林如许一同长大，她把林如许当成她最重要的人，自然而然觉得自己对于林如许来说，也是独一无二的那一个。

后来终于相信林如许心有所属，霍文初气得几乎疯掉。

她从小受的教育并没有告诉她“人人平等”，更加没有教她何为“同理心”。

霍文初一怒之下，对他们展开了报复。

霍文初和陈佳玉同在一所学校，便假意接近陈佳玉，在陈佳玉遇到困难的时候帮了她几把。陈佳玉心思单纯，自然而然认为霍文初人很善良，是她的朋友。

每一次林如许要带陈佳玉出去玩，霍文初都提议大家一起。陈佳玉知道霍文初是林如许的好朋友，也就同意了。

林如许自然是不愿意的，但是陈佳玉都点头了，看两个小姑娘这样要好，他不想陈佳玉不高兴，也就默许了。

后来大学毕业，林如许帮陈佳玉找了一份既体面又稳定的工作，霍文初也在霍家公司担任要职。

陈佳玉拿到一笔数目不小的年末奖金，第一时间告诉了霍文初，想要请她吃顿好的。

因为家境的关系，之前每一次一起吃饭基本霍文初都不让陈佳玉拿钱。

这一次吃饭吃到中间，陈佳玉忽然跑到洗手间呕吐不止，霍文初心有疑窦，送陈佳玉回家之后，问了她的月经情况。

陈佳玉在大学毕业的那天晚上，去了林如许在外面的别墅，这事儿霍文初是知道的。

因为陈佳玉对她交心，几乎无话不谈。

霍文初猜陈佳玉有可能怀孕了。

但是，她还不能确定。

说来也巧，那时林氏集团内部员工调整，变动频繁，林老爷子要把股权转让给林如许，遭到董事会的反对，恰好有一位董事会成员因为税务问题被革职，林氏股票整体走低。

正是不稳定的时候。

林如许要去西南地区的新公司考察，需要一个月的时间。

这是最佳时机，霍文初决定就在此时动手。

霍文初生日那天，她告诉陈佳玉，聚会在她的一处私人公寓举行。

这天，陈佳玉拿着霍文初给的地址找到那处房产，开了门，发现里面安安静静的。

是她来太早了吗?

陈佳玉心存疑虑走进去，发现里面有一个男生坐在沙发上。

见到陈佳玉进来，他也有些错愕。

以前陈佳玉也经常跟霍文初的朋友们一起玩，但是这个男生她从未见过。

“你是……文初的朋友吗？”

陈佳玉点点头：“是的。”

陈佳玉放下包，局促地坐在距离男生最远的沙发上。

“我们两个应该是来早了，今天是她的生日聚会嘛。”

陈佳玉笑了笑，没说话。

“你别紧张，我叫赵星。”

“我叫陈佳玉。”

陈佳玉不善言谈，男生也不太擅长和女生搭讪似的，这句话音落，又是一片诡异的安静。

“那个……你别紧张，要喝杯果汁吗？”

初次见面，陈佳玉也不好拒绝男生的好意：“嗯，好啊。”

果汁喝了没几口，陈佳玉就有些昏昏欲睡，男生问她的话她都已经听不见了，身子摇晃了几下，倒在了沙发上。

再次醒来时，陈佳玉是在这处公寓的卧室。

她的头剧痛，皱着眉努力清醒了一下，然后立马惊呆了。

她正赤裸着身子躺在床上！

房间里还有另一个人，那人转过头来，竟然就是之前和她说话的男生。

陈佳玉吓到了，大脑顿时一片空白。

她努力回想，却怎么也回想不起来究竟发生了什么。

男生看到满脸通红的陈佳玉，笑了起来。

“哟，瞧你这胆小样，我什么也没干，只是配合演出戏而已。”

他态度痞气，神情轻佻。

原来之前的羞涩都是装出来的！

陈佳玉不知道，那个赵星是圈内出了名的花花公子。

他家的晨星集团，虽然这几年有些没落了，但是瘦死的骆驼比马大，赵星还是能够挥金如土，一掷千金。

这次霍文初对他说送他一份大礼，原本赵星和霍文初没那么多交情，现在晨星和霍氏又是竞争关系，赵星心存疑虑。

“是一个刚毕业的女孩，和我有仇，便宜你了，你爱去不去。”

赵星是个十足十的纨绔子弟，对集团的事没什么关注，霍文初的意思是让他帮她报复……

从公寓出来，陈佳玉的眼泪几乎已经流干。

下了楼，赵星说要送她回家，刚出大门，一大群记者迎面围来。

“请问是赵星先生吗？您为什么会和林氏的准夫人在一起？”

“请问你们二位是什么关系？”

“陈佳玉女士，您不是已经同意了林总的求婚吗？为什么今天出现在这里？”

“陈女士，陈女士……”

赵星也没有料到会遇到记者。

更不知道陈佳玉和林如许的关系。

曾经林如许追求陈佳玉的新闻也只是在他眼前匆匆而过，没留下什么印象。

赵星一脸蒙，陈佳玉则一直在流泪，闪光灯晃得她几乎睁不开眼睛。

第二天，那些照片直接上了新闻。

林老爷子一把摔了报纸。

蒋助理吓得后退了一步。

“一天的时间，事情就闹得这么大，背后一定有推手。”老爷子镇定地说，“看来是有人想趁乱搞林氏一把。”

蒋助理小心翼翼地问道：“那陈佳玉小姐那边……”

林老爷子回头：“如许知道这事儿了吗？”

“林总现在还在工地，目前应该还不知道。”

“启动危机公关，能挽救多少是多少……”

林老爷子看着股票大盘，忽然沉沉叹了口气。

事情还没完，舆论被林氏压下去不少，但是另一件事又被爆料出来——

陈佳玉怀孕了。

林如许最终知道了这件事，坐最早一班飞机回到晋城。

他没回林园，而是直接去了陈佳玉的家。

陈佳玉老家是农村的，父母本本分分一辈子，思维陈旧迂腐，认为女孩未婚先孕是奇耻大辱，更何况现在这件事情闹得沸沸扬扬。

她的父母根本接受不了，对陈佳玉又是打又是骂。

林如许在门外求了再求，他说他相信陈佳玉，他只是想要问清楚究竟是怎么回事，到了后来，林如许甚至说出可以留这个孩子在林家这样的话，陈佳玉的父母还是没能让他再见她一眼。

他们说会带陈佳玉回农村去，明天就走，再也不会和外人接触。

他们再也经受不起这样的打击，更加不相信林如许能够保护好陈佳玉。

可是他们终究没能走得了，那天晚上，他们住的小区突发大火，起火原因是有一家煤气泄漏。

这样的老旧小区，建筑材料不先进，防火效果极弱，一家起火之后，火势迅速蔓延。

时间又是深夜，大家没有察觉，最后火势无法遏制，烧光了一整个小区。

陈佳玉一家也在这场火灾中丧生。

听到这个消息，林如许整个人都废了。

原本董事会就不满意林如许的种种张扬做法，现在林如许因为一个女人，对公司突然撒手不管了，董事们更闹起来了。

很多合作企业取消了和林氏的合作，一时之间，林氏面临困境。

老爷子原本想把股权转让给林如许，可是现在林如许完全是废人一个，根本没有办法掌权。

林老爷子只好再次出山，力挽狂澜。

就在这时，霍氏抛出橄榄枝，能挽救林氏于危难，唯一的要求就是商业联姻。

霍文初折了近六个亿的嫁妆过来，说是嫁妆，其实就是在帮助林氏。

大家都是生意场上的人，谁都明白这个道理。

一切都在霍文初的掌控之中，原本以为那个女人早已经死了，没想到陈佳玉居然还活着，还被送到了那么偏远的山村里。

目的就是为了不让霍文初找到。

因为对方知道，一旦霍文初知道陈佳玉的行踪，一定不会放过她。

完整地知道整件事，又有能力部署这些的人。

就只剩下林老爷子一个。

“老爷子用了什么手段救出陈佳玉，把她送到四川广元的山村里去，为了保护她们母子，还专门派了人在那里。”霍文初把最后一口红酒喝完。

“四川广元……”张秘书脑海中闪过一道光亮，“保护他们的人不会是……叶婴的父母吧？”

霍文初微微笑了笑：“远时小时候病重，急需输血，叶婴就恰好出现了，你以为真的是巧合吗?

“老爷子知道远时是熊猫血，就为了防止临时用血，才让叶婴的父母在那边的孤儿院找到也是熊猫血的孩子，输血之后，为了补偿叶婴，让那对夫妇收养了她。也正是有了这个契机，叶婴的父母和老爷子的联络就变得理所应当，期间应该汇报了不少陈佳玉母子在那边的情况。有了叶婴这层关系，我根本就没有怀疑过。”

“可、可是……”

张秘书话没说完，门忽然被敲响。

门外传来张嫂的声音：“夫人，老爷子叫您下去一趟。”

“好，我知道了。”

霍文初放下酒杯下了楼，看到林老爷子坐在沙发上，身边站着一个又高又瘦的男孩。

霍文初的脚步停顿了一下。

“文初啊，给你介绍一下，他是如许的大儿子。”林老爷子笑眯眯地说。

那个男孩抬起头。

他的皮肤冷白，一双眼睛深不见底，嘴角挂着一抹淡笑，眼睛里却布满冰霜。

他实在太瘦，垂在两边的双手几乎见骨，个子又非常高，整个人看上去比例非常诡异。

有点像漫画里的吸血鬼。

“我叫林泽宴。”

说完这句话，他似乎更开心了，嘴角勾起，淡漠地看着霍文初，表情逐渐僵硬。

张秘书下了楼，看到林泽宴的时候，身子无法自控地狠狠一颤。

乍一看，他的眉眼和陈佳玉实在太像了。

陈佳玉的眉眼非常古典，非常温柔，林泽宴双眸狭长，微微上挑，带着一股莫名的邪气。

林泽宴的唇边漾着一个淡淡的笑容，看着霍文初：“怎么了？这么惊讶吗？”

张秘书不知道林泽宴是否已经知道当年事情的全过程，自己年长他近二十岁，却丝毫看不透他。

林泽宴整个人和他的那双眼睛一样，深不见底。

如果他已经知道自己母亲被霍文初所害，还能这样云淡风轻地和她相处，那么这个人就太可怕了。

想当年，霍文初用一个计谋得到了林如许，得到林氏大权，顺手扳倒了霍氏的老对手晨星集团，一箭三雕。

心狠手辣，眼睛眨也不眨。

这些年林如许像是变了一个人，冷心冷情，什么都不管了。

老爷子从来没有查过当年的事，更没有过问。霍文初掌权之后，老爷子几乎退出公司，唯独股权依然在手里。

霍文初多疑，上位之后把林氏高层大换血，全都换成自己的人，生怕老爷子做什么手脚。

老爷子一直不管不问，但在林远时成年之后，忽然接回林泽宴。

如果真的有所预谋，那么之前的一切就变成一张缜密的网。

放权只是为了让霍文初放下戒心，趁她不备，一击而中。

霍文初自以为聪明，却不知道螳螂捕蝉，黄雀在后。

张秘书想着，后背起了一层薄汗。

他再次望向那个眸光精明的老人，心里只觉得害怕，拥有这般缜密思维的人，才能真正稳坐高位。

“这是陈佳玉的儿子，验过了DNA，他是如许的亲生儿子。”老爷子语气平稳地说，“当年冤枉了他们母子，现在终于把孩子找回来了，以后，大家就都是一家人了。”

过了很久，霍文初才终于找回自己的声音。

“哦，这样，您是怎么找到他的？”

老爷子的目光落在霍文初身上：“孩子被一群人追着打，蒋助理恰好路过，救了他。”

霍文初终于缓过来一点，勾起嘴角笑了笑：“那还真是巧。”

霍文初到沙发上坐下，林泽宴弯腰把果盘往她那边推了推。

霍文初抬眸：“谢谢。”

林泽宴那双漆黑的眼睛里，满满都是嘲弄：“不客气。”

他的声音很低，很滑。

听上去像是有一条滑腻冰冷的蛇，顺着嗓子一溜烟儿滑进食道里，非常难受。

“晚上远时回来，让他也见一见他大哥。”

霍文初想起什么：“如许他……”

“如许已经见过了，血浓于水，血缘真是很神奇的连接，父子俩一见面就好像认识很多年了一样。”

这句话像是刀子一样剜进霍文初心中。

这些年她隐瞒着陈佳玉的事情，最怕林如许知道。

为了现在的位置，霍文初已经放弃太多。

时光冲刷得人越发坚强，什么都不重要了。

唯独林如许。

夫妻多年，霍文初唯一在乎的就是自己的丈夫。

霍文初对林如许付出太多太多感情，早已无法自拔。

“哦，那就好，晚上我去接远时回来。”霍文初僵硬地勾了嘴角，挤出一个难看的笑容。

“现在远时就是林家老二了。”

闻言，霍文初猛地抬起头，却发现老爷子慈爱地看着林泽宴，并不是和她说话。

“我已经让人把你的房间打扫出来了，你的东西什么时候搬过来？”

“我的行李都整理好了。”林泽宴微微颔首。

霍文初坐在一旁，爷孙两个一问一答，亲近得很，显得她像一个外人一样。

天气越来越暖和，不少同学选择在两节晚自习中间的休息时间下楼跑步或者打羽毛球。

现在的学生体质越来越差，学校也提倡学生在休息时间下楼去锻炼身体。

尤其是高三的学生，现在正是冲刺的阶段，不能有丝毫懈怠。

前几天升旗仪式，有好几个高三的学生站了一会儿就晕倒了，被人背回教室。

邵军带了很多届高三了，经验非常丰富，知道这个时候的学生学习压力很大，一味地做题学习反倒不能收获最好的效果。

劳逸结合才能可持续发展。

所以邵军现在在实验班里立了一个规矩，那就是晚自习的时候，班级里不准留学生，必须全都下楼锻炼去。

自打升了高三，叶婴学习更加努力，原本十点钟下晚自习她就回宿舍睡觉，现在还要再加一个小时，在宿舍楼的自习室里学习。

她的学习效率本就比别人高出许多，做题速度非常快，注意力非常集中，这样多学一个小时，几乎比别人学一个下午还要疲惫。

眼看着她的小脸一天天瘦下来，林远时非常担心。

借着晚自习的机会，他带着她下楼去打羽毛球。

叶婴瘦瘦弱弱的，体力不佳，打一会儿就累了。

好在林远时技术好，叶婴不用来回跑太远，只是挥拍子就行了。

“不行了，太累了。”

十分钟后，叶婴连挥拍子都懒得动弹了。

“你这样不行。”林远时捡了球走过来。

叶婴到一边的休息凳上坐下，林远时递给她一瓶水。

“学习之余必须得多运动才行，你说你要是在升旗仪式上晕倒了，可怎么办。”

叶婴瞥了林远时一眼，拧好瓶盖，丧丧地趴在腿上。

她是真的累了。

晚风带着些许凉意，裹挟着林远时身上特有的味道，萦绕在叶婴鼻尖。

伴着清凉的月色，叶婴竟有些困了。

女孩的皮肤在月色下显得温柔美好，抱着自己缩成一团，像一只小猫儿。

林远时心软成一摊水，声音都变得温柔：“困了就睡一会儿吧。”

林远时看着远方，双眸微微眯起。

这些日子他很珍惜和叶婴相处的时光。

他说叶婴去哪儿他就去哪儿。

林远时自己心里清楚，他不可能和叶婴考上同一所大学，霍文初说过，小婴想要出国。

林远时不傻，叶婴没提过这件事，他也就不会完全相信霍文初。

林远时也没真的问叶婴。

他不敢问。

到了国外，想在同一个城市难上加难。

现在还能坐在一起，能够在同一片天空下，看到相同的月亮。

林远时很珍惜。

也很不舍。

朋友们都说，上了高三之后的林远时，好像变了一个人。

变得沉默，经常发呆。

学习也比之前更加努力。

林远时没有之前那么没心没肺地张扬了。

他不太敢想象没有叶婴在身边，他的日子会变成什么模样。

风大了一些，叶婴悠悠睁开眼睛。

“小婴，你下周三生日吧？”

“你怎么知道？”

林远时扯出一道笑容：“填表的时候我看到的。”

“哦。”

“那天晚上我带你去吃好吃的。”

“高考完一起过吧。”

林远时转过头：“不要，我一定要带你去吃好吃的。”

叶婴无奈：“行吧。”

上课铃响，叶婴和林远时并肩回到教室。叶婴喝了口温水，纵身跃入题海。

林远时懒洋洋地倚着靠背，看着叶婴窄小瘦弱的肩膀。

胸口酸胀难受。

那天晚上下了晚自习，林远时送完叶婴之后，背着书包往校外走，在校门口看到霍文初的车停在路边。

林远时开了车门，见驾驶座上坐着张秘书，后座竟是自己的父亲林如许。

“上车，今天回家吃饭。”林如许说道。

林远时疑惑极了，回过头，竟在林如许的脸上看到了难以隐忍的喜色。

这么多年了，不管林远时如何努力讨好，林如许都不曾有过这样开心的模样。

顶多就是淡淡地笑，淡淡地说话。

现在的笑纹根本隐藏不住，高兴的情绪是从心底里散发出来的。

“爸，什么事儿这么开心啊？”

“你大哥找到了。”

“我大哥？”

“哦，对了，你还不知道呢，你大哥是陈阿姨的孩子，也是林家亲生的骨肉。”

陈阿姨。

林远时很小的时候就知道的一个名字。

她本名陈佳玉，是给林氏集团带来灾难的女人。

这是霍文初对她的形容。

有一次林如许匆匆离家，林远时觉得好奇，便问父亲的助理，父亲要去哪里。

助理说他是去给陈佳玉祭拜。

后来渐渐长大，有关林如许的相关传闻总是有意无意飘到林远时的耳边。

林远时不喜欢这个女人。

并不是因为林氏的缘故，仅仅是因为霍文初。

林远时心疼霍文初，她和父亲之间的争吵，她在这场婚姻中的隐忍，全都被林远时看在眼里。

每一次被林如许气哭之后，霍文初都会抱着林远时，什么也不说，只静静地流泪。

原本林远时不理解父亲的做法。

他不觉得对一个人的感情可以深到那种地步。

直到遇见叶婴。

林远时忽然能够理解父亲和母亲的疯狂。

那些都是大人们的是非，林远时并不想置喙。

只是他从来都不知道，陈佳玉居然还怀过父亲的孩子！

原来自己除了有一个同父异母的弟弟，竟然还有一个哥哥！

林远时略略低下头：“嗯，我知道了。”

晚宴吃得非常和谐。

按照林远时的性子，霍文初已经做好了他在宴席之上不顾一切奓毛的心理准备。

但是林远时没有。

他很安静地吃完了那顿饭，除了一声“哥”，什么话都没说。

霍文初看着自己的儿子，心里忽然十分酸涩。

林远时长大了。

其实霍文初和林远时的接触不算多，林远时小的时候，正是霍文初独掌林氏大权的时候，为了在公司快速站稳脚跟，又要防着林老爷子的后手，霍文初非常非常忙。

林远时跟保姆在一起的时间，都比跟她这个亲生母亲共处的时间长。

林如许就更不用说了，经常一个月都不回一次家。

每每见到林远时，霍文初都会为小时候缺席他的成长感到愧疚。

可是自己这个儿子却非常热情，性格外向，从没有计较过。

霍文初累了一天，时常会被他的笑容温暖。

他像个小太阳，照耀着霍文初。

她想，也许上天可怜她失去丈夫的爱，所以为了补偿，才赐给她这样好的一个儿子。

如果林远时真的在这场宴会上闹起来，最后下不来台的会是林如许。

林远时情商非常高，深知这个道理。

所以无论是林斯寒回来，还是林泽宴回来，林远时都未置一词。

晚宴结束，林远时上了楼，霍文初跟在他身后一起上来。

"远时，有什么话想对妈说吗？"

林远时长舒一口气，忽然笑起来："刚刚在宴会上，可憋死我了。"

霍文初弯起嘴角。

"妈，早点睡吧，我明天还得和小婴一起上家教课呢。"

霍文初面容沉了沉："明天叶婴不会来了，只有你和雨欣一起。"

林远时马上问道："为什么不来？"

霍文初垂下双眸："远时，你现在跟叶婴走得太近了。"

"近怎么了？我喜欢她，不跟她走得近，跟谁走近啊。"

"你知道你自己的身份吗？现在林泽宴回来了，你还没有危机感吗？"

林远时停顿了一下。

霍文初叹了口气："我不想影响你的成长，从来不让你插手公司的事，我能自己扛的全都自己扛了，可是远时，你不能这么任性下去了。

"我本不该跟你说这些，可是现在情况不一样了。远时，老爷子没在你的成人礼上转让股权给你，你心里还没有数吗？"

"妈，我不在乎股权……"

"妈知道你不在乎，但是你也不在乎我吗？"

林远时对上霍文初的双眸："你什么意思？"

霍文初咬了咬牙，腰杆又挺直了几分："我的意思就是……你要善待雨欣。”

林远时忽然攥紧了拳头：“我不会。”

霍文初的音量陡然加大：“你说什么？”

林远时个子很高，霍文初似乎才注意到，自己的儿子平时总是迁就着她的身高，搅着她走，她从不知道林远时是这样高大，比林如许还要高上几分。

他站姿不算笔直，可身上有一股说不出来的劲儿。

“我说，我不会。我不会和卢雨欣在一起，更不会背叛叶婴。”

林远时的声音很轻，却很坚定。

霍文初和他对视半晌，轻轻地说：“这不是你能说了算的。行了，时间不早了，早点睡吧。”

“明天我自己去接叶婴。”

霍文初猛然回头：“你还不明白吗？非让我说得这么直白吗？

“叶婴自己都知道她明天不来，可是她告诉你了吗？她提出毕业之后要出国，这事儿她是不是也瞒着你？

“林远时，你真的天真地以为叶婴这样的女孩和你在一起，是因为喜欢你吗？”

林远时的目光一点点变得暗淡。

霍文初轻咬了咬牙：“别傻了，儿子，林家和叶婴的约定你始终都不知道。

“当初叶婴同意和你一起上家教课，是因为我们担心你身体，怕你像那次一样和林斯寒打架，临时缺血找不到人，你知道叶婴为什么同意吗？是因为上了家教课之后，林家给她每月的生活费，足足添了一倍！

“后来叶婴同意帮你补习，跟你一起去公寓上课，你也以为她是自愿的吗？我告诉你，不是！叶婴一开始是不同意的，后来老爷子放话了，说只要你提高一分，她每月的生活费就加一千块钱，你自己想想，她给你补习的时候，是不是特别卖力啊？是不是特别希望你成绩提升啊？”

房间里开着空调，温度很低，冷空气萦绕在林远时的指尖，让他的血液从四肢百骸，一路冷到了心脏里。

他站得时间太久了，腿都有些发麻。

“别这么单纯了，儿子，叶婴这样出身的姑娘，怎么可能没有心机，没有心机她能活得下来吗？对于她来说，你不过是她的一张饭票，她在乎的只有钱，如果说非要加一个人，那也只能是她的弟弟。”

霍文初迈开腿，精致的高跟鞋一步一步走向林远时。

霍文初的声音更轻了：“远时，叶婴从来没有在乎过你。这才是事情的真相。”

安静半晌，林远时垂着头，静静地看着霍文初的眼睛。

良久，他忽然松了口气，肩膀下垂，仿佛支撑着自己直立的那股劲儿瞬间消失。

“妈，我累了，你先出去吧。”

霍文初看着林远时憔悴的模样，心中不忍。

但她终是没再说什么，只留了一句“晚安”，便转身离开。

霍文初没有回房，而是开车去了公司。

很晚了，但是林氏大厦依然灯火通明。

员工们大都在加班。

霍文初上到最顶层的总裁办公室。

张秘书微微颔首，站在她的身侧。

霍文初敛下面容：“老爷子那边，有什么动作吗？”

张秘书回道：“暂时没有，但是新明珠销售部有人来催了，要是文件再不签……”

霍文初咬了咬下唇：“卢总跟我有点交情，这事还好说。”

张秘书没有说话。

霍文初抬眸，问道：“你是想说，万一老爷子一直不签？”

张秘书微微点了点头。

霍文初的唇边漾起一个极妖娆的笑来。

“和新明珠的合作关系，也许不需要老爷子这一纸文件。”

张秘书疑惑地皱了皱眉。

“卢总的女儿明天会来林园，你回去准备一下，就说远时临近高考，为了给他放松心情，让他和雨欣两人出去玩一圈，行程大约三四天。”

“您的意思是……”

霍文初双眸一挑：“也许我可以不需要这份合同，也能光明正大地从新明珠出货，你懂我意思？”

张秘书眸色一紧：“远时知道这件事了吗？”

提到林远时，霍文初眸色略有波澜。

她侧过头，把那丝异样掩藏起来：“他还不知道，但是以后他会明白的。”

“那叶婴，夫人打算如何处置？”

霍文初站起身，打开电脑，声音淡淡的：“送出国。”

周六一早，叶婴已经收拾好书包，张秘书一个电话过来，说林远时出门旅游，家教课暂停。

“出门旅游？”叶婴有些疑惑，“去哪里了？”

“不知道，地点是卢氏千金定的，他们两个人一起去的。”

叶婴抿了抿嘴角：“哦……这样啊，好的，谢谢张秘书。”

叶婴挂了电话，叶朗凑过来，看到姐姐脸色苍白。

“姐，你怎么了？”

“嗯？没什么，今天不用去上家教课了。”

“那正好，姐，我带你去野哥的公司逛一圈吧。”

叶婴不想学习，也不想在家，叶朗的这个提议刚好顺了她的心。

打车到了叶朗说的公司，叶婴还挺惊讶。

这家公司比她想象的要大很多很多。

她原以为弟弟只是在一个很小的电脑工厂工作。

叶朗去找了赵野，赵野出来的时候，叶婴仔细看了看。

男人眉边的伤疤提示了叶婴。

“您是……那天那个救我们的人？”

赵野没什么表情，淡淡点了点头：“嗯，是，叶小姐你好。”

赵野是这间公司的创始人，刚好闲暇，带着叶婴在公司里参观了一圈。

“那我弟弟，在您的公司是个什么职位呢？”

赵野对叶婴的问题似乎微微疑惑了一下。

“您的弟弟得了全国比赛的金奖，现在是最炙手可热的天才黑客。这事儿您不知道？”

叶婴疑惑地看向叶朗：“黑客？电脑黑客？”

赵野继续道：“叶朗无法放下学业，还不能全身心投入。他目前是我见过天赋最高的电脑天才，以后前途无量。”

聊完后，赵野回到办公室，叶朗则带着叶婴来到他的工作间。

“我就是个业余的，有的时候遇到他们破不了的防火墙，或者做不明白的软件，就会找我帮忙。”

叶婴看着叶朗电脑上一排排完全看不懂的数字和符号，有些震惊：“你是自学的？”

“他也教了我不少。”

“到底什么是黑客？”

叶朗想了想：“打个简单的比方，我能让你的手机或者电脑陷入瘫痪状态。”

叶婴沉默了一会儿，忽然想到什么。

“你能帮我弄到一份监控录像吗？”

叶朗笑了笑：“那是犯法的。”

“哦……”

“但是我能帮你黑了他们的监控，那很简单。”

叶婴又沉默了一会儿。

“姐，你想要哪里的监控啊？”

“没什么，你能查到手机定位吗？”

“能啊，你想查谁的手机定位？”

“林远……不，不，”叶婴想了想，“我给你写一个电话号码，你帮我查一下他在哪儿。”

叶朗看了眼那个号码，问道：“姐，这是谁啊？”

叶婴回道：“是陈泽宴。”

Chapter 13

叶婴，当年啊，
我是真的爱惨了你

门锁轻轻动了动，一个人影轻手轻脚地走进去。

林远时沉沉地睡了一觉，一睁眼，吓得蹦了起来。

“你怎么在这儿？”

林远时的声音还带着方醒的沙哑，像是手指细细摩挲在砂纸上。

有介于少年与成熟男人之间的性感。

穿白裙子的卢雨欣有些无辜：“是霍阿姨让我过来的。”

“让你进来你就进来？没有自己的脑子吗？”林远时坐起身，不耐烦地摆手，“出去！”

“可是，我……”

“听不懂话？”

他语气不太好，卢雨欣的脸一红，起身走了出去。

林远时慢吞吞地穿好衣服，走到外厅，卢雨欣见他出来，立马站起身。

笑靥还来不及绽开，林远时便无视了她，从她身边走过。

“哎……”卢雨欣不得不叫住他。

林远时拧了门把手，门锁丝毫未动，他又拧了拧下面的锁，还是打不开。

“这什么意思啊？”林远时怒道。

“霍阿姨让我和你……独处。”

林远时大喊：“你有病吗？”

被自己倾慕多年的男孩子这样出言侮辱，卢雨欣心酸极了，泪眼蒙眬地看着他。

“是霍阿姨让我……”

林远时抬起腿，“咣”一脚踹在门上，声音大得打断了卢雨欣的话。

“开门！”林远时大喊，然后对着紧闭的门锁又是一脚。

“时哥，你别这样，你不了解事情的真相。”

林远时回过头：“什么真相？”

卢雨欣被林远时的厉色吓了一跳，瑟缩着反倒不敢说话了。

林远时不耐烦地皱眉：“有话快说。”

“我也只知道一星半点儿，是我爸爸跟我说的，现在林氏内部人员变动，前几天霍阿姨在董事会上被董事们指责，说她做了总裁之后，眼界和格局都不如之前的林总，和盛世的合作也砸了，如果再不出什么成绩，可能就要被换下来了。”

林远时停止了动作。

“所以现在霍阿姨想要我们……”卢雨欣停顿了一下，低了低头，稍微有点害羞，“想要我们订婚，理所应当和我父亲合作。”

林远时沉吟几秒，踱步到茶几边，拿起杯子喝了口水。

“不会。”

卢雨欣一愣：“嗯？什么？”

“我不会和你订婚的。”

林远时淡淡地看着卢雨欣，语气异常笃定。

不多时，门锁微动，霍文初端了一盘水果进来。

“儿子醒了。”霍文初像什么事情都没有发生一样，笑眯眯地说。

林远时站在沙发旁，没动，静静看着霍文初。

霍文初抬眸：“雨欣，过来吃。”

卢雨欣抹了一把脸上的泪痕，声音里带着浓浓的鼻音：“嗯，好。”

林远时说道：“明天周一，我要去上学。”

“哦，对了，这事儿正要跟你说呢。”霍文初放下精致的小叉子，转过身正对着林远时笑眯眯地说，“你马上就要高考了，你的成绩虽然在高二之后进步非常大，但和你弟弟还是差得太远。在学校上课，老师总是要照顾大多数学生，所以为了解决你学习上的问题，妈妈每科都给你请了非常专业的老师辅导，一对一在家授课。”

“所以啊，高考之前这段时间，你就不用上学了。”霍文初若无其事地把一颗蓝莓放进自己嘴里。

林远时声音冰冷：“你这是什么意思？”

霍文初轻描淡写：“没什么意思啊。”她站起身，“雨欣会陪着你一起学习，你不会无聊的，放心吧。”

霍文初吃完水果走出去：“那我就不打扰你们学习了，有事再找我。对了远时，你的手机暂时放在我这里，马上就要考试了，忍过这一段就好了，高考完我让你放肆地玩，好不好？”

霍文初说完就要出门。

林远时跟在她身后，冷冷地问道：“你这是干什么？”

门口两个穿着黑色西装的男人拦住了林远时的去路。

霍文初回过头，踩着十二厘米的高跟鞋，依然需要仰视林远时。

“什么软禁不软禁的，妈妈这也是为了你好。”

少年挣扎着，眼睛里满满都是不可置信，眼眶微红，像是一头愤怒的小兽。

“放开我！”林远时的声音回荡在空荡荡的走廊里，“我只是你们生下来的玩偶吗？想丢弃就丢弃，想送人就送人？”

霍文初的心被他的这句话刺得狠狠一痛，在眼泪漫上眼眶之前，她转过身。

“把少爷拉回去，好好休息一下，明天会有老师过来。”

霍文初的高跟鞋“咚咚咚”响着，声音越来越远。

走廊昏暗的光影下，她的背影细瘦纤长。

林远时看着自己的母亲。

仿佛不认识了一样。

“陈泽宴居然在林园？”叶朗难以置信地看着电脑。

叶婴的手指轻轻摩挲着衣服的边缘。

“姐？姐？”叶朗回过头，“你在想什么啊？”

叶婴轻轻蹙眉，摇了摇头。

她说不出来是哪里奇怪，心里隐隐约约有个影儿，但是捉不住，靠不实。

第二天，林远时没有来学校。

第三天他还是没来。

叶婴心中那种不好的预感越发强烈，她趁着午休的时间找到邵军，旁敲侧击问了一通。

邵军说林远时请了家教老师，回家一对一学习去了。

叶婴点点头。

哦，这样。

临近高考，学校里不少家境殷实的学生会在外面找家教老师，进行更有针对性、更有效率的复习。

但是叶婴心里那层疑影儿还是挥之不去。

周三晚自习，下课铃响之后，叶婴拿着林远时放在桌旁的羽毛球拍下了楼。

其实她也不知道拿球拍干什么，就是单纯地想带着，然后百无聊赖地在之前两人经常一起打球的地方坐了一会儿。

现在林家每月还是会打钱过来，数目不小，足够他们姐弟俩生活。

叶朗往家里拿的钱越来越多，叶婴大学四年的学费生活费，甚至出国都绰绰有余了。

张秘书也取消了每周末的家教课。

从前叶婴总盼望着成长，盼望着不再寄人篱下，能自己闯出一番天地。

现在真的实现，心里又总有那么点儿舍不得。

叶婴看着天上弯弯的月牙儿，轻轻叹了口气。

上课铃响，叶婴跟着大部队一起上楼。

她放在口袋里的手机忽然振了一下。

林远时没来学校的这几天，叶婴始终带着手机，直觉认为林远时应该有话对她说。

所以手机一响，她看四周没有值班的学生处主任，赶忙拿出来偷偷看了一眼。

是微信消息，来自——

程老师？

【在六楼走廊尽头等我。】

叶婴觉得有些奇怪，现在上课铃已响，叶婴停在实验班楼梯的转角处，犹豫了一下。

同学们陆续往教室里走，走廊的人越来越少。

叶婴紧紧握着手机，心跳越来越快。

铃声结束，走廊完全安静下来。

叶婴依然笔直地站在楼梯口。

走廊里面响起清脆的脚步声，叶婴的心“咯噔”一下。

她看了眼楼梯，忽然迈开腿，三步并作两步往楼上跑去。

一口气跑到六楼，叶婴的额上都已经渗出细密汗珠。

这是唯一一次让叶婴运动过后，她没有觉得疲惫无力，相反还有些身心俱轻。

六楼只有一个高三教室，走廊里面略显昏暗，叶婴走到尽头，发现并没有人等在那里。

叶婴觉得有些奇怪，看了眼手机，也没有微信消息。

等了一会儿，叶婴心里毛毛的，越来越没底。

走廊里安静得能听到教室里学生翻卷子的声音，甚至还有笔尖沙沙摩擦纸张的声音。

叶婴看着自己的脚尖，一时之间也不知该回教室，还是继续等下去。

下面的楼梯处传来隐隐约约的脚步声，叶婴顿时心慌起来。

她趴在扶手处往下看了一眼，一只手从最下面一路摩挲向上。

主任？

叶婴吓坏了。

这是她长这么大以来，第一次逃课。

她有些害怕，脑海中快速思索着解决的办法。

脚步声越来越近，叶婴轻咬牙齿，快步往走廊的另一端走去。

原本教学楼两端都有楼梯，但是六楼教室少，大家都会选择从近的那边走。

这边楼梯连灯都没有开，越走越黑，叶婴越来越害怕。

她脚步停在那里，怎么也不敢往下走了。

身后的脚步声越来越近，叶婴怕得全身都是冷汗。

就在她准备直接回头跟主任承认错误的时候，尽头通往天台的门开了，一只温暖的大手包裹住她冰凉冰凉的小手。

“跟我来。”

熟悉的味道萦绕在她的鼻尖，听到他声音的那一刻，她鼻头一阵酸涩，几乎就要涌下泪来。

林远时拉着她，叶婴一下就胆大了起来。

他们顺着楼梯跑下去，快到五楼的时候，林远时扭头看了一眼，尽头处刚好有巡逻的老师过来。

他迅速侧回身。

“别怕。”林远时看了楼上一眼，拉着叶婴，“快点跑可以吗？”

他说话的时候，她的目光始终落在他的脸上。

他的嘴角弯着她最最熟悉的弧度。

她坚定地点了点头。

“相信我。”

林远时说完这三个字，拉起叶婴就往楼上冲，他步子太大，叶婴跟得踉踉跄跄，差一点摔倒。

林远时眼疾手快地扶住她，时间紧急，直接一手把她扛在肩头，大步往楼上跑。

在六楼巡视的学生处主任踏上平台的一刹那，天台的门轻轻合上。

主任捕捉到一丝响动，皱了皱眉，抬脚往天台走去。

“谁啊？是不是有人？”

主任停在门前听了听，里面没有什么动静。

主任伸出手，一把推开天台的大门。

一股狂风灌进来，吹得主任眯了眼睛。

天台空空荡荡，一个人也没有。

大概真的是自己看花眼了吧，主任揉了揉眼睛，关上门。

晚上风还真大，有点凉。

脚步声越来越远。

天台拐角处墙中间的小缝隙里，林远时压得叶婴几乎喘不过气来。

跑到天台之后，林远时把她放在里面，刚想松一口气，却听到主任往天台这边走来，林远时心念一动，撑着手臂压到叶婴身上。

两人面对面，挨得极近。

目光交缠在一起，互相能看到对方眼睛里的自己。

门重新关上，两个人还没有反应过来。

叶婴率先动了一下：“啊……那个……我麻了……”

“啊？啊对。”林远时直起身子，忽然看到满天星子，“小婴，你看！”

叶婴抬起头，十分惊喜：“哇。”

在城市里，很少会看到这样星子漫天的景象。

以前在小茂村，叶婴经常能看到星星如同细密的网，罩在天空之上，伴随着清风和连绵的远山。

总会和“美好”这样的词语联系在一起。

两个人走到扶手旁，叶婴仰头道：“对了，你怎么会用程老师的手机给我发消息？”

“别提了，这几天我妈不让我出来。”

“不让你出来？为什么啊？”

林远时想起之前霍文初说过的那些话，喉结上下动了动：“公司的一些事儿。”

林远时想起什么，从口袋里掏出一个小盒子，说道：“小婴，十八岁生日快乐。”

其实叶婴并不知道自己真正的生日。

所有孤儿院的孩子的生日，都是按照院长捡到他们的那天算起的，年纪稍微大一些的，生日便是被捡到的那一天，出生年份则完全是估计的。

叶婴是在婴孩时期就被抛弃，放在孤儿院门口，于是她的生日也就定在那一天。

因为是胡乱定的，叶婴也从没把生日当回事。

所以林远时说出“生日快乐”这句话的时候，叶婴稍微错愕了一下。

“这是什么？”

“不太喜欢吗？”

“不、不是，就是……从前从来没有人给我过过生日。”

林远时把那个小盒子打开，说道：“今天程老师过来给我上课，我跟程老师说了这件事，程老师答应帮我瞒着，把手机借给我用。我是从二楼的消防通道逃出来的，往下爬的时候，它掉下去了，我一边躲着人，一边趴在草坪里找了好久。

“眼睛都要看瞎了才找到。”

大男孩说这话的时候，眼睛亮亮的，比天上的繁星更璀璨。

叶婴的心柔软成一片，小盒子里面是一条精致的手链，细细的，上面缀着五彩的小珠子和星星月亮的装饰。

“我给你戴上好不好？”林远时的右手摸着自己裤子，有些期待地看着叶婴。

叶婴低下头，伸出手腕。

月光下，女孩的手腕细白纤细，能看到青色的跳动的血管。

林远时把手链的锁扣扣好，举起她的手腕看了一眼：“好看。”

叶婴笑了笑：“怎么送这个？有什么寓意吗？”

上次是项链，这次是手链。

下一次就是戒指了。

林远时耳朵逐渐红了，侧过头，摸了摸鼻子：“没……没什么寓意啊，就是好看。”

叶婴看着他的耳朵觉得可爱极了。

他们好几天没见，叶婴便又起了坏心，歪着头看他：“是你自己做的吗？”

“嗯，对啊……怎么了？”

“你以前是不是也总是送这些小玩意儿哄女孩子开心啊？”

“你可别瞎说啊！我可没有！我有洁癖的！不喜欢有长头发的人。”

林远时解释完，回头看到叶婴眯起来的双眼，才明白过来自己又被套路了。

“小婴你……”

叶婴微微上挑的眼尾像是两个小钩子，笑起来的时候像是两弯月牙儿。

从前只是觉得乖巧可爱。

现在越来越觉得小婴真是太贼了。

“我？我怎么了？”叶婴笑着问道。

“没怎么。”

“不行，你刚刚分明就是要说我什么，快说。”

林远时看着叶婴，决定还是把心里话说出来：“你最可爱。”

这下换叶婴错愕了。

林远时在心中大笑。

“你刚刚说你从消防梯上爬下去？为什么不走正门啊？”

林远时敛了眉眼：“我妈不让我出去。”

叶婴点点头，眸光深邃，没再问下去。

“对了，小婴，我妈说高考之后你会出国？”

叶婴看着远处，似乎在躲避林远时的目光：“嗯，有可能。”

“为什么？”

“现在小朗在学习计算机，他非常有天赋，我想送他去国外留学深造，他一个人走，我不放心……”

“所以你就跟我爷爷提了这个要求吗？”

霍文初说对了。

原本林远时是不相信霍文初的话的。

他觉得小婴是他在乎的人，要是做了决定一定会告诉他。

而不是像现在这样，等着他来问。

像是有一把针落入林远时的心中，外表看不出端倪，但是那种绵绵的疼痛却没有断绝。

“那你……为什么没有告诉我？”

叶婴转过头：“我也是一时决定的，小朗成绩不好，我原本想让他一直上学，但是现在他对计算机特别感兴趣，才做了这个决定。”

句句不离叶朗。

以前林远时总说，小婴去哪儿他去哪儿。

叶婴却从没有考虑过他。

不平等的感情，总是对付出多的那一方不公平。

“你告诉我妈了吗？”

叶婴点头：“嗯。”

告诉了霍文初，又怎么可能是“一时决定”？

只是林远时问起了，只能这样推托罢了。

林远时垂下眼睛，眸子中的光亮黯淡了几分。

他忽然自嘲一笑：“哦，这样。

“小婴，你有想过高考以后和我在一个城市吗？”

林远时的声音变得低沉许多，叶婴对上林远时的眸子。

她瞥见他眸中闪过一丝痛意。

她的心脏像是忽然被利器挟住，血液悉数被挤走，凉意夹杂着丝丝疼痛漫入四肢百骸。

“我……”

心中的酸痛仿佛堵住了她的嗓子。

叶婴是一个非常非常理智的人。

一开始接近林远时，只是因为他是林家人，她不得不乖顺，他能给她带来更多的生活费，让她和小朗更好地生活。

这些都在叶婴的计划之中。

她并不觉得这样有多卑鄙。

后来林远时对她越来越好，叶婴感觉自己看他时的心跳越来越快。

叶婴清楚地知道，自己动心了。

她认为，这对他们之间的利益关系并没有什么影响。

霍文初曾经提点叶婴，要时刻记得自己的身份，灰姑娘和王子的故事只能存在于童话中。

她不可能进得了林家大门。

一开始叶婴听了。

因为叶婴早已经看透，林家掌权的是霍文初，除了林老爷子，就连林如许都比不得霍文初的地位。

霍文初只手遮天，她一个小小的贫困生怎么对抗。

可是后来，叶婴总是告诉自己。

再等一等。

这不是她主动找他的，没关系。

还有最后一点联系也不算亲近。

她给自己找了很多很多理由。

每次都告诉自己，这一定是最后一次。

之后一定会和林远时保持距离。

那天大雨，霍文初带着卢雨欣来接林远时，叶婴就知道了。

年少的心动脆弱不堪。

叶婴的身上背着她自己的前程，还有叶朗的前程。

前面已经苦了十几年，后面的人生，她必须活出精彩。

她不能为了林远时放弃这一切。

她跟霍文初提了出国。

这件事情她必须主动出击，一旦霍文初先过来找她，那么她势必陷入被动，后果会更加恶劣。

“你很聪明，一点即通。”听完之后，霍文初斜睨叶婴一眼，“想必如果不是这么聪明，你也不可能从小茂村爬到晋城来吧?

“我很欣赏你，路都是你一步一步走出来，算计出来的，只要你离开林远时，我保证你以后的路会更加风光。”

叶婴略略低头，恭敬道：“不用。”

霍文初挑眉：“哦？”

“之后我不会再接受林氏的捐助，林家已经帮了我很多，以后如果林远时……需要输血，不管我在哪里，都会回来。”

霍文初微微弯了嘴角：“这倒也不用。”

叶婴猛地抬起头，瞬间明了。

霍文初已经找好了继承她这个位置的人了。

这一年的时间，终究南柯一梦。

到头来什么都没有。

“好，我明白了。”

朗月皎皎，被飘来的云朵遮住半边脸孔。

“所以你的心中只在乎你的弟弟，是不是？”林远时的声音却比那云朵还要轻，轻得微微有些颤抖。

“不是这样的，我……”

叶婴忽然觉得，此时说什么都迟了。

她没有把这件事情告诉林远时，怕影响到他，准备高考之后的某一天，告别之后潇洒离去。

叶婴忽然无力，垂下头：“对不起。”

清风袭来，女孩头上的发香飘到林远时的鼻腔。

很熟悉的香味。

他轻笑一声：“对不起我什么？”

叶婴抬起头，对上他的双眸。

少年的眸中掠过一丝痛意，随意转过脸去。

“我有好多朋友，高考之前都有一个关系比较好的姑娘，可是高考之后全都各奔东西。我觉得他们很蠢，有什么可分开的，是金子在哪里都会发光，国外的月亮就真的比国内的圆吗？所以我一直说你去哪儿我去哪儿，不会分开。”他停顿了一下，“现在看来，还是我自己蠢。”

叶婴不说话了，看着天空发呆。

沉默了一会儿，林远时的声音更低沉了几分。

“小婴，你出国，是不是还有什么别的原因？

“就像当初，你骗我你的成绩那样，你是不是在害怕什么？我妈她……是不是给你施压了？”

霍文初的总裁地位受到威胁，做出让他和卢雨欣订婚这样的决定。

既然之前他那样张扬地喜欢着叶婴，霍文初除了软禁他之外，一定会找叶婴麻烦的。

叶婴没想到林远时会想到这一步，稍稍停顿了一下。

“没关系的，小婴，你跟我说，我会保护你。”

叶婴抬起头。

林远时像是掉进了她眼中的沉沉星河，心脏狂跳，几乎不能呼吸。

“我会拼尽一切，保护你。”

他的声音很轻，语气却是坚不可摧的。

这句话拨弄着叶婴心底最柔软的琴弦，震得她整颗心都在颤抖。

“我是自愿的……”

他的眼中，所有光亮瞬间熄灭。

“哦，这样啊。”

又是他自作多情了呢。

“那你高考之前就会走吗？”

终于遇到一个令她有些底气的问题了，叶婴赶忙说：“不，不会。我会等到高考之后，手续还在办理。”

可是这对于林远时来说已经不是那么重要。

无非就是早几天失去她和晚几天失去她的问题。

结果都一样。

“什么时候回来啊？”

叶婴重新低下头去：“看小朗的状况。”

林远时站直了一些：“哦。”

晚自习快要下课了，在楼顶能隐约听到教室里响起一阵骚动。

叶婴的心中闪出一个念头，像是燃起一簇小小的火苗。

不大，不刺眼，但终究是一席希望。

“你……会跟我一起去吗？”

“不会。”林远时回答得斩钉截铁，没有丝毫犹豫。

林泽宴忽然回归，霍文初地位堪忧。

林氏势必有一场动荡。

如果林泽宴真的抱有野心过来，势必早有计划，林如许和林老爷子都是站在他那边。

林远时这时不可能出国。

他必须保护他的母亲。

这句话像是一壶水，浇熄了叶婴心中的火苗。

“哦。”

“不早了，回去吧。”林远时忽然转过身。

叶婴看着那道高瘦的背影，喃喃道：“你之后会来上学吗？”

林远时已经关上了天台的门，没有听到这句话。

更加没有回答。

他走得那么急，甚至没有送她回宿舍。

叶婴以为他只是负气。

却不知道那个高大干净的少年眼眶通红，再不能在她身边待一刻。

因为再待一刻，他就再也控制不了心痛蔓延。

落下泪来。

不出林远时所料，就在高考前一天。

霍文初在林氏出事了。

新明珠集团亲美，霍文初在董事会上提出合作之后，遭到众人的一致反对。

就连之前她联络过的那几位董事，也都尽数倒戈相向。

要说背后没有推手，谁都不会相信。

董事会要换掉霍文初执行总裁的位置，霍文初没有发言权，最大股东林老爷子不肯表态，林如许并没有保护妻子的意愿。

霍文初几乎站在整个世界的对立面。

傍晚时分，林泽宴找上林远时。

林远时觉得奇怪。

这位大哥回来挺长时间了，一直都很安分，林如许觉得亏欠他，对他非常好，但是林泽宴却总是显得生疏，陪伴老爷子的时间更多一些。

他跟林远时也就吃饭的时候能够见面，但从来不会多话。

到了书房，林泽宴关上房门。

林泽宴找林远时没有别的事情，只是给林远时看了一些照片和报道。

照片里面包括了霍文初和之前破产的晨星集团赵星的聊天记录、张秘书联络记者的记录、林泽宴的DNA记录，还有张秘书指使人在某处老旧小区放火的记录。

林远时一张一张看下来，淡淡地问道：“什么意思？”

林泽宴又露出那种瘆人的笑容。

“你恐怕还不知道吧，我给你讲个故事。”

林泽宴用他滑腻的声音讲述了陈佳玉和霍文初之间的纠葛，他所说的全部内容，有证有据，条理清楚。

林远时拿着照片的手指微微有些颤抖：“你早有准备。”

“当然。”林泽宴摊了摊手，“我不喜欢做没有准备的事。”

林远时放下那些照片，十指交叠：“你想怎么样？”

“你别紧张，我来找你，是想让你帮我一个忙的。”

这些照片都只是对林远时的威胁，他真正的目的在后面。

“什么忙？”

林泽宴笑容消失，俯身下来，看着林远时：“我看中了二弟在林氏的股权。”

林远时抬起头。

林泽宴对上他错愕的目光，忽然笑了起来。

林泽宴是回来讨债的。

林远时没有猜错，林泽宴能够咽下母亲的仇恨，能够在林家表现得这样平淡，就绝不是一个简单的人物。

“我也有一个条件。”林远时沉默了一会儿，忽然开口说道。

林泽宴似乎知道他想说什么：“这些证据全部归你，仅此一份，没有存档，之后我也不会再提起。”

“你不想为母亲报仇吗？”

“呵。”

林泽宴轻笑一声，没再说别的。

高考那天早上，林远时没有按时起床。

霍文初到他的房间一看，林远时全身滚烫，烧得厉害。

霍文初慌忙叫来了私人医生，医生给他喂了药。

“他怎么样了？”

医生皱了皱眉：“这孩子经历了什么？”

“怎么了？”

“到诊所拍个片子，我没估计错的话，他烧成严重的肺炎了。”

“啊？但是……但是他今天高考。”

“下午能醒过来就不错了。”

霍文初的心一下子凉了。

“之前高烧过一次，身体的底子就已经不好了，这几天也不知道怎么糟蹋的，年纪轻轻的，体格怎么成了这样？”医生严厉地问道。

“上一次是淋了雨，没有办法。那……他什么时候能好啊？”

医生瞥了霍文初一眼：“看情况吧，先去诊所。”

“哎，好。”

林远时整整病了两天。

打点滴，吃了无数药，但是体温怎么也降不下来。

他身子滚烫得很，人整个消瘦下来，原本活脱青春的大男孩，现在躺在床上，一丝生气都没有。

高考结束，林远时的烧才终于退下去一点。

霍文初端了粥给他，林远时的声音已经哑得不成样子。

“妈，我想出去走走。”

“不行，你才刚好，要是吹了风可怎么办。”

林远时垂下双眸，不说话了。

“是不是还想着那个丫头呢？”

“别这么说她。”

霍文初叹了口气：“她好得很，高考结束了，应该正在庆祝呢。”

林远时扯起嘴角：“是啊，应该正在庆祝呢。”

话音刚落，他几乎瞬间就红了眼眶。

霍文初心如刀绞：“儿子……”

林远时问道："妈，现在公司那边怎么样了？没有人为难你吧？"

霍文初笑了笑："你别担心这些了，先好好养病。"

也不用霍文初说。

以前霍文初是林氏总裁的时候，每天都很忙。

她工作起来非常拼命，因为这不是她娘家的产业，这是林如许的家业，这两者是不一样的。

她不能让林氏出一点乱子，不能让林如许对她失望。

林氏员工的考核制度是出了名的严苛，员工几乎都在自愿加班。

即使这样，霍文初也经常是公司最后一个走的，最早一个到的。

很多合作案子，都是霍文初亲力亲为，一点点盯着手下促进、完成。

她根本没有这么多空闲的时间。

这几天照顾着林远时，霍文初竟都有自己洗手做羹汤的时间了。

所以她不说，林远时也能猜到七八分。

晚饭之后，刘文兴过来看林远时。

从前林远时有洁癖，不准任何人进他的房间。

虽然他和刘文兴关系那么好，也没让刘文兴进来过。

这次刘文兴过来，却是林远时主动给他发的微信。

"你这房间真牛，是整个林园最豪华的一间了吧？"刘文兴一边环视四周，一边说道。

"坐下吧。"

刘文兴被林远时的声音吸引，随即看到林远时的病态。

"你这是咋的了，咋病得这么严重啊？"

林远时是多么热情活泼的男孩，他常和刘文兴一起打球，朝气蓬勃，体力极佳，身体从小就好，根本没生过这样的大病。

"没事儿。"林远时小声说。

"你找我过来是不是有事儿啊？"

"没事儿，就是……想找人陪我聊聊天儿。"

现在他的那些哥们刚刚高考完，朋友圈里一片欢天喜地的庆贺。

林远时不想看。

唯一能找的，也就刘文兴了。

"你都不知道，这几天林氏大变动，董事会已经定了林泽宴是林氏总裁了。"

还真是这样。

林泽宴比林远时大不了几岁，心智却比他成熟太多。

几次接触下来，林远时知道这个人心机颇深，根本猜不透。

董事会那帮人全都是老狐狸，霍文初与他们周旋尚且心有余而力不足，林泽宴却能在这么短的时间内，获得他们这般信任。

林远时笑了一下。

也是，自己张扬单纯地活了这么多年，一直都没有回头看看。

霍文初在林氏并不受待见，老爷子和父亲都没有站在她这一边。

她虽然没有那么多时间陪伴林远时，可她给林远时的爱却是最好的。

她一个人承受着所有的压力和非议，让林远时在光芒下成长，让他感觉到爱。

以前的林远时从来没有想过，他不是生活在光芒下。

只是霍文初帮他挡住了所有的刀子，又或许是林远时能力不足，才让霍文初这般辛苦。

如果之前他能快速成长……

也不至于让林泽宴钻了这个空子吧。

说到底，终究是他的过错……

“哎，说点高兴的吧。”刘文兴看林远时暗淡下来的眸子，才知道自己方才说错话了。

他在脑海里迅速想了想能让林远时高兴起来的事。

这个可太简单了。

“我前段时间还看见叶婴了呢。”

林远时低头整理了一下被子：“哦。”

“我在肯德基遇到她的，哎？我知道了！”刘文兴忽然想起什么，陡然提高音量。

林远时疑惑抬头：“知道什么？”

刘文兴回想着：“那天和叶婴见面的人，就是林泽宴啊！”

“他们俩？”

“那时候你大哥还没回林园。我都不知道有这么个人，那天他手里拿了一个文件袋，似乎拜托叶婴什么事儿，他出门的时候正好我看见了。所以我一开始在林园看到你大哥还觉得眼熟，原来我之前见过啊！”

林泽宴回来之前见过叶婴？

林远时忽然觉得现在的叶婴就像一个陌生人。

他给她的爱护只是他的一厢情愿。

实际上他对叶婴一无所知。

她什么都不告诉他。

林远时的眸中闪过一丝恨意。

“他们可能……”

刘文兴继续说：“你说，之前那个文件袋里装的……会不会是大哥递到老爷子手中的DNA检测报告单啊？通过叶婴之手……”

不能再往下猜了，越想越觉得可怕。

林远时的喉结上下动了动，把身子缩回被子里：“我有点难受，帮我叫医生来吧。”

“啊？啊，好，我这就去。”

林远时这一病，持续了将近十天。

十天之后还稍微有点咳嗽，但好歹不发烧了。

姜成鹤他们知道林远时病愈，嚷着叫他出来一起玩。

加上高考前林远时请假那么久，姜成鹤他们也已经很久没见林远时了。

林远时同意了，他们定在一家 KTV 里。

林远时依旧不爱玩游戏，坐在一旁听他们唱歌。

不断地有女生坐到林远时身边，现在高考结束，她们更加大胆。

但是林远时却始终神情淡淡的，坐在最远处的角落里，一个人喝酒。

等姜成鹤意识到林远时情绪不太对，过去看的时候，林远时已经喝醉了。

“你没事吧？”

林远时坐姿笔直，静静看着姜成鹤的眼睛，只说了两个字。

叶婴接到姜成鹤电话的时候，正在小姨家收拾行李。

自从不接受林家资助之后，叶婴又搬回了小姨家。

小姨本来是不愿意的，但叶朗拿了一万块钱出来，塞到小姨手里。

他们只住几天，接受他们就有钱，不接受，他们住在宾馆也无不可。

叶朗再也不是那个病恹恹的小男孩，说话做事，已初见成年人的稳重利落。

小姨自是喜不自胜，留他们住了下来。

“叶婴，林远时喝多了，反复叫你的名字，你快点来看看吧。”姜成鹤把林远时又往身上背了一点，气喘吁吁的，“我们快要招架不住了。”

叶婴声音一紧：“你们在哪儿？”

姜成鹤说了地址，二十分钟后，叶婴打车赶到。

林远时早已醉得不省人事，伏在姜成鹤的肩头，口中不断重复她的名字。

叶婴抿了唇：“把他交给我吧。”

姜成鹤有点担心：“你能行？”

叶婴看着林远时的眼睛，叫了他一声：“林远时，我是叶婴。”

林远时慢吞吞地抬起头。

许久未见，思念了千万遍的脸就在自己面前。

叶婴眼眶微红。

他醉了。

所以看她的目光还是那么纯粹。

满满都是爱恋。

丝毫不加掩饰。

“跟我回家吧。”

叶婴轻声说道。

出租车还没走，林远时乖乖跟叶婴上了车。

同行的女孩都惊呆了。

这人是谁啊？

姜成鹤看着那辆出租车绝尘而去，不以为然。

“全世界能制伏林远时的，也就叶婴了。”

上一次喝醉的林远时很乖，这一次却不太一样。

他还是会听叶婴的话，但是乖顺中又有点调皮。

他总是忽然扑过来，想要抱叶婴。

刚开始叶婴没有反应过来，被他抱住了，之后林远时仿佛上了瘾，总想着抱叶婴。

叶婴送林远时回到学校旁边的公寓，轻车熟路地把他塞进浴室里洗澡。

结果他衣服还没脱就出来求抱抱。

叶婴没有办法，反复说自己不会走，他还是不听，隔一会儿就要喊她一声。

如果叶婴停顿一会儿才回答，那林远时就会害怕，然后伸出头来看。

确认叶婴还在，他才安心地重新回去洗澡。

洗完澡出来，大男孩脸色红红的。

见他漆黑的头发往下滴着水，叶婴笑了笑，问道：“我帮你吹头发，好不好？”

“小婴？”

“嗯，我在。”

叶婴拿了吹风机出来，站在林远时身旁，帮他吹着头发。

没一会儿，腰间忽然环过来一双手臂。

他的脸紧紧贴在她的腰间。

叶婴没动，帮他把头发吹干。

“好了，睡一觉，明天就什么都好了。”

叶婴要去收吹风机的线，林远时却抱着她怎么也不肯撒手。

“乖，我去放一下吹风机。”

“小婴？”

“嗯，在。”

叶婴从浴室出来，看到林远时已经乖乖躺在沙发上。

他和以前一样，侧着身，正面对着卧室门的方向。

叶婴放轻了脚步，蹲下身，留恋地看着他的容颜，睡着的林远时非常安静。

他的睫毛很长很长，耷拉下来像是两片小扇子，在眼下形成阴影。

他的鼻子直挺，嘴唇偏薄，笑起来的时候，唇边会有一个小小的褶皱。

不是酒窝，就很特别。

叶婴渐渐俯下身子，像是着了魔一样，无法自抑地凑近。

他刚刚洗过澡，干净的皂香混合着他的体香传来。

渐渐，渐渐靠近。

直到双唇相贴。

那样柔软的触感像是打开了某个闸门。

回忆铺天盖地地涌了进来。

第一次，他在她的身后嗤笑一声。

后来收到穆元日的情书。

林远时送她一双小白鞋。

一切的一切，近在眼前一般。

梦里，高高瘦瘦的少年松松垮垮地穿着蓝白相间的校服，校服里面是白色的卫衣。

他笑着叫她小婴。

你也好可爱啊，小婴。

叶婴滚烫的眼泪顺着睫毛滑落。

滴在他的脸上。

林远时睁开眼，忽然抓住叶婴的肩膀，猛地一个翻身。

叶婴的后背重重撞在沙发上，整个人被他压在身下，变主动为被动。

林远时深深地吻了下来，带着一丝酒气，一丝醉意。

他深情地亲吻着她的嘴唇、下巴、脸颊、眼睛，顺着耳边，一路滑到脖颈。

陌生的微痒与颤抖，密密麻麻地爬进叶婴的身体。

他黑色的头发埋在她的衣服里。

林远时整个身体都热了起来。

“小婴。

“小婴。

“小婴……”

声音一声比一声低沉，一声比一声沙哑。

叶婴被点燃，细细地回应着他的吻。

阻碍终于被冲破，撕裂一般的痛感传遍全身。

两颗泪珠落到沙发上。

“林远时——”

回应她的只有一句话。

“我爱你。”

手机是在半夜振动的，叶婴猛地从睡梦中惊醒。

林远时的手臂还搭在她的腰际，她看了他一眼，赶忙起身到别的房间去接电话。

“姐，还有四个小时就要走了，你去哪儿了？”

“嗯，我马上回来。”

“姐……你哭了？”

叶婴摸了一把自己的脸，满是湿意。

“哦，没有，我马上回来。”

临出门的时候，叶婴最后看了林远时一眼。

她从包里拿出一沓纸，放在餐厅桌子上。

她轻轻地开门关门。

隔了很久很久，一个细瘦的身影才从单元门离去。

“我曾真心真意，掏心掏肺地爱过一个人，我把我全部的热情都给了她。”

—— 林远时

Chapter 14

哪里都有回忆，
看什么都觉得物是人非

北京时间早上八点。

一架白色的飞机在湛蓝的天空留下一道轨迹。

舷窗下的白雾逐渐散去，能看到连绵的山脉和绿油油的农田。

叶婴打开镜子，从包里摸出口红。

她顺着嘴唇的弧线描过去，最后轻轻一抿，发出“啵”的一声。

烈焰红唇，妖冶动人。

飞机降落，叶婴拎着手提包，戴上墨镜。

手机响了，叶婴接起来。

“小施。”

“婴姐，你落地了吗？”

“嗯，你到了？”

“我就在外面的停车场呢。”

叶婴出了大厅，就看到小施朝她高高地招手。

叶婴走过去，上了车，系好安全带，从后座拿出笔记本电脑，连上网之后，问道：“公司情况怎么样？”

“很稳定，之前有几个黑粉在骆珈直播间里面骂起来，原本不是什么大事儿，骆珈跟黑粉调侃了几句，损得很幽默，破了当晚直播间人数的记录。”

叶婴淡淡地“嗯”了一声：“我知道了。”

小施做叶婴的助理快两年了，也逐渐适应了叶婴的性格。

叶婴初到体恪工作室时，是从一个小编做起的，她人很安静，长得又好，项目部的领导一开始是想让她做美妆或者穿搭类博主。

虽然叶婴不善言辞，但是这样一张脸摆在那儿，直播的时候观众直接嗑颜就行了，连说话都可以免去。

但这个提议被叶婴婉拒了，她执意留在幕后，领导也不好说什么。

后来自媒体工作室发展得越来越好，叶婴看似不声不响，实则眼光极佳，做事稳重利落，绝不拖泥带水。她从小编混成公众号主编之后，选的几个项目全火了，在年轻人的朋友圈疯狂转发。

后来短视频兴起，领导便把叶婴调去视频项目部。

现在从视频到直播的项目，都是叶婴的管辖范围。

体恪工作室也渐渐壮大，成了江市最成熟的网洛孵化公司。

漂亮女孩们一起相处，总会有明里暗里的钩心斗角。

叶婴上位之后，却把这些人治得服服帖帖。

她们的心思叶婴一猜就中，还来不及使什么绊子就已经被叶婴扼杀在摇篮里。

叶婴从长相到气质都是温温柔柔的，可公司里谁都知道，宁可惹了最高领导，也别惹叶婴姐。

更别和叶婴姐耍什么心眼儿。

叶婴绵里藏针，处事果决狠辣，惹了她，可能到最后都不知道自己是怎么死的。

叶婴的狠厉绝情出了名，行业内基本都知道。

体恪公司能发展到今天，叶婴起到不小的作用。

伴君如伴虎，跟在叶婴身边两年，小施每天都提心吊胆。

这位领导好是真的好，温柔也是真的温柔，但小施就是害怕。

小施在工作上面谨小慎微，一点岔子都不敢出。

“还有吗？”叶婴一边浏览这几天的直播数据记录，一边问道。

小施马上回答：“梁嘉烨最近开展文化培训，还算顺利。”

“还算顺利？”

“嗯，有人不太配合，觉得培训文化内容没有什么必要。”

叶婴的目光重新落回电脑上，说道：“嗯，我知道了。沈启涵这几天没直播，也没更新视频。”

“她请了病假。”

“今天到公司了吗？”

这时，车子停在精英大厦地下停车场，小施拉起手刹，解开安全带，回道：“今天约了下午一点拍摄新的推广视频。”

“让她到我办公室来。”

“一点之前吗？”

“嗯，拍摄取消，推广交给骆珈来做，差价不用补了，算是给老伙伴一个人情。”

下了车，叶婴踩着高跟鞋走在大厅里。

小施跟在后面，点头说："好的，我知道了。"

叶婴正在看项目选题，办公室的大门被敲响。

"进。"叶婴合上文件，放在一旁。

沈启涵露头进来，小声说："叶婴姐，你找我？"

叶婴比了个手势，说道："坐。"

沈启涵点点头，拘谨地走进去，坐在叶婴对面的椅子上。

视频里的人个个纤瘦出挑，其实在实际生活中并不全是这样，滤镜和美颜是好东西，打光和专业的拍摄团队也让她们更加动人。

卸了妆，在真实的生活里，她们其实也和普通人一样。

沈启涵算是素颜也比较抗打的。

她虽然文化程度不高，说话也没有骆珈那么有趣，但是粉丝数目还算可观。直播的时候，不少男粉给她砸礼物。因为女粉少，所以最近接的推广不算多。

沈启涵签约不到一年，就已经赚得盆满钵满。

有钱了，人说话也有底气，她在公司里性格挺尖锐的，逮谁捋谁。

唯独在叶婴面前，她就像老鼠见了猫，大气儿都不敢喘一下。

"这几天生病了？现在好了吗？"叶婴开门见山地问道。

沈启涵的眼珠快速转了几下，说："啊，好了好了，好多了，就是前几天有点发烧，可能是直播的时候着凉了，我……我以后一定注意。"

叶婴微微勾了勾嘴角，问道："去医院看过了吗？"

"没，我在家找了点药吃，捂上大被就好了。"

"三天没出家门？一会儿去吃点好的，回来找财务报销。"

沈启涵惊讶地瞪大眼睛："谢谢你啊，叶婴姐……"

叶婴语气淡淡的，继续说道："报销的时候顺便多领三个月的工资，你可以出去了。"

沈启涵这才觉出不对，只有离职人员才能预支三个月工资。

"叶婴姐……"

"不是已经去和任星谈合作了吗？"叶婴挑了挑眉，"怎么？三个月工资不够？"

她竟然全都知道了！

这下沈启涵彻底傻了，心脏几乎快从嗓子眼跳出来了。

"叶婴姐，我……"

"想走就直接说，但是带着公司给你的资源走，就有点过分了吧？"叶婴微笑着，眼睛眯成两弯月牙儿。她穿着白色的小西装，皮肤胜雪，唇红齿白，美艳不可方物。

沈启涵觉得自己这点小伎俩在叶婴面前就跟玩似的。

她低下头，小声说道："对……对不起，叶婴姐，任星那边……"

"出价高？"

沈启涵咬着嘴唇，点了点头。

"如果你的眼光这么短浅，那我也不好说什么。你要走可以，人人都有选择更好出路的权利，但是别在临走之前影响体恪，这么做对你的老主顾可不太好。都是在这个行业里混的，凡事给自己留一点余地，也是给自己以后留一条出路。"

沈启涵的双眸轻轻颤抖着，结结巴巴道："叶婴姐，你……你什么都知道了？"

任星是一个月前找上沈启涵的，出价的确很高，但是任星和体恪终究是两个档次，资源根本比不了体恪。

这些日子，骆珈在公司内的资源越来越好，任星的人资对沈启涵说，现在体恪重点培养骆珈，根本不会给沈启涵那么好的资源，如果她能到任星，他们保证会给她最好的。

并且那人提出，如果沈启涵能拽几个小姐妹一起过去，他们给的待遇将会更加丰厚。

沈启涵原本也是无动于衷的，毕竟任星所谓"最好的资源"也根本比不上体恪的一根手指。但是沈启涵看了待遇之后，还是有些心动。

那个数目，几乎能够买下江市市中心的一套房了。

"可是，叶婴姐，你是怎么知道的？"

任星找她的时候那么隐秘，沈启涵更是谁都没有告诉。

究竟是谁走漏了风声？

"没有人告诉我，是我自己猜的。"叶婴轻巧地说，"我原本只想试探你一下，这些都是你刚才自己告诉我的。"

叶婴提及资源，沈启涵便说了任星出的价格。

叶婴又说了临走使的手脚，沈启涵便把其他人的事情悉数说出。

叶婴根本什么都不知道，全都是沈启涵自己说的。

"我出差了三天，你刚好趁这三天请假，我只是觉得有些奇怪，就把之前你的直播记录调出来，发现一个月前你就开始心不在焉，还经常问梁嘉烨推广资源的事情，我顺藤摸瓜猜到一点，但是不能确定。"

沈启涵眼睛有点红了。

"你也不傻，不可能真的跟着任星走，体恪的招牌摆在这儿，况且现在想要进体恪也不是一件容易的事情，你怎么可能因为这么一点钱就走呢。"叶婴淡淡地说，"我想，你也是想趁这件事情，提醒公司把更多资源分给你，是不是？"

全都猜中了。

沈启涵在叶婴面前就像一个透明人一样，她肚子里的花花肠子，叶婴一眼就能看懂。

“对不起，叶婴姐，我真的……我……”沈启涵本来文化程度就不高，脑子里就那么点词汇，现在一时着急，也不知道说什么来求叶婴，“叶婴姐！我来体恪很久了，我是您带的第一批徒弟啊！叶婴姐，您别……”

“很抱歉，你既然也做出这样的决定，就不能怪我容不下你。”

“叶婴姐，我只是一时糊涂，我不是真的想走啊！”

叶婴站起身，走到沈启涵面前，静静地看着她。

两个人站在一起，气质相差一大截。

“离职手续上有什么不懂的地方，直接去找人资苏总，她会帮你。好了，你可以出去了。”

沈启涵一步三回头地出了叶婴办公室，刚好和进来的梁嘉烨擦肩而过。

梁嘉烨关上办公室大门，回过头，问道：“什么情况？师太，你又把人家小姑娘骂哭了？”

叶婴重新拿起项目书来看，说道：“有事说事。”

梁嘉烨扯了扯自己的领带，手往叶婴桌子上一撑，放慢了语速：“就是——跟你汇报一下文化培训的事儿，但是叶总你太忙了，出差三天手上的事儿堆了太多……”

“直接说。”叶婴打断他，微微抬眸，“手拿开。”

梁嘉烨悻悻地收回手。

叶婴抽出纸巾，把桌子重新擦得锃亮。

“小婴，我说你这个洁癖越来越严重了啊，以前只是不许别人弄脏你的桌子，现在就连碰一下都不行了？”

“程恬又给你气受了吧？”

梁嘉烨扁扁嘴：“你猜呢。”

叶婴轻笑一声：“这点事儿也需要我处理？”

“当然不需要！就是……你也知道程恬的背景，她那个火暴脾气，谁敢惹啊。”

“你也不敢吗？”

“我当然敢！”

“我也觉得梁经理不需要我费心，还有别的事儿吗？”

这时，小施敲了敲门。

叶婴歪了歪头，说道：“进。”

“叶婴姐，沈启涵的离职手续已经在走流程，两点钟的项目选题会正常进行吗？”

“正常进行。”

“好的。”

说完，小施就转身出去了。

梁嘉烨眉毛都要吓掉了，惊讶地问道：“沈启涵离职？”

“嗯。”

叶婴把所有项目选题看完，心里大致有了谱。

“她去任星了。”

“你……你这么镇定？”

沈启涵粉丝数目不小，她走了，对于公司来说也是一个不小的损失。

叶婴这个人无情无义，最看中利益，很明显沈启涵不太愿意离开，这笔买卖怎么来说都是体恪不划算。

这不太像叶婴的处事风格啊！

叶婴摁了一下电脑，说道：“放心，她还会回来的。”

电脑桌面上跳出新闻，叶婴正要关掉的时候，鼠标滑过某处，一条资讯出现在叶婴面前。

【林氏集团太子爷前天订婚，场面奢华贵气！】

“回来？她怎么回来？回来了你还能要她？”梁嘉烨把玩着叶婴桌边的白色小物件，“我说小婴啊，你觉不觉得你越来越喜欢白色了，以前只是衣服穿白的，现在就连摆件你都喜欢买纯白的，这是什么症状啊？洁癖的另一种体现？小婴？小婴？”

顿了顿，梁嘉烨凑过身子，又喊了一声：“小婴！”

叶婴回过神，问道：“什么？”

“你怎么了？看什么这么入神？”

叶婴微微一笑，神色如常地说：“没什么。出去吧，我要准备下午的选题会了。”

随着小视频产业链兴起，公众号逐渐没有了前些年的热度，之前公众号的项目组组长做不下去了，吴总便把这个项目也划归到叶婴手底下。

这是叶婴再次接手这个公众号以来的第一个项目，她想亲自把关。

选题会开了一个下午，叶婴还是坚持用之前那个“影响江市的一百个青年才俊”的项目。

有才已十分难得，有貌亦是少数，有才又有貌的才俊更是少之又少。

这样的人难找，但是如果真的做好了，必定在年轻人中产生极大的反响。

难找也罢，主要还是考验小编的写作功底。

同一件事可以有千百种说法，每一种说法给人的感觉都会不同。

叶婴手底下的小编都是她带上来的，想必没有什么问题。

周五下午，公众号主编谭明明找到叶婴。

原来是第一个青年才俊项目出了岔子。

“我们原本和林总旗下的餐饮项目有过合作，以为这次的合作能顺利进行的，谁知道那边的助理说林总不接受任何采访。”

叶婴自打接了视频项目之后，就没再接触公众号的运营，之前有什么合作她并没有参与过。

叶婴看了眼手里的资料，是之前林总的一家餐饮连锁店开业，他们的公众号给做的推广。

那家餐饮店叶婴曾经了解过。

叶婴也是一个投资好手，她这些年零零散散赚了很多钱，很大一部分都是叶婴投资得来的。

那个餐饮项目，一开始并不被市场看好，后来有人收购了那个项目，改进了所有的技术，市场运营非常成熟，推广手段就连叶婴都有些叹为观止。

现在这家餐饮连锁店飞速发展，几乎成了年轻人就餐的必选之项。

快餐文化只能火一段时间，可是这家餐饮连锁店不断创新，再加上神一样的运营技巧，一路起飞，身价整整翻了百倍不止。

若是现在出手，必然大赚一笔。

叶婴没想到这家餐饮店居然和体恪还有合作。

她倒是对这位幕后操手越发好奇。

“既然不接受，那就换别人好了。”

谭明明说：“这是整个项目的第一个才俊，必然要选重量级且打动人的，而且林总的经历也实在传奇。”

叶婴放下资料，往后一倚，饶有兴趣地说：“哦？说来听听。”

“林总是七年前来江市的，从洗碗端盘子做起。林总人很机灵，一点点被上级领导提拔，做到了管理层。后来雁鸣集团的晏总慧眼识人，投资了林总最初的‘茶向’餐饮项目。林总了解市场，手段诡谲，‘茶向’一路爆火。

“林总手里掌握了各色资源，一般人到了这个地步也就满足了，但是林总没有，他的胆子非常大，操纵着手里的资源，凭借高端的运营谋略，一路收购几个小的餐饮项目，这些项目见了回报之后，林总又把手伸向更高端的项目。

“四叶餐饮集团就像滚雪球一样一点点成长起来，现在马上就要跻身江市餐饮前三的位置了。要知道，这才是四叶成立的第五年而已，前面两个餐饮集团可都是百年老企业啊。”

这位林总真的很聪明。

他知道传统餐饮发展速度缓慢，虽然稳妥，但是要想扩大企业，很难和那些老牌餐饮媲美。

所以他选择了快餐文化，然后凭借独到的眼光和高绝的运营手段，快速扩大体量。

企业要想做大，其实不光是赚钱那么简单，势必面面俱到，企业的发展与管理亦不可缺少。

谭明明说林总是从服务生做起的，势必没有企业管理经验，能发展成现在这样着实不易。

“的确是一个可以打头阵的人物。”叶婴淡淡地说。

谭明明忽然羞涩一笑，说道：“而且……之前是我联络的合作，见过林总一面。”

谭明明是个三十几岁的女人，做这一行的见多识广，自然不会像那些年轻的小姑娘见到个长得帅气的男生就尖叫。

能让阅人无数的谭明明有这样的表情，想必这位林总的相貌应该非常不平凡。

叶婴淡淡一笑，问道：“形容吧，有多帅？”

谭明明脸上笑意更甚：“无法形容的帅，也不是单纯的帅。”

谭明明在脑海中好好措了下辞。

“林总身上有一股劲儿，说不上来，怎么说呢……”

叶婴也不急，一边看资料，一边等着她慢慢想。

难得见到谭明明这么小女人。

“迷人。”

闻言，叶婴忽然笑了，取笑道：“你口水快要流出来了。”

“组长，咱们这次的才俊项目第一个必须找林总，要是他肯接受采访，他公司的口粮就够我们所有人的季度奖金了，更别说采访出来之后的炸裂影响和后续关注度了。”

“嗯，你有什么要求？”

谭明明谄媚一笑，说道：“组长，我们希望您……亲自出马。”

“我知道！这个要求有点过分，但我们是真的没辙了，那边拒绝得特别干脆，我们怎么说都不行。若是体恪最牛的项目组组长出面，一切就都不一样了，想必他们四叶集团也会给面子的。”

叶婴想了想，点头道：“行吧，我亲自盯这个项目，放心吧。”

谭明明心愿达成，无法掩饰地大笑起来，热情地问道：“那我帮您约时间？”

“不用了，我自己约吧，电话给我。”

“我有名片。”

谭明明放下名片之后就出去了。

叶婴刚想收起来，看到上面的那个名字，整个人都僵在了那里。

下午五点，精英大厦。

叶婴抄起旁边的白色西装外套，起身出了办公室大门。

有人拿着文件到叶婴办公室没找到人，出来之后问小施："叶组长呢？"

小施正在整理新一时段的视频数据，回道："哦，叶组长已经下班了。"

那人回去之后，惊讶地和周围的人讨论起来。

"叶组长居然五点钟就走了？"

"我来这儿快一年多了，几乎每一天叶组长都比我下班晚。"

"何止你一年啊，我来这里都三年了，有一回叶组长高烧三十八度多，还一直撑到把数据分析会开完才走呢。"

余锦书是新来的，长着一张青春朝气的脸，是一个月前叶婴疑心沈启涵的时候签进来顶替她的。

余锦书还不太了解叶婴。

她们议论的时候，余锦书还在一旁看视频稿子。

她听后插了一嘴："叶婴姐这么厉害的吗？我看她很温柔啊。"

程恬最八卦，拉着一脸蒙的余锦书，热情地说道："过来，姐给你科普一下……"

这一科普就是十多分钟，最后大家也当听个乐，该忙啥忙啥去了，安安心心加班，手上还有一大堆工作没做完呢。

叶婴对手底下的人说过一句话——"你们只需要好好工作，其他什么都由我去处理"。

她们部门是体恪所有部门中工资定位最高的，成绩越好工资越高，真的实现了多劳多得。

之前谭明明还创造了一个记录——有一个月她比上几级的领导工资还高。

叶婴也真的做到了，部门的人只需要努力工作，外人的各种不服、嫉妒，他们都不需要考虑。

叶婴都已经帮他们处理好了。

叶婴坐电梯一路下到地下车库。

"砰"的一声关上车门后，叶婴长长地舒了口气。

她手心里攥着那张名片，看着那个名字好一会儿，才从旁边的包里拿出手机。

其实，叶婴第一眼看到那串电话号码的时候，就已经在心中反反复复念了好多遍，早就倒背如流了。

可是叶婴还是一个数字一个数字对照着，打了那通电话。

电话那端“嘟嘟”声响起的时候，叶婴感觉到自己平静多年的心，竟也跟着微微颤抖着。

提示音响到第三声时，电话被接起。

是一个清脆的女声：“您好，我是林总的助理小王。”

叶婴的嗓子眼里仿佛卡着什么东西一般，说不出来话。

“喂？您好？”

好一会儿，叶婴才终于找回自己的声音：“您好，我是体恪公司项目组的，请问林总现在方便听电话吗？”

助理说：“不好意思，林总正在开会，请问您有什么事？”

叶婴大致把约访的事情说了一下。

助理记录好之后，说道：“好的，稍后我会转告林总，请问您是否方便留个电话。”

叶婴说了自己工作机的号码。

“好的，请问您的姓名？”

叶婴轻咬嘴唇，顿了顿才说：“小婴。”

挂断电话，叶婴正准备发动车子，车内忽然传来一阵警报声。

原来是轮胎被扎了。

叶婴叹了口气，打了报修电话之后，关上车门，背起小包上到一层。

正值江市晚高峰，道路被堵得水泄不通，精英大厦这边紧挨着高架桥，上下两条路拥堵一片。

华灯初上，汇成一道闪亮银河。

叶婴踩着细高跟在门口站了快半个小时，眼前只过去几十辆车，叫的车没到，出租车也没有。

晚风微凉，叶婴等得心烦意乱，头发也微微有些凌乱。

这时，一辆黑色宾利顺着车流缓缓滑到叶婴跟前。

司机戴着白手套，前车停了，他也不得已踩下一脚刹车。

副驾驶上的刘特助微微回头，把后面几天的行程说完之后，看了眼手表。

“林总，八点钟的晚宴，据说惠生集团也会参加。”

之前四叶在收购上一家餐饮连锁机构的时候，惠生也想过来掺一脚，被林远时抢了先，惠生这才作罢。

惠生原本是一家科技公司，近些年出了一款短视频软件忽然爆火，整个公司飞速发展起来。

现在有点飘了，什么项目都想玩。

“谁来？”

后座的男人穿着一身剪裁得体、质量上乘的西装，精致贵气，里面的黑色衬衫扣子扣得一丝不苟，喉结线条性感迷人，下巴如刀削斧凿般精致。

他一半面容隐没在黑暗里，看不真切。

“据说是惠生集团的执行总裁，最近被提拔上来的。”刘特助回道。

“嗯。”

林远时低沉缓慢地应了一声之后，车子还是堵得一动没动。

他将视线转向车外，突然愣愣地停在那里。

“林总，前面好像有车祸发生，我是否需要通知晚上的宴会延后举行？林总？”

车子外面的姑娘随意拨弄了一下头发，不太耐烦的模样，蹙着眉头，对着手机讲些什么。

林远时白手起家，现在四叶集团在江市的影响力可以说是数一数二的。

四叶集团董事长林远时年少有为，再加上长着那样一张迷惑众生的俊脸，吸引了无数名媛心生向往。

之前江城晚报盘点江市炙手可热的钻石单身汉，林远时高居榜首。

林远时本人非常低调，从不接受采访，无论报纸还是电视，还是前几天来找的自媒体，他都拒绝了。

公司内外，经常有女孩明里暗里对林远时示爱，全都被他无视了。

他清心寡欲是出了名的。

曾经有人调侃，当初林远时能够拉到雁鸣集团总裁晏惊寒的投资，就是因为两人都有共同的爱好。

此时，林远时正直勾勾地盯着车外的姑娘，神情复杂，眼睛却十分明亮。

刘特助做林远时的助理五年了，还是第一次看到自家总裁这副模样。

仿佛在这一刻，世间一切在林远时眼中全部褪色消弭。

林远时的眼里只有那个姑娘。

前车动了，车子缓缓往前移动，一时间道路畅通起来。

林远时这才回过神来，他坐直了身子，收回目光。

“嗯……林总认识？”刘特助试探着问道。

见到林远时倏然抬眸，刘特助心里一个激灵：不该问……

隔了一会儿，林远时目视前方，淡淡地说：“不认识。”

半个小时后，赵野的车停在叶婴面前，叶婴开门上车。

赵野从后视镜里看了她一眼，问道：“你等很久了？”

叶婴正在用手机回复工作微信，淡淡地“嗯”了一声。

赵野又问：“车胎被扎了？怎么没第一时间告诉我啊？”

叶婴回复完最后一条信息，抬起头来，说道：“我以为能打到车的。”

赵野又看了眼后视镜，没说话。

“哎，对了，赵总，我先不回家。”

“要去哪儿？”

“美容院。”

赵野把车停在叶婴常去的那家美容院门口。

“赵总，你先去忙吧，我一会儿自己打车回去就行，这边不会堵车。”

赵野看着叶婴，欲言又止。

她的笑容浅淡温婉，乍看之下整个人谦和有礼，可仔细看那双眼睛，眼尾微微上挑，像是带着细小的钩子，眸光里的精明懒得收起。

赵野忽然想起七年前的雨夜。

那时叶婴和叶朗初到A城，半夜里，赵野忽然接到叶朗的电话，说是他姐姐高烧不起，他一个人不知道该怎么办才好。

赵野驱车赶到时，叶婴已经烧得浑身滚烫，神志不清。

她口中不停念着什么，赵野听不清楚。

赵野带着叶婴到了医院，过了整整一天她才终于退烧。

次日，赵野带着清粥小菜到医院看望，走到门口时脚步停住了，因为他听到里面传来了细微的哭声。

不是失控的号啕大哭，而是无比克制的，咬着牙关把自己蒙在被子里，想要忍，却怎么也忍不住地啜泣。

这样的声音更加让人心疼。

赵野知道叶朗姐弟俩在晋城有些变故，似乎得罪了一个世家。那时赵野也想把公司的业务往那儿发展，叶朗顺势提出辍学一同前往。

赵野今年三十七岁，谈过几次恋爱，也相过几次亲，可是做这一行原本见的姑娘就不多，赵野又一向冷漠，这还是他第一次见到像叶婴这样的姑娘。

她柔柔的，淡淡的，看着像一朵娇弱的花。

可实际上她坚韧无比，揉不烂，搓不扁，暴雨之后依然美得动人心魄。

叶婴哭了多久，赵野就在门口看了她多久。

赵野不知道她究竟为什么这么伤心，之后的相处，她一次都没有哭过，笑容浅淡，像什么都没有发生过一样。

河床越深，河面就越是平静。

叶婴就是这样的人。

赵野很想知道是什么事情能让一个这样坚强的姑娘，大病一场之后，在医院里控制不住地流泪。

可是赵野问不出口。

他们之间太生疏了。

生疏到相识接近七年，叶朗一直叫他“哥”，而叶婴一直都是喊他“赵总”。

这根本无法让赵野更进一步。

待叶婴心绪平静下来，赵野把粥拿进去的时候，差不多都已经凉透了。

叶婴神色如常，也露出像现在这样的笑容。

温柔，美丽，却怎么也笑不进眼睛里去。

“嗯，行，那我就不来接你了，你自己注意安全，到家报平安。”

叶婴一边跟着工作人员往里面走，一边应答：“赵总再见。”

叶婴是这家美容院高级别的会员，她到了之后，直接由美容院的美女院长接待。

“小婴，好久没来了。”

院长名叫赵碧笙，家境不凡，这家美容院是她哥旗下的，盈不盈利无所谓，主要就是给她开着玩的。

赵碧笙不在乎钱，遇到她喜欢的客人，那些高价淘来的养肤品也能免费用，遇到不喜欢的，干脆不管不问。

赵碧笙在美容院这么多年了，见过太多美人，但是看到叶婴的第一眼，就被叶婴深深迷住了。

赵碧笙总说，如果自己是一个男人，必然被叶婴迷得神魂颠倒。

“上一次来，好像还是你要去参加体恪分公司剪彩的时候。”赵碧笙说，“小婴，你是不是都快把我忘了呀。”

赵碧笙换了衣服，引叶婴到美容床上躺下。

“是吗？那么久了。”

赵碧笙又说：“也是，小婴天生丽质，不保养，皮肤也白得跟雪似的。”

赵碧笙弄着仪器，偶尔瞥一眼叶婴。

“什么事儿啊？这么开心。”

叶婴眨了眨眼，说道：“我开心了吗？”

“是啊，嘴角都要翘到天上去了。”

赵碧笙是说得有些夸张，但是女人的直觉总是准得可怕。

“明天要去干吗？”

叶婴微微笑了笑，说道：“有个采访。”

“让我们叶组长亲自跟进的采访？恐怕不简单啊。”

叶婴笑意加深，没说话。

赵碧笙又问：“今天要做什么项目？”

叶婴想了想，说道：“全做，走最好的套餐，越美越好。”

“好嘞。”

过了会儿，赵碧笙又说了一句：“这是要去见男人了啊。”

叶婴闭上眼睛，没有答言。

次日早上。

叶婴找到昨天的通话记录，拨通那个电话。

这次接电话的是一个男声，却不是林远时。

“叶组长，您好，我是林总的特助，我姓刘。”

“您好。”叶婴摁了免提，一边说，一边在衣帽间里找衣服，“昨天约林总采访的事情，请问有进展了吗？”

“很抱歉，叶组长，我们林总从不接受采访。”

叶婴抽出一条白裙子，对着镜子在身上比了比，淡定地说：“我知道，这一次的采访我们可以满足林总的一切要求，比如不拍照、不露面，都是可以的。”

叶婴不太满意，把白裙子扔在一旁。

“很抱歉，叶组长。”

叶婴抿了抿嘴唇，耐心耗尽：“请问你们林总出差了吗？”

“没有。”

“我知道了，谢谢。”

叶婴最后选了一套白色套装，稍微理了理长发之后拎上小包出了门。

车还没有修好，叶婴提前约好了车。

到了四叶集团楼下，叶婴仰头看了眼这座高耸入云的巨大建筑物，轻轻吐了口气。

偌大的办公室，窗明几净，一尘不染。

一身西装的刘特助拿着文件夹站在桌前，说道：“林总，今天九点有一场高层会议，下午三点新收购的餐饮公司剪彩仪式，六点和雁鸣集团的张秘书修改协议，七点李经理约见。”

林远时修长的手指在桌上一点一点，淡淡地说道：“我知道了。”

刘特助想了想，说道：“还有就是……早上体恪集团打电话来，还是问采访的事。”

林远时的手指停住了。

“怎么说？”

“叶组长似乎今天会亲自过来。”

见林远时迟迟没有答复，刘特助试探着问：“林总……见吗？”

林远时忽然站起身，冷冷地说：“剪彩仪式让张经理过去。”

刘特助稍微愣了一下：“您的意思是……”

林远时一边大步往会议室走去，一边说：“十点钟，她来就见，不来就推掉。”

刘特助快步跟上，回应道：“好的，我知道了。”

这场会议是四叶集团高层会议，一向杀伐果决的林总却显得有些心不在焉。

众人也不好问，也拿不定主意。

林远时频频看表，似乎在等待着什么。

办公室的门锁动了动，林远时敏锐地看过去。

秘书走进来，在林远时耳边说了句什么。

林远时倏然起身，嘴角微微上扬。

“会议结束，有什么事情以后再说。”

说罢，他起身离去。

公司里的高层们面面相觑。

这必然是有什么影响公司发展的大事，要不然一向稳重的林总，怎么会这么急匆匆地往外赶呢。

叶婴无聊地坐在办公室外面，长腿交叠，一边喝咖啡，一边刷微信朋友圈。

林远时快步从远处走来，叶婴站起身。

四目相对的那一刻，两人忽然有种恍如隔世的感觉。

林远时变了很多很多。

他穿着高定西装，肩宽腿长，眉目英挺，薄唇清冽，下巴线条精致凌厉，喉结突出，被阴影遮住一些。

谭明明曾跟叶婴形容过这位林总有多么迷人，叶婴真正见到才知道，何止迷人这么简单。

简直让人欲罢不能。

林远时单手抄兜，看着叶婴微微一笑。

“叶小姐。”

他的声音生疏而冷淡，仿佛根本不认识她一样。

叶婴被这个称呼唤得稍微愣了一下。

这么多年在生意场上摸爬滚打，叶婴的这一点错愕被隐藏得很好。

她眉眼温柔，笑容淡淡的。

“林总，请问有时间聊一聊吗？”

这些年她倒没有什么变化，连笑容都和当年如出一辙。

叶婴早熟，也许当年就已经有这般缜密的心智，要不然也不会用她那张清纯美丽的脸庞，把林远时骗得团团转。

分别七年，要不是这次的合作，也许她根本不会过来找他。

林远时把他的真心放到叶婴的手心，任她把玩。

结果到了最后，她把他的一颗心丢在地上，一走了之，连告别都没有一句。

她把他伤得那么深。

现如今她却像个没事人似的，活得潇潇洒洒，风生水起。

想到这些，林远时的心脏又有些不舒服。

他下意识地扯了扯领带，声音绷得很紧。

“没时间。”

林远时转过身，留给叶婴一个背影。

叶婴凝视着林远时的眼睛，笑容只停顿了那么一下，随即轻快地说：“好，那我下次再来。”说罢潇洒转身。

“你可以先和我的助理对接。”叶婴走了没几步，身后响起一个低缓的声音，“有实在难以解决的再过来找我。”

叶婴低下头，微微弯了嘴角。

“刘特助，麻烦你了。”叶婴笑眯眯地说道。

她漂亮的眼睛眯成月牙儿的形状，颊边有一颗淡淡的酒窝，笑得美极了。

却不是对着林远时笑的。

林远时轻咬了咬后槽牙，转身回了办公室。

刘特助愣了一瞬，似乎有点没看懂自家总裁这波操作。

“那叶小姐，这边请。”

进到会客室之前，叶婴回头看了一眼紧闭的总裁办公室大门。

她眼睛略微眯了眯。

眸光深深。

叶婴依例向刘特助介绍了这次“百位才俊”的项目，把影响力和对公司的意义整体介绍了一遍。

刘特助说道：“我们总裁是不接受采访的，还没开过这个先例，但是这个项目总裁还是满意的，也许叶小姐能拿到我们林总的首次独家采访。”

刘特助原以为这么说之后，叶婴会稍微客气一下。

不想叶婴笑了笑，大大方方地说：“我也这么想。那么我们采访可以开始了吗？”

林远时回到办公室，打开桌上的一份文件，一手翻开，一手摩挲着桌子的边缘。

他看了接近五分钟，可文件一页也没翻动过。

工作机不断振动，烦得很，林远时看了几眼之后，干脆调成完全静音。

办公室里安静了一会儿。

林远时倏地合上文件夹，站起身，刚走到办公室门口，就看到刘特助从电梯旁走过来。

“林总。”

林远时问道：“她呢？”

“您说叶小姐？她已经走了。”

林远时收回目光，语气平淡地问：“你们都说了什么？”

刘特助一边跟着林远时回办公室，一边说道：“现在公众号被短视频冲击不小……”

餐厅是林远时选的，是一家环境清幽的日料店。

赵碧笙和叶婴率先在位置上坐下。

林远时跟餐厅经理说了几句话，迟了一些才过来，然后自然而然地坐在叶婴对面。

刘特助则坐在林远时旁边。

赵碧笙以前没来过这家餐厅，但是听说过。

倒不是这里的东西有多好吃，而是传闻他家的会员卡办理费高得离谱，并且不是有钱就能办理的。听说这家餐厅的老板非常神秘，在江市很有背景，只是把这家餐厅当成一个社交场所，用金钱来过滤客人。

服务生递来菜单，林远时绅士地把菜单交给对面的两位女士。

赵碧笙道了声谢，问叶婴：“你想吃什么？”

对面那道火辣辣的目光始终注视着自己，叶婴觉得有点别扭。

她小小地吐了口气，说：“你看着点吧。”

赵碧笙点了几样，挤眉弄眼地看着林远时，问道：“我可是照着贵的点，时哥不会心疼吧？”

林远时勾起嘴角，不以为意地说：“没关系，可以记在你哥的账上。”

“也行，那我再多点几样。”

点完菜之后，赵碧笙把菜单还给林远时，问道：“您和刘特助还有什么需要加的吗？”

林远时没看菜单，随口说了几样。

从他们的对话里听得出来，赵碧笙和林远时认识很久了，赵碧笙的哥哥赵中余和林远时是合作伙伴，而且一开始林远时能够获得雁鸣集团晏惊寒的投资，也是赵中余介绍的。

他们聊的大都是生意上的事，叶婴插不进话，低头吃饭。

也不知是有意还是无意，不管他们聊到什么，林远时总有办法提及叶婴。

就比如他们聊到商务合作，林远时就会点到之前和体恪有过合作，提到体恪，叶婴就不得不应和一声。

不过林远时也并没有打算真的和叶婴就这个话题聊下去，轻描淡写地转移开之后，又和赵碧笙聊得起劲儿。

大部分时间都是赵碧笙在说，林远时只优雅地用餐。

虽然如此，整段对话的主动权却掌握在林远时的口中。

他只是在说他想说的。

换句话说，他只用偶尔的几句话，掌控着赵碧笙的话题方向。

与此同时，他还能时不时照顾到叶婴，不至于完全冷场，使这个用餐过程自然流畅，虽然叶婴和刘特助话都不多，却不会显得尴尬。

一顿饭下来，赵碧笙浑然不觉。

但是叶婴却感觉到了林远时的可怕——

天生的主导者，轻描淡写间，一切都掌握在他的手里。

这和她之前认识的林远时完全不同。

他再也不是那个阳光、爱笑、单纯又青春的少年了。

叶婴听谭明明说起过林远时的大致经历，现在四叶集团可以说是他一手创办起来的。

外人听上去风光无限，觉得是一届小生凭借精准的市场眼光和惊人的决策管理能力获得了巨大成功。

叶婴知道，白手起家，一朝功成的背后，必然是常人无法想象的艰难和努力。

叶婴不知道多年前林远时为什么会从林家离开，为什么会来江市，他究竟经历了什么。

现在的林远时，心思深沉缜密，纵使叶婴玲珑剔透，也无法猜透他究竟在想什么。

吃完饭，赵碧笙说：“今天谢谢款待啦，我美容院还有事儿，先回去啦。”

林远时笑着点了点头，将目光转向叶婴，微微颔首，问道：“叶小姐回公司吗？”

“嗯？是啊。”

“我也要去那边，刘特助有事情要办，叶小姐能否让我蹭个车？”

赵碧笙愣了一下。

虽然她和林远时只接触过几次，但是对于林远时的传言和八卦，可是吃过不少瓜。

林远时的身家背景完全就是个谜，不是没有人知道，只是这件事情一直被压着，没有人敢提而已。

他们这个段位的男人，要金钱有金钱，要背景有背景，想要攀上他们的女人多了去。多少名门公子、豪门总裁，明面上千好万好，背地里多少会有一些不堪的事。

但林远时不是。

在江市，一个是他，一个是雁鸣集团总裁晏惊寒，他俩清心寡欲是出了名的。

更何况林远时有严重洁癖，无法接受和别人太近距离接触。

林远时主动提出要坐一个姑娘的车回去，这还是开天辟地头一遭。

所以赵碧笙才会这般吃惊。

她再怎么迟钝，在圈子里混得久了，这点眼力见儿还是有的。

赵碧笙帮腔道：“行啊，小婴，你回公司就直接带着林总吧，也刚好熟悉一下。”

叶婴还没说话，赵碧笙已经上车道别：“到了联系，小婴。”

赵碧笙的车子缓缓汇入车流，叶婴仰头看着林远时。

林远时侧头对刘特助说了句什么，刘特助点点头，转身离开。

“叶小姐，你开车？”

“好啊。”

林远时绕到副驾驶的位置，开门上车。

“走吧。”

现在并不是上下班高峰时段，但是要回精英大厦，必须要经过高架桥。

原本这边就很拥堵，结果现在桥下修路，所有路过的车辆都得走桥上。

这下好了，桥上从南到北塞满了车辆，半个多小时过去了，才往前挪动了百米不到。

前面的车停下，叶婴再一次踩下刹车。

她手指轻轻搭在方向盘上，借着看右侧后视镜的工夫，用余光瞄了林远时一眼。

他正在用手机办公，修长的手指快速在键盘上打字，眉眼低垂，看不出表情。

从上车到现在，他们一句话都没有说过。

也是，该从何处开口呢？

他们之间空白了整整七年，要说七年前的事情吗？他还会记得吗？

要对之前的事情道歉吗？还来得及吗？

不然要谈论现在？

叶婴对现在的林远时一无所知。

现在的他就好像汪洋大海，无风无浪，深不见底。

她不敢贸然前往，怕随时都有可能溺于海中，尸骨无存。

于是叶婴也选择沉默。

前车动了动，叶婴也稍微往前滑动了一些。

与此同时，叶婴的手机忽然响了。

叶婴从包里摸出手机，按了接听键。

“赵总？”

“嗯，今天周末，别忘了去提车。”

前车停了，叶婴踩下刹车，回道：“嗯，我知道。”

“今天还回公司吗？”

叶婴看了眼后视镜，说道：“回去，还有点事情要处理。”

“嗯，晚上一起吃饭吗？带上小朗一起。”

“行啊，那你定位子吧。”

“好。”

叶婴没注意，自打她把电话接起，那端响起男人的声音的那一刻起，副驾驶的某人打字的手便停了下来。

叶婴又简单说了两句，挂断了电话。

前面的车终于动了。

叶婴长舒一口气，踩了油门往前走。

“你——男朋友？”身边忽然响起一个低沉的声音。

叶婴愣了一下，说：“嗯？当然不是啊。”

“嗯。”林远时重新低下头，一副毫不关心的样子。

“他是小朗的启蒙老师，之前帮过他。”

虽然林远时看上去并不关心，但是叶婴还是忍不住解释。

他又是一声“嗯”。

车子缓缓地往前滑动。

叶婴看了眼后视镜，问道：“嗯……你为什么不接受采访啊？”

林远时没说话。

“我不是冒犯你的意思，我就是觉得我们公司的平台挺好的，毕竟之前两家公司也合作过，在某些方面还是合得来的。”

叶婴说了一大堆，明里是在套近乎聊天，暗地里就是想让林远时和她达成合作。

挺简明的一段话，目的性和逻辑性都非常强。

外行听热闹，内行的林远时一听就全明白了。

林远时是销售冠军出身，叶婴的这一点修为，糊弄别人一愣一愣的，到了林远时面前，基本就是剥皮见骨。

她在想什么他一眼就能明了。

以前就是这一套，一边利用着林远时，一边拿着林家的钱。

现在还是这样。

只是明知她目的明显，可是这话经过她温温柔柔的声音细细道来，林远时沉寂多年的心，还是微微颤了一下。

他轻轻一笑，说道："叶小姐真是一个合格的项目负责人。"

"嗯？什么？"

叶婴很懂得进退得宜之道，适时的缓和能让自己清醒，有能力去思考下一步对话的逻辑，也能给对方一种错觉。

——一个漂亮女孩子适时服软，看上去懵懂惹人疼。

她比之前林远时接触过的所有女孩都要聪明。

"无时无刻不在想着工作。"林远时轻声一笑，忽然凑近，"难道除了工作……"

林远时本来就高，这样矮身过来，他们之间的距离非常非常近，近到他能数清楚她根根分明的睫毛，能看到她眼中明亮美丽的风景。

"和我就没有别的可以聊了吗？"

近到她能感觉到他灼热的呼吸，稍一回头，便会落入他眼中的海洋。

叶婴忽然重重一脚刹车下去。

车轮在白线后面戛然而止。

两个人的身体由于惯性向前倒去。

红灯亮起。

叶婴的心脏几乎快要从嗓子眼里跳出来，脸迅速红了起来。

叶婴猛地看向林远时。

对方坐直了身子，优雅地支着手臂，眼睛里面平平静静的，和叶婴的慌乱形成鲜明对比。

他静静地看着她的狼狈。

那一刻叶婴知道。

这一局，她输了。

叶婴把林远时送到四叶集团楼下，这一片是江市集中办公区，和精英大厦离得不远。

"谢谢你了，叶小姐。"林远时扣好西装扣子，淡淡地说道。

“嗯……没关系，希望林总再考虑一下我们的合作。”

虽然知道这句话并不会起到什么效果，但是叶婴还是想说。

大抵……

是他们之间实在没别的可说，这句话还能再拖延一点时间罢了。

林远时却不觉得有什么，听过之后只是礼貌性地点了点头，而后转身离开。

叶婴看着他一直走进大楼里面，一次也没有回头。

晚上，叶婴带着叶朗，和赵野在餐厅会合。

见了林远时后，叶婴心里一直不太舒服，整个席间也没怎么说话。

赵野和叶朗两个计算机迷，聊起来没完没了，叶婴一个词都听不懂。

赵野问道：“最终签了惠生吗？”

叶朗点点头，回道：“嗯，野哥了解这个企业吗？”

“了解过，以前惠生只做实业，反响平平，没什么大的动作，中规中矩，现在新上任一个执行总裁，看着挺年轻，但是手腕非常厉害。原本他们公司高层不服的，结果新总裁几个决策下来，几乎把惠生的业绩翻了十倍，现在他把手伸到新科技领域，很巧的是，四叶也在往这方面发展……”

提到四叶集团，叶婴忽然抬起眼睛。

赵野的余光一直落在她身上，见她这个反应，语气停顿了一下，快速瞥了她一眼。

“所以他们两家公司正在抢人才，算是竞争对手吧。”

闻言，叶朗点了点头，把一个翅中夹到叶婴的盘子里，问道：“姐，你很饿吗？一直吃也不说话。”

叶婴抽出纸巾擦了擦嘴，回道：“还行，现在吃饱了。”

“多吃点，我觉得你都瘦了。”

赵野坐在叶婴斜对面，目光悠悠地落在叶婴身上，柔声问道：“这段时间工作还顺利吗？”

叶婴点点头道：“挺顺利的。”

他们之间的对话总是这样，赵野不是会聊天的人，叶婴也不抛出下一个话题，一问一答之后，立马就寂静了。

赵野也只能淡淡瞧着她，目光柔柔的，表情也很温和，连带着眉尾处的伤疤都没那么尖锐了。

安静了一会儿，叶婴问叶朗：“你什么时候去上班？”

叶朗回道：“下周，就是公司有点远，不在市中心这边。”

“在公司周围看看房子，有喜欢的就买一套，车我给你订好了。”

赵野笑着说：“论对弟弟好的人，非小婴莫属。”

叶婴看了赵野一眼，说道："必然，到时候给我领回来个漂亮点的女朋友，不然对不起我。"

叶朗摆摆手，说道："我自己能买，不用你出钱，你自己这套装修完了吗？"

叶婴前段时间在这边买了套复式公寓，距离精英大厦不算远。

"快了，还差一点收尾。"

叶婴现在住的这套是三年前刚回国那段时间买的，也是新房，但是不太大。

叶朗现在回来了，叶婴觉得自己也该换套房子了，偶尔叶朗过来也能活动开。

正说着，叶婴手机响了。

她工作非常忙，常常吃着饭也要回复微信。

她起身接起电话，听了一会儿之后，表情微微变了变。

"行，我知道了。"

叶朗问道："姐，怎么了？"

叶婴抚裙坐下，笑道："没事儿，吃饭吧。"

赵野有点疑惑地问："这么高兴？"

叶婴一挑眉，嘴角的弧度懒得隐藏，轻快问道："我高兴了吗？"

同样的时间，同样的夜里。

落地窗外华灯初上，灯火辉煌。

拥挤的车流像是流动的银河，繁华都市映得天空的星辰都有些黯淡。

落地窗里映出男人高大的身躯，一身剪裁得体的黑色西装，长身玉立，修长的手指摇晃着盛着红酒的高脚杯，狭长幽深的眼睛凝视着窗外。

门锁轻轻响动，刘特助走了进来。

"林总。"

林远时微微侧首，声音冷冷的："说。"

"叶婴小姐七年前跟她的弟弟一起去了国外，从那时开始，林家撤走了所有对他们的资助，她在国外一边打工，一边供弟弟读书。在打工的时候，叶婴小姐遇到现在体恪的总裁吴先生，吴先生看出叶婴小姐能力卓越，把她介绍到了一个朋友的公司，叶婴小姐不负所望，破了当年的销售记录，成了那一年的销售冠军。

"吴先生非常看重叶婴小姐，提出想要让她留在体恪发展，出于这个原因，叶婴小姐于三年前回国。一开始，体恪的业务在凌市，吴先生并没有给叶婴小姐太高的职位，从公众号编辑开始，叶婴小姐凭借自己的能力一步步升职。

“后来江市发展得更好，吴先生便带着叶婴小姐来到这边，让她担任体恪项目组组长，现在体恪几乎所有业务都要经过叶婴小姐之手，吴先生对她可以说信任至极。”

林远时的声音有轻微的颤抖：“她……没有上学？”

刘特助回道：“是的，曾经有过申请，可是因为学费的原因……她没有去。”

林远时握着杯子的指尖冰凉冰凉。

思绪忽然回到七年之前。

七年前，叶婴不告而别，林远时发了疯一样地找她。

所有她有可能会去的地方，所有认识的人，林远时全都一一去过、问过。

可是她都不在，就好像人间蒸发了一样。

林远时去找霍文初，霍文初一条条叙述出叶婴做过的事情，无非是说叶婴利用林远时获得更多的资助。

林远时根本不信也不在乎。

他动手砸了家里所有的东西，古董、挂画、瓷器，后来惹怒了老爷子，老爷子命令身边的两个保镖把林远时制住。

林老爷子发了狠，任林远时在房间里怎么闹，都不肯放他出去。

那是林远时度过的最黑暗的一段时光。

林泽宴用霍文初作为要挟，逼林远时彻底退出林氏集团，林远时心如死灰。

林远时选择离开。

林泽宴狠辣果决，做事从不拖泥带水。

他疑心甚重，要清除所有障碍，确保他稳坐林氏掌舵人的位置。

可其实不管林泽宴是否有这个要求，林远时都不能再在晋城待下去了。

哪里都有回忆。

看什么都觉得物是人非。

于是，林远时来到江市，从零开始。

没有人知道一无所有的林远时当时经历过多少苦难和委屈，褪去“林氏太子爷”的光鲜标签，林远时忽然意识到，自己其实什么也不是。

小婴的离开或许是对的。

因为那时的林远时根本没有能力保护她，他还不够强大。

林远时的心中燃起希望的火焰。

他要变强。

只有站在金字塔顶端的人，才有资格为小婴撑起一片天空。

林远时像是不要命了一样努力着。

一开始公司起步的时候，人手不够，许多琐事处理不完。

林远时让当时并肩作战的兄弟们下班，自己一个人熬到天亮。

睡一两个小时，他又起来继续工作。

后来大家都知道，林远时根本就是在用命赚钱。

大家心照不宣提高了工作效率，从无到有，仅仅用了不到一年的时间。

后来人脉渐渐广了，林远时又开始寻找叶婴。

一次次的失望，一次次的难过。

在这失望与难过之间，林远时的意志几乎被消磨殆尽。

他越来越确信，叶婴根本不爱他。

不然她怎么忍心过了这么久还不出现，还不回来。

也许一开始的接近，真的只是为了林家的钱，她从未动过情。

“我找过国内所有的大学，还有国外的名校，但是都没找到她……”

林远时从没有想过，叶婴那样的成绩会选择放弃学业，全心供叶朗读书。

“还有呢？”林远时的声音又冷了几分。

刘特助被冰得打了个寒战，然后恭敬地把一个文件夹递过去。

“这是能查到的，林家给叶婴小姐资助的钱款记录，还有之后，叶婴小姐的储蓄情况。”

留学学费高昂，林家骤然撤掉资助，叶婴攒下的那点钱根本不够用。

她再怎么勤工俭学，也无法负担两个人在国外的学费。

所以……她才会选择辍学的吧。

林远时忽然想起当年，快要高考的时候，叶婴提到未来。

她的成绩那样好，几乎全校同学都很羡慕。

那个分数几乎可以在国内所有名校所有专业中随意挑选。

叶婴说，她想去一个好的学校，一边勤工俭学，一边照顾叶朗。

这样他们就能摆脱小姨一家，不再寄人篱下。

她说这话的时候，眼睛那般明亮，满满都是希望。

想到这里，林远时胸口的胀痛呼之欲出，仿佛吸进的不是空气，而是千万根钢钉。

痛得他难以承受。

林远时不敢想象，在面对高昂学费，叶婴做出退学那个决定的时候，该有多么绝望。

她以前就是这样。

瘦瘦弱弱的小姑娘，却有着比谁都韧的劲儿，比谁都精明的智计。

林远时脑海中出现一双月牙般的眼睛。

“我不是冒犯你的意思，我就是觉得我们公司的平台挺好的，毕竟之前两家公司也合作过，在某些方面还是合得来的。”

她的声音温婉柔和，十分动听。

“希望林总再考虑一下我们的合作。”

林远时喝完最后一口红酒，放下杯子，唇边忽然勾起一抹淡笑，然后跟刘特助吩咐了些什么。

刘特助点点头，说道：“好的，我知道了。”

刘特助出去了。

林远时看着桌上的杯子，眸光深深。

小婴很会用人，能把周围人身上最大的利益挖掘出来，找到对她最有用处的那一部分。

林远时笑容加深。

好啊。

那就让她利用好了。

反正现在的林远时，身上有无限的价值。

林远时略略垂眸，俊美的侧脸在夜色中显得越发迷人。

他就像是一位经验丰富的猎人，轻描淡写间，等着他的猎物一步一步地走到他的陷阱中。

可爱的小猎物那么聪明，以为自己机关算尽，殊不知一切都在他的掌控之中。

等到时机成熟再收网，小小的猎物便在他的囊中。

任他摆布，任他享用。

林远时抬起头，一道灯光刚好落在他的眉眼之间。

精致、美丽，也深邃、危险。

最近忙着装修的事情，叶婴焦头烂额。

好在这几天的视频和直播都挺给她省心，数据都还不错。

唯独公众号那边又出事了。

谭明明一大早就在叶婴办公室里等，她一见到叶婴就夸张地哭号。

“组长，快点救救我吧，百位才俊的项目已经拖了快一个星期了，读者都在喊呢，小编都快撑不下去了。”

叶婴不解地问：“不是说让助理去死缠烂打吗？小助理呢？”

“根本没有用啊，连四叶的门都进不去，去了好几天了，愣是连林总的面都没见着。”

叶婴略一思索，又问道：“给林远时打电话呢？”

叶婴直接叫了林远时大名，给谭明明弄得略微愣了一下。

“一直是林总助理接的，都说没时间，要等。

“组长啊，救救我吧——”

“其他的替补办法呢？就非得等着林远时？连预备计划也没有了？”叶婴的声音严厉了些。

现在都已经过了一个星期才知道过来哭诉?

“有啊！我们候选人的电话全都打过了，可是他们就像约好了一样，同时放了我们鸽子，就连之前已经跟我们谈好合作的，也都反悔了。我们拿出违约金要挟，人家根本不怕，违约就违约，全是才俊，谁差这点钱啊。”

谭明明是真的急了，差点都飙出脏字儿来了。

“这么巧？”叶婴沉吟了一刻，“这事儿有古怪。”

“我也觉得，是不是我们对家公司搞出来的事儿啊？但是我现在根本没心思想这些了，组长啊，救救我——”

叶婴被这几声哭喊搞得快要烦死了。

“行了行了，我再给四叶打个电话，你快闭嘴吧。”

谭明明一听叶婴出马，立刻闭上嘴，贴着叶婴的手机凑过来。

这次接电话的是刘特助，说话的语气比上一次客气很多。

“叶小姐，林总现在刚好有时间，您可以立刻过来。”

叶婴不太相信，问道：“他……接受采访了？”

“这个我不太清楚，如果您想见林总，现在就可以。”

“我知道了，谢谢你。”

挂了电话，叶婴拎着外套拿起车钥匙出了门。

谭明明跟在后面，大声说：“组长，要不然我和你一起去吧？”

叶婴一边往外走，一边说：“去给我换一批候选名单，在我回来之前确保无误，不然你这个月的季度奖金就剩一半了。”

谭明明是叶婴一手带出来的，听了这话敛了笑容，站直了身子，认真地说：“好，我马上去办。”

所有筹码都压在一棵树上，这可不是叶婴的做法。

路上，叶婴的小脑袋瓜就没停下来过，一直思索着怎么跟林远时聊。

他实在太难猜了，跟以前完全不同。

叶婴根本猜不透林远时现在在想什么，每一次谈话似乎都是她被动，被他引领着，明明他没说几句话，可说的话题都是他想说的。

那些林远时不想回答的，直接被遏制了。

叶婴皱了皱眉。

车子停在四叶集团的地下停车场，叶婴拿起小包，踩着细高跟，快步走进电梯。

Chapter 15

她一喝酒就脸红，这一点还是没变

也许是之前刘特助帮忙打过招呼了，这一次女秘书非但没有拦叶婴，反倒很轻易就放她上楼了。

刘特助微微笑道：“叶小姐，林总在办公室等您。”

叶婴总觉得有点奇怪，但是又说不出具体是哪里不对。她跟着刘特助到了办公室，林远时正在看大盘，用手机和谁语音通话。

林远时一边说，一边习惯性地用指尖轻轻摩挲着文件夹的边沿。

刘特助送叶婴过来之后就退了出去。

林远时的声音很低很平缓，似乎是在和谁开会。

叶婴也不好直接过去，林远时亦没有抬头。

她在门口站了一会儿后，到一旁的沙发上坐着等。

林远时的会议开了很久，叶婴也不着急，安静地在一旁处理自己的工作。

等林远时那边结束，叶婴才站起来。

“林总。”

林远时比了个手势，让叶婴在自己对面坐。

叶婴坐过去后，从包里翻出一份文件。

林远时掀起眼皮淡淡看了一眼，面无表情地说：“叶小姐，有电子版的话，直接发到我手机上。”

“有的，但是……”

但是他们分开之后，林远时换掉了所有联系方式，谭明明给叶婴的名片上的手机号也没有关联微信。

“我能加一下您的微信？”

林远时动作稍微停顿了一下，换了一部手机调出微信二维码，递过去，说道：“可以。”

叶婴添加完之后，把文件给林远时发了过去。

“下一场会议还有十五分钟开始，叶小姐可以用这段时间说服我接受采访。”林远时并没有仔细看文件，放下手机，把手肘撑在桌子上，看着她。

“好的。”

叶婴把项目计划跟林远时说了一遍，非常详细，完全脱稿，语调平缓流畅，逻辑清楚，中间的细节全说在点子上。

不可否认，叶婴是一个非常完美的销售。

她先把产品所有的优点藏起来，再摆在客户面前，不是直接夸赞，反倒用平实的语言娓娓道来，到最后让客户自己感觉到产品的好处。

再加上叶婴的声音非常温柔动听，她整个人坐在这里，给人一种浓浓的可信赖感。

如果对面坐着的不是林远时，可能早就被她说动。

林远时始终都没有打断她，静静等她说完。他的目光落在她的脸上，半刻都不曾离开。

似乎她这个人比这个项目更能打动他。

最后，叶婴说完，问道：“所以，林总认为呢？可以接受采访吗？”

林远时换了个坐姿，神情冷淡地说：“我没有那么多时间。”

“我们可以利用零散的时间采访，随叫随到。”

叶婴是真的聪明，和她说话一点都不费力。

“好，那就麻烦叶小姐的手机随时保持畅通。”

“之后我的同事会把合约发过来，林总可以过目一下。”

“不用了。”

“嗯？”

林远时站起身，微微勾起嘴角，说道：“叶小姐发给我就行。

“我还有事，叶小姐，我们回头见？”

叶婴赶忙起身，说：“好，林总。”

叶婴从四叶集团回来，谭明明赶紧凑上来，充满期待地问道：“怎么样了，组长？”

叶婴长舒了一口气。

也不知怎么，在林远时的目光下，叶婴竟然会觉得有些紧张。

说话的时候，她的大脑一直飞速转动，生怕自己一时口误说错话。

林远时一直盯着她看，叶婴都能感觉到自己的脸一点点红起来。

以前坐同桌的时候，林远时也喜欢这样，把手肘撑在膝盖上，下巴抵在她的桌子上，一边看她，一边说：“小婴，你好可爱啊！”

他的眼睛干净清澈，喜怒分明。

而不是像现在，永远都是平静的、笑着的、深不见底的样子。

叶婴喝了口温水，回道："嗯，还行吧，林总同意了。"

谭明明夸张地大喊："同意了？真的同意了？

"那我们，也就是说我们可以采访到林总了？"

叶婴点头道："嗯，过后我还得起草一份文件发给他。"

谭明明的注意力却不在这儿，她绕到办公桌后面，忽然张开双臂熊抱住叶婴，把叶婴吓了一跳。

"你太厉害了，组长，不愧是我的偶像，什么案子都能搞定！"

叶婴吐了口气，说道："行了，别闹了，把采访文件拿给我看一下。林总说只能利用空闲时间采访，鬼知道他什么时候空闲，我们随时准备着吧。"

叶婴看了一下午的文件，基本上所有采访的步骤都已经熟悉了。

晚上九点多下了班，赵野打来电话说他在附近，想一起吃个夜宵。

叶婴在旁边的咖啡厅里还没等到赵野，林远时的微信就发过来了。

他先发过来的是一个定位，后面跟了三个字：【叶小姐。】

叶婴回复：【好的，我马上过来。】

叶婴刚从咖啡厅出来，迎面碰上赶来的赵野。

"哎？赵总，不好意思，我突然有点事情，咱们改天再约吧。"

赵野停顿了一下：问道："什么事情这么着急？"

"工作上的事，之后联系啊，赵总。"

叶婴说罢，匆匆忙忙跑到停车场。

咖啡厅对面，一辆黑色轿车里，后座的男人的视线从窗外收回，沉沉道："开车吧。"

"林总，需要我提前过去定位子吗？"

"不用，你先回公司吧。"

刘特助点头道："嗯，好的。"

男人勾起嘴角，俊脸随着车子前行一明一暗。

林远时发的定位是一家餐厅，叶婴寻着手机导航一路开到那里，恰好看到林远时长身玉立站在黑色宾利旁。

"叶小姐。"

叶婴踟蹰了一下，问道："您等我很久了吗？"

"并没有，上车吧。"

"好。"

"我现在要去机场，路上的时间可以接受采访。"

“好。”

林远时和叶婴坐在后座，刘特助和司机在前面。

“时间比较紧，我们的问题稍有点多，还有视频的部分，要是林总有大块的时间，可以通知我们，今天我们只能先把问题理顺一下。”

“好。”

叶婴拿出录音笔，依例问了林远时一些工作方面的事。

林远时的回答大都很简短，但是一针见血，直中要害，其中又不失幽默，让叶婴忍俊不禁。

“那么对于四叶集团未来的发展，林总最终有什么计划？”

“现在四叶集团正在扩大规模，正需要一个好的宣传渠道。”

叶婴立马领悟：“林总是提点体恪公司的业务吗？”

林远时笑起来，说道：“可以考虑。”

“我回去之后一定传达给我们吴总。林总是白手起家的，您的经历一直都是一个传奇，尤其是现在有很多大学生想要效仿您出来创业，请问您有什么忠告说给现在的大学生吗？或者说，您支持这种做法吗？”

“大学的时候就好好谈恋爱，别让自己的姑娘跑掉才是重要的事。”

叶婴猛地抬起头，刚好撞上林远时的目光，发现他的目光带着一点嘲弄。

叶婴被这道目光刺了一下，轻轻一抖，像是有人在她的腰窝处吹了一口凉气一般。

“这么说，林总在大学的时候没有好好谈恋爱吗？”

林远时看着叶婴狡黠的眼睛，忽然勾起嘴角，俯身凑近。

“叶小姐。”

叶婴的眼珠微微颤抖了一下，但是很快恢复正常。

“林总。”

林远时笑意更深：“叶小姐应该好好做做功课了，我没有上过大学，去哪里谈恋爱呢？”

叶婴努力平复着自己的心绪，说道：“那这么说，林总还没……”

车子忽然转了一个弯，叶婴的身子猛地往旁边倒去。

眼看着她的头就要撞到车窗，林远时忽然伸出手，垫在车窗上，并快速转了个方向，在叶婴撞过来的时候，刚好护住了她。

“抱歉，林总，前车忽然刹车。”

四目相对。

呼吸交缠。

这个姿势就好像是他抱着她一样。

两人似乎都有一瞬间的失神。

林远时居高临下，微微眯了眼睛。

叶婴忽然想起那天也是在车上，林远时忽然凑近她，问道：“和我就没有别的可以聊了吗？”

把她逗得脸红心跳之后，林远时直起腰板走人。

叶婴没动，依然枕着他的手掌。

“林总很温柔，一点也不像外界传闻的那么不近人情。”

叶婴声音平平淡淡的，只有仔细听才能品出滋味儿来。

她那双眼睛明亮狡黠，眼尾微微上挑，像是小钩子，看久了，就能把人钩进去一般。

林远时停顿了一下，说道：“看对谁。”

他的声音非常低沉，在昏暗的环境中透着一种迷人的魅力，尾音微微颤抖，似一直隐忍着什么。

“我对你，从来都和别人不同。”

这次换作叶婴怔住。

林远时收回手，坐直身子，意有所指地说道：“还是叶小姐能够一视同仁。”

叶婴还想说什么，车停了。

林远时说道：“到机场了，我未来三天都不在江市，以后有时间，我再通知叶小姐。”

叶婴低着头，咬了咬嘴唇，然后忽然仰起头，笑了起来：“林总。”

林远时下车的动作停顿了一下。

“说。”

“既然大家都这么熟了，就不要叶小姐叶小姐地叫了吧？直接叫我叶婴。”

林远时指节微微泛白。

那道温婉的声音又补充了一句：“或者叫我小婴也可以。”

林远时眼中的笑意并没有变化，点头道：“好，小婴。”

小婴，小婴。

以前他总是笑眯眯地这样叫她。

两个普普通通的字眼咬在他好看的唇齿之间，随着他低沉的声音流淌出来，非常好听。

总觉得饱含情意。

可是现在。

他平平淡淡地唤出来。

他眉眼隽秀，笑容绅士，举手投足尽显优雅。

明明没有什么不妥，可是叶婴还是觉得不太舒服。

不应该是这样的。

林远时淡淡的笑意只浮在表面，把所有的情绪都深藏起来。

叶婴分辨不出半分感情。

“嗯，林总我们之后见。”叶婴弯腰下车，叫了辆出租车之后绝尘而去。

叶婴没有回头。

她不知道，自打她下车，林远时的目光就未从她身上离开，一直到她上了出租车，那道目光才微微垂下。

炽烈褪去。

略显落寞。

原以为在车上的时间不多，没问多少问题的，不想整理出来还真就有不少收获。

谭明明看到那支录音笔简直激动得要跳起来。

叶婴摆手，说道：“打住打住，你要是再敢往我身上跳，我立马把你调去保洁部，你信吗？”

谭明明立马停下动作，乖乖地说：“我信。”

“信就对了。”叶婴把录音笔放在桌子上，拿起谭明明递过来的策划，一边翻看，一边问道，“每一期的主题都想好了吗？”

谭明明恢复认真的神色，回道：“已经都做好了，前十期的内容也都确定了，才俊都联系妥当了。”

谭明明一边坐下，一边碎碎念：“也不知道是怎么了，一夜之间，我的宝贝才俊们又都同意合作了。我们打电话过去之后还没说话，他们就先提出合作，简直和之前拒绝的时候判若两人，奇了怪了。”

叶婴看完策划，说道：“第二期这位大叔也太……和林总差太多了，读者会产生心理落差吧。”

谭明明无奈地说：“这个我们可是真的尽力了，放眼整个江市，能和林总媲美的也就只有雁鸣集团的晏总了，但是晏总根本联络不上，神秘得没边儿了，我们也只能换其他人。”

晏总，晏惊寒。

叶婴听过这个人，虽然不认识，但是这个人是林远时的投资者，慧眼识珠，应该也是个厉害的人物。

“你听过晏总？”

“当然，但是没见过，晏总非常低调，所有活动的照片视频都被压下来了。”谭明明神秘兮兮地说，“不过，传闻这位晏总非常漂亮。”

“漂亮？”叶婴挑了挑眉。

“是啊，漂亮。”

叶婴忍俊不禁道：“得了吧。”

八卦得差不多了，谭明明准备回去写稿，刚要走，叶婴叫了她一声。

"嗯？"

叶婴沉吟了一下，说道："这篇稿子我来写吧。"

谁都知道叶婴是公众号小编出身，文笔一流不说，热点把控也非常准确。

这些年叶婴都不碰稿件，这还是叶婴第一次提出亲自执笔。

"组长，你有时间？"

这简直是天大的好事，谭明明恨不得跪下递笔，笑容藏也藏不住。

看来组长还是有人性的，虽然之前带她的时候严厉成灭绝师太，几度把她这个初入社会不久的少女的心摧残得千疮百孔，但是你看，这次组长还是愿意帮助她，在她最困难的时候伸出援手，没有骂她失职不说，还亲自采访，主动帮她写稿。

"明天把上一期采访的稿子，还有短视频调查报告交给我。"叶婴收起录音笔，淡淡地说。

谭明明表情立马僵住了，结结巴巴道："什……什么？"

叶婴双眸一抬，问道："没听到？"

"听到了！"谭明明瞬间站直。

这条件反射。

谭明明很想问：组长，您还记得吗？这两个任务都是下周要交的，这周的稿子才只写了一半，刚布置了下一期才俊的采访内容。

叶婴仿佛知道谭明明脑海中在想什么，轻轻一笑："毕竟这份稿子我帮你写了，你的工作内容也得提前了，你说是吧？"

谭明明咬牙忍泪道："是……"

她听到了自己咬碎牙齿的声音。

走出叶婴办公室的时候，谭明明不禁在想：

刚刚是谁说组长有人性来着？

下午结束了一个数据总结会，梁嘉烨跟在叶婴身后从会议室出来。

"我说师太啊，你快点管管程恬行不行，那丫头简直要上天了。"

叶婴心情不错，轻快问道："怎么了？"

"她不满意我的文化培训，差点揪着我鼻子把我摁地上揍。"梁嘉烨装模作样抽泣道，"组长啊，你可能马上就要失去你最爱的经理人了。"

叶婴脚步停顿了一下，笑道："那可真是太好了。"

梁嘉烨愣了愣，随即哭声更高。

还未到办公室，一位漂亮的女秘书过来通知叶婴："叶组长，吴总叫你去他的办公室一趟。"

“好的，我知道了。”

叶婴把文件放在桌子上：“要我说呢，对付一个人，要么用你的智慧赢了他，要么用你的武力赢。程恬是个小姑娘，你一个大男人，也就只能选择前者。”

梁嘉烨苦兮兮地坐在沙发上装哭。

“得了，赶紧回去吧，我得去找吴总了。”叶婴边说边拾掇着文件。

梁嘉烨换上一副正儿八经的表情，问道：“吴总才出差回来，这会儿找你能有什么事儿啊？”

“谁知道，走了。”

吴再忠今年四十八岁，原本也是一个富家子弟，很年轻的时候就开始搞投资，但是那时候阅历不足，能力不够，人脉也不算广阔，那几个投资都失败了，吴再忠只能遵循家里人的要求回到国企上班。

后来有了一点积蓄，吴再忠又开始投资。

他第一个做的公司就是体恪，刚好赶上互联网的浪潮，一下子就发展起来了。

吴再忠立马辞掉国企的工作，现在已经是一个名副其实的大老板了。

叶婴轻轻敲了敲门，轻声喊道：“吴总。”

办公室里就吴再忠一个人，靠着老板椅闭目养神。

他听到声音略坐直了身子，说：“哎，进。”

叶婴瞥了吴再忠一眼，笑了笑，打趣道：“吴总倒时差呢？”

吴再忠笑着摆手说：“不行了，老了，出趟差累成这样。”

叶婴在前面的椅子上坐下，吴再忠问了问这段时间公司的状况。

听叶婴条理清楚地说了一通，吴再忠揉了揉太阳穴，舒了口气，说道：“你做事，我放心。小婴啊，我找你过来是想带你一起去参加个应酬。”

“您说。”

“现在公司越做越大，想和我们合作的公司也越来越多，这次的晚宴邀请到的都是有意向和我们合作的公司，现在许多业务都不经我手了，所以我想带你一起去，你看看安排一下时间。”

“可以。”

“这周六，你准备一下吧。”

叶婴的车停在悦君酒店门前，她拿起手包下车。

服务员引着叶婴到之前吴再忠定好的包厢，晚宴还没正式开始，包厢里的人大都还在寒暄。

吴再忠看到叶婴进来，拉她过来给大家简单介绍。

“早就听过叶组长大名，今天终于见面了。”

“叶组长真是干练啊！”

“希望有机会能和叶组长合作，以后大家多个朋友多条路嘛。”

都是生意场上的人，一个个都是人精，叶婴笑容得体，三言两语应对这些寒暄。

她谦虚也幽默，没一会儿就赢得一片赞赏。

最后在位置上坐定，叶婴环视了一圈周围的人。

她想了一路都没有想明白吴再忠组织这次晚宴的目的。

以前吴再忠也带着叶婴参加过一些应酬，叶婴漂亮，会说话，能喝酒，这三点几乎奠定了她在正常应酬中的不败地位。

那些应酬的目的都非常明确——巴着宴会中的某人一起赚钱。

但是今天却很奇怪。

吴再忠这个人虽然精明，但好歹对于叶婴没有那么大的戒心，更何况叶婴算是吴再忠手把手教出来的，没必要防着她，有什么事情都会告诉她。

但是这一次的应酬，叶婴一眼就看出来了，吴再忠没有说实话。

叶婴扫视在场的众人，基本都是总裁级别的人物，公司有大有小，甚至邀请到了成英集团的副总，那个纨绔的富二代。

成英集团和体恪根本不在一个重量级，并且根本没有合作过。

吴再忠邀请这些人来要做什么？

晚上七点整，包厢的门再一次打开。

进来的男人一身黑色西装，肩宽腿长，冷漠中带着一点疏离，浑身上下写满贵气。

他刚一进来，包间里的人立马站起身，纷纷上前。

林远时个子高，他的脸从他们的头顶露出来。

寒暄之间，他忽然抬眸，目光沉沉地落向后面的某个身影上。

他只是匆匆一瞥，随即依然淡笑着应对周围众人。

吴再忠说道：“林总，您请上座，咱们马上就要上菜了，您看看菜单，还有没有什么想吃的。”

林远时到位置上坐定，和叶婴只隔了一个人。

大家也都在位置上坐好，林远时手上轻轻翻动菜单，片刻后抬起头。

“叶组长有什么想吃的吗？”

叶婴一直低着头，忽然被点名，还稍微愣了一下。

林远时问出这句话之后，似乎宴席上立马就安静了下来，就连吴再忠都微微有些惊讶。

四叶集团总裁林远时年少有为，这几年发展迅速，眼看着四叶集团就要成为江市最大餐饮集团。大家都在商场上混，谁不想多一条这样的人脉。

大家谁都没有想到林远时竟然会认识叶婴，并且熟悉到能够在这样的场合直接问她想要吃什么。

这是何等待遇！

谁都没有说话，但是大家不断转动的眼珠，说明众人都在猜测他们之间的关系。

叶婴弯起嘴角，做了个“请”的手势，说道：“主菜我们吴总已经点得差不多了，林总想吃什么，直接加进去就好。”

林远时合上菜单，说：“没有什么要加的，可以准备上菜了。”

“好的好的。”吴再忠顺手把菜单递给服务生。

叶婴低头的间隙，用手指轻轻摩挲着餐布的一角。

林远时也来了？

他来是做什么的？

她思考得认真，殊不知这点小动作都落进某人眼中。

上菜了。

席间众人大都也是寒暄，看得出来大家对叶婴和林远时的关系非常好奇，但是又不好直接问出口，旁敲侧击打着边鼓。

林远时话说得非常圆滑，把重要的信息避让过去，顾左右而言他。

大家心里都清楚，也就不问了。

总之关系匪浅是一定的了。

吃得差不多的时候开始上酒，吴再忠有严重的脂肪肝不能喝酒，以前应酬也都是叶婴帮忙挡酒。

叶婴的酒量非常好，也许是她的自控能力太过强大，她能控制自己喝多少都不会醉，维持着那个度，基本不会有事。

叶婴本来能力就强，在行业内知名度很高，再加上刚刚林总稍微提了叶婴一句，大家更觉得叶婴这个人值得交，纷纷过来敬她酒。

“叶组长，这一杯，你可一定要喝。你张哥就没佩服过哪位女同志，但是叶组长，你算是第一个。”

张经理显然已经有些醉了，说话间身体摇晃了一下，虚扶着叶婴的肩膀。

“哎呀，不好意思啊，叶组长。”

他嘴上说不好意思，但是手依然放在叶婴的肩上没动。

“张经理哪里的话，应该我过去敬您才对，这些年感谢张经理和体恪的合作，以后还得靠着您赚钱呢。”酒气萦绕开来，叶婴稍稍侧身，不着痕迹地甩开肩膀上的那只手。

张经理尴尬了一下，但也没当回事儿，他可能真的喝多了，围着叶婴不肯走，一杯接一杯地灌。

和她说着话，两人越来越近。

叶婴一步步后退，张经理浑然不觉似的，一次次靠近。

第五杯的时候，叶婴看着张经理一饮而尽，犹豫地看了看自己满满的酒杯。

她刚要咬牙喝下，一只手夺过她的酒杯。

“张经理。”

一个声音响在她的头顶，分明已经沁了几分凉意。

“如果觉得没喝够，我可以帮张经理再点一箱，到您喝够为止。”

一席话浇在张经理的头上，他如大梦初醒，惊讶道：“啊，林总。”

林远时略一侧头，喊道：“刘特助。”

刘特助领悟：“是。”

张经理彻底醒了，结结巴巴地说：“林总，林总，我不是……”

林远时狭长的眼睛略微眯了眯。

“这么喜欢和小婴喝酒？”

林远时是笑着的，可张经理却觉得一阵一阵的寒凉浸入骨髓。

张经理反应过来，转身对叶婴说：“叶组长，对不起啊，刚才我不是那个……”

“意思”两个字还没说完，刘特助就带着服务生走了进来。

“放这边吧。”

一箱高档白酒放在墙边，刘特助对林远时点了下头，站在他的身侧。

林远时笑了一下：“张经理？”

包间中其余众人也都觉出异样，纷纷往这边看过来。

张经理在林远时恐怖的目光下，腿忽然有些发软。

“早就听说林总大方，没想到出手这么阔绰。”叶婴忽然笑道，“也是林总照顾我们体恪，帮我们点了一箱高档白酒，这下我们红的白的黄的都有了。”

张经理看着叶婴，说不出话来。

“服务生，帮我们把白酒打开好吗？”叶婴率先倒了一杯酒，甜笑着看着林远时，“谢谢林总款待，小婴先干为敬。”

叶婴在帮张经理打圆场，也是默默在哄林远时。

刘特助抬头看了林远时一眼。

林远时把酒杯倒满，微微勾了嘴角。

她敬酒。

他怎可能不喝？

林远时仰起头，喉结上下滚动，一杯酒一饮而尽。

一滴都没有剩下。

小插曲顺利度过，应酬还在继续。

中间的空当，叶婴到洗手间洗了手，顺便透口气儿。

镜子里的女人白皙的脸庞透着美丽的红晕，叶婴两颊通红，用手扇了扇风。

她一喝酒就脸红，这一点还是没有变。

叶婴长舒了一口气，给叶朗发了微信，告诉他地址，让他一会儿过来接她回家。

她收起手机出门，刚迈出一步，忽然一只手被人拉住，猛地往后一拽。

绕过一圈，眼前高大的黑影忽然压过来，叶婴下意识后退，后背重重靠在墙上。

那人浑身散发着浓浓酒气。

他的眼睛格外明亮，看着她的目光忽然发了狠，低下头，语速很慢。

“他碰了哪边的肩膀？”林远时的声音无比沙哑，像是粗糙的手指滑过女人细腻的肌肤。

叶婴迟迟没有说话。

那人已是十分不耐烦。

“这边吗？嗯？”林远时一边说着，一边伸出手，一把扯下叶婴的衣领，露出白皙的肩头。

上面一条黑色的内衣带露了出来。

男人的眼睛瞬间红了，像是一只蓄势待发的猛兽。

林远时的目光深沉，带着无法掩藏的欲望和漫天的恨意。

他倏地垂首，张开嘴，毫不怜惜地咬在她的香肩上。

叶婴倒吸了一口冷气。

他感觉到了，撑在墙上的大掌微微蜷起，轻轻松口，唇流连在她的肌肤之上，沦陷在她的细腻之间。

痛意过去之后，无情的啃咬忽然变成了温柔的亲吻。

温暖，湿润，细腻，沉迷。

酥酥麻麻的感觉从肩膀的位置一直延伸至四肢百骸。

叶婴整个人都有些发软，双手可怜兮兮地抬起，却怎么也舍不得把他推开。

林远时真的着了迷，一只手扣住叶婴的纤腰，把她狠狠往上一提，叶婴顿时落入他的怀中。

林远时细细地吮吻她的肩膀、锁骨、颈下……

她的皮肤白皙温暖，有着淡淡的清香，细皮嫩肉的，摩挲一会儿就红了。

许久，林远时才终于抬起头来。

他眼睛微微泛红，就那么直勾勾地盯着叶婴。

像是饥饿的狼，看到了迷人的猎物。

叶婴的脸颊上飞起两朵红晕，眼睛无比明亮。

四目相对。

林远时像是着了魔，忽然俯身，低头吻在她的唇上，只是蜻蜓点水的一下，带着一丝惩罚的意味。

叶婴一抬眸，刚好看到林远时迷蒙的眼睛。

叶婴忽然起了坏心，手臂朝上，钩住林远时的脖颈，借力踮起脚尖，仰起头，将红唇贴在他的嘴唇上。

独属于她的清香味道再次袭来，林远时的心脏猝不及防重重一跳。

等到神志恢复清明，叶婴已经退开。

她嘴角带着一抹得逞的媚笑，那双眼睛表面上写着无辜，内里全是挑衅。

叶婴懒散地靠着墙壁，刚刚被他拉下来的衣领松松地耷拉在她的肩头，深色的内衣带子露在外面。

美人半裸香肩，白皙一片中有几点红印，眸光狭长，媚眼如丝。

高跟鞋的鞋跟一下一下地敲击在地上。

林远时咬紧牙，下颌线绷紧。

叶婴伸出一只手，拉起自己的衣领，陆陆续续有人过来，林远时再怎么发狠也不能对她怎么样。

叶婴弯起嘴角，漾起一抹纯真无害的笑容，趾高气昂地从他身边走过。

路过他时，她轻飘飘扔下一句。

“扯平了。”

林远时看着窈窕纤细的背影，握紧了拳。

他的小婴啊！

真是坏透了。

那天应酬的事情，吴总始终都没有告诉叶婴实情，甚至对这件事绝口不提。

他还是照常工作照常开会，没有什么异常。

但是叶婴有种直觉，吴再忠已经做出了某个重大的决定。

这个决定对于公司来说非常重要，重要到就连她这个级别都没有资格知道。

叶婴的房子装修得差不多了，叶朗的工作也非常顺利。

叶婴搬家那天，叶朗和赵野都过来帮忙。

“姐，你东西实在是……太多了。”叶朗把最后一个箱子抬上来，看着这满室狼藉，累得说不出话来。

叶婴今天休息，穿着一身舒舒服服的白色小裙子，头发全都放下来，没有卷，那张小脸白皙无暇，乍看上去青春得像是学生妹妹。

“赵总还没把那车东西搬过来呢。”

叶朗惊讶地问：“还有一车？”

叶婴到窗边拉开纱帘，看了眼楼下，说道：“他说马上就到了，不是还有一车……”

叶朗一愣。

叶婴淡淡地说：“是还有七车。”

搬完东西，大家都累得不行，叶婴请了钟点工来家里收拾，她开车载着叶朗和赵野去吃了顿好的，一直到晚上九点多才到家。

这是一个非常高档的小区，隐蔽性极高。

叶婴从车库直接坐电梯上来，准备开门的时候，稍微瞥了眼后面的另一户。

叶婴买的是复式公寓，一梯两户，对面那家好像和她家买的时间差不多，前几天也刚结束装修，但是还没搬过来。

叶婴也是庆幸他们结束了装修，要不然叶婴的睡眠就更成问题了。

她回到家舒舒服服地泡了个澡，泡完后，一边擦头发，一边往外走。

这家保洁阿姨打扫得很细致，每个角落都擦得很干净。

叶婴有轻微洁癖，酷爱白色，受不了一点灰尘。

她倒了杯牛奶上了楼，在床边稍稍犹豫了一下。

算了，还是先不吃药，试试看自己能不能睡着吧。

叶婴喝了牛奶，吹干头发，按下电动窗帘，调试好空调，点好香薰，躺在床上。

房间很干净，舒适又温馨。

一切都很好。

就着小夜灯，叶婴拿起床边一本厚厚的书，看了一会儿觉得有了些许困意。

叶婴赶忙把书放下，关灯睡觉。

空间黑暗下来的瞬间，珍贵的那一点困意也跟着消失得无影无踪。

脑子里很乱，一会儿想这，一会儿想那。

一会儿回忆，一会儿幻想。

好几次强制自己停下来，现在要睡觉。

可都无济于事。

叶婴的自控能力强大到令人发指。

除了睡眠。

大抵是准备高考的那几天实在撑得太累，落下病根，叶婴的睡眠受到了影响。

加上出国之后水土不服，叶朗的哮喘病犯了，叶婴一夜一夜地熬着照顾他，失眠的症状越来越严重。

这几年稍微清闲一些，叶婴也看了很多医生，吃了药，配合治疗，可还是不见好。

现在刚刚搬家，换了一个地方，叶婴就更睡不着了。

叶婴又努力了一会儿，索性打开灯坐起身。

她懊恼了一会儿后，光脚下地，到客厅抱起笔记本电脑。

既然睡不着，那就工作吧。

叶婴把林远时的第一次采访记录下载下来，一点点整理成文档，最后再把文档整合在一起，确定稿件方向和文风。

整理完一部分，已经凌晨三点多，叶婴踩着厚重的地毯回到房间，蒙上被子强迫自己闭上眼睛。

叶婴的工作越来越忙，只有小施这一个助理不太够用了，人事部今天复试了一个姑娘觉得还不错，想让叶婴过去瞧瞧，要是合眼缘就留下给她做助理。

叶婴也刚好没什么事儿，到人事部走了一圈。

小姑娘毕业没多久，看着还有些稚嫩，但是挺认真的样子，稍微有些羞涩。

叶婴气场强大，给小姑娘吓得大气儿不敢喘。

见叶婴笑眯眯地从办公室出来，人事部总监问叶婴："组长，咋样啊？"

叶婴点头道："可以。"

总监说："那就行，组长看得上就行。"

叶婴笑道："得了吧。"

叶婴从那边走出来时，另一个办公室刚好面试结束，她发现走在前面的身影略有些熟悉。

叶婴整个人一愣。

"组长？组长？你看什么呢？"

叶婴快走了几步，拉过前面那个姑娘的手。

小姑娘回过头，两个人顿时都愣在了那里。

"小、小婴……"

这熟悉的一声唤得所有记忆冲进脑海——

"小婴，我们今天去几楼吃饭呀？"

"小婴，你疼不疼啊？哎！你怎么打篮球的，砸到人了没看见啊！"

"我……我……小婴，我怕林远时，怎……怎么办？"

……

这些年混迹商场，什么枪林弹雨都遇到过，什么委屈都受过，叶婴从来都是咬着牙，面上一直保持着美丽的笑容挺过来了，但这一声轻轻的“小婴”，却让她瞬间红了眼眶。

“你怎么会在这儿？”叶婴出口的声音都有些哑了，“我们……我们七年没见了。”

陆云亭看着叶婴，肩膀忽然垮下来，不知想起什么，两颗豆大的眼泪滚落下来。

她扁着嘴，委屈得令人心疼。

“小婴，我……”

叶婴这才注意到陆云亭的穿着打扮，还有她手上捏着的简历。

她怎么看都不像当年那个娇生惯养、迷迷糊糊的大小姐。

“这些年都发生了什么？”

咖啡厅。

叶婴和陆云亭坐在窗边。

陆云亭眼眶红红的，低着头，轻轻地搅着手边的咖啡。

叶婴从旁边抽了一张纸递给陆云亭。

“是不是家里出了什么事？”叶婴尽量把自己的声音放轻。

陆云亭停顿了很久，微微点了点头。

“高考后，原本我已经考上了和唐疏予同一所城市的大学，但是我妈妈忽然跟我说，不要在国内上学，公司出了事，爸爸要把我和妈妈送出国，这件事根本没有商量的余地。当时我觉得很奇怪，本来第二天约了唐疏予一起出去玩，可是我爸爸订了当天晚上的飞机，送走了我和妈妈。

“后来我才知道，公司被查破产，爸爸负债自杀，妈妈什么都不说，只是哭。我们在国外躲了一阵才回国，可是晋城是回不去了，妈妈就决定带着我一起来了江市。”

原来是这样。

叶婴垂下双眸，问道：“那之后，你一直都没有联系唐疏予吗？”

陆云亭的眸色暗淡下去。

“原本我把他当成我哥，我们从小一起长大，以前总是无忧无虑，没有想过以后，我以为我会一直那样过下去，但是……”

陆云亭哽咽了一下：“我们……再也不是门当户对的关系了。”

所以陆云亭自从回国就没有再找唐疏予。

这个姑娘比叶婴想象的更加倔强。

她看上去温温软软，可她有自己的想法，有自己的骄傲。

所以她无法像以前一样，继续无忧无虑地和唐疏予相处。

他们已经不一样了。

叶婴嗓子里像是堵了一团棉花，难受得说不出话来。

她缓了半晌才终于好一点，出声问道："那你现在有什么打算吗？"

陆云亭耸了耸肩膀，长舒一口气："我先找份工作，养活自己和妈妈，再说以后的事。"

周围安静了一瞬。

陆云亭抬起头，问道："小婴，你呢？你怎么会来江市？"

"我？我……"

自打看到陆云亭的那一刻起，高中时期的回忆就像是潮水，一波一波地涌向叶婴的脑海。

那是叶婴这一辈子非常幸福的一段日子。

"我也是中间发生了很多事情，没有办法回晋城。"

"是因为林家的事吗？"

"你知道？"

陆云亭摇头道："我是猜的。我想，是跟林老爷子宣布把所有股份转给林泽宴，霍阿姨退出林氏，林远时离家有关系吧？"

叶婴不想对陆云亭隐瞒，说道："是，只不过这些都是之后的事了。"

陆云亭从小心思细腻，立马就明白了："是因为霍阿姨？"

叶婴缓缓地点了下头。

豪门之间的是是非非陆云亭比叶婴清楚很多，霍文初这个人陆云亭也听自己父亲提起过，她看似温柔，实际上非常严苛，以铁腕手段治公司，心思缜密又心狠手辣。

霍文初是绝对不会允许自己的儿子和叶婴这样一个普普通通的姑娘在一起的。

想到这里，陆云亭不禁打了一个寒战。

她在杂志上见过这位强势归来的林家大哥林泽宴。

林泽宴一身西装，气质温润，面色却苍白如纸，唇色也是浅淡的，虽然他继承了林如许的俊美容貌，可看上去总觉得诡谲。

他瘦骨嶙峋，偏偏个子又很高，不太成比例的肩宽腿长，有点像漫画里的人物。

林泽宴如果不是有惊人的智计和魄力，又怎么可能在毫无根基的情况下，夺走林氏的全部呢。

越想越觉得可怕。

和陆云亭聊完，叶婴那一下午都有些心不在焉。

傍晚时分，叶婴走出办公室，到人事部知会了一声。

"那个叫陆云亭的小姑娘，工资提高一倍，多出来的部分从我个人账户里走。"

晚上，叶婴接到刘特助的电话。

“叶小姐，现在林总已经回到江市，九点钟在悦君酒店门前，您可以进行第二次采访。”

“我可以带视频设备吗？”

刘特助停顿了一下，说道：“暂时不太方便。”

“好，我知道了。”

叶婴稍微准备了一下，驱车赶到悦君酒店。

很意外的，酒店门前并没有什么人。

林远时不是一个不守时的人，叶婴看了眼手表，还有十分钟到九点。

叶婴也不急，在车上放着音乐，一边听歌，一边悠悠闲闲地等。

九点整。

一行人从酒店里出来，为首的就是林远时。

以前林远时总喜欢穿白色的衣裳，矫情又难伺候的颜色，大少爷的脾性还总是喜欢一天一件，绝不重样。

那时他是林氏太子，所有光芒集于一身，明明有资格任性出格，可他偏偏是阳光善良的。

现在每一次见他，他都穿着刻板得体的西装，身材完美，可以和杂志上的男模媲美。

他身上那股很容易感染别人的嚣张跋扈的青春劲儿完完全全被消磨掉。

现在的他克制而内敛，如同汪洋大海，深沉也危险。

叶婴刚要开门下车，却见一行人中出现一个俏丽的身影。

那个姑娘也穿着职业装、高跟鞋，身材窈窕，长发动人，从后面追上林远时，跟他说了几句话。

姑娘虽然踩着高跟鞋，可还是比林远时矮了接近半个头。

也许是环境嘈杂的原因，林远时在听她说话的时候，微微颔首，迁就着姑娘的身高。

叶婴的目光落在巧笑倩兮的女孩脸上，刚打算开车门的手停顿了片刻。

也不知道女孩说了什么，林远时的脸上竟也染上一丝笑意。

叶婴的手指无意识地抠着车门，然后快速开门下车，“砰”的一声，关上车门。

门口的林远时在叶婴下车的第一秒便捕捉到了她的身影，眼睛立马黏在她的身上。

叶婴也不过去，站在车门边，抱着手臂等。

离得远，如果叶婴没有看错，林远时唇边的笑容似乎更深了。

林远时回头对刘特助使了个眼色。

刘特助立马领悟，走到叶婴身边，说道：“叶小姐，麻烦您稍微……”

“我等。”没等他说完，叶婴便打断道，“放心吧，让林总慢慢聊。”

明明叶婴是笑着的，看上去温婉可人，说出的话也没有什么不妥。

可是刘特助看着她的眼神，后背出了一层薄汗。

“啊，啊……”向来专业的刘特助也有卡住的时候，“那感谢叶小姐理解。”

叶婴没再说别的，静静站在车旁。

刘特助想提醒叶婴，如果累了就坐在车里等也行，但是看了她一眼之后，刘特助不禁擦了擦额头上的汗珠。

算了，算了。

惹不起。

等了大约十分钟，后面的人跟林远时说完，林远时微微笑着和他们道了别。

刘特助见林远时那边结束了，立马走到他身边。

林远时朝叶婴笑了一下，说道：“久等了，小婴，我们上车吧。”

和上一次一样，林远时和叶婴坐在后座，刘特助和司机坐在前面。

只是这次刘特助没敢回头。

“今天的采访时长可以由你来定，这里离我家不远，我们可以慢慢聊。”林远时低声说。

林远时刚刚应酬完，身上萦绕着一股酒味。

以前林远时酒量非常差，喝醉了会变成一个只听叶婴话的机器人，非常可爱。

叶婴还记得那天吴再忠带她应酬，很多人敬林远时酒，虽然他也不是每杯都喝，可终究是人多，最后喝的量肯定比叶婴多。

可是那天在走廊上，叶婴看到他的眼睛就知道他分明是清醒着的。

现在也是。

虽然萦绕着淡淡的酒味，可他是清醒的。

“好，到林总家里采访是我的荣幸。”

闻言，林远时看了叶婴一眼。

叶婴并没有和他对视，而是转过头去看窗外的风景。

林远时的公寓的确距离酒店很近，没一会儿就到了。

这次刘特助没有跟着，林远时带着叶婴一直走到楼上，两人都没有说话。

开门进屋后，林远时说道：“进来吧，喝点什么？”

“不用了，谢谢。”叶婴直来直去地说，“请问在哪里采访？”

林远时似乎无奈地笑了一下，问道：“客厅可以吗？”

叶婴没说可以不可以，径直走到客厅，从包里拿出笔记本电脑、录音笔和她自己的笔记本。

虽然她说不喝，可林远时还是给她倒了杯果汁，弯腰放在茶几上。

“上一次采访的大都是工作上的内容，这一次是生活方面，如果遇到林总不想回答的问题可以直接告诉我。”

林远时的家在市中心，最贵的那一栋高楼上。

从落地窗往外看，几乎能把整座城市的繁华尽收眼底。

一轮圆月挂在天空，照着客厅里的两个人，一个淡笑着，一个严肃地拿着笔记本，板着脸。

“好，我会告诉你，你问吧。”

林远时自己倒了一点红酒，脱了西装外套，随手把领带扯松，领口的扣子开了两颗，露出的一点皮肤白皙细腻。

他舒展开身体，慵懒随意地靠坐在沙发上，整个人看上去像一只优雅的豹子。

叶婴移开双眸，专心看着自己的笔记本电脑屏幕。

“请问林总现在是否单身？”

一口红酒差点卡在嗓子里。

林远时轻咳了两声，弯腰抽出一张纸巾擦了擦嘴，回道：“嗯，单身。”

“林总对以后的伴侣有什么要求，或者有想过喜欢什么样的异性吗？”

“想过。”

等了半晌没有声音，叶婴下意识抬起头来，刚好和林远时的目光撞在一起。

林远时淡淡笑了下。

“我喜欢聪明一点的姑娘。”

“哦？”叶婴玩味地勾起嘴角，“林总能否具体说一下什么样才算是聪明呢？”

“能把人骗得团团转的最好。”

叶婴停顿了一下，继续问道：“林总，你确定这个可以写在我们的公众号上吗？”

“可以。”

“那既然说到这儿，我还想请问一下，林总以前被人骗过吗？”

“当然，谁还没个年少无知。”

“传闻林总不近女色，读者们都很好奇林总是一直都没有遇到过自己喜欢的人吗？”

林远时不答反问：“你好奇吗？”

“嗯？”

叶婴反应了一下才知道林远时是在质疑那句“读者们都好奇”，他想知道她好不好奇。

“我没那么大的好奇心。”

林远时敛下目光，淡淡地“嗯”了一声。

“没有遇到喜欢的。”

叶婴冷笑一声：“但是我看林总也并不像传言里说的那样冷酷。”

林远时挑了挑眉：“嗯？”

低音炮的一声，在深浓的夜色里，就着暖黄的灯光，显得格外撩人。

叶婴说：“林总比看上去的更加绅士有礼。”

林远时了然，淡淡一笑：“谢谢夸奖。”

目光中某人握笔的手指都有些发白。

林远时笑意更深，嘴角快要弯到天上去了。

“生活方面的问题就这么多。”叶婴一边整理东西，一边说，“下一次希望林总能给一点时间让我们带视频设备。”

林远时一愣，笑容僵了一下，问道：“这就要走了？”

叶婴利落地把包往身上一背，说道：“嗯，谢谢林总腾出时间来。”

“要我送你吗？”

“不用了。”叶婴换好鞋，“不麻烦林总。”

叶婴开门要走，林远时忽然拉住她的手腕，问道：“你怎么走？”

“打车。”

林远时没松手，叶婴有些不耐烦：“林总，你……”

林远时把她往回一拽。

“我送你。”

语气有些霸道，不容拒绝。

叶婴心里有股气，想要挣脱。

林远时一手禁锢着她的两只手腕，男女力量何等悬殊，林远时的大掌像是铁钳，叶婴怎么动都挣不开。

“别动。”林远时低声说。

叶婴看着他微微颔首的样子，就想起之前在酒店门口等他时看到的那个姑娘，气不打一处来。

她扭过头，完全不想跟他说话。

林远时穿好鞋，看着叶婴气呼呼的小模样，心里像是被小猫儿毛茸茸的尾巴挠了一下，痒痒的。

“能走……”

叶婴刚回头开口，林远时忽然俯身，蜻蜓点水一般在她唇上印下一吻。

“好乖。”林远时松开她，自己过去开了门。

林远时叫了代驾，他似乎心情很好，听着音乐，手指轻轻敲着节拍。

“小婴。”林远时看了她一眼。

“嗯。”

“在想什么？”

“想林总现在变化真大，我好像都不太认识了。”

林远时的目光沉了沉，说道：“小婴倒是没怎么变。”

叶婴挑了挑眉，问道：“林总终于记得我了？知道我以前是什么样子的了？”

林远时只是笑着，没说话，叶婴说完也觉出不妥。

在这样的情境下，这么说话似乎太尖锐了。

叶婴没有资格，更加没有立场这样质问林远时。

她略低了低头，今天晚上是怎么了？

总是说错话。

“以前小婴也是这样子的。”林远时忽然开口。

叶婴回过头，刚好对上林远时的目光。

“一样可爱。”

叶婴：“……”

虽然知道林远时是在逗她，可叶婴还是控制不住在他的目光中渐渐红了脸。

“脸红了更可爱。”

他的声音轻飘飘的，听得出来他此时非常开心。

叶婴愤愤地转过头，手指握成拳。

林远时学坏了。

按照叶婴的指示，林远时送她到了新搬的公寓。

林远时有点惊讶地问：“你住这里？”

“嗯，怎么了？”

林远时笑了笑，说道：“没什么。”

林远时也跟着下车，道别之后，目送叶婴进了单元门。

林远时回到公司时，刘特助早已经在那里等候。

“林总。”

林远时问道：“视频会议准备好了吗？”

“都准备就绪了。”

林远时点点头，拿着文件夹进了会议室。

一个小时后，林远时从会议室出来，刘特助迎过去。

“林总，刚刚给盛世的张总去了电话，他有合作的意向，提出的几个要求我们都能满足，但是价钱方面他还要再考虑。陈总监觉得张总忽然犹豫，有可能是别人也联系了张总想要合作，而且出价比我们低。”

林远时回到办公室，问道：“陈总监走了吗？”

“已经走了。”

“明天叫他过来一趟。”

“林总，您是觉得……”

林远时笑道：“还能是谁，咱们的老对手了。”

“惠生集团？”

林远时喝了口温水，说：“之前惠生不足为患，换了执行总裁之后就跟打了鸡血似的。”

“那我们要和惠生正面竞争吗？”

“容我再想想。”

刘特助点点头，安静的工夫，刘特助的手机闹钟忽然响了。

尖锐的铃声刺破安静，刘特助顿时尴尬极了。

“对不起，林总。”刘特助慌忙拿出手机关了闹钟，“这是我……”

这是他平时提醒自己早睡的闹钟。

今天原本工作不多，应酬之后就只有一场视频会议了。

但是也不知道林远时是怎么想的，应酬时忽然告诉刘特助，把视频会议延后，让叶婴过来采访。

多加了一项日程，下班时间自然顺延，陈总监那边又提供了重要文件，刘特助一忙起来就忘记了关掉闹钟。

“行了，下班吧。”

林远时今天似乎心情很好，没有责怪刘特助。

刘特助还稍微愣了一下，这实在不像林远时的性格。

林远时前后换过很多助理。

谁都知道总裁助理这个职位是一个大肥差，殊不知伴君如伴虎，更何况是像林远时这样的人。

他之前的助理要么是因为工作上的小毛病，要么是惹怒林远时被换掉。

林远时看着温和，实际上是一个非常严谨的人。

刘特助一开始就明白这一点，所以工作上非常仔细，现在成了林远时得力的助手。

这件事要是放在从前，林远时必然不太高兴的。

“对了，车钥匙给我，明天下午我要出去一趟，你不用跟着，放个假吧。”

刘特助惊呆了。

这是他家总裁吗?

这是怎么了?

放假?

开完早会，吴再忠把叶婴留下多说了几句。

她出来的时候刚好听到员工们在聊八卦。

“不是吧，为什么这个视频爆火啊？没有理由啊。”

“主播倒是挺好看的，但肯定不是素人，同时段的数据已经超过我们了。”

“背后团队是谁啊，这个流量和数据有点可怕啊。”

叶婴放下文件，问道：“怎么了？聊什么呢？”

大家听到声音都站直了身子，参差不齐地叫了声“组长”。

小施率先过来，给叶婴看了眼视频，说道：“组长，现在网上这个视频爆火，我们早上起来都刷到了，同时段的数据都超过余锦书了。”

叶婴看了一遍，这个评论和点赞量着实惊人。

“啊，我查到了，是苗乐宇做的。”

苗乐宇，叶婴早听说过这个人的名号。

国外名校毕业，辞去令人艳羡的名企工作，毅然投身自媒体事业，自己带了一段时间团队，小有成就。

据说这个人很有想法，但是非常傲慢，就连同一个团队里的人都相处得非常恶劣。

这次他们做的视频忽然爆火，不用想都知道苗乐宇的尾巴估计都翘到天上去了，恨不能用下巴看人才好。

叶婴略略看了一眼，一笑而过。

他们做自媒体的，一夜爆红是常有的事儿，很多时候红得莫名其妙，但是他们专业的都知道，不过是视频看点出来了，后期流量推送也跟上。

说白了，平台随便一捧就起来了。

叶婴并不知道苗乐宇是什么来头，也不想知道。

因为跟她也没什么关系。

做好他们自己的视频，管好这些不安分的人，这才是叶婴的本职工作。

下午，叶婴和谭明明碰完林远时的采访内容和稿件方向，就已经四点多了。

谭明明收起文件，贼兮兮地看着叶婴，问道：“怎么样啊，组长，跟林总接触下来，有没有被他迷倒？”

叶婴淡淡地说：“一般吧。”

“哈？”谭明明夸张地凑过来，“不是吧，组长，你觉得林总就

‘一般’？”

叶婴收拾文件的动作停顿了一下。

“拈花惹草，不加节制。”

“真的假的？”

谭明明算是叶婴的半个徒弟，自打认识叶婴到现在，就知道她一直单身，一心扑在工作上，别说是恋情，连点绯闻都没有。

叶婴人长得漂亮，公司里喜欢她的男生数不胜数，再加上和公司合作的有高管、有富豪，追她的人很多。

但是叶婴总是态度淡淡的。

相处淡淡的，就连拒绝也很委婉。

和她这个人一样，柔中带刚。

虽然叶婴没有明说不能在一起，但是话一说出口，男生们就明显能知道自己不可能再进一步。

叶婴是朵出了名的高岭之花。

别人看叶婴总是光鲜亮丽，但是谭明明是真的为叶婴心疼。

叶婴那样好，值得一个好男人把她捧在手心里疼。

所以每一次有好的男人，谭明明就总想给叶婴牵红线。

不管她喜不喜欢，总想着把他们送到叶婴面前给她挑。

“我怎么不相信林总会拈花惹草呢，林总洁身自好是出了名的啊。”

叶婴冷笑一声：“鬼知道。”

今天下班没有很晚，叶婴难得去超市买了点菜，准备给自己做点吃的。

她停好车上楼，出了电梯，刚好看到对面邻居在搬家。

叶婴难得多看了两眼。

因为那人的东西比她还多。

她正准备用指纹开锁的时候，那边晃过来一个高瘦的人影。

“哎呀，邻居啊。”

叶婴回过头，看到林远时穿了一身休闲装，慵懒地倚着门框，眼含笑意地看着叶婴。

也不知道是林远时房间里打出来的灯光太暖，还是他没有穿西装，整个人看上去温柔极了。

甚至有那么一刻，叶婴觉得自己离他好近好近。

就好像那年她去支教，去小朋友家的途中手电筒掉了，林远时忽然出现，懒懒地朝她笑，说，小婴，别怕，我来啦。

仿佛还是那时。

仿佛他们之间没有隔着整整七年的鸿沟。

“那天送你回来看到你住这里，没想到这么巧。”林远时侧了侧身，给叶婴看自己身后的一大堆行李，“我也刚买了这里的房子。”

叶婴有些愣怔，半晌才点头道：“啊……你今天才搬来？”

林远时说：“是啊。”他的目光落在她手里拎着的菜上，“你要自己做饭？”

“嗯，是啊。”

话说到这里，叶婴不得不接下去。

“嗯……你一个人吗？要过来吃吗？”

“太好了，走吧。”

“你家已经收拾完了？”

“没关系，一会儿我的助理会过来，走吧。”

“好。”

叶婴开了门，林远时跟着她进去。

一直到把菜放到厨房，叶婴都还有点蒙。

怎么自己就带了这么个大家伙回家？

叶婴买了鱼，准备给自己做个鱼汤。

原本叶婴是会做饭的，小时候父母经常不在家，叶婴要做饭给自己和小朗吃。

后来上学了偶尔也会自己做，工作之后就做得很少了。

小朗不和她住，她一个人的时候也懒得弄得那么复杂，反而很少会下厨做饭了。

也不知道有没有生疏。

林远时倒是挺自觉，进来之后，自己先在客厅走了一圈，最后靠在吧台上，笑眯眯地看着叶婴，问道：“小婴，有喝的吗？给我来一杯？”

叶婴睨了他一眼，林远时就当没看见，不客气地在吧台凳上坐下。

叶婴给他倒了杯果汁。

林远时伸头瞅了一眼，不满道：“哎，我想喝红酒。”

叶婴端着果汁杯，没好气地说：“你喝不喝？”

“喝。”

叶婴开始忙着收拾鱼，这条鱼在超市已经处理妥当，拿回来稍微洗一下就行了。

林远时坐在吧台一边喝果汁，一边看着那道纤瘦的小身影忙来忙去。

外面似乎刮起了大风，顺着窗子往外看去，能看到弯得不成形状的树木。

没一会儿，雨点便噼里啪啦地砸落在窗上。

这场雨下得又大又急，没一会儿，地上就积起一片水洼。

温度骤降，行人们奔跑着，躲闪不及。

室内却温暖如春。

林远时只穿着一件薄薄的衬衫。

叶婴则穿着白色的棉布衣裳，专心做事的侧脸无比柔美。

几绺碎发自两颊垂落，灯光暖黄，更衬得她那张小脸白皙无比。

林远时半晌没喝果汁，喉结上下动了动。

锅里滚出团团白气，熏得叶婴的眼睛湿润明亮。

她利落地把配菜扔进锅里，没一会儿，奶白的鱼汤里面翻滚着绿色的青菜、白色的豆腐、橘色的胡萝卜、黄色的滑子蘑。

香味冒出来，让人食指大动。

“小婴，以前还不知道你这么喜欢白色啊？”

叶婴回过头看了林远时一眼，他看着他的杯子，脸上是志得意满的清淡笑容。

以前林远时最爱白色，娇生惯养出来的人有轻微洁癖，什么东西都得是白的，脏一点儿就要换掉。

叶婴现在的房间几乎所有东西都是纯白的。

远远看上去冷漠不近人情，但是走一圈下来会发现，主人的一些巧思都用在这个公寓里了。

小巧的摆件、品位独特的挂画、很可爱的毛茸茸的小毯子，让这个纯白的公寓多了很多人情味儿，稍微坐一会儿之后，那些初见的冷淡感悉数消失，剩下的都是舒适和温馨。

果然是什么样的人布置什么样的房子。

叶婴秒懂林远时的意思，他是暗指她还忘不了他，染上他当年的习惯。

叶婴马上说：“哦，房子不是我装的，委托装修公司设计的。”

林远时：“……”

叶婴转过身去，舀了一小勺盐撒到锅里，唇上不禁勾起一丝笑容。

她心想，之前看到某人和姑娘低声耳语的仇终于报了一点。

舒坦。

鱼汤做好了，米饭也刚好开锅。

林远时放下杯子帮她一起盛了饭，两人在餐厅坐下。

“小婴一个人住在这里，你弟弟也放心？”

“以前放心，现在应该不太放心了。”

林远时喝了口鱼汤，入口醇香，口感绵绵的，沿着嗓子一路暖到胃里。

他连着喝了几口，整个人舒服得都要融化了。

“这些年，你过得好吗？”

大概是室内的光线实在太过温柔，又或许是这绵香的鱼汤太暖心，萦绕在心头很久的这句话，终于问出了口。

林远时的音色和以前不太一样了，更加低沉沉稳，温柔地说出来，十足的低音炮。

震得叶婴的心都跟着酥酥麻麻的。

“还好。”

不是“很好”，而是“还好”。

林远时的心骤然一疼。

他隐忍了一下，试图转移注意力，轻松问道：“没有交男朋友？小婴这么漂亮，是不是很多男人追啊？”

他勾着嘴角，表情故作轻松，目光却是灼灼明亮。

叶婴吃了一点青菜，笑了笑。

“是啊。”

某人的笑容一下僵在嘴角。

“公司内部、客户，还有一些我们公司的主播。”叶婴像是没注意到林远时的表情，悠悠闲闲地给自己又盛了一碗汤。

胃口好极了。

林远时略略垂眸，手握成拳。

叶婴长长的睫毛一翻，抬起眼睛。

热气氤氲得她的黑眸明亮狡黠，美丽极了。

“林总应该也是吧？以前上学的时候就很受欢迎。”

林远时放下筷子，站起身。

“没有。”

“嗯？”

林远时回过头，说道：“没有，没有一个人追林总，因为他们知道林总根本不可能追得到。”

说完，林远时开门离去。

叶婴愣怔了一下。

本想逗逗他，扳回一局的，没想到没掌握好度，给逗奓毛了。

周六。

叶婴没给自己安排工作，原本是想去看看叶朗，他那边的新家也安顿好了，叶婴还一直没去看过。

结果叶朗要加班，忙得连微信都很少看。

也不知怎么，叶婴就是不想一个人待着。

她索性开车直接到了惠生集团，准备去叶朗的公司瞧一瞧。

叶朗的学历和能力金光闪闪，初到惠生集团就是技术部组长。

叶婴按照叶朗给的地址找了一圈，看到他正忙着。

叶朗从电脑前抬起头，稍微指点了同事一下之后，朝叶婴招了下手，喊道：“姐。”

叶婴点点头：“你先忙，我等你。”

“那你先去我办公室待一会儿吧。”

叶朗把叶婴安顿在他的办公室，从最底下的抽屉里拿出一点糖果零食放在桌上，又找了一个游戏机出来，告诉叶婴几个游戏，让她先玩着。

“行了行了，你去忙吧，我又不是小孩儿了。”

“行，你等我一下，我尽快。”

叶朗重新回到组里，组员正讨论着什么，看到叶朗回来，纷纷拉过他。

“组长，那是谁啊？你女朋友吗？这么漂亮。”

叶朗否认道：“不是，那是我姐。”

“那你们长得可不太像。”

另一人插嘴道：“小姐姐有男朋友吗？”

叶朗抬头看了一眼双眼发亮的组员，忽然沉了双眸，冷冷道：“工作做完了吗？没做完废话什么？”

叶朗上任时间不久，年纪小，一开始难以服众，后来有黑客进攻惠生的防火墙，采用的全是最新技术。组员们因为不熟悉对方情况，几次尝试之后都不能瓦解其根基，眼看着就要被人攻破的时候，叶朗出手了。

他的操作和编程堪称教科书级别。

少年目光灼灼，云淡风轻，眼角眉梢都是沉稳。

一时间，组里经验最丰富的技术员都看呆了。

这样的操作和思维，不是天才就是怪物。

大家了然叶朗的能力之后，纷纷拜服。

叶朗看着年轻冷淡，不太好相处，似乎但凡天才，骨子里都有一股拗劲儿。

性格与旁人不同。

组员们钦佩归钦佩，心里对这位组长还是有些怵的。

所以叶朗这么一说，大家也都不敢问了。

叶婴懒懒地倚在叶朗的老板椅里，跷着二郎腿。

以前叶婴宠着叶朗，把他当成小孩一样对待，什么都想给他最好的。

现在叶朗长大了，有自己的一方天地，他们两个似乎反过来了。

叶朗比叶婴更加成熟稳重，心思缜密，照顾她更多一些。

叶婴觉得挺欣慰的。

叶朗性子沉，不怎么爱说话。

叶婴手底下多的是和叶朗一般年纪的小网红，他们大都心浮气躁，和叶朗天差地别。

叶朗身上一直有着“计算机天才”的标签，走到哪里都会闪光。

他也真的不辜负这个标签。

二十几岁就是惠生集团特聘的技术部组长，从前根本没有这样的先例。

因为叶朗念书的时候一路跳级，现在是整个组里年龄最小的一个。

年龄最小，心智却十分成熟。

他的办公室是黑白灰的经典设计，锋利又冷漠，显得刻板严肃、不近人情。

除了桌子上一个他和叶婴合影的相框带着点颜色。

叶婴叹了口气。

这孩子，就喜欢这样的装潢。

漆黑明亮的办公桌上，放着几袋花花绿绿的小零食，看上去极不和谐。

叶婴靠在他的老板椅上，剥了个巧克力扔进嘴里，然后随手拿起叶朗给她准备的游戏机。

叶婴回国之后很少玩游戏，所以一般人不知道，叶婴是个十足十的游戏高手。

也不知是心情灰暗，还是心有所念，当时叶婴沉迷游戏无法自拔，不分昼夜，每一个英雄都玩得炉火纯青。

排位赛后，甚至打到了美服前几，职业战队的经纪人找上叶婴，想要和她签约。

也许正是那个时候，叶婴反应过来网络崛起，网络自媒体或许是一个新的出路。

后来她认识了吴再忠，他真正把她领到这个行业。

等了大约两个多小时，叶朗才忙完回来。

“姐，饿了吧？带你吃东西去。”

叶婴站起身，说道：“饿得差点睡着了。”

叶朗笑了笑，习惯性地帮叶婴拿起包，说：“走吧。”

经过技术部的时候，叶朗略微侧了侧身，用自己的身子挡住了叶婴，也挡住了组里那些男人的虎视眈眈。

叶朗低下头，目光沉沉。

他的姐姐，可不是谁都能肖想的。

叶婴和叶朗说着话，到了楼下，忽然听到有人指着某个方向叽叽喳喳地议论着什么。

叶婴扭头看去，刚好看到电梯门开了，一群穿着黑色西装的男人从电梯里走出来。

为首的高个男子微微颔首听着身边的人说话。

叶婴目光一顿，一下子就猜出来了，问道："那人是你们惠生新来的执行总裁？"

叶朗看了一眼，点点头，说："是，当时就是他要把我特招进来的。"

叶婴早就听说过这号人物。

惠生原本是一个传统实业集团，在互联网风靡的时代，曾经在江市近乎只手遮天的大企业也渐渐没落。

这位执行总裁上任不过几年，手段狠辣凌厉，先是毫不留情地料理了拖公司后腿的一众老臣，然后改变公司策略，从根源把原始企业中的一颗颗毒瘤拔除。

惠生集团从悬崖之境脱险，现在越来越好都是多亏了这位掌舵之人。

传说惠生集团近来抢了四叶几单生意，原本叶婴还觉得奇怪，谁敢在林远时身边动刀子。

现在看到这个人，叶婴也就明白了。

那个人也看到了叶婴。

叶婴笑着摆了摆手，招呼道："好久不见了，唐疏予。"

叶婴回到家，出电梯的时候，往后看了一眼。

对面门关着，也不知道家里人回没回来。

叶婴按下指纹锁进了家门，她今天也买了菜回来，把第四道菜端上桌的时候，手机响了。

叶婴擦了擦手，摁了免提接起来。

"小婴。"陆云亭看了眼左右，"你家是在暮云原著吗？我已经到了。"

"好，我刚好也收拾好了，这就下来接你。"

叶婴换了身轻便的衣裳，一下楼就看到左顾右盼的陆云亭。

叶婴朝她摆摆手。

小姑娘看到她，立马绽开一个花儿似的笑容。

"今天我自己做菜，你尝尝。"

"小婴，你还会做菜呀？"

她们一边说着，一边进了家门。

叶婴早就把拖鞋准备好了。

陆云亭环顾四周，说道："小婴，这房子一看就是你的风格。"

叶婴笑了笑："是吗？"

叶婴还有最后一点东西没有准备好，陆云亭自己先看了会儿电视，坐不住，又过去帮叶婴拾掇了一下。

两个姑娘一起忙，动作就快了许多。

最后两人一起把最后一道菜摆上桌，叶婴从酒柜里拿了一瓶红酒出来。

陆云亭心里压着太多事，没喝几杯就有些薄醉。

她的身子有些软，靠在叶婴的身上，眼神迷离，两颊微红。

"小婴，小婴啊……"陆云亭轻吐着酒气，喃喃自语，"七年了。"

叶婴喝了口酒，看着某一处发呆，愣愣地说："是啊，七年了。"

"所有人，所有事，全都变了。"陆云亭猛灌一杯酒，呛得她眼圈都有些红了，"时光呼呼地往前走，你们都在往前走。可是小婴啊，我总觉得，只有我还困在原地，只有我……"

叶婴看了眼自己肩头的陆云亭，问道："为什么不去找唐疏予？"

"唐疏予……"陆云亭嘴里嚼着这个名字，两行眼泪滚落下来。

"以前我只是把他当成哥哥，后来分开了，才发现……才发现自己好像……"

陆云亭声音很低很低，哽咽着："可是我现在……他那么好，我怎么可能再去找他，摇尾乞怜吗？"

"可是你有想过唐疏予吗？"

陆云亭懵懵懂懂地问："嗯？什么？"

"你想过，你突然离开那么久，他忽然失去你的联络，你的家、我们的学校，甚至整座城市，他是怎么疯了一样地找你的，想过吗？"

陆云亭哭个不停，可是叶婴还在说着："现在你回来了，你一点也不想找他，他知道之后该有多痛？"

陆云亭摇头道："不会，他会有他的幸福，我们那时都还太年轻。"

"云亭，你不知道，也许年少时的情谊才是一生中最纯粹、浓烈的，这一辈子都忘不掉。"

说这话的时候，叶婴的眼眶也红了。

一辈子都忘不掉。

陆云亭真的有些醉了，思考都变得缓慢，在叶婴的肩上渐渐沉睡过去。

叶婴把陆云亭扶到卧室，拿起手机找出某个微信聊天页面。

【她现在在我家，睡了。】

那边回复很快：【好。】

叶婴在沙发上坐了一会儿。

她想起那天中午，在叶朗的公司遇到唐疏予的情景。

他们一起吃了饭，唐疏予问叶婴是否知道陆云亭最近的行踪。

叶婴迟疑了一下，唐疏予就在这短暂的迟疑中得到了答案。

叶婴语气淡淡地说：“我不知道。”

唐疏予一身黑色西装，眸光凌厉，不以为意地说道：“你不知道也没关系，我知道。”

叶婴挑眉看着唐疏予。

似乎是想确认他说的话是真是假。

可是唐疏予眉目淡淡，她没有看出什么来。

唐疏予用湿巾细细地擦拭自己修长的手指，说道：“我一直都知道她在哪儿，我在等着她来找我，可是她一直都没有。”

唐疏予的眉眼很深，声音低沉缓慢：“不过不来找我也没关系。”

叶婴忽然背后一寒，觉得现在的唐疏予莫名有些恐怖。

唐疏予停下手上的动作，抬起双眸，冷冷地说：“把她逼上绝境，走投无路的时候，她自然就会回来找我了。”

听完这一句，叶婴身上的冷汗都下来了。

眼前这个男人，再也不是以前那个满身书卷气，看上去眉眼温和的学霸少年了。

也是。

他本来也不是一个单纯的学霸。

陆云亭说过，唐疏予年少的时候什么坏事儿都做过，在家长和老师面前却还是一副道貌岸然的模样。

为了陆云亭，他什么做不出来？

想到之前叶婴问过陆云亭，为什么会来江市，来到体恪面试。

陆云亭说可能还是自己太差劲了，去了很多家公司，要么面试不成，要么就是做几天之后被老板因为各种理由开除。

叶婴现在算是明白了，这都是唐疏予动的手脚。

“你也舍得？”叶婴挑眉问道。

唐疏予咬了牙，下颌线都绷紧了：“怎么不舍得？”

当年失去她时的撕心裂肺，疼得他几乎像变了一个人。

几乎从他出生起，她就一直在他身边。

这么多年了，到处都充满了她的影子。

从小长到大的情谊，骤然失去，让他怎么承受？

叶婴垂下双眸，叹了口气，说道：“她现在在我公司，我会帮你好好照顾她。”

叶婴多么聪明，她知道唐疏予也就这么一说。

唐疏予嘴上说气不过陆云亭的离开，可是一旦陆云亭受到什么委屈，第一个心疼的还是他。

叶婴没问也知道。

陆云亭这些年虽然屡屡面试失败，却从来没有听说过她生活上遇到什么困难。

上了几天班的工作，薪资全都高得离谱，那些钱足够让她挺过一段时间。

这些，也都是唐疏予的手笔。

恨不过，却也舍不得。

叶婴叹了口气，从沙发上坐起来，抱着笔记本电脑坐到窗边，把最后一点稿子写完。

周一，叶婴拿着稿子去公司，谭明明他们几个正议论着什么，思绪集中，就连叶婴已经走到她的身后了都没有察觉。

“聊什么呢，这么起劲儿？”

谭明明回过头，看着叶婴皱了皱眉，问道：“组长，你还不知道吧？”

“不知道什么？”

有嘴快的小编辑说：“苗乐宇来咱们公司了，正在吴总办公室里聊着呢。”

谭明明补充说：“有人说苗乐宇是自己找上咱们公司的，说是现在经纪公司里，只有咱们体格最有前景，所以他来了，有人说他是带着条件和筹码来的。”

小编辑接话道：“不知道是什么条件。”

另一个编辑说：“还能是什么条件，无非就是职位和薪资呗。”

谭明明有些担忧道：“他这个人本来就高傲，刚刚做的一个视频又忽然大火，这下更加不得了了，提的要求肯定特别高。”

小编辑说：“高就高呗，高得离谱咱们吴总也不会答应啊。”

叶婴垂下眼睛，平静地说道：“得了，别管别人了，做好自己手里的事儿吧。谭明明，过来我办公室一趟。”

叶婴把稿子给谭明明看了一眼，不愧是叶婴亲笔，主题和方向确立得非常精准，文风简练又不失幽默。

组里还没有人能写出这种水平。

但是谭明明还是高兴不起来：“组长，我有种不好的预感。”

“说。”

谭明明在叶婴面前向来有一说一，因为她知道瞒不过叶婴。

“我觉得吴总最近有点奇怪，也许苗乐宇突然过来，不是什么好事儿。”

叶婴笑了笑，问道：“你是觉得，苗乐宇会威胁到我？”

虽然很不想承认，但是谭明明还是点了点头。

“放心吧，没事的。”

谭明明还没有出办公室，叶婴的手机就响了。

难得这次不是刘特助打过来的。

竟然是林远时本尊。

“喂？林总。”

谭明明听到这声，停住脚步。

叶婴看了谭明明一眼，点了点头，示意她一起听一下，记录下一次采访时间。

林远时停顿了许久才说话，声音非常低沉，带着一点不悦。

“你再不来采访我，我就要终止合同了。”

叶婴一时愣住了。

“不信？”

低音炮尾音上扬，谭明明被这个声音勾得魂颤。

“不是不是，就是……”

“快点过来。”

“哦……好。”叶婴愣愣地挂了电话。

谭明明整个人目瞪口呆。

“组、组长，林总这是……主动要求我们采访吗？”

叶婴双眸含笑，点点头：“嗯。

“走了。”

一直到叶婴出了办公室大门，谭明明都没太反应过来。

这不是他们上赶着求着人家林总采访的吗？

这下怎么好像……反过来了？

Chapter 16

得到了那么一小点就会无比珍惜，但是心里又总会害怕失去

叶婴到的时候，林远时正在会议室开会。

叶婴在外面等了没一会儿，林远时就出来了。

“过来吧。”

叶婴停顿了一下，问道：“这位是我们公司的同事，负责视频和照片的拍摄，不知道林总今天方便吗？”

林远时驻足，看了那个男生一眼，又瞥了眼叶婴，淡淡道：“走吧。”

跟着叶婴一起来的摄影师名叫小凌，年纪不大，摄影经验比社会经验丰富很多。

他进了林远时的办公室，不禁低低发出“哇”的一声。

叶婴坐在林远时对面开始采访，小凌规规矩矩把摄像机摆好，对光，找角度。

“小凌。”

一个低沉的声音叫出自己的名字，小凌吓得一惊，下意识看了叶婴一眼。

叶婴刚好也在看他，给了他一个眼神，让他镇定不少。

“哎，林总，您吩咐。”

“把小记者也拍进去，我们俩一起入镜。”

小凌还反应了一下，才明白过来“小记者”指的是叶婴姐。

他带着疑问看了叶婴一眼，叶婴微微点了点头。

小凌立马回道：“好好，我调整一下角度。”

这次的问题都很规矩，之前也都给林远时发过。

镜头里的林远时没有什么表情，精致的五官分外好看，黑色西装衬得他的皮肤越发白皙，衬衫纽扣上面凸起的喉结微微动着，修长的十指交叠放在桌上。

整个人看上去禁欲冷峻，从容和优雅是刻印在骨子里的。

“听说现在四叶集团依然在扩张商业版图，能否问一下林总，下一步四叶想要进军哪一个领域呢？”

林远时慵懒地看着叶婴的眼睛，嘴角勾起一抹玩味的笑容。

“自媒体。”

叶婴垂了下双眸，说道：“好像您的老对手惠生集团也想在自媒体上下功夫，您有应对之策吗？”

林远时微微仰起头，目光平淡。

“惠生？”低音炮微微上扬，眸光四溢，整个人看上去从容又嚣张。

“抱歉，四叶从没把惠生放在眼里。”

叶婴忽然想笑。

这篇采访可得拿给唐疏予看看。

上学的时候他们两个就不太对付，现在又变成了对手。

孽缘啊……

采访到一半，中间休息。

叶婴去了洗手间。

偌大的办公室里就剩下小凌和林远时。

空气安静得可怕……

小凌年纪轻，开始看到林远时的时候，就被他身上那股强大的气场镇住了，一步一步，也就靠躲在自家组长身后才敢接近林远时。

现在组长走了，就剩他自己，看着组长出去的时候，小凌简直想和她一起去洗手间……

小凌假装忙忙碌碌的，一会儿看摄影机，一会儿调光。

其实光早就调好了，摆弄摄影机，也就是把之前的内容一遍一遍地保存。

林远时慵懒地靠着椅背，修长白皙的手指拿着桌上的摆件把玩。

“小凌，是吗？”

小凌几乎听到自己的心脏猛地跳了一下。

“啊，对。”

“你到体格多久了？”

“差不多快两年了……”

林远时斜睨着小凌的脸。

看着挺小的，长得倒还算清秀。

他刚开始见到林远时的时候，一直往叶婴身后躲。

林远时心里一阵烦躁，撇过目光，声音凉了几分。

“一直跟着叶婴吗？”

小凌也不知道自己是哪句话没说好，总觉得林总有点不耐烦了。

小凌斟酌着，尽量让腿不发软，让自己的声音不颤抖。

“啊……是，林总，怎么了？”

“追你们组长的人多吗？”林远时的声音更冷了。

小凌看了眼门口。

组长，求你了，快点回来吧。

“嗯……”他也不知道该怎么回答，“嗯”了半天也没“嗯”出个所以然来。

林远时看透他的心思，命令道：“实话实说。”

小凌也明白，自己这个段位，说谎根本瞒不过林远时。

“叶婴姐，挺多人追的，嗯，也不对……”小凌歪头斟酌了一下措辞，“是很多很多人追。”

看到林远时越来越黑的脸时，小凌才后知后觉自己说错话了。

“但、但是……”小凌连忙补救。

“但是什么？”

林远时的声音如同利剑，小凌后背激起一层薄汗。

“但……但是传说叶婴姐有喜欢的人了，叶婴姐那么厉害，根本没有人能追到她，那些男生也都是有贼心没贼胆的……”

小凌觉得自己猜测对了，因为这番话后，林总的目光终于柔和下来，甚至嘴角还漾出笑容来。

“之前呢？她一直都没有交过男朋友吗？”林远时目光灼灼地看着小凌，“她喜欢的人是谁？”

“具体的我也不太知道，都是听我们组明明姐说的，只说是叶婴姐的一位故人，在她最困难的时候帮助过她，再多的我就不知道了。”

林远时喝了口茶水，看到百叶窗外徐徐走来一个纤细身影。

“这件事别告诉你叶婴姐。”

“啊？哦，是。”

叶婴回来了，采访继续进行。

叶婴总觉得林远时有点奇怪，似乎心情很好，总是盯着自己看，嘴角挂着若有似无的笑容。

采访结束，叶婴和林远时握了握手。

“这次合作非常愉快，多谢林总的诸多配合。”

林远时的手指动了动，摩挲着她的小手，意味不明地说：“嗯，期待以后更多合作。”

叶婴不适，收回手，表情未变，平静地说道：“谢谢。”

从四叶集团出来，小凌不加掩饰地长长舒了口气。

“怎么了？”叶婴打开车门，坐到驾驶室。

就剩他们两个，小凌话多了起来：“害怕，叶婴姐，你不知道，来体恪这么长时间了，我还是第一次见到总裁级别的人物，气场真不是盖的。”

叶婴浅浅一笑，发动起车子。

小凌憋了很久，歪在叶婴旁边碎碎念：“哇，我以前也看过林总的杂志图，我以为全靠修图的，今天一见才知道，真的有五官这么完美的人啊。”

车子上了路，小凌越说越有兴致：“姐，你不知道，我是学美术出身，画人像的时候最注重三庭五眼，现在挺多人看着是好看，但是这种长相经不起雕琢，看久了就会觉得不好看。但是林总不是，这种英气深邃的五官，越看越有韵味，又是成功男士，穿着西装上镜简直帅爆了。”

叶婴始终淡笑着：“他上学的时候就是校草，很正常。”

小凌挑眉，问道：“上学的时候你就认识林总啊？”

“嗯，他是我同桌。”

小凌惊讶得话都说不出来了。

“哎，对了，我出去的时候你们俩聊天了吗？他都说了什么？”

小凌想起林远时最后那句话，赶忙说道：“啊，林总没搭理我。”

红灯。

叶婴踩了脚刹车，回头看向小凌。

小凌在叶婴的眼神里臣服，结结巴巴道：“也……也就是几句家常……”

叶婴勾了勾嘴角，没说话。

小凌再一次腿软：“叶婴姐……林总问了……问了一点你的事儿。”

终于绿灯了。

叶婴收回视线，淡然地转了弯。

小凌就知道，自己这个段位，也不可能在叶婴面前说谎的。

也不知是命途多舛，还是这个月水逆，怎么就夹在这两位大佬中间了呢，真的是……

叶婴知道，自己出去了，林远时肯定会问小凌一些问题，指不定怎么吓唬这个小家伙，最后还一定不会让小凌告诉自己的。

叶婴看了眼后视镜。

林远时啊林远时。

再怎么装，终究还是在乎我的。

那我可就有筹码了。

叶婴把车倒进车库，踩着高跟鞋走进公司。

临到办公室门口，叶婴忽然回头。

“之后如果林总再找你，除了公司机密，其他实话实说就行。”

小凌脚步一顿，点头道：“啊，是。”

这是什么话?

林总还会找他？找他干什么?

晚上，小凌收拾东西准备下班，忽然接到一个陌生电话。

小凌接起来：“喂？您好？”

也不知电话那边说了什么。

小凌挑起眉毛：“啊，好，我知道了……”

临走的时候，小凌看了叶婴办公室一眼。

叶婴姐就是叶婴姐。

简直神机妙算……

流言往往都不是空穴来风。

之前纷纷传的苗乐宇要来体恪的事儿，在这天早会上得到证实。

叶婴踩着时间点进到会议室，看到自己对面的位置多了一把椅子。

叶婴在体恪地位甚高，又是吴再忠的心腹，在会议室里，吴再忠旁边的位置向来都是叶婴的。

现在，除了叶婴，多出一个人来。

大家在底下小声议论，叶婴进来之后安静不少。

谭明明遥遥看向叶婴，叶婴没有太多反应。

叶婴在自己原本的位置上坐下之后，打开笔记本电脑。

人陆陆续续到齐，吴再忠也笑眯眯地从办公室走进来。

他身后跟着一个高高瘦瘦的男人。

男人皮肤白皙，戴着一副金丝边眼镜，脸上虽挂着淡笑，但是眼睛里的高傲丝毫不加掩饰。

“我来给大家介绍一下。”吴再忠站在会议室最前面，“这位，苗乐宇，是我们公司的新成员，出任项目部副总监一职。”

项目部副总监，只在叶婴之下。

叶婴垂下双眸，跟着众人一起鼓掌。

苗乐宇落座，就在叶婴对面。

两人恰好对上目光，叶婴微笑着点了下头。

苗乐宇淡淡地移开目光，没有理会她的意思。

早会上，吴再忠简单总结之后，叶婴例行进行数据分析。

分析到一半，苗乐宇发出一声冷笑。

并不是低声的笑，而是那种特意发出来的，想让别人去问他怎么回事的那种笑。

叶婴并没想理会，正要继续往下说的时候，吴再忠打断了她。

“叶婴啊，你先等等。”吴再忠看向苗乐宇，“苗副总监，你是有什么想法吗？”

苗乐宇不客气地站起身，说道：“我就是觉得，叶组长的这套分析……”

他微微笑了笑，特意拉长音量。

“一点用处也没有。”

会上的大部分人都是叶婴带出来的，虽然叶婴平时比较严苛，但都是为了他们好，大家也都明白，所以心里都是向着叶婴的。

苗乐宇这么直白的话一出，大家都不太满意地抬起头。

就连吴再忠都有些迟疑地看了前面的叶婴一眼。

叶婴脸上温婉的笑容却一点都没变，询问道：“嗯？苗副总监有何高见？”

苗乐宇的语气带着非常明显的高傲，有种“赐教”叶婴的感觉。

会上众人不着痕迹地皱着眉，并不想听这个讨人厌家伙的“高见”。

“就好像叶组长这个表格上面显示的，短视频这类数据完全没有道理，现在无非一个看脸的时代，背后推手和资源有了，视频争议点出来了，自然而然也就火了。现在叶组长不去考虑自己的资源，反而浪费时间来研究这些数据，这不是本末倒置了吗？”

苗乐宇扯了扯嘴角，冷冷一笑，继续说道：“叶组长带了这么久的团队，难怪没有一个爆火的视频。”

这个人真的烦死了。

那个视频火了，他就像整个天下都是他的了一样，谁都不放在眼里了。

这话说得太直白也太狂妄，放眼整个公司，包括吴再忠在内，都没有人敢这么和叶婴说话。

大家低着头，大气儿不敢喘。

高手过招，势必伤及无辜，能躲则躲吧。

叶婴淡淡地看着苗乐宇，背脊挺直，白色的职业装把她的身材包裹得前凸后翘，她的脖颈扬起一个优雅弧度。

“数据代表的是对于过往的总结，不足需要改进，优点需要发扬。苗副总监初入这一行难免会这样想，可以理解，以后多多磨炼就会好的。

“另外，我认同苗副总监的‘看点’，做数据是琢磨看点的方式之一，如果苗副总监想到更好的方式，我们可以一起交流。”

这话说得非常漂亮，优雅地反驳了苗乐宇，又肯定了自己，最后还给苗乐宇留了面子。

告诉他，这次是尊重他才留了几分薄面，他还嫩着，没到能对她指手画脚的地步。

不卑不亢，温柔却有力。

大家纷纷抬起头来，觉得这段话越品越有味道，不禁崇拜地看向叶婴。

绵里针，可不是说说而已。

苗乐宇那样聪明，自然也听出来了，脸色不太好看，但是终究也没有多说别的。

会议结束，梁嘉烨跟着叶婴回到办公室。

“太漂亮了，我的师太，你没注意苗乐宇那时候的脸色吧，简直黑到不行。”梁嘉烨笑嘻嘻地说，“真想给他拍下来，放到我个人的公众号上。”

叶婴把文件放下，坐在老板椅上，直接问道：“说吧，找我什么事儿？”

梁嘉烨难得没有再跟叶婴贫嘴，把这周的培训情况跟叶婴做了个总结，之后就嚷着想走。

“这么着急？”叶婴觉得今天的梁嘉烨有点不对劲儿。

话少了不少，像是有什么事儿催着他似的。

“啊，快过时间了，出去买个早餐。”

梁嘉烨哪里瞒得过叶婴，叶婴挑了挑眉，就把他的心事摸得一清二楚。

他梁大少爷什么时候自己亲自买过早餐。

“说吧，又看上哪个了？”叶婴轻声问道。

梁嘉烨耸了耸肩膀，笑了一声，如实交代：“不是网红，是咱公司新来的一个小编辑。”

“天天给人家买早餐呢？这么上心。”

梁嘉烨家里条件不错，他这个人看上去不务正业，实际上情商高得很，而且特别能喝，在酒桌上最会的就是见人说人话，见鬼说鬼话，业务能力非常强。

他是叶婴钦点的经理人，外面的一些推广全都是梁嘉烨联络的。

梁嘉烨这个人滑头得很，一张嘴能说出花来。

唯独在叶婴面前不行。

叶婴这姑娘生了一颗七窍玲珑心，那双眼睛太过毒辣，什么都能看透，根本瞒不过她。

这些年两人一起工作，非常有默契。

几乎梁嘉烨一眨眼，叶婴就知道他在想什么。

梁嘉烨长了一张小白脸，有钱又会说话，不少人喜欢他。梁嘉烨虽然不是来者不拒，但是也不怎么抗拒这事儿。

美女谁不喜欢啊，及时行乐还是最要紧的。

他三天两头换女朋友，叶婴也都习惯了。

梁嘉烨也主动追求过女孩子，但总是追着追着就嫌烦了。

毕竟梁大少爷，若不是真的动心，他才懒得做这些无用功。

能用钱砸的，谁还愿意出力啊。

叶婴还是第一次看到梁嘉烨这么急着去给姑娘买早餐，不禁有些好奇。

什么样的女孩能让这位眼高于顶的少爷看上？

叶婴这么一问，梁嘉烨的耳朵都有些红了。

“她来咱们公司时间不长，我前段时间去公众号那边跟谭明明聊推广的事儿，在她办公室外面看到的。”

这事儿梁嘉烨也憋心里挺长时间了，现在突然有个聆听者，禁不住一股脑儿全都说了出来。

他拉过叶婴办公桌前的椅子坐下，感叹道：“我跟你说啊，师太，我头一次见到那么可爱的姑娘，像个小白兔似的，眼睛又圆又大，胆子小，当时一看到她，我就不想走了，我跟她笑了一下，她还吓了一跳。”

回想起那天初遇的情形，梁嘉烨的心还是酥酥痒痒的。

“太可爱了，实在是太可爱了，我的小兔子。”

梁嘉烨以为叶婴会八卦一下，不想叶婴非常淡然。

“我知道你说的是谁。”

“你认识啊？”

“嗯，而且我觉得你要遭殃了。”

叶婴在电脑前坐了一下午，看着各组报上来的数据，一个想法逐渐在脑海里成形。

叶婴拿出手机，调出微信页面。

他手指快速在键盘上敲了一串文字，点击发送。

晚上八点多，叶婴难得早早完成了工作任务，刚下电梯，一个人影从一旁的楼梯间里走出来。

“叶组长。”

苗乐宇声音习惯性地拉长，就连叫个名字，语气里都沾着点高傲。

叶婴回过头打招呼：“苗副总监。”

苗乐宇是从楼梯上下来的，气息有些不匀：“叶组长每天都这么晚下班吗？”

“看工作内容。”

苗乐宇笑了笑：“哦？看数据看到现在吗？”

叶婴和他并肩走出公司，玩笑道：“没错。”

这个时间，路边行人很多，有骑着电动车的人忽然快速从叶婴身后开过。

苗乐宇反应很快，一把捉住叶婴的手腕，把她狠狠往自己这边一拉。

叶婴的高跟鞋歪了一下，整个人趔趄过去。

那个人骑过去之后，叶婴站直了身子。

“叶组长，这么快就开始投怀送抱可不好吧？”

苗乐宇太自负了，不仅仅是对自己的能力，还有自己的容貌。

那道笑容闪烁在路灯下，泛着无比欠揍的光芒。

“是啊，苗副总监这么早就拉拉扯扯，好像也不好，我们彼此彼此。”

两人正说着，一辆黑色轿车缓缓停在叶婴身后。

谁也没有察觉。

一个穿着黑色西装的男人从副驾驶上下来，微微颔首：“叶小姐。”

叶婴敛过笑容：“刘特助。”

见刘特助看了苗乐宇一眼，叶婴明白过来，转头对苗乐宇说：“苗副总监，我现在要回家了，我们明天再交流？”

“‘交流’用得不准确。”苗乐宇略略弯腰，眯着一双眼睛，“应该是‘切磋’。”

叶婴转了个身，笑容非常漂亮：“等苗副总监再成长成长，我会等你的，再见。”

刘特助帮叶婴拉开车门，叶婴坐到后座，刘特助也坐上副驾驶。

叶婴扭头看着身边一身西装的男人，喊道：“林总。”

“顺路。”

叶婴微笑着说：“谢谢林总。”

车子平稳地在路上行驶，两旁的路灯快速后退，映得林远时的脸庞一明一暗。

“听说林总最近准备进军自媒体，好几家小公司都被您并购了，现在网上的一些老主播，实际上都在您的麾下。”叶婴的眼睛非常明亮，像是燃着两团火焰，笔直地看着他。

“嗯。”

“现在是直播，林总应该也看得出来，未来会是短视频的天下。”

“你想说什么？”

“我想把我们采访合作的内容扩大一些，林总能配合我们拍摄短视频吗？”

“不能。”

叶婴本就知道不能，原本也没抱什么希望。

叶婴笑容未减，凑近林远时一些，问道：“林总吃晚饭了吗？我家里还有一点东西，要一起搭伙吃个饭吗？”

林远时垂下双眸，略略勾起嘴角："嗯。"

叶婴问司机："师傅，能不能在前面的超市停一下，我去买点东西。"

司机从后视镜里看了林远时一眼，见林远时微微点了点头，司机马上说："好的，叶小姐。"

叶婴下车去买东西，刘特助收回目光。

林总全都预料对了。

叶婴果然出手了。

叶婴买完东西回来上车，车子拐进小区，停好之后，叶婴笑着和刘特助还有司机道别。

"走吧。"

林远时说着，跟着叶婴一起上了楼。

叶婴似乎很开心，问道："我们做个汤吧，再来个青菜小炒、蒸萝卜、两碗香米饭，怎么样？你有没有特别想吃的？"

"你决定就好。"

进了家门，叶婴转头看着林远时，疑惑地问："林总不太高兴啊？怎么了？"

林远时知道叶婴明知故问，带着明显挑衅的笑容，咬了咬牙。

"那个人是谁？"

叶婴笑意更深，懵懂问道："嗯？谁啊？"

林远时没说话。

"我们公司新来的同事。"叶婴边说边把刚在超市买的调料放在桌子上，"怎么了？很帅吧？"

叶婴脱了外套，到厨房忙碌起来，继续若无其事地说："好像还是名校毕业，倒是挺有想法的，虽然不太成……唔！"

她话没说完，林远时忽然大步走进厨房，猛地拉过她的手臂。

林远时俯下身，一口咬在她的嘴唇上。

"不想听。"

林远时的牙齿轻轻摩挲着她的唇瓣，声音低沉嘶哑。

叶婴的后背抵着墙壁，都有些僵了。

林远时闭上眼，加深了这个吻。

她的味道啊……

对于他来说就是致命的毒药。

但是事情还没完，林远时的理智让他只是吻了叶婴一下，没有多要什么。

林远时离开的时候，不舍的变成了叶婴。

她眼中的失落还没来得及收拾，就已经收进他的眼底。

林远时微微勾了勾唇。

这个吻后，两人安静了很久很久。

叶婴不说话，林远时也不说。

一直到饭菜都做好了，叶婴才说了句：“过来吃饭吗？”

她的手艺非常好，简简单单的家常菜总是能做得清爽可口。

“吃得还习惯吗？”叶婴问道，“特意没放辣的。”

叶婴是四川人，非常喜欢吃辣。

林远时生在晋城，以前为了让叶婴吃到家乡菜，特意找了位四川的厨子过来给她做了顿饭，结果把林远时辣得快哭了。

林远时眸光深邃地说：“嗯，按照我的口味做的，当然习惯。”

以前叶婴跟林远时一起上家教课，中午会在林园吃饭。

林远时爱吃什么不爱吃什么，叶婴全都摸得透透的。

叶婴夹起一块蒸萝卜放进碗里，问道：“爷爷他们都还好吗？还有……霍阿姨。”

林远时低着头，说：“嗯，还好。”

“那……”叶婴欲言又止。

试探到这里，她又不太敢往前走了。

“他们都很好，爷爷和我妈的股权都握在我哥手里，林斯寒也毕业了，现在在晋城陆军部队。”

林远时吃完最后一口，抬起眼睛，目光笔直地看着叶婴，直接问道：“还有什么想问的吗？”

叶婴踟蹰着，轻咬了后牙：“你原谅我了吗？”

原谅我不辞而别，原谅我舍弃你选择了弟弟和自己吗？

热热的饭菜下肚，让人产生饱腹的幸福感。

热气氤氲得叶婴的黑眸湿润柔软，映衬得她的皮肤越发白皙细腻。

“原谅你？”林远时笑了笑，“你做了什么坏事儿，需要我的原谅啊？”

叶婴没说话。

“是要原谅你利用我在林家赚钱，还是原谅你假情假意对我好，或者是最后都不肯告诉我真相，直接一走了之？嗯？”林远时云淡风轻地说，“小婴，你说，你要我原谅你哪一点？”

叶婴心怦怦直跳。

她完全没有想到林远时已经全都知道了。

这些事情像一根刺，梗在叶婴的心里，让她没有办法对林远时完全敞开心扉，这刺横亘在她和他之间，让他们再也回不到从前。

“我没有假情假意。”叶婴淡淡开口，“我只是……没有别的办法。”

林远时静静看着叶婴。

她就是这样一个姑娘。

理智，冷静，又聪明，心思缜密。

最喜欢一箭双雕。

当年的他和林家的钱是双雕，她不觉得有什么冲突，更不觉得这件事情有多不耻。

聊到这里，没有什么必要再继续下去。

林远时要的只是叶婴对他的愧疚感而已，他并不需要她的忏悔，更不想她因此而难过。

“都过去了，小婴，这些都过去了，以后我们还是朋友。”

叶婴看着林远时，他的眸色那样深，热气缭绕而上，她看不真切。

林远时从叶婴家出来，刘特助已经等在楼下。

林远时上了车，说道：“走吧。”

刘特助点点头，拿出文件夹，把这次出差行程跟林远时汇报了一遍。

林远时听完，点头道：“知道了。”

出差三天，晚上十一点的飞机，前面的行程排得很紧。

林远时愣是推了两个会议抽出两个小时，接叶婴回家，陪她吃了顿饭。

“林总……”

林远时闭着眼睛，似乎知道刘特助想说什么。

“还是按我之前说的办。”

刘特助低下头，小声问道：“如果叶小姐要资源，我们全都拨给她？”

“嗯，让她尝到甜头。”

刘特助不太明白。

林远时明知这次叶婴故意接近只是为了他手里丰厚的资源和推手，却还是要推掉身上的工作陪她玩。

如果只是喜欢她，那直接告诉她不就行了吗？

叶小姐急功近利，以林远时现在的身家，她应该会上赶着过来吧？

“你不了解她……”像是知道刘特助的疑问，林远时幽幽开口。

“她是一只受了伤的小动物，敏感多疑，又聪明得很，之前被人恐吓过，看着是长大了，挺厉害的样子，实际上她胆子最小了。”林远时睁开眼睛。

叶婴不敢接近他。

如果林远时直接把叶婴抢过来，最后的结果一定和多年以前一样——她会不顾一切地逃走。

霍文初曾经威胁叶婴，叶婴带着叶朗，对面的是整个林氏，她没有任何筹码。

这也是林远时只身来到江市，不为人知的原因之一。

"没关系，慢慢来。"林远时嘴角微微上扬。

他的小猎物不是已经吃了第一个诱食了嘛。

后面掉进陷阱，是迟早的事。

林远时那期采访的稿件已经全部完成，谭明明喜滋滋地过来告诉叶婴。

叶婴想了想，问道："第二期的人选还是陈星河吗？"

"是啊，怎么了？"

"没有别的人联系你？"

"没有啊，谁啊？"

叶婴笑了笑，神色复杂地说："没什么，陈星河可以往后放一放，再等等。"

"什么意思啊？"

"会有人主动来找你的。"

这话谭明明听得一头雾水。

但是叶婴说得没错，下午，真的有人联络编辑部。

谭明明激动得在叶婴办公室里大叫。

"我们一直担心第一期和第二期差距太大！现在完全不用担心了！

"组长！我爱你组长！"

叶婴被谭明明熊抱住，摇晃得都快要晕掉了。

"惠生集团啊，组长！执行总裁啊，组长！"谭明明激动得快要哭了，"竟然主动联系我们采访！"

叶婴也没管她，任她抱着晃。

"哎，对了，组长，你是怎么知道唐总会主动来找我们的？"

叶婴抿唇笑着说："第一次采访你亲自过去，不要带其他人，第二次的时候，把陆云亭带着。"

谭明明知道陆云亭和叶婴的关系，所以也一直都很照顾陆云亭，把她放在自己身边做助理。

"为什么啊？第一次不带小亭吗？"

叶婴的眼中泛着精明的光芒，喃喃道："嗯，不带。"

林远时没有说错，他出差后的第二天下午，叶婴找上刘特助。

让刘特助觉得意外的是，他以为叶婴会委婉地提出想要四叶集团自媒体资源的请求，怎么也没想到她会说得那么直接，弄得刘特助还稍微愣了一下。

但他也只能按照林总的吩咐，说了几句漂亮话之后，把资源都给了叶婴。

叶婴好像知道他会同意一样，微微笑了一下就离开了。

有了四叶的资源，再加上林远时本身带来的争议点和话题度。

“才俊”计划第一期内容在朋友圈疯狂转发，一度风靡。

这条采访忽然爆红，同时林远时那边收购项目进行得十分顺利，最大的餐饮连锁被他收入囊中，林远时的身家足足翻了两番。

吴再忠非常高兴，公众号衰落这件事情让他头疼许久，这次忽然起死回生，同期流量甚至超过最火的短视频项目。

早会上，吴再忠特意赞扬了公众号项目部主编谭明明，并且叮嘱她下一期一定好好做，尽量保住数据。

“还有一件事我要说一下。”吴再忠继续说，“我有意把这次公众号项目作为我们公司的主推项目，所有资源都会往这个方向倾斜。我知道叶组长在公众号项目上帮了不少忙，为了方便，现在先暂停叶组长手上其他项目，专心带公众号，‘才俊’计划结束之后再接手。

“目前叶组长手上的其他项目就暂时交由苗副总监负责。好，如果没有什么别的事，就先散会吧。”

说是资源倾斜，重用叶婴，实则削权，把她手上所有项目全部交给苗乐宇。

这谁都听得出来。

吴再忠出去之后，大家都偷偷瞄着叶婴的表情，心里揣着各式各样的想法回到工位。

苗乐宇和叶婴最后出去。

“恭喜啊，叶组长，终于有一个爆红的项目了，以后说教也终于有底气了。”苗乐宇的声音还是那么令人讨厌，还特意拖长了音节，明明是低沉的男嗓音，听上去却有些阴柔。

叶婴从电脑上抬起头，淡淡地说：“我会把项目的具体内容跟你做个交接，苗副总监有时间可以到我办公室来。”

“既然是做交接，为什么不是叶组长到我的办公室去呢？”苗乐宇挑着一只眉毛说。

叶婴淡淡笑了笑，无所谓道：“你选择，只是如果你不来，我不确定这些项目你是否都能接得住。”

“看来叶组长还是在质疑我的工作能力。”

叶婴收拾好东西站起身，说道：“不是质疑你的工作能力，只是我带出来的人，可能不那么好管，还要劳烦苗副总监费心了。”

苗乐宇变了脸色，狠狠地说：“你在威胁我？这个决定是领导下的，你要是觉得不满意，完全可以去找吴总，别把这些情绪发泄到我的身上。”

叶婴出门的时候经过苗乐宇身边，稍微停顿了一下。

“苗副总监别急，我可没有威胁你什么，只是好意提醒。”

说完淡笑一下，出了门。

谭明明早已在办公室等待，刚要说什么，叶婴抬起手打断了她。

“先别说话，我想静一下。”

谭明明蹙着眉，面上写满担忧与自责。

公众号的事情原本不是叶婴负责，是谭明明太重视这个项目才找了叶婴帮忙，没想到这一次竟然会让吴总下了那样的人事调动。

说起事情的源头，都是她。

连累了自己组长，谭明明心里的愧疚都快要溢出来了。

谭明明踟蹰着说：“组长……”

“没事，我就是想休息一下，有事下午过来找我。”

“好吧。”

其实叶婴并不是因为被吴再忠削权而难过，她是身体有些不舒服。

她早上醒来就觉得昏昏沉沉，坐起来的时候猛地晕了一下，差一点就从床上栽下去。

叶婴原本是想请假的，可是吴再忠在群里说早会会有重要的事情宣布。叶婴一咬牙，决定还是去上班，如果还是坚持不住，就把早会坚持完再说。

开会的时候，叶婴就觉得浑身乏力，一会儿冷一会儿热，也没什么心思听吴再忠宣布的事情，会后苗乐宇挑衅，叶婴随意回应了几句才从会议室出来。

这会儿叶婴难受得眼眶酸胀，把办公室里的所有衣服都穿在身上还是觉得浑身发冷。

叶婴知道，自己这是生病了。

刚好手上没那么多项目了，她也能清闲一阵，干脆让小施递上假条。

她还在工作群里发了信息：【有事明天找我，需要签字的文件放我桌子上。】

过了会儿，她又加了一条：【苗乐宇让你们干什么就干什么，别跟他对着干，放心，有我呢。】

发完，叶婴也没关注回复，也没有开车，直接打了个车回家。

到家之后，叶婴捂着大被在沙发上睡了个昏天黑地。

她醒来的时候，忽然有些迟钝地想起，自己这些天为了公众号的事情熬了几个大夜。

也不知是什么时候染上的毛病，只要心里觉得有事情没有做完，她就睡不着，不管如何暗示都睡不着。

后来找了医生，开了药，倒是能睡个好觉了，但是这些年似乎也产生了抗药性，用药剂量越来越大，效果却不如之前那么明显了。

每次连续熬夜就会发烧，叶婴仗着自己身体底子好，发着烧也不肯去医院，自己在家多喝水，睡一觉基本也就好了。

但是今天这场感冒倒是有些不寻常。

醒来之后，夜幕降临，偌大的客厅静得能听到银针落地的声音，落地窗外华灯初上，映得一室落寞孤寂。

叶婴心里忽然冒出一个想法——

如果现在自己在这个客厅死去，也许都不会有人知晓。

想完叶婴自己都笑了，这是什么想法，傻不傻。

她顺手开了灯，裹着大被准备去给自己倒杯水，坐在吧台边悠悠闲闲地喝着。

现在也不那么冷了，只是叶婴身上出了汗，直接从被子里钻出来怕再一次感冒。

叶婴倚在吧台凳上，一口一口缓慢地喝着水，眼睛盯着光洁瓷砖上的一个小纹路发呆。

安安静静的，什么也不想，什么也不做。

直到吧台对面的大门外传来电梯的提示音，紧接着是脚步声，然后就是开门的声音。

叶婴拎起自己旁边的一袋垃圾，从被子里钻出来，开门把垃圾放到外面的垃圾桶。

男人依旧一身西装，面上难掩疲倦神色。

他听到声音回过头。

“咦？林总，好巧。”叶婴出口的声音是令她自己也一愣的低沉沙哑。

她穿着软绵绵的睡衣，那张小脸又瘦又尖，额角还挂着汗珠，嘴唇苍白得吓人，唯独两丸漆黑眼瞳泛着些许光亮。

林远时微不可察地蹙了眉。

“吃药了没有？”

叶婴直起腰身，靠着门框虚虚地笑了笑，小声说道：“吃了。”

林远时的下颌线绷紧了。

“骗人……”

他说罢转身摁下电梯下楼，叶婴则笑嘻嘻地回到房间。

没一会儿，门铃响了。

林远时拎着白色的塑料袋扔给叶婴。

“退烧药、感冒药、消炎药，我都买了。”

叶婴低头看了一下，因为这个动作似乎又眩晕了一下，身子轻微晃了晃。

林远时的大掌扶住她的腰身，叶婴的眼珠缓缓动了动。

“谢谢啊……”

林远时的眉头皱得更深。

因为他的手心触到她的皮肤，竟是灼人的滚烫。

林远时凸起的喉结隐忍地上下动了动，他忽然俯身，一手挽着她的纤腰，一手扣住她的腿窝。

叶婴脚下一空，天旋地转了一下，整个人被腾空抱起。

“啊——”

人生了病，反应都跟着有些迟钝，叶婴似乎没料到林远时会抱她，轻呼一声。

林远时抱着叶婴往里走，习惯性地掂了掂。

太轻了。

叶婴在他怀里寻了个舒服的姿势，说道：“林总很热心啊，看来之前的采访写得还是不够准确。”

林远时没理她。

从叶婴的角度，刚好能看到他线条倨傲的下巴。

叶婴脸上的笑意更深，眼睛都弯成了两道月牙儿。

“我们不是朋友吗？林总对每个朋友都这么好吗？”

林远时放她下来的动作顿了顿，忽然把她往上抱了抱，直起身子大步往卧室走去。

“我对每个朋友都这么好，而且……”男人的声音变得更加低沉紧绷，“还有更好的，要试试吗？”

叶婴原本只是想使坏地戳他一下，就像以前年少时代那样。

以为林远时会被她逗得红了脸，谁知他会是这个反应。

听完最后那一句，叶婴忽然有些害怕。

男人穿着笔挺西装，眉目深邃英挺，没有任何表情。

那双狭长黑眸像是深渊，看不见光亮，也看不到尽头。

叶婴收紧双臂，搂紧了他的脖颈，小声说：“你、你要干什么？”

林远时一脚踢开卧室门，快步进去，毫不留情地把她扔到床上，还不等她反应过来便欺身上去。

居高临下。

男人修长白皙的手指在她染着红晕的脸颊上流连。

这个姿势，他占尽了便宜。

忽然一个坚硬的小饰品从他宽松的领口滑落，掉落在她的胸口。

那是一个用黑色细绳拴着的一枚银色素圈戒指。

“你问我，这七年有没有为别的女人动过心。

“你问我，是否还是单身。

“你问我，是不是对每个朋友都这样。

“叶婴，我现在就回答你。

“那天晚上尝过你的滋味之后，你让我还怎么动心，遇见你之后，你让我还怎么接受别人？嗯？”

男人眼睛都有些红了。

饶是这般的理智与克制，也经不住这七年的思念泛滥成灾。

林远时身下压着他日思夜想了七年的姑娘，身体里熟悉的欲望翻滚起滔天巨浪。

热力在他的身体里四处窜动，像是有千军万马在他的身体里奔腾。

“林远时……”

叶婴被他压得几乎喘不过气来，轻轻唤了他一声，声音细弱蚊蝇，带着一点儿气声，带着一点儿求饶。

听上去可怜兮兮的。

叶婴只有林远时这一个男人，她不知道，这样的一声对于男人来说，是多么致命的勾引。

以至于这声之后，林远时忽然收紧手臂抱紧了她，低下头，猛地吻上她的双唇。

她发着烧，口腔里热度灼人，缠绕着几乎能够令他疯狂的香气，一丝丝埋进他的身体。

林远时疯了一样地吻着叶婴，近乎受虐一般地在她的唇齿之间缠吻。

没有任何技巧。

只剩下疯狂的缠绵、掠夺、霸占，像是在用力感受着什么。

痛意与疯狂的快乐才能让他真的感觉到。

她在。

时隔七年，她真的回来了，就在他的身边。

“咬我，咬我……”林远时小声又卑微地提出这个请求，“求你，小婴，咬我……”

叶婴被他吻得浑身火热，意乱情迷，大脑一片空白，停止思考，无意识地按照他的话去做。

两排贝齿咬在他柔软的嘴唇上。

“用力，小婴。”

她便用了些力道。

酥酥麻麻的痛感换来的，是男人更加疯狂的吻。

“叶婴……”

林远时沙哑地叫着她的名字，手掌下，她灼热的皮肤干净滑腻。

他的手轻轻颤抖着。

像是得到了沉迷已久的旷世珍宝。

想用力掠夺。

又舍不得触碰。

很矛盾。

叶婴被他这个动作压得有些不适，腰身轻轻动了动。

眼下她的皮肤白得近乎刺眼，小小的银圈落在她嫣红唇边。

这个动作像是点燃了某根引线，将林远时脑海中残存的犹疑彻底炸毁。

他埋进她的颈间。

耳鬓厮磨，他的声音低沉嘶哑，引得叶婴的身子一阵酥麻。

她想躲，却被他的大掌无情捉回。

“叶婴……

“你永远都不知道，我有多爱你。”

叶婴像是一条扑上岸边的鱼，任由海浪一下一下地冲刷着自己。

她无力反抗。

只能任他予取予求。

叶婴已经不记得被林远时强迫着说了多少从不肯说出口的话，更不记得被他折磨了多久。

只知自己快要迷糊睡去的时候，被人温柔抱起，喂了几粒药下去，又喝了几口温水。

她睡得好极了。

仿佛是这七年来，睡得最安稳的一觉。

耳边记得的，只剩下那一句——

“叶婴，你永远都不知道，我有多爱你。”

醒来时已是日上三竿。

叶婴睁开惺忪睡眼。

她已经退烧了，身子前所未有的轻松舒适。

她尝试着动了动，却发现半边身子都有些麻木。

身边的男人睡得香甜，手臂搁在她的身上，头枕在她的胸口，像是婴儿一般蜷缩着，整个把她抱在怀里。

她一动，他便无意识地收紧手臂，抱得更紧。

叶婴的心几乎软成一摊水，不再乱动，只安静地看着林远时的睡颜。

他的睫毛很长很长，耷拉下来，在眼底形成一小片阴影。

他们林家的儿子个个鼻梁高挺，全都遗传自林如许。

他的嘴唇很薄，却很柔软。

叶婴看到林远时极好看的唇边，有一个被她咬破的小伤口。

是昨夜林远时强迫她咬的。

叶婴的心怦怦直跳，能够明显感知到热度爬上脸颊。

林远时唯有睡着的时候才和以前一样。

温和无害。

仿佛还是那个阳光青春的少年。

叶婴微微叹了口气。

不知什么时候，林远时醒了。

“在想什么？”

他又把她抱紧了一些，声音依旧低沉，仔细听，却能听出淡淡的笑意与满足。

不像昨夜那样可怕，带着隐忍克制的欲望。

可叶婴还是吓了一跳，掩饰道：“嗯？没什么。”

被子下的大掌动了动，探着她的身体，他的另一只手禁锢着她的纤腰，让她躲无可躲。

“嗯，不烧了。”林远时轻声说。

叶婴白他一眼，没好气地说：“林总对待朋友还真是特别啊。”

看着她吃醋的小模样，林远时的心里像是进了一只不听话的小野猫儿一般，毛茸茸的尾巴轻轻挠着他。

没忍住。

林远时在她的锁骨处吮了一下。

一朵小红花盛开在她白皙得耀眼的皮肤上。

妖娆妩媚，遐思无限。

“是啊，那小婴想当林总的朋友吗？”

叶婴不说话。

感觉被子里的手不安分起来，叶婴有些嫌弃道：“哎呀……”

“嗯？想不想？”

“想……”

“我的好宝贝……”

林远时洗了澡，扣好衬衫最后一颗纽扣，穿上西装，跟叶婴一起吃了早餐。

叶婴迷糊着，嚷着要回去睡。

林远时知道她累极了，也不强求，抱着她吻了吻之后，把她放回床上。

临走时，叶婴忽然拉住他的手。

“哎，林远时……

“我还想要直播和短视频的项目，不想给苗乐宇。”

林远时垂下双眸。

叶婴目光笔直地看着他，问道："你知道我在说什么，对吧？"

林远时牵起她的手，吻了吻她的手指。

"我知道了。"

苗乐宇生气极了。

叶婴销了假去上班，老远就听到苗乐宇在办公室大发脾气。

"这就是你们交给我的策划？这也是人写出来了？没长脑子还是爪子不好用？"

苗乐宇捂着胸口，估计被气得不行，将策划书一把扔在桌子上。"啪"的一声响，周围人瑟缩了一下，低着头，不敢看他。

叶婴经过窗边的时候，刚好和苗乐宇打了个照面。

苗乐宇还来不及收起灰暗的脸色，便对上叶婴清淡的笑容。

一瞥而过，叶婴拐进自己的办公室。

谭明明早已等在那里。

那天叶婴生了病，谭明明担心极了，总觉得是因为自己的原因让叶婴不舒服的。

她早上六点钟就醒了，七点到公司，一直等了叶婴两个多小时。

叶婴已经好得差不多了，看上去心情也还不错。

叶婴看着谭明明拧着两条眉毛的模样，不禁笑起来，用食指弹了一下她的后脑勺，说道："行了，这个表情是干吗呢？"

一天不在，叶婴桌子上的文件已经堆积成山了。

谭明明看叶婴的面色好一点了，一颗心也能放回肚子里。

"组长，看你这样我就放心了，那天你生病，真的吓死我了。"

叶婴埋头文件，一边看，一边笑道："至于吗？"

"怎么不至于，组长，咱俩认识快三年了，你什么时候请过假啊。"

叶婴的笔停了停。

啊。

仔细这么一回想，还真是。

刚回国的时候，叶婴知道自己在接触一个完全未知的行业，她不知道自己适不适合，也不知道能走到多远。

她始终相信勤能补拙，所以她是全公司最努力的人。

上班最早，下班最晚，直到现在依然保持着体恪最长时间在岗记录。

叶婴身体底子好，原本也不怎么生病，但是这两年睡眠质量越来越差，明显感觉得到身体素质不如从前了。

她也有过不舒服的时候，但是稍微扛一扛也就过去了。

这么一想，好像……

真的没有请过假。

叶婴收拾起思绪，轻声一笑，重新看向手里的策划，淡淡地说："嗯，好像是。"

谭明明总觉得组长有点不对劲儿，但是又说不上来具体是哪里不对。

或浅笑嫣然，或慵懒扶额。

怎么好像比之前更好看了呢？

谭明明摇了摇头，也觉得自己这个想法有点傻。

请假一天堆积的事情有点多，叶婴到了很晚才处理完其中的一部分。

从办公室出来，外面的写字间里已经没有什么人了。

叶婴从公司出来，呼吸到新鲜空气的那一刻，感觉整个人都重生了。

她晃了晃僵硬的脖颈，看了眼时间，准备先去吃点东西再回家。

叶婴正要往蛋糕店走，身后忽然有人叫了她一声。

叶婴回过头，惊奇道："赵总？"

赵野站在远处，穿了一身休闲服，还是没有什么表情，灯光昏暗，眉边的伤疤看上去也没有那么有攻击性。

"你怎么在这儿？"

在叶婴的印象里，赵野始终都只是一个对叶朗有恩的长辈，并不会过来接她。

所以她根本也没往那方面想。

"嗯，刚好路过。"赵野是个老烟枪，声音低沉嘶哑。

"想吃蛋糕吗？"赵野看她是想往蛋糕店走。

"嗯，是，你想吃什么？今天我请客。"

赵野没说想吃什么，反而歪了歪头，目光轻轻落在叶婴脸上，问道："这么开心啊？"

叶婴转身进到蛋糕店里，也不直接回答他的问题："我觉得草莓味的比较好吃，你要尝尝吗？"

赵野看着她的背影，忽然笑了一下。

"嗯，我也喜欢草莓味。"

叶婴早上起床的时候懒得很，不想开车，林远时派人送的她。

"我送你回去吧。"赵野说道，"车就在马路对面。"

叶婴手里拎着蛋糕，问道："你也往那个方向走？"

"差不多。"

过了马路，两辆黑色轿车一前一后停着。

一辆英菲尼迪，一辆黑色宾利。

叶婴停顿了一下。

赵野开了车门，疑惑地问："怎么了？"

叶婴回头看向宾利车里，司机师傅戴着白手套，没敢抬头看她，后面的人隐在黑暗里，看不真切。

叶婴娇俏转身，说道："没怎么，走吧。"

车子开进暮云原著小区，稳稳地停在一栋楼门前。

"谢谢你啦，赵总，我先回去了。"

赵野想说什么，可是欲言又止。

叶婴心情好极了，也没有留意他的表情，下车关上车门。

两部电梯一前一后开门，叶婴还来不及伸手开门，就被身后的人一把拉过去，往后一转把她摁在墙上。

那人的大掌扣住她的后脑，俯身吻下去。

叶婴早有准备，唇边还漾着一抹妖冶的笑容。

林远时发了狠，一口咬在她的锁骨上。

"坐别人的车？嗯？"

叶婴懒散地往他身上一靠，说道："那是我朋友。"

"朋友"这个梗算是过不去了。

林远时忍不住笑起来，吻在她的唇边。

"记仇的小坏蛋。"

林远时想了叶婴一天，吻着吻着就有点收不住了。

叶婴推了他一下，娇羞道："别在这儿啊。"

林远时声音比方才哑了许多。

"现在知道怕了？"

以前林远时总觉得叶婴有点小坏，心里明知他的喜欢，但总是忍不住试探。

她从小长在孤儿院，习惯了保护和防备的姿态。

没有被爱过，没有被宠过，得到了那么一小点儿就会无比珍惜，但是心里又总会害怕失去。

她如惊弓之鸟，不敢往前再迈一步。

好在林远时也不急，她想试探就试探，总会把她养回来的。

翌日。

叶婴从床上爬起来，忽然一阵大叫。

"我、我迟到了！"

林远时死死地压着她，叶婴把他推开，慌里慌张地寻找自己的衣服。

她快速把自己收拾好，想要出门的时候，被身后的某人摁下。

"吃早餐。"

叶婴拗不过他，只好坐下来吃了点东西才走。

叶婴自己开车，到了公司楼下，刚好碰上苗乐宇。

苗乐宇依旧是一副极高傲的模样，自打他手里攥着叶婴的项目之后，更加不可一世。

“早啊，苗副总监。”叶婴眯着眼睛和他打招呼，“第一次玩我的项目，感觉如何？”

“叶组长，容我提醒你，现在已经不是您的项目了，项目内的具体事项您也无权过问，有什么事情可以在今天的总结会上说。”

“是啊，第一次数据总结会，苗副总监好好准备吧。”

小施看到叶婴过来，连忙跟上去确认今天的行程。

确认好之后，小施斟酌着叶婴的脸色，还是没有忍住好奇。

“叶婴姐，您最近是有什么事儿？”

“怎么了？”

“您今天……居然迟到了。”

叶婴笑了笑，说道：“家里闹老鼠，昨晚折腾了一夜。”

第一次数据总结会，叶婴最后一个进场，放下笔记本电脑坐在苗乐宇对面。

叶婴原是想打声招呼的，但是苗乐宇看都没看她一眼。

时间到了，吴再忠和助理走进会议室。

自他进来的那一刻，叶婴便敏锐地感觉到，吴再忠脸色不对。

和平常很不一样。

叶婴垂下双眸，没有多说。

总结会开始，叶婴向来第一个发言，今天也不例外。

她手里只剩下公众号这一个项目，“才俊”系列的成绩有目共睹，因为这个项目，连带着组内的微博，还有短视频组也都陆续开始准备把这个项目扩出去。

叶婴的总结精准简练，一席话结束，会议室里的众人悉数钦佩地看向叶婴。

不愧是体恪的顶梁柱，缜密的逻辑几乎无人能及。

除了苗乐宇。

他依旧是一副不屑的表情，唇边带着些许嘲弄，好像看出了叶婴的什么纰漏，迫不及待想展示给众人看一样。

事实证明，叶婴的感觉是对的。

苗乐宇上台之后，说道：“对于叶组长的发言，我完全不同意。”

一石激起千层浪。

这句话音刚落，一下吸引了会议室里所有人的目光。

“首先，对于‘才俊’这个项目，它的大火恰恰证明了我之前的理论，争议点、颜值，还有背后资源够，项目自然而然被带火，后期叶组长做了篇幅不小的数据分析。”苗乐宇在这里停顿了一下，轻笑出声，“我觉得完全没有任何意义。

“难道我的项目有十三亿的点击量，我就要一一去查究竟哪个人点击，点击了干吗，因为哪个点吸引了他吗?

“我还是那句话，本末倒置。”

苗乐宇看了叶婴一眼，继续说道：“当然了，我也明白，叶组长现在手上就这么一个项目，闲得很，也就只能把时间都浪费在这上头。但是我想说的是，‘才俊’这个项目如果交给我做，结果一定比现在还要火爆，毕竟大家可以看一下我手上的这些项目，在我接手之后的数据。

“再和叶组长负责的时候做对比，一目了然。”

的确，苗乐宇接手之后，数据几乎比之前叶婴做的时候翻了一倍还多。

很久之前叶婴就说过，苗乐宇一定不是一个人，他的背后有一个团队。

叶婴是这个行业的佼佼者，经验丰富，一眼就能看得出来，这样的数据和流量，根本不是体恪能做出来的。

苗乐宇背后的资源根本无法比拟。

并不是他这个人有多强的能力，而是他手里的资源实在太好。

“叶组长，想不想把这个项目给我试一试？”

一片安静。

大家谁也不敢说话，更不敢看叶婴是什么表情，就连吴再忠都选择了沉默。

叶婴没有回复，下一秒，会议室的门开了。

吴再忠看清来人之后立马恭敬起身。

他半弯着腰和那人握手：“林总，林总您来了。”

吴再忠扬声给大家介绍：“这位是咱们公司的林总，体恪的并购项目已经通过审核，现在体恪已经正式并入四叶集团旗下。”

吴再忠又絮絮叨叨地跟林远时说着什么。

林远时一身笔挺西装，目光却有些慵懒。

高高的他将视线越过一众人群，笔直地看向叶婴。

见叶婴娇俏一笑，林远时微微眨了眨眼。

林远时坐在最中间的位置。

他并没有多说什么，但是在座的谁不知道他的身份，一个个都暗暗挺直了身子。

体恪在网红公司里算是领军者，现在的市场里并没有比体恪更成熟的。

但即使是这样，也并不能入四叶集团的眼。

收购体恪，来一位四叶高层已经是莫大的面子了。

林远时亲自到场，就连吴再忠都没有想到，他虽然有所准备，但是林远时气场强大，还是弄得他满头大汗。

“之前跟叶组长有过合作。”林远时应了几句之后，忽然把目光投向叶婴。

霎时，所有人的注意力也都集中到叶婴的身上。

吴再忠连连点头道：“是是是，才俊项目多亏了林总的帮忙。我们叶组长能力非常强，想必和林总的合作也是非常愉快的。”

林远时对这些商场上的漂亮话兴致缺缺，他只是淡淡地看着叶婴，勾了勾嘴角。

“过来坐。”

叶婴抬起头，看向林远时身边的位置，又为难地看了看吴再忠。

吴再忠连忙说道：“快过来啊，叶组长，到林总身边来。”

叶婴走过去，恭恭敬敬叫人：“林总。”

林远时侧过身，绅士地帮叶婴拉开椅子。

叶婴抚裙而坐，就在林远时的身边，会议继续。

苗乐宇在台上继续他的分析，叶婴的背脊挺得笔直。

“叶组长。”林远时忽然偏过头来。

叶婴吓了一跳，猛地回过头：“嗯？”

林远时笑了笑，眉目清俊，嘴角微弯。叶婴被那道笑容晃了眼睛，走了神。

“叶组长？”林远时轻轻叫了她一声。

“啊，你刚刚说什么？”叶婴回过神来。

“我说，我没有纸，叶组长能不能借我一张？”

“嗯，好。”

叶婴从自己的本子上撕下一张纸递给林远时，顺便把自己的笔也递给他。

叶婴用的是质感很好的牛皮本，纸张是淡淡的黄色，很厚实，上面印着稀疏的线格。

林远时拿起来放在鼻尖嗅了嗅，香味很淡很淡。

也很熟悉。

林远时把纸放下，舒展了身体坐在椅子上，专心看着前面卖力分析的人。

林远时的小插曲并不影响苗乐宇的滔滔不绝。

苗乐宇也不傻，看得出来这位拥有绝对权力的林总有意维护叶婴，所以后面的分析总结不再那样明目张胆地针对叶婴。

林远时听了一会儿，问了苗乐宇几个问题。

苗乐宇天生骄傲，从小就是年级第一，他妈妈经常当着外人说他是“天才少年”，后来如愿考上名校，毕业之后进了知名外企。

顺风顺水，自信又张扬。

对于苗乐宇来说，能让他这样的天之骄子钦佩的人，寥寥无几。

原本以为林远时就是个空有皮囊的草包，不想简简单单几个问题，全都一针见血、直中要害。

苗乐宇应对困难，磕磕绊绊答完之后，竟有一种败下阵来的心虚感。

他不禁重新审视这个男人。

林远时没有什么表情，目光深邃而平淡，话不多，显然并没有把这样一个小公司和苗乐宇这样一个小人物放在眼里。

人家只是动了动手指，苗乐宇就已是如临大敌。

段位之高低，可见一斑。

但是苗乐宇似乎还想争取一下，最后的最后，他重新把之前叶婴的数据和他的数据那张 PPT 调出来。

“这是林总来之前我讲过的重点内容，我觉得有必要给林总重新看一下。”

这张图片一出，会议室瞬间安静。

其实根本不用多说什么，数据已经说明了一切。

所以苗乐宇非常自信地转过头，对上林远时的目光。

林远时眸光明亮，一双眼睛狭长漆黑，深不见底。

他微微勾着嘴角，似笑非笑。

在他面前，苗乐宇就像一个透明人，苗乐宇的一举一动都能被他看得一清二楚。

然而，苗乐宇却半点也看不透林远时，这让苗乐宇无端有一丝心虚。

“苗副总监想说什么？”

林远时没说话，会议室里响起一道清澈的女声。

苗乐宇的目光偏了偏，话说得有些许得意：“前半段是叶组长带项目时的数据，后半段是我接手后的，我知道，叶组长给吴总递了申请，‘才俊’项目第二期结束之后，想把之前的项目重新接手。

“但是……”

对方不是林远时，而是叶婴，苗乐宇重新自信起来。

他习惯性地拉长尾音，继续说道：“叶组长，您也看到了，我们体格刚刚进入四叶集团旗下，您就忍心把这样一份数据递交上去吗？

我承认，叶组长工作努力，认真负责，我比不了，也不想比，因为咱们这一行，看的可不是谁努力，我们比的是成绩，比的是同期流量，比的是给公司带来的利益。叶组长，您说是吧？”

叶婴微微垂下头，刚想说什么，一只修长干净的手落在她的腿上，示意她不用回答。

叶婴看向林远时。

“请问这位是……”林远时淡淡地问道。

吴再忠忙回答：“这位是我们公司的项目部副总监苗乐宇，刚上任不久，能力很强。”

林远时点点头，说道：“我看了苗副总监之前的总结，逻辑清楚，条理明确，是个可用的人才。”

苗乐宇在台上鞠了个九十度的躬：“谢谢林总。”

林远时继续说道：“之前收购的一家餐饮连锁店，目前宣传部总监的职位空着，不知苗副总监有兴趣吗？”

苗乐宇很明显怔了一下，停顿了两秒才回答。

“林、林总的意思是……”

林远时淡笑了一下，当作回答。

苗乐宇再鞠一躬，动作幅度之大，眼镜都快甩飞在地上。

“谢谢林总！”

最后会议结束，林远时有寄语环节。

他西装笔挺地站在前面，说话掷地有声：“之前我一直很看好体恪，后来有机会合作才有第一步的接触，说起来也是有缘。”

说到“有缘”两个字的时候，林远时看向远处的白色小身影。

“按理来说，收购项目开始之后，总公司会派一位高层下来接手公司事宜，我知道现在自媒体发展迅速，我也非常重视体恪公司以后的发展，不然今天也不会亲自到场。

“所以交接的事宜我决定亲自接手，就由叶组长代表体恪和我进行交接，如何？”

叶婴抬起头，视线交错时，她眨了下眼睛。

“交接之后，叶组长将出任四叶集团自媒体项目部部长一职，之后四叶集团的所有自媒体公司，都由叶组长掌控，希望叶组长能……满意这个决定。”

林远时说完，会议室的众人不禁倒吸一口凉气。

什么情况？

整个自媒体项目部？

意思就是四叶所有的自媒体公司全都归叶婴管了？

传说中的平步青云，一步登天了？

会场上，苗乐宇的脸黑得不像话。

相比于对叶婴的任命，之前对他的那份升职就像是羞辱一般。

餐饮连锁店宣传部?

和叶婴的职务相比，差的已经不是一星半点了!

这是要干什么?

踩一捧一吗?

在场的也都是人精，谁不知道苗乐宇吃了个大亏。

大家平时就看他不太顺眼，会议结束之后，纷纷过来恭喜他升职。

苗乐宇简直快要气炸了。

叶婴负责体恪和四叶集团的交接工作。

她连着几天跟吴再忠一起把体恪目前项目的具体内容整理好，先是给林远时发了一份，然后准备当面再和林远时细讲。

“哎？林总怎么还不收文件啊。”吴再忠疑惑道，“这几天一直都没联系上。”

“他出差了，过几天才能回来。”

吴再忠“哦”了一声：“你怎么知道？”

叶婴看了他一眼，说道：“给刘特助打电话问的。”

吴再忠又点了点头。

叶婴沉默着，没有说话。

迟疑很久，她叫了吴再忠一声：“师父。”

吴再忠挪动鼠标的手微微停顿了一下。

“嗯？”

吴再忠算是叶婴在这个行业的启蒙之师，在国外，叶婴了解到自媒体之后认识了吴再忠，回国之后才正式进入这个行业。

以前在国外，叶婴时常叫他“师父”，一来是觉得亲近，二来，叶婴希望通过这份亲近，能让吴再忠放下戒心，多教给她一些东西。

回国之后由于职位的限制，叶婴不再叫他师父，但是他们之间，到底比上下级之间多了一层关系。

吴再忠器重叶婴，公司有什么重点决策都会和她商量。

除了这一次。

也不知怎么，叶婴这么喊他，竟让吴再忠有片刻的心虚。

他沉吟片刻，说道：“小婴啊，苗乐宇的事情，的确是我……”

“苗乐宇是个人才，我知道，虽然经验不足，但是有拼劲儿，想法新奇，手里又有体恪都够不到的好资源，能快速做出爆火的视频，刮过一阵风来。”叶婴淡淡地说，“所以师父那次带我去的那场酒会，其实就已经在给体恪寻找下家了。那时林远时抛出橄榄枝，您怕他看不上体恪，最后犹豫，所以把苗乐宇招聘进来，想要快速提升公司外在实力，是吗？”

最后虽然是个问句，叶婴说得却无比笃定。

一切都被她猜中。

吴再忠低着头。

良久后，吴再忠才终于开口：“体恪是我的心血，也是你的。

“最近我家里出了点事，急需用钱，我只能……我没敢告诉你，就是因为怕你不同意。”

叶婴垂下双眸，说道：“师父，你知道，我不是这个意思。”

“那我也得把这件事情告诉你，小婴，我知道，这些年多亏有你，体恪才能发展成今天这样，现在林总对体恪很重视，四叶集团那么辉煌，我想，这是体恪最好的归宿。”

叶婴沉默良久，有挺多话想对吴再忠说，这些话最终在心头盘桓一圈，终究没有说出口，只剩下一句：“师父，以后有什么事情可以跟我说。”

从吴再忠的办公室出来，叶婴想了一路。

以体恪的实力，被四叶集团看上是件再正常不过的事，更何况四叶现在正准备进军自媒体行业，谁都看得出来，体恪是最好的选择。

但是叶婴总觉得有哪里不对。

从“才俊”计划到后来资源倾泻，从苗乐宇再到现在叶婴升职高层。

叶婴仔仔细细地想了一遍。

每一个细节都没有放过，可还是没有想到。

也许真的是自己多想了。

这种凭空的感觉终究也有失误的时候。

叶婴长舒了一口气，回到办公室重新理了一遍文件内容，准备周一去和林远时交接。

林远时在周日晚上回来的，晚上十一点半下飞机，到家已经快要凌晨一点。

他没有去吵叶婴，直接回家睡了。

第二天一早，叶婴在他的办公室里等他。

林远时偏头把助理遣出去，按下电动窗帘，把叶婴拉进怀里吻了一通。

出差三天，日思夜想。

叶婴把他推开，认真地说：“差不多得了，这是你的办公室。”

林远时却不以为意道：“我的办公室，我的女人，我想怎么样都行。”

叶婴躲了又躲，没好气地说：“我过来是汇报工作的。”

林远时笑着问："体恪的？"

叶婴点了点头，"嗯"了一声。

林远时不管不顾地吻上去，说道："你想怎样都好。"

这时，手机铃声响起，叶婴推开林远时，拿出手机看了一眼。

林远时看到手机上的名字，皱了皱眉。

叶婴把电话接起来："小朗，怎么啦？"

"姐，我今天休假，买了点牛肉，晚上我们一起吃饭吧。"

余光中的某人极不悦地往后退了几步，把她拿过来的那份文件往旁边一扔。

不能拿她撒气。

那就拿她的文件撒气好了。

叶婴微微抿起嘴角，说道："好啊，晚上你过来接我吧。"

"好，在你公司是吗？"

"嗯，对。"

挂了叶朗的电话，叶婴看向林远时，问道："林总有时间听我汇报了吗？"

林远时坐在老板椅上，冷冷地说："今天没有时间，晚上吧。"

"我们不是已经约好了，你现在也什么事情都没有啊。"

"晚上，我们一边吃牛肉，一边汇报。"

"……"

叶婴没说同意也没说不同意。

晚上，叶婴从体恪出来，上了叶朗的车，姐弟俩一起去超市买了点其他东西和一点调料，然后才慢悠悠地开车回家。

到家没多久，门铃就响了。

叶婴在厨房里忙碌，叶朗过去开的门。

看到来人，叶朗愣了一愣。

林远时很自来熟地进来，和叶婴一样，叫他"小朗"。

叶婴并没有告诉叶朗，目前她和林远时的关系。

事实上她自己也不知道该怎么说。

是个什么关系呢？

叶婴知道，林远时和自己的身份天差地别，整个林氏横亘在他们中间，他们根本没有可能在一起。

从回国之后第一次接触开始，叶婴就不断告诉自己，不要去接近林远时。

不要再犯傻。

可是自制如叶婴，还是忍不住想要靠近。

她告诉自己，是因为合作，是因为公司的关系。

一次次纵容自己。

直到那天，叶婴看到林远时歪头和一个女生说话，他轻轻颔首的样子和跟她说话时如出一辙。

叶婴第一次感觉到什么叫怒火中烧。

林远时说他们是朋友。

这更在她的心里点了一把火。

烧得叶婴难受极了。

后来苗乐宇进了公司，企图抢夺叶婴手里经营多年的心血，叶婴面上没有什么，背地里却一直在思考对策。

这就和那次小姨忽然朝她要钱一样。

这些年她手里的确有了点钱，和小朗的生活过得也算富裕。

但终究没有根基。

叶婴没有安全感。

她再一次想到林远时。

就好像多年以前一样。

生病那天，叶婴有意对林远时说起这件事，可是他忽然肆虐，搅得叶婴也方寸大乱。

她的心跟着他颤抖，跟着他沉沦。

她不能像多年前那样，毫无顾忌地利用他。

林远时也不再是那个天真单纯的少年，被她玩弄在股掌之间，却不自知。

现在他们好像反过来了。

失控的是叶婴，一切都掌握在林远时的手里。

一步错，步步错。

叶婴顺水推舟跟林远时要了个特权，之后所有的事情，全都失去了控制。

叶婴也只能看着局势，一步一步往下走。

林远时把买的东西放在桌子上，说道："小朗，好久不见了，长高了这么多。"

虽然长高了这么多，可还是比他矮了半头。

叶朗盯着林远时的背影咬了咬牙。

从小就不喜欢他，现在还是不喜欢。

叶朗一向沉稳自持，看到林远时自来熟的模样，还是恨得牙痒痒。

这个人真是讨厌死了。

林远时像是猜出叶朗的想法，放下东西之后垂眸看着他，比了比，说道："嗯，到我鼻子了。"

叶朗："……"

林远时不想理他，只身进到叶婴卧室，换了一套家居服出来。

“小婴，需要帮忙吗？”

闻言，叶婴抬头，看到林远时换了衣服，皱了皱眉。

林远时丝毫不觉，非常自然地转头对叶朗说：“小朗，去把我们的车厘子洗一下。”

看着他到自己姐姐卧室换衣服，叶朗就已经明白了一切。

厨房暖黄的灯光下，那两人虽然没有什么肢体接触，但是彼此之间的默契让他们看上去亲近极了。

叶朗早就知道，叶婴是喜欢林远时的。

但是她不敢承认。

叶朗也就当作不知道。

其实，他第一眼就那样讨厌林远时，也许就是这个原因。

他有一种预感，林远时就是最后把他的姐姐抢走的那个人。

以前叶朗不同意，因为总觉得林远时这个人轻浮幼稚，是个不学无术的富二代，半点配不上叶婴。

但是现在。

唉。

虽然人模狗样的吧，还是半点都配不上叶婴。

叶朗认命地拿起车厘子，放在水果筐里洗干净。

洗好之后，他拿起其中最红的一颗放到叶婴嘴边。

叶婴手上正忙碌着，就着叶朗的手吃了那颗车厘子。

“甜吗？”叶朗笑眯眯地问道。

叶婴点了点头：“给我抽张纸。”

不等叶朗动，林远时已经拿了一张面巾纸出来，还顺便细致地帮她擦了手。

“小婴，我买了点鱿鱼，晚上做给我吃好不好？”林远时一边给叶婴擦手，一边温柔地问道。

叶朗：“……”

Chapter 17

他们都不重要

叶婴抬起头，瞪了林远时一眼。

林远时笑嘻嘻的，假装什么都不知道。

叶婴说：“你去餐桌那边等着，别在这儿晃悠。”

“哦。”

见林远时吃瘪，叶朗立马开心起来，兴冲冲地拿着车厘子过来。

“你也去。”叶婴毫不留情地命令道。

“哦。”

两个大男人乖乖坐在餐桌边，你看着我我看着你，谁也不说话。

终于安静了。

叶婴把西红柿切好，下锅，牛肉汤已经开了，白气滚滚冒上来。

“好香啊。”林远时回头道。

叶朗见他说话了，也赶忙站起来，问道：“姐，你渴不渴？”

叶婴被他俩气得直想笑。

“我什么都不用，你俩好好等着，吃完了帮我把厨房收拾干净就行。”

林远时和叶朗声音洪亮，齐声应道：“好嘞！”

牛肉汤出锅，还有两个青菜小炒，叶婴很会摆盘，简简单单几道菜看上去精致可口。

叶婴把筷子分给他们俩，说道：“吃吧。”

叶朗从小就喜欢喝叶婴做的牛肉汤，以前家里没有钱，总是买不起牛肉，叶婴变着法儿地攒钱，叶朗的成绩稍微提升一点，她就会给他做这道菜。

汤上面有一层油，很烫，叶婴盛了一小碗放在叶朗旁边，先晾着。

叶朗趁叶婴不注意，悄悄看了林远时一眼。

林远时愤愤地回看过去。

——我姐还是对我好，看到没，这碗汤是给我的。

——哼。

吃完饭，叶婴看着两个人较着劲似的擦厨房，忽然觉得好笑。

一个是身家百亿的集团总裁，一个是一步登天的高学历天才。

怎么就变成现在这个样子了呢……

这几天，林远时都很忙，除了那天和叶婴一起吃了饭之外，都没有时间碰面，交接的工作交给他手下的一个助理去做。

也不知林远时临走的时候交代了什么，这个助理对叶婴的话言听计从，叶婴说什么都对，替体恪提什么条件都答应。

叶婴也不客气，趁机狠宰了林远时一通。

助理面上不太高兴了，但是没有办法。

林总吩咐了，不能逆着叶婴来，助理也就只能不情不愿地答应了。

虽然对于叶婴来说已经算是狠宰，但是对于林远时，这点蝇头小利根本不痛不痒。

叶婴把条件谈完，把签署的文件给吴再忠看了一眼。

“这些钱，够您应急用吗？”

吴再忠太知道自己公司究竟几斤几两了，多出来的这些都是叶婴帮他争取的。

看着自己一手带起来的叶婴，吴再忠不禁红了眼眶。

以前刚认识叶婴的时候，他觉得她真的是个心思深沉的女孩，同龄的姑娘里，几乎没有能像她想这么多、有这么多心思的。

更何况叶婴非常聪明，很懂得察言观色，顺着吴再忠的心意说话，讨得他的欢心，让他教更多东西给她。

如果是年轻时的吴再忠，还真看不出来她的把戏。

但是他已经年逾四十，在商场浸淫多年，叶婴目的性太强，也懒得掩饰，所以吴再忠一下就看出来了。

认识到这一点之后，吴再忠心里其实是防着叶婴的。

这是一匹小狼，待她成熟之后，见到更大的利益，也许会直接把他舍弃，反咬一口也说不定。

所以面上吴再忠十分器重叶婴，内心却没有那么相信她。

就好像这次他面临经济危机，并没有告诉叶婴。

最隐秘的一层原因，就是怕叶婴趁机夺权。

林远时和叶婴是旧交，吴再忠看得出来。

林远时钦点叶婴负责交接，吴再忠本以为叶婴只会公事公办，在林总面前露个脸，为以后的职位铺路，没想到她还会想着他。

吴再忠拿过那份文件，借着仔细看的由头缓了缓，半晌才说：“行，你做主就行，林总那边没说什么吧？”

“没有。”

“那就好，那就好。”

叶婴不知道，和她交接的那位助理在林远时面前告了她一状。

“林总，你不知道，她一看我有决定权，又不敢否决她，她另加了多少条款，简直……简直就是霸王条款啊。”

说话的间隙，林远时身后的刘特助忽然对助理使了个眼色。

可惜，助理同志没有看懂，知道刘特助是要他别再说了，但是他不知道为什么不能说。

刘特助跟了林远时这么久，对林远时的心思摸得比助理准，所以助理还是停住话头，等林远时发话。

林远时看着文件，唇间漾起轻轻淡淡的笑，问道：“她还说了什么？”

助理一愣。

林总不生气啊？

甚至还有点开心？

林远时拿着那份文件反复地看，每条每款都仔仔细细地看。

仿佛还能从条款中看到叶婴精明的眸光，和说服助理时的巧言善辩。

林远时以前总是很爱叶婴乖乖巧巧，时不时使坏一下的模样。

现在林远时越发沉迷她的聪明机变、缜密灵活。

他爱的就是原原本本她这个人。

无关其他。

时常有人问他，喜欢什么样的女孩子，有什么样的择偶标准。

遇到这个问题，林远时脑海中便会浮现起叶婴的影子。

无法形容具体是什么样子。

反正只要是她的样子就行。

林远时收起文件。

小婴已经算是手下留情了，每一条都没有压榨到底，可能也是她的某种计策吧，看着不多，每条都不那么狠，但到最后一算，数额大得吓人。

不管怎么样，都随她好了。

因为不论她如何压榨，对于林远时来说也是不痛不痒，九牛一毛罢了，又能哄着她开心，何乐不为。

“行，就按这文件走，流程提到最前面，把我旁边的办公室腾出来，重新装潢一下，所有装饰品都要白色的。”林远时嘱咐助理道，“和我这个配一套，去吧。”

助理看了眼刘特助，点点头：“是。”

下班的时候，助理在茶水间等刘特助。

刘特助一来，他便上去贼兮兮地问：“那个，什么来历啊？”

刘特助接了杯咖啡，明知故问：“谁啊？”

“体恪的叶婴啊。”

刘特助喝着咖啡，长舒一口气，说道：“能不招惹就别招惹。”

“为啥？她不会是林总的……”

刘特助严厉地看了助理一眼，助理立马噤声。

“林总对于你想的那些事完全没有兴致。”

助理惊恐道：“那她就是正牌的……”

刘特助“嗯”了一声：“正牌皇后，不太贤德，惹了就会死无葬身之地的那种。”

助理不敢说话了。

刘特助起身，语重心长地说：“好好装修叶总的办公室，做得好了，林总能满足你一切要求。”

他们这些人都跟了林远时挺长时间了，这位总裁心性果决，眼光独到，手段狠辣。在四叶集团刚崛起的时候，有人背叛林远时，林远时半分没有留情，动用手段把那人送进监狱。

杀鸡儆猴，平静了好一段时间。

林远时情商非常高，善于揣摩人心，他们底下这群人对于林远时的感情，与其说是下级对上级的遵从，倒不如说是崇拜。

刚来的时候，助理常常不理解林远时的某些做法，但是后来往往都会被验证，林远时是对的。

每一次，林远时都是对的。

所以渐渐地，他们对林远时越发忠心。

用人不疑，林远时也从不会怀疑到他们身上。

这一次助理不满叶婴，也是因为从来没有人敢这么算计林总。

“唉，好吧，既然是皇后……”助理说道，“我们也确实缺个皇后了。”

这天是叶婴到四叶集团上班的第一天，接应叶婴的人早已经等在楼下。

“叶总您好，我是人资部总监，我姓徐，我过来带您交接。”

叶婴笑了笑，礼貌地打招呼：“你好。”

徐总监办事很利落，叶婴的一应文件早已经准备好了，过去签了字就可以直接上任。

徐总监把叶婴领到办公室，叶婴看着两间离得极近的办公室，有点无奈。

“这是你们林总的意思？”

徐总监马上回答：“是的，叶总有什么不满意的地方吗？”

“没有，谢谢你了。”

办公室里的一切都是按照叶婴的喜好装饰的，她放下包，坐下来歇了一会儿，拿出手机点开微信界面。

最上面有两个置顶。

一个是林远时，一个是叶朗。

叶婴很少会给林远时发微信，从开始到现在，说过的话也是寥寥数语。

叶婴点开来，斟酌半天也没有想好怎么说。

过了会儿，叶婴站起身，拿起桌子上的一个白色的小摆件用手机拍了张照片。

画面上只有那个小摆件和叶婴的手指。

她发了条朋友圈，照片配文字：【我很喜欢新办公室。】

她点击发送。

叶婴等了一会儿，手机没有响，叶婴也就没有再管，约了这边的各部门总监开会，准备工作。

彼时，林远时正在飞机上。

两小时后落地。

那边的分公司副总亲自来接，林远时上车之后才看到叶婴的朋友圈。

林远时勾起嘴角，没有回复，也没有给她发消息。

“林总，这就是这边公司的大致情况。”

林远时收起手机，看向远方，满意地说道：“嗯，公司目前状态不错，但是还有上升的空间。”

副总突然想起什么，说：“哦，对了，林总，之前您抽调走的宣传总监……”

林远时眸光深深，说道：“放心，苗总监过段时间会回来的。”

副总点点头。

“苗乐宇帮我完成了一件大事，他回来的时候，升职报告也会下发。”

“是。”

车停，副总率先下车，帮林远时打开车门。

和副总开完会，刘特助始终锁着眉头。

吃完饭，林远时笑了笑，问道：“在想苗乐宇的事？”

刘特助一愣，如实说：“是，这段时间，叶总一直在调查苗乐宇之前手上的那些资源，我怕……”

“小婴早就看出那些资源不对劲了，但是放心，她什么也查不到。”

刘特助点点头。

之前助理说叶总不是善类，要刘特助说，林总才真的不是善类。

“告诉自媒体部，先不要对她言听计从。”林远时低低出声，“现在实权还在副总手里，先跟小婴磨一阵，等我回去。”

刘特助点头应道：“是。”

“苗乐宇的事情不要再提，就当是什么也没有发生，小婴也查不出来。”

“昨天惠生集团也对晚鱼餐饮抛去橄榄枝。”

林远时眯了眯眼睛，修长的手指轻轻敲在桌子上，语气淡淡的：“唐疏予。”

刘特助一直都觉得很奇怪。

以前也有和林远时作对的公司，林远时下手向来毫不留情，但是这个惠生集团好像总是不太一样。

遇到惠生，林远时忽然就成了个君子。

不会使用什么阴险手段，纯粹是摆在明面上的，靠公司实力争夺。

更奇怪的是，惠生集团也是这样。

早就听闻惠生集团新任执行总裁非常严酷，手段狠辣决绝，和林远时一样，看着是个君子，背地里的手段花样多得是。

可是遇上四叶，惠生也不会使什么手段，完全硬碰硬。

“惠生集团啊，现在不用担心了。”林远时悠闲地说。

刘特助不解地问：“为什么？”

“不是已经把体恪收购了吗？现在唐疏予可不敢对四叶集团怎么样了。”

刘特助还是没懂，但是也不好再问下去。

晚上十点半，叶婴从四叶大厦出来。

叶朗早已等在公司门口。

“姐。”叶朗看着叶婴疲惫的样子，心中不忍，“你不用这么拼的。”

叶婴摇摇头：“没有。”

这次不是为了叶朗，也不是为了她自己。

纯粹是为了……

叶婴想在林远时回来之前，把这些工作做好。

“姐，你真的决定了吗？”别人不知道叶婴，但是叶朗了解。

那天和林远时一起在叶婴家吃饭，叶朗就明白了，她是在试探叶朗的反应。

叶朗亲眼看见出国那年叶婴有多伤心，把自己折腾成什么模样。

虽然叶婴嘴上说着她一点也不在乎。

但是叶婴心里的难过和凄楚是瞒不过叶朗的。

“如果真的是林远时，姐，你做好和林家为敌的打算了吗？”

当年霍文初用叶朗威胁叶婴离开，她说过，叶婴如果不走，面临的仇敌将是整个林氏。

后来即使回国，叶婴也没有回到晋城就是这个原因。

林氏在晋城几乎只手遮天，也许只要叶婴进了晋城的地界，立马就会有消息传到霍文初的耳朵里。

林远时说他能保护叶婴，可那时的林远时，怎么可能保护得了？

“现在不一样了。”

浓深夜色里，黑色的轿车平缓前行，叶婴的声音很轻，却很坚定。

叶朗目视前方。

是啊，现在的确不一样了。

林远时不再是天真单纯的少年，叶婴也不是胆小怕事的姑娘。

她有了勇气。

他也强大到足以护她周全。

他们原本就是天造地设的一对，叶朗心里知道。

这个世上再不会有另一个人这般深爱叶婴。

“你会接受他吗？”叶婴忽然问道。

虽然一提到林远时，叶朗心里还是别别扭扭的，但是如果他真的对叶婴好……

“以后他要是敢欺负你，我揍得他妈妈都不认识他。”

叶婴轻笑起来，还没来得及回答，她的手机响了。

叶婴接起电话，脸上的笑容逐渐消失，目光沉滞，整个人僵硬起来。

“姐？”叶朗看出不对，叫了她一声。

叶婴没有反应。

“姐？怎么了？谁的电话？”

叶婴忽然回过神来，说话都有些哆嗦：“转弯，转弯去机场，快点！”

叶朗转弯到了另一条马路上，安慰道：“姐，你别着急，怎么了？慢慢说。”

叶婴全身都在发抖，话说不太清楚，声音变得很低，可是叶朗还是听清了。

“林远时……车祸，现在在医……医院。”

次日上午十点，叶婴匆匆赶到 A 城。

叶婴联络了刘特助，刘特助早已等在医院门口。

“他怎么样了？”

叶婴匆匆赶来，看上去风尘仆仆的。

刘特助是林远时带出来的，行事作风都“林远时式”十足。

“不好。”

叶婴的心“咯噔”一下沉下去。

她手指攥紧了包带，指节都有些发白。

“带我去看看他。”

刘特助微微颔首，带着叶婴上楼。

十八楼 VIP 病房，林远时就在里面。

刘特助说他刚刚换过药，烧还没退，正睡着。

叶婴轻手轻脚打开门，舟车劳顿让她的手和脚都有些麻木，没有什么知觉。

这是一家私立医院，主打高端病房，林远时住的自然是高端中的最佳，从这里刚好能看到 A 城的海，病房是套房形式，二十四小时恒温，有专业的陪护人员，刚进去就能闻到淡淡花香。

叶婴忽然想起，林远时最喜欢干干净净的香味了，如果他醒来……

想到这里，叶婴刚好拐进卧室，林远时躺在床上，纯白色的松软棉被只覆盖到他的胸部，勾勒出他高大的身形。

叶婴看到林远时左肩包扎了一大片纱布，从肩膀一直到腰腹，缠绕着手臂打了一个结。

浓浓药香扑鼻而来。

林远时安安静静地睡着，长睫垂覆下来，眉眼间满是柔和，半分凌厉也没有，阳光被纱帘过滤，温暖的光投射进室内，他整个人看上去安静极了。

叶婴忽然想起，年少时他们同桌，林远时不爱学习，经常在上课的时候趴桌子上睡觉。

有的时候下午自习，叶婴写完一张卷子准备休息一下，一转头就能看到他的睡颜。

当时他们就是坐在窗边，阳光柔和地洒下来，落在他高挺的鼻间。

林远时睡着的时候看上去非常乖，薄唇微微张开，鼻翼随着呼吸轻轻翳动，他的眼睫毛很长，小扇子一样落在眼下。

和平时的任何时候都不一样。

有一种近乎苍白的脆弱感，毫无防备，婴儿一般的睡颜。

叶婴看着他的脸，心像是被一只冰凉的大手抓住，猛地收紧。

所有血液漫向四肢百骸，心痛得近乎麻木。

叶婴的手控制不住地颤抖，短短几步，之前的那些事情好像全都涌上心头——

她受伤，他跑去给她买药膏。

他为了她故意和老师作对，出去罚站。

他在众目睽睽之下走向她，牵着她的手说“公主殿下”。

他抱着她在人群中跳舞。

他酒醉之后只听她一个人的话，像个乖乖的机器人……

而她呢。

她利用他在林家赚钱。

她故意露出端倪让他去小姨家救她……

她从来只想到自己。

有恃无恐地挥霍着林远时给她的爱。

叶婴是敏感的、自卑的。

从小在孤儿院里长大，早已经失去爱人的能力，也忘记了被爱的感觉。

她习惯了张开双臂守护自己想要守护的人，看到有人挡在身前便下意识想要披荆斩棘。

她怕看清他深沉庞大的感情，她无力承受。

她也怕，林远时身后的林氏集团与自己为敌。

她永远站在自己的角度，从未替林远时想过。

刚才过来的路上，刘特助大抵对叶婴也有不满。

刘特助原本话就少，一路上似乎更加沉默。

到了医院楼下，唯一的一句话是：“林总在高烧的时候，一直喊你的名字。”

两行清泪顺着叶婴的脸颊流淌下来。

她腿根无力，缓缓伏在林远时的床前。

“我有什么值得你爱的……”

她的声音很低很低，带着轻微的啜泣。

叶婴很少会哭。

在她看来，哭除了让敌人开心之外，没有其他用处。

所以她每一次流泪，都是极端坚强之后的自虐。

看着林远时这副模样，就好像那次决定离开晋城时一般，眼泪决堤，根本控制不住。

“对不起……”轻轻的呓语从叶婴的唇间缠绕而出，“对不起……对不起，对不起，对不起。”

叶婴握着林远时的手。

他发着烧，掌心带着灼人的温度。

叶婴握着林远时的手，整整守了一夜。

林远时是在回程时发生的车祸。

刘特助早已经派人去调查车祸的原因。

四叶集团发展太过迅速，林远时疯了一样扩张自己的领土，商场如战场，自己越来越强大之外，也有越来越多的人被他斩落马下。

他有多强大，就有多少人恨他入骨。

所以刘特助会怀疑这场车祸的源头。

林远时平时非常严苛果决，对待手下的人也是如此，但是底下的人都非常信服。

因为林远时向来用人不疑，从不会真的下手。

他虽非君子，但非常重义。

他出了车祸，这边分公司的高层第一时间到了医院，到了之后谁也不肯走。

医生头疼坏了，一直在解释："你们家总裁是因为外伤才发烧，现在是睡着了，不是昏迷。

"没有什么危及生命的重伤。该醒的时候自然会醒的，放心吧。"

但还是没有人肯回去等。

林总竟然在自己的地盘上出了事，众人心里愧疚极了，自然是不肯走的。

林远时昏迷的时候一直喊叶婴的名字，大家也都听到了。

他们不知道叶婴是谁，只好问刘特助。

刘特助当时心里有气，只解释了一句："宠妃。"

宠妃祸水，偷了林远时的心，还四处叫卖，牟取利益。

大家对叶婴这个人，从没有印象变成了印象有点差。

为什么是有点呢?

因为林总喜欢啊，他们哪敢真的讨厌……

早上，刘特助给叶婴送了早餐。

叶婴整整待了一夜，再加上之前的舟车劳顿，整个人都疲惫得不像话。

刘特助放下早餐之后，沉吟了片刻。

叶婴回过头，问道："还有事儿？"

刘特助低着头，犹疑许久，才闷声说道："林总他……"

叶婴一听到他们说起林远时，立马精神了，问道："他怎么了？"

刘特助又犹豫了几秒："反正您自己好好体会吧。"

说完，刘特助就出去了。

叶婴听明白了刘特助的意思，轻轻地吐了口气。

她转头看着林远时的睡颜，替他把脸上的汗珠擦干。

中午，林远时换了一次药，烧退了一点，但还是一直迷糊着，他换药的时候似乎醒了一下，一声声唤着叶婴。

“我在，我在。”叶婴赶忙过去握住他的手。

可是林远时好像没有感觉到她的存在，依然唤着，一声比一声急切，一声比一声焦虑。

当着那么多医生的面，叶婴的眼泪又一次落了下来。

林远时换了药之后又沉沉睡去，医生说大约傍晚他才会醒，那个时候应该也就退烧了。

换完药之后，刘特助他们几个进来看林远时，第一眼就看到那个蹲在病床前握着林远时手的瘦弱身影。

刘特助想起早餐被陪护小姐原封不动拿出去的情景，劝道：“叶总，您吃点东西吧。”

“我没事，我陪他一会儿。”叶婴头也不回地说。

刘特助没说别的，其他人都看在眼里。

她……这不是挺好的吗？

整天照顾林总，片刻不离。看到林远时难受，哭得跟个泪人儿似的。

为此，刘特助也懒得解释。

那是你们没看到她精明算计的样子，分分钟玩死你。

唉。

他们也被叶婴的外表蒙骗了，能怎么办。

后来，叶婴实在是撑不住了。

她本来胃就不好，连续熬了这么久，水米未进，晚上医生过来的时候，叶婴猛地站起来，整个人眼前一黑，摇晃了几下之后笔直往后倒去。

还是分公司的一位高层眼疾手快，及时扶住了她。

医生检查了一下，严重低血糖。

叶婴就这样被人抬走，到了另一间病房。

她手臂上挂着点滴，不一会儿就醒了。

“我要去陪他。”

护士劝道：“不行，叶小姐，您的身体现在太虚弱了。”

“他换药了吗？”

“您就放心吧，有这么多人在呢。”

有这么多人在呢。

可都不是她。

医生说傍晚林远时可能会醒，叶婴不希望他醒来的时候看不到她。

“我可以带着吊瓶去那个病房吗？”

护士想了一会儿，拗不过叶婴，同意了。

叶婴就坐在林远时病房的沙发上打吊瓶，一瓶水下去，窗外的夕阳也只剩下了最后一丝光影。

打完吊瓶，林远时还是没醒。

又到了吃饭的时间，刘特助送了餐过来。

虽然知道叶婴是重视林远时的，但是刘特助对她的态度还是别别扭扭的。

“我不太饿，不吃了。”叶婴说。

刘特助闷闷地回了句：“您要是病了，林总会训斥我们的。”

说完，他把饭往桌上一放就出去了。

叶婴过去打开盒饭，还是热腾腾的，荤素搭配，看上去还不错。

但是叶婴一点食欲也没有，她盖上饭盒，重新坐到林远时床前。

整个人趴上去。

没有开灯，病房很安静。

空气中有淡淡的药香。

夕阳落下最后一点光，华灯初上。

叶婴忽然长舒一口气。

半晌，一丝低哑笑声响起。

叶婴的心“咯噔”一下。

“怎么叹气了？谁欺负你了？”

低沉华丽的音质，带着方醒的沙哑，蕴藏着满满的宠溺。

听到他的声音，叶婴的心脏像是被砂纸打磨过，传来丝丝缕缕的酥麻。

她眼眶又有点酸，问道：“你醒了？饿不饿？”

叶婴伸手想要去探林远时的额头，却被他没有受伤的那只手捉住，反手一拉，她便落入他的怀中。

“谁欺负你了？”还是那个问题。

叶婴低着头不说话。

她的格局，绝不会在背后说别人，更不会告状。

可还是瞒不过林远时。

“是不是刘特助？”

叶婴还是低着头。

林远时轻笑一声，手抚上叶婴耳边碎发。

轻轻的，有点痒。

叶婴咬着嘴唇，背脊挺得笔直。

林远时抬头看她，小姑娘的眼睛都有些红了。

林远时知道叶婴为什么难过，但看到她的样子还是忍不住心疼。

小婴最温柔，也最坚强。

饶是那时她的小姨那般逼她，她都没有落泪。

“好了……”林远时只有一只手，使不上力，轻轻抱了抱她。

叶婴率先伸手环住了他，很用力，末了还使劲儿往他怀里蹭了蹭。

“怎么了？”林远时温柔问道。

“没什么。”叶婴的声音闷在他的胸口，“好久不见啊，林远时。”

安静了一会儿，叶婴忽然从他怀中抬起头来。

四目相对，林远时被她盯得有些无奈。

“嗯？”

“你知道吗？我一直很喜欢一个人。”

林远时没想到叶婴会这么直接，稍微愣了一下。

“我原本生活在冰冷的黑暗里，他像是一缕阳光，照进我的生命，我用这缕阳光晒干我的被子，晒暖我的身体，我以为阳光会嫌弃我贪心，可是他没有，他更加炽烈，顺带着晒暖我的心。

“我一定要强大起来，强大到足以保护我的弟弟，保护我自己，我们两个在这个世上无根无基，我们只能靠自己，这是很恐怖的一件事情。我选择沉默和安静，后来慢慢长大，我可以不用再那样谨慎。”

很多时候，叶婴更像是一个机器。

极度自控，极度守信，极度努力。

在下定决心要保护叶朗的时候，叶婴就已经把自己丢弃。

是林远时重新把她找了回来。

“那……你喜欢那缕阳光吗？”林远时的声音有些沙哑。

叶婴平静地直视着林远时，认真地说：“我喜欢的人，叫穆元日。”

林远时缓缓勾起嘴角，问道：“是吗？”

叶婴歪了歪头，说：“我现在想要跟他表白，你说，我该用什么样的方式他才会同意呢？”

“不用表白了，直接吻下去就好。”

叶婴脸颊上飞起两抹红晕，眼睛亮晶晶的：“好。”

叶婴缓缓俯下身，闭上眼睛，嘴唇轻轻贴在他的薄唇上。

林远时微微仰头，变被动为主动，缠吻上她。

病房里没有开灯，窗外的车尾灯汇成一道星河，皓月升起，银白色的光芒洒在海面。

微风吹过，碎光浮动，波光粼粼。

叶婴缓缓睁开双眸，问道：“他同意了吗？”

林远时的呼吸有些混乱，没等她说完，再一次吻了上去。

尝过她的滋味，他就再舍不得放开手。

林远时醒了，外面等着的一众人高兴坏了。

“林总，你可吓死我们了。”

林远时虚虚地笑了笑，说道：“没事，你们都回去吧。”

众人见他没事，也都散了。

林远时出声道：“刘特助留下。”

刘特助多精明个人啊，听了这话立马瞟了床边垂手站着的叶婴一眼。

“去给小婴买点吃的，她喜欢面食。”林远时说。

“好。”刘特助微微颔首。

“然后把李助理叫到这边，买完之后你先回江市把手头的收购案策划发给我。”

刘特助抬起头，愣愣地问道：“回、回江市？”

林远时声音淡淡的：“李助理在我身边跟着就行。”

他明摆着就是要换人上位，顺便架空刘特助。

刘特助立马心虚了，但是知道林远时的性格，不敢说太多：“林总……”

“哦，还知道我是林总？”

刘特助低下头。

还是不能惹宠妃。

这就是下场……

更何况他们家的这位宠妃着实不是什么好人，都这样了，根本不准备出手救他。

没办法了，人在屋檐下啊。

刘特助抬起头，把求助的目光投向叶婴。

能说服林远时的，也就只有叶婴了。

叶婴微微靠着床头，玩味地看着刘特助。

刘特助欲哭无泪。

“林总，我还是想留在您身边……”

林远时转头看了叶婴一眼。

叶婴笑了一下，轻声说道：“我觉得刘特助能力挺强的。”

林远时马上改口：“行，让李助理把策划案发给我。”

果然啊。

刘特助眼神中是难以掩饰的喜出望外，面上却没有什么反应。

“好的。”

刘特助出去之后，叶婴懒洋洋地靠着林远时的床边。

林远时拍了拍自己身边的位置，说：“上来。”

叶婴往他身上一趴，嘴里吞吐的热气呼在他的耳边：“上来？嗯？”

林远时身上一热，咬牙切齿道：“你再继续试试？”

试试就试试。

叶婴一口咬在他的耳垂上。

林远时没有受伤的手扣在她的腰后，拳头攥紧了，指甲轻轻摩挲着她细腻的皮肤。

“你真的不怕？”

林远时出口的声音已经沙哑，那叶婴就更加不怕了。

叶婴避开他的伤，慢吞吞地蹭上床去，嘴角挑起一道妩媚笑容：“你能把我怎样？”

林远时看了她一会儿，忽然泄了气，笑出来。

“我能把你怎样……”

我从来也不能把你怎样啊！

还不都是顺着你的心意，你想怎样就怎样。

叶婴明白他的意思，心里又涌起一层愧疚。

“你能……好好爱我吗？”叶婴伏在他的身上，头枕着他的右肩。

“这件事我已经做了十年了。”

可不，七年多加上两年多。

他爱了她快十年了。

叶婴的小脸蹭在他的身上。

“是吗？那这么说，你早就喜欢我了？”

被将了一军。

林远时双眸微微停顿了一下，狡辩道：“是穆元日喜欢你。”

“哦，也对。”

“那你喜欢穆元日吗？在阳光照耀的那一刻就很喜欢，是不是？”

叶婴看着林远时的眼睛。

林远时笑起来。

“你学坏了……”

林远时大方承认：“我一直都这么坏。”

叶婴磨蹭上去，轻声说：“嗯，好巧，我也是。”

这几天，叶婴非常清闲，在医院里照顾着林远时，晒晒太阳吃吃水果，偶尔联合林远时调戏一下不苟言笑的刘特助。

这边的病房里带有厨房，偶尔心情好了，叶婴还会下厨给林远时做点吃的。

她有时做得多一些，还会分给过来看林远时的下属们。

一开始他们还有点愣怔，洗手做羹汤的宠妃……和传闻里不符啊。

背后找刘特助科普，刘特助完全变了态度，半点叶婴的坏话都不敢说了。

下属们只好自己感受。

毕竟吃人嘴短，更何况叶婴手艺那么好。

几次之后，也不知是谁起的头，“嫂子”“嫂子”的就叫起来了。

林总对他们叫叶婴这声“嫂子”非常受用，明显展颜不少。

林总高兴了，大家的日子自然也就好了。

“嫂子”喊得更响了。

送走最后一拨人，叶婴把碗扔进洗碗机里。

林远时好了一些，将病床微微摇起，靠坐在床头。

他的目光从文件夹里抬起，问道：“收服了人心，高兴了？”

叶婴瞥他一眼，没好气道：“拜你所赐。”

林远时笑而不语。

林远时的工作非常忙，在别人看来，他是白手起家光芒万丈的传奇人物，但若不是有超乎常人的智力与毅力，怎么可能获得如此成功。

个中艰辛，只有林远时自己知道。

叶婴觉得自己已经很拼了，不想林远时比她还不要命。

他的伤刚好一点，就开始有大堆大堆的文件送过来。

这天叶婴从茶水间出来，刚好撞见刘特助在跟林远时汇报什么。

林远时低垂着双眸，偶尔交代几句。

刘特助也没有什么表情，和往常无异。

叶婴进去的时候，林远时微微抬眼，狭长双眸中的冷冽暴戾之色还没有来得及褪去。

叶婴生生被这道眼神震慑了一下。

她从未见过这样的林远时。

在她的世界里，林远时要么温柔，要么阳光，要么宠溺，即使是七年之后再相遇，林远时心里对她有怨，也只是在爱慕之外添了一层外衣而已。

叶婴从不曾见过他对外人真正心狠手辣的时候是什么样子。

四叶集团掌舵人没有一点城府和手段，也根本走不到今天。

林远时看到是叶婴，眼神立刻变得温柔。

刘特助意识到什么，及时止住话头。

叶婴很识相地去了另一个房间。

也许这就是林远时爱叶婴的原因。

她的剔透永远出乎他的意料，有的时候甚至不用说话，一个眼神就能领会他的意思。

这样的默契感，即使是与林远时合作了很久的部下、高明的主管，也不曾达到如此地步。

叶婴能猜到，他们说的应该是林远时车祸的事。

刘特助走后，叶婴把做好的一份蔓越莓饼干拿到床头。

“很棘手吗？”叶婴捏起一块饼干递到林远时嘴边。

没问什么事情，只问他是否棘手。

林远时就着她的手吃了饼干，平静地说：“以前的老对手了。”

“这次不是意外？”

叶婴果然猜到了他们在谈什么事。

“放心吧，有我呢。”林远时的声音很清淡，甚至没有怎么上心地说。

但是叶婴的心里还是踏实下来。

这是以前的她从没有过的感觉。

真正相信一个人。

完完全全地信任。

他是那样阴狠强大，无论手段人脉，都比她强悍太多太多。

江市大抵还没有几个人知道，林远时是晋城四大家族之一林氏的二少爷。

这般背景，这般胆略。

叶婴微微笑了笑，点头道：“嗯，好。”

那我只管做饼干吃饼干就好了。

叶婴在自媒体部新官上任，接手不久就突然离开，虽说实权大都在副总手里，但是很多文件也需要叶婴这个正主签字。

隔了这么多天，叶婴的微信快被他们轰炸爆了。

林远时好得差不多了，叶婴和林远时说了一声，准备先回江市。

“也行，工作别太累了。”

叶婴挑眉道：“反正都是给你赚钱。”

林远时拉过她，轻声说：“不是。”

“嗯？”

“这些都是你的，包括我。”

叶婴推他一下站起身，命令道：“那，你！给我工作去，给我赚钱。”

林远时笑了笑：“好啊，吃饭赚钱养小婴。”

这道笑容明媚温暖，叶婴忽然想起，年少时他也总是这样笑，把下巴搁在她的桌子上，一声声叫她“小婴”。

叶婴的心又被暖了一下，俯身吻在他的唇上，然后说道：“走了。”

飞回江市，叶婴没有急着回公司，而是先回家梳洗了一通。

虽然在医院里没有做什么，但终究舟车劳顿，叶婴累得很。

洗完澡，她美美地睡了一觉。

醒来的时候一翻身，旁边没有他。

叶婴的心忽然空了一下，拿出手机看了一眼。

她睡觉之前给林远时发了微信：【我要睡一会儿再去赚钱。】

林远时回复的是：【拥抱】。

之后过了大约半个小时，他又发来消息：【小婴，醒了吗？】

下一条是十分钟前：【窗外有只小狗，长得有点像你，白净。】

五分钟前：【想我了吗？】

林远时看着挺高冷的，以前叶婴采访他的时候，在微信上跟他约时间，他总是要过很久才会回复。

回复的话也就几个字——

行。

好的。

联络刘特助吧。

叶婴一边看这些消息，一边笑，哼，都是装的。

叶婴的手指在键盘上噼里啪啦地打字：【醒了。】

林远时回复了一个憨憨的表情，然后问道：【可爱吗？】

叶婴：【嗯。】

林远时：【刚刚打错了，我问的是“你爱吗”。】

叶婴的省略号打了一大长串，最后加了一个“嗯”。

醒来之后有点饿了，离开几天，家里什么都没有，叶婴用仅有的食材给自己煮了碗面，还卧了个荷包蛋。

她一边吃面，一边处理公事，在群里回复了一句：【我马上到公司。】

吃完之后，叶婴拿了车钥匙驱车赶到公司，小施早已等在她的办公室门口。

小施习惯性地皱着眉，看到叶婴之后才终于舒展一些：“叶婴姐，你快来看看吧，副总在办公室等了好久了。”

叶婴问道：“出了什么事？”

“体恪和另外几家公司刚刚被并购，很多人不满意体恪的待遇改变，也不肯服从四叶集团的管理制度，别家公司虎视眈眈，想要趁机在体恪和这几家公司身上揩一把油。”

叶婴停顿了一下，问道：“我不是已经改了制度吗？”

“就是这件事，现在公司副总不同意您的修改方案，而且对您擅自做主这种行为非常不满，总之……还挺凶的。”

小施胆子小，在叶婴身边一向谨小慎微，这些年跟着叶婴走南闯北，锻炼出来一点了，但是遇到像副总这样的人，难免还是会害怕。

叶婴推开办公室的门，看到等在沙发上，穿着一身西装的男人。

自媒体部副总名叫陈为，也算是公司里的传奇人物。

他是林远时亲自提拔上来的，原本在公司底层，默默无闻，后来不满上司的某个决定，多次协调无果，他把自己的想法写下来，一封电邮直接发到公司总部。

邮件被林远时的助理收到，原本是要筛下去的，说来也巧，刚好那天林远时在和这位助理聊行程，目光一瞥看到这封邮件，林远时对这位年轻人的想法很感兴趣。

于是，陈为被约见在林远时办公室见面，后来步步高升，一路到了自媒体部副总的位置上。

陈为在公司这么出名也不单单是因为这件事，更多的原因是这个人白皙俊美，虽然性格和声音都不阴柔，身材更是高大挺拔，但是看到那张过于美丽的脸，公司里的女同志们总要在内心里尖叫一下。

公司里林总的相貌排第一，这位陈副总必然是第二无疑。

“叶总。”陈为见叶婴进来，站起身。

叶婴回头对小施道：“你先出去吧。”

小施点点头：“好。”

也难怪小施害怕，陈副总脾气是真不太好，曾经手下一个职员出了一点小错误，被他在办公室里骂哭了。

陈为的目光从小施的身上淡淡移到叶婴身上，直来直去道：“听说叶总单独对体恪的员工修改了一部分公司制度？”

小施关了门出去，长长地吐了口气。

刚刚叶婴不在，就她和陈为两个人等在办公室里。

陈副总悠闲地坐在沙发上，一边喝咖啡，一边翻看茶几上的财经报纸。

小施局促地站在一旁。

“去把宣传部之前交给你们叶总的文件拿给我看一下。”

“不好意思啊，陈副总，没有叶总同意我不能……”

陈副总抬起头，睨了小施一眼，小施的心“咯噔”一下，吓得把后面的话全都咽了回去。

“为什么不能给我看？”

小施低着头，小声解释：“因……因为我们叶总还不知道。”

小姑娘真的有点害怕，额边的碎发都微微有些颤抖。

那张小圆脸低到不能再低，细白的手指交错着揉在一起。

陈为笑了笑，声音和缓几分：“去换一杯咖啡。”

小姑娘点了点头：“好。”拿着杯子匆匆出去了。

看着她跑出去的背影，陈为觉得有趣极了。

像是——

遇到大灰狼之后，匆匆逃走的小白兔。

回来之后，陈为有点好奇地问：“你是不是特别怕我啊？”

小施抬起头，掩饰道：“嗯？没……没有啊。”

陈为皱了皱眉，追问：“没有？”

小施再次低头，小声说：“没有……”

陈为重新拿起杂志，小施见没有什么事情了，想要出去等叶婴。

刚要走，陈为出声：“小施。”

陈为声音非常低沉，带着一种沉沉的金属质感，像是音质华丽的大提琴声。

“陈副总，您说。”

“你们叶总什么时候过来？”

“大约半个小时之后，您再等一等。”

“好。”

也不知是怎么回事，每次小施想要出去等，陈为就会问她一个问题，问完之后不痛不痒聊上几句，小施也不好出门。

这些问题陈为也不一次性问完，每次都是小施想要出门的时候才开口。

于是一直到叶婴过来，小施都在办公室里陪着陈为等。

陈为虽然脾气不好，但也不是无理取闹的人，叶婴说完对于体恪以后的规划，陈为也不再有什么异议。

他原本以为叶婴给体恪提高待遇，还有一套新的标准要求是给自己原来的公司开小灶。

万万没有想到这个女人并没有念及半分往日情怀，无论是提高待遇还是新的制度要求，看似是为了体恪好，实则全都是缓兵之计。

叶婴最了解体恪员工，一开始就这样要求一定会出乱子，叶婴给陈为说完之后的标准，陈为立马听明白了。

她是想要温水煮青蛙。

表面上看体恪员工拥有许多特权，事实上包括待遇在内的许多权利都被剥削殆尽。

陈为不得不重新审视叶婴。

她浅浅笑着，一双眼睛精明无比。

之前早听过叶婴大名，“绵里针”的外号也是耳熟能详，今天才真正见识。

看似温婉柔情，实则心狠手辣。

陈为自愧不如。

叶婴淡淡开口：“陈副总放心，我比你更重视四叶集团。”

陈为一向鲜少佩服什么人，这样一番谈话下来，他从心底里佩服叶婴。

“能被叶总重视，想必是四叶集团的荣幸。”

“我们彼此彼此。”

陈为站起身，准备离开的时候想起什么：“哦，对了，叶总，我有一个小小的请求。”

“您说。”

“我现在手下正缺一个助理，我想跟叶总要一个人。”

“谁？”

“小施。”

一个星期之后，林远时出院。

他肩膀上的伤口很深，虽然出院了，但是还未痊愈，林远时工作实在太忙，不能耽误那么长时间，好在他也有私人医生，会把他照料得好。

林远时来公司第一天，虽然办公室和叶婴的办公室挨着，但是两个人都太忙，各自处理手头上的事情，就连中午吃饭时间都错开了。

下午开完会，梁嘉烨过来找叶婴。

他一进来就往沙发上一栽，也不说话，只是叹气。

叶婴看邮件的间隙瞥了他一眼，问道：“怎么了这是？”

“心烦，到你这儿静静。”

叶婴笑起来：“梁大少爷也有心烦的时候？”

梁嘉烨换了个姿势，垂头丧气地说：“唉，别提了。”

梁嘉烨也不是什么能藏得住话的人，尤其是在叶婴面前。

“你还记得我跟你提过的那个小可爱吗？”梁嘉烨一骨碌坐起来，看着叶婴说道。

叶婴动作顿了顿，说道：“我不是早告诉过你，别去招惹她吗？”

梁嘉烨有点委屈地说：“感情这个东西，是我说不招惹就能不招惹的吗？”

叶婴一想，也是。

“怎么了？是因为她？”

“小家伙本来跟我相处得挺好的，但是每次我想往那个方面提，她就开始摆手。”

顿了顿，梁嘉烨捏着声音学陆云亭说话：“不是的，不是的，我跟你是朋友，如果你这么想的话，那对不起，是你误会我了。”

叶婴被他的声音逗笑：“你觉得跟她相处得好，是因为她出于礼貌，也是不想你太难堪，站在你的角度上考虑的，但是你若是再进一步，她一定不会同意。”

“我也是用了好长时间才知道，小家伙并不喜欢我。哎，你能想象吗？这个世界上竟然有不为金钱和美貌所动的人。”

“金钱和美貌？你是在说你吗？”

梁嘉烨觍着大脸说：“是啊。”

叶婴轻轻笑了笑。

金钱和美貌。

那你恐怕是没见过唐疏予。

但是叶婴不想说破，只是摇了摇头，劝道：“别追她了，放弃吧，她不是你的。”

“名花有主了？”

叶婴点点头：“嗯。”

梁嘉烨想起来什么，问道：“不会是那天我看到的那个吧？”

“哪个啊？”

梁嘉烨细细说起那天的见闻。

那天恰好“才俊”第二期完稿，谭明明组织编辑部聚会，陆云亭也在。梁嘉烨跟谭明明打了声招呼，也跟着去了。

梁嘉烨是体恪的经理人，性格又外放，这些日子为了追陆云亭，总在编辑部混，跟各位小编辑都混熟了。

他一去，聚会可就热闹了。

谭明明也是个爱玩爱闹的主儿，几杯下肚就现了原形。

“来来来，玩游戏，都给我过来。”

小编们经常出来玩，很多游戏都玩熟了。

陆云亭却是刚来，迷迷糊糊的，也不会玩。

再加上她酒量不好，妈妈还在家里等她，她不能喝太多。

陆云亭便不想参加，可是梁嘉烨怎么肯放她，几句之后大家都懂了，毕竟编辑部的都知道梁嘉烨在追陆云亭，见梁嘉烨这么说，纷纷帮腔。

大家都要她玩，主编也还在场，陆云亭实在不好拒绝，只好硬着头皮上。

几杯之后，陆云亭彻底不认人了。

其他人还在玩，陆云亭一个人到角落里睡觉，梁嘉烨见她不行了，也下了场。

他刚到陆云亭旁边，想让她靠着自己肩膀睡，能稍微舒服一点。

不想手还没碰到她，两排穿着黑西装的人走到他面前，其中一个拽住他伸出去的那只手狠命往后掰。

梁嘉烨痛极了，往后仰的时候，看到一个高大的黑色身影从人群中间走来。

那人小心翼翼地翻过陆云亭的身体，俯身把她抱起来。

“哎，你们是谁啊？”

高大的男人听到梁嘉烨的声音，脚步稍微停顿了一下，眼锋如刀，深沉黑色中翻滚着暴戾与阴狠。

梁嘉烨生生被这道眼神震慑了一下。

“敢打她的主意？”

男人的声音很低，尾音微微上扬，带着一丝轻视与不屑。

梁嘉烨气极了。

你谁啊？

敢在我面前装？

可是他动不了，手脚都被黑衣人束缚着，只能眼睁睁看着睡得迷迷糊糊的陆云亭被那个高大的男人抱走。

他们走后，梁嘉烨报了警，结果警察确定陆云亭没有事之后就走了。

之后，梁嘉烨问过陆云亭，可是陆云亭嗫嚅着不肯说。

梁嘉烨动用家里的力量去查。

“你什么也没有查出来？”叶婴问道。

梁嘉烨无奈地说：“是。”

梁嘉烨家里在江市很有地位，纵是这样，也依然半分踪迹都查不到。

这样的情况无非两种原因。

一种是这个人真的就是无名之辈，没有任何值得记录的消息，另一种就是此人背景太过庞大，比梁家强大太多太多，若是他不想透露，任谁都查不出来。

“他可不像什么无名之辈。”梁嘉烨凉凉地说。

“别查了，你查不到的。”

“他也在追小可爱吗？”

叶婴停下笔，稍微措了措辞。

“应该不能说是在追。”叶婴停顿了一下，见梁嘉烨目光笔直地看着她，如实说道，“应该说，是小可爱怎么也翻不出他的手掌心。”

晚上十点，叶婴终于忙完了手头最后一点事情。

她打开办公室的门看了看，秘书和助理已经下班，唯独旁边办公室的灯还亮着。

叶婴探头进去，敲了敲门。

林远时头也没抬，说道：“进。”

叶婴没急着进，问道：“请问林总下班吗？或者，我可以帮林总换杯咖啡？”

林远时一听是她，声音立马染上了温度：“不用咖啡，温水就好。”

叶婴真的端了温水进来，林远时已经把桌子收拾好，手肘撑着桌子等她。

“林总请喝。”

林远时一聚精会神起来就会忘记时间，高三的时候为了和叶婴考到一个城市，他没日没夜地学习。

但是林少爷之前落下的实在太多，纵使他智商超高，也远达不到叶婴的程度。

叶婴觉得，那时林远时比她还要用功，有的时候叶婴写完卷子喝水，总能看到林远时还在低头做题。

那时叶婴就会给他接一杯水过去，让他喝口水休息一下脑子。

浪子回头不是那么容易的。

那段时间，林远时戒掉了所有课余活动，篮球、网游都不碰了，除了学习就是学习。

林远时每天都过得没有滋味，若不是小婴在他身边，他真的坚持不下来。

她给他送水的时候，对于他来说，是一天当中最高兴的时候。

现在也是。

林远时喝了口水，张开双臂。

“过来，我看看你。”

叶婴笑了笑，牵起他的手。

林远时把她拉到怀里坐下，将下巴搁在她的肩上，微微合上眼睛。

“累吗？”出口的声音温柔到叶婴自己也出乎意料。

林远时没说话，轻轻点了点头。

以前林远时一直想不通，为什么一向疼爱他的爷爷没有向着他，而是把所有股权给了那个半路回来的大哥。

后来林远时创立四叶集团，独掌大权，他便越来越明白。

集团掌舵人这个位子看上去光芒万丈，可是欲戴王冠，必承其重，附带的压力超乎想象。

如果没有超人的双商和格局，根本坐不上这个位子。

更何况那时的林远时嚣张跋扈，阳光又单纯。

爷爷一早就知道林泽宴的存在，所以从来没有把林远时往那个万人敬仰的位子上培养。

因为爷爷太了解林远时的心性。

虽然现在林远时越发强大，四叶集团在江市几乎可以算得上名企前列，可是和根系庞大复杂的林氏相比，还是不值一提。

林氏家族从 20 世纪发展到现在，历经太长时间，辉煌、荣耀之下，也藏着许多见不得人的黑暗与阴森。

不说别的，就单说那些年霍文初掌权，公司里霍家人的明争暗斗，就是那时的林远时还无法想象的。

若想驶得这样一艘复杂的大船，必得有比这艘船更加强大的心脏。

有遇到多少风浪都稳如泰山的成熟冷静。

甚至要比船上的所有人更加黑暗，才能真的驾驭。

林远时缺乏历练，而林泽宴不同。

老爷子看得出来，林泽宴心狠手辣到令人发指。

更有超乎常人太多的双商。

一个不比林远时大几岁的少年，却比他经历得多得多，也比他成熟太多。

林泽宴才是天选之子。

林远时不是。

“这些年，你回去过吗？”叶婴忽然出声问道。

回去。

叶婴并没有说回哪儿去。

是家里，还是晋城？

但是林远时知道，她说的是林氏。

“回过。”林远时说道。

叶婴腰直起来一些。

林远时继续说道：“大约一个季度之后，四叶集团有一场与林氏的合作。”

这个决定当真是叶婴完全没有料到的。

“你……”

林远时知道她想说什么，笑了笑，意味深长地说：“商场上，没有永远的敌人，也没有永远的朋友，如果能和林氏合作，是最好的结果。”

提及林氏，叶婴脑海里不禁想起那个皮肤苍白到极致，又高又瘦的少年。

少年的那双眼睛总是没有什么感情，无端让人有些害怕。

“我会亲自和林泽宴谈。”林远时的声音很平淡，却像是一针强心剂。

叶婴靠在他的怀中，点头道：“好。”

有林远时在，她还有什么好害怕的呢。

安静地拥抱了一会儿，叶婴想起来什么，抬起头说：“对了，我还想求你件事。”

林远时在她唇边偷了个香吻：“说。”

“一周之后是陆云亭生日，你能跟我一起去吗？”

“可以啊。”

叶婴犹豫着说：“可是……这次生日宴是唐疏予办的，你……”

林远时移开目光，眼中弥漫起鄙夷，声音生硬：“我不去。”

叶婴有点无奈。

“你怎么就这么讨厌唐疏予啊，从高中到现在，你俩还没掐完啊？”

“不是因为唐疏予，反正我就是不去。”

叶婴垂下眼睛，手里玩着他的衬衫扣子。

“你可想好啊，陆云亭是我最好的朋友，我是一定会去的。”叶婴的眼珠乌溜溜一转，计上心头。

“你要知道，现在陆云亭在你的公司，你是她的上级，就凭陆云亭的软糯性子，还不是任你拿捏？”叶婴轻笑起来，凑近林远时，“既然陆云亭在你手里，你想唐疏予会怎样？”

叶婴眸光流转，林远时爱死了她的聪明伶俐。

他的大掌捏在她的腰间，另一手扣住她的后脑勺。

“他们都不重要……”

吻着吻着，林远时的声音哑了下去。

叶婴一边推他，一边说：“这是办公室……”

林远时明明同意了，可还是得要她求他。

这厮学得太坏了！

又坏又贪心！

林远时已经熟悉了她的身体，亲吻着她的耳垂，没一会儿叶婴就瘫软了。

林远时抱起她，轻轻放在自己的办公桌上。

陆云亭的生日在一周之后，她喜欢喝茶，叶婴淘了很多好茶送她。

陆云亭是那次采访时和唐疏予重逢的。

可怜的傻姑娘还天真地以为他们真的是七年后初见，根本不知道唐疏予其实知道她的所有事情，她一直都没有离开过他的视线。

陆云亭自然是惊讶极了。

她惊讶之余，下意识想逃。

她不想让唐疏予看到她最狼狈的模样，不敢直视身披万丈荣光的他，更加不敢询问他的近况。

如果他有了新欢，她会接受不了。

若他没有，她依然难以接受。

所以第二期采访之后，陆云亭便和主编谭明明申请，不再去采访。

谭明明把这件事情告诉叶婴，叶婴让谭明明批准了，并且给陆云亭升了职，待遇也提高了一倍。

之后陆云亭没再去惠生集团。

唐疏予恼怒之余，给叶婴发了一条微信：【？】

叶婴看着那个问号笑得不行，过了整整一天才给唐疏予回复：【惠生集团旗下的任星集团，资源不错。】

唐疏予回复很快：【体恪想被四叶集团收购？】

叶婴没想到唐疏予能直接看到这一点，心思倏然被猜透，叶婴还心虚了那么一下。

但是陆云亭在她的手上，她根本不用怕唐疏予。

叶婴回复道：【唐总肯帮忙吗？】

唐疏予依然回复很快：【野心不小。】

叶婴知道，唐疏予这是同意了。

第四次拍摄时，陆云亭升了职，好巧不巧的，“才俊”这个项目又划归到了她的名下。

主编亲自叮嘱这个项目的重要性，陆云亭实在没有办法拒绝。

于是这只“小白兔”只能硬着头皮，重新回到“大灰狼”的窝边。

可是陆云亭终究有心结，即使身在唐疏予的办公室，依然不敢靠得太近。

这一次，唐疏予把所有人支开，办公室里只剩下他和陆云亭两个人，夕阳西沉，橘红色的光芒绵长温柔，映在她白皙的小脸上。

小姑娘低着头，一如很多年前那样。

从前唐疏予总是对她爱理不理，高中的时候，碍于面子也总是和她吵架。

直到后来她的离开，唐疏予才真正体会到究竟什么是彻骨的思念。

那种痛，像是剥皮剜心一般。

唐疏予动用了家里所有人脉和力量找她，在她回国的那一刻，他就知道了她的下落。

唐疏予又是恨又是痛，看着她的视频，恨不能把她揪出来揉进怀里，让她永远不再离开。

让她也尝尝什么是锥心之痛，什么是彻夜难眠。

可是唐疏予什么都没做。

他在等。

等她想起他，等她主动过来找他。

等了很久，陆云亭都没有动作，她一点找他的意思都没有；甚至没有想过要回晋城。

也许，在国外的几年，她已经彻彻底底把他忘了！

这个想法让唐疏予怒火中烧。

他开始在她的生活中动手脚。

陆云亭永远找不到工作，要么就是没做几天就会被开除。

其实中间，唐疏予和陆云亭见过一次面。

但是陆云亭并不知道。

有一天，陆云亭再一次面试完，手里拿着简历在街上走。

唐疏予手下发来的视频上显示，陆云亭先是去到一个小店里吃了点东西，笑眯眯地给母亲打了通电话报告工作的事情。

她说还在等消息，应该能够录用的，没关系，让母亲不要担心。

挂断电话之后，她的笑容逐渐消失，目光聚在某处发呆。

她慢吞吞地吃了几口面就吃不下了。

出门的时候，陆云亭抹了把脸，拿出另一份简历继续出去面试。

直到夕阳西沉，华灯初上。

她从一栋大厦里出来，把简历装回自己的小包里，站在车辆川流不息的十字路口，看着绿灯变红，又变绿，一动也不动。

她站了大约半个小时。

唐疏予也一动不动地看了她半个小时。

然后，陆云亭走到一旁，靠着路灯的栏杆，身子逐渐矮下去，缩成小小的一团，抱着自己。

随着她的动作，视频这端的唐疏予的拳头也逐渐握紧。

锥心般的疼痛蔓延开来，痛得他四肢仿佛都已经麻木。

他忽然想起，小时候有一次，他因为着急，推了陆云亭一下，陆云亭正在慢吞吞地剪指甲，指甲剪划破她的手指，鲜红的血液顺着她的指尖流淌到衣服上。

她也是这样，小嘴抿一抿，然后整张小脸都垮下去，委屈极了。

虽然此时她把头埋在臂弯里，可是唐疏予知道，小姑娘很脆弱，现在一定也是抿着小嘴，委委屈屈地趴在那里。

也许哭了，也许没有。

不久，一辆黑色林肯停在路边。

前面的助理下车打开后座车门，男人走得着急，只穿着一件黑色衬衫和一条长裤。

路灯的幽光把他的身形勾勒得有棱有角。

他箭步到陆云亭面前，刚好扶住要晕倒的陆云亭。他轻轻叫了她一声，陆云亭没有反应。

唐疏予轻轻拨开她的手，触到她的掌心才感觉到她的身体滚烫滚烫。

唐疏予心脏一紧，一把把她抱起来，小心翼翼地放进车里，让她靠着自己。

唐疏予曾在陆云亭沉睡的时候，迷恋地看着那张脸。

这是他们分别后第一次相见。

虽然每天都看她的视频，可是真人终究不同。

唐疏予的目光一遍遍地在她脸上勾勒。

如果此时陆云亭能够醒来，她便能清楚地看到唐疏予眼中沉淀了许多许多年的、几乎痴迷一般的爱恋。

不加掩饰。

浓烈而深沉。

男人的爱从不挂在嘴边。

藏得愈深，爱得愈离谱。

陆云亭不知道自己一直在唐疏予的掌控中活动，那一次她和唐疏予单独在办公室，还是她在重逢之后，第一次这么认真地看他。

不是不思念。

只是每每思念开始的时候，陆云亭都及时掐断了苗头。

她不敢。

怕思念一开始，便会一发不可收拾。

此刻，陆云亭对着唐疏予的眼睛，所有的委屈全都涌上了心头。

小姑娘一下红了眼眶。

唐疏予的声音很低，她不主动，他便不肯碰她。

“过了这么多年，你还能认识我，真是不容易。”

陆云亭再傻也听得出唐疏予话里的讽刺。

以至于那次之后，她把唐疏予所有的采访稿件连夜整理了出来，赶出第二期的更新内容，便和他再无交集。

陆云亭过得并不好，也没有打算好好庆祝生日，但是叶婴在，不可能含糊着过。

叶婴帮她订了一家饭店，之后还订了包间，让陆云亭把想请的人都请过来。

陆云亭不知道唐疏予会来，所以看到唐疏予进门，整个人愣在那里，一句话也说不出来。

好在唐疏予没有让她为难。

惠生集团唐总出席小编辑的生日会，这简直是天方夜谭，谭明明他们纷纷迎上去和唐疏予问好。

唐疏予借着由头移开目光，不看陆云亭。

陆云亭也忙着招呼姐妹们，一切如旧，就是说话磕巴了点。

林远时和叶婴比唐疏予晚到一会儿，林远时一来，场面更加火爆了。

一个是惠生集团执行总裁，一个是四叶集团掌舵人。

两个传奇人物全都到场。

众人纷纷把艳羡的目光投向陆云亭。

林远时一进门，就感觉到两道刀子一般的目光朝自己这边投射过来。

不用想也知道是谁。

林远时把礼物递过去，陆云亭道了声谢。

之后林远时和其他人聊天，叶婴就陪着陆云亭。

大家陆续到齐，晚宴正式开始。

女孩子们的聊天总是离不开八卦，有个女孩想起什么，贼笑着推了推陆云亭。

“哎？你和梁少到哪步了？”

话音刚落，席上有两个人的动作都是一顿。

陆云亭目光躲闪着，完全不敢往唐疏予那边看。

陆云亭的头都快要低到桌子下面去了，心里偷偷期盼着宴会厅这样嘈杂，他没听到，没听到……

女孩见陆云亭这个样子，还以为她害羞了，打趣道：“哦，我知道了，梁少是不是得手了？我就说嘛，小亭，梁少浪子回头，很不容易的，看样子是真的喜欢……”

“那个……”话越说越偏了，陆云亭不得不出声阻止她，“我们只是朋友而已。”

“朋友？”

陆云亭声音压得极低，可偏偏那个姑娘是个大嗓门，一声下去，就连陆云亭都骗不了自己说对面的某人听不到了。

叶婴听到这边的声音，凑到陆云亭身边。

“梁少就是看着小亭可爱，并没有追她，现在又换目标了。你也知道，梁嘉烨就是梁嘉烨，浪子回头也是本性难改。”

叶婴的一番话帮陆云亭解了围。

陆云亭明显感觉到对面的某道火辣辣的目光缓和了一些。

“更何况，我们小亭心有所属。”

陆云亭一惊：“啊？”

叶婴笑了笑，问道：“不是吗？”

陆云亭看着她的眸光，愣愣地点头道：“哦……哦，是。”

八卦没了，女孩叹了口气，随即说道：“哎？叶组长，我听说……有个计算机公司老总一直追你呢？”

另一端，一道目光锋刃一般射来。

叶婴心道：这姑娘果真是酒喝多了，神志不清了才敢对她这么说话。

叶婴咬着牙说：“你知道的还真多啊……”

姑娘看着叶婴温婉的笑靥，只当这是一句夸奖，便更加来劲儿了，“嘿嘿”一笑：“叶组长，我觉得你真该找个好男人把自己嫁了，我们叶组长多优秀啊，就算是计算机公司的老总，也……也就堪堪配得上，得对我们组长好才行。”

叶婴也不知道，自己怎么会带出这么个成事不足，败事有余的玩意儿。

眼看着某人的目光愈来愈深，叶婴沉了声音，叫了一声那姑娘的名字。

这一声如同一盆凉水兜头而下，姑娘立时清醒了不少。

“叶、叶婴姐……”

叶婴笑了笑，说道：“吃饭吧。”

姑娘顿时不敢再多话。

叶婴一转身，刚好对上那道目光。

林远时一身黑衣，抱着手臂靠坐在椅子上，周围环境嘈杂，唯独他是安静的。

那张俊脸轮廓精致，双眸狭长深邃，似笑非笑地看着叶婴。

冷不丁这样一对视。

叶婴的心忽然漏跳了一拍。

叶婴见过太多皮相精致的人，可是像林远时这样，时常让人惊艳的，少之又少。

林远时的迷人，并不仅限于皮相。

叶婴像是做错事情的小孩，看了林远时一秒，而后眨了一下眼。

有点狡黠，有点调皮。

中途叶婴去洗手间，从里面一出来就看到林远时站在走廊的窗口。

肩宽腿长，高大俊朗。

叶婴悄悄走到他身后，刚想踮起脚尖捂住他的双眼，不想被他先一步察觉，在她伸手的时候，回身拉住她，往怀里轻轻一带。

他一只手臂环在她的腰际。

“你怎么知道我在你身后？”

林远时勾了勾嘴角，没说话，他满心满眼都在她的身上，怎么可能会不知道她在哪儿？

“唐疏予呢？”

林远时停顿了一下。

这人在他的怀里还想着其他男人，林远时俯下身，惩罚一般地咬在她的唇边。

叶婴吃痛，打了他一下：“干吗呀。”

出口的声音之娇嗔，就连叶婴自己都愣了一下。

“不知道。”林远时沉声说。

叶婴明白了林远时不高兴的原因，于是笑着问道：“你怎么总是这么酸啊？”

林远时的眸色更深了。

叶婴踮起脚，蜻蜓点水般吻在他的唇上。

“但是我喜欢。”

叶婴和林远时回到宴会厅，大家都吃得差不多了，有人提议吃蛋糕。

唐疏予几乎什么也没吃，自打提了梁嘉烨的事情之后，他一直虎视眈眈地盯着陆云亭。

最后，大家问了小寿星陆云亭。

陆云亭始终心事重重，也没听清大家说了什么便点了点头。

倏地，灯一黑，陆云亭还吓了一跳。

叶婴怕黑，下意识侧过头，刚好看到林远时手里亮着一道小小的灯光。

林远时朝她笑了笑。

《生日快乐》歌响起，服务生推着一个一米八的多层蛋糕走了进来。

在场的人俱是一愣。

这么大的蛋糕?

叶婴也没想到，蛋糕是她定的，虽然是多层，但是没有这么高。

蛋糕的最上面亮着烛火，大家愣怔一瞬之后，热情都被调动了。

“小亭，快许愿啊，这时候许愿最灵了。”

陆云亭听话地闭上眼。

整个世界变得黑暗，周围一片嘈杂。

“许了什么愿？嗯？”

一个低沉华丽的声音响在耳畔。

无比清晰，无比诱惑。

陆云亭闭着眼，听觉格外灵敏。

“梁嘉烨……”唐疏予的声音凉凉的，缓缓地念着那个名字。

陆云亭的心跳骤然加速，一阵阵热度涌上脸颊。

她腿都有些软了。

“居然还有人敢觊觎你？”唐疏予的声音低沉而危险。

不知怎么，陆云亭忽然想起初二那年。

她在门口遇上唐母，跟着她一起去学生处接唐疏予。

盛夏时节，唐疏予穿着白色的短袖衬衫。

一身是血。

见陆云亭吓得直哭，唐疏予走近她，轻笑一声：“别哭啊，陆云亭，以后再也没有人敢欺负你了。”

那个少年是长辈们眼中最完美的存在。

成绩优异，家境优渥。

为了她，挑起一场群架。

陆云亭一个激灵，骤然睁开眼。

回头，恰好落入他的眸中。

那一刻，他眼中的暴戾与温柔交织在一起，形成一种迷人的、难以形容的光芒。

陆云亭忽然看直了眼睛，像是溺水的人，无力自救，无法自拔。

唐疏予往前走了一步，俯下身，轻笑了一下，对着呆呆的陆云亭说："该吹蜡烛了。"

陆云亭反应过来："哦。"

吹灭蜡烛，大家一阵欢呼。

陆云亭的生日会结束时，已经是凌晨时分，叶婴在宴会上喝了一点冰饮料，回去的路上，胃一直不太舒服。

林远时送她回家，抱着她泡了澡，又买了点药给她吃。

晚上折腾到太晚，第二天还要上班，早上，一向准时得像是机器人一般的叶婴难得赖床。

她整个人缩在松软的被子里，就是不愿意睁眼。

"林总。"叶婴软绵绵地叫他，"能不能让我休息一天啊？"

"批准了。"林远时穿好衬衫和西装，把她从床上捞起来，亲了一口，"但是得先吃完早餐。"

叶婴不爽，要往被子里钻，撒娇道："我一会儿吃，再睡一会儿就吃。"

林远时把她拉回来，严肃地说："不行。"

他走了她一定不会吃的。

林远时把之前别墅里的阿姨接了过来，平时照顾叶婴起居。

叶婴最擅长收买人心，阿姨来的时间不长，就已经开始对叶婴唯命是从。

有一次，林远时发现叶婴在快要生理期的时候偷吃冰激凌，阿姨还助纣为虐帮忙瞒着。

林远时非常生气。

之后林远时就谁也不信任了，叶婴的衣食住行，都是他亲自看着。

小婴聪明又狡猾，说是说不过的，唯有武力才能使她服从。

林远时一把把被子里的小人抱起，走出门放在餐椅上坐好。

叶婴也挣脱不开，索性任他抱着。

厨房的阿姨朝这边看了一眼，了然一笑。

小婴也只有在林远时面前才会有这样的一面——

娇嗔，不听话，在林远时的底线上挑战来挑战去。

但其实她就是林远时的底线，在他给她撑起的一方天地里，随便她怎么闹。

小婴有分寸，闹归闹，却从不越界，勾得林远时心痒，看他快忍不住了就赶紧跑。

林远时太了解叶婴，看她一颗坏心披着温婉外皮的小模样，必然捉回来收拾一通。

叶婴了解林远时的一切生活习惯。

以前林远时一个人生活，阿姨照顾他的起居，家里都是按照他的意思装饰。

林远时性格沉郁少言，即使回了家也总是把自己关在房间里不说话。

阿姨手艺很好，菜肴经她手之后，总会精致可口、花样百变。

林远时吃饭也安静，偌大一个房间，安静得一点人气儿也没有。

后来林远时把阿姨接到叶婴这里，一切都不一样了。

小婴的家温馨雅致，她又极会享受，阳台铺着松软的软垫，夕阳西沉，伏在软垫上工作或者看书，晒着软绵绵的太阳，温暖又舒服。

餐厅的灯光、桌布、柜子上的酒，还有各种各样的小摆件，全都是叶婴千挑万选的，每一处都体现着她的用心。

叶婴是个细心的人，照顾林远时也非常周到。

两个人一起烤饼干，给阿姨留了一份，每天林远时上班，叶婴都会把饼干装在漂亮的小盒子里，让刘特助帮忙放进他的包里，有的时候来不及吃午饭可以拿来充饥。

林远时终究是个大男人，这些细节向来不在意。

阿姨却都看在眼里，心里也为林远时感到高兴。

现在这个家，才真的是一个能让人觉得温馨、幸福的地方。

陪叶婴吃完饭之后，林远时去了公司。

叶婴一个人躺了一会儿，也没睡着，想了想，还是起床洗了个澡，准备去上班。

路上，叶婴接到医生的电话。

“方医生。”

方医生穿着白大衣坐在办公室，听到她的声音挑了挑眉：“这么开心？”

叶婴笑了笑，问道：“有吗？”

自从叶婴回国两人就认识了，那时叶婴已经出现了睡眠问题。

叶婴跟别人掩饰得非常好，可是她瞒不了这位双学位博士。

方医生看得出来，叶婴心里苦，一直藏着一个结，如果不把这个结打开，吃什么药都不会管用。

治疗过程中，方医生也问过叶婴许多次，甚至做过催眠。

可是叶婴心理强大，普通的催眠根本没有效果，更何况她把那些事情藏得太深，她若不肯开口，方医生一点办法也没有。

眼看着她的睡眠质量一天比一天差，方医生也只能尽可能搜罗着国内外好用的药物给她吃。

叶婴温婉内敛，鲜少听到她这样鲜活飞扬的声音，所以方医生才问了那么一句。

“很长时间没来了，最近怎么样？”方医生问道。

叶婴想了一下，说道：“这几天都好好睡了，只是早上醒得比较早。但是昨天回来得晚，今天早上多睡了一会儿。”

叶婴说着说着就有点脸红。

她没好意思告诉方医生，前几天晚上总有人折磨得她大汗淋漓，累到虚脱，恨不能立马睡去。

还睡不好就怪了。

“做梦了吗？”

“偶尔会做梦，但是也比较少。”

“嗯，恢复得还不错，交男朋友了吗？”

“嗯……什么？”

这个问题被方医生藏在一众例行问题里，问得那叫一个自然。

叶婴迟疑了一下，立马反应过来。

可是这点小小动作哪里瞒得过方医生。

“怪不得没时间来找我复诊。”方医生露出一点笑颜。

挺多年的朋友了，叶婴也没打算瞒着她，既然被她发现了，那就老老实实承认。

“哪天带他去看你。”

方医生点头道：“行。”

到了公司，叶婴非常自然地迟到了。

早会开到一半，叶婴犹豫了一下还要不要进去。

正常这个早会都是她主持的，昨天临时跟陈为说了一声，让他代一下。

叶婴在会议室前绕了一圈就走了。

比较重要的会议是在明天，是叶婴首次参加四叶集团高层会议。

叶婴决定今天过来上班也是这个原因，她要好好准备这个会议。

自打把小施分给陈为之后，陈为对自己似乎没有那么大的敌意了。叶婴翻看着陈为发过来的电邮，里面记录着所有自媒体部的现有项目，逻辑清晰，且非常详细。

陈为原本就是一个细致的人，情商很高，思维非常缜密。

能被林远时钦点提拔的人，必然有他的过人之处。

叶婴整理了一下午，对自媒体部目前的项目有了更深入的了解。

次日，叶婴醒得很早，化了淡妆，穿上职业小西装到了公司。

叶婴踩着高跟鞋快步走进会议室，身后跟着助理。

叶婴的长相偏柔和，没有棱角，一双杏眼汪着一眼泉水，瑶鼻下的小嘴带着一点厚度，恰到好处。

看上去温婉谦柔，可那一身气场却不是这样。

细高跟把她的身高拉得更长，职业裙裹得她的身材凹凸有致，她单手抱着电脑，长长的波浪鬈发垂到腰际。

随着她走路的动作，发尾一跳一跳的。

进了门，公司各位高层的目光悉数被她吸引。

谁都知道这位自媒体部门空降兵，一跃成为部门总监，没有来路，据说是林远时亲自提拔。

众人用打量的目光看着叶婴，带着探究与质疑，不加掩饰。

叶婴知道大家都在看她，也不怯场，非常大方地任由大家打量，直到在前面落座。

会议开始，由公司总经理吴昱主持会议，见大家都对叶婴感到好奇，便让她到前面先说。

叶婴点点头，走到台前看着众人，精致的下巴略略一扬，声音温柔却有力："我是叶婴，来自体恪，目前接手自媒体部，出任总监一职。"

叶婴说完，只有稀稀拉拉几个人应付般地拍了拍手。

叶婴早料到是这个结果。

林远时手底下的人都和他性格相投，如果叶婴不拿出点令人信服的真本事出来，大家是不会对她俯首称臣的。

早知如此，所以叶婴也不恼，毫不客气地坐上主位，开始她的工作汇报和总结。

大约过了半个小时，叶婴流畅地说完了自己对于重点项目的看法以及发展方向。

叶婴没有全都介绍，而是挑了几个重点项目，说得非常详细，从最初规划，到具体实施，再到对于公司各部门的助益，说得非常流畅，信手拈来。

不少人不禁对叶婴改变了看法，用钦佩的目光看向她。

可还是有不少人对她保持质疑。

一番演讲而已，事先备好稿子，一切都不用发愁，也不见得就是真实水平。

到了提问环节，有几个人针对项目问了几个问题，叶婴悉数做了应答。

她回答得详细又幽默，看上去温和，仔细听，句句锋利，绵里藏针。

市场部的刘总开始没有说话，直到等叶婴回答完了所有问题，他才说："我知道叶总是从体恪带着资源过来，这几个项目也都是偏向体恪风格，我想问问叶总，在叶总这里，就没有其他的创新项目了吗？"

叶婴还没来得及说话，刘总又继续道："叶总的确把项目整理得很完善，分析得也很透彻，但是没有创新就没有改变，您也知道，自媒体市场日新月异、瞬息万变，如果像叶总这样故步自封……"

说到这里，刘总停顿了一下，轻笑了一声："我不知道林总把您提拔到这样的高度，意义何在。"

刘勇在市场部干了很久，几乎是跟着林远时一起打江山的。

刘勇说话直，眼光却很毒，太了解市场的规则，提出的问题也是一针见血，直中要害。

叶婴眼珠一转，笑道："我倒想请教刘总，什么是所谓的'体恪风格'？"

刘勇不吃这一套，直接说："请正面回答我的问题。"

会议室里非常安静，在场个个是人精，都知道刘勇是直白地表达了对叶婴这位空降兵的不满。

叶婴低下头，还未来得及回答，会议室的门忽然开了。

走进来一列穿着黑色西装的男人，林远时走在最前面，遥遥看着叶婴笑了一下。

刘勇一回头就看到了林总。

刘勇这个人天不怕地不怕，唯独除了林远时。

他当年跟着林远时一起打江山的时候，没少挨林远时的训，加上后来证明林远时的很多决定是对的，他就对这个男人甘拜下风了。

公司里的高层都对林远时忠心耿耿，其中最忠诚的，就是刘勇。

一看到林远时，刘勇立马站起身，跟着众人也都站起来。

林远时下巴一扬，跟之前叶婴入场时很像。

"不用客气，都坐吧。"

林远时淡淡地说着，走到叶婴身边。

最前面的两人，都穿着职业装，一个黑色一个白色，一高一矮，满眼精明。

明明没有任何肢体上的互动，可给人的感觉就是无比亲密。

"刘勇。"林远时点了刘勇大名。

刘勇以前当过兵，林远时一叫他，他就习惯性地站军姿，站得笔直笔直的，像一棵树。

"哎，林总。"

林远时似笑非笑，锋利的目光落在刘勇身上，问道："对小婴提出的项目有异议？”

刘勇停顿了一瞬。

跟了林远时这么多年，虽然林远时喜怒不形于色，很难猜透他在想什么，但是他现在究竟是开心还是不开心，刘勇是能够看出来的。

“我……”

林远时帮叶婴拉开椅子，然后自己在最前面的位置上坐下，淡淡地说道：“大家也请坐吧。”

一个简单的动作，在场的人就明白了叶婴的地位。

林远时一身傲骨，对待女士，不管是合作伙伴，还是名媛淑女，向来冷淡疏离。

像开车门、拉座椅这样的事情，他从不亲自动手。

“叶总的项目我都已经看过了，详细的内容也都跟我报备过，谁还有不明白的问题，可以直接过来问我。”

太明显的护短儿，会议室里一片寂静。

直接过去问他？那谁还敢问？

高层会议结束之后，叶婴无疑成了话题焦点。

刘勇回到办公室，把助理叫过来。

“刘总。”

刘勇胡噜了一下头发，吩咐道：“你去给我调查一下体恪公司，里面那个叫叶婴的，重点调查。”

助理马上点头应下：“是。”

“下午报给我。”

下午，助理拿着资料过来找刘勇，刘勇接过来看了一眼，语气中满是疑惑：“这也没什么特别啊……怎么时哥就这样了呢……”

助理说：“我在调查的时候，刚好遇上刘特助。”

刘勇一挑眉，问道：“他咋说？”

“刘特助说，不可说。”

废话。

刘勇转念仔细一想，刘特助可是时哥身边的红人，跟在时哥身边许多年了，工作能力自然不必说，深得时哥信任，居然连刘特助都不敢惹。

想必……

刘勇坏坏地笑起来：“我明白了。”

助理还一头雾水：“叶总她……”

刘勇站起来，一把拍向助理后脑勺，笑道：“叶总什么叶总，走，跟我拜见嫂子去。”

叶婴看着眼前一脸谄媚的大块头男人。

“刘总……您找我有事？”

刘勇大掌一挥，说道：“没事儿，没事儿。叶总，我知道您现在跑项目辛苦，有啥能用得上我们市场部的，尽管说，我刘勇万死不辞！”

叶婴有点无奈地说：“行，如果需要市场部帮忙，我一定会开口的。”

这时，叶婴的助理刚好进来，看到刘勇也在，犹豫了一下。

叶婴问道：“你说吧，什么事儿？”

助理把一份文件递到叶婴面前，说：“这是财务预算申请表，财务那边审核没有通过，说是必须您本人或者陈副总到场才行。”

叶婴还没说话，刘勇倒先发话了：“哪儿来的这么个规定，拿来给我，我去问问老王。”

老王，财务部王总监。

“这样行吗？”叶婴有点不确定。

“行，我就去问问，还有哪个部门不配合，我一道问了。”刘勇拿过文件，“我看看哪个部门还欺负我们叶总，我刘勇第一个不答应。”

刘勇拿着文件急吼吼地出去了。

“砰”的一声关上门。

助理回头看向叶婴。

叶婴眸中闪着狡黠的光，说道：“演得挺像的，去吧。”

助理有点担心地问：“叶总，您真的确定刘总能帮咱们？”

叶婴头也不抬，说道：“刘勇在林远时手下这么多年，绝不是靠着一腔孤勇，四叶集团发展这么快，也多亏了市场部率先抢占市场杀出一条血路，刘勇识人断物的本事是一流的。”

早上那么一出，刘勇自然最先察觉叶婴身份不同。

她直接从体恪这样一个小公司的项目部负责人提到四叶高层，实在太过瞩目。

不管怎样，总会有人看不过眼。

叶婴笑了笑，说：“这事儿就算过去了，搞好我们的项目最要紧，这样才能真的在公司里抬起头来。”

叶婴用了一天的时间重新把手头的这些项目核查了一遍，把重点项目分类整理到一起。

下午，叶婴带着助理从公司出发。

助理一边开车，一边问道：“叶总，我们真的要去盛世？”

叶婴点了点头：“嗯。”

“虽然这次的合作项目很重要，但也不用您亲自过去吧？”

“如果能把这场合作拿下来，对于自媒体项目部来说就是一个极漂亮的翻身仗。”

助理是小施走后才来的，认识叶婴的时间不长。

叶婴貌美温柔，有传言说她是靠着和总裁关系亲密才爬到这个位置。

后来和叶婴相处一阵之后，助理才知道，这是一个真正的美人蛇，看似温柔，实则洞察人心，处事果决又锋利。

助理是个小姑娘，不禁对叶婴敬佩又喜欢。

她想，如果她是一个男人，必然拜倒在叶婴的石榴裙下。

叶婴工作非常认真，总是公司最后一个下班的，她经手过的文件，向来挑不出一点错误。

就好像这次，叶婴作为四叶集团高层，亲自下去跑重点合作项目。

没有架子，做事又那么漂亮。

小助理想，等小施回来了，势必不再跟她换岗。

她要一直留在叶婴身边。

叶婴亲自出面，合作谈得非常顺利，盛世的陈总亲自送叶婴出来。

叶婴和陈总告别之后，小助理非常高兴地说：“我就知道咱们会顺利，就是没想到这么顺利。”

叶婴笑了笑，没说话。

小助理不禁佩服道：“叶婴姐，你太厉害了，咱们刚去的时候，陈总很明显有点瞧不起咱们似的，我都害怕了，幸好你给撑回去了。”

叶婴说道：“你年纪还小，见的场面太少了，况且，勇敢和自信本来就是女孩子一生都要修习的功课。”

小助理见叶婴心情不错，立马化身小迷妹：“小婴姐，你就是勇敢和自信的代表。”

“我？我可不是……你没有见过以前的我。”

以前的叶婴胆小自卑，把自己装在透明的壳子里。

除了自己，谁也不相信。

幸亏有那一束阳光照耀进来。

“以前的小婴姐我没有见过，但是我见过现在的小婴姐啊。”小助理终究年纪小，说话的时候笑眯眯的。

叶婴被她的笑容感染。

也许吧，现在的小婴真的勇敢了许多。

有的时候叶婴也在想，如果是现在的她面对霍文初的威胁，还会做出之前的决定吗？

不会了。

她一定不会离开林远时，不会逃避灾难远走高飞的。

她会选择留下来，和他一起面对。

因为她足够相信他。

大厦里面的冷气很足，叶婴有点冷，和小助理走到外面，阳光普照，像是跳进热水池里，整个人都舒展开了。

两人正要往停车场走，忽然听到身后有一道声音传来，带着一种无法置信，想要确认一下的语气。

“叶婴？”

叶婴听着声音有点耳熟，回过头。

一个高个子男人站在阳光下，逆着光，叶婴看不清他的容颜。

男人惊喜道：“真的是你！你回国了？”

等他走近，叶婴看了一会儿才想起来：“盛雪川？”

盛世旁边的西式餐厅里。

盛雪川和叶婴坐在靠窗的位置。

“你怎么会在这里？你是什么时候回来的？”盛雪川的容貌倒是和上学的时候相差无几，还是那么温润清秀。

“几年前回来的，过来盛世谈事情。”

盛雪川问道：“你见过林远时了吗？”

叶婴怎么也没有想到盛雪川会这么直接地提到林远时。

要知道，上学那会儿林远时因为叶婴，和盛雪川关系非常僵。

“嗯……见过了，怎么了？”

“那家伙高兴得要飞起来了吧？”

叶婴笑了笑，说道：“有点夸张，但是……差不多。”

闻言，盛雪川喝了口柠檬水。

叶婴问道：“你怎么在这儿？”

盛雪川指了指盛世，说道：“我在我哥这里上班。”

叶婴点了点头。

很显然，盛雪川对叶婴满是好奇——更准确地说，他是对叶婴和林远时现在的状态非常好奇。

问了几个问题之后，叶婴说：“你和远时现在经常联系吗？”

“也还行，他太忙了，我们是好多年前联系上的。我办婚礼的时候，还专门请了他当伴郎呢。”

“他给你当伴郎？”

盛雪川看了叶婴一眼，说道：“我一开始听说他同意了时，也是你现在这个反应，后来我才知道，那个家伙一听说我结婚高兴死了，因为少了一个仇敌，虽然他也并没有把我放在眼里……”

叶婴：“……”

怪不得这些年林远时和盛雪川关系变好了。

盛雪川目光幽长，想起以前的事情，轻声说道："说起来，远时第一次过来找我就是因为你，要不然我也不会问你回国之后有没有告诉他。"

"他找过你？"

盛雪川苦笑："是啊，找我的时候差一点就直接动手了，他以为是我把你藏起来了。"

盛雪川回忆起当时的场景，心里依然会动容。

"我本来觉得挺莫名其妙的，可是看到林远时那个样子，我实在是……"盛雪川看着叶婴的眼睛，慢慢地说，"你不知道，你走之后林远时成了什么样。当时学校里最飞扬跋扈的人啊，也不知道是怎么了，抽烟喝酒全学会了。他找过来的时候一身烟酒味儿，眼睛通红通红的，也不知是多久没有合过眼，瘦得像是竹竿儿一样，整个人都垮了。"

那时候，林远时哑着嗓子问盛雪川："看到小婴了没有？是不是你把小婴藏起来了？"

林远时的眼神里带着强硬的脆弱，让盛雪川有一种感觉，如果他那个时候告诉林远时小婴不在，林远时可能会撑不下去，绝望到崩溃。

说到这儿，见叶婴的眼中弥漫起悲恸，盛雪川适时收了声。

"不过后来就好了，听说他从晋城离开了，到江市打拼，现在是四叶集团总裁，你也回来了，一切都好了。"盛雪川说。

叶婴稍微低了低头，整理了一下自己的情绪，说道："嗯，是，现在他是我上司。"

话题就这么转了过来。

盛雪川顺着往下问道："是吗？你现在在四叶？"

"是啊，陆云亭也在。"

盛雪川兴奋起来，提议道："既然大家都在江市，哪天咱们这些同学约一波吧？"

"还有谁在江市？"

"我知道唐疏予也在，姜成鹤那臭小子当兵去了。"

"当兵？"

"是啊，还是仪仗队的呢，阅兵的时候举国旗，巨帅。"

在叶婴的记忆里，姜成鹤总是笑嘻嘻的，天不怕地不怕地跟在林远时后面。

姜成鹤非常阳光，有的时候被老师拎起来了也是一副笑模样，任谁都生不起气来。

吊儿郎当的少年，竟成了一名军人。

叶婴实在想象不到姜成鹤穿上军装会是什么样子。

"还有之前你们班的贺名扬，现在在开酒吧，后巷的酒吧一条街都是他的。我们班的你可能就不大认识了，哦，对了，还有钱家旭，他现在在做软件，在惠生。”

“惠生集团？”

盛雪川点点头，说道：“嗯，在唐疏予手下。”

这个世界还真是小。

“等姜成鹤休假了，咱们一起聚一聚。”盛雪川提议道。

“好啊，我带上林远时。”

“成。”

同学会定在一个月以后，在贺名扬的一家饭店里。

叶婴原以为，这么长时间没见，和老同学们会有生疏的感觉，没想到到了饭店，看到贺名扬的第一眼，年少时的回忆悉数涌上心头。

贺名扬看到叶婴，开心地打招呼：“小婴，又变漂亮了。”

贺名扬和以前一样滑头会说话，说着就要过来拥抱叶婴，被后下车的林远时挡回去了。

“干什么呢。”林远时不耐烦地说道。

他这个语气，好像忽然就把时光带到了学生时代。

张扬的少年和他的兄弟们总喜欢在放学时分，在操场上人最多的时候打篮球，或是懒散地靠着校门口的围墙，吸引着无数小姑娘的注意。

贺名扬听了林远时的话，轻笑道：“上学的时候我就怀疑你是个醋精。”

林远时没说话，兀自把叶婴拉回自己身边，自己则站在她和贺名扬中间。

就在这时，包间的门开了。

钱家旭一进门就看到叶婴，顿时眼睛都亮了。

“小婴！你回来了！”钱家旭看着叶婴，“现在比以前还漂亮！”

林远时眉头皱得极深，仿佛钱家旭要是再靠近叶婴一步，他就要动手了。

钱家旭笑嘻嘻的，要过来，被林远时阴恻恻的目光慑了一下，没敢抱叶婴。

叶婴嗔怪地看了“醋精”一眼，转头勾了勾唇，对钱家旭说：“好久不见啊。”

“可不，几年，七八年了吧。”

时间过得可真快。

人陆陆续续都到了，除了姜成鹤。

他部队那边临时有事，要晚一会儿才能到。

贺名扬说：“他这个职业就这样，兵哥哥嘛，我们平时约他出来都很困难。他本来假期就少，还动不动就出不来。咱也不知道有啥任务，咱也不敢问。”

钱家旭招呼道：“那我们先吃吧，一边吃一边等，都饿了。”

叶婴在林远时身边坐下，偷偷在他耳边说：“你看，小亭和唐疏予的关系好像好了一点。”

林远时把目光投向对面，看到陆云亭和唐疏予坐在一起。

小姑娘小小一只坐在唐疏予身边，像是受了什么委屈似的，一言不发。

唐疏予还挺高兴，微微勾着嘴角，一边和别人说着话，一边给她夹菜，都是她爱吃的。

生气归生气，但扛不住肚子饿，陆云亭还是拿起了筷子……

先吃，吃完再生气不迟。

唐疏予略略垂眸，笑意更深。

林远时收回目光。

“嗯，我也觉得和好了。”

贺名扬远远看到耳语的两个人，举起酒杯，扬声问道：“远时，你俩到底什么情况，当时不是还帮着老钱追叶婴的嘛，怎么自己把女神弄到手了？”

林远时笑了笑，装作无奈地说：“没办法，小婴主动追的我。”

一旁的叶婴：“？”

林远时回过头来，朝着叶婴咧嘴一笑。

“林总，请问您还要脸吗？”

“送你。”

钱家旭死皮赖脸坐在叶婴旁边，悔不当初：“当年就是找错人了，要是让贺名扬去给我送信就好了。”

贺名扬马上接话：“是，我人品好。”

钱家旭摆摆手，说道：“不是人不人品的问题，主要是你长得丑，你说远时去送，一下就把女孩子的心里段位提高了，还能看得上我就怪了，但是贺名扬可就不一样了。”

贺名扬骂道：“你会不会说点人话。”

大家都被逗笑，就连陆云亭都有些忍俊不禁。

盛雪川说：“老钱，你也是，我们几个都成家了，就你还单着，怎么，还惦记着女神呢？”

两道锋利如刀的目光朝自己这边射过来，钱家旭赶忙否认：“哪能啊，我这不是没遇上合适的嘛。”

钱家旭回过味儿来：“你们怎么不说说你们自己呢，一个个都成双成对了，倒是给我物色物色啊，也不说好好帮帮兄弟，没良心的。”

他们几个都是会聊天的，插科打诨一个顶俩，一顿饭吃得极轻松。

唯一遗憾的是，直到最后姜成鹤也没能来成。贺名扬给他打了电话，说是马上有一场阅兵，他们训练非常紧张。

“得，守电视前边看我鹤哥吧。”

叶婴忽然想起，当年姜成鹤那么喜欢叶朗，原因就是叶朗总是叫他“哥”，那时没一人这么叫。

现在好了，他成了一名优秀的军人，一说到他，大家都得叫一声哥。

聚会之后回到家，叶婴胃又不太舒服，林远时喂了她一点热水，她躺了一下才终于好了一些。

空调吹得房间温暖如春，叶婴穿着舒服的睡衣窝在松软的棉被里，双手环着林远时的瘦腰，靠在他的怀里。

电视里放着一部老电影，昏暗变换的光影映在他立体深邃的脸上。

这一刻，叶婴的心忽然变得很软很软。

她又往他的怀里靠了靠，轻声说：“我听说，那年你找我找了很久。”

林远时把被角掖了掖，语气淡淡地问：“听谁说的？”

“你先别管我听谁说的，是不是？”

林远时垂眸，又是淡淡一声：“嗯。”

叶婴强迫他看着自己。

“你当时吓坏了？以为我人间蒸发了？”

林远时顺势在她的唇上吻了一下，回道：“以为你在躲我，所以一直在找。”

他不怕她走，也不怕她不爱他。

他怕的是她其实是在躲着他，想让他把她找到。

他怕的是她一直等，却等不到的失望。

就像当时的他那样。

他不想她难过。

所以林远时一直在找，找遍了学校、林园、她的家。包括她身边所有的朋友和同学，都问了个遍。

最后的最后，他终于肯相信她走了，出国了。

叶婴不知道那时林远时究竟有多难过。

她不敢想，一想就会心痛到呼吸困难。

叶婴又把他抱紧了一些，林远时回抱住她。

“不过你说，我从高中就在追你，也没错。”叶婴忽然说。

林远时低声笑了笑。

高考之后，叶婴就知道自己会离开他，林远时酒量不佳，在同学聚会上喝得酩酊大醉，叶婴送他回到公寓。

一夜缠绵。

之后，叶婴给林远时留了一沓情书。

林远时少爷出身，总端着架子，也是害羞，不肯用真名给叶婴写情书，说是自己的好兄弟穆元日给她写的。

一封一封，叶婴全都留着，并且都回了信。

那时的叶婴敏感自卑，不敢把这些信给林远时看，只在最后的时候才拿出来。

“幸亏你当年还存着一点良心，把那些信留给我，要不然，我可能都挺不到现在。”林远时低声说。

叶婴的心又是一疼，她装作不在意的样子，换了一个更舒服的姿势躺在林远时怀里。

“你都看了吗？”叶婴扭头问。

“无数次。”

叶婴忽然转过身来，直视着林远时，问道：“你是从什么时候开始喜欢我的呀？”

林远时不说话。

“是接我去你的公寓里住开始？”

“……”

“还是，老师把我从你身边调走之后，你跑去跟老师打赌开始？”

“……”

“还是更早？早到我第一次去林园，你从楼上下来开始？”

知道叶婴坏心逗他，林远时皱了皱眉，问道：“小坏蛋，你是不是真觉得我脾气好？”

林远时收紧怀抱，欺身过去，把她压在身下。

小婴眯着眼睛笑起来，继续说：“我还没问完呢，我回国之后，代表体恪去找你谈合作，你对我那么不好，是干吗？生气啦？”

林远时无言。

叶婴笑得更加开心，更加有恃无恐地说：“还是——不知道我有没有交男朋友，想问，但是又放不下身段开口，所以一直试探……”

这一次，没等她说完，林远时便一口咬住她的嘴唇。

叶婴也不反抗，手臂如蛇一般缠上他的脖颈，把他缠得更紧。

林远时眸色一沉，辗转吻了上去。

正当箭在弦上，情难自抑之时，叶婴忽然推了林远时一下。

“我难受……”

她推开林远时，快步冲到洗手间，抱着洗手池干呕不止。

林远时心疼极了，她吐得眼泪都流了出来，可什么也没有吐出来。

“我去叫医生。”

林远时一个电话叫来医生，医生检查完之后，告诉林远时一个天大的喜讯。

叶朗最近在南方出差，刚好叶婴想吃柑橘，林远时给叶朗打电话，让他带一点回来。

“我为什么要听你的。”电话里，叶朗阴恻恻地说。

林远时轻轻一笑：“你爱听不听，是你小外甥要吃。”

叶朗反应了半天才反应过来，这个“小外甥”是谁。

“啊——林远时！你把我姐……把我姐……”

林远时更开心了，更正道：“没礼貌，叫姐夫。”

叶婴怀孕了。

整个四叶集团都跟着高兴起来。

因为林总最近心情特别好，员工们工作上的许多小毛病都能得过且过，待遇却翻了倍地涨。

四叶集团本来就是出了名的难进，现在竞争更加激烈了。

自媒体部和盛世的项目被叶婴拿下之后，全权交给陈为处理。

叶婴害喜很严重，也不愿意管这些事。

公司那边，她想去就去，不想去就在家休息。

想吃什么了，她就给林远时或者叶朗打电话，那俩家伙会争着抢着给她买。

当然了，叶婴上班的时候，是自媒体部最开心的时候。

自媒体部原本只是一个小部门，万没有市场部或者宣传部那么受重视，叶婴来了之后，简直打了个极漂亮的翻身仗。

林总宠着，市场部护着，一说是自媒体部的事情，基本就能在公司里横行霸道，到哪儿都能给开绿色通道。

本来就已经捧得令人发指，叶婴又护短，她一来上班，自媒体部的下属们个个更是趾高气昂、横行霸道。

这天，一个下属小助理一状告上来。

叶婴拿着文件直接去了总裁办公室。

刚刚一个多月，叶婴的身材依然苗条，小裙子还都能穿，唯独不能穿高跟鞋了。

她一进来，林远时立马放下手边的工作，起身过去扶她，关切地问道：“怎么了？你怎么自己过来了？”

叶婴把文件夹往他桌子上一扔，质问道：“早上就要的签字，怎么还没签？”

林远时看了一眼，连忙解释：“压底下了，我没看见。”

见叶婴皱了皱眉，林远时赶忙道歉：“我错了，我错了。”

叶婴终于笑开来。

林远时让她到自己的老板椅上坐下，问道："早上吃饭吐了吗？"

叶婴扁着嘴，点了点头。

林远时在她唇上印了一吻："有什么想吃的没有？"

叶婴想了想，回道："想吃果酥糕了。"

林远时说："果酥糕，还是晋城的最正宗。"

叶婴深深看了林远时一眼，没说话。

自从得知叶婴怀孕，林远时就想带她回林家，三媒六聘、明媒正娶。

可是叶婴始终拖着。

没说同意，也没说不同意。

她终究是对林家有阴影，不想回去面对霍文初。

林远时也不逼她，慢慢来。

这天，叶婴约了陆云亭一起去逛街，到了一处母婴店，看着琳琅满目的小衣服、小用品，叶婴怎么也挪不动步了。

虽然家里大大小小的母婴用品已经堆了许多，都是林远时买的，或是叶朗从各处淘来的。

但是叶婴还是想买。

"好可爱啊！这个也可爱！"陆云亭显得比叶婴还要激动，看到哪个都想买。

叶婴笑了笑，打趣道："你要是想买，也怀个娃娃。"

陆云亭小脸一红，低声说："我不要。"

叶婴捉住她，问道："你现在和唐疏予怎么样了？"

叶婴只知道现在陆云亭住在唐疏予家，唐疏予管她管得很严。

但是具体他们之间发生了什么，叶婴并不知道。

"也就……那样呗。"陆云亭的脸红得更厉害了。

"嗯？"

陆云亭把小衣服往叶婴怀里一推，催促道："哎呀，你快点选，选完之后干妈给他买！"

"那我随便选了？"

"随便。"

反正是唐疏予的卡，叶婴怎么可能客气，店里大部分的小衣服都收入她的囊中。

那次之后，叶婴迷上了逛街，三天两头约陆云亭出去，原本陆云亭有时在上班，但是叶婴勾得她心痒，只想出去玩。

她战战兢兢跟上司请了几次假，发现……哎？这么好请，也不扣工资。

陆云亭便一有空就跟叶婴出去玩。

后来整个商场的母婴店都认识叶婴了。

一周后的某一天，叶婴逛完街，约了叶朗过来接她。

她站在门口等了一会儿，叶朗还是没到。

叶婴正要给他打电话，一辆黑色劳斯莱斯缓缓停在路边。

叶婴微微抬头。

晋城的车牌号。

车门打开，一个慈眉善目的老者从车上下来。

他穿着盘扣衣裳，拄着一柄黑金拐杖，目光如炬，眸如鹰隼，看到叶婴之后笑开来。

“小婴。”

叶婴整个人愣在那里，过了好久才喊道：“爷、爷爷……”

林老爷子走到叶婴身边。

“爷爷过来接你回家。”

听到这句话，叶婴的眼眶立马就红了。

很多年前，叶婴从遥远的广元来到晋城，完全陌生的环境，唯一的亲人对她冷冰冰的。

唯一的一点温暖就是爷爷。

老爷子掌控林氏多年，一身正气，就连多智如霍文初，都不是他的对手。

当年叶婴利用林远时想从林家多拿一点资助，林老爷子怎么可能看不出来。

叶婴瞒得过所有人，却瞒不过老爷子。

可是老爷子还是给了她更多的钱。

他知道小姑娘过得苦，他是真正想要帮助她。

“爷爷……”

林老爷子拄着拐杖过来拉住叶婴的手，温暖的大掌包住她的，轻声问道：“一个人在外面闯荡，受委屈了没有？”

叶婴再也忍不住了，眼泪夺眶而出，一把扑到林老爷子怀里。

叶婴和林老爷子一起回了林远时的别墅后，林远时从公司回来。

“爷爷，怎么没有通知我，直接就过来了？我去接你啊。”

林老爷子倚在沙发上，警备员刘文兴站在一旁。

“通知你干吗，晋城和江市离得也不远，开着车就过来了。再说了，我也不是过来看你的，是吧，小婴。”

叶婴抿着嘴笑。

林老爷子带了许多好吃的过来，他说不知道现在小婴的口味变了没有，那些都是之前她很爱吃的。

叶婴只是林家资助的一个学生，原本跟手握大权的董事长没有任何关系，叶婴心中总有一个结，好像林家生活在比她高很多层次的地方。

可是林家的人，从来没有这么想过。

就好像现在，叶婴怎么也没有想到，林老爷子会记得她这个无名小卒爱吃的东西。

以前在林家吃午饭，叶婴总是谨小慎微，不敢出一点岔子。

殊不知，林老爷子只是把她当成一个孩子疼着。

林远时有的，也必然会带上她的一份。

林老爷子带来的东西里面，西梅是叶婴最馋的，原本叶婴不爱吃酸，怀了孕之后嗜酸如命，阿姨总是笑着说叶婴怀的必然是男孩。

“你小子，准备什么时候办婚礼？”林老爷子看着林远时问道。

林远时听了这个问题，眼睛都亮了，立马看向叶婴，惊喜道：“老婆，你答应了？”

叶婴：“……”

从叶婴刚怀孕开始，林远时提结婚就提了无数次。

别人的求婚一次就成，林远时心里苦，无论是费尽心思的浪漫，还是吃过晚饭把她抱在怀里，在最温馨的时候提，都被拒绝了。

叶婴不想嫁进林家，林远时怎么说也不同意。

也不知道林远时跟爷爷说了什么，爷爷亲自过来接叶婴。

爷孙俩这样一唱一和，林远时直接把“老婆”都叫出来了。

简直就是逼她就犯。

“什么老婆？谁是你老婆？”叶婴嗔怪地看了林远时一眼。

林远时顿时喜滋滋地凑过去，捉住叶婴的手，说道：“你啊，你啊。”

林老爷子笑着看着他们不说话。

林远时说：“还是爷爷有眼光，当年直接给我把媳妇送家里来，让我们早早认识。”说着，他又撞了叶婴一下，“是吧，媳妇儿？”

林老爷子笑着说：“还是晚了点儿，小婴刚出生就应该给你接过来。”

“也是，也是，不过可以用后面的时间来弥补。”

“到时候宝宝可以直接放林园，你们小两口还继续腻歪，这样不就补回来了？”

“是是是，还是爷爷想得周到。”

“现在林老三那边也快了，看能不能赶上你们。”

林远时说：“林老三现在算是高兴了。”

“可不，以前在部队不愿意放假，现在一放假就往家跑，腻着漫漫不撒手。”

说起这个，林老爷子也在想，可能林家的子孙都随了自己，一旦认准了哪个姑娘，便是一生。

林如许是这样，林泽宴、林远时、林斯寒也是这样。

晚上，林远时给老爷子安排了房间。

叶婴最近害喜不太严重，变得有点嗜睡。

她刚吃过晚饭就犯困，林远时早早抱着她回房间睡了。

叶婴中间醒了一次，迷迷糊糊的，想要喝水。

她刚动了一下，身边的林远时便惊醒了。

“宝，要喝水吗？”

叶婴点点头：“嗯。”

林远时下床帮她倒了杯温水，喂她喝了一点。

叶婴坐起来之后，看着黑漆漆的房间，有点睡不着了。

林远时的手习惯性地护着她的肚子，感觉到她还没睡，便也清醒了不少。

“想什么呢？”

男人方醒，嗓子还沙哑着。

叶婴往他的怀里钻了钻，声音低低的，和深沉夜色融为一体。

“爷爷是你请过来的吗？”

林远时停顿了一下，把她搂紧了一些，说道：“我没直说。”

但是林远时明里暗里给了爷爷一些暗示，爷爷就懂了。

“我就知道。”

“你不会因为爷爷过来就嫁给我，我是想让你知道，在这件事情上，林氏的态度。”

“嗯？说说看。”

林远时彻底清醒了，靠在床头抱着她，手指把玩着她的长发，淡淡地说：“你总觉得嫁给我是高攀，小婴，其实不是这样的。”

林远时的目光变得幽长。

“没有你，我什么都不是。”

叶婴想起之前盛雪川说的那番话。

他说，你没看到林远时的样子，瘦成皮包骨，一身烟酒味儿，丢了魂魄，半点生气儿都没有。

如果不是相识多年，他几乎认不出那就是当年在学校里叱咤风云、张扬跋扈的林家太子。

林远时低沉沙哑的声音还在继续：“林远时其实什么也不是，在他的眼里，你才是世界上最好的姑娘，你身上的每一处我都爱，我都着迷。宝，你不要自惭形秽，还记不记得那天你生病了，我跟你说的话，我说，你永远都不知道我有多爱你。”

叶婴伏在林远时的胸口，听到他胸腔里的心跳一下一下，诚实而有力。

“大约从十八岁开始吧，我的成人礼上，我抱着你跳舞开始，我每一年的生日愿望都是同一个。”林远时亲吻了她的发顶，“就是能娶到你。我愿意付出所有，财富、地位、人脉，全部都可以拿去交换，换一个你，因为你比这些都重要。”

“我忽然理解了我爸爸对于当年初恋的执念，这么多年都不肯和我妈妈和解，甚至看到我大哥的时候，会把所有的东西拱手奉上。”林远时说得很慢，声音流淌在夜色里，“也正是这个原因，我发誓一定要娶到你，我的眼中没有任何阻碍，我一定能够娶到你。”

他们之间如果有一百步的距离，无疑全部都是林远时在走。

只需要叶婴面对着他，甚至连希望都不需要给他，只让他看到她的存在，他便会不顾一切，向她狂奔。

这就是林远时的爱情。

其实他还是当年那个似火的少年。

不管世事如何变幻。

他从未变过。

叶婴的心柔软得一塌糊涂，把脸埋在他的胸前。

“我……何德何能。”

林远时低下头，亲吻她的唇瓣。

“是我何德何能。”

闻言，叶婴的眼泪滚落下来。

“小婴，嫁给我，好不好？我会用尽我的一切宠爱你，我这个人，都是你的，全都给你。我的公主，嫁给我吧。”

一周之后，陆云亭接到叶婴的电话，听了一半忽然尖叫起来，然后就开始流眼泪。

唐疏予听到声音吓了一跳，赶忙把人捞进怀里，问道：“怎么了？谁的电话？”

陆云亭挂了电话后，哭得一抽一抽的。

“小婴要嫁人了。”

唐疏予的心终于放下来，有点无奈，俯身擦干她的眼泪，柔声哄着：“她嫁人了不好吗？”

陆云亭的眼泪越擦越多，断断续续地说：“小婴就……就不是我的了。”

唐疏予失笑，重新拥她入怀，说道：“本来也不是你的。”

我才是你的。

陆云亭懒懒地靠在他的肩头，把自己全身的力量都挂在他的身上。

“小婴让我给她当伴娘。”

唐疏予眼珠一转，问道：“嗯。”

“你给我买一份漂亮的礼物好不好？”

唐疏予勾起嘴角，大方地说：“随便挑。”

林远时和叶婴回到晋城，再入林园的时候，看到霍文初等在门口。

叶婴忽然想起那年她第一次到林园，跟在小姨身后，看到这个美貌温婉的夫人时的惊艳。

岁月偏爱美人，这么多年过去，霍文初的容貌没有半点改变。

“小婴，远时。”

这一次，霍文初率先唤的是叶婴的名字。

聪明人之间，向来不需要说透。

一句话，叶婴就已经明白了霍文初的低头。

林远时说过，从此之后，任何麻烦都由他来解决。

比如霍文初。

他没有告诉叶婴，他是怎么跟霍文初说的。

饭后，霍文初叫了叶婴到书房，把林家传下来的一套水头极好的翡翠给了叶婴。

“你别不要，之前的事情是我考虑欠妥，那时林氏不光是更改掌权人那么简单，周围几家大企业虎视眈眈，都想趁乱咬一口。合作批不下来，资金无法流动，我能想到的也就那一个笨办法。你知道我是如何嫁到林家的，商业联姻是最简单的手段，是我偷了个懒，想直接这样解决就罢了，我没想到……”

说着，霍文初忽然红了眼眶：“小婴，你不知道，把你送走之后，远时的情况很糟。”

叶婴震惊了：“什么？”

霍文初说：“这件事情就连老爷子都不知道，那时候远时得了非常严重的抑郁症，我背地里找了很多专家帮他调养，后来他终于好了一点，远走他乡，不想再留在晋城。我是真的……我这个做母亲的，看到我的儿子那个样子的时候，我的心疼得快要不能呼吸了，那时候我就知道，我做错了。我想接你回来，但是……”

叶婴不知道林泽宴掌权之后有多狠毒，他齐刷刷断掉了霍文初所有势力。

不光是霍文初在林氏的权力，就连霍文初在林园里的眼线都被他全部拔除。

当年霍文初使得得心应手的那些人全都走了。

当时送叶婴走，霍文初怕林远时查出端倪，所有事情都是张秘书经手的。

后来张秘书根本无从寻找，霍文初想联系叶婴都联系不到。

这些话，霍文初没有说出口。

实在太难说出口。

叶婴这样剔透，她懂了霍文初没有说出口的话。

“我知道，霍阿姨一个人撑了林氏这么多年，无非是为了远时，大哥他……”

“不！”霍文初忽然打断叶婴，“跟你大哥没有关系！一点关系都没有！”

霍文初和林泽宴有世仇，当年是霍文初害了陈佳玉，现在林泽宴反过来抢走了霍文初的全部。

提到他，霍文初不应该是恨得牙痒痒吗?

怎么会出现这样一种反应?

叶婴虽然和林泽宴认识，但是并不熟悉。

霍文初好歹在林氏掌权多年，什么场面没经历过，怎么到了林泽宴这里，半点话都不敢置喙了?

可是霍文初很快恢复过来，说道：“现在一切都好了，我只想安安稳稳地度过下半生。不瞒你说，阿姨现在的愿望很简单，就是远时和你好就行。小婴，远时那个孩子是动了真心了，我是他的母亲，我看得清清楚楚。”

只是——

晚了一些。

如果霍文初当年不那样坚持送走小婴，也不会有现在的林远时。

也不会有白手起家的商业神话。

终究，谁也不是圣人。

谁也预料不到将来。

婚礼定在一个月以后。

叶婴回到晋城才知道，林老爷子早已经把婚礼的一切都准备好了。

叶朗也从江市赶过来，脸上的表情很复杂。

说不高兴吧，不至于。

姐姐有整个林氏宠着，有整个四叶集团护着，有林老爷子疼她，有林远时爱她入骨。

他不可能不高兴。

可是说高兴呢，也不是，还是觉得林远时捡了宝。

林远时人模狗样的，怎么看都配不上自家姐姐。

烦死了。

林远时最近很忙，叶婴却一身轻松。

婚礼的一应物件都不需要她插手，偶尔吩咐两句就是。

叶婴怀孕之后口味越发刁钻，林远时特意雇了南方的大厨，每天换着样儿地给她做好吃的。

偶尔林远时还会学着露两手。

叶婴一边吃着草莓糖，一边翻看礼单，突然看到伴郎名单里的一个名字。

“唐疏予？”叶婴踢了林远时一脚，“你们俩乌眼鸡似的斗了这么多年，他能来给你当伴郎？”

林远时笑了笑，说道：“他为了让我同意，把一个上亿的项目拱手奉上。”

钱还是小事，赢了唐疏予一局，林远时神清气爽。

叶婴笑道：“因为我的伴娘就小亭一个，他实在害怕哪个伴郎把小白兔叼走吧？”

“是这样，但不仅仅是这样。”

到了婚礼那天，叶婴就明白林远时这句话是什么意思了。

婚礼上有一个新娘抛捧花的环节，唐疏予平时那么绅士有礼的一个人，忽然在人群中间跳起来，仗着身高优势一把夺过捧花，跑到陆云亭面前，单膝跪地。

下面的人顿时一阵起哄。

就连林老爷子都拍手叫好。

陆云亭完全没有料到唐疏予会有这个动作，吓得直往叶婴那边躲。

叶婴穿着一袭白纱，美得不像凡间女子，她轻笑着，看似护着陆云亭，实则在把陆云亭往唐疏予那边推。

陆云亭迷迷糊糊的，下面人的笑声弄得她脸蛋儿通红。

台上的伴郎都是他们的同学，笑得就差拍地板了。

她稀里糊涂就被推到唐疏予的怀里。

男人知道她害怕，微微护着她不给众人看。

唐疏予低沉的声音响在陆云亭的头顶。

“亭亭嫁给我，好不好？疏予哥哥疼你一辈子。”

一辈子是多久呢？

从他们出生，到现在。

早已经比一般的情侣相处时间长。

这么多年了，她的疏予哥哥，一直都是她的依靠。

陆云亭不是一个有主见的人，也不算独立，又爱哭又胆小。

幸好有唐疏予在。

为她抵挡一切灾难，为她斩断所有荆棘。

用他的方式保护着她。

泪眼婆娑中，陆云亭看到贺名扬他们几个笑得开怀，叶婴幸福地靠在林远时怀中。

这样，就够了。

唐疏予看了林远时一眼。

难得的，两个人没有视线相碰就匆匆错开。

终于圆满。

叶婴怀着孕，婚礼程序并不复杂。

可是林氏的婚礼，还是在财经晚报上足足占了整整三天的版面。

婚礼之后，叶婴跟林远时回了一趟学校。

很巧的是，刚进校门就碰上了当年的化学老师。

当年老师刚刚研究生毕业不久，现在也是一个带过几届毕业班的班主任了。

老师一眼就认出了他们，指着林远时，笑着说："你小子，我早就看出来你对叶婴有意思。"

林远时揽着叶婴，说道："是吗？我自己都没看出来。"

"没看出来什么？也不知道谁啊，当年把下巴搁人家女同学桌子上，一看就看一节课。"

林远时难得有点害羞，略略低下头："老师，别瞎说……"

操场上，不少学生穿着蓝白相间的校服运动着。

篮球场，一个高高帅帅的男孩子跳起来，扣了个篮。

他往对场跑的时候，目光一直落在旁边等着的姑娘身上，满眼的"求夸奖"。

"看什么呢……"

忽然一只手盖住自己的眼睛，叶婴什么也看不到了。

林远时不爽地说："别瞎看其他男孩。"

叶婴弯起嘴角，把手掌心放在自己的小腹上。

"我想说——

"他没有你帅。"

"是吗？"某人的嘴角立马翘了起来，"我也这么觉得。"

他的手掌移开。

恰有一行白鸟从蓝天上飞过，白云扯成飞絮，留下淡淡的痕迹。

阳光温暖地照耀在她的身上。

叶婴懒懒的，想睡。

“走吧。”叶婴忽然说。
“嗯，这么快？”
“小朗说今天带西梅给我吃。”
“我给你买了那么多。”
“他特意从国外带回来的。”
“明明我买的更好吃。”
……

（正文完）

番外一

他讨厌别人看到她的笑容

陆唐（1）

“疏予哥！

“疏予哥哥——”

闻言，趴在沙发上的人影微微动了动。

“哎呀，你们来得还挺早，快进来，外面冷吧？”

“还行，这是给你们带的东西。”

“唐阿姨，疏予哥哥呢？”

“沙发上睡觉呢，晚上不知道玩到几点不睡觉，早上好不容易从床上给拖起来，又在沙发上睡着了。”

紧接着，一阵踢踢踏踏的拖鞋声由远及近。

沙发上的人烦躁地把毛毯蒙在头上，身子冲里面转了转。

“疏予哥哥，你怎么还在睡呀？”

唐疏予即使转向里面，依然挡不住这道清脆的声音。

“真的睡着了吗？”

小姑娘一边嘟囔着，一边凑近。

即使隔着毯子，唐疏予也依然能感觉到她的目光在他身上游移。

烦死了。

就在她刚要起身的时候，唐疏予猛地一掀毯子坐起来。

他正要烦躁地大吼，却因为动作幅度太大，和弯腰凑近的小姑娘猛地撞在一起。

陆云亭完全没有料到唐疏予会突然起来，她的鼻子重重磕在他的头顶，然后猛地往后倒去，一屁股坐在地上。

小姑娘粉雕玉琢的小脸顿时皱了起来，眼看着泪水即将流出。

唐疏予忽然低下头，小声威胁："你敢哭！"

小姑娘睁开双眼。

唐疏予往正热络聊天的两位女士那边投去一眼，而后说道："你要是敢哭，我一会儿就不带着你玩了。"

听了这话，小姑娘的眼睛立马明亮起来，问道："你一会儿要带着我玩啊？"

"……"

现在自断舌根还来不来得及？

情急之下不小心把自己卖了的某人，在午饭之后只能认命地带着个姑娘走出别墅。

唐母高兴坏了，一直在夸自家儿子懂事了，终于知道护着妹妹。

唐疏予一边听，一边翻白眼。

妹妹？

他可没有这么蠢的妹妹。

唐疏予是唐家的独子，唐氏集团家大业大，父母亲相亲相爱，唐疏予自小聪明机灵，集万千宠爱于一身。

他应付幼儿园里的课程就跟玩似的，不愁吃不愁玩，只有一个烦恼。

这个烦恼的名字，就叫陆云亭。

唐母和陆母是大学室友，关系好得跟一个人似的，很巧，两个人结婚时间差不多，怀孕的时间也差不多。

可以说唐疏予还没出生的时候就认识陆云亭了。

唐疏予比同龄孩子聪明太多，早早就会认字，会背诗，会打篮球，会弹钢琴，从幼儿园小班到大班，他都是班上的佼佼者，老师同学们都喜欢他。

陆云亭正和他相反。

唐疏予甚至觉得，她长得就是一副笨样子。

算数永远算不对，英文永远会和汉语拼音混为一谈，就连手工都是班上做得最慢且最差的。

妈妈总是让唐疏予好好照顾这个妹妹，唐疏予骄傲自负，他就纳了闷了，这样聪明优秀的自己，怎么可能有这样一个妹妹。

所以，他从不承认。

"疏予哥哥。"

只有陆云亭会这么叫他，导致现在唐疏予只要一听到这个称呼就条件反射地头疼。

"你看我这样滚雪球是对的吗？"

冬天，小姑娘穿一件大红色的羽绒服，她个子小，肉乎乎的，戴一顶白色的绒帽，因为天气冷，那双大圆眼睛看上去晶亮晶亮的。

唐疏予的目光落在那一地碎雪上——那根本看不出是“雪球”。

“嗯，对的，你继续吧。”

说罢，唐疏予继续滚自己这个马上就要做好了的大雪球。

小姑娘唯一一个优点就是极有耐心，也许这也是她性子慢的缘故。

唐疏予那边一个雪人都快要做好了，她这边依旧碎雪一地，根本毫无进展。

她却一点都没有放弃。

她抱着一团雪过来，铺到自己攒好的那团雪上，然后站起身跑到另一边继续抱雪。

殊不知她之前的那团雪因为她力气不够没有压实，已经被风吹散了。

忙活了好一阵，小姑娘的额角都渗出汗珠。

“哇，疏予哥哥，你堆的雪人真漂亮！”

这时，唐母和陆母一起从别墅里出来。

陆母看到这个雪人高兴坏了，说道：“小疏予好厉害啊，来，阿姨给你们照相。”

哦，又是照相。

唐疏予最讨厌照相。

两位母亲纷纷拿出自己的手机。

“来，一，二，三。”

“小亭换一个造型，一，二，三。”

唐疏予真的很不理解，为什么陆云亭有那么多造型，那么多动作，一会儿比“耶”，一会儿比“心”。

明明都是一副蠢样子而已。

“小亭真可爱啊，尤其是这张。”

“这张这张，啊哈哈，疏予的表情臭死了。”

“疏予好像每张表情都很臭，啊哈哈哈。”

唐疏予一边吃苹果，一边面无表情地看着那两位母亲兴致勃勃地看照片。

从小到大，唐疏予跟陆云亭拍了无数张合影，明明他们几乎每一天都要见面，到底有什么好纪念的?

幼儿园大班就要结束，这一天，小半忽然提醒了唐疏予。

“你跟陆云亭每一天都见面啊。”

唐疏予正在拼魔方，小手倒腾得很快，匆匆“嗯”了一声。

小半说：“你比陆云亭大一年级，比她早一年上一年级。”

小半说得语无伦次，但是唐疏予听懂了他的意思。

唐疏予和陆云亭虽然同岁，可是他们一个生日在九月前，一个生日在九月后。

上小学的时间前后相差一年。

所以说!

他将有一年的时间摆脱陆云亭!

这对于唐疏予来说，简直是个天大的好消息。

意识到这件事情之后，唐疏予一整天都很开心。

放学的时候在门口等陆云亭一起回家，唐疏予都是笑着的。

啧。

这一年不用听那个声音，不用看那张脸，不用被她拖累，恐怕做梦都会笑醒。

陆云亭一出来就看到唐疏予，小姑娘立马眯起月牙儿笑，甜甜地叫他“疏予哥哥”。

这丫头还高兴呢，她还没意识到他们马上就要分开了。

唐疏予兴冲冲地想，到时候幼儿园里没了疏予哥哥，指不定她会怎么哭怎么闹呢。

想象一下她号啕大哭的脸。

啊。

开心。

这件事情唐疏予一直都没有告诉陆云亭，杀敌方一个措手不及才好。

时间过得很快，马上他们这一批学生就要升小学了。

唐疏予上的是一所私立贵族小学，这所学校从小学到初中都有，教学资源雄厚，各项设施完备，就一个缺点，学费很贵。

上小学的第一周过去，周末，唐疏予写完了家庭作业，坐在窗口静静等待。

以往的每个周末，陆阿姨都会带着陆云亭过来玩的。

等了一个上午他们都没有来。

唐疏予觉得奇怪，穿上衣服“噔噔噔”跑下楼，唐母正在厨房忙碌。

“你下来啦，一会儿吃饭了。”

唐疏予斟酌了一下，觉得直接问陆云亭怎么没来不太好，搞得自己好像很在乎似的。

“今天做牛肉汤了吗？”

陆云亭是个小胖子，最爱喝唐母做的牛肉汤，每一次唐母做这道菜，她一个人就能干掉一大碗。

“小亭今天不来，就没做。”

唐疏予心中一喜，想必是没有了他在幼儿园，陆云亭超级超级不习惯，伤心欲绝，这才不过来了吧?

他顺势问道："她今天不来啊？为什么啊？"

"嗯，小亭跟同学出去玩了。"

"出去玩？"

还有心情出去玩？

唐疏予问道："是去散心吗？小亭这一周心情不太好吧？"

唐母疑惑道："为什么？小亭好得很啊，她还约了小半出去玩。"

小半……

虽然小半把唐疏予最讨厌的陆云亭给抢走了，但是唐疏予还是有种想把小半掐死的冲动，也不知道为什么。

"他们幼儿园还拍了不少照片呢，我拿给你看。"

照片里，小半紧贴着陆云亭，一会儿比"心"，一会儿比"耶"。

姿势非常多，可都一样丑。

陆云亭呢？

她眯着月牙儿眼睛，笑得跟朵花儿似的。

后面还有很多张，唐疏予越往后看，眉头越深。

以前是谁口口声声叫他"疏予哥哥"啊？

是谁那么黏着他，走哪儿跟哪儿啊？

现在他们已经一周没见面了！合着她还这么开心？

也不想着过来看一下他？

居然还有兴致跟别人出去玩？

唐疏予忽然气不打一处来，扭头出门。

"哎，你去哪儿啊？"唐母在他身后问道。

唐疏予也不知道自己想去哪里，头也不回地答道："出去走走，太闷了，透透气去。"

一连两周，陆云亭都没有和唐疏予见过面。

有的时候，唐疏予真的不知道陆云亭脑子里在想什么，就这么没心没肺的吗？

"唐疏予，唐疏予。"

后座小心翼翼地低声叫他。

唐疏予没好气地回头，问道："干吗？"

"老师叫你回答问题，快站起来啊。"

"哦。"

这几天唐疏予上课总走神，但是他聪明，课内那点东西稍一动脑子就能考满分，也不用怎么刻苦。

这天下午放学，老妈打来电话。

唐疏予接起来："妈？"

唐母说："今天妈妈先不过去接你了，让家里的司机去接你，你跟着他直接回家就行了。"

"怎么了？你在哪儿啊？"

"我在医院呢。"

"医院？"

"嗯，小亭摔伤了，我陪你陆阿姨来的医院。"

唐疏予找到自己家车，有礼貌地跟司机问了好。

唐疏予皱着眉头看着窗外，风景快速从眼前掠过。

司机叔叔问道："疏予怎么了？不太开心啊。"

"叔叔，我们不回家行吗？"

"你想去哪里？"

"医院。"

唐疏予在司机的陪同下，一路找到急诊科。

他老远就看到妈妈坐在外面，眼眶有点红。

唐疏予的心重重跳了一下。

"妈妈，很严重吗？"

唐母抹了一把眼睛，说道："你进去看看吧，可能要缝针。"

唐疏予忽然觉得很紧张。

当年他代表幼儿园去首都参加全国幼儿钢琴大赛的时候都没有现在这么紧张。

他走到门口就听到陆云亭的哭声。

唐疏予的心像是被一只手狠狠攥了一下。

整个都皱到一起。

那个小姑娘啊，最怕疼了。

他又往里走了一些，除了小姑娘的哭声，还有另一道声音。

"对不起，阿姨，我以为我能接住小亭才让她往上爬的，对不起，呜呜呜……"

是小半。

唐疏予自己都没有意识到。

他听完小半这句话之后，手狠狠握紧了拳头。

用力之大，骨节都有些泛白。

陆唐（2）

陆云亭是从幼儿园的墙边摔下来的。

幼儿园的墙角开着漂亮的小花，小半想要摘给陆云亭，陆云亭不想要，一抬头看到了什么。

“我自己上去，你能扶着我吗？”

小半个子比陆云亭还要小。陆云亭一脸婴儿肥，看上去肉乎乎的，很可爱。

小半对比了一下两人的体型，有点虚。

但是看着陆云亭期待的眼神，他还是一拍胸脯，说：“能啊！当然能，我可有劲儿了。”

“行。”

说着，陆云亭就开始往上爬。

这里是幼儿园的外墙，为了防盗，墙边的围栏都是倒刺。

陆云亭个子小，实在谈不上“矫健”二字，可小姑娘胆子却不小，一步一步，竟真的爬到了不高不低的位置。

这时小半却有点害怕了，他想，要是陆云亭真的掉下来，他根本接不住。

“小亭，要不你下来吧，咱们不摘了好不好？”

陆云亭性子软，但是对于她认定的事情，却执拗得很。

小姑娘瞪着圆眼睛，看着自己的目标不肯放弃，越爬越高。

小半怕极了。

“小亭，一会儿老师看到监控会过来的，你快下来吧。”

“马上就成功了，马上！”

到了某处，陆云亭一只手松开栏杆，够到上面的某样东西之后，笑嘻嘻的，她想要跟小半炫耀。

这么一低头，才终于感觉到害怕。

原来不知不觉，她已经爬到这么高的位置了，下面的小半就剩下个圆溜溜的脑袋，他正仰头，拧着眉毛看着她。

陆云亭害怕了，另一边，老师匆忙赶来，叫着陆云亭的名字。

陆云亭怕极了，一下重心不稳，小身子猛地往后栽去。

“小亭！”

小半一看陆云亭从上面掉了下来，赶忙过去接。可是他反应太慢，不仅没有接到陆云亭，反倒被地上的台阶绊了一下，整个人往前倒去，恰好和落下的陆云亭撞在一起。

陆云亭身子一偏，脚裸狠狠刮在栏杆上的倒刺上。

撕皮裂肉的疼痛袭来，血液迸出，陆云亭“哇”的一声哭了出来。

陆云亭以为刮上去的那一下是最疼的，现在她才知道，缝针的时候才是。

妈妈一直陪在陆云亭身边，可是疼就是疼，到最后陆云亭哭得嗓子都哑了，整个身子都在颤抖。

终于缝完了，陆云亭已经疼到麻木。

眼泪还堆积在眼睛里，眼前的景物模糊一片，像是有一圈光晕似的。

陆云亭坐直了身子，这才看到一直在她床边的唐疏予。

眼里的那一圈光晕刚好萦绕在他的身边，男孩的小脸依旧带着婴儿肥，身姿却无比挺拔。

他静静看着陆云亭，眼中清澈的责备不言而喻。

陆云亭鼻子一酸，心里委屈极了。

一眨眼，两大颗眼泪砸在手背。

她终于看清了他的表情。

“疏予哥哥……”陆云亭哑着嗓子，轻轻地叫了一声。

唐疏予看着她哭得通红的小脸，像是有什么粗糙的器物反复摩擦着他的心脏，疼得他几乎窒息。

唐疏予咬着牙，忍着疼冷笑一声：“陆云亭，现在长能耐了，还会爬高了？”

听了这话，陆云亭再一次抽泣起来。

“呜、呜——呜哇！”

唐疏予告诉自己，必须让陆云亭记住这个教训，不然她还是会在他不在的时候冒险。

不能心软……

陆母在一旁安慰着：“好了好了，没事了，小亭已经缝完了，不会疼了。

“疏予哥哥也是为你好是不是？小亭以后不犯错了好不好？”

好说歹说，陆云亭终于止住哭泣。

“小亭，你好一点了吗……”小半也哭完了，颤巍巍地走过去。

陆云亭哭得一抽一抽的，自己疼成这样，还不忘安慰小半：“我没事，你别害怕了。”

唐疏予知道陆云亭想说的是“你别自责”，只是她不会用这个词。

眼看着小半又要哭，唐疏予忽然觉得一股闷气卡在胸口。

一声冷笑，唐疏予转身出了诊室。

陆云亭的脚踝包着纱布，还要留院观察一段时间。小半的妈妈过来接他，就先回家了。唐母留下来陪着陆母，次日是周末，唐疏予不用上学，于是也留了下来。

只是已经过了晚饭时间，陆云亭都没有见到唐疏予。

后来陆母有点事情要出去，让唐疏予过来陪妹妹一会儿，陪她说说话。

陆云亭这才见到唐疏予。

天色渐暗，小男孩落寞地站在门边。

也不知怎么，陆云亭一看到唐疏予就有点紧张。

“疏、疏予哥哥……”

唐疏予没说话，只是“啪”的一声摁开了灯。

小姑娘煞白的脸顿时落入他的眼底。

唐疏予走到陆云亭床边，坐下来，随手拿起床头的一颗苹果，熟练地削了起来。

“陆叔叔回来了吗？”

陆云亭搅着自己的手指，回道：“回来了，晚上又回公司开会了。”

最近爸爸好忙好忙，总是很晚才回来，每一次到家都筋疲力尽。

以前爸爸最喜欢把陆云亭抱起来，高高地举过头顶，逗得她咯咯地笑起来才会把她放下。

可是这几天爸爸回来之后都显得很累，身上烟味很重，他懒洋洋地倚在沙发上，皱眉揉着自己眉心。

妈妈总会让陆云亭先回房间去，妈妈则安慰爸爸。

唐疏予听完只是浅浅地“嗯”了一声，然后把苹果递给陆云亭。

“疏予哥哥，上小学好玩吗？”陆云亭观察着唐疏予的表情，小心翼翼地问道。

唐疏予低着头，半晌没有说话。

就在陆云亭以为唐疏予不会回答了的时候，唐疏予轻笑了一声，问道：“终于想起我了？”

“嗯？”陆云亭没听懂。

唐疏予也没打算多说，换了一个话题：“你爬那么高干吗？跟小半玩疯了？”

说起这个，陆云亭终于想起来了。

她侧过身，从枕头下翻出什么东西来，递到唐疏予手心。

是三颗黄澄澄的杏子。

之前被她一直攥着，挤得有些扁了，可是看上去美味得很。

唐疏予的注意力却不在这里，就在陆云亭的手准备收回去的时候，他一把捉住。

陆云亭手指上的几道伤痕映入眼底。

“怎么弄的？”

唐疏予自己也没有意识到，他的声音这般焦急。

陆云亭被他突然的狠厉吓了一跳，小声说道：“摔下来的时候划的……”

唐疏予咬了咬牙，忽然站起身，狠狠把那三颗杏子扔到她的床上。

“陆云亭，你是傻子吗？”

陆云亭一点也不知道自己做错了什么，看着暴怒的唐疏予，吓坏了，眼泪不停地往外涌。

“对不起……”唐疏予的声音细若蚊蝇。

其实在吼出口的那一刻，唐疏予就已经后悔了。

看着白色病床上的三颗杏子，唐疏予的心难受极了。

不知该说些什么。

也实在见不得陆云亭哭泣的模样。

小的时候，他们同在一所幼儿园，唐疏予曾经看着那棵树上黄澄澄的杏子眼馋。

他说，树上的一定比买的好吃。

可就是太高了。

那都是很久之前的事情了。

谁能想到陆云亭竟然还记得。

每每想到她爬那么高竟是为了给自己摘杏子，唐疏予的心就像在油锅里滚过一样难受。

唐疏予跟自己生气。

他想砸当时在陆云亭面前说想要吃杏子的自己。

陆云亭的脚踝虽然缝了针，但是恢复得还不错，也算是不幸中的万幸。

她出院那天，唐疏予也去了。

上一次陆云亭把杏子给他，他一怒之下跑出了病房，之后他们就再没见过面。

这一次陆云亭出院，唐阿姨带了好多东西过来接她，唐疏予默默跟在后面，也不说话。

陆云亭有点怕他，也不敢主动跟他说话。

两个小家伙一起坐在车子后座，安静了一路。

到了家，两位妈妈到厨房忙碌，他们两个坐在沙发上看电视。

陆云亭半躺在沙发上，看了一会儿觉得看不太懂。这个时间正在播动画片，陆云亭想看。

她偷偷瞄了唐疏予一眼，他的视线落在电视下面——也没有在看。

陆云亭悄悄挪了下屁股，伸出手，弯腰去够茶几上的遥控器。

唐疏予从陆云亭偷瞄他的时候就感觉到了她的动作。

她以为唐疏予是在发呆，她不知道，其实那时唐疏予的所有注意力都在她的身上。

陆云亭脚不能动，手又不够长，努力够了半天也没有够到。

算了，尝试着下地吧。

就在她坐起身，正要动脚时，唐疏予先她一步拿到遥控器。

陆云亭疑惑地看向他。

唐疏予没搭理她，换到少儿频道，刚好在播她最爱的那部动画片。

以前他们两个一起看电视的时候，陆云亭总是要看动画片，每一次都会被唐疏予损得狗血淋头。

虽然最后某人还是会口嫌体正直地陪她看动画片，可是陆云亭还是觉得抱歉。

“要不……你想看什么就看什么吧。”

一句话音落，像是石子沉入大海。

——唐疏予根本没有理她。

陆云亭重新躺好。

好吧。

又过了一段时间，陆云亭的脚好得差不多了，可以继续上幼儿园了。

有一次临走的时候，唐疏予趁着两位妈妈不注意，恶狠狠地警告陆云亭。

“不准离小半太近！”

陆云亭一双大眼睛骨碌碌地转，应道：“好。”

不准就不准呗，凶什么啊……

唐疏予想了想，又补充了一句：“也不准离其他小男孩太近！”

这陆云亭就不懂了，不懂就要问：“为什么啊？”

唐疏予也不知道为什么。

“反正就是不准！”

“好吧。”

送走陆云亭，唐疏予翻了一遍日历。

还有十个月新生才入学。

唐疏予烦躁地挠了挠头。

时间怎么过得这么慢啊。

这十个月，那个丫头一个人在幼儿园里，也不知道还会不会有什么危险。

唐疏予嘀咕道：“麻烦精……”

还以为没有她的这一年会过得无比潇洒呢。

果然自己还是太天真了。

这十个月，唐疏予几乎每周都要去陆云亭家一次。

他们两家离得极近，以前唐母也总是带他去陆云亭家。

可是唐疏予向来都是一脸不耐烦地拒绝的。

这几个月却是唐疏予自己主动要求过来的。

唐母只当是自家儿子终于开了窍，知道要疼妹妹了。

十个月的时间掰着手指数过，新的一年到来，陆云亭终于要升小学了。

在她到学校之前，唐疏予早早帮她看好了班级、班主任，还有她的座位。

开学的时候，陆母送她到学校，直接交到唐疏予的手里。

唐疏予一脸冷漠地带着陆云亭逛校园，找班级，找座位，最后还帮她放好书包，拿出笔和本子。

班级里别的小朋友刚和父母分别，初到一个陌生的地方，都多多少少有些害怕，有的甚至哭过鼻子。

他们看着陆云亭被照顾得好好的，心里都有点羡慕。

有哥哥真好。

回家让妈妈给自己也生个哥哥去。

“上课不要随便讲话，也不要随便吃东西，这里和幼儿园不一样，记住了吗？”唐疏予小声嘱咐道。

陆云亭乖乖应道：“记住了。”

“还有……”唐疏予扫视一圈班级里的臭小子们，凑近陆云亭压低声音道，“你知道是什么对吧？”

陆云亭一脸蒙：“什么？”

唐疏予对于她的不解有些不满：“你忘了？”

陆云亭眨了眨眼睛。

唐疏予看到自己的影子倒映在她的眼底，皱着眉，又说了一遍：“不许跟男孩离太近！这次记住了吗？”

陆云亭信誓旦旦地点头。

记住了。

班主任走进教室，唐疏予直起身子，说道：“你好好上课，放学我再来接你。”

陆云亭声音甜甜的：“疏予哥哥再见。”

唐疏予一脸冷漠地出了教室门。

走到前后门中间时，他忽然大跳了一下。

这个烦人精可终于来了！

整整盼了十个月！

这下终于不用担惊受怕了，现在她在自己眼皮子底下，他倒要看看她还能翻出什么浪花来。

跳完之后，唐疏予恢复冷漠的姿态。

陆云亭回头看向教室后门，是唐疏予身姿挺拔，背着手，淡定走过的身影。

陆唐（3）

陆云亭好奇地看着讲台上的老师。

年轻的女老师看上去非常温和，比幼儿园的老师还要好，又漂亮又有气质。虽然陆云亭心里一直很舍不得幼儿园的小李老师，但是看到她的班主任这样好，心里的不舍也终于能放下一点点了。

老师让他们站好，需要按照身高排座位。

陆云亭原本想拿一个梨子一边吃一边排的，想起唐疏予说过，小学和幼儿园不一样，上课不能吃东西。

陆云亭只好依依不舍地把手从课桌里收回来。

好渴……

陆云亭磨磨蹭蹭的，最后一个走到外面，跟大家比了一圈儿，最后悲伤地发现，她要站在最前面。

她是班级里最矮的那一个。

陆云亭委屈地扁了扁嘴。

老师正在维持后面纪律的时候，二年级的某个班级下楼上体育课，从另一边拐角的楼梯处下楼。

唯独一个男孩儿绕了个远，穿过二楼的走廊，从另一边下楼。

“疏予哥哥！”

原本还嘟着小嘴不太高兴的小姑娘看到来人之后，眼里立马燃起火光。

唐疏予一看就知道陆云亭班在排座位，胖乎乎的小人儿站在最前排。

唐疏予从小一副英俊相，身板儿挺拔，又是班上最聪明的孩子，不少同学都喜欢他。

但是唐疏予性子有点冷，尤其是对待女同学，很凶。

大家喜欢他的同时，又有点害怕他。

唐疏予不喜欢那些女生，动不动就一惊一乍，叽叽喳喳烦得很。

更何况唐疏予总觉得，她们实在都不如陆云亭。

陆云亭可爱得紧。

就好像现在。

她小小一只，委屈地站在最前面，后面吵吵闹闹一帮小豆丁，唯独她最乖顺安静。

午后的阳光顺着走廊里的窗子投洒进来，透明温暖，像是盒子里的方糖。

阳光映在她细软的头发上，看上去毛茸茸的。

她抬眸的那一刻，像是有一只调皮的小猫，“咚”的一声，撞进唐疏予的心头。

小猫儿不老实，用她毛茸茸的小尾巴轻轻挠着他心头最柔软的那一处。

阳光太暖，晒热了男孩的脸颊。

骄傲自负的唐疏予难得迟疑了一秒。

“啊？哦。”

他支支吾吾应了一声，匆匆跑走。

陆云亭觉得有点莫名其妙，低头用手抠着衣服上的扣子。

“哎，陆云亭，那个人是谁啊？”

说话的小姑娘名叫聂月，是班上第二矮的同学，就站在陆云亭后面。

“是我哥，在上二年级。”陆云亭的眼睛又黑又亮，她说完又补充了一句，“可厉害了。”

聂月点点头：“你哥真好。”

别人夸唐疏予，比直接夸她更令陆云亭高兴。

她抿起一个月牙儿笑，心里有点喜欢聂月这个新朋友。

陆云亭最矮，座位自然在第一排，她的同桌是一个男生，名叫陈子木。

陈子木小小年纪就戴着一副眼镜，白白净净，斯斯文文，一身书卷气。

放学，唐母嘱咐唐疏予过来接陆云亭回家。

现在他们两个又在一处，方便多了，唐陆两家出一辆车过来接就行了。

小姑娘的书包空空的，也不重，但是唐疏予还是习惯性地帮她背。

男孩肩膀还不够宽阔，穿着宽大的校服，一肩蓝书包，一肩粉书包。

“上学还习惯吗？有没有人欺负你？”陆云亭走在唐疏予身边，虽然唐疏予只比她大了几个月，但是小男孩的个子还是比她高了一点。

“没有，老师和同学们都很好。”陆云亭想了想，“除了……”

“嗯？”

“除了不能吃东西，都挺好。”

唐疏予笑起来，说道：“这边有小超市，等明天下课我去给你买点吃的，你可以下课吃。”

一听到吃的，陆云亭就很高兴，她重重地点头：“嗯！好！”

上了几天学，陆云亭很喜欢她的小学生活。

不仅仅是因为老师温柔漂亮，更多的是因为上学之后几乎每天都能见到唐疏予。

虽然他还是很凶，但是看到他陆云亭就觉得开心。

很快，期中考试如期而至。

这是陆云亭第一次考试，考试之前唐疏予跟她嘱咐了不少考试中的注意事项。

最后，唐疏予说道："你就放轻松，好好考，不用紧张，第一次考试肯定会有不适应，考不好陆阿姨也不会训斥你。"

陆云亭一边吃着唐疏予给她买的冰激凌，一边愣愣地点头道："嗯，不紧张不紧张。"

唐疏予扶额，好吧。

他不该担心她会紧张的，倒是应该担心她太放松才对。

唐疏予还是了解陆云亭的，临考试前最后一句是"不准睡觉"。

陆云亭吃饱了，阳光太暖和，晒得她整个人都慢了下来。

若不是唐疏予最后的那句嘱托，陆云亭真的就要睡过去了。

她强撑着考完最后一科。

同学们都很兴奋，有玩闹的，有讨论题的，只有两个人是安静的。

一个是陆云亭，一个是陆云亭的同桌陈子木。

陆云亭趴在桌子上呼呼大睡，陈子木在看书。

做了这么久的同桌，陆云亭也发现了。

陈子木是真的很安静，他不爱说话，不像其他小豆丁一样叽叽喳喳的，他很爱看书，一坐就是一整天。

陆云亭也安静，他看书，她就睡觉。

又过了几天，期中考试成绩出来了。

意料之中的，陆云亭的名字在成绩单的后十位。

这场考试最令人震惊的是陈子木。

全满分的成绩让漂亮的班主任老师喜笑颜开。

其实原本陆云亭对"考试""成绩"都没有什么概念，她不知道那究竟代表了什么。

更加不知道这张轻薄的卷子会在今后那么多年里起到近乎独断的决定性作用。

但是架不住周围所有人都用或羡慕或赞赏的目光看陈子木，于是陆云亭也跟着觉得，哇，陈子木好像真的好厉害。

这种情绪一直延续到放学，唐疏予过来接陆云亭回家。

路上的时候，唐疏予问陆云亭成绩，陆云亭在汇报自己成绩的时候，看到唐疏予的脸色黑了不少。

于是，她赶紧出声补救："但是我同桌特别厉害！"

陆云亭没有注意到，在她夸赞陈子木的时候，唐疏予的脚步微微一顿。

唐疏予略略垂眸，长长的睫毛垂在眼下，问道："嗯，怎么厉害？"

陆云亭觉得他问这句话的时候，声音和以前不太一样，但具体是哪里不一样，陆云亭也不知道。

算了，可能是她感觉错了吧。

“就是……你看他的成绩呀，全满分，老师都夸他了，我们班的同学都觉得他可厉害了。”

唐疏予把他们班的那张成绩单拿在手中看了一眼，哦，果然最上面的名字是叫陈子木。

唐疏予每天都到他们班去接陆云亭，自然也见过她的这位小同桌。

白白净净的，戴着一副眼镜，装模作样的。

“是吧？挺厉害的吧？”陆云亭说道，“那是我同桌呢！”

陆云亭的本意是你看，虽然我不怎么样，但是我同桌那么厉害啊，说不定我也能变厉害。

但是这话听在唐疏予耳朵里就变成了：你看我同桌，多厉害，好厉害好厉害，好帅，我崇拜他。

于是，唐疏予的眼神又深沉了几分。

他一直低着头，陆云亭走在他身边，也没有注意到。

陆云亭说了一通之后，才反应过来唐疏予迟迟没有应答，这才停下来看他，问道：“疏予哥哥，你怎么啦？不舒服啊？”

唐疏予猛然抬起双眸，小姑娘眼睛里尚未褪去的光亮刺得他心里一痛。

“他有这么厉害？”

唐疏予的声音低了几分，陆云亭知道，这说明他马上要生气了。

但是陆云亭完全不知道他生气的点是什么。

可能……是嫌弃她考得太差了？

陆云亭有些低落地垂下头。

在那之后，唐疏予也没什么话，只在上车的时候，声音很低地嘟囔了一句。

“呵，不就是全满分吗？”

从小到大，他一直都是全满分。

很牛吗？

嘚瑟什么……

最近唐疏予经常有意或无意经过陆云亭他们班，每次经过门口时，他都恨不能一直盯着陆云亭瞧。

陆云亭要么和后座的小姑娘聊天，要么睡觉。

她的那个厉害的同桌呢，基本都是在看书写作业。

还算乖。

唐疏予挺满意。

这一次唐疏予经过，后座的姑娘眼风一扫，勾唇一笑。

“小鹿，你哥又来监督你了。”

“嗯？哪儿呢？”

陆云亭往门口看的时候，唐疏予早就过去了，哪里还有踪影。

聂月笑着，也不解释。

聂月聪明极了，比陆云亭早熟太多，也敏感太多。

有一次唐疏予经过，刚好陆云亭在和陈子木说话，聂月忽然叫了陆云亭一声。

陆云亭回头，于是映在唐疏予眼中的画面又是陆云亭跟聂月聊天的场景。

嗯，满意。

陆云亭成绩不好，一开始陆母还能安慰自己——

孩子还小，还不适应考试。

慢慢就好了，不用太急于求成。

但是时间匆匆流逝，一转眼陆云亭已经五年级了，成绩还是那个样子——半吊在班级尾巴，上，上不去，下，倒是下得来。

成绩没变化，小姑娘其他方面倒是变化惊人。

她的骨架慢慢长开了，身材越来越纤瘦，脸上的婴儿肥逐渐褪去，一双眼睛又黑又亮，皮肤白皙，五官非常精致。

俨然一个美人坯子。

陆母担心陆云亭的成绩，唐母却越来越喜欢她，想要收了陆云亭当媳妇的心思一天比一天强烈。

眼看着陆云亭出落得越来越漂亮，唐母恨不能自家儿子天天跟陆云亭在一起，以防别人把陆云亭抢走。

唐母看出陆母对于陆云亭成绩的担忧，提出一个想法。

“不如每天晚上放学让小亭跟疏予一起写作业吧，不会的题目疏予还能给她讲一讲。”

唐疏予和陆云亭正相反，他的成绩一直是年级第一，从来就没变过。

这天，陆云亭低着头，把书包往唐疏予旁边的书桌上一放。

唐疏予抬起头，问道：“怎么了？”

陆云亭没说话。

唐疏予不用猜都知道。

“又被你妈说了？”

陆云亭扁了扁嘴，说道：“不止把我说了，还把你狠狠地表扬了一顿。”

他们年龄相仿，从小一起长大，大人们难免会把他们放在一起比较。

偏偏陆云亭什么都比不过唐疏予。

成绩成绩不如人，智商智商不如人。

在长辈们面前，也没有唐疏予那么会说话。

“唉——”

又是一声长长的叹息。

伴随着这声叹息，陆云亭慢吞吞地从书包里拿出作业。

书本这么一翻，一张彩色的、叠得整整齐齐的纸掉了出来。

“这是什么？”

陆云亭也不知道，唐疏予捡起来看了一眼。

见他一直也没说话，陆云亭疑惑道：“是什么？”

唐疏予没看完，把那张蓝色的，还隐约带着丝香味的纸收了起来。

“没什么。”唐疏予冷淡地说。

“没什么是什么啊？”陆云亭皱了皱眉。

“没什么就是没什么，说了你也不懂，问什么问。”

陆云亭无话了。

这个年纪的小姑娘最是敏感，尤其是陆云亭。

说者无心听者有意。

唐疏予的那句“说了你也不懂”像是一根刺一样扎进陆云亭的心里。

她知道，从小唐疏予就嫌弃她笨，总是对她很凶。

以前她年纪小，不明白，还是跟在唐疏予身后甜甜地叫他“疏予哥哥”。

现在陆云亭好像有点明白了。

原来他是真的嫌弃她笨。

陆云亭忽然轻笑了一声。

唐疏予问道：“你笑什么？”

陆云亭低下头，小声说：“写作业吗？”

唐疏予也没有多问，他的手一直放在书包的某个位置。

那个小口袋里，装着陈子木写给陆云亭的情书。

陆云亭出落得漂亮，却不是班级里最显眼的那个人。

班级里大家公认的班花是聂月。

陆云亭的长相，一看就是乖乖女，她美得温和，美得从容，带着一点点憨劲儿，有点可爱的那种。

但是聂月不是。

聂月的美是张扬的、肆无忌惮的。

她从小学习舞蹈，身体形态非常优美，一张脸生得娇俏，即使是在这个年纪，就已经能够看出一丝苗头。

所以陆云亭的班级在整个年级都非常出名。

有一个常年稳坐第一名宝座的陈子木。

有一个美丽张扬又大胆的聂月。

这就足够他们班是风云班级了。

在小学，聂月可以说是陆云亭最好的朋友。

她漂亮洒脱，和陆云亭完全是两种个性。

这样一个人，不管在哪里都是瞩目的，都是人群中的焦点。

也不知从什么时候开始，聂月收到的男同学的礼物越来越多。

陆云亭害怕，让聂月藏着，别被老师看见。

但是聂月不怕，别人送她她就大大方方收着，好用的就用，不好用的直接扔掉。

从来不屑藏。

聂月信任陆云亭，男生们送她的每一样礼物陆云亭都见过。

大多数礼物陆云亭都不喜欢，唯独有一样。

一个音乐盒，陆云亭很喜欢。

那个音乐盒不是粉色的，因为聂月不喜欢粉色。

她更喜欢那些浓郁的、热烈的颜色。

黑色和金色的搭配让这个小小的音乐盒看上去精致华丽，打开来，叮叮咚咚的钢琴声响起，盒盖上是一只小小的镜子，一个身形优美的小人儿随着音乐旋转起舞。

挺普通的，但是陆云亭就是喜欢。

聂月想要送给陆云亭，陆云亭没收。

那是别人送给聂月的心意，陆云亭再怎么喜欢都不能收。

为了这个小音乐盒，陆云亭跑了很多地方。

那天写作业的时候，唐疏予说了那样一句话之后，陆云亭就很少去找他了。

有时唐疏予下楼打篮球，顺道给陆云亭买一兜零食送过来，陆云亭也会拒绝，让他拿着自己吃。

谁都能看出她的不对劲，更何况是心思一直在她身上的唐疏予了。

“你最近怎么了？”

陆云亭淡淡地说：“没事。”

唐疏予想逗逗她，故意问道：“又考砸了？”

以前陆云亭没心没肺的，总拿自己的成绩开玩笑，唐疏予以为她满不在乎。

不想今天她听了这话之后，忽然停住脚步，吼道：“是啊！又考砸了！又是全班垫底，你满意了？”

唐疏予被吼得莫名其妙，看着她的背影正要追，聂月从后面走过来。

唐疏予认得聂月，知道她是陆云亭最好的朋友。

“她怎么了？”

聂月勾唇一笑，问道：“你真想知道？”

寒假过了一半就是新年了。

对于陆云亭来说，今年的新年和往常不太一样。

今年陆云亭的爸爸出差了，大年三十都回不来。

唐母觉得她们娘俩在家过年实在太冷清，于是派了司机接她们到唐家过年。

以前她们也在唐家过过年，两家关系实在太好，都是开朗的人，不需要讲究那么多礼数。

唐母一见到陆云亭就高兴，亲切地把她叫过去，把一个厚厚的红包塞在她的手里。

两位母亲在厨房忙活年夜饭，唐母看着沙发上坐着的陆云亭，低声对陆母道：“孩子还是长大了，俩孩子都不往一块儿凑了。”

陆母也扫了一眼，笑着说：“是啊，以前小亭成天跟在疏予后面跑，一过年他俩就堆雪人儿。”

唐母想起来，也笑了：“小亭从来就没堆起来过，你还记不记得，有一年她觉得自己堆得不好，哭了，那次也不知道是怎么，越哄越哭，后来还是疏予直接把自己那个雪人踹了，说他也没堆好，带着小亭重新堆了一个，小亭这才不哭了。”

陆母点头称是：“有时候疏予比我还懂小亭，知道她在想什么。”

陆云亭坐在沙发上，无聊地一圈一圈翻看着电视节目。

彼时唐疏予在楼上和他的那群兄弟打游戏。

过了一会儿，唐母从厨房出来，喊道：“小亭，你上楼去把疏予叫下来，吃饭了。”

陆云亭应道：“嗯，好。”

陆云亭楼梯走了一半，看到唐疏予的房门紧闭，站在门口的时候，听到里面传来打游戏的枪击声。

她犹豫了一下，敲了敲门。

唐疏予匆忙应了一声：“进。”

陆云亭开了门，身子探进去一半，说道：“叫你吃饭。”

唐疏予快速看了她一眼，又重新盯回屏幕上。

“你先进来。”

“哦。”陆云亭开门进去。

“坐这儿。”

“哦。”

唐疏予忽然站起身，把游戏手柄塞到陆云亭手里。

陆云亭愣住的时候，唐疏予又把自己的耳机戴在她的头上。

“帮我玩一把，我去换个衣服。”

“啊？”陆云亭瞪大眼睛，“我不会啊。”

“没关系，随便玩。”

陆云亭：“……”

唐疏予的声音实在……太温柔了。

陆云亭那么了解唐疏予，知道他什么语气是生气，什么语气是高兴。

男孩的声音并没有太大变化，但是……

反正再加上这句半是宠溺半是纵容的话，听得陆云亭脊椎发麻。

太不习惯了，实在是……

就在她迷糊间，屏幕上代表她的小人儿中了一枪。

“予哥，你什么情况，怎么不动了？”

耳机忽然传来一声，陆云亭吓了一跳，下意识道歉：“对不起。”

对面沉默了一秒，惊呼道：“是个妹子？”

一问一答下来，陆云亭才终于后知后觉地反应过来——

唐疏予还开着麦呢！

毕竟是组队游戏，再怎么不会玩也只能硬着头皮上了。

陆云亭操控着手柄，跟着队友一起躲到一个角落。

这时，陆云亭眼尖地看到后面晃过一个人影，说道：“有人！”

“我也看到了，你掩护我，我过去。”

“怎么掩护啊？”

“……”

这时唐疏予换完衣服从里屋出来，俯下身子，把手搁在握着手柄的陆云亭的小手上。

“这么掩护。”

唐疏予熟练地操控着，屏幕上的小人站起身，走到一处废墟后面，熟练地换枪，瞄准。

“砰——”的一声。

那人应声倒地。

“陈子木，你什么情况啊！”

这是对面队伍的声音，他在大厅里说的话，他们这队也能听见。

通过耳机，笔直地传到陆云亭的耳朵里。

陈子木？

不等陆云亭反应过来，唐疏予出声问道：“好玩吗？”

这个姿势，唐疏予挨她极近，近到她能隐隐约约感觉到他的呼吸。

他刚好俯在耳机话筒的那一侧，“不小心”按了大厅。

他的声音也在“不经意间”不咸不淡地传到对方的队伍里。

房间里的空调温度开得太高，熏得陆云亭的脸都有些红了。

时间到。

游戏结束。

他们这队获得压倒性胜利。

直到唐疏予把她的耳机摘掉，陆云亭都没太反应过来。

唐疏予这是和陈子木玩游戏呢？

为什么和他一起玩啊？

又为什么叫她上了一下手啊？

这都什么跟什么？

唐疏予的心情却极好，一路哼着歌儿下楼。

“妈，陆阿姨，晚上吃什么啊？

“有没有牛肉汤？

“好像要下雪了，一会儿我和小亭堆雪人去。

“啦啦啦……”

陆唐（4）

那年过年晚，正月十六就是开学的日子了，开学第一天早上，陆云亭差点睡过头。

在家待了两个多月，实在是太舒服了。

陆云亭实在不想上学。

到了教室，老师检查作业的时候，陆云亭睡了个昏天黑地，下课之后反而清醒了。

后座的聂月那里永远都是教室里最热闹的地方。

本班的、外班的男生们总是有意无意路过，费尽心思和聂月产生一点交集。

陆云亭和聂月关系好，一来二去，那些男生和陆云亭也熟悉了。

陆云亭性子好，安静不爱闹，有的时候被逗笑，眯着一双月牙儿眼睛，又乖又可爱。

陈子木从走廊回来，看到的就是她的这副表情。

陈子木停顿了一下，低下头走进来。

他想问她一点什么，但是一直都没有腾出时间来。

陆云亭看到陈子木，和他打了声招呼。

陈子木的笑容有些僵硬，他回到座位上，习惯性地拿出一本书来。

“小亭，你还会……打游戏呢？”

他要是不提，陆云亭都快忘了这件事情了。

“啊，我不会，那是唐疏予玩的，我玩得不好。”

陈子木直视着陆云亭，不解地问：“你为什么会去他家过年啊？”

“我们俩从小就认识，经常一块儿过年。”

陈子木皱着眉，准备打破砂锅问到底：“你以前不是说他是你哥吗？但是唐疏予说你们不是亲生的啊。”

陆云亭对于陈子木的追问有些奇怪：“不是亲生的，就是我们俩的妈妈是好朋友而已。”

陈子木听完之后，情绪更加低落了，转身的时候嘟囔了一句什么，陆云亭没有听清。

“你说什么？”

陈子木冷冷地回道：“没什么……”

那大概就真的如唐疏予所言，她和唐疏予是青梅竹马、两小无猜吧。

要不然为什么她对我一点回应都没有呢？

陆云亭上六年级，唐疏予就要上初一了，两人又要分开一年。

开学那天，两个人都没有什么反应，平平静静地道了别，分开之后才觉得不太适应。

就拿陆云亭来说，她早上起得晚，习惯了不吃早饭，每天第一节课下课，唐疏予都会给她送吃的过来。

陆云亭在门口等了一会儿，才想起来，唐疏予走了。

陆云亭忍了两节课，实在是太饿，她觉得她再不进食就要饿晕过去了。

下课后，陆云亭和聂月一起去了趟超市，走了一个来回才发现，原来超市距离教室这么远。

按照她们俩的步速，下课那几分钟根本不够，回来只能用跑的。

回来之后，陆云亭就有点蔫了。

自己买的好像总是没有唐疏予买的好吃……

晚上放学，老师又留了一篇手抄报，陆云亭的心情简直低落到了极点。

——这是她最讨厌的作业。

陆云亭从小学画画，原本应该喜欢这份作业的，可是陆云亭偏偏最不喜欢做手抄报。

在她看来，要么写字，要么画画，手抄报偏要两个都需要，弄得狼不像狼，虎不像虎。

所以从小到大，她的这项作业都是唐疏予帮她写的。

一开始唐疏予是不愿意的，陆云亭本来就不爱学习不爱写作业，他可不想助纣为虐。

更何况陆云亭成绩不好，陆母想让唐疏予帮她补习补习，勒令唐疏予不准帮她写作业。

唐疏予异常坚决地说："看，你妈妈都说了，不准帮你写。"

陆云亭可怜兮兮地央求道："求求你了……"

唐疏予语气十分坚决："不行，养成这个习惯可不好，以后你就总找我帮你写。"

陆云亭声音低低的："疏予哥哥……"

唐疏予态度依旧非常坚决："这个作业很简单的，你看，就是写写画画而已，要不然我帮你把文字写出来。"

陆云亭的大眼睛黑溜溜的，甜甜地说道："你最好了。"

唐疏予半点立场也没有了："就……这一次。"

之后每次都是"最后一次"，从一年级到六年级，陆云亭所有的手抄报都是唐疏予帮她写的……

现在唐疏予上初一了，平时都要住校，只有周末才回家。

陆云亭只能自己写了。

她摊开一张白纸，支着下巴看窗外看了好久，完全不知道写什么画什么。

最后，陆云亭把笔一放，算了，放弃。

一向乖巧无比的陆云亭因为没有完成作业被找了家长。

那天刚好是周五，陆母非常生气，训斥陆云亭的时候语气不太好。

陆云亭低着头，看着自己的拖鞋不说话。

唐疏予到他们家的时候，看到的正是这样一幅情景。

"小亭。"

陆云亭闻声抬头，妈妈训斥了她那么久她都没有哭，可是看到唐疏予的那一刹那，她鼻子立马酸了，眼前被泪水模糊。

"疏予哥哥……"

唐疏予快走几步到陆云亭面前护着她，问道："陆阿姨，怎么了？"

陆母正在气头上，本来女儿成绩不好，老师经常找她谈话，但是陆母还能安慰自己说女儿乖巧，成绩以后总能提升的，这下好了，"乖巧"的女儿竟然敢明目张胆地不完成作业了。

再加上最近公司的事情也是一团乱麻，陆母难免气急。

"还怎么了？你自己问问她怎么了。"陆母生气地说，"疏予上了初中第一次考试又是第一名吧？你再问问你妹妹，上次考试考了多少名？现在你妹妹也长能耐了，作业都敢不写了。"

唐疏予太了解陆云亭，陆母说话的时候，他偷偷地把手伸到后面，捉住陆云亭的手，重重地握了一下。

他在告诉她，没事的，哥哥在。

"是手抄报吗？"唐疏予问道。

陆母一挑眉，非常疑惑："你怎么知道？"

唐疏予略略垂眸，能听到自己身后的小姑娘低低地啜泣起来。

这哭声把唐疏予的心都揪了起来。

他回过头，声音很温柔：“小亭，你知不知道错了？”

唐疏予根本没给陆云亭说话的机会，停顿了一下，继续说道：“小亭也很难过是不是？老师训斥你的时候也很害怕是不是？”

陆云亭的眼泪越发汹涌，她咬着下嘴唇，点了点头。

她胆子那么小，这么多年乖巧的原因并不是她热爱学习或者是怎样，她只是害怕。

害怕被老师骂，害怕被爸爸妈妈骂。

以前写老师留的罚写作业写到后半夜，她都不曾有一句怨言，那时她是班上唯一一个把全部罚写都写完的人。

现在又怎么可能不写作业呢，还是“明目张胆”地不写？

陆母看着陆云亭的眼泪，一下就心软了。

母女两个都是典型的吃软不吃硬类型。

陆母强撑着语气又训斥了几句，在自己的眼泪即将决堤之前，说：“疏予你帮阿姨说说你妹妹。”

唐疏予等的就是这句话，马上应道：“好，阿姨。”

唐疏予拉着哭成泪人的陆云亭上了楼。

关上门的那一刻，唐疏予转身把陆云亭抱在怀里。

“好了好了，不哭了。”

哭得人心都碎了。

陆云亭委屈，眼泪不断，一点点地哭出声音。

唐疏予狠狠咬着牙，轻轻拍着陆云亭的后背。

那天下午，唐疏予坐在陆云亭的书桌前，画了整整三十几张手抄报，而且内容全都不一样。

他告诉她，以后老师再留这样的作业，她就把他画的交上去，不够用了他再帮她画。

陆云亭这才好一点，红了一双眼睛，指了指唐疏予的手指。

唐疏予随随便便看了一眼，甩了几下背到后面去。

“没事啦。”

他收得快，可是陆云亭还是看得清清楚楚。

他皮肤那么白，这样写写画画一整个下午，中指握笔的那处磨得通红通红。

唐疏予用左手抚了抚陆云亭的脸颊，问道：“这一周在学校过得还习惯吗？”

一说起这个，陆云亭鼻子又是一酸。

唐疏予看到她眼睛红了，立马站起身，小声问：“谁欺负你了？”

陆云亭摇摇头，说：“没有，就是不太习惯。”

唐疏予笑了笑，半晌才说：“嗯，我也不习惯。”

不习惯学校里没有那个烦人精。

不习惯自己身后没有小跟屁虫。

不习惯放学一个人往宿舍走。

什么什么都不习惯。

唐疏予低下头，把表现在外的那点悲伤抹去。

那天晚上，唐疏予回到家，用下一次考试进步二十分跟他妈妈换了一个条件。

唐母非常震惊地问：“你不想住校？

“当初选这所学校不就是因为你说想住校让自己更独立的吗？”

唐疏予语气淡淡地说：“那时候是那么想的，现在不这么想了。”

唐母斟酌了一下，问道：“是不是跟同学相处得不愉快？”

“不是，我觉得自己挺独立了，不用培养了。”

唐母深知自家儿子的脾性。

他性格温和有礼，是长辈们眼里懂事、优秀的孩子。

陆母常说，要是唐疏予生在古代，必然是个白衣翩翩的少年郎。

他看似挺好说话的性子，其实执着得很。

他有自己的主见，凡是有自己的把控，倒也不用唐母怎么操心。

所以他提了这个要求之后，唐母觉得也没有什么不可，就同意了。

唐疏予不住校了，最高兴的自然是陆云亭。

陆云亭晚上和他一起写作业，总是比自己一个人时写得快。

每次有不会的问题，陆云亭不需要想破脑袋，只要假装出百思不得其解的样子，皱眉，咬嘴唇，能挤出两滴眼泪最好。

唐疏予一定会口嫌体正直地给她讲解，就连答案都不用她自己算。

很多年以后，陆云亭回想起来，总觉得自己成绩一直不好跟唐疏予的纵容脱不开干系。

此刻，陆云亭一脚踹向自己枕边人，说道：“都怪你！要不然我肯定考第一，走上人生巅峰了。”

唐疏予无辜挨了一下，有点委屈地说：“我耽误了你，我这不是赔给你了吗？”

“赔给我什么了？”

“养你一辈子啊。”

陆云亭：“……”

也对。

现在也挺人生巅峰的。

唐疏予继续说道：“我还给了你这么好的基因，你儿子以后肯定可以考第一，娶个被他耽误了的小祖宗回家，把小祖宗养成人生巅峰。”

陆云亭仔仔细细地想了一遍。

嗯，简直不能太有道理。

六年级就这样吵吵闹闹地过去，陆云亭终于上了初一。

以她的成绩，自然是考不上唐疏予的学校的，她转到这里还是唐母的功劳。

唐母可不想让陆云亭和自家儿子分开，万一这么可爱的儿媳妇被别人拐跑了怎么办。

于是，九月开学第一天，唐疏予兴冲冲地把陆云亭接到学校，并且跟唐母提出重新住校。

这里原本就是寄宿制学校，一开始陆母还有些不放心，自己家闺女什么样儿她太清楚了，要说陆云亭能照顾好自己，那简直是天方夜谭。

但是一想唐疏予也在学校里，能替她照顾陆云亭，陆母也就放心了。

上学第一天，唐疏予就非常严肃地警告陆云亭。

“知道初中部的老师最讨厌的是什么吗？”

“什么？”

“是男女同学走得太近。”

陆云亭眼珠一转，说道：“那我也不能总去找你了。”

“那可不是！我们是兄妹，和他们不一样。”

陆云亭似懂非懂地点了点头：“哦。”

唐疏予见她不太坚决，又嘱咐了一遍：“你记住了没有？你要是跟男生走得太近会被老师逮住，你就要被罚在周一升旗仪式的时候，当着全校同学的面作检讨。”

陆云亭愣住了。

这个反应唐疏予非常满意，接着说道：“还要告诉你家长，在家长会上说这件事情，让其他同学引以为戒。你还会被罚站，一个人孤零零站在走廊里，什么课都不准上。”

陆云亭不解地问：“为什么只罚我一个人啊？另一个男生不罚吗？”

唐疏予眉头一蹙，有些不悦地说：“这个时候了你居然还想着另一个人？”

陆云亭连忙摆手，说：“不想了，不想了。”

这还差不多……

陆云亭现在出落得亭亭玉立，骨架抻开了，下巴尖了不少，脸上的婴儿肥也褪去了，圆眼瑶鼻，俨然一个美人的模样。

这样的姑娘在初中部有多受欢迎唐疏予简直太清楚。

几乎要比当年的聂月风头更盛。

如果不吓唬吓唬陆云亭，唐疏予根本无法放心。

他不敢想象哪一天陆云亭被哪个臭小子勾搭走了。

他可能会控制不住自己，摒弃所有“谦和”“有礼”的光环，露出本来面目。

唐疏予真的把陆云亭保护得很好。

他经常来班级看她，渐渐地，陆云亭班上的人也都认识他了。

现在的唐疏予比小时候更加狡猾。

他不单单是对陆云亭好，他对她班上的其他人也好。

小恩小惠的，最能收买人心。

逐渐地，陆云亭班级里多了好几个属于唐疏予的忠实“间谍”。

在他不在的时候，他们帮他看着陆云亭。

这大半年都过得十分平静，变故起于下学期的运动会之后。

陆云亭不习惯运动，想回教室喝口水的间隙，身后有人叫她。

“你是陆云亭吗？”

是个很好听的女声，乍一听到的那一刻，陆云亭有一瞬间的失神。

这道声音跟聂月的声音有点像，但是再一分辨就知道不是她。

聂月的声音更醇厚更浓郁，也更好听。

若说聂月的声音是一道好听的琴声，那么现在这个人的声音就是和弦错了半拍的琴声。

像是像，但是韵味差了太多。

自打小学毕业之后，聂月和陆云亭上了不同的初中，所有的联系方式都换了，两人再也没有联系。

陆云亭还是想念聂月的。

陆云亭回过头，看到那是一个矮矮的、挺可爱的小姑娘。

“你是……”

小姑娘又确认了一遍：“你是陆云亭吗？”

陆云亭点头道：“嗯，我是，你找我？”

小姑娘跑了几步过来，继续问：“听说你是初二三班唐疏予的妹妹，是吗？”

陆云亭不知道她要干什么，但还是点头说：“嗯，是。”

小姑娘朝她递过来一个好看的信封，问道：“能不能麻烦你把这个交给他啊？”

陆云亭犹豫地接过来，问道：“这是什么？”

小姑娘霎时红了脸，小声说：“嗯……你就帮我给他就行了。”

“好吧……你是哪个班的？”

“初二二班，我叫吴菲菲。”

陆云亭心不在焉了一个下午。

那个漂亮的粉色信封就在她的书桌里，她一边听讲，一边用手指肚摩挲着信封的边沿。

陆云亭心里隐约知道这是什么。

以前就总有一个个漂亮的小信封伴随着各种各样精致的小礼物出现在聂月的书桌里。

那些都是喜欢聂月的人送给她的。

那也就是说这个吴菲菲喜欢唐疏予吗?

初中部的老师不是最不喜欢男女生走得太近吗，她怎么敢这样明目张胆的呢?

胆子可真够大的……

陆云亭扁着嘴，胡思乱想。

真好奇这里面写的什么啊……

纠结了一下午，晚饭之后的大休息时间，陆云亭依然心事重重的。

唐疏予正在跟他的那帮同学打篮球，一个扣篮之后走过来。

"你怎么了？不高兴？"唐疏予随手拧开一瓶矿泉水，仰头，咕咚咕咚灌了几大口。

陆云亭考虑了很久，开口道："你认识初二二班的人吗？"

"谁啊？"

"嗯……你都认识谁啊？"

2 班和 3 班挨得近，无论是升旗还是课间操，都站在一起，更何况两个班级是同一个数学老师，唐疏予是 3 班的数学课代表，经常去 2 班送卷子，唐疏予脑子好使，几乎过目不忘。

一来二去的，2 班的人他几乎都认识了。

"都认识？"陆云亭挑挑眉，"那吴菲菲你也认识？"

唐疏予回忆了一下。

2 班的确是有这么一个人。

不怎么爱说话，好像特别讨厌他，每一次他过去送卷子，她都会背过身去。

"认识啊，她怎么了？"

陆云亭的心一下定了下来. 他们俩认识啊，我要是不把这封信给他，回头他们两人一对，那我陆云亭成了什么人。

于是，陆云亭咬了咬牙，从校服兜里拿出那个已经被她攥得皱巴巴的信封，不大好意思地用手指理了理，说道："这是吴菲菲托我给你的。"

唐疏予拿水瓶的动作停顿了一下。

他没急着接，先是抬眸看了陆云亭一眼。

夕阳西下，天边绚烂的霞光悉数映在她的眼睛里。

那双大眼睛又干净又明亮，满满赤诚，唐疏予分辨了半天，也没从里面找到一丁点类似于“嫉妒”“不高兴”的情绪。

唐疏予忽然笑了一下。

谁不知道唐疏予的大名。

无论成绩、家境、相貌，唐疏予样样出挑，在校园论坛上他一直是公认的校草，欣赏他的姑娘能从教学楼一路排到食堂去。

唐疏予呢，怕陆云亭生气，怕她因为这些不相干的人生气，向来是能离其他女生多远就离多远。

谁不知道唐疏予眼高于顶，最讨厌女生献媚啊。

他收到无数封情书，但是他看都不看一眼就处理掉了。

现在可倒好。

陆云亭亲自把其他女生的情书送到他面前。

那眼神干净得他想发火。

好像央求着他拆开，如果他能当场拆开，被情书里的内容感动，原地和那个什么菲菲在一起，她才高兴呢。

手里的矿泉水瓶变了形状，唐疏予轻笑之后，眼神变得深邃且狠厉。

“陆云亭……”

在学校里，他都是叫她大名的，但是这一刻，陆云亭却有些毛骨悚然。

“啊？怎么了？”

小姑娘眼睛里满是懵懂。

唐疏予又是一笑。

他是在笑自己。

“没怎么。”唐疏予忽然站起身，“回去上课吧，马上打铃了。”

陆云亭被唐疏予忽然的情绪变化搞得莫名其妙，正想要追上去的时候，意识到手里还拿着吴菲菲的情书呢。

于是，陆云亭补充了一句：“唐疏予，这个你收着啊……”

唐疏予的背影猛地一顿。

他回过头，从陆云亭手里抽出那个信封，当着她的面丢进一旁的垃圾桶。

陆云亭原本还想提醒他，背着点老师，升旗仪式的时候当着全校同学的面念检讨可不是什么好玩的事。

可是唐疏予并没有给她机会，只留给她一道背影。

陆云亭的脑子乱乱的，夕阳从他身后斜斜地映照过来。

那时她想的竟然是——

唐疏予怎么长这么高了啊。

虽然他从小就比她高，但是现在他居然都快要比她高大半个头了。

连续几天，陆云亭的心里都很乱。

那天之后，唐疏予就没来找过她，平时两个人经常一起去的地方陆云亭都去过了，可是唐疏予都不在。

有一次她去他们班找他，他们班的人说唐疏予去2班送卷子了。

陆云亭原本想回去，可是一想到2班，她就不受控地改变了方向。

“不经意”地经过2班的时候，陆云亭看到唐疏予高高地站在门口，把卷子递到那个女课代表的手里。

陆云亭正想叫唐疏予的时候，吴菲菲刚好从走廊另一边拐过来。

吴菲菲一眼就看到唐疏予站在门口，一下子红了脸。

她偷偷地瞄着他，还轻轻笑着和旁边的人叽叽喳喳地说着什么。

陆云亭低下头，心里忽然有些烦躁。

陆云亭打消了和唐疏予打招呼的念头。

陆云亭心里乱七八糟想的竟是：吴菲菲可真矮啊，就只到我的肩膀而已。

吴菲菲站在唐疏予面前，更是显得跟个小矮人似的，两人一点也不般配。

陆云亭扁了扁嘴，一丁点也不般配。

唐疏予交完卷子，目光淡淡地落在走廊拐角处那个低头走着的姑娘身上。

她经过的时候，总有在门口玩闹的初二男生盯着她看。

“陆云亭。”唐疏予没忍住，开口叫了她一声。

不单单是陆云亭，其他男生也回过头。

“啊？”

唐疏予招了下手，说道：“过来。”

陆云亭和唐疏予并肩走在走廊上，问道：“去你班干吗？”

唐疏予说：“给你拿点东西。”

陆云亭跟着他走到3班教室门口，唐疏予从书桌里抱了一兜小零食回来塞她怀里。

“给我的？”陆云亭仰头看他。

唐疏予低下头，支支吾吾道：“新到了巧克力糖，你尝尝。”

陆云亭最爱巧克力，立马喜笑颜开：“好！”

这事儿暂时就算过去了，可陆云亭心底还是有了一个结。

自打吴菲菲事件之后，陆云亭才终于意识到，唐疏予有多么受欢迎。

原来他走在操场上的时候，有这么多小女孩在偷偷看他。

原来他打篮球的时候，那么多姑娘争相给他送水。

原来他考第一名的时候，那么多人用羡慕崇拜的眼神看他。

他们从小一起长大，熟悉得像是自己的左右手，陆云亭从来没有注意过这些。

注意到之后，陆云亭发现那些姑娘的青睐和仰慕，多多少少让她心里有些不太舒服。

虽然她也说不出不太舒服的原因是什么。

那正是一个男孩开始叛逆的时间段。

唐疏予也不例外。

他喜欢打游戏，打篮球。

但是唐疏予太聪明了，即使逃课也依然稳坐年级第一的宝座，毫不动摇。

他优秀惯了，在老师和家长的眼里，他绝不是一个会逃课上网的孩子。

如果被发现了，也绝对是别人带坏他的。

有一次他们出去上网，刚好被陆云亭发现，原本陆云亭就知道，唐疏予可不是老师眼中那么乖的孩子。

他虽然成绩好，可绝对称不上努力，也和“乖”这个字沾不上边。

这下陆云亭亲眼看见，彻底撕下了唐疏予身上那层伪善的面具。

“好哇，我要告诉老师，告诉唐阿姨！”

可是人家唐疏予根本不怕，他有恃无恐地说：“你去吧，说得好像他们会信一样。”

陆云亭蔫了：“……”

是的。

这家伙平时装得太好了，老师们根本不会相信的。

“别蔫了，给你买了个东西，想不想看看？”

陆云亭仰起头，问道：“什么东西啊？”

唐疏予从包里拿出一个礼盒，说道：“拆开看看。”

陆云亭小心翼翼地把礼盒拆开，打开盖子。

里面放着一个小小的精致的音乐盒。

黑色金色相间，打开来，伴随着叮叮咚咚的音乐，一个小人儿优雅起舞。

“这个牌子的音乐盒停产了，我找了好几年才终于找到，当成你的生日礼物提前送给你了。”唐疏予不咸不淡地说。

陆云亭看着音乐盒上的小人儿，眼眶止不住酸涩。

唐疏予永远都是这样，她不经意间说出的一句话，一句喜欢，可能过后她自己都已经忘了。

可是唐疏予会上天入地帮她寻来。

“其实……我喜欢这个音乐盒是因为……”

“嗯？因为什么？”

陆云亭停顿了一下，回道：“这首曲子……”

唐疏予仔细听了一下。

这首钢琴曲很熟悉，是他初学钢琴那年，参加一个钢琴大赛的获奖曲目。

陆云亭绘画还行，但是对于音乐一窍不通，很简单的旋律她都记不住。

可她却记住了这首曲子，她那时候拿起聂月的音乐盒一听，她就知道了。

唐疏予明白过来，心脏止不住地狂跳起来，就连嘴角都微微上扬，说道：“所以——你喜欢这个音乐盒，是因为我？”

陆云亭见唐疏予得意地皱了皱眉，忽然就想起吴菲菲的那封情书来。

这样英俊的笑容，吸引了那么多蜂啊蝶啊的。

“是啊，那年你练琴练到哭，我就想把这个音乐盒买回来，让你多多回忆那段痛苦的时光。”

唐疏予：“……”

“扑哧——”陆云亭一本正经地说完，看到唐疏予那副吃瘪的表情，一下没忍住，笑场了，“哈哈哈……”

“陆云亭！”

陆唐（5）

唐疏予初二，陆云亭初一。

下学期那会儿，是唐疏予玩得最疯的时候，也恰好是陆云亭成绩跌入谷底的时间段。

也许是课程忽然变难了，也许是好学校里好学生多了，而陆云亭并没有改变她的学习态度。

其实她一直学习很认真，就是听不懂而已。

语文还好一些，理科简直烂到了家。

以前陆母在公司里有个虚职，偶尔去公司上个班，现在公司有点变动，她成了全职太太，所有精力都用在陆云亭身上。

陆母在学校门口等着接陆云亭的时候，又认识了一批家长。

于是，在陆母心中，种下了一大批“别人家孩子”的种子。

今天这个孩子拿了奖，明天那个学生考了第一名。

陆母只有跟着笑的份儿，努力把自己藏起来，生怕别人问她家孩子考多少分。

毕竟她家孩子的分数还不够人家总分的一个零头。

最后实在没有话聊了，陆母只好拿陆云亭的哥哥——唐疏予的成绩说话。

一下翻身农奴把歌唱，陆母成了家长中的焦点。

大家纷纷向她讨教教育方法，想要自家孩子跟这样优秀的人一起学习。

陆母面皮上笑着，心里却苦得跟什么似的。

回到家，陆云亭依旧懵懵懂懂，作业胡乱写，陆母帮她批改的时候，发现一整页一整页的错误，叫了唐疏予帮她讲题，陆云亭困得直打瞌睡。

偏巧那时正好唐疏予玩游戏玩得最凶，陆云亭不想听，他就不讲了，急着回家约战。

这样一来，陆母越发觉得自家孩子不上进，看人家唐疏予这样金光闪闪的成绩都知道回家学习。

陆母偶尔说陆云亭两句，陆云亭并没有往心里去。

母女两个之间的矛盾越来越深。

终于，在一次家宴上，有一个亲戚问起陆云亭的成绩，陆云亭满不在乎地说出分数和名次之后，陆母觉得自己的脸都被丢尽了，当场爆发。

那一次母女两个吵得很凶。

虽然那些亲属也都阻止，可终究看热闹的居多。

陆云亭看似什么事情都马马虎虎，什么都不往心里去，但其实内心脆弱又敏感。

妈妈在所有人面前，指着她鼻子说："你看看人家唐疏予，什么都比你强，从小到大都比你强，你自己心里没有数吗？"

其他的陆云亭都没有那么难过。

唯独唐疏予这句。

因为陆云亭自己心底里也有这样的意识，被母亲戳破的时候才会这样难堪。

一向胆小懦弱的陆云亭忽然大吼起来："我知道你一直都喜欢唐疏予胜过喜欢我，你大可以把他当成亲生儿子，不用我做你女儿啊。"

陆母听了这话，好啊，你不知悔改，还敢这样顶撞！

陆母正在气头上，还要说什么的时候，陆云亭没再多说，转头就要跑走。

亲戚中有人象征性地拉了陆云亭一下，陆云亭没理。

那天下午，她一个人在湖边发呆了好久好久。

到了晚上，陆母也逐渐冷静下来，心知自己在午宴上的话说得太过。

但是一想陆云亭也实在太不给她面子，她心里又觉得气不过。家里的阿姨担心陆云亭迟迟未归，提醒了陆母好几次。

陆母有心想找，却又不想降低身份，支吾着说："随她去，我看她有什么能耐一直不回来。"

这样一句话，刚好被进门的陆云亭听见。

是啊，她这样的人，连出走的能耐也没有。

陆母看到陆云亭，一股气提上来，正要说什么，陆云亭低头道："妈妈，我上楼了。"

陆母忽然发现，不知道从什么时候起，陆云亭长大了，出落得这样纤瘦，半点婴儿肥都没了。

这样细瘦的肩膀耷拉下来，看上去可怜兮兮的。

陆母想说什么，可是陆云亭已经头也不回地上楼了。

陆母气得也回了房间，临走时吩咐家里的阿姨："把汤给她端上去一份。"

这一周，陆云亭学习很努力，比之前还要努力。

上课爱犯困，那就一杯一杯地灌咖啡。

有问题听不懂，那就找老师问，找同学问。

有的时候，陆云亭表达不清楚自己的问题，老师和同学也搞不清她究竟想问什么。

陆云亭就只好去找唐疏予，只有唐疏予听得懂她说的话。

陆云亭连续找了唐疏予一周，都没有找到。

因为唐疏予最近也很忙。

他在校外认识了很多人，有的是旁边高中的，有的是职高技校的。

他们有一个共同点，那就是游戏都玩得非常好。

每天晚上，唐疏予都会跟他们一起去玩，玩到很晚才回家。

他根本没有时间管陆云亭。

这天，他和他的队友们约了战队赛，刚打放学铃，他就匆匆忙忙背了书包往外跑。

初一比初二矮一个楼层，唐疏予下楼之后，刚好和陆云亭碰了个正着。

"哎，唐疏予，你等等我！"

之前的好几天，陆云亭都和唐疏予错过，这一次终于被她逮住了。

唐疏予一边跑，一边回头问道："干吗？"

"你今天去不去我家啊？帮我看几道题可以吗？"

"不去。"唐疏予回答得很干脆。

到了校门口，唐疏予和他的那些兄弟们会合。

“那你周末来吗？可是周五就要月考了，来不及了。”陆云亭说话的时候拧着两条小眉毛。

“周末也不去，我哪有时间……走走走，还去老地方吗？”

男生高，腿也长，大步走起来陆云亭根本跟不上。

她几乎跑了起来，书包在身后一晃一晃的。

“唐疏予，你等等我呀。”

陆云亭过去拉唐疏予的校服袖子。

天气炎热，在太阳下面暴晒了一天的柳树也都打了蔫儿。

放学的时间点，学校门口挤了一堆卖小吃卖文具的小推车，人群熙熙攘攘，叫卖声在耳膜里混杂在一起。

无端让人觉得心烦。

小姑娘的额角渗出细密的汗珠，一双眼睛透亮，双眸中满是焦急的神色。

唐疏予皱着眉，问道：“你干什么？不是说了我今天没时间吗？”

陆云亭的语气中不自觉带了些许哀求：“就几道题而已，你就帮我看一下？”

马上就要月考了，没有时间了。

唐疏予并不知道之前陆云亭和陆母之间的矛盾，所以他不知道这次的月考对于陆云亭来说意味着什么。

以前她从来不在意这些考试的。

所以唐疏予只觉得现在的陆云亭是在故意找碴，莫名其妙。

旁边那几个技校的学生等不及了，没好气地问：“走不走了？”

唐疏予马上说：“走走走。”

他把自己的袖子狠狠往回一拽，冷冷地对陆云亭说：“我没时间，你爱问谁问谁去。”

陆云亭停在原地。

这个场景，忽然有些眼熟。

还记得很小的时候，唐疏予最讨厌的人就是陆云亭。

幼儿园里的小朋友几乎都知道这件事，除了陆云亭自己不知道。

幼儿园里的老师组织大家做手工，陆云亭刚入园不久，她认生得很，不管老师如何温柔地规劝，陆云亭都无法融入班级。

她认识的人就只有唐疏予。

唐疏予的手工做得又快又好，老师不住地表扬，还让他去帮助其他小朋友完成手工。

陆云亭动手能力极差，一张纸上什么内容都没有。

在陌生的环境里，陆云亭害怕极了。

她只能跟在唐疏予身后，“哥哥”“哥哥”地叫。

唐疏予是被老师委派任务的大人物，奉命教其他小朋友做手工，哪里有心思去管身后的那个丫头。

唐疏予心气儿极高，总觉得承认这个笨蛋是自己妹妹是一件非常丢脸的事情。

于是，他假装看不见陆云亭的存在，对其他小朋友知无不言，极尽耐心，唯独对陆云亭，恶言相向，厌恶至极。

后来有小朋友笑话陆云亭，唐疏予更是觉得陆云亭丢了自己的脸，之前“老师小助手”的光环消失得无影无踪。

他回过头，狠狠把陆云亭推开，把他的衣角从她的手中抽出。

“你能不能别跟着我？”

“我没时间，你爱问谁问谁去。”

两句话，中间隔了十年。

陆云亭忽然看清楚了什么。

她停留在原地，夕阳把她的影子拉得老长。

周围的环境那样嘈杂，只有她是安静的。

她知道唐疏予一直讨厌她，之前对她那么好也只不过是唐母的要求罢了。

唐疏予在人前是那样听话优秀的孩子，母亲的这一点要求自然也会遵从。

可是，在唐疏予的内心是非常厌恶她的吧。

陆云亭看着唐疏予和那些人勾肩搭背地往前走，像是有一只冰凉的大手忽然攥紧了她的心脏，让她有一瞬间的窒息。

你回一下头好吗?

你回一次头好不好?

只要你回头，就能看见我在原地等着你。

唐疏予他们拐了一个弯。

陆云亭忽然回过神来似的，拔腿往前跑去，跑到那个拐角处，看着唐疏予他们继续往前走。

一直到他们消失在视线中，他都没有回过一次头。

快到期末考试了，据说这段时间有教育局的领导过来检查，学校抓得非常严。

唐疏予没有办法再去打游戏了。

这时，他才后知后觉地反应过来——

咦？好像陆云亭已经很久没有来找过他了。

那天，唐疏予要去老师办公室拿卷子，经过初一那一层楼的时候，停顿了一下。

他转了个弯，从另一个楼梯下去，正好可以经过陆云亭她班门口。

下课时间，走廊里面十分吵闹。

唐疏予站在教室门口往里看。

陆云亭她班已经重新调了座位，他找了一会儿才看到陆云亭。

她在倒数第三排，靠窗，她的同桌是一个清秀的男生。

此时，他们中间放着一本练习册，那个男生似乎在给陆云亭讲题。

男生背对着唐疏予，这个角度，唐疏予刚好能看到陆云亭眯起来的月牙儿笑。

那个甜啊。

那个美啊。

那个开心啊。

“砰！”

后门忽然响了一声，陆云亭吓了一跳。

她回头的时候看到唐疏予从前门经过。

“谁啊？”陆云亭旁边的男生叫张辉，他疑惑地问道。

陆云亭敛了眉眼，说道：“不知道，这道题我听懂了，谢谢你啊。”

“不客气。”

晚上放学，经过楼梯口的学生都奇怪地看了一眼斜斜倚在窗边的那个人。

吵闹声越来越远，楼道里都安静了，依然不见陆云亭出来。

唐疏予等得不耐烦了。

他走到她教室门口，看到陆云亭在慢吞吞地收拾书包。

想起下午的那个情景，唐疏予就生气。

陆云亭跟那个同桌的小男生亲密地挤在一起，笑容甜蜜放松。

他狠狠踹一脚门依然不解气。

唐疏予皱着眉，语气非常不友善：“哎——”

陆云亭抬起头，平淡地看着他。

唐疏予无端被这道眼神刺了一下，还没等说什么，她重新低下头去，继续收拾，完全把他无视。

唐疏予咂了一下舌头，催促道：“陆云亭，快点收拾，没看我在等你吗？”

这次陆云亭连抬头都没有，她收拾好了书包之后，动作缓慢地从座位里挪出来。

唐疏予更加不满，正要发火，那声吼忽然哽在喉咙里。

说不出，咽不下。

陆云亭慢吞吞的，身子一下高，一下低，小心翼翼地扶着墙壁，从他身边经过。

唐疏予反应过来，赶忙追了上去。

“哎，你脚怎么了？”

陆云亭不说话。

“哎，问你话呢？是不是扭到了？”

陆云亭依然没有回答。

唐疏予着急了，把书包往地上一扔，蹲下身去就要捉她的脚腕，说道：“给我看看。”

“走开。”

陆云亭声音低低的，往后躲了一下，险些没站稳。

唐疏予怕她摔着，没敢妄动，疑惑地问：“你到底什么情况？”

陆云亭低下头，就着楼梯扶手，一步一步下楼。

到了楼下，张峰看到陆云亭，说道：“你出来了？给，草莓冰。”

张峰递给陆云亭一杯饮料。

“嗯？不用了，我……”

“刚好第二杯半价，你快拿着吧，我也喝不了。”

陆云亭只好接在手里。

“走吧，老师等着呢。”

唐疏予几步跳下台阶，大喊一声：“陆云亭！”

陆云亭没有回头。

她的身边跟着张峰，没一会儿，还有几个同学也聚集过来。

“什么老师啊？你去哪儿啊，陆云亭。”

空旷的操场，只有风声回应着唐疏予。

像是一拳打在棉花上，唐疏予忽然气不打一处来！

“陆云亭，你有种！”

这句话喊出口的一瞬间，他就后悔了。

陆云亭始终没有理他，这句话之后却忽然回头。

唐疏予支支吾吾地解释：“哎，我……我乱说的……”

陆云亭忽然轻笑了一下，风吹过，她的碎发在风中飘荡。

“对啊，是，我有种，怎么了？”

唐疏予是一个非常冷情的人，很少会为了什么人什么事动气。

唯独对陆云亭。

只有她能轻易挑起他的怒火。

这时，陆云亭旁边的那个男生看情势不对，过去拉了陆云亭一下。

男生的原意是想让陆云亭别生气，可是这个小动作看在唐疏予眼里，却彻底点燃了他的怒火。

你算什么东西？

也敢碰陆云亭？

属于唐疏予的“好学生”的风度彻底荡然无存。

他大步过去，想一脚踹在那个男生的心窝，可是陆云亭先他一步，站在那人面前。

唐疏予低头，陆云亭仰头。

“陆云亭。”

唐疏予的声音很低，可是陆云亭知道，这时候的唐疏予才是真的生气了。

可，那又怎样呢？

陆云亭淡淡地垂下双眸。

“我们走吧，别迟到了。”陆云亭转过身，跟着那几个人，一瘸一拐地走出校园。

唐疏予：“……”

过几天就是篮球赛了，比赛就在篮球场上举行，谁都可以去看。

八年级那场比赛中，唐疏予无疑是最大的亮点，比赛都是次要，来看比赛的人几乎都是冲着唐疏予去的。

他参加的那场，周围站了一大圈人。

陆云亭路过的时候，刚好从人群中看到唐疏予的一个扣篮。

他还在热身，有姑娘跑到篮球场中间递给他一瓶水。

唐疏予从篮筐上跳下来的时候，老远就看到了陆云亭。

他总有这样的能力，能从人群中一眼把她找到。

陆云亭看到他，脚步停都未停。

唐疏予皱了皱眉，一伸手，竟然接过了那姑娘的水瓶。

那姑娘惊喜地抬起头，内心在尖叫。

那可是唐疏予啊！

从来不肯接受女生礼物的唐疏予啊！

竟然接过了她买的矿泉水，而且还转着圈地喝。

咦？为什么转着圈喝？

姑娘顺着唐疏予目光的方向看去。

一个瘦小的身影正低着头往教学楼方向走。

唐疏予的目光一直锁在她的身上，恶狠狠地一口一口吞咽着矿泉水。

他把一整瓶水都喝干，最后把瓶子拧得变了形。

小丫头片子，是真的长能耐了……

唐疏予随便胡噜了一下头发。

真是长能耐了。

陆唐（6）

期末考试结束，唐疏予有了大把的时间浪费在游戏上，他和队友打了两天游戏。

明明心愿得偿，可是唐疏予并没有觉得开心，反而心里空荡荡的，像是破了一个洞，呼呼地往里灌着凉风。

他去了陆云亭的家找她。

结果陆母告诉他，陆云亭和同学一起报了一个旅行团，出去玩了。

“同学？哪个同学？”唐疏予皱了皱眉。

“具体我也不知道，就是他们一个补习班的，挺多人。”

哦，她最近还上了补习班。

唐疏予心里的那道口子似乎又大了些。

他有点难受。

去旅行了，大约还要很久才能回来吧。

真好啊，烦人精不在身边了。

唐疏予想笑，稍微扯了扯嘴角，却发现根本笑不出来。

唐疏予回到家之后，写完了所有假期作业，看了一遍下学期的书，顺便做完几本下学期的练习册。

原以为完成这些，陆云亭就能回来了。

可是陆母告诉他，陆云亭出国游玩，还要十天左右才能回。

唐疏予呆呆地坐在窗前，心里空荡得快要疯了。

他以前从未在意过陆云亭的存在。

只当她是一个总是跟在他身后的小累赘，笨笨的，慢吞吞的。

母亲让自己对她好，唐疏予满不在乎，“对她好”这种事对于唐疏予来说非常简单，他自己心里也不曾反感。

唐疏予从来没有真正回想过，自己对于陆云亭，究竟是怎样的感情。

小累赘忽然不见了，竟是这样空空荡荡，哪哪都是她的痕迹，不管做什么都能想起她来。

唐疏予叹了口气下楼，决定把家里整个收拾一遍。

陆云亭下了飞机，先给妈妈打了电话。

“妈妈，孟叔叔过来接我吗？”

孟叔叔是他家的司机。

“孟叔叔已经到了，疏予也在，给你带了吃的。”

陆云亭停顿了一下，问道：“他也来了？”

“嗯，你出了机场应该就能看到他们。”

唐疏予等在外面，老远看到陆云亭跟着一群同学出来。

“小亭！”唐疏予快步迎上去。

陆云亭问道：“你怎么来了？”

唐疏予接过陆云亭的行李，不以为意地说：“当然是恰好路过，不然你以为我是特意过来接你吗？别开玩笑了。”

“哦。”

“玩得好吗？”唐疏予嘴角止不住地上扬，目光落在她的小脸上，“瘦了。”

“还好。”

假期结束的前几天，唐疏予总是有事没事就到陆云亭家里来。

要么是来找陆母，要么是唐阿姨让他送东西过来，要么就是有别的事情，反正没有一次是因为陆云亭。

陆云亭忙着写作业，也没怎么搭理唐疏予。

唐疏予一边喂着陆云亭家的狗，一边用余光看着花园里荡秋千的姑娘，心里默默叹了口气。

他摸了摸狗头，叹道：“风水轮流转……风水轮流转哪！”

开学之后，陆云亭就上初二了。

学校开始要上晚自习，每天累得要命，早上起床就更困难了。

陆云亭每天的早饭就又泡汤了，能保证不迟到就已是烧了高香。

于是，每天第一节下课的那包零食又出现在陆云亭的课桌上。

唐疏予这个人还特别高调，陆云亭不在的时候，他就往走廊上一倚。

他本来就够耀眼的了，整个学校几乎就没有不认识他的，偏他还一直大声问：“哎？你班陆云亭哪儿去了？”

“看没看见你们班陆云亭啊？”

“我给她买了包零食，你们帮我叫下陆云亭呗？”

不光是下课。

大晚自习放学，陆云亭收拾书包出门，正好撞见楼梯转角处的唐疏予。

“陆阿姨今天有事儿，你得跟我一起回家。”

末了，他还要附上一个咧开嘴的笑容。

陆云亭淡淡地说：“哦，那走吧。”

唐疏予扁了扁嘴，看着前面那个细瘦的小身影，深深叹了口气。

以前成天跟在他后面的是谁啊？

成天过去找他，黏着他的又是谁？

怎么，怎么就……

唐疏予又叹了口气：“风水轮流转……”

陆云亭参加了补习班之后，朋友越来越多，补习班里面鱼龙混杂，不单单只有他们学校的学生。

隔壁初中一个男生，成绩不太好，心思也不在学习上，看到陆云亭乖乖巧巧，心里欢喜。

那天放学，他把陆云亭骗到巷子里，跟她单独说话。

陆云亭没见过这阵势，吓到了，想走，那个人不让。

陆云亭大力推开他，拼命往巷子口跑。

说巧不巧，唐疏予就站在巷口，陆云亭一头撞上唐疏予的胸口。

陆云亭看到他，眼泪就再也忍不住了。

恐惧、委屈混杂在一起，冲上她的眼眶。

唐疏予的胸口瞬间湿了一大块。

唐疏予焦急地问："怎么了？"

从陆云亭断断续续的叙述中，唐疏予知道了事情的始末，他反倒平静下来，眼里翻滚起暴风雨。

"他叫什么名字？"

陆云亭听到他这样问自己。

老师家长眼中最最优秀最最懂事的孩子，挑起了一场群架。

最后，唐疏予被降级，第二天，忽然出现在陆云亭的班级。

这所学校的初中和高中是连读的，直升非常容易。

当然，也只是对于其他人来说非常容易。

中考前那一个月，陆云亭还是要接受魔鬼式训练，才勉勉强强够到高中的分数。

她也不知道是巧合还是什么，上了高中之后，她又和唐疏予同一个班。

陆云亭不知道，这是唐疏予一手安排的。

但是也有一件出乎意料的事。

那就是林远时也在这个班里……

那个人是唐疏予的死对头，两个人怎么看对方都不顺眼。

这所高中是省重点中学，班上除了林远时、姜成鹤和陆云亭，没有成绩差的学生。

在这样的学校里，成绩好才是王道，像陆云亭这样的，并没有那么好的人缘。

直到高二那年，班级新转来一个姑娘。

叫叶婴。

陆云亭才终于有了一个好朋友。

随着年龄的增长，唐疏予的性格越来越沉稳，平时喜怒不形于色，谁都知道唐疏予是个狠角色，他的软肋就是陆云亭。

谁敢动陆云亭一下，他立马就会奓毛。

这样一来，陆云亭就更没有朋友了。

还好有个叶婴。

虽然唐疏予非常不喜欢叶婴，那姑娘看着天真乖巧，可是眼神非常复杂，沉淀了许多就连唐疏予都猜不透的心思。

但是林远时护着叶婴。

唐疏予也就没有对叶婴怎么样。

两个姑娘关系就更好了。

行吧，只要叶婴不害她就行。

但是……

怎么看都觉得陆云亭跟叶婴比跟他更加亲近似的。

唐疏予就有点不乐意了。

高中三年是陆云亭过得最快乐的三年。

有朋友，有亲人，有唐疏予。

高中班主任邵军是一个特别民主的老师，虽然在省重点高中任职多年，带过很多届成绩优异的毕业班，知名度甚高，可他不是一个完全按照成绩把学生分类的老师。

高中最后的那段时间，邵军让陆云亭和唐疏予坐在一起。

就在林远时和叶婴前面。

陆云亭从小就不爱学习，上了高中之后知识更深，她就更听不懂了，一到晚自习就困得直点头。

唐疏予跟邵军有过约定，只要陆云亭的成绩提高了，他们就能继续坐同桌。

可是看陆云亭现在这个样子，唐疏予实在不忍心叫她。

他只能一边纵着她，一边用点像是巧克力啊、小点心啊这些她喜欢的小东西吊着她，让她能学一点是一点。

唐疏予太了解陆云亭，只一眼，他就能知道陆云亭是哪里没有听懂，是哪方面的知识有欠缺。

陆母常说唐疏予讲题比老师讲得还好，其实这句话也有一定道理。

唐疏予自然没有老师博学有经验，他只是胜在更了解陆云亭罢了。

除了陆云亭，唐疏予从来没有给任何一个人讲过题。

这位大才子心高气傲，他整个人唯一的那一点点耐心，全都给了陆云亭。

再也无法分给其他人。

也许是高中三年陆云亭过得实在太快乐，快乐到竟从没有注意到父母愈来愈忙碌的工作，越来越焦急的容颜和他们越来越脆弱的身体。

直到变故发生，陆云亭才猛然醒悟。

无数个夜里，她总会梦到一个模糊的身影，从楼上跳下来。

陆云亭猛地惊醒，出了一身冷汗。

她在黑暗中睁着眼睛，缓了好久才终于缓过一点神来。

这是哪儿?

哦，我和妈妈到江市之后租的房子。

现在什么时间了?

看窗帘缝隙，应该又是半夜。

为什么又半夜醒来?

因为做了同样的噩梦。

陆云亭动了动，伸手擦了擦汗。

她掀开被子，赤脚下床。

水已经有些凉了，但是没有关系，陆云亭仰头灌了一大杯下肚。

再回到床上，陆云亭半分睡意也没有了。

她知道，这一定又是一个不眠夜。

这种情况她太熟悉了。

要么是根本无法入睡，要么就是噩梦缠身之后惊醒。

通常第二种情况都只在入睡两三个小时之后发生。

也就意味着后面的大半个夜晚，她又要睁眼度过。

虽然如此，第二天她依旧精神百倍，拿着简历面试十家公司都不成问题。

好像也并没有什么影响，所以陆云亭从来没有重视睡眠问题，更没有告诉母亲。

母亲只会瞎担心，什么忙也帮不上。

更何况去医院要很多很多钱，她哪里去得起。

正午，陆云亭从一座大厦里出来，在路边买了瓶水，咕咚咕咚几口之后，瓶子里的水就只剩下半瓶。

陆云亭今天特别想吃麦旋风，站在队尾等待，等排到了她，要付钱的时候，她忽然又犹豫了。

“对不起啊，我站错队了。”

陆云亭在一旁站了站，拐去旁边药店给母亲买了一袋泡脚粉。

梅雨季节，母亲的膝盖又开始痛了。

下午还有面试，吃完午饭之后，陆云亭趴在桌子上休息了一会儿。

周围大都是开出租车的司机在吃面，聊天的声音、吸溜面条的声音、叮当碗筷的声音糅杂在一起，直往陆云亭耳朵里钻。

她根本没有睡着。

想起上午的时候，面试官问及她的大学，她说家里变故，没有上大学。

不想之后面试官直接问她："那你高中的时候成绩好吗？

"你别介意，我的意思是想知道你学习的能力是不是很强，要知道按照你的学历来讲，根本来不了我们公司的，我看你在简历上写到一点家里的情况，我想，如果你学习能力可以的话，我们还会再考虑一下。"

成绩啊……

陆云亭苦笑了一下。

她的学习能力还真就很差。

其实成绩这种东西根本无从查证，可是陆云亭咬着牙，那个"好"字还是没有说出口。

她不能说谎啊……

旁边桌也不知是点了什么菜，一阵烟熏火燎袭来。

陆云亭低头，用手背抹了一下眼睛，结账出门。

下午还有三家面试，她可要打起精神来。

陆云亭走得急，丝毫没有注意到她走之后，一直停在路旁的一辆黑色轿车也跟着动了。

陆唐（7）

陆云亭在最后一家公司面试完，这家初试需要笔试，陆云亭觉得自己上学的时候都没有这一次答得认真。

从大厦出来，陆云亭有一瞬间的眩晕。

她探了探自己的脑门，似乎也没有发烧，她深吸一口气，到了公交车站之后，低头站了一会儿，又拐去了路旁的一家礼品店。

她在里面转了许久，才终于拎着一个袋子出来，等到公交车之后跳上车回家。

陆云亭刚开门就闻到了饭菜的香味，喊道："妈妈。"

陆母从厨房探出头来，说："回来了？快去换衣服歇一会儿，饭马上就要好了。"

陆云亭没急着换衣服，而是放下东西到厨房，伸开双臂抱了抱妈妈。

陆母笑着点了一下她的鼻子，问道："怎么？今天累着了吧？"

陆云亭的眼眶有些酸涩，用脸蛋蹭了蹭妈妈的后背，呜咽了一声。

陆母纵容着她的撒娇，慢吞吞地把排骨从锅里盛出来。

"妈妈，我好没用啊……"

过了很久，陆云亭忽然小小声地说。

陆母的动作停顿了一下，只一下，就又流畅地做自己的事。

"怎么会这么想啊？"陆母温柔地问道。

陆云亭没再说话，只是又蹭了蹭母亲的背。

以前家里有专门做饭和打扫的阿姨，陆母也就只会一些简单的菜系，像是做排骨什么的都是这几年才学会。

“来吧，吃饭了。”

“我去洗手。”

在洗手间里，陆云亭顺便用冷水抹了把脸，刚刚伏在母亲背上实在太温暖，她差一点就睡着了。

洗了脸之后精神不少，她才从洗手间里出来。

母亲的手艺很好，排骨非常香。

陆云亭吃了很多。

妈妈今天还买了一点水果，陆云亭打开一看，是杨梅。

她去洗杨梅，母亲收拾完厨房之后出来，看到陆云亭带回来的东西。

“还给妈妈买了泡脚粉哦？”

陆云亭在厨房，一颗一颗洗得很细致，回道：“哦，对，你不是膝盖痛嘛，我在药店买的，晚上试试看。”

陆母笑开来，除了这个，还有一个袋子。

她打开来看了一眼，又迅速合上。

她什么也没说，拿走泡脚粉。

租的房子没有电视，九点多陆母就洗完澡回房睡觉了。

陆云亭一个人在房间里，没开灯，也没有拉窗帘，外面的灯火辉煌，比月光还要明亮，投射进房间里。

陆云亭拿了一个小垫子，坐在窗边看着外面。

她开了一罐啤酒，一边发呆，一边喝。

网上说，人在微醺的状态下可能会比较容易入睡。

但是今天陆云亭喝酒不是为了睡着。

她今天不想这么早睡着。

晚上十二点，陆云亭看着天边的月亮，轻轻笑了一下，然后低下头，把最后一口酒喝完。

“生日快乐啊。”

刚上高一那年，唐疏予和陆云亭吵过一次架。

原因是陆云亭忘记了唐疏予的生日。

陆云亭没有想到唐疏予对这件事这么重视，后来她仔细回忆了一下，好像确实以前每一年的生日都是她和他一起过的。

陆云亭好说歹说，又是道歉又是买礼物，最后唐疏予让她去他家陪他过十二点，陆云亭去了，唐疏予这才消火。

之后，陆云亭每一年都记得他的生日。

高考之后，陆云亭爸爸的公司出了问题，陆父跳楼自尽，陆母带着陆云亭提前离开了晋城，走之前就连唐家也没有告诉。

风声过去，陆母和陆云亭辗转来到江市，一次偶然的机会，陆云亭看到一版财经杂志，封面是唐疏予的照片。

“还要去找他吗？”母亲问陆云亭。

陆云亭收起杂志，说道：“算了。”

这种感觉陆母明白，她也不会再去找唐母。

以前唐陆两家门当户对，唐疏予和陆云亭青梅竹马，唐母和陆母是最好的朋友。

可是现在，唐母是豪门贵妇，唐疏予是业界精英，而她们呢？

再也不是当年的模样。

既然已经离开了，就再也回不去了。

人走了，回忆却一直留在脑海中。

每一年的这天，不管她们过得多么窘迫，陆云亭都会去买一点小礼物，或大或小，安安静静地等待十二点。

这事陆云亭一直没跟陆母提过，但是陆母一直明白。

母女连心，母亲太了解陆云亭了。

从晋城离开后，陆云亭哭得近乎崩溃，陆母知道，不光是为了离开，为了告别。

更多的是因为陆云亭走的那一刻，就已经注定了她和唐疏予再无可能。

这么多年过去，陆云亭变得更加沉默，曾经胆小的姑娘，不仅承受住了这样的变故，并且默默担起家里所有的重担。

陆云亭从不会提起唐疏予，唐家成了母女二人之间的禁忌，两个人默契地谁也不说。

若不是唐疏予生日这天陆云亭的一点小礼物，陆母甚至觉得陆云亭可能再也不会想起他。

“你二十八岁了。”陆云亭的声音低低的，“有……女朋友了吧？”

从小你就那样优秀，现在应该有很多姑娘喜欢你吧？

一颗豆大的泪滴砸在她的手背上，陆云亭没有及时擦去。

换来的是更多的雨点落下。

一颗一颗，在她的手背碎成一片。

第二天一早，陆云亭醒来就觉得不太舒服，稍微活动了一下，还是出了门。

今天的面试很重要。

这是一份公众号编辑的工作，陆云亭觉得自己应该能够胜任。

公司在市中心那边，陆云亭坐公交车过去，面试官对她比较满意，说是要主编过来再过一轮。

就在等待主编的时候，一个纤瘦的白色身影踩着高跟鞋从远处走来。

这么多年过去，陆云亭还是一眼就认出了她。

她没有穿校服，没有戴眼镜，长长的墨发整个披散下来，腰肢纤瘦，面容冷淡。

工作室的人见了她，都恭敬地叫她“叶总”。

陆云亭怎么也没有想到会在这样的情景下遇到叶婴，慌忙转过身去。

可陆云亭还是听到了叶婴不确定地唤了一声：“小亭？”

陆云亭一眼就能认出她来，叶婴也一样。

仅仅一个背影，叶婴就知道是陆云亭。

陆云亭回过头，看到叶婴的眼神非常温柔。

陆云亭鼻子一酸，再也忍不住了。

“小婴……”

咖啡馆里，陆云亭说出了自己这些年的遭遇，叶婴一直静静地听着。

叶婴还是那样坚强。

远比陆云亭要坚强。

也许是看到了叶婴，记忆多多少少和往日有所勾连，陆云亭一直飘在空中的心突然定了下来。

叶婴聪明又冷静，陆云亭好像一下找到了主心骨。

“别担心，没关系。”最后的最后，叶婴这样对陆云亭说道。

说得陆云亭又有点想哭。

叶婴说没关系，那就一定会好。

从咖啡厅出来，陆云亭和叶婴道别，顶着日光走了很久，到一家小面馆吃面。

陆云亭整理了一下自己的情绪，因为下午还有好几家面试。

也许是遇到了叶婴的缘故，之后的面试陆云亭变得自信多了。

再次从大厦里出来，已经是七点多，华灯初上，陆云亭心中一根紧绷的弦终于松懈。

早上那种天旋地转的感觉再次袭来。

她尝试着走了几步，还是不行，扶着旁边的路灯缓缓蹲下来。

缩成小小一团，抱着自己。

好累。

她真的好累。

她从来就不是一个能扛得住的人，她和叶婴完全不同。

以前她就觉得叶婴很厉害，一个人带着弟弟扛了这么久。

现在她感同身受，越发佩服叶婴的坚强。

才这么几年，她就已经身心俱疲。

真的好难受啊……

可是不行啊，她还得回家。

陆云亭坚持着，摇摇晃晃地站起来。

身子摇晃了几下，陆云亭眼看着路灯杆距离自己越来越远，手却再也抓不住它。

眼前黑幕落下，景物都变得模糊。

真的坚持不住了。

陆云亭眼睛一闭，整个人失去知觉。

在她失去知觉的前一秒，一个身穿黑色西装的高个子男人，从路旁的轿车下来，三步并作两步冲到她的身后。

他在她倒下的最后一个瞬间，扶住了她，让她稳稳地落在他的怀中。

男人低着头，半张脸隐没在黑暗里。

他的手扶着陆云亭的肩膀，手指都微微有些发白。

助理远远站着，从他的角度刚好能看到总裁的表情。

这么多年，助理从来没有见过这副模样的唐疏予。

痴迷，思念。

他修长的手指摩挲着她的脸颊。

“陆……云……亭。”他低声缓慢地唤着这个名字。

你终于回来了。

陆唐（8）

陆云亭烧得很厉害，唐疏予把她抱回自己家，叫了他的私人医生过来。

私人医生名叫隋亦，看了陆云亭之后，说她是累的，而且好像是吃了什么药的副作用导致发烧。

“什么药？”唐疏予皱着眉问道。

“现在还不知道，需要去医院检查一下。”

唐疏予“嗯”了一声，让人送走隋亦，然后坐在床边，细细凝视着她。

唐疏予二十八岁，认识陆云亭二十八年。

助理送完隋亦之后回来，看到唐疏予默默看着陆云亭。

“知道为什么一定是她吗？”

这么多年，只有助理知道，唐疏予过得有多苦。

唐疏予是业内的神话，工作拼命到几乎不要命。

他用满满的工作堆积整个生活。

一秒钟也不敢停滞下来。

无数名媛淑女明里暗里地追求，唐疏予却从来不会多看一眼。

甚至有人用公司势力打压，唐疏予也不曾妥协。

知道为什么一定是她吗?

助理说：“为什么？”

唐疏予继续看着陆云亭，良久才说:

“太久了。”

她埋在他的心底，太久了。

早就已经深入骨血，刻印在了骨子里。

若她离开了，唐疏予也无法存活。

就是这样的关系。

所以一定是她。

助理低下头，没再说话。

他跟了唐疏予很多年，渐渐也能理解唐疏予的这种执念。

“把她送回去吧。”唐疏予轻声说。

“唐总……”

唐疏予站起身，冷冷道：“等她来找我。”

唐疏予竟真的不回头再看。

他走之后，床上的陆云亭动了动，即使睡着也并不安稳。

助理听到她迷迷糊糊地说了四个字。

可是唐疏予没有听到。

陆云亭说的是:

“生日快乐……”

陆云亭醒来的时候是在家里，妈妈守在她的床边。

“妈？”

“先别起来，傻孩子，自己发烧了都不知道。”陆母端起床头的水，“来，吃药。”

“我怎么回来的？”

陆云亭只记得自己从大厦出来之后很难受，然后发生什么就完全不记得了。

“你张阿姨发现你的，给你送回来了。你这孩子啊，自己难受还出去。”

陆云亭不想妈妈担心，岔开了话题：“妈妈，你知道我今天遇到了谁吗？”

“谁啊？”

“小婴，你还记得我的高中同学小婴吗？”

“记得啊，你最好的朋友，疏予他……”

陆母及时住了口，紧张地看着陆云亭的反应。

陆云亭垂着双眸，她知道，陆母想说的是，疏予的成人礼，叶婴也参加了，也正是这个原因，林远时也跟着过去，一时非常瞩目。

她都记得的。

“对，就是小婴。”

陆云亭的声线没有什么变化，这下陆母就放心了。

“她现在很厉害，所以我觉得我的工作应该有着落了。”

“这是好事啊，妈妈也有一个好消息要告诉你，就是隔壁你张阿姨，她说有一份很好的工作介绍给我，是给一个楼里做保洁员，一个月三千多，也不累，平时擦擦地什么的。需要我过去见一面，就可以上班了。”

陆云亭皱了皱眉。

很久很久以前，陆母是总经理夫人，每次去公司向来都是衣着华丽，前呼后拥的。

谁能想到，很多年以后，这样一个养尊处优惯了的贵妇，竟会为了一份保洁员的工作高兴成这样。

时间真是一个神奇的东西，能改变一个人很多很多。

“嗯，那很好啊。”

陆云亭回来的时候就基本已经退烧了，陆母还是让她喝了很多热水，然后关了灯，让她好好睡一觉。

也许是因为吃了感冒药的缘故，陆云亭竟然真的迷迷糊糊地睡着了。

她做了一个梦，梦中是一大片蔚蓝海域。陆云亭打小就不会游泳，很小的时候跟幼儿园里的小伙伴一起去游泳，不小心掉到泳池里，尽管被当时的游泳教练及时救上来，但之后陆云亭就一直很害怕水。

陆云亭下意识地不想往前走，可总有一股神奇的力量推着她，让她不得不靠近。

海浪声越来越近，阳光刺得人睁不开眼睛。

“不要……”

“不要去……”

冥冥之中有一个声音回荡在她的脑海。

她也不想，可是她做不到。

她的脚已经踏进水里，那股力量似乎更加强大，陆云亭不得已，只能继续往前。

一浪一浪的海水冲刷着她的小腿，她被晒得后背起了一层细密的汗珠。

越来越往前，陆云亭的裙摆已经被打湿。

再往前，她的腰身也浸没在海里。

海水透凉透凉的，身上的那层薄汗被风一吹，陆云亭冷得打了一个哆嗦。

“不要再往前了……”

海水没过她的脖颈，马上就要吞没她的呼吸。

有水珠溅到她的眼睛里，激得陆云亭生疼生疼。

又是一波海浪打来，陆云亭一个没站稳，整个人飘了起来。

“啊——”

就在她以为世界黑暗下来的时候，一只白皙的手掌死死箍住她的手腕，往后狠狠一拽。

陆云亭被拉离大海，跌入一个温暖的怀抱中。

陆云亭浑身湿透，嘀嘀嗒嗒往下滴着水，模样非常狼狈。

那人却穿着笔挺的黑色西装，阳光映得他精致的袖口闪着光芒。

是谁？

梦里的陆云亭正要抬头，世界忽然一黑。

她猛地惊醒。

醒来又是一片黑暗，被子里的她全身都已被汗水打湿。

她缓了好久才缓过神来，掀开被子，撑着疲惫的身子到浴室洗了个澡。

洗完之后，陆云亭也没有急着吹头发，坐在床边喝水。

她看了眼手机，刚好午夜十二点。

他的生日过完了。

陆云亭顺利被体恪公司录取。

陆云亭应聘的工作是文字编辑，但她没有经验，只能先做一段时间的编辑助理。

“委屈你了，小亭。”主编名叫谭明明，人很好。

“没关系的，我一定会好好学习的。”

谭明明把陆云亭交给工作室里的一位颇有资历的编辑，简单交代几句之后就走了。

陆云亭很安静，用一个上午的时间完成了师父交给她的任务，中午准备吃饭的时候，刚好听到组里的另外一个女生在讨论香水。

那个女生声音尖细，似乎家庭条件还不错，挑这个拣那个。

陆云亭经过的时候，她没有说什么，倒是对着陆云亭的背影点评了一下。

具体说了什么陆云亭也没有听清，只听到一句“土包子”。

陆云亭坐下来的时候，她们又神色如常地谈论起某款限量香水，那女生说她攒了好久的钱都买不起。

“咳咳。”

陆云亭闻声回过头去，看到谭明明站在门口。

“陆云亭，跟我过来一下。”

“好的，主编。”

到了走廊之后，谭明明说：“叶总找你一起吃饭，她在门口等你呢，快去吧。”

陆云亭笑了笑：“好。”

送走陆云亭，谭明明返回办公室。

那两个女生见了她之后都挺怵，小声说：“主编……”

陆云亭觉得谭明明特别温柔，殊不知那是叶婴特意提醒的缘故。

“小亭胆子小，你要是敢吓唬她，我觉得你可能会有些危险。”

这是叶婴的原话。

谭明明是叶婴一手带出来的，怕极了叶婴，自然待陆云亭极其温柔。

但是对别人，可就不一样了。

“铁面主编”这个外号并非空穴来风。

叶婴的手下，哪有一无是处的。

“我去采访？”陆云亭噎了一下，“可是，我现在还不熟悉啊。”

叶婴安慰道：“放心，这个项目是我负责的，你去锻炼锻炼，要是实在害怕，就让明明跟着你。”

陆云亭喝了口水，软软的耳根有点红，问道：“去采访谁啊？”

叶婴眼珠转了一下，说：“明明会告诉你，到时候直接过去就行。”

第二天一早，陆云亭跟谭明明到了约定好的地点。

“别紧张，咱们过去采访这位新上任的执行总裁，早就已经约好了，不会有事的，照常问几个问题就行。”

电梯里，谭明明这样安慰陆云亭。

可是随着电梯逐渐上升，陆云亭心里那种不安的感觉越来越强烈。

最高层，总裁办公室。

助理过来接待她们进去。

“唐总还在开会，你们先稍等一会儿。”助理说。

陆云亭环视这个偌大的总裁办公室，经过那个桌子的时候，忽然有一个什么东西落入陆云亭眼底。

几乎是下意识的，她的心重重一跳。

整个人都僵住了。

“我们总裁过来了。”

助理忽然出声。

门外的脚步声越来越近，陆云亭的后背出了一层薄汗。

就好像那夜的梦一样。

她像是被定在那里。

不敢回头。

“谭主编？久等。”

像是一记晴天霹雳响在陆云亭头顶。

这道声音……实在是太熟悉了。

“这位是？”

谭明明拉了陆云亭一下，小声提醒：“小亭？想什么呢？”

陆云亭低着头，僵硬地转过身。

入目是一双黑色皮鞋。

“这是我们的编辑，陆云亭。”

她清楚地听到，头顶传来一声轻笑。

“陆云亭？”唐疏予嚼着这三个字，“和我以前认识的一个人，重名了呢。”

陆云亭猛地抬起头。

唐疏予那张精致无比的脸映入她的眼底。

陆云亭胆小又沉默，她把自己的情绪悄悄隐藏起来，放在一个个的小瓶子里，装在心里。

这一刻。

像是所有的瓶子全部被打翻，所有情绪糅杂在一起。

酸的涩的，苦的辣的，甜的咸的，全都洒了出来。

一时之间，不知是何味道。

谭明明那样精明的一个人，一眼就看出不对。

“唐总，你们认识？”

唐疏予往前走了一步，停在陆云亭面前，有些强硬地强迫着她仰头看他。

似乎是在对方才她的目光躲闪有些不满。

“我们认识吗？”唐疏予轻轻勾着嘴角，低头看着眼前的姑娘，“嗯？”

陆云亭的手微微有些颤抖，她咬了咬嘴唇，说道：“大概……大概不认识吧。”

陆唐（9）

有谭明明在，唐疏予的采访进行得非常顺利。

只是整个采访过程中，陆云亭都没敢抬头，只顾专心记录。

从惠生集团出来，陆云亭一路沉默。

她从来都没有想过会和唐疏予重逢。

七年了，他只存在在她最深的梦里。

他现在的样子和她想象的差不多。

更加高大，更加成熟。

更加……让她无法直视。

整整一天，陆云亭都有些心不在焉，回家之后发现母亲不在，才想起来今天母亲夜班。

在陆云亭下班一个小时前，陆母就已经提醒过她今天要自己买东西吃，陆云亭看过一遍就忘记了，回家之后还是啥也没买。

陆云亭舒了口气，包也没放，又重新去了一趟超市。

她选了半天才选了一盒泡面、一根香肠，最后又要了一个卤蛋。

吃了方便面之后，整个人都有些困倦了。

陆云亭洗了个澡，出来时已经夜幕降临。

真正属于她的时间到了。

依旧没有拉窗帘，只是今夜没有月亮。

陆云亭看着外面的天空，一点睡意也没有。

叶婴只让陆云亭负责一期采访，采访结束之后，陆云亭转了正，不再负责这个项目的内容。

谭明明让陆云亭暂时负责网红视频软文，这一部分难度不大，只需和品牌方对接，以及视频内容确认就行。

经理人名叫梁嘉烨，也是叶婴手底下的老将了，工作室里对于梁嘉烨的花边新闻层出不穷。

此人情商非常高，生得一张俊脸，巧舌如簧，能说会道，据说家境极好，是一位不折不扣的富家少爷。

圈里几乎没有人不认识梁嘉烨，再加上他本就是个浪里来浪里去的风流少爷。

他的感情史和花边新闻几乎能写一整本书了。

所以陆云亭第一次把文件送到梁嘉烨办公室的时候，还是有那么一点好奇的。

梁嘉烨拿过文件，笑了一下，问道：“新来的？”

陆云亭点了点头：“嗯。”

小姑娘长得太白净，就连耳朵都是软软的粉色，梁嘉烨不仅有些心痒。

“小编辑吗？叫什么名字？”

“陆云亭。”

见陆云亭说两句话就有点脸红了，小兔子似的，梁嘉烨心情更好。

“晚上有空吗？一起吃饭？”

其实梁嘉烨并不滥情，他的每一段感情都是姑娘主动追的他，梁嘉烨觉得不讨厌，两个人就自然而然在一起了。

相处之后发现两人不太合适，那么大家也就好聚好散。

都是成年人了，没有那么多禁锢和准则。

感情这种事情，享受就好了。

当说出“晚上一起吃个饭”的时候，基本也就八九不离十。

只是每一次都是姑娘先说的这句话，但今天换了梁嘉烨来说。

“晚上没有空。”陆云亭轻声说。

“嗯？什么？”

这倒是个意料之外的答案。

“嗯，晚上有别的事情，所以没有时间，抱歉啊，梁经理。”

梁嘉烨眼睛里毫不掩饰地冒着贼光，嘴角疯狂上扬，说道：“好啊，那下一次。”

陆云亭没有点头也没有摇头，不置可否。

梁嘉烨喜欢陆云亭，却并不是一个死缠烂打的人。

他很懂得分寸，会常常出现在陆云亭的视线里，又不是每一次都正面和她接触。

恰到好处地在她的生活里面进出，让她不得不注意到他。

梁嘉烨的出身和样貌决定了他必然是个骄傲自负的性格，并不觉得追求陆云亭这样一只小白兔会是一件难事。

更何况，这还是他第一次动心。

这几次在陆云亭眼皮子底下晃悠，他是越来越喜欢这个姑娘了。

怎么看都喜欢。

这还是梁嘉烨长这么大从未有过的感觉。

这天晚上下班，谭明明要组织聚会，梁嘉烨也在。

一群人下班之后一起往定好的酒店去。

今天陆母夜班，陆云亭也就没有拒绝，跟着一起过去了。

陆云亭不喝酒，人也安静，其他人吵闹着敬酒的时候，她就在一旁等着。

看着杯子里雪碧的泡泡一点点往上升，噗，破了。

下一行又往上升，噗，又破了。

就在她正无聊的时候，手机响了。

“喂？”

“出来一下。”

“梁经理？”

"出来，我现在在后门。"

陆云亭在包间扫视一圈，果然不见梁嘉烨的踪影。

她将信将疑地走到酒店后门，刚把门推开，忽然一个烟花"砰"的一声升上天空。

炸开一朵云霞。

"哇。"陆云亭走出去。

梁嘉烨还在点下一簇烟火，说道："小亭，往这里看。"

陆云亭闻言回头时，梁嘉烨正好将烟火点燃，"轰"的一声，一簇一簇的烟火飞上天空。

那些五彩斑斓的焰火在空中盛放。

那一瞬间的美丽紧紧揪住人的心脏，陆云亭的眼睛无比明亮，看着梁嘉烨说："这是……"

梁嘉烨问道："好看吗？"

天空的绚烂还在继续，陆云亭笑开来，眉眼弯弯，看上去温温软软的。

"嗯，好看。"

那道笑容落在梁嘉烨眼底，同样的，也落在了路边黑色轿车后座上那人的眼底。

他看着陆云亭对梁嘉烨笑。

他眸光深深，握着车门把手的手指微微有些发白。

黑色轿车开走之后，陆云亭的手机响了。

"谁？我妈？"

梁嘉烨还没来得及把最后一个烟花放完，就看见陆云亭忽然变了脸色，往巷子外面冲去。

"小亭，你去哪里？"梁嘉烨还没怎么反应过来，追过去的时候陆云亭已经在路口拦车。

"谢谢你啊，梁经理，很好看！"陆云亭上了出租车，摇下车窗对梁嘉烨喊道，最后一句话随着风飘远。

梁嘉烨跑了几步，回头看着那些没放完的烟花。

心里不知是什么滋味。

陆云亭飞奔到医院，看到陆母还在诊室里照顾别人。

"妈。"陆云亭跑得急，额上渗出点点汗珠，"他们说你摔倒了。"

陆母安慰着陆云亭："没事儿，就是地上滑，妈妈走得急，摔了一下而已。"

陆云亭不相信，仔仔细细地查看了一下之后，大夫走过来。

"你是患者家属吗？"

“嗯，是的。”

“跟我过来一下。”医生说话时扶了下眼镜。

陆云亭心里有种不祥的预感。

“大夫，我妈妈很严重吗？”

小姑娘太瘦了，嘴唇有些发白。

大夫习惯性地皱眉，说道：“你妈妈的腰伤不是什么大问题，但是……”

“但是什么？”

“我建议你给你妈妈做一个详细的腹部检查。”

陆云亭嘴唇微微有些颤抖。

“她的腹部有肿瘤的可能，先检查一下再说。”

这个消息像是一道巨雷劈在她的头顶。

“轰隆”一声，像是今夜的烟花一样，把她炸成灰烬。

陆云亭并没有告诉陆母这个消息，她努力让自己看上去什么事情也没有，不能再给妈妈增加心理负担了。

陆母的身体检查安排在周一，医生告诉陆云亭，陆母是胃癌，但是发现得早，如果及时做手术的话，不会影响以后的生活。

不管怎样都是癌症，陆云亭瘦弱的身子摇晃了一下。

等结果的这几天，她一直都在胡思乱想，如果妈妈有个什么好歹，她……

她不敢想象。

陆云亭站在叶婴家门口，徘徊许久。

医生最后那句让她趁早做手术的话一直回荡在她的脑海里。

最后，陆云亭敲了敲门。

“小婴。”唤出这个名字的时候，陆云亭就已经哽咽。

她一个人扛了这么多天都没哭，反而在叶婴面前，能把最脆弱的一面露出来。

“你能借我一点钱吗？”

陆云亭哭哭啼啼地跟叶婴说完，叶婴二话没说，给了她一张卡。

上面的钱足够阿姨的手术费用。

“那家医院是……是唐疏予公司旗下的，你要是想给阿姨找一个好一点的大夫，我建议你可以去问一问他。”

陆云亭听了这个名字，下意识地瑟缩了一下。

叶婴轻声问道：“小亭，你还是在乎他的，是吧？”

陆云亭低着头，眼泪噼里啪啦往下掉。

“我……我不想再找他了……”

不想过去讨人嫌，不想主动凑上去遭人厌弃。

叶婴没有再多说，她知道陆云亭看上去软软糯糯的，很好说话似的，实际上性格比谁都执拗。

陆云亭认准的事情，谁说什么都不能改变。

陆云亭走后，叶婴拿出手机，拨出一个电话。

“能帮的我都帮了。”

电话那边的声音非常低沉。

“嗯，我知道了。”

临挂电话前，叶婴补充了一下：“你最好别做傻事，那可是小亭的妈妈。”

那边停顿了两秒，回道：“嗯。”

挂了电话，叶婴长舒一口气。

这两个人。

唉。

手术那天，医院里的大夫看上去都非常紧张，陆云亭打听后才知道是医院的董事会成员要和院长一起下来检查。

陆云亭想起那天叶婴说过的话，淡淡地“哦”了一声。

手术进行得十分顺利，妈妈出来的时候，刚好检查到手术室。

陆云亭在幽长的走廊里等着，一转头，就看到那个高瘦的黑色身影站在检查队伍的最前面。

皮鞋声戛然而止。

“这是哪位患者的家属？”

陆云亭清楚地听到那道声音这样问道。

他旁边的大夫问了属下之后，低声在他耳边答了一句。

“这位是我的朋友，希望各位同仁多多照顾。”

众医生都点头称是，再看向陆云亭的目光就不大一样了。

“不用了。”

他们转了身，听到身后的小姑娘说道。

陆云亭逆着光，身形瘦小，背脊却挺得很直：“不用特殊照顾，我相信各位大夫的医术，我跟这位先生……并不熟的。”

陆云亭上班六个月，体恪的制度是每六个月会有一场考核，如果绩效达到了，会升职加薪。

主要还是为了鼓励员工们上进。

陆云亭拿到通知单。

“天啊！这次涨这么多？”不等陆云亭说话，就已经有人欢呼出声。

“天哪，这次公司是下了血本了吧。”

“这回我拼了老命也要晋升！”

陆云亭看着那串数字，也有些动心。

陆母手术之后恢复得很好，用的依然是叶婴给陆云亭的那张卡里的钱。

陆云亭和母亲逃难这些年，手里根本没有什么积蓄了。

每从那张卡里刷出一笔，陆云亭都默默记着账。

她不想就这么欠着叶婴的，她想尽快还清。

陆云亭直了直身子，这次晋级她一定要升上去！

陆云亭默默地算了半个多小时，她来公司晚，学东西也慢，无论是成绩还是数据，都不如工作室里其他几个姑娘。

月总结会上，谭主编虽然没有明说，但是陆云亭自己什么样子自己还是清楚的。

更何况这次晋级之后的待遇实在太诱人，本来工作室就已经竞争激烈，更何况要和整个新人组竞争。

可是无论如何，陆云亭都一定要拿下！

最近这几天陆云亭一直都在加班，几个软文写得都很不错，精准幽默、简洁诙谐的文风总会让人一下就把产品记住。

整体数据总算在陆云亭废寝忘食的努力上找补回来一些。

这天，谭明明组织项目会议。

“最后就是叶总非常重视的‘才俊’项目，这次的项目非常重要，还剩下最后一次采访，我们已经和对方约了很久，对方实在太忙，这期才作为压轴篇出现，机会非常难得，大家务必重视，采访安排在这周三。”

谭明明停顿了一下，继续说道：“是关于惠生集团执行总裁唐总的最后一期采访，就交给陆云亭负责。”

陆唐（终）

陆云亭在惠生集团门口等了许久，一位漂亮的女秘书告诉她，今天唐总在开会，没有时间见她。

陆云亭稍微错愕了一下才点了点头。

她知道现在的唐疏予和她之间的距离，却还是第一次真真切切地体会到这段距离带给他们的改变。

他是高高在上的唐总，而她是连妈妈的医药费都要问别人借的打工仔。

现实世界里哪有那么多灰姑娘。

陆云亭坐地铁回了公司，意外发现工作室里的姑娘居然都没有下班，大家都在加班，只有键盘敲击的声音。

陆云亭微微蹙眉，在自己的位置上坐下，心里有些不是滋味。

晚上下班之后，路过水果店，看到母亲最爱吃的车厘子，陆云亭买了一点点，只有十几颗，店家爱搭不理地把袋子递给她。

次日清晨，陆母敲了敲陆云亭房间的门。陆云亭早已经洗漱完毕，连衣服都换好了。

“怎么起这么早？不是说连续上了半个月的班想要休息休息吗？”

陆云亭一边梳头发，一边说：“今天要去惠生一趟。”

“那吃完早饭再走吧，妈妈去给你热牛奶。”

“好。”

陆云亭到惠生集团大厦楼下时，刚好七点半。

她没有进去，安静地在花坛边等着。

晨光熹微。

花坛里盛放的饱满花瓣沾着露水，飘来的阵阵清香沁人心脾。

第一天早上没有等到，第二天也没有。

第三日清晨，陆云亭以为今天也无果而终的时候，一辆黑色宾利从远处开过来。

陆云亭心头一喜，过了马路飞奔而去。

早在前面的拐角处，宾利后座上的男人就已经看到她了。

之后，他的目光就没有移开过。

陆云亭跑到唐疏予的车旁边，助理率先下车。

陆云亭朝助理摆了摆手，笑了一下。

助理稍微停顿了一下，点了点头，而后绕到车后打开车门。

“唐总。”陆云亭看着唐疏予，眼神稍微有些怯懦。

“是你。”唐疏予下车之后大步往公司里走，陆云亭立马跟上去。

“唐总，之前体恪公司跟您约定的采访不知道您还记不记得。”

经过的职员看到唐疏予都停下脚步，点头恭敬地叫他“唐总”。

唐疏予过了门禁，陆云亭被阻拦在外，助理赶忙过来帮她刷了卡。

陆云亭跑过去，继续说：“上一次唐总在开会，后来又出差，请问现在有时间了吗？”

唐疏予腿长步子大，走路飞快，陆云亭只能小跑才能跟得上。

唐疏予拐进总裁专用电梯，陆云亭在门口犹疑了一下，在门快要关上的时候，一步踏进去。

“体恪公司？”

封闭的电梯空间狭小，陆云亭就在唐疏予的身边，他的身高优势让她更有压力。

稍微动一动，她就能闻到他身上的古龙水味道。

唐疏予低声问了一句后，悠闲地看了助理一眼。

助理略略点头："是一家经纪公司，这个项目是之前的自媒体公众号采访。"

唐疏予垂下眼睛，冷冷地说："我的工作日程里并没有这一项，更何况……"

陆云亭眨了眨眼睛，更何况什么？

"陆小姐并不认识我，现在又过来找我？"

陆云亭反驳道："这份工作您已经答应过的啊。"

"叮——"电梯到了，唐疏予率先出去。

见陆云亭不知所措地站在原地，助理微微扶着门，出言提醒道："陆小姐，因为最近总裁的工作非常多，而且很复杂，这次的采访可能没有时间……"

"不行！"

陆云亭跑出去，趁着唐疏予进办公室之前追了过去。

"唐总，不能这么言而无信吧！"

这一层只有总裁办公室，非常安静，陆云亭的声音稍微大了一些，说完她自己也有些尴尬。

"言而无信？"

"是啊，你明明都答应了的，现在怎么又突然不承认了呢？工作多也不能是借口啊，因为是先答应的我们！"

一不做二不休，说都说了，那不如就说完吧。

唐疏予眉心微蹙，沉声道："陆小姐。"

没有什么感情的三个字，却生生慑得陆云亭浑身一颤。

回想年少时，陆云亭有一次没写作业，直接抄的参考答案。

她颤颤巍巍地交给唐疏予之后，唐疏予越往后翻脸色越难看，最后沉声叫她："陆云亭。"

他什么话也没说，陆云亭简直就想跪地求饶。

没有想到，这么多年过去了，这种该死的条件反射依然存在。

陆云亭也觉得自己有些撒泼了，稍微低了低头，说道："唐总，我不是指责你的意思，就是这份工作对于我来说实在太重要，我……"

癌症并不容易痊愈，要想彻底把妈妈治好，后续的医药费也非常昂贵，现在叶婴借给她的钱已经所剩无几，陆母对于陆云亭来说太重要了，她必须努力赚钱。

对于陆云亭来说，能找到一份工作已是不易，体恪向来以薪资高闻名，原本陆云亭就不是公司里最出色的那一个，若是连这个采访都拿不下来，留在公司可能都有些难，更何况她还想要晋升。

"唐总，就一上午或者一下午的时间，唐总您就抽出这样一段时间来行吗？或者晚上也可以，多晚都行。”

“晚上？”

“嗯，晚上。”

唐疏予忽然笑了笑：“没有兴趣。”

陆云亭反应了一下才明白过来唐疏予在说什么，小脸瞬间就红了。

她正要反驳，唐疏予走进办公室，关上门。

“唐总！唐总！”

风水轮流转，现在人家是老大，不管怎样都得供着。

助理走过来，喊道：“陆小姐。”

“嗯？”陆云亭回过头。

助理说：“很抱歉陆小姐，现在请你出去。”

“我……”

唐疏予培养出来的助理和唐疏予一样冷情，他面无表情地对陆云亭说：“现在，请你出去。”

陆云亭被唐疏予的助理恭敬地“请了出去”。

陆云亭站在惠生大厦门前，忽然有种深深的挫败感。

陆云亭在门口等了一会儿，转身去了地下车库，那辆宾利停在总裁专用的位置，还没走。

陆云亭看好位置，出去快速吃了午饭，跑回来的时候车还在。

地下车库又闷又热，陆云亭坐在车旁边的地上，一边等，一边嗑瓜子。

晚上五点多，唐疏予从电梯上下来。

他一眼就看到等在车旁的小姑娘。

小姑娘等了很久很久，蹲坐在那里，抱着自己的胳膊，摇摇晃晃，昏昏欲睡。

唐疏予表情未变，大步走到车前，助理替他拉开车门。

陆云亭听到声音，立马站起来：“唐总！”

唐疏予恍若未闻。

一不做二不休，陆云亭一把拉开车门，说道：“往里去一点。”

唐疏予：“……”

陆云亭蛮横地挤上车，硬生生把唐疏予推进去，然后一把关上车门。

小姑娘刚刚睡醒，脸色有些苍白。

“对不起，唐总，既然您没有时间，我就只能利用这些零散时间采访您了。”

助理回头看了唐疏予一点，唐疏予微不可察地朝他点点头。

助理会意，对司机说道：“开车吧。”

车子缓缓开动。

“陆小姐不是说不认识我吗？这么大胆就敢上我的车？”唐疏予似乎心情很好，说话的时候嘴角略略上扬。

“你……”陆云亭嘴唇动了动，“是不认识您，这只不过是工作上的事情，和私人无关，不管我认不认识您，您答应好了的工作就不能耽误。”

陆云亭还是那个陆云亭，轻而易举就能撩起唐疏予心中的怒火。

“你说吧，什么事情。”

陆云亭万没有想到唐疏予会突然松口，赶忙从包里拿出小笔记本，把这次的项目和采访过程中的问题说了一遍。

她大约说了五分钟，中间打了三个喷嚏。

她每打一个喷嚏，唐疏予的眉心便紧上几分。

她说完后，唐疏予面色已经非常难看，陆云亭还以为是自己哪里说错了。

“你没说错。”唐疏予说道，“但是像体恪这样，惠生一口就能吞下的小公司，我实在没有兴趣进行第二次采访。”

哦。

你好厉害。

陆云亭扁了扁嘴，嘟囔道：“还希望唐总能尊重我们体恪一下。”

唐疏予挑了挑眉。

“体恪是个小公司，但是我的上司是叶婴，也就是说体恪背后是四叶集团，你确定你们惠生敢轻易吞下体恪？你敢跟林远时正面抗衡？”

唐疏予静静看了陆云亭三秒，忽然笑了：“这些年不见，脾气见长啊。”

陆云亭眼神微微变了变。

这些年不见。

“这么说你们体恪还有点实力？”

“有没有实力我不知道，但是谁都知道，整个江市的大集团没有一个敢轻易动体恪的。”

“这话是叶婴告诉你的吧？”

陆云亭：“……”

这么快就被发现了啊！

唐疏予看了眼窗外，忽然说起一个无关的话题：“你知道我要去哪儿吗，你就敢上车？”

陆云亭这才反应过来，过了市内堵车的那段路，现在车速越开越快，夜幕渐沉，窗外竟是高速路的景色。

“你要去哪儿？”

“机场。”唐疏予笑意更深，“去S市有一场会议，看样子陆小姐是想跟我一起去。”

“我不去！放我下车，停车。”

“别着急啊，刚刚陆小姐的机票都已经买好了。我这次刚好没有女伴，陆小姐应该不介意吧？”

陆云亭脸越来越冷，问道：“唐疏予，你什么意思啊？”

唐疏予饶有兴致地说：“终于知道我的名字了？不是唐总唐总叫得挺欢实吗？”

陆云亭皱了皱眉头，想拿出手机给陆母打电话，可是刚把手机拿出来，屏幕就显示关机了。

下午在停车场等了太久，陆云亭觉得无聊又有点害怕，就拿出手机放了很久的歌。

反正除了工作上的事情，很少有人会找她，没电了也没什么关系。

可是现在，她必须告诉妈妈今天她不回家，让妈妈不要等她。

陆云亭看了看唐疏予。

“唐总，手机能借我一下吗？”

这小丫头可真会审时度势，一说起工作就伶牙俐齿的，到了现在，要求他的时候，语气就软了。

唐疏予不说话。

有一些人，表面上一言不发，背地里享受死了姑娘的温言软语，心里早就笑开了花。

“唐总？”

陆云亭咬了咬牙，解释道：“我得给我妈妈打个电话。”

“陆阿姨？”

这个称呼让陆云亭的心瞬间一疼。

“嗯。”

“好啊，说号码。”

陆云亭报了号码，电话接通之后，唐疏予把手机递给陆云亭。

“谢谢你啊。”

“喂妈妈？”

“嗯对，我今天不回家了。”

“公司加班，今天我直接在这边睡了。”

“没关系的，我晚上吃过饭了，好的，我一定注意安全注意休息。”

“我……”

话没说完，手机忽然被抢走，陆云亭完全没有防备。

唐疏予那边已经出声：“陆阿姨，我是疏予。”

陆云亭顿时僵在那里。

“好久不见，陆阿姨，你还好吗？”

“是啊，小亭现在跟我在一起，您放心，她的工作就是采访我。”

“好，等我出差回来就带小亭一起去拜访您。”

某人说得十分流畅，直到电话挂断，陆云亭也没有回过神来。

“陆阿姨说她很想我。”唐疏予轻描淡写地说。

“唐疏予……”

“怎么了？”

陆云亭心里有很多话，不知该如何说出口。

这个时候，机场到了。

唐疏予带着陆云亭换了登机牌，过安检，上了飞机。

陆云亭一直都昏昏沉沉的。

也许是下午太累了，一上飞机陆云亭就睡着了，睡得很沉很沉，好像已经很久都没有睡过这么香的觉了。

再次醒来已是深夜。

她躺在陌生的酒店房间，大脑空白了好一阵才想起来发生了什么。

“醒了？”唐疏予换了家居服，放下杂志，从床尾绕过来，摸了摸陆云亭的头，“饿不饿？”

陆云亭挣扎着想要坐起来，却发现身上衣服的触感不对，掀开被子一看，她的外衣已经被人换下，现在她穿着一条高级真丝睡衣。

“谁给我换的衣服？”

相比于陆云亭的惊恐万分，唐疏予显得十分淡然：“你对我有什么误解吗？”

“？”

唐疏予继续沉声说：“我不可能让别人给你换衣服。”

什么意思？

所以……是他给她换的？

“过来把粥喝了。”唐疏予把她抱起来，放了靠枕在她身后。

“你想怎么样？”陆云亭警惕地看着唐疏予。

不一样了。

他和以前太不一样了。

以前的唐疏予绅士温柔，虽然背地里干了不少坏事儿，但是人前还是君子。

可是现在呢。

现在那层绅士的外皮彻底没了，禽兽的本质显露无疑！

“先把粥喝了。”唐疏予仅存一点耐心，用勺子舀了一点粥，轻轻吹了吹。

陆云亭侧过头，冷冷道：“不喝。”

唐疏予把勺子放下，“哐当”一声，敲击在碗边。

“我给你换了衣服，你要是心里不舒服，我就赔给你。”

陆云亭回头看他，用眼神问，这该怎么赔?

唐疏予回答她：“你也给我换一次。”

陆云亭：“……”

见少女的脸颊以肉眼可见的速度变红，唐疏予的喉结上下滚动了一下，轻声说：“你要是不喝粥，我现在就把你扔出去。”

陆云亭依旧不喝。

唐疏予把被子一掀，女孩只穿了一件丝质睡裙，薄薄一层，裙子短，细白的长腿露在外面。

陆云亭下意识“啊”了一声。

唐疏予却并不理会，俯身把她拦腰抱起，作势真的往门口走。

陆云亭的手指紧紧揪着他的衣服，说道：“唐疏予……你、你不敢！”

唐疏予笑了笑，双眸深深，冷冷地说：“你看看我敢不敢。”

穿过客厅，唐疏予大步往门口走去，一手握住门把手。

“我喝！”陆云亭要哭不哭地看着唐疏予，“我喝还不行嘛……”

唐疏予冷哼一声，把她放回床上。

陆云亭赶忙拉过一旁的被子，把自己紧紧裹成蚕宝宝。

这下也不用他喂了，陆云亭自己一口一口把粥喝完。

唐疏予太熟悉陆云亭的口味了，这个味道甜而不腻，陆云亭觉得好喝极了。

“行了，睡觉吧。”唐疏予脱了外套，躺到双人床的另外一边。

“你干什么！”

“很晚了。”

“谁让你睡在这里的？”

很小的时候，两个人经常睡在一个房间，同一张床上，那个时候陆云亭很喜欢黏着唐疏予，陆母怎么拽也不肯走。

后来两个孩子都长大了，家长们就不让他们在一个房间里睡。

更不要说同一张床上了。

“又不是没睡过，怕什么。”

“什么怕什么！你给我下去！”陆云亭是彻底顾不上两人之间的身份差距了，一脚踢在唐疏予身上。

“小陆同学，你知不知道现在有多少人想爬上我的床啊。”

“我不想，你给我滚。”

她的那一丁点力气哪里敌得过唐疏予，他捉住她的小拳头，往后一拉，小姑娘顿时落入他的怀中。

他安安静静、规规矩矩地抱着她，闭上眼睛，轻声说："睡吧。"

"睡什么睡！你起开！"

唐疏予闭了眼，铁了心把无赖耍到底，怎么都不肯走。

陆云亭试了好多种办法，无论用打的，用踢的，用手指去掰，唐疏予都紧搂着她，怎么也不肯放手。

"你听听我的心。"黑暗中，唐疏予低沉的声音带着一种莫名的魔力。

他开口的一瞬间，陆云亭就安静了下来。

他紧紧贴着她，心跳鼓动在她的后背。

"咚咚——"

"咚咚——"

有力而坚定。

"你听到它在说什么了吗？"唐疏予说话时，胸腔微微的共鸣传到她的身上。

这种感觉十分奇妙。

陆云亭没有回答，他的身体十分温暖，被他抱着的时候整个人像是从冰冷的地窖落入温暖的热水池，周身细胞都舒展开来。

舒服又放松。

困意席卷，陆云亭还来不及思考就已沉沉睡去。

唐疏予却很久都没有睡着。

他睁开眼睛，想起一个小时前医生的话。

陆云亭在飞机上发起高烧，降落之后，唐疏予推了会议，急匆匆叫了医生过来。

医生检查之后告诉唐疏予："陆小姐的失眠已经持续了很久，这一次发高烧是因为她自己服用过安眠药的副作用。"

唐疏予的心疼得像是被火烤过。

他找了她很久很久，自从她踏进江市的那一刻起，他就知道了她的消息。

唐疏予以为陆云亭也会找他，等了很久，他才知道，她并没有这样的打算。

这让唐疏予十分愤怒。

小的时候，明明就是陆云亭总过来缠着他，他那样讨厌她。

明明他才是掌握主动权的那个人，怎么现在放不下的反而是他？

唐疏予并不甘心，于是他忍住了过去找她的欲望，就这么静静观察着。

他不让她找到工作，断掉了她的经济来源，还有意无意让她看到那份财经杂志，让她知道他在哪儿。

可她依然不来。

唐疏予狠了心，江市几乎没有一家公司敢任用陆云亭。

那次陆云亭生病，出乎唐疏予意料。

他以为自己已经足够狠心，毕竟和他合作过的人无一不这么评价他。

他觉得他可以眼睁睁看着她倒下去，那样，她就会想着回来找他。

这个倾斜了这么多年的天平，就能稍微平衡一些。

他卑微地想，只要她肯来，不管她是否求他，不管她说什么，他都会立马原谅，紧紧把她揽入怀中。

可是她真的没有，一次都没有。

就算找工作累得发晕，就算生活苦得连牛肉都吃不起。

她也没有一次想到他。

他冲过去把她抱住的时候，就连他自己都没有料到。

身体总比大脑诚实。

抱着滚烫的她，唐疏予的心疼得近乎窒息。

气死了。

真的气死了。

世界上为什么有这样一个让人又气又爱的人呢?

那次唐疏予还是没有让陆云亭见到他，在她醒来之前就把她送走了。

唐疏予心狠，执拗地不肯低头。

他以为一切都在他的掌控之中，谁知意外再一次发生。

那天在酒吧后巷，看到那个男人为她绽放漫天烟花。

她笑得像个孩子。

唐疏予坐在车里看到这一切，忽然想起以前的许多次过年，她和他一起吃完年夜饭堆完雪人，他也会去放烟花，小女孩胆子小，不敢凑近，离得老远。

她双手捂着耳朵，看到天上五彩斑斓，眯着月牙儿般的眼睛，笑得无比美丽。

和现在没什么两样。

可是现在痴痴地看着她笑的人，却不是他了。

心里那层偏执执拗的感情彻底冲出牢笼。

他讨厌她身边的所有男生。

他讨厌别人看到她的笑容。

如果可以，他想把她藏起来，关在一个只有他能找到的地方，无微不至地照顾她，让她无忧无虑地生活。

那么她的笑容便只有他一人拥有。

陆母住的那家医院是惠生旗下的，唐疏予使了些手段，陆母的医药费比旁人高。

他当然知道陆云亭支付不起，也料到她会去找叶婴求助。

可是当时他依然抱有一丝希望。

她也许能来找他。

毕竟他们认识这么久，他们是最最亲近的人。

叶婴和他有约定在先，卡里的那些钱对于陆云亭来说是笔不小的数字。

陆云亭目前根本还不起。

陆云亭要想赚钱，就必须努力工作。

那段时间，体恪正在跟四叶谈收购的问题，体恪拼命往自己身上加筹码。

叶婴有了陆云亭在手，放心大胆地挥霍着惠生集团的资源，狠狠地敲了林远时一笔。

不过这对于林远时来说，不过九牛一毛。

也许叶婴稍微给林远时示一点好，林远时给她的都远比这么处心积虑获得的多。

这两个姑娘都傻，唐疏予一眼就能看懂的事情，叶婴却困在局中，怎么也走不出来。

但好在叶婴聪明剔透，唐疏予稍稍授意，叶婴就把这次晋升的薪资调得极高，并且把采访唐疏予的工作交给陆云亭。

一步步的，陆云亭按照他的计划，心甘情愿地走到他身边。

唐疏予微微笑了笑。

行吧，这样也算是你主动找我。

那我就原谅你好了。

唐疏予办事效率极高，上午参加完会议，下午便飞回江市。

他竟真的推掉了后面所有的工作，跟着陆云亭一起回了家。

路上，陆云亭不确定地问道：“你确定要来吗？还买这么多东西……”

唐疏予理所当然地说：“陆阿姨说想我了。”

“……”

也是，从小妈妈喜欢唐疏予就比喜欢她多。

陆母高兴极了，早早备下一大桌饭菜。

陆云亭原以为这么久不见可能会有些冷场，殊不知他们光是回忆就足够聊上三天三夜。

“其实这些年，我妈妈一直都很惦记您。”唐疏予说道。

说到这里，陆母眼眶红了。

她和唐母是最要好的朋友，约好了一起结婚，一起生子，等老了一起环游世界。

谁知旦夕惊变，陆家忽然出事。

“你妈妈最近还好吗？”

“她很想您。”

陆母几乎没有忍住，声音都有些哽咽。

唐疏予说：“如果您有空的话，周末我带您去看她。”

陆母连忙摆手：“不了，不了。”

“离这里不远，周末我过来接您。”

陆母心里也是真的惦记着唐母，说是不去不去，到了时间还是等在楼下。

唐疏予帮陆母拉开车门，顺势自然地牵起陆云亭的手。

那一刻，陆云亭竟有一瞬间的恍惚。

仿佛还是从前。

唐疏予没有开车，上了车之后依然牵着陆云亭，和陆母谈笑风生，陆母也没有多说什么。

唐母早已等在别墅门前。

“阿瑶，小亭！”

唐母并没有苍老太多，岁月总是格外偏爱美人，现在唐母有老公的疼爱，儿子又有出息，除了陆母这一个心结，她过得十分快乐。

两个人拥抱在一起，都流出了眼泪。

跨越了七年。

终于再次相逢。

“阿瑶，太傻了。”

若不是陆母一直瞒着，唐家只要出手，陆家就不会走上穷途。

那时候唐家在谈一桩重要的生意，陆母不想影响他们。

进了别墅，唐母一边哭，一边和陆母聊了许久，后来目光一转看到陆云亭。

“小亭，快过来，让唐阿姨看看。”

陆云亭依言坐过去。

唐阿姨牵起陆云亭的手，仔细看了看，说道：“越长越漂亮了。”

实在太亲切了，陆云亭忍不住拥抱了唐阿姨一下。

小的时候，唐阿姨是那么疼她，陆云亭全都记得。

“也不怪疏予一直对你念念不忘的，你走的这些年啊，疏予都找你找疯了。”

唐疏予连忙出言阻止：“妈！”

唐阿姨笑开来，继续说：“他还不让说，但是谁不知道，他一直在等你过来找他，最后还不是他自己想得扛不住了，主动去找的你。哈哈哈，你都不知道吧，他把你们小时候的照片放在房间里，一遍遍地看。哎，也不知道是谁小时候臭着一张脸不爱拍照，现在真是打脸，一直埋怨为什么不给你们多拍一点。”

唐阿姨一点都没变，世界上最愿意爆料儿子糗事的妈妈，非她莫属。

陆云亭刚开始还觉得尴尬，后来笑得不行。

难得唐疏予脸色一会儿红一会儿黑，却一点办法也没有。

一个是自己老妈，一个是自家媳妇。

谁都惹不起。

“你这次回来，准备什么时候结婚啊？”

“结婚？”陆云亭惊叫起来，下意识看向唐疏予。

唐疏予说道：“现在她还不太适应，过一阵吧。”

唐阿姨追问：“过一阵是什么时候？过了夏天穿婚纱可就冷了。”

“没关系，我想去马尔代夫那边结婚。”

“那也行，我看看日子，也不要到冬天，过年那几天太忙了。”

“好。”

陆云亭一会儿看看唐疏予，一会儿看看唐阿姨，怎么这么一会儿，母子两个一问一答自导自演，直接就把她给嫁了？

那边的陆母也一直笑着不说话？

那天晚上，唐阿姨怎么也不肯放她们母女走，留了陆母在她的房间谈心。

晚上陆云亭出来喝水，刚好陆母也聊渴了出来找水喝。

母女两个站在岛台边，看着窗外的月光。

陆母笑着问：“你一直喜欢疏予的对吧？”

陆云亭没有说话。

“你骗得了别人，骗不了妈妈，这些年你一直不肯提起他，但是每年他生日的那天都会买礼物给他，是不是？”

陆云亭低下头。

陆母继续说道：“那天疏予过来咱家，妈妈就看出来了，他对你的爱，一点也不比你对他的少。你们两个一起长大，我太了解你们了。疏予早就喜欢你了，但是你这个大傻姑娘啊，一直都不知道。”

早就喜欢她？

什么时候？

高中？还是初中？

喝完水，唐母在房间喊道：“怎么去了那么久？回来继续聊啊。”

陆母笑着应了，匆匆忙忙回去：“来了，来了。”

陆云亭一个人呆呆地站在外面。

“陆云亭。”

陆云亭吓了一跳，猛地回头，是唐疏予从书房走了出来。

他刚开完一个视频会议，眼睛十分明亮。

“大半夜站在这里吓人。”

陆云亭想问，到底咱俩是谁吓唬谁啊。

“走了，去睡觉。”唐疏予自然地揽过她的肩头往房间里走。

“哎，我……”

唐疏予拉着她回到房间，“砰”的一声关上房门。

“以后你就住在这里吧，我派一个司机跟着你。”

“我不要。”

“陆阿姨也会住在这儿，你不要也得要。”

“唐疏予，我不想麻烦你。”

“是我想麻烦你，行吗？麻烦你看看我，麻烦你过来找我，麻烦你别折磨我了，行吗？”

“我没有折磨你……”

唐疏予心说，不知道是哪个没良心的折磨他，出口的话却是：“好好好，你没有。”

陆云亭一直觉得不太真实。

唐疏予真的喜欢她吗？

那样优秀的一个人会喜欢她？

陆云亭怎么也没有想到，在她和唐疏予的这段感情里，最先反水的居然是自己的妈妈。

次日一早，唐阿姨亲自过来劝说陆云亭住下来，陆母也帮着唐阿姨劝她。

陆云亭真的怕了。

这对母子能力太强，一晚上就给自己妈妈洗脑了。

怪不得跟唐疏予从S市回来，他执意要去她家见陆母。

这一切都是阴谋！

过了“究竟谁先找谁”的心结，唐疏予终于露出本来的面目。

就好像那次唐疏予把陆云亭惹怒，陆云亭不搭理他之后，他默默地缠着她一样。

唐疏予黏人的功力得到陆云亭的真传，可谓青出于蓝，简直炉火纯青。

每天上下班接送是最基本的，还叫人过来送花送午饭，各种资源倾泻。

这下工作室里谁都知道，这个新来的不起眼的陆云亭，不仅有叶婴这样的靠山，居然还有一个多金的男朋友！

简直让人羡慕嫉妒恨。

也不知道这姑娘到底是哪里好，走了大运有这样的人生。

陆云亭虽然住在唐疏予家，和他一个房间睡着，可是唐疏予从来都没有碰过陆云亭。

直到唐疏予生日那天。

那天，陆云亭鼓起勇气，把这几年积攒的礼物全都给了他。唐疏予拿到之后动了情。

他喝了一点酒，抱着陆云亭回房间之后就有些控制不住了。

“你从来都知道我最想要的礼物是什么……”他辗转在她的耳侧，吻着她的脸颊，“给我，好不好？”

陆云亭没有同意，也没有拒绝。

那天晚上，唐疏予难得失控。

他一遍遍地叫她的名字，仿佛只有这样才能确定她真的存在在他的身边。

他还逼着陆云亭叫他“疏予哥哥”。

一切都仿佛回到从前。

那个甜甜的小姑娘追在他的身后，男孩子有点傲娇，一边说着拒绝，一边笑开了花。

“你听我的心跳。”

“咚咚——”

“咚咚——”

“它在说什么？

“它在说爱你啊，每一下，都在说爱你。”

番外二

她实在看不得叶郎落寞，心疼得要死

叶朗（1）

叶朗是一颗宝石，却不是一开始就在发光。

他尚在襁褓之中，就被亲生父母放在孤儿院门口，没有字条，没有信物，只有孤零零一个婴孩。

在孤儿院工作的保洁阿姨第一个发现的他，小小的孩子在春天的暖风里，哭得小脸都花了。

院长很善良，收养了这个小男孩。

小时候的叶朗非常俊俏，唇红齿白，五官精致可爱，竟比很多女孩子还要清秀。

院长十分偏爱叶朗，常把他抱在怀里逗着玩。

叶朗安静，不像同龄的小男孩那样，爬上爬下，没个老实的时候。

他这样的性子在孤儿院里总是格格不入的。

他不喜欢其他孩子，同样的，那些孩子也不喜欢他。

除了见到院长，叶朗几乎不对任何人笑，他喜欢一个人待着，也不知道在角落想什么。

一双眼睛明亮漆黑，比夜里的星星还要漂亮。

院长总说他人小鬼大，越是这样的孩子，长大越有出息。

有一天，市里领导过来视察，院长在孤儿院外的饭店订了包间，和领导们吃完之后，回到院里本想睡一觉。

不想助理过来通知院长，说是叶朗和院子里的孩子起了冲突，叶朗被打了。

孤儿院里的孩子，终究和别处的孩子不同。

他们没有父母，心性品格都无法受到最好的教育，打架这样的事情频频发生。

只要不闹得太严重，也不是什么大事。

院长本不想管的，可听到“叶朗”这个名字的时候，他猛地坐了起来。

院长偏心叶朗。

没有任何理由，也从来都不掩饰。

院长过去训斥了那几个孩子，让手下的人狠狠惩罚了他们，然后抱起叶朗，一边哄着，一边往办公室走。

说来也是巧，经过小仓库的时候，叶朗忽然听到里面有什么奇怪的声音。

他一直指着仓库的门，说什么都要进去看看。

院长拗不过他，开了仓库门一看，一个奄奄一息的姑娘倒在仓库门口，长发披散着，一动不动，不知生死。

院长吓了一跳，放下叶朗，冲过去拨开姑娘的长发，探了探鼻息。

还好。

那天叶婴对叶朗说了“谢谢”，因为当时是他把她从仓库里救了出来。

叶婴对他很好，很多人都以为叶婴是在报恩。

只有叶朗知道，她不是。

叶朗是整个孤儿院里最受院长宠爱的孩子，有漂亮的新衣服，叶朗一定是第一个挑，有好吃的新鲜糕点，也都是叶朗尝过之后才有其他人的份儿。

叶朗和叶婴走得近了，这些好东西，也都有了叶婴的一份。

叶朗太明白叶婴的想法。

叶婴也明白他的。

很奇怪。

明明不是亲生，可是他们比亲生姐弟还要默契。

也许这就是缘分吧。

上天没收了他的父母，又送给他一个叶婴。

叶婴护着叶朗，每一次有人来犯，叶婴都像老鹰一样挡在叶朗前面，瞪着他们，说什么也不肯动。

渐渐地，叶朗开始依赖叶婴。

他把她当成亲姐姐。

叶朗知道，叶婴也在慢慢改变。

她是真的护他，爱他。

生活在冰冷地狱的两个人，抱在一起取暖。

儿时的叶朗，一眼就能看出姐姐的主意。

他最大的梦想就是快点长大，张开双臂撑起一方蓝天，变成一个保护者。

随着时光的流淌，叶朗的容貌越发隽秀。

他依然沉默，七星中学三年，班级里和他说过话的人也就那么几个。

喜欢他的姑娘不计其数，但是叶朗从来看都不看一眼。

藏在他心里面的孤独感几乎快要将他吞噬。

他变得越来越孤僻，越来越不爱说话。

他的成绩很差，好在叶婴没有说过他。

叶朗真的努力学习了，可是每次看到书本上的文字，他的脑子就会变成一团糨糊。

看不懂，也听不懂。

生命里的转机，大约就是遇见赵野。

第一次接触到电脑，接触到编程，就让叶朗欲罢不能。

以前的他并不知道世界上居然还有这么有趣的东西。

他的反应速度和天赋，让赵野也觉得震惊。他首次参加电脑编程大赛就直接捧了冠军奖杯回来。

几乎没有人相信，这个天才少年是完全自学的。

叶朗很喜欢编程，代码和数学的世界令他近乎疯狂。

也是凭借这样惊人的天赋，叶朗被国外知名大学破格录取，不过几年便修完了博士学位。

回国后不久，他就成了惠生集团的技术部总监。

但这般光鲜耀眼的经历并没有改变叶朗的本性。

反倒越发沉默，安静。

米廷是叶朗为数不多的朋友之一，最看不惯他沉默的样子。

“今晚约了给刘静过生日，你下了班直接过来。”

“不去，有事。”

米廷不高兴了，电话里面拉长了声音：“什么事儿啊？”

叶朗面无表情看着电脑，回道：“睡觉。”

米廷停顿了一下之后，说道：“别说那些废话，下了班赶紧过来，今天挺多人呢。”

那就参加好了。

反正也无所谓。

路上堵车，叶朗到的时候大家都已经到了。

包厢里正有人在唱歌，鬼哭狼嚎的。

叶朗不喜欢这样嘈杂的环境，推开门之后，扑面而来的音浪把他震得下意识地皱了下眉。

米廷率先看到叶朗，伸手招呼了他一下。

叶朗双眸一转，在人群中找到米廷。

米廷穿着红色潮牌卫衣，戴着一顶鸭舌帽，如果不看脸的话，帅得很。

这样的场合叶朗不喜欢，和以前一样坐在角落里看他们闹。

那边的人闹了一波又一波，直到话筒落到了某个人手里。

叶朗才略略挑起眉。

那是一道低沉的女嗓音。

“想把我唱给你听，趁现在年少如花。花儿尽情地开吧，装点你的岁月我的枝丫……”

到下一段，又换了高昂一点的声音。

“谁能够代替你的呢，趁年轻尽情的爱吧。最最亲爱的人啊，路途遥远我们在一起吧……”

是一个女生，切换着嗓音唱一首男女合唱的歌。

引起叶朗的注意是因为——

不管是做作的男嗓，还是做作的女嗓，都……

太难听了。

难听到如果不看词，根本分不出唱的是哪首歌的地步。

完全走调，副歌破音。

叶朗忍过了第一段，发现切换成女声的时候更加难听了。

叶朗难受极了。

那种感觉像是一只猫伸出锋利的爪子在他心上狠狠挠了一下似的。

终于，唱了两段之后，那边玩游戏的人忍不了了。

“米晴，别唱了，求你了。”

在嘈杂的包厢，这样一声喊漾起颤巍巍的回音。

“我就唱一首……你们这不是玩游戏吗？不听就得了呗……”

呵。

小姑娘说话的声音倒是很好听。

软软糯糯，还有点委屈，丝毫不见刚才粗犷男音时的豪迈感。

间奏结束，小姑娘又来了一段。

这下全包厢的人都受不了了。

“米廷，管管你妹妹行吗？”

叶朗握杯的手顿了顿。

米晴是米廷的妹妹。

叶朗久闻她的大名。

米廷经常提起自己的妹妹，聒噪啊、缺心眼啊、娇里娇气啊，都是这些形容词。

但是叶朗一次也没见过。

米廷总说他不爱带妹妹出来玩，嫌她累赘。

叶朗知道，其实不是的。

米廷不带她出来，是因为米晴年纪还小，他不想带坏妹妹。

叶朗觉得有趣，放下酒杯，微微支着太阳穴往那边看去。

小姑娘太矮了，混在人群里只能露出半个头来，看不清容貌。

她手里拿着话筒，说得有点委屈：“我就唱一首……也不行吗？”

最后的尾音很轻，带着一丝丝颤音，像是白皙肌肤上罩着一层薄纱。

温温柔柔，影影绰绰，有一种细腻的沙沙的感觉。

叶朗稍微坐直了一些。

究竟是个怎样的姑娘？

“行吧，行吧，你唱吧。”大抵没有人能够拒绝这样的请求了，那人不耐烦地摆了摆手，认命了。

但是小姑娘终究也没唱完，被人说得没了兴致，委委屈屈地切歌了。

大家都在吆五喝六地玩游戏、喝酒，没有人再唱歌，小姑娘和他们也不太熟悉，年纪又小，一个人坐在包厢的另一个角落里。

一个米晴，一个叶朗，就像是包厢的两尊石狮子。

一左一右守着沙发，一动不动。

最后大家玩得差不多的时候，米廷醉得不行，靠在一个人身上，说道：“走！下一场！”

叶朗走到门口，特意放慢了脚步。

果然，后面一个小身影跑过来，喊道：“哥，你怎么喝了这么多呀？”

声音细腻温软。

叶朗回过头。

由暗至明，一张白皙精致的娃娃脸从黑暗中走出来。

米晴拧着两条小眉毛，看着醉醺醺的哥哥。

“米晴……”米廷晃晃悠悠地抬起一根手指，“你乖乖回家，不、不准喝酒。”

米晴抿了抿嘴角，眼中有点失落，小声问道：“你不带我了？”

“今天带你到这里已经很给你面子了，你还想怎么样，赶紧回家去。”

叶朗从她身边走过，米廷看着在自己眼前晃悠的高大身影，一阵眼晕。

“哎？你开车送我妹妹一趟呗。”

叶朗回过头，问道：“你妹妹？”

“嗯，我妹妹米晴。”

米晴仰起头看叶朗，一双大眼睛水汪汪的，盛满细碎的光亮，仿佛皎白月光洒在沉静的水面，一片波光粼粼的温柔。

小姑娘眼中的失落一闪而逝，规规矩矩叫人。

叶朗微微勾起嘴角：“嗯。”

果然啊。

人比声音还软。

“走吗？”

米晴低低“嗯”了一声。

说罢，她亦步亦趋跟在那个高大身影后面。

“哎！好好照顾点我妹，她胆儿小，怕黑，帮我把她送家门口啊。谢了！改天请你吃饭！”

叶朗略略停下脚步，双眸深沉，似笑非笑道：“嗯，知道了。”

叶朗（2）

叶朗的车停在地下车库里，奔驰 G500，稍微有点高，小姑娘爬上车的时候费了点劲。

“你家地址。”

叶朗的车上有很淡的水果香味，甜兮兮的，很好闻。

“嗯……七星大街。”

米晴的声音落在叶朗耳朵里，叶朗不禁勾了勾嘴角。

手机导航设置完毕，叶朗发动车子。

叶朗喜欢安静，车上也没有放音乐，车子平稳地行驶在路上，几乎没有一点声音。

米晴看着窗外，枯燥的景色没有一点特别，便用手肘撑着车门，微微转过头去。

先入眼的是一只极修长极干净的手。

皮肤很白，手指修长纤细，指甲修得干干净净。

叶朗穿着一件简单的黑色衬衫，质感极好，袖口微微挽起，露出肌肉匀称、线条流畅的一截手臂。

他单手扶着方向盘，领口开了两颗扣子，喉结凸出，微微动了一下。

米晴没再往上看。

心跳得太快了，她也不知道是为什么，便赶忙转过头。

“米，晴？”

叶朗淡淡嚼着这两个字。

骤然听到他的声音，米晴吓得一个激灵。

“啊？怎么了？”

叶朗笑了笑，问道：“今年多大了？”

“二十三。”

“大学刚毕业？”

米晴点头："嗯。"

前方红灯，叶朗踩了刹车。

他回头看她。

"我听你哥提起过你。"

米晴正视着叶朗的眼睛，问道："他是不是说我坏话了？"

叶朗笑起来，唇边有一个浅浅的酒窝。

"他能说你什么坏话？"

米晴转回头，没好气地说："反正肯定没好话。"

"他说你——很乖，很漂亮。"

米晴挑了挑眉，有些不敢置信地问："他这么说的？"

"嗯，是啊。"

信号灯变绿，车子缓缓开动。

"不信？"

米晴的声音很低，老老实实回答："不信。"

过了会儿，米晴问道："你是我哥的朋友吗？"

"嗯。"

米晴话也少，问了这个问题之后就没声了。

叶朗说："我回国之后认识的米廷，你哥把我撞了，然后就认识了。"

米晴笑起来："我哥车技不好。"

"后来技术部和他的公司有合作，一来二去，大家就都熟了。"

"技术部？是软件技术部吗？"

"是。"

米晴的眼睛顿时亮了，惊喜地问："这么说，你是电脑黑客？"

叶朗听着这个称呼，无奈地笑了笑，知道小姑娘不太懂这行。

"可以这么说。"

"那你能帮我盗一个 QQ 号吗？"

叶朗："……"

叶朗在整个圈子里赫赫有名，曾经惠生集团技术部被黑客大规模攻击，整个技术部束手无策。

叶朗亲自上阵，不仅抵御了那次攻击，并且设置了更高级别的防火墙。

惠生集团一直用到现在，至今没有人攻破。

叶朗在电脑软件编程圈子里是一个天才，一个神话。

提及他的大名，几乎无人不晓。

叶朗从来没有想到，自己有一天，会动手去盗一个人的 QQ 号……

"其实……我也不是想要这个号，我就是想知道他平时都和谁聊天。”

米晴带着叶朗去了网吧，坐在他身边小声地说。

叶朗微微叹了口气，修长的手指在键盘上快速敲击。

不出一分钟，叶朗起身，说道：“看吧。”

米晴惊讶地挑眉：“这么快？”

叶朗低下头：“嗯。”

米晴坐过去，一点点仔细地看着。

叶朗懒洋洋地坐在旁边，他比米晴先看到那个人的资料。

是一个二十六岁的男生。

米晴看完之后，眼中的失落藏不住。

“我们走吧。”

叶朗点头道：“嗯。”

两个人重新上了车，叶朗规划了路线送她回家。

隔了很久，叶朗问道：“是谁啊？”

小姑娘回过神，立马红了脸：“呃……是……是……”

叶朗垂眸，淡淡地问：“是这个小区吗？”

米晴回神，说道：“啊？啊，是。”

米廷让叶朗把她送到家门口，叶朗也跟着下了车。

米晴觉得实在太麻烦他，于是说道：“你不用送我了，这段路不远，我自己走就好。”

这是市内很出名的别墅区，叶朗的车进不去，只能停在外面。

前面一排小别墅，绿化很好，小区的照明一般，最右面的一盏灯坏了，一闪一闪的。

“你自己行吗？匪徒一般都是晚上躲在草丛里对你们这样的小姑娘下手。”

米晴心里犹豫了一下，应道：“应该可以……”

叶朗也不强求：“嗯，去吧。”

米晴跟叶朗摆了摆手，只身走进黑暗。

米晴怕黑，胆子又小。

她从小被父母和哥哥保护得很好，从没有单独走过夜路。

还记得以前跟着室友一起看警匪片，那些坏人也都是在黑夜里尾随别人，看准机会下手。

风吹过，黑魆魆的树影摇晃起来。

也不知是米晴的错觉，还是真的有什么东西在她脚边快速闪过。

“啊——”

米晴一声尖叫，吓得整个人都跳了起来。

结果猛地撞到了一个人。

米晴猛地回过头。

一张清秀精致的俊脸出现在月光之下。

米晴的瞳孔抖动着，结结巴巴道："朗哥……"

叶朗把手上的东西往上提了提，说道："你的包落在我车上了。"

见他两根修长的手指拎着她粉色的包带，米晴接过来，说："谢谢……"

"嗯，那我走了。"

"哎。"

叶朗回头："嗯？"

米晴抿了抿嘴唇，问道："你能……送我一段路吗？"

叶朗说："也好。"

叶朗个子很高，穿着黑色衬衫，单手抄兜，迁就着米晴的步频慢慢地走。

风吹起米晴的白裙子，她细白的手指搅在一起。

"谢谢你啊，我还是有点怕黑。"

"以前没有自己走过夜路吧？"

米晴的目光变幻了一下，梗着脖子答道："当然走过！都是自己走的，今天就是风有点大……"

米晴一开始说得还挺有气势，但她从小到大都没怎么说过谎，说到后面实在有些心虚，声音就越来越低了。

"以前没见你和米廷一起出来玩？"

米晴声音更虚了："我也玩的，一直没有和我哥碰上而已。"

说完，像是怕对方不相信似的，她画蛇添足地补充了一句："我不是乖乖女的。"

叶朗忍着笑："嗯，你不是。"

米晴不熟悉叶朗，今晚如果米廷也在场，就会知道今天的叶朗有多反常。

以前的叶朗不爱说话，能简则简，能不说话就绝不开口。

今晚叶朗不仅说了这么多话，还主动找了这么多话题。

简直可怕。

米晴的家距离小区门口不算远，走了几步路就到了。

站在她家门口，叶朗看着她进了门之后蹦蹦跳跳地去找她妈妈。

叶朗回到车里，他眯起眼睛，看了看远处的别墅群，开车离去。

A 大。

米晴交完论文材料从教学楼出来，室友打电话来说自己出去约会了，中午不能陪米晴吃饭。

米晴挂了电话，自己到食堂看了一圈。

A 大老校区的食堂没有空调，本来天就很热，加上饭菜的热度，一进去就跟蒸笼一样。

米晴瞬间没了食欲。

她决定去学校门口去看一圈，那边有一家冰饮店还不错。

店里人不太多，米晴推门进去，站在柜台前面纠结了半天吃什么。

她最后还是没敢尝试新品，规规矩矩点了自己常吃的那几样招牌甜品。

找座位的时候，米晴看到一个人的背影很眼熟。

她绕过去之后惊道："叶朗哥？你怎么在这里？"

看到米晴后，叶朗的眼中也闪过一丝惊讶："米晴？"

米晴在他对面坐下来，说道："我学校就在对面啊。"

叶朗看了眼 A 大，喃喃道："快毕业了。"

"是啊……"

"想好找什么工作了吗？"

米晴摇了摇头："我学的是历史，不好找工作。"

这时米晴的甜品做好了，米晴双眸一抬，这才反应过来："哎？你也爱吃这个啊？好像男生爱吃甜品的比较少。"

叶朗眸色微微一变："嗯，我爱吃。"

米晴兴致勃勃地尝了一口后，她的手机响了，是微信。

米晴拿出手机看了一眼，脸上的笑容僵了僵，收起手机的时候心事重重的。

"怎么了？"

米晴皱了皱眉，回道："没什么。"

过了一会儿，米晴忽然说："你晚上有时间吗？"

"有。"

"没有约吧？"

"没有，怎么了？"

"你能……陪我出去一趟吗？"米晴说完赶忙补充，"别告诉我哥！"

"去哪里？"

米晴说了一个酒吧的名字，解释道："我想去找一个人，但是……"

但是她没去过那种地方，不太敢。

如果告诉米廷，他一定不会同意。

叶朗既然是米廷的朋友，米晴也把他当成哥哥。

更何况叶朗看上去那么温和无害。

后面的话米晴没说。

叶朗了然地笑了笑，点头道：“好，我陪你去。”

叶朗（3）

晚上十一点，黑色奔驰缓缓停在酒吧门前。

这是一条酒吧街，声色场所，灯红酒绿，街道上三三两两站着的几个人看上去就不是什么善类。

米晴从车上跳下来。

她第一次来这样的地方，多少还是有些胆怯。

“进去吗？”

低沉的声音自身后响起，无端给她壮了壮胆儿。

“走吧。”

进去之后，他们顺着一条长长的走廊拐上电梯。

“你来过这里吗？”米晴小声问道。

叶朗马上回答：“来过。”

米晴还有些惊讶。

电梯到三楼，“叮”的一声响。

叶朗虚扶着电梯门让米晴先出去，问道：“不信？”

米晴认真回答：“信。”

叶朗笑意更深。

和电梯里一样，走廊里挂着许多奇奇怪怪的画，地毯非常柔软，消弭了一切脚步声。

隔音已经做得很好了，却依然能听到酒吧里面震动的节奏声和隐隐约约的人群欢呼声。

叶朗敏锐地感觉到，米晴的脚步有些胆怯。

推开门的一瞬间，叶朗牵住米晴的手腕。

完全是大哥哥的感觉，米晴不但没有觉得奇怪，反倒安心许多。

比米廷那个家伙还靠谱。

米晴紧紧跟在叶朗后面。

有侍应生过来招待他们，叶朗带着她穿过乌泱泱的人群，一路到了吧台。

“喝什么？”

“啊？嗯……有奶昔吗？”

音乐声太大，米晴不得不提高了音量问道。

她的声音被一旁的调酒师听到，调酒师看了小妹妹一眼，毫不客气地嗤笑一声。

米晴的脸“唰”的一下红了。

“百利甜酒行吗？”叶朗嘴角微微上扬，仿佛丝毫没有注意到米晴刚才犯的那个错误。

这让米晴尴尬的情绪缓和不少。

她点点头："行。"

点完酒，米晴的目光四处寻着。

"怎么忽然想要来酒吧？"

等酒的间隙，叶朗修长的手指习惯性地轻轻扣在桌面。

"就是……想要看看酒吧什么样。"

"以前喝过酒吗？"

米晴摇摇头，问道："在过年的时候尝过一口红酒算吗？"

叶朗笑起来："算。"

米晴忽然发现，叶朗笑起来的时候，唇边有一个浅浅的酒窝。

他整个人非常隽秀，五官极精致，却又不显女气，原本狭长的黑眸看上去有些深沉，这样浅淡一笑，便只剩下温和儒雅。

"在看什么？"

米晴愣了愣，慌乱移开目光，掩饰道："啊，没……没什么。"

酒来了，米晴喝了一口，还没下咽就皱起眉头。

"不好喝？"

"苦。"

"这应该是所有酒里最甜的了。"

米晴看着叶朗的那杯酒，问道："我能尝尝你的吗？"

"好。"

伸出手，米晴才觉得这样做似乎不大好。

手尴尬地停在半空，进也不是，退也不是。

叶朗仿佛能够知晓她的心事，声音低沉好听："我不介意。"

他顺便把杯子往这边推了推，刚好在她手边。

米晴用一根新的吸管尝了一小口。

整张小脸都皱了起来。

辣辣的味道一路滑到腹中，热烈地燃烧起来。

米晴用手作扇给自己降温。

"辣辣辣……"

她拿过自己的杯子喝了几大口下去，这种感觉才终于缓和一些。

这一口，辣得小姑娘汗都下来了。

"米晴？"一道凉凉的声音响在身后，"你怎么到这儿来了？"

一个年轻男孩穿着宽大的T恤、破洞牛仔裤，耳朵上的耳洞打了无数个，这边一个环，那边一颗钻。

那张脸还算英俊。

米晴看到那人的一瞬间，眼睛里点燃无数光亮。

叶朗垂下双眸，喝了一口酒。

“刘希。”米晴从高脚凳上下来，冲他笑，“好巧。”

刘希依然皱着眉，问道：“巧什么，你来酒吧你哥知道吗？”

“不啊，我是跟我……朋友一起来的。给你介绍一下，这位是叶朗哥，我的朋友。他叫刘希，我高中同学。”

叶朗比刘希高了一个头，他大方地伸出手。

刘希显然不太适应这种礼仪，轻握了一下他的手之后立马松开了。

“你赶紧走吧，免得你哥知道。”刘希说这话的时候，带着一声轻哼。

小姑娘敏锐地捕捉到了，眸色暗下去几分。

“我……”

“刘希——你在这儿啊。”

米晴刚出声就被一道声音打断，走来的女人穿着一袭妖冶红裙，狭长的双眸盯着刘希。

米晴的目光定定地落在女人挽着刘希的手上。

“你赶紧回去吧。”

其实刘希本想多嘱咐几句的，但是米晴身边那个穿黑衬衫的男人给人的压迫感太强。

叶朗只比刘希大几岁，阅历却比刘希丰富太多。

叶朗沉稳自信，举手投足都是成年男人的优雅淡然。

跟他一比，刘希就像个没长大的孩子。

一点魅力都没有。

刘希最烦这种成功男人。

还这么帅。

刘希不想跟叶朗站一起，于是随便捡了个理由溜了。

米晴看着他们两人的背影，眼神里翻滚着说不出的悲伤。

“你男朋友？”叶朗的声音把她拉回现实。

米晴慌忙收拾起自己的情绪，坐回座位上，摇头道：“当然不是。”

叶朗的声音依然轻松，对于刚才发生的一切并不惊讶。

“你让我盗的 QQ 号就是他的。”

“你怎么知道？”

叶朗摊了摊手，轻笑了一声。

给他一分钟，刘希的老底他都能翻出来。

“哦，他就是我高中同学，我们做过一段时间同桌。”

米晴喝了口酒，这回不嫌苦了。

“他成绩不好，早早不念了，后来我上大学，他打工的地方刚好在我学校旁边，我们就又见面了。”

叶朗无疑是最好的倾听者。

他不会嘲笑她，更不会把这些事情告诉米廷，他比她成熟那么多，还能帮她出出主意。

米晴自己都不知道，只和叶朗接触过几次，自己对于叶朗的信任远远超出她的想象。

“我哥不喜欢他，总说他会把我带坏，有一次他俩起了点小冲突，刘希不高兴了，就不和我联系了。”

“所以你就想自己学坏给你哥看，你和他是般配的？”

米晴回过头，苦笑道：“很傻吧？”

叶朗勾了勾嘴角。

就在米晴以为叶朗不会回答的时候，他出声道：“我陪你。”

从酒吧出来，米晴有些薄醉，叶朗也喝了酒，叫了代驾送米晴回家。

还是那段漆黑的小路，叶朗陪着米晴走。

“刘希不喜欢我吧？”米晴低着头，自言自语道。

这一次叶朗没有直接回答她的问题。

两人走到米晴家门口。

“谢谢你啊，叶朗哥。”米晴由衷地说。

“没事。”

送完米晴，叶朗回到家。

夜色如水，高大的男人凭栏站在落地窗前。

下面星河点点，男人的眼睛里没有一点温度。

良久，他回到电脑前。

修长的手指在漆黑键盘上快速敲击。

一串串代码清晰整洁。

结束之后，一个画面跳了出来。

叶朗看着屏幕，眸色极深。

周末，林远时最新收购的餐饮连锁店举办店庆。

这是一家高端餐饮连锁店，卖高价会员，并不是有钱就一定能吃到。

米廷嚷着要去嚷了很久，米家资格不够，始终没排上队。

叶朗说他能带米廷去的时候，米廷高兴得差点直接跳到叶朗身上。

叶朗嫌弃地推开：“滚滚滚。”

米廷高兴之余白了叶朗一眼，说道：“还是这臭样子，不过话说回来，你姐夫是真牛，生意越做越大。”

提到林远时，叶朗的脸就更臭了。

虽然林远时和叶婴结婚了，孩子也快要出生，可是叶朗还是不大喜欢他。

倒也不像最初那么讨厌了，但终究谈不上喜欢。

店庆那天，叶朗看到林远时和一众高层在店前剪彩，叶朗带着米廷跟随众人一起进去。

米廷话多，进去之后就跟没见过世面似的，一直赞叹个不停。

“这下又能跟人吹牛了。”

叶朗不想接话。

贵有贵的道理，这里的菜肴是真的精致。

“给我一张会员卡，以后带我女朋友来吃。”

“女朋友？我上次见的那个？”

“不是，早换了。”

米廷和米晴的个性完全相反，换女朋友就跟换衣服一样频繁。

席间叶朗接了一通电话，寥寥几句就挂断了。

米廷见他表情不太好，问道：“怎么了？”

“新买了套房子，现在这套准备卖了。”

“我知道啊，怎么？卖得不顺利？”

“不是，是太顺利，新房还没装修好，这套就已经卖出去了，接手的人着急搬进来……”叶朗想了想，拿出手机，“我预定个酒店吧。”

“哎，定什么酒店啊，你差几天啊？”

“一个星期左右。”

“来我家啊，我家别墅还有不少空房间，我父母我妹妹都认识你，你要是不嫌弃，就直接到我家呗。”

“这样行吗？”

“当然行，怎么？怕我趁你不注意偷偷溜进你房间，偷拍你的裸照？”

见米廷说着说着就没个正形，叶朗翻了个白眼，说道：“好好吃你的饭吧。”

米廷的父母都是很好的人，他们非常欣赏叶朗，一听说叶朗要来借宿几天，都高兴得很。

唯独米晴有点犹豫。

“你不是说你挺喜欢叶朗的吗？”

米晴支支吾吾说不出来。

她就是不想叶朗看到她清晨起来没化妆的样子……

叶朗搬进来的那天，给米家人带了好多东西。

米夫人最喜欢的翡翠项链、米先生的大红袍，还有米廷的限量联名球鞋。

米晴的礼物是一条非常精致的小白裙。

投其所好，一针见血。

一家人见了叶朗，简直比见到自己亲儿子还高兴。

“小朗啊，你的房间在二楼左手边第一间，阿姨带你上去看看，看还满不满意。”米夫人对于儿子的这位朋友简直不要太喜欢，年轻英俊、沉稳睿智，想当年老米年轻的时候，都比不上小朗分毫。

“阿姨，我很满意，借宿在这里本来就很打扰了。”

“这是哪里话，你跟米廷关系好，到阿姨家就跟到自己家一样，想要什么，哪里不方便，直接跟阿姨说，阿姨给你解决。”

叶朗也不见外，应道：“好。”

饭后，米先生和叶朗下了会儿棋。

叶朗总有办法让米先生在不知不觉中赢他一子半子。

这种迎合的分寸掌握得极好，不会让人觉得不舒服。

米先生也是一个聪慧的人，下完棋之后直夸：“小伙子，是个有胸怀有格局的人。”

米廷也不知道爸爸是怎么通过一盘棋判断出叶朗的胸怀和格局的。

反正老头儿棋艺极精，自己跟他下棋从来就没赢过。

叶朗是个什么身份米廷太清楚，想必若是叶朗真想玩，能把老头儿杀个片甲不留。

最后怎么死的都不知道。

啧。

人比人，气死人。

米廷回过头，看着自家妹妹安静地坐在沙发上。

“还是你最好。”米廷兴致勃勃地说，“哥没白疼你，现在那两口子都被叶朗收服了。”

米廷“嘁”了一声。

明明他才是亲儿子。

米晴却没有理会米廷的话，心思也丝毫没在电视上。

她转过头，喊道：“哥。”

“嗯？”

“他爱吃辣吗？明天让张嫂做点什么菜好呢？”

“……”

完了。

他的地位算是完了。

全沦陷了。

叶朗习惯早起跑步，轻轻开了房门，刚好看到一个粉色的小身影在厨房忙碌。

叶朗叫了她一声：“米晴？”

米晴回过头，有点惊讶：“你起这么早啊？”

“我……”

叶朗话还没说完，小姑娘忽然想起什么，双手捂住自己的脸颊，逃也似的飞奔回房间。

啊！

她还没化妆呢！

米廷家的别墅很大，他们的房间里都有单独的卫生间和浴室，叶朗这个外人住在这里也不会不方便。

米廷面上不说，其实是个护妹狂魔，若他家是普通家庭那样的公共浴室和卫生间，他是绝对不会让叶朗过来借宿的。

叶朗跑完步回来，到房间洗了澡换了身衣服。

这时除了米廷都已经起床，叶朗的目光落在米晴脸上。

他明白了她之前惊慌逃走的原因。

叶朗勾了勾嘴角。

真是可爱。

早饭之后，米廷才迷迷糊糊地醒过来，刚下楼就遭到米夫人一通数落。

“都中午了，你才起床？我们都已经吃完早饭了，你说现在怎么办，给你再重新去热吗？”

米廷无辜地皱了皱眉，小声说：“那就不吃了。”

米夫人白了米廷一眼，终究还是到厨房重新热了粥端给他。

“今天加班吗？大忙人。”米廷一边喝粥，一边问叶朗。

叶朗回道：“不用。”

“我哥们带着他们公司的人团建，一起去吗？”

叶朗漂亮的双眸一转，看向一旁乖乖坐着的米晴，问道：“小晴有课吗？”

叶朗逆光坐在沙发上，脸上挂着浅淡的笑容，他这么猛地一转头，米晴的大脑空白了那么一瞬。

真是——

惊艳啊。

“嗯？”米晴回过神来，“没有课，但是我哥不愿意带我。”

米夫人又不大高兴了，继续数落米廷：“你看看小朗，什么都能想着米晴，你看看你，一点也不关心你亲妹妹。”

米廷哼了一声，不说话了。

确实不爱带。

米晴胆子小，到了游乐场什么都不敢玩，多扫兴。

叶朗的声音低低的：“游乐场里有很多高空项目，还有鬼屋，应该都挺刺激的。”

米晴有点动心了。

以前和刘希他们一起出去玩，刘希很喜欢这些项目。

但是米晴从来都不敢去。

所以陪在刘希身边的，一直都是别人。

米晴抬起头。

“带我一个吧，我也去。”

她恰好撞上叶朗的目光。

那一瞬间，米晴的感觉稍微有点奇怪。

叶朗太云淡风轻，仿佛早就知道米晴会去。

他摸清了她的一举一动。

可是那种感觉也只出现了一瞬，因为下一秒，叶朗便低下头。

米晴看着叶朗的背影，心里有丝丝的难过蔓延开来。

莫名奇妙的。

米廷约了一帮朋友，他们又是玩又是闹。

米晴年纪小，和他们也不在一个圈子，小姑娘又不是活跃的性子，聊了几句就无话可说。

她自然而然的又和以往一样，落在队伍的最后。

“想吃棉花糖吗？”一个温和的声音响在身后。

米晴惊喜回头，叶朗在阳光下冲她笑了一下。

“我看别的小朋友都有。”

叶朗给米晴买了两个棉花糖，一个白色，一个粉色。

米晴拿在手里，觉得自己有点幼稚，但还是止不住开心。

“有什么想要尝试的吗？”叶朗问道。

米晴看了一圈，眼中有些胆怯。

听着那些人的尖叫声，她就已经觉得毛骨悚然了。

最后选了很久，棉花糖都快要吃完了。

米廷他们嚷嚷着，这个也想玩，那个也想玩。

米廷回头看到米晴和叶朗落在队伍后面，扬声道：“要不我们分开玩吧，米晴你好好跟着，别乱跑，最后咱们正门集合。”

米晴点点头，回道：“好。”

米廷看向叶朗，交代道：“麻烦你了。”

叶朗笑了笑：“没关系。”

他们走后，米晴长舒一口气。

叶朗迁就着她的身高，微微弯下腰，问道：“怎么？不太喜欢他们？”

米晴实话实说："他们太活跃了，我……总是不知道该说些什么。"还是跟叶朗相处比较放松。

安心。

他们走后，米晴真的轻松很多，走路都有些蹦蹦跳跳的。

米晴走在前面，不用回头也知道叶朗一定跟在她的身后。

不论她走得快还是慢，每一次回头，叶朗都保持着那个距离，不远不近地跟着，一点也不用担心叶朗会把她弄丢。

"要不就玩这个海盗船吧。"米晴挑选了一圈，最后说道。

"为什么是海盗船？"

"之前我记得刘希玩过这个，我想尝试一下。"

这句话说完她就后悔了。

她觉得自己不应该说这句话，但是具体为什么不应该，她也不知道。

"好，那我们就玩这个，你可别害怕。"

米晴仗着胆子说："当然不害怕。"

一波结束，轮到他们上去的时候，米晴还是小心翼翼地选了中间的座位。

两边的实在太高太恐怖。

等待游客陆续上来的工夫，叶朗看到米晴的手指死死攥着把手，骨节都有些泛白。

叶朗转过头，说道："如果怕，可以大声叫，没关系。"

两人并肩坐着，还是第一次距离这么近。

米晴咬了咬嘴唇，小心翼翼点点头："嗯。"

叶朗垂下双眸，长睫落下，一小片阴影覆在眼底。

看着她的动作，叶朗的喉结微微动了动，不大自然地转过头。

铃声响起，海盗船开始缓慢启动了。

一开始的幅度不算大，米晴还能够承受。

到了中期，她就开始害怕，往上冲的时候还好，往下落的时候，仿佛心都飞出去了，就剩下一个空架子。

米晴实在忍不住了，大叫尖声。

叶朗是所有游客里面最冷静的一个，不仅没有什么感觉，反倒低声安慰着身边的姑娘。

风托着他的声音，轻飘飘的。

后期，每一次都冲到最上面。

到顶的时候，米晴觉得自己的五脏六腑都顶到了天灵盖，落下的时候速度没有跟上，全都飞了出去。

"救命啊，啊啊啊——

“啊啊啊——为什么还不停下！”

眩晕的感觉越来越严重，可是时间还没到，海盗船一下比一下高。

米晴大脑一片空白，眼泪都逼了出来。

情绪崩溃的一刹那，她忽然落入一个怀抱。

世界顿时黑暗下来。

起风了，海盗船还在继续。

可是速度似乎逐渐慢了下来。

那双铁臂把她禁锢在他的怀中，他身上浅浅的薄荷气味萦绕在她的身周。

明明风那么大，可她还是敏锐地闻到了。

很淡很淡。

很好闻很好闻。

她只听到一个低沉的声音，清晰、沉稳地响在她的头顶。

“别怕，我在。”

那一瞬间，整个世界都安静了。

叶朗（4）

从海盗船上下来，叶朗的衬衫湿了大片。

米晴小脸煞白，满脸泪痕，还没有回过神来，眼神空洞洞的。

米晴还记得高中时代的某个暑假，一行人约好一起去游乐场玩，因为米晴听说刘希也会去。

米晴家教很严，米廷从不让她和同学们出去，总觉得她年纪小，会有危险。

那时的米晴被家里人牢牢保护着。

刘希可以说是班级里最出格的人。

这样张扬耀眼的大男孩，在班级里面总会引起好好学习的女孩子们的注意。

米晴也不例外。

只不过米晴虽然漂亮，终究胆子小，性子乖，刘希从未把米晴放在眼睛里。

他们根本不是一路人，聊了也白聊。

更何况米晴家里有钱有势，听说还有个上可通天、下能遁地的哥哥。

刘希说白了就是一混混，他可不敢惹。

那时的米晴只是偷偷地把注意力放在刘希身上，还谈不上“喜欢”。

现在也是。

米晴自己也不知道对于刘希，究竟算是怎样的一种感情。

刘希过的是和她完全背道而驰的生活。

米晴觉得好奇，想要去试探，想要走近，想要尝试，又有点害怕。

这样的感觉积攒了很久，那一次得知他们要一起去游乐园的时候，米晴才终于鼓起勇气说她也想去。

那天，米晴是背着米廷逃出去的。

小的时候，爸爸妈妈经常带米晴来游乐场，可是刘希他们玩的项目和她以前玩过的完全不同。

米晴愣愣地看着“嗖”的一下飞上天去的时空穿梭，人们在上面尖声大叫。

单单是在下面看着就已经觉得很恐怖。

刘希他们却非常兴奋，跃跃欲试想要上去。

问到米晴，米晴连连摇头。

刘希并没有说什么。

米晴却听到一直和他玩得很好的男生很低声地说：“真是扫兴，你怎么还把她带来了？”

米晴耳尖地听到刘希的回答是：“不是我带的。”

米晴一个人在下面等着，眼眶被太阳光刺得有些酸胀难受。

他们玩完下来更加兴奋了。

米晴孤单单地跟在后面。

大家继续往前走，刘希看到海盗船，嚷着要玩。

大家也都一一应和。

最后交钱的时候，一只细白的小手伸进来，米晴说：“我也想玩。”

上去之后，米晴就后悔了。

那是她第一次坐海盗船，刚飞得高一点她就腿软了。

可她一直咬牙忍着。

大家都是同龄人，他们能玩，怎么她就不能?

海盗船越来越高，米晴实在忍不住了。

她也不知道自己叫得有多大声，只知道恍恍惚惚终于熬到结束，米晴已经哭得不成样子。

大家本来挺高兴，看到她这么哭，半点兴致都没了。

“这有什么可哭的啊！”还是那个男生，这一次他大声嚷道，“就是装清高。”

刘希拉了他一下：“行了，别说了。”

那男生一摆手，不耐烦地说：“我就烦这些学习好的女生。”

刘希也觉得挺扫兴的，跟男生一起走到前面去了。

那天的太阳那么大，哭到最后，米晴都有些头晕了。

少女的心事那般脆弱，当那个男生在阳光下面大声嚷骂的时候，米晴整颗心都凉了。

回到家，米廷发现米晴偷偷溜出去玩了，他还没有张嘴说她，米晴忽然扑到他的怀中，泪水打湿了他的衣襟。

“哥，对不起。”

从此之后，米晴把对于刘希的这份感情小心翼翼藏在心底。

一起藏在心底的，还有她的脆弱。

“永远不准在人前哭泣”是米晴默默给自己定下的准则。

这么多年她都一直遵守。

唯独这一次。

同样是在海盗船上，米晴被吓得大哭。

结束之后很久很久，米晴都没有停止哭泣。

也许不是因为真的害怕，而是这些年积攒下来的委屈和不甘，到了这一刻全部释放。

叶朗好像明白这一点，他始终没有出声。

他既不安慰也不催促。

只静静地等。

等到哭声渐消，米晴红着一双眼睛，一抽一抽地仰头看叶朗。

叶朗沉默良久。

米晴偷偷抬起头，见叶朗勾起嘴角笑了笑。

那个笑容像是春日暖阳，轻盈盈照耀在米晴心里，晒干了濡湿的皮肤。

照耀得她整颗心都舒展开来。

“哭成小花猫了？”叶朗的尾音微微上扬，带着一道诱人的弧度。

米晴抿着嘴唇笑了笑，问道：“你不害怕吗？”

“不怕。”

“为什么？”

叶朗失笑：“我是男人啊。”

叶朗给米晴买了一杯果汁，米晴喝了一口，酸酸甜甜的。

这一次哭过之后，她没有觉得阴郁委屈，反倒更轻松起来。

她走着走着，都有点想要蹦跳似的。

两人到了卖小吃和小饰物的街上。

小姑娘的果汁喝了一半，看到这些琳琅满目的小东西，开心极了，眼睛都不够用了似的，一会儿看看这，一会儿看看那。

高高大大的男人跟在她身边，不急不缓，对周围花里胡哨的东西丝毫不感兴趣，目光只落在那个小身影上。

“你看这个好看吗？”

米晴看中一条水晶手链，兴致勃勃拿给叶朗看。

“嗯，不错，戴上试试？”

米晴依言戴上。

店主立马说：“姑娘手真白，这个颜色的石头很挑人的，小姑娘戴上这款真是太好看了。”

米晴被店主的一通彩虹屁吹得有点飘，回头看向叶朗。

叶朗直直地看着她，说道：“好看。”

米晴的脸颊飞起两朵红云，戴上手链之后，蹦蹦跳跳的，更加开心了。

这种开心一直延续到回到家。

晚饭的时候，米廷最先注意到。

“米晴，你在高兴什么呢？”

米晴猛地抬起头，愣了愣，问道：“嗯？我有吗？”

叶朗略略抬眸，米晴不小心对上他的目光，小脸更红了。

“没、没有啊。”

米廷奇奇怪怪地摸了下她的额头，又摸了摸自己的，喃喃道：“也不烫啊。”

叶朗对米廷的这个动作有些不满，微微皱了皱眉。

米晴的论文终于过了，最近同学们都在忙着找工作，米晴也是各种宣讲会听个没完。

周末，难得叶朗空闲，米晴听完一场宣讲会回到家。

米晴把包扔在沙发上，疲惫地坐下来，说：“只有你自己在家啊？”

叶朗合上电脑，问道：“嗯，怎么了？不开心？”

米晴小嘴一抿，委屈地说：“有点累。”

“找工作了？”

“你怎么知道？”

叶朗不光知道她正在找工作，连她具体投了哪几份简历都知道。

米晴懊恼地低下头，说道：“我觉得我什么也不会做……”

上了一辈子的学，初入社会，根本不知道何去何从。

“都有什么工作，跟我说说。”

叶朗社会经验比她丰富太多，小姑娘的烦恼在他面前根本不值一提。叶朗轻描淡写几句话，就帮米晴指点了迷津。

等了一周，惠生集团人资部终于收到了米晴的简历。

人资部总监把这份简历发给叶朗。

叶朗凝视着证件照上那个浅笑着的姑娘，勾了勾嘴角，声音低沉道：“嗯，传过来吧。”

叶朗（终）

叶朗在米晴家住了一周，他的新房装修好了就准备搬走。

那天本来米晴有一场同学送别会的，米晴犹豫许久，推掉了。

叶朗带过来的行李很少，只有几件常穿的衣服、几本书，还有日常洗漱用品，本来也不准备长住的。

但是米晴一下楼看到叶朗长身玉立，拉着行李箱站在门口，心里还是止不住酸了一下。

米晴心思细腻，多愁善感。

她有很多细枝末节的情感，比如说出门旅行，临走时会舍不得家，从外面回家又舍不得酒店。

叶朗本来也就只住了一周而已，她自己心里也很清楚，但还是会有点难过。

也许这种感觉和现在看着叶朗走的感觉是一样的。

米晴下楼的脚步缓了缓，叶朗稍一回头，一眼看到她。

她眼底的情绪还来不及掩饰收回，就被叶朗捉了个正着。

“叶朗哥。”米晴说道，“这就要走了吗？不吃完午饭？”

米夫人和米先生也说：“要么吃了午饭再走也不急。”

叶朗说：“不了，下午还有挺多事情。”

米廷帮腔道：“他新装修完房子，也有不少朋友要请，我跟他过去一趟，一会儿回来。”

米晴低着头。

他有很多朋友要请啊……

应该都和他一样，是成熟稳重的成功人士吧。

他的朋友里，肯定没有她这样胆小怕事又年轻幼稚的姑娘。

他的身边，站的应该是运筹帷幄、气度凌云的女强人才对。

有才有貌，才能有资格站在他的身侧。

也不知怎么，想到这样的画面，米晴的心里像是被什么东西刺了一下，尖锐的疼痛随之蔓延。

她不喜欢这个画面。

叶朗的车绝尘而去，良久，米晴都沉浸在自己的思绪里拔不出来。

日子总归还要过，米晴开始着手找工作。

她投递了很多简历，面试了几家公司，挑来选去，还是惠生集团最好。

初试过了，米晴兴致勃勃地跟米廷炫耀。

米廷知道叶朗在惠生集团，原本挺担心自己这个妹妹涉世未深，初入社会可能会有很多不适应的地方，现在她到了叶朗的地盘，米廷多多少少也能放心一些。

米晴认认真真准备了整整一周，一周之后去惠生复试。

人资部的人对米晴很满意，让她稍微等一下，叫来主管看一下。

然后，米晴就看到了叶朗。

将近半月未见，米晴看到他的时候，忽然心跳加速，眼睛变得无比明亮。

叶朗一身得体西装，从外面大步进来。

面试官对叶朗说话极其恭敬，一口一个叶总叫着。

米晴面试的是技术部总监助理一职。

人资这边过了之后，还需要叶朗这个正主过来看看合不合心意。

叶朗拿过米晴的简历，抬起头，朝米晴笑了笑。

米晴被这道笑容晃了一下，心神都跟着摇荡起来。

“就她吧。”

米晴听到独属于叶朗的好听声音清淡说道。

叶朗带着米晴回到办公室，关上门。

叶朗坐在老板椅上笑着看她，问道：“怎么想着要来这儿？”

“嗯……找工作嘛，看到惠生这边在招聘，就投递过来了。”

叶朗“哦”了一声，说道：“去找李特助问一下你的工作内容，如果有不懂的就直接问我。”

米晴连忙回答：“好。”

米晴工作很认真，也许是因为在叶朗手下的缘故。

但是米晴是新人，说是叶朗的助理，在她彻底熟悉业务之前，都不能直接处理叶朗的工作，只能处理李特助没有时间做的一些事情。

米晴性格好，组里的人都很喜欢她。

她来的时候，恰逢技术组最忙的那一阵，张姐一直说要给米晴办欢迎仪式，可始终没有腾出时间。

米晴也一直忙着学习，来这边快一个月了，却连叶朗的面也没见过几次。

顶多就是李特助交代下来的文件，米晴拿过去给叶朗签字罢了。

可米晴还是很开心。

她的办公桌就在叶朗办公室斜对面。

有的时候，叶朗从办公室出去去技术部，米晴都能透过百叶窗看到。

一会儿明一会儿暗，直到他的身影消失不见。

米廷见米晴干劲儿还挺足，也就放心了。

米晴不是一个爱八卦的人，但是每当组里有人讨论有关叶朗的八卦，米晴绝对会第一个冲上去。

这些零零碎碎的信息告诉米晴，叶朗性格沉郁、沉默寡言，天才出身，可是洁身自好，从没有任何桃色新闻。

哪家千金又看上了叶朗，想要花高价和惠生谈合作，可是叶朗眼高于顶，从未把这些女孩放在眼里这样的事。

米晴才终于放下心来。

最忙的一段时间过去之后，张姐张罗着大伙儿给米晴举办欢迎仪式，恰好被经过的叶朗听到。

“这么有兴致要办欢迎仪式？”

听到叶朗的声音，张姐的大嗓门立马有所收敛，微微颔首恭敬叫人：“叶总。”

叶朗在人群中寻到那抹小身影，问道：“欢迎米晴吗？”

张姐马上回答：“是啊，组里挺长时间没来新人了。”

按照叶朗这个级别，原本应该配备四到五个助理，但是叶朗不爱这些虚名，工作他应付得游刃有余，到现在算上米晴也只有三个助理而已。

“也好，准备什么时候出去？我买单。”

听了这话，组里顿时一阵欢呼。

叶朗买单，那就证明这场欢送会的档次提高了几倍。

“你们定了哪天？”叶朗问。

“周四，叶总你周四有空吗？”张姐问。

叶朗似乎停顿了一下，随即笑道：“嗯，有空。”

果然不出所料，叶朗定的酒店是本市最好的，就连之后的酒吧都订好了。

那天叶朗有事，饭局的时候他并没到，最后和众人在酒吧会合。

米晴在叶朗点的一堆酒水中，眼尖地找到一杯奶昔。

那是他点给她的。

奶昔还没有喝，米晴就已经尝到了甜味。

叶朗过来的时候，穿了一身休闲装。

他很少这么穿，米晴看到的时候，又是眼前一亮。

这个人总是能让她觉得惊艳。

叶朗看着瘦，但是身上的肌肉恰到好处。

他坐在距离米晴两把椅子远的位置，眼底似乎始终噙着一抹笑意，跟着大家一口一口地喝酒。

闹了一阵之后，张姐他们提议玩游戏。

米晴不会，叶朗也不感兴趣。

其他人聚成一堆，自然而然留下了他们二人。

叶朗喝了不少酒，眼睛却十分明亮。

他笑着看着米晴，摆了摆手：“过来。”

他经常这样笑眯眯地看着米晴。

米晴的心忽然被他看得轻颤了一下。

“你来晚了。”米晴依言坐到他身边。

她刚坐过去就闻到了一股浓浓的酒味。

不难闻，反倒让她觉得自己也有些被醺醉了似的。

“你在等我？”叶朗尾音微微上扬。

米晴一抬头就撞上他似笑非笑的面容，顿时红了脸：“没有……”

像是知道她在说谎似的，叶朗并不拆穿，只是笑着回过头，又喝了口酒。

米晴总觉得今天的叶朗有些奇怪。

“你怎么了？”

她小声问道。

叶朗看着舞池里扭动的人群，酒吧里四射的光芒映在他的眼中。

明明环境这样嘈杂，米晴却在他的眼中看到了宁静。

她和他都是喜欢安静的人，总是和这样的嘈杂格格不入。

“米晴，要不要去跳舞？”

“啊？”米晴被这个请求吓了一跳，下意识拒绝，“不要。”

说完米晴就后悔了。

因为这句话结束，她看到叶朗的目光停滞了一下。

这不易察觉的停滞让米晴的心骤然一紧。

她的小手攀上他的胳膊，再次问道：“你到底怎么了？”

叶朗忽然回头，说了一句什么。

这时音乐声骤然响起，鼓点像是砸在人的心脏里，米晴没有听清，凑了耳朵过去：“你说什么？”

叶朗贴在她的耳畔，灼热的气息悉数喷在她的脖颈。

他声音低沉，仿佛音质极好的大提琴声。

琴音华丽流畅。

美妙无比。

他说：“今天是我生日。”

米晴一愣。

生日不是应该高兴吗?

像是在回答她的疑问，叶朗继续说道：“出生三个月后我就被扔在孤儿院门口。”

叶朗厌恶他的生日。

更加厌恶生下他的那个人。

“对不起。”米晴并不知道叶朗的身世，她怎么也没有想到会是这样。

叶朗却十分淡然，缓缓喝了口酒。

米晴耸了下肩膀，似乎是想缓和一下气氛，说道：“你看你不早点告诉我，我都没有准备礼物。”

叶朗转过头，认真地看着米晴。

“你想送我礼物？”

如果目光有温度，米晴一定被他的这道目光烫到融化。

“当然……”

“想”字还没有说出口，米晴就忽然被叶朗拉了过去。

一个灼热的吻落在她的额间。

叶朗略略低头，闭着眼睛。

嘴唇在她的额上停顿三秒，他放开她。

米晴吓到了，眼神里满是惊慌。

叶朗看到她的表情，忽然轻笑了一下。

不是笑米晴，而是笑自己。

“对不起啊。”叶朗说，“是我自不量力了。”

自不量力，他用了这样一个词。

“不是！”米晴着急反驳。

“什么？”

米晴也不知道该怎么说，鬼使神差的，米晴忽然咬了下嘴唇，像是下定了什么决心似的，凑近叶朗，仰起头。

女孩柔软的嘴唇贴在男人凸起的喉结上。

叶朗整个人都顿住了。

这是米晴第一次亲吻。

她也不知道为什么，只是因为她仰起头，刚好能够触到这个位置，所以她就吻了。

她甚至不知道这个吻的意义是什么。

她实在看不得叶朗落寞。

心疼得要死。

亲吻之后，小姑娘才后知后觉害羞起来。

小脸烫得能摊鸡蛋了。

“我……”米晴支支吾吾半天，“生日快乐。”

那个吻之后，叶朗常常把米晴叫到办公室。

他也没有什么工作要交代，把自己的笔记本电脑给了她，让她在他身边办公。

两个人话都不多，安静工作一上午，然后一起吃个午饭。

这样工作了一周，米晴开始自己下厨。

这一周跟叶朗在一起，她也摸清了他的喜好。

她按照他喜欢的口味做了一份午餐带过去。

中午，叶朗问米晴想吃什么，米晴低头从自己包里拿出那份午饭来，用微波炉热了一下。

米晴担忧地看着叶朗吃下第一口。

“好吃吗？”

叶朗细嚼慢咽，没说话。

米晴有些着急地问：“你喜欢吗？”

叶朗吃完，用纸巾擦了擦嘴，忽然俯身，把嘴唇贴在米晴耳边，说道：“没有你好吃。”

米晴的脸一下就红了。

她想掩饰尴尬，自己尝了一口，刚放嘴里就吐了出去：“我盐放太多了……”

多到都有些发苦了。

叶朗失笑：“我教你做饭吧。”

“你会做？”

“嗯。”

下午，叶朗有一场会议，是惠生集团和市政府的合作项目，他必须参加。

两个人约好在市政大楼下见面。

米晴盼着盼着，终于到了下班时间，她刚要给叶朗发微信，一个电话进来。

“喂？”

当刘希的声音在电话那端响起，米晴整个人愣怔了一下。

刘希，好遥远的一个名字。

“米晴，救我……”

米晴从不知道，有一天自己听到刘希的名字，听到刘希的声音，想到他这个人，会这般无动于衷。

和一个路人没有什么两样。

即使他让她去救他。

又是一个赌注吧?

米晴不想再和这些人有任何牵扯。

“求求你救救我，有人在追杀我，米晴求你。如果你不来，我会死的，米晴，我真的会死的。”

米晴是个善良的姑娘。

“如果你不来，我会死”不论这个人是谁，如果说出这样的话，米晴就一定会动摇。

她心软，她不是一个会见死不救的人。

“你没骗我？你怎么了？”

刘希着急地解释：“我惹上高利贷了，你带点钱过来，求求你，我一定会还你的。我知道你不差这点钱，但是这会要了我的命！”

“你在哪儿？”

这一次刘希没有说谎，就在上一次叶朗带她去的那间酒吧的地下车库。

米晴带了钱，帮刘希解决了麻烦，刘希高兴极了。

“我就知道，米晴，我就知道你一定会救我的。”刘希想要过去牵米晴的手，可是米晴躲了一下。

“我帮你，是因为我们是高中同学，我不会见死不救，但是这次之后，我们两清。我和你以后没有任何纠葛，钱你不用还我，我的确不差这点钱，但是我想用这笔钱买你以后不再找我。”

米晴善良，但不愚蠢。

她知道刘希是什么样的人，工作了这么久，人长了见识，也成熟了许多。

她不会再那么傻去追求刺激。

真的是米廷把她保护得太好，她那时才会一味地想要追随刘希。

人类就是这样。

得不到的，往往都觉得最好。

幸好那时遇到叶朗，如果不是他保护着她……

叶朗！

想起叶朗，米晴从酒吧跑出来，外面已经下起了大雨。

滂沱的雨声快速敲击着地面。

刘希拉了她一下，说道：“米晴，我送你回家吧。”

米晴不管不顾地冲进雨里，叫了辆出租车，拒绝道：“不用，我有约。”

米晴看了眼时间，耽误了三个多小时，米晴不知道叶朗是不是还等在那里。

她匆匆跟司机报了地址，颤抖着从包里找出手机。

叶朗的工作机和生活机全都打不通。

米晴着急，越是着急越是一路红灯。

雨天堵车，根本开不快。

等到了市政大楼，又过去了一个小时。

这边是单行道，路边不能停车，想要到路的那头需要往前开很久。

米晴眯着眼睛看着车窗外，一下就找到了叶朗。

他就站在路灯下，一身黑色西装。

他实在太过显眼。

周围的路人撑着伞，匆匆忙忙往家跑，唯独他，像是没有感觉似的，任凭雨水砸在他的身上，他都一动不动。

他就这样站了接近四个小时吗？

米晴忽然想起，那天在酒吧里，他那样认真地看着自己，说：“你想送我礼物？”

生日礼物，你想送我吗？

米晴还想起之前他们一起工作时，叶朗丝毫不加掩饰的宠溺，全部涌上心头。

等红灯的间隙，米晴看到一辆黑色轿车停在他的身边。

是过来接他的。

米晴不管大雨滂沱，摇下车窗。

“叶朗——

“叶朗别走！

“叶朗！”

风雨声吞没了米晴的声音，叶朗并没有听到。

前面还有好一段路才能掉头，那辆黑色轿车就在她的身边。

擦身而过。

那天晚上，米晴给叶朗打了很多通电话，全都没有打通。

第二天一早，米晴第一个赶到公司，可是叶朗却迟迟没有来。

一直等到中午，米晴问张姐，张姐说叶总好像请了病假。

张姐还在感叹：“叶总也该休息休息了，我跟在叶总手底下四年了，叶总没请过一次假。”

此时米晴的心几乎已经痛到不能自控。

米晴问米廷要了叶朗家的地址，终于等到下班，她打车去了叶朗家。

她鼓起勇气摁下门铃，仿佛等了很久很久，终于有人过来开了门。

像是一道雷劈在她的头顶。

米晴整个人僵在那里。

“你是？”

给她开门的是一个非常漂亮的女人，穿着白色的职业西装，一头波浪鬈发，皮肤白皙得几乎反光，五官比电视上的演员还要精致。

就连问话的声音都如同春雨浸润大地一般，温婉好听。

米晴几乎控制不住全身颤抖，结结巴巴道：“我……我是……”

这时，叶朗正巧过来，淡淡地说道：“谁啊？米晴？”

匆匆一瞥，叶朗眼中满是淡然。

没有一丝一毫的喜悦或者惊喜。

米晴咬牙咬得都有些痛了，才控制住自己不在他们面前哭出来。

她也不知道自己胡乱说了句什么就匆匆跑走。

是啊，这才是配得上他的人。

那么漂亮，那么动人。

叶朗应该很喜欢她吧，虽然没有任何动作，可依然能够感觉到他们的亲密。

米晴这样安慰着自己，眼泪却像决堤的海水。

根本控制不住。

她从不在人前哭。

这一次，她却在叶朗家楼下的大街上，放声大哭。

之后，米晴变得越发沉默。

叶朗重新回来上班，却没有叫米晴去他的办公室，就连李特助给她的文件都少了很多。

米晴连正儿八经见他的理由都没有了。

这天，米晴忙手上的项目晚了一些，最后一个出门。

结果一出门就碰上了也在加班的叶朗。

两个人一起上了电梯。

米晴低着头，心里又是疼，又是喜。

她不得不承认。

这一段时间，她好想他……

不管他是否有了新欢，或者不能叫作新欢。

因为他们根本也没有开始。

可她是那样明确、清晰地想念着他。

任何与他有关的东西，都能勾起她的回忆。

工作之余，她频频往百叶窗那边看去。

她好想见他一面。

一面就好。

现在，他就在她的身边。

“那天，你去找刘希了？”

米晴怎么也没有想到，叶朗说的第一句话，竟然是这个。

“我跟他……”

叶朗却没给米晴说话的机会，直接打断她道：“怎么样？他终于接受你了吗？”

最后一句，他的声音那般沙哑。

他是在乎的！

这句话在米晴心里点燃了希望。

“我没有，我已经跟他说清楚了。”像是怕他再打断，米晴说这话的时候语速很快。

电梯到了一楼，叶朗扶着门，让她先走。

“哦，这样。”

像是怕他误会，米晴又说：“说清楚我以后都不会再和他有联系了。”

“酒吧的酒保说，刘希跟你表白了，你没有同意吗？”

“没有……”米晴刚要指天发誓，一道声音打断了她。

“小朗，今天迟了一些。”

这声音很熟悉。

米晴回过头，那张倾国倾城的面孔再一次出现在眼前。

她开着一辆红色拉风跑车，在大厦楼下等着叶朗。

看到她，叶朗的眼中顿时染上笑意。

就和之前叶朗看着米晴时的笑容一模一样。

如有一盆冷水兜头而下，米晴顿时愣在那里。

米晴看到叶朗坐上那个女人的车，然后和自己道别。

米晴保存文件，合上电脑。

一夜未眠。

翌日清晨，米晴站在叶朗的办公室门口长舒一口气，敲了敲门。

“进。”叶朗的声音。

米晴走进去，她把文件放到桌子上的时候，叶朗才抬头。

“你要辞职？”叶朗挑了挑眉。

再见到他，米晴的眼眶止不住酸胀起来，声音已然嘶哑：“嗯。”

“为什么？”

“我……”只说了一个字，米晴的眼泪就已从眼眶中滚落。

“怎么了？”看到她的眼泪，叶朗站起身，走到她的身边。

“你喝酒了？”叶朗皱了皱眉。

米晴哭得停不下来，点了点头：“酒壮㞞人胆。”

这个理由……

也就米晴想得出来。

叶朗拉着她到沙发上坐下。

这么一点时间，米晴已经哭得一抽一抽的。

可见小姑娘心里真的积攒了太多委屈。

“我……我想跟你说清楚，虽然我要走了，你有了新的女朋友，但是我怕……我怕真的就这么错过了。”

“我……”

“你先别打断我！”小姑娘红着一双眼睛，有些急了。

“好好好，我不打断你。”叶朗的声音极尽温柔。

刺得米晴眼泪又出来了。

“我想告诉你，以前我不知道什么是喜欢，什么是感情，现在我知道了。我不喜欢刘希，叶朗，真的，我不喜欢他，只是好奇，我就只是好奇……”

米晴停顿了一下，继续说道：“我喜欢你，叶朗。”

叶朗的眸光变得深沉。

“可是……可是你有……”

你有那么漂亮的女朋友了。

“我没有想要介入你们，我就是怕我不说，你会难过，那天你在雨里，真的对不起……”

说到这里，米晴已经有些语无伦次了。

叶朗心疼极了，用力把她圈在怀里。

“傻丫头……”

她熟悉的怀抱啊！

米晴终于放声大哭。

不管怎么样，有了这样一个拥抱，也就值得她回味一辈子了。

值了。

也不知道她究竟喝了多少酒，就这样抱着她都能闻到丝丝缕缕的酒味。

“我哪来的女朋友啊？”

“嗯？那天那个……”

“那是我姐姐。”

米晴愣住了。

姐？

“我姐和林远……和我姐夫都有孩子了。”叶朗笑着吻了米晴的发顶。

“那你为什么不告诉我？”

米晴委屈，叶朗更委屈。

“你给我机会解释了吗？”

米晴心软了：“对不起……”

叶朗重新把她抱起来，安慰道：“没关系。”

米晴没看到，叶朗唇边漾起的狐狸一般的笑容。

虽然他和叶婴不是亲姐弟，可是他的那道笑容，和叶婴的简直如出一辙。

叶朗忽然想起那天夜里。

叶朗坐上那辆黑色林肯，在米晴面前擦肩而过。

后座的林远时鄙视地看着叶朗。

“就这么欺骗小姑娘？”

叶朗拿过纸巾，细致地把脸上的雨水擦干，脸上的表情满是运筹帷幄的淡然，哪里有一点方才的悲伤。

“这不是欺骗。”

闻言，林远时回过头。

“她心里有一个人，我必须把那个人拔出去才行。”夜色中，叶朗眸色深沉，“她是我的姑娘。”

心里只能有他。

这话就有点霸道了，林远时轻笑一声。

“酒吧高利贷那事儿也是你做的吧？”林远时说。

“我只不过弄了个虚假高利贷网站，刘希自己蠢，迫不及待往里跳，这也能怪我？”

叶朗是高端黑客，刘希的任何信息他动动手指就能知晓。

林远时问道：“你不怕刘希报警查你？”

叶朗笑着反问：“查得到我？”

最年轻的技术总监，圈内公认的电脑天才。

怎么可能查得到。

林远时看向窗外，叹了口气：“作孽啊……”

叶朗沉声道：“该我姐出场了。”

林远时长长地叹了口气，又是一声：“作孽啊。”

看着叶朗那副腹黑样，林远时又想起自己。

还同情人家小姑娘呢，他不也是被这俩坏蛋骗来的吗？

同病相怜，还同情啥啊！

行吧，林远时目视前方。

回家好好收拾一顿那个小坏蛋。

不吃饱决不罢休。

番外三

叶婴邪魅一笑，学起那时林远时的语气，说道：
“你的本和我的一样，喜欢吗？”

清晨，阳光顺着窗帘缝隙溜进房间，这是整个房间里唯一一丝光亮。

床上不规则形状的物体动了动，从被子里伸出两只短短的小胳膊，伴随着低低的一声“唔——”，被子里的身形扭动了几下，然后伸了一个非常舒服的懒腰。

林景淮揉了揉眼睛，想起今天是什么日子，猛地坐起来，顺手披了件衣服，赤着脚，“哒哒哒”跑出房间。

“林景川，林景川，醒一醒。”

床上的男孩林景川看上去比林景淮年纪小一点，皮肤很白，细瘦文弱。

林景川睁开迷蒙的睡眼，迷糊地看着林景淮，不耐烦地问：“干吗？”

“今天！你忘了！今天我们说好的……”林景淮伏在林景川耳边说了句什么。

林景川听后并没有林景淮那么激动，反而皱了眉，问道：“你确定你要去吗？我觉得我们瞒着爸爸妈妈偷偷跑出去不太好，而且……”

弟弟林景川聪明斯文，什么都好，就是絮叨话多，做什么事情都要反复考虑很久。

偏偏林景淮是一个极洒脱的孩子，想得少，一根筋，想到什么就去做，顾头不顾尾。

“哎哎哎，别想了，咱们赶紧去吧，明天爸爸妈妈就要回来了。”林景淮一把把林景川拉起来。

虽然林景川是弟弟，但个子反而比哥哥高一点，不过他瘦，身材不像林景淮那么壮实，所以林景淮铆足了劲儿这么一拽，林景川就被拽起来了，怎么也挣脱不开。

林景淮就这么一路拽着林景川来到洗手间。

“快点洗，洗完咱们赶紧出发。”

“行吧……虽然我还是觉得这样有点不妥。”

林景淮焦急地等在二楼客厅，等到林景川一出来，林景淮拉着林景川飞奔下楼。

张姨正在厨房准备早饭，看到两个孩子匆匆忙忙往外跑，问道：“景淮，景川，你们去哪儿啊？”

林景淮头也不回地答道：“出去！”

林景川一边被蛮牛似的林景淮拉着跑，一边回答张姨：“我们想要背着爸爸妈妈去别院看三婶……”

林景淮厉声阻止：“林景川，你傻呀，怎么把我们的秘密说出去了？”

张姨看着他们直笑，仗义地说：“张姨帮你们保密，不告诉你们爸爸妈妈。”

林景淮一喜：“张姨！够义气！”

俩孩子跑出去之后，张姨默默地说：“但如果你们爸爸妈妈自己猜到可就不关我什么事了。”

三婶明漫怀孕了，叶婴觉得自家俩儿子实在太闹腾，就怕他们影响到明漫的孩子，她在家的时候，从不让他们两个单独去找明漫。

明漫是个软性子，林斯寒不在家，必然宠得两个崽子无法无天。

叶婴终究还是担心，林远时那个三弟是个当兵的，看上去深深沉沉，总猜不透他在想什么，但是老三的那个媳妇却深得叶婴的心。

可能真的就是缘分使然，两个女孩一见如故，叶婴对明漫的印象好极了。

话说回来，那样一个温温软软的女孩子，应该谁见了都会喜欢的吧。

之前叶婴怀孕的时候，林老爷子亲自请了一个厨师过来照看叶婴的饮食，现在叶婴又重新把那位厨师请回来，按照明漫的口味制定菜谱。

不光如此，那些孕期需要用的东西，无论衣服还是用品，叶婴一车一车地往家买，林园别院单独辟出一个极大的房间用作仓库，没几天就被买回来的东西堆满了。

简直比商场的东西还要齐全。

明漫哭笑不得，让他们不要再买了。

叶婴这边表面答应着，看到好的东西还是忍不住剁手。

林老爷子那边呢，一面说着“不用这么刻意，顺其自然就好”，一面买得比叶婴还多。

“也不是刻意的，就是随便买买。”林老爷子总是这样说。

林老爷子极宠这些孙媳妇，叶婴怀孕那会儿也是，之后更是把林景淮和林景川宠上了天。

林远时常常跟爷爷抱怨：“为什么我小时候净挨打写检讨，他们俩比我还淘气，您却这么纵容呢？”

林老爷子被林景淮逗得咯咯直笑，没有听清林远时的话：“啊？你说什么？”

林远时翻了个白眼，没好气道：“当我没说。”

林远时是那种比较宠孩子的，早在很久之前，叶婴去乡下支教的时候就知道，林远时孩子缘特别好，当时他去没几天，那些孩子们全都朝这位大哥哥争宠，完全忘了被冷落的叶老师。

叶婴相对严厉，两个孩子看上去天不怕地不怕，其实心底里都怵着叶婴。

犯了错之后，叶婴表面上温柔地对你笑着，笑得越温柔，孩子们就越害怕。

完了完了，妈妈这回生气了，这回真的生气了。

这种惧怕大概是与生俱来的，想来也有些莫名其妙。

叶婴纤瘦漂亮，从没有动手打过两个孩子，可是她一旦那样笑起来，两个娃还是很害怕。

林景川过了很久才想清楚，这种惧怕其实是来源于爸爸。

正常情况下，爸爸是跟他们一伙儿的，但是一旦惹怒了妈妈，那么爸爸必定倒戈。

而且倒戈得非常彻底。

也许远不止一顿皮带那么简单。

说白了，老爸就是老妈的一个打手，老妈一声令下，老爸必然出动。

那时候他们哥俩可就惨了。

所以林家两位含着金汤匙出生的孩子，虽然娇贵淘气，却没有一点欺凌弱小的坏习惯，反而“义气十足”，十分讨人喜欢。

他们一般不敢忤逆叶婴，这一次趁着爸爸妈妈出门旅游，他们偷溜去见三婶，也是真的想看看三婶肚子里的小娃娃了。

血浓于水，林远时和林斯寒的关系不见得多么亲近，可是有了明漫和叶婴这层关系，两个孩子对明漫的肚子非常感兴趣。

血缘就像是一根无形的线，冥冥之中牵引着你，即使从未谋面，可依然是心之所向。

两个孩子很快到了别院门前，后面的林景川拉了林景淮一下。

林景淮刹车回头时，林景川朝他做了一个“嘘”声的手势。

林景淮立马反应过来，小声说：“哦，对，要小声。”

三婶有可能在休息，不要吵到她。

两个娃娃放轻了脚步，十分小心地迈进别院的大门。

明漫并没有在休息，而是在客厅看电视，她透过窗子看到两个孩子蹑手蹑脚往里走，不禁勾起嘴角，迎了出去。

“景淮，景川，你们怎么来了？”

孩子终究还是孩子，什么情绪都藏匿不住，明漫这么一唤，俩孩子立马高兴起来，忙不迭飞奔过去。

“三婶！”林景淮伏在明漫怀中，把小手放在她鼓起来的肚子上，“三婶的肚子好像又大了一点。”

林景淮抬起头，一双黑亮的大眼睛随了叶婴，他天真地问道：“真的有个小孩在三婶肚子里吗？”

明漫还没回答，林景川嫌弃地看着自己哥哥，抢先开口：“当然，这也用问。三婶，会是一个小妹妹吗？”

明漫问道：“景川希望是妹妹还是弟弟？”

林景淮抢先道：“弟弟！这样我就又多了一个小弟。”

地位就又会提升一级。

想想就觉得开心。

反倒林景川认真地歪着头想了想，回道：“我喜欢妹妹。”

虽然又多了弟弟，地位是会提升，但他还是更喜欢妹妹。

漂漂亮亮、干干净净的，小花朵儿一样。

明漫抿唇笑起来，招呼道：“弟弟妹妹都好，快进来，三婶给你们准备了好多好吃的。”

林景淮和林景川喜欢明漫也不是没有原因的，明漫性子好，温温柔柔的，从不会训斥他们，好吃好喝地供着，两个孩子根本没有不喜欢她的理由。

明漫也喜欢他们兄弟俩，家里常备着玩具，就是要留给他们玩的。

他们两个在别院待了一下午，最后还是景川率先反应过来。

“呀，该回家了，一会儿爸爸妈妈就该回来了。”

匆匆和明漫告了别，两个孩子撒丫子往家跑。

可他们还是晚了一步，叶婴一身长裙，被林远时扶着从车上下来，正好和跑回来的孩子们撞了个正着。

“干什么去了？”

林景淮比林景川更㞞，空有一身大块头，一听妈妈这么问就抖得不行，一句话也说不出来。

林景川还好一点，颤巍巍地回答：“去、去太爷爷……”

“嗯？”叶婴笑了笑，揽过自家儿子的肩膀，“去哪里了？”

这下，林景川也说不出话来了。

林远时从车后绕过来，说道：“今天晚上小舅舅会带着你们小舅妈过来。”

听了这个消息，两个孩子对视一眼，都松了口气。

小舅舅叶朗，最宠他们的人之一。

不仅如此，每一次小舅舅过来，爸爸都对他们极好，这么说也不对，是小舅舅和爸爸争着对他们好。

更何况，这一次小舅舅要带着尚未过门的准小舅妈一块儿来。

就算是偷跑去看三婶惹妈妈不高兴了，爸爸也绝对会护着他们。

躲过一劫。

叶朗是下午五点多到的，原本可以早一些，可是米晴挑礼物的时间久了点。

一进门，两个小家伙就迎了上去。

“小舅舅！！”

叶朗一手一个把他们抱起来。

“小淮，小川，想舅舅了吗？”

林景川大声回答：“想了。”

林景淮声音更大：“想！”

林远时听到声音从厨房探出头来，看着叶朗抱着自家儿子，立马板起脸。

叶婴从楼上下来，看到米晴立马笑开来：“我见过你。”

是啊，叶朗追米晴的时候，用叶婴演过戏的。

米晴有点紧张，见了叶婴不知该说什么好，红着脸站在那里。

“小姐姐，我有点……喜欢你……”

米晴正尴尬着，一个弱弱的声音响起。

米晴抬起头，刚好对上一双黑亮黑亮的大眼睛。

傻小子林景淮说完竟然难得害羞了起来，肉肉的小脸泛起红晕。

米晴还未回答，叶朗率先皱了眉，将林景淮转了一个方向，自己则挡在米晴前面，小家伙看不到他的“小姐姐”了。

林景川伸出手，在林景淮头上凭空捏了一下。

林景淮茫然地问：“干吗？”

林景川说：“你看一眼。”

林景淮不明所以地抬头看，说道：“什么也没有。”

林景川一本正经地说：“不，这是你冒得傻气。”

闻言，众人都愣住了。

叶朗放下孩子们来到客厅，两个娃立马过去拆叶朗给他们带过来的玩具。

叶朗在电脑技术部工作，对于一些新奇科技敏感度非常高，每一次他带过来的玩具都科技感十足，和幼儿园小班那些小朋友的破塑料飞机完全不同。

林远时轻轻揽着叶婴坐在沙发上，听叶朗把米晴介绍给他们。

林远时深知这个姑娘是怎么被叶朗骗来的，对于叶朗在姑娘面前表现出来的绅士气度非常不屑。

呵，真能装。

我看你能装到什么时候。

“爸爸，你来看看这个，怎么拼啊？”

两个小家伙安静了很久，林景川依然在专注地研究手里那架飞机，而林景淮则是选择直接求助爸爸。

“等着，爸爸看看。”林远时从沙发旁边绕过去。

林远时拼了好一会儿也没有拼好。

林景淮没什么耐性，直接喊道：“小舅舅……”

小舅舅是这方面的高手，就没有他弄不明白的。

叶朗听到林景淮的声音，微微勾了勾嘴角。

林远时默默翻了个白眼，腹诽道：你刚才就应该过来的，非要等着林景淮叫才肯动身。

叶朗过去之后，几下就拼好了飞机，而且顺手把其他玩具也都拼好，还教会了林远时该怎么拼装。

“不用你说，我早就会了。”林远时不屑道。

叶婴从两个小孩子和两个大孩子那边转回目光，笑着说：“没办法，他俩一见面就这样。”

米晴疑惑地挑了挑眉。

“小朗和我老公不太对付，以前就这样。”叶婴随口解释道，“不管他们了，走，我带你摘樱桃去。”

等他们玩完，也差不多到了晚饭时间。

张姨手艺极好，一开始米晴还端着，吃到最后也都放松下来。

饭桌上有了孩子们就不会无聊，林景淮叽叽喳喳地跟米晴吹牛，林景川则絮絮叨叨地把林景淮辛苦吹的牛皮全都戳破。

林景淮憨，不如林景川反应敏捷，直到最后才反应过来林景川一直在默默拆台。

林景淮装模作样地拍着大腿，说道：“哎呀！你把我的形象全都毁了。”

大人们都笑起来。

林景淮作势要追林景川，林景川跳下椅子绕圈跑，一会儿寻求舅舅的帮助，一会儿躲在妈妈身后。

林景淮虽然力气大跑得快，却怎么也追不上林景川。

饭后，叶婴带着米晴回房间，一会儿聊口红，一会儿聊包包。叶婴知道米晴拘谨，刻意跟她亲密一些。

两个孩子玩累了，张姨哄他们去睡觉。

客厅里，留下两个男人大眼瞪小眼。

“看来小淮和小川很喜欢我这次买的玩具。”叶朗淡淡开口。

意思是我的小外甥们很喜欢我。

“是啊，我儿子就是喜欢飞机，我上次买的他们也喜欢。”

嗯，我儿子终究是我儿子，只是喜欢飞机，和你无关。

空气安静了一会儿。

叶朗又说：“看得出来，小淮很喜欢米晴。”

看，小淮喜欢我女朋友。

林远时语气淡淡道：“他们俩喜欢跟人亲近，早上还跑到我们屋跟他们妈妈亲近。”

叶朗和林远时对视一眼，又各自瞥向一边。

林景淮小的时候特别憨厚，越长大性格越像年轻时候的林远时。

他上高二的时候，班上转来一个极漂亮的小姑娘，名叫唐之鹭。

唐之鹭自我介绍的时候，林景淮正趴在最后一排睡觉，醒来之后发现身边多了一个人，吓了一跳。

“哎哟，我的天！”

小姑娘正在写作业，听了这一声回过头，有些局促地说：“我叫唐之鹭，是新转过来的，老师让我坐在这里。”

教室里的蓝色窗帘被风吹起，刚好有一抹阳光落在她的脸上。

小姑娘生得透白，眼珠是漂亮的茶色，稍稍有些惊慌，脸颊飞起两抹红晕。

也不知怎的，大老粗林景淮忽然看直了眼睛。

那一刻，他仿佛闻到了花香。

又仿佛一瞬间理解了林景川喜欢的那些个酸诗。

“取次花丛懒回顾”是她，“良人执戟明光里”是她，“春蚕到死丝方尽”是她，“蜡炬成灰泪始干”还是她。

“哦，哦。”林景淮不大自然地别过头，“以后就是同桌了，多多关照。”

林景淮在外牛得很，唯独对着瘦瘦弱弱的唐之鹭，整个人就㞞了。

谁不知道林景淮从不写作业。

可是那天英语老师布置了一道和同桌共同完成的作业。

唐之鹭小声问道：“你有时间写吗？”

林景淮立马坐直了回答：“有！太有了！你说让我写啥，你让我写啥我写啥。”

“好。”小姑娘也是实诚，细白的手指翻动着书页，“这页，这页，这页，一直到后面，十页要抄写完，你能写完吗？”

林景淮傻了眼，可对上唐之鹭那双淡色双眸，他心念一动，回道：“能啊……当然能了，那我写完能有奖励吗？”

唐之鹭有些迷茫地问：“什么奖励？”

“你把椅子往……往我这边挪一点儿……”

唐之鹭更加不解：“你不是说你一个人一桌习惯了，地方太小不舒服吗？”

林景淮挠了挠后脑勺，努力解释：“啊，那啥，那个啊，我想好好学习了，你往这边挪一点，好影响影响我。”

唐之鹭乖得很，点了点头：“行吧。”

那天晚上，林景淮比林景川到家还早，疯了似的抄写英语作业。

林远时、叶婴、林景川都目瞪口呆地看着他。

觉得此人今天可能抽了风。

林景淮和唐之鹭一直没有什么实质性的进展。

直到有一天。

林景淮听说隔壁班有个臭小子在追唐之鹭，他一下就急了。

有兄弟安慰道：“就你家这条件，还愁啥表白啊？”

林景淮翻了个白眼，说道：“你蛮有经验？”

兄弟非常鄙夷地说：“不瞒你说，咱们这些人当中，就你一个人最差劲了。”

林景淮：“说谁差劲呢？”

他想自己应该是跟爸爸一样，没有那么多精力，更没有那么多柔情，唯独心尖尖上那一点干净的月光，必然全都奉送给那个最爱的姑娘。

那帮狐朋狗友们也讨论不出个所以然来，还是得林景淮自己想办法。

他足足想了一个礼拜，一边盯着隔壁班那个臭小子不准接近唐之鹭，一边想自我介绍词儿。

最后，在唐之鹭要回家的时候，被林景淮堵住。

“我叫林景淮。”

“我知道啊……”

林景淮一下就紧张了。

“你听我说完。”

“哦。”

“我叫林景淮，我家是晋城四大家族之一，我大伯伯是林氏集团最年轻的掌舵人，晋城富豪榜之首，我爸爸是四叶集团创始人，江市最具影响力十大人物之一，我妈妈是四叶集团高层，我三叔叔是陆军战队最年轻的团长，我三婶是最佳导演奖获得者。”

说着，林景淮微微俯下身，和唐之鹭对视，问道：“你看看，我家应该也还行，你要不要来物质我一下？”

唐之鹭觉得莫名其妙，正好那边有人叫她，她转身走了。

林景淮有点蒙，在身后叫人：“哎，哎。”

林景淮最近都不大正常，叶婴对自家儿子太了解了，稍微一打听就知道是怎么回事儿。

这天晚上，叶婴窝在林远时怀里，说：“景淮好像有喜欢的姑娘了。”

林远时安静了片刻，沉沉说道：“这个年纪多好啊……”

叶婴秒懂他想说什么，不禁也弯了嘴角。

林远时把叶婴搂得更紧，说道：“景淮更幸福，他不会遭遇那些变故。”

叶婴目光放远，点头道：“是啊。”

过了会儿，林远时又说：“景淮憨厚，跟我当年不一样。”

叶婴拆台：“你当年比他还憨厚。”

叶婴学起那时林远时的语气，说道：“你的本和我的一样，喜欢吗？

“你的鞋子也和我的一样，喜欢吗？”

说完，叶婴吃吃地笑起来。

林远时窘得往她颈窝里钻，叶婴痒痒，闹着闹着林远时就压了上来。

“干什么？”叶婴警惕地皱眉。

林远时眸色深深，低头吻下去，模糊不清地说：“我觉得景淮需要一个弟弟。”

“哎呀……”

林远时不老实起来，含混不清地说：“妹妹也行……”

番外四

我和你的平行时空

盛暑天气，蝉鸣阵阵，太阳像一个热滚滚的大火球炙烤在天空，大地像烧着了一般滚烫。

午后难得清闲，人们大都在家里睡午觉，只有几个老人坐在自家门前的树荫底下，摇着蒲扇，有一搭没一搭地聊天。

前面的小土路上“哒哒哒”跑过来一个人影。

是一个精壮的男人，他穿着白背心，背后晒得黑亮，戴一顶草帽，汗水成珠似的往下淌也抵挡不住他满心喜悦的笑颜。

“若许啊，从哪儿回来啊？”

“摸鱼去了。”林若许一边笑，一边大声回答。

他是后山老林家的儿子，大家都认识。

“这么热的天摸鱼啊？”

男人的笑容里多了几分憨厚，说：“啊，媳妇儿怀孕了，想吃鱼。”

林若许急匆匆地走了，老人们笑着议论起来。

“老林家这个儿子是独苗，娶了隔壁村霍家的女儿霍雯初，这个孩子啊，最疼媳妇儿了，现在媳妇怀孕了，更是捧上天了。”

“是啊，这么热的天还去给媳妇儿摸鱼，啧啧，我们家老米年轻时候也没这么对我啊。”

“哈哈哈，还说呢，谁能有那霍雯初福气好呢。”

“这孩子还没出生，这娃娃一旦落地，指不定有多幸福呢。”

“同人不同命，你知道老林隔壁那家吗？”

“谁啊？”

“新搬来的叶江两口子啊。也不知道这个叶江是不是有点什么毛病，一喝酒就打媳妇，乒乒乓乓什么都摔啊。有一回我从他家路过，声音大得把我都吓了一跳。”

“那我就知道了，邻居们谁都听得到他家的动静，但是都不敢拦啊，以前拦过一次，那叶江就要死要活的。”

“啧啧啧，都是一个村住着，他媳妇现在也怀孕了，指不定受了多少气呢。”

“就是，这孩子要是出生了，天天看他父母这么打架，那性格能好？”

“同人不同命啊……”

“可不……”

快步往家赶的林若许并不知晓老人们后来说的话，他急着把刚捉的活鱼带回家，雯初现在一个人在家，大着肚子，做什么都不方便。

林若许打开家门，喊道：“老婆，我回来了。”

一个大肚子的美妇人从里面迎出来，她笑得温柔，伸手拭去丈夫脸上的汗，关切地说：“热坏了吧。”

“不热。”林若许怕晒着她，揽着她回屋，“晚上给你炖鱼。”

林若许厨艺好，基本在家都是他下厨。霍雯初怀孕之前会给他打打下手，两人在厨房一起做饭一起忙碌，总是甜甜腻腻的。现在霍雯初怀孕了，他就不让她进厨房，怕烟熏着她。

霍雯初也舍不得丈夫一个人忙活，搬了把小椅子坐在厨房门口没有烟的地方。

林若许利落地把鱼处理好洗干净，用料酒和姜片腌制了一下。

“老婆，咱孩儿就快要出生了，名字你想好没？”

霍雯初说：“没呢，爸不是说他给取吗？也不知看得怎么样了。”

“明儿个去问问。”

说来也巧，两人话音刚落，家门口进来一人。

正是林家老爷子，他手里拎着做好的饭菜过来给他们送一些。

“烧鸡，还有一些烤鸭，都是我在晋城的朋友拿过来的。”老爷子道。

林若许忙接过来，问道：“我们俩刚还聊呢，您想好名儿了吗？”

“我正想跟你说这桩事，我想了几个名字，你看看哪个好。”

霍雯初期盼地说：“嗯，您说。”

“林泽宴、林斯寒，还有一个林远时，远方的远，时间的时。”

霍雯初和林若许对视了一眼，异口同声道：“第三个吧。”

老爷子乐了：“你俩倒想到一块儿了。”

林若许笑了笑，说道：“我就是觉得第三个好听，顺耳。”

霍雯初则细细品味这个名字：“远时，远时，听上去斯斯文文的呢。

“这三个好像都是儿子名，那要是个女儿呢？”

“女儿的话也想好了，就叫林芒，可爱又俏皮，寓意也好。”

夫妇俩非常满意地点头道：“行。”

事实证明，光取一个斯文的名字并没有什么用。

没过多久，林若许盼着念着的孩子终于降生。

霍雯初生孩子的时候倒是没费什么劲儿，林若许在产房外面等了半个多小时，护士就告诉他母子平安了。

“母子？是个儿子？”

“是的。”

林若许小心翼翼把软软小小的儿子抱在怀里，喃喃道：“远时？小远时？”

小远时并不能感知到父亲，小手手抓着林若许的领口，号得那叫一个昏天黑地。

林远时特别爱哭，也会哭。

长大一点后，他张着嘴号的时候，还会偷偷看大人的脸色，一旦发现他们是真生气了，再哭下去就有可能挨揍，就会立马止住哭声，咧嘴笑一下蒙混过去。

后来林远时越来越大，也渐渐发现了规律。

父亲看着威严，但是一般不会动手揍他，反倒是宠爱得紧，可林远时要是惹了母亲不开心，那就很有可能会挨揍，而且揍得不轻。

林远时从小就会察言观色，所以虽然好哭不好照顾，却也不是惹人厌的小孩儿。

他性格开朗，上树掏鸟，淘气得不行。

十里八村都知道，老林家那个小孩儿最好玩，爱笑爱闹，又有这个年纪的小孩儿少有的机灵，左邻右舍的孩子们也都愿意和他玩。他大方洒脱，从不斤斤计较，是名副其实的孩子王。

林若许也不怎么管，他说他林若许的儿子，就得有胆识有担当，敢闯敢干。

霍雯初就更是不管了，她对这个儿子温柔至极，有时候林若许眉眼一冷，训斥几句，她都要心疼好久。

林远时就这样无忧无虑地长到五岁。

五岁生日那天，林若许要到田地里干活儿，林远时跟着他一起过去，林若许在那边割麦子，林远时就坐在一边的草垛子上看天空。

秋高气爽，偶有鸟鸣，白云被风撕扯成棉絮，一丝丝地飘在天空。

就在林远时叼着草棍想着一会儿玩点什么的时候，一道不大悦耳的声音从远处传来。

“哭哭哭！就知道哭！”

“叶江，你不要脸！她才多大啊，你就这么吓唬她！她不哭你要她怎样！”

“我跟你说话了吗，你就插话？滚远点！别碍我的事！”

好像吵架了，林远时往远处一看，稻田漫漫，离老远有两个人拉拉扯扯。

仔细一看，两人一旁还有一个小娃子在哭。

大人欺负小孩儿？

这能忍？

爸爸自幼教导林远时，男子汉大丈夫，要以惩恶扬善为己任，有什么困难不要怕，路见不平一声吼，爸爸在你身后走。

林远时轻巧一跃跳下草垛，跑到那边的稻田，大声喊道：“哎！你们干什么呢？”

因为他们老叶家家庭不宁，林若许害怕影响到自家孩子成长，所以在林远时出生后，不久他们就搬家了，只是村里分的稻田还在一起。

所以这是林远时第一次见到叶江，他当时年纪太小了，对这个男人没什么印象，就是觉得长得挺丑的。

“哪儿冒出来的小孩儿？滚一边儿玩去！这儿没你什么事！”

“你干吗打她！”正所谓初生牛犊不怕虎，林远时一点也不怵，梗着脖子叉着腰看着叶江。

叶江这个人特别懦弱，就跟自己家人有能耐，对待外人，哪怕这个外人只是一个小孩儿，他都不敢太嚣张。

“要滚赶紧滚！别在这儿妨碍我干活儿！”

那最好，林远时瞪了他一眼，回头去拉那个哭得惨兮兮的小孩儿。

“跟我走吧。”

小孩儿的头发乱蓬蓬的，始终低着头。

林远时也不知道小孩儿具体长什么样，只是牵着小孩儿的手的时候，觉得小手还挺软乎，比他手下的其他“小弟”的手都软。

唉，这么嫩，也难怪被欺负了。

林远时觉得自己应该教育教育他。

“我跟你讲，男子汉大丈夫，该出手时就出手，下回他再欺负你，你可不能只是哭了。”

“我知道他是你爸，那你也不能太尿，你们凡事可以商量，他做得不对的地方你得告诉他。就好像我爸，我小时候他也没少冤枉我。”其实林远时本来想说的是爸爸也没少揍他，但是觉得他这样一个救人于危难的大英雄还会被爸爸揍，说起来没那么威风，“我都是和他谈判，我爸慢慢意识到自己的错误之后，就跟我讲，他说他也是第一次当爸爸，也有很多不懂的，这些地方我们都要慢慢磨合。”

林远时浸泡在爱里长大，那时他还简单地以为天底下所有的爸爸都和他的父亲一样。

“哎，对了，你叫什么名字？实在不行，你跟我混吧，以后你有事儿了，我一定会帮你的。”

林远时把小孩儿拉到自家草垛旁，小孩儿看上去比他小几岁，因为实在太瘦小了，跟林远时站在一起，简直快要矮了一个头。

他低着头，林远时就只能看到他乱蓬蓬的头顶。

“说话呀。”林远时其实没什么耐心的，但是莫名其妙的，对待这个小孩儿，他却怎么也说不出重话来，甚至声音都不敢太大，怕吓着他，“我不会打你的，你别害怕。”

不管林远时怎么哄，小孩儿都不肯说话，这时候林远时意识到了，以前看电视的时候，是不是讲过有一种需要我们帮助的人群，他们听不到也不能说话。

林远时恍然大悟，看着眼前的小脏孩儿，越发觉得心疼。

“嗯，嗯嗯，嗯嗯嗯嗯。”林远时稍微弯下腰来，连说带比画。

但是小孩儿还是没反应。

算了。

林远时也不挣扎了，他率先跳上草垛，然后拍了拍自己的身边，说道：“来呀。”

草垛不算高，对于林远时来说，稍稍一蹦就能上去，但是小孩儿和他有那么大的身高差，看上去又瘦又小，应该是跳不上来的。

林远时又叹了口气，从草垛上跳下去，搂住小孩儿的腰，忽然一使力，猛地往上一抱。

小孩儿没有防备，不由得倒吸一口凉气。

“你怎么这么轻啊。”林远时一边抱，一边感叹着。

林远时轻轻松松就把他抱上草垛，然后自己又跳上来坐在他身边。

“嘿嘿，刚才吓一跳吧？”

林远时听到小孩儿吸气的声音了，觉得还挺可爱的。

“别害怕，哥有的是劲儿。你跟我混，我教你爬树，教你掏鸟窝，我还会摸鱼，哎，你喜欢摸鱼吗？我其实不太喜欢，水底下泥巴太多了。”

林远时虽然生在山村，但特别爱干净，有点小洁癖的感觉。

林远时话多，就算小孩儿不肯说话，他也能聊很久。

直到夕阳西下，林若许过来找他。

“哎，这是谁家小孩儿啊？”

林远时回道：“一个长得特别丑的叔叔家的。”

林若许瞪了林远时一眼，厉声道：“怎么说话呢！”

林远时“嘿嘿”一笑，糊弄过去。

霍雯初那边也忙完了，遥遥喊道：“远时啊，我们走啦，回家啦。”

林远时从草垛上跳下去，还不忘把小孩儿也抱下来。

林若许欣慰地看着自家儿子这个动作。

林远时低头对小孩儿说："我走啦，下回再来找你啊。"

说完，林远时就跟在父母身后走了。

小孩儿一直没什么反应，直到林远时走出了好远，才忽然抬起头，远远看着他的方向。

林远时像是感觉到了什么，蓦地回过头。

那个瘦小的身影留在金黄的稻田里，仿佛和这片夕阳琥珀融为一体。

明明相隔很远，可林远时好像依然能够看清小孩儿的眼睛，又黑又亮，比他见过的所有人的眼睛都漂亮。

看着这个眼神，林远时忽然心里涩涩的，形容不出来是个什么滋味。

五岁的林远时第一次体会到"复杂"这个词。

"原来是个小妹妹啊……"

林远时转过头去之后，自言自语道。

霍雯初问道："你说什么？"

"那个，我一直以为是个弟弟。"

霍雯初也回头看了一眼，乐了："那不就是一个小男孩嘛。"

"不是。"林远时笃定地说，"是个小妹妹。"

霍雯初和林若许对视一眼，意思是儿子又犯傻了。

林远时一直没有忘记这个小妹妹，可后来一直没有遇见她。

有一天，他和一群"哥们"约好去河里摸鱼。

林远时本不想去的，但在家又没有什么意思，只好跟着他们同行。

"说好了啊，我不下水，你们玩吧。"

姜成鹤说道："你不下水谁下水，我们给你摁下去。"

"你敢！"

贺名扬笑道："有什么不敢，哈哈哈，我们一起推。"

"找打了是不是？"

说着，林远时扑了过去。

贺名扬嬉笑着躲开，一路闹着到了河边。

"比赛吗？"姜成鹤提议道，"比谁摸的鱼更多。"

"行啊，谁怕谁。"贺名扬叫嚣着。

臭小子们撸起袖子就要下水，唯独林远时不想参加，他沿着小河边闲逛。

走到某一处，忽然传来熟悉的打骂声。

是从河边第一户人家里传出来的。

居然就是他家旧址的邻居。

林远时正想着，一点凉水弹到他脸上。

林远时回头，贺名扬手还没收回去。

“想啥呢？”

林远时冷冷地说：“这家又开始打孩子了。”

贺名扬也扭头看了一眼，说道：“啊，他家啊，他家就这样，这个男的有病，我奶奶说他总打他媳妇，媳妇怀孕的时候就打，后来有小孩儿了又开始打小孩儿。”

林远时问道：“没有人管吗？”

姜成鹤接话：“那谁能管啊，以前我爸他们都去拦过，没用。别管了，咱们玩咱们的。”

那边打得更凶了，不光有男人的怒吼，还传来女人的哭声，还有杂乱的摔东西的声音。

林远时侧耳细听，最后听到一声小女孩儿的哭声。

“不行！”林远时突然站起，“咱们得去救她。”

贺名扬刚摁到条鱼，林远时这么一出声，鱼又吓跑了。

他从水里直起身子，问道：“怎么救？”

林远时想到办法了，坏笑着说：“我们去把她偷出来。”

姜成鹤惊呆了：“偷？”

几个男孩子穿好鞋子，跟着林远时一道爬上叶家后墙，从墙头探出一排脑袋来。

“一会儿你们两个去把南屋玻璃打碎，你们仨去把前面的狗放出来，我和贺名扬去把她抱出来。”林远时小声道。

“行。”

“我数三个数，我们行动。

“三。

“二。

“一！”

几个黑影从墙上跳下去，没一会儿，玻璃碎裂声和犬吠声混杂在一起。

而后就听到男人的怒吼：“谁砸我家窗户？不要命了，敢偷我家东西？”

林远时在墙头眼看着男人去了南屋，女人起身去找狗，房间里就只剩下小女孩儿一人。

是时候了！

林远时从墙上跃下，从窗户跳进去。

小女孩儿还没有从惊吓里缓过来，模糊着泪水一睁眼，小男孩干净明亮的眼睛撞进她的眼底。

“嘘！别说话！我来救你了。”

她还没来得及反应，就被人抱起。

林远时轻轻松松抱着她跳上窗户，外面居然还有人接应，七手八脚地把她托出来，男孩儿也从里面跳出来。

南屋没有人，男人骂骂咧咧地往回走。

“快点快点！”

小女孩来不及擦干泪痕，跟着他们一通跑。

从草垛下七拐八拐，然后从一个狗洞里钻了出去。

这是他们的逃生路线，因为男人往回走的时候，如果他们还是爬墙就很有可能被发现。

这也是林远时制定的路线。

从“鬼窝”里爬出来，重新看到太阳，惊心动魄终于过去，男孩子们高兴得一边拍手大叫，一边还回忆着方才这惊险的一幕。

“你们都不知道！我敲窗户的时候差一点就被他发现了！他们家窗户底下居然没有石头。”

“是啊是啊，我们找石头还找了半天，要不然能更快。”

“那最后你们怎么弄的？”

“拳头啊。”

“哈哈哈，我们也是我们也是。”

“我们差点被狗咬，幸好跑得快。”

众人沉浸在一起做了一件“大事”的喜悦里，只有“老大”林远时没有笑，他走在小妹妹身边。

“吓到你没？”他低头问道。

小女孩这次理他了，她摇了摇头。

“你别怕，下回他冲你发火的时候，我还来救你。”

女孩儿蓦然抬起头，林远时终于又一次看到那双漂亮至极的眼睛，他一时看直了眼，连她说了什么都没听清。

“啊？什么什么？你说什么？”

女孩儿低了低头，重复道：“我说……谢谢。”

林远时“嗨”了一声，尾巴又翘起来了：“这算什么，小事儿。”

不知不觉也中午了，家长们把小孩儿一个个喊回家吃饭，霍雯初也出来叫林远时了。

他们只想出了救小女孩的办法，却忘了想好救下她之后该怎么办。

其他人全都回家吃饭了，只剩下林远时和小女孩两个人。

“这样，你跟我回家吧。”

女孩抬起头，回家？

林远时一蹦一跳地打开院子门，喊道：“妈妈！妈妈！咱家今天做了啥菜啊？”

霍雯初笑眯眯地迎出来，看到林远时身后还跟着个小孩儿，问道：“又带朋友回家来啊？”

林远时回去牵起小女孩的手，一蹦一跳地跑进家，问道：“妈，有好吃的吗？好香好香。”

“我炖的排骨。”霍雯初低下头去看小孩儿的模样，“谁家的？”

林远时趴在桌子上回头瞧了瞧，说道：“河边那家，被我偷出来的。”

一说起河边，霍雯初就知道是谁了。

“偷？”

“是啊。”

林远时兴致勃勃地把偷小孩儿的事情说了出来。

低着头的小姑娘原本有些瑟瑟发抖，因为她家情况特殊，几乎没有人愿意跟她交往太多。

可是霍雯初听了以后，心疼地牵起她的手，说道：“可怜的孩儿啊，打疼你了吧？来，阿姨给你看看，有没有哪里受伤？远时，你去把咱家药箱拿来。”

霍雯初轻轻把她的袖子拂起来，看到细细瘦瘦的胳膊上被打得青一块紫一块，皱起了眉，说道：“阿姨给你上药，会轻一点，你别害怕啊。”霍雯初用棉签蘸了红药水轻轻涂在小女孩的伤处，一边涂，一边吹气。

林远时也在一边安慰：“你别怕，我妈妈可懂药了，小时候我特别爱爬树，有时候从树上跌下来，或者磕磕碰碰什么的，都是我妈妈处理的。”

“你叫什么名字啊？”霍雯初上完药，把东西收起来。

“叶……叶婴。”

林远时挑挑眉，不解道：“哎，怎么我妈妈跟你说话你就理，我跟你说话你就不搭理我呢。”

他说话的这个语气怪兮兮的，叶婴没忍住，“扑哧”笑出声来。

见她笑了，林远时也傻乎乎地跟着乐。

叶婴在林远时家吃了一顿饱饭。

下午，霍雯初要出去干活了，把两个孩子留在家里，还嘱咐了林远时，他是哥哥，要懂得照顾妹妹。

林远时把家里好多珍藏的玩具都拿出来，一样一样教叶婴玩。下午有孩子叫林远时出去玩，都被他给拒绝了。

不只玩具，林远时还很热心地教叶婴爬树，傍晚的时候林若许和霍雯初都回来了，叶婴该回家了，林远时还是有些不舍。

“可是我还没教你摸鱼呢……”

一旁喝水的林若许乐了，没好气地说：“人家是小姑娘，你怎么教人摸鱼啊。”

林远时还是不舍，担心地说：“那我送你回去，万一你爸爸再打你，怎么办呢？”

霍雯初想了想，说道：“那行，要是她爸爸又喝酒了，她今天晚上就在咱家睡。”

林远时几乎怀着期盼的心情一路护送叶婴回家，果不其然，还没等到她家门口，就听到了里面摔东西的声音。

林远时一下蹦得老高，呼喊：“你可以跟我一起回家了！”

叶婴也抿着唇，要笑不笑，欲说还羞的模样可爱极了。

林远时拉着她的手更紧了几分，说道：“走，回家！”

林远时讲义气，自那之后，他经常在叶婴家门口徘徊，只要里面动静一有什么不对，立马就用老办法把叶婴“偷出来”。

渐渐地，叶婴也不像以前那样总是低着头不说话，她喜欢林远时一家人，他们给了她前所未有的温暖和完全不同的另一种生活。

林家夫妇俩出了名的善良，几乎是把叶婴当成自己的孩子来养。

就这样过了几年，他们该上小学了。

“我们几个都去实验小学，你怎么办啊？”

“我也不知道，我……爸妈还没给我看。”叶婴稍稍低下头。

“你不能自己过去吗？”

“应该不能。”

林远时拧起两条小眉毛，愁眉苦脸地说：“那怎么办啊？”

叶婴想了想，说道：“如果按照阴历生日算的话，我小你一岁，明年再说应该也可以……”

林远时急了：“那万一明年你不能跟我一个小学怎么办啊？”

叶婴愣了一下，说道：“不能的话，我们放学也可以见面啊。”

“那不行！”一向好脾气的林远时在这时态度非常坚决，“你必须得在我眼前啊。”

林远时也不太明白自己这腔怒火从何而来，只是想象了一下叶婴不在他身边的日子……他无法想象。

“那……那万一有人欺负你怎么办？”林远时补充道，顺便也是给自己找了一个借口，“我得保护你啊。”

叶婴脑筋快速转动，说道：“我晚上看看能不能和我爸聊聊。”

“聊？”林远时挑眉，“你怎么和你爸爸聊啊？”

叶婴目光笃定地说：“放心吧。”

她说让他放心，林远时就知道她一定能办成。

叶婴的聪明劲儿远超他的想象，所以他丝毫不担心。

林远时并不知道叶婴究竟是怎么跟她爸爸谈的，她爸爸居然真的把她送到了林远时的小学，不仅如此，叶婴还和林远时成为了同桌。

上了学之后，林远时就更加方便保护她，每天接送叶婴成了林远时的必备项目。

好在两家离得都不远，冬天的时候，霍雯初心疼孩子们走路太远，给他们几个玩得好的小孩儿包了一辆车，专门接送他们上学放学，没有人给叶婴拿钱，霍雯初就帮她出了这份钱。

孩子太可怜，林家也不差这一点。

上学之后，叶婴越来越开朗，主要是林远时在学校混得很开，叶婴跟他走得又近，大家都以为叶婴是他的妹妹，谁也不敢欺负叶婴。

这样无忧无虑的日子一直过到五年级。

就在林远时以为他们会一直这样下去的时候，变故发生了。

那是一个再平常不过的早晨，阳光正好，风和日丽。

叶婴在认真听课，林远时歪歪扭扭地坐在一旁看着她。

班主任忽然急匆匆地跑进来，叫了叶婴出去。

叶婴来到走廊，班主任蹙着眉说：“你家里出事了，快回家一趟吧。”

林远时不知道发生什么事了，只捕捉到叶婴飞奔而去的背影。

他从来没有想到，这一个背影，竟然成了分别前的最后一眼。

自那之后，叶婴就不见了，好像她全家都搬走了，林远时一直找一直找，可怎么都没有。

后来他偶然听到大人的闲话，原来那天叶婴的父亲喝醉了酒，动手打伤了她的妈妈，然后他自己摇摇晃晃地走出去，不小心跌进门前的河里，淹死了。

“那叶婴呢？叶婴去哪里了？她怎么办啊？”

“叶婴？啊，你说那个小孩儿啊，肯定是去孤儿院了呗，她爸爸败家了这么多年，早就没有亲戚联系了，谁能收养她啊，那么大个孩子，一年也不少花销。”

林远时的脸都白了。

不光是因为小婴的离开，如果小婴是去哪里享福的，他尚且能释怀，那样她就能过上好日子了，可现在是……现在是她被送去了孤儿院。

最近霍雯初和林若许好像都挺忙，没有时间管林远时。林远时也不出去爬树了，也不出去玩，上课时也是死气沉沉，看到自己身边的空座就会难过。他总是会想：小婴现在在做什么，会不会在孤儿院被人欺负？

没过多久，霍雯初告诉林远时，他们要搬家了。

“哦。”

“你不问问我们要搬去哪里吗？”

林远时依然没有表情地问：“搬去哪儿？”

“搬去晋城，和你爷爷一起投资的朋友生意做大了，我们要过去一起帮忙料理。”

霍雯初说话的时候面上难掩喜色。

可林远时半点也高兴不起来，他听完之后重新躺回床上。

霍雯初觉得儿子的样子实在奇怪，伸手一摸，林远时的小脑门竟然滚烫！

霍雯初吓坏了，连忙叫来林若许，两人把林远时送去了医院。

这场病持续了很多天都没有好，父母一边照顾林远时，一边还要忙着搬家的事情。林远时都没有来得及和朋友们告别，就匆匆去了晋城。

林若许学习能力很强，人又勤奋，进了公司之后迅速成长，没多久就成为公司里的管理者，在他的领导下，公司的运营越来越稳健，业绩越来越突出。

有一天，爷爷突然告诉林远时，他找到叶婴了。

原来爷爷在资助孤儿，但他不知道对方是谁。那天，忽然有一个女人来找爷爷，说她是受资助人的姑姑。爷爷接待了那个女人，这才发现自己资助的小女孩儿居然就是叶婴。

隔了这么久再一次听到这个名字，林远时仿佛整个人都活了过来。

他跳下床去，大声问爷爷：“你说谁？叶婴？”

“是啊，叶婴。

“小婴现在还在孤儿院，我们家经济条件还可以，继续资助叶婴不是问题。”

“我能……我能把她接出来吗？”

“这就要和若许商量一下了。”

叶婴并没有在孤儿院待很久，这家孤儿院非常正规，一直有好心人资助。后来晋城这边的姑姑联系到叶婴，向孤儿院提出收养请求。姑姑见到叶婴之后非常高兴，听说了叶婴的经历之后心疼极了，还说想要带她一起去谢谢这位好心人。

叶婴怎么也没有想到，去拜访的好心人居然就是林远时的爷爷。

姑姑要送她去的学校也正是林远时就读的学校。

叶婴背着书包站在全班同学前面，小声做着自我介绍：“大家好，我叫叶婴，叶子的叶，婴孩的婴，我来自……”

她的话还没说完，班级后面忽然风风火火跑过来一个人。

“老师，对不起，我迟到了。”

班主任站在前面恨铁不成钢地大吼道：“林远时！又是你！整天不是迟到就是打架！没有一天省心的。”

叶婴蓦然抬起头，两人之间遥遥隔着一整个班级。

她的视线猝不及防撞进他的眼底。

叶婴忽然想起他们第一次相遇，他站在田埂这头，两人中间是金黄色的稻海。

两两相望。

一眼万年。

林远时整个人傻在那里，就连老师的话都没有听进去。

叶婴出落得亭亭玉立，穿着蓝白相间的校服，黑色的头发缎子似的垂在腰间。

这是小婴。

这就是小婴啊。

还是叶婴最先反应过来，她忽然掩着嘴笑起来。

班主任看了眼班级里的空座，对叶婴说道：“就只剩林远时旁边那个座位还空着，你就坐那儿去吧。”

“好。”

林远时见叶婴来了，也想跟过去。

班主任厉声喝道：“林远时，谁让你回教室了？迟到十五分钟，这节课你就在外面站着吧！”

叶婴低头摆好自己的粉坐垫，放好书包，拿文具盒的时候，她偷偷瞟了门外可怜兮兮的林远时一眼，稍稍抿起嘴角。

欲语还羞，可爱极了。

林远时嘿嘿傻乐，站一节课就站一节课吧，反正小婴回来了。

回来了就好。

从早上起来，林远时就呆呆的，也不说话。

叶婴把早餐放在桌子上，从后面搂住他的腰。

“怎么了？”

林远时扭头看了看叶婴，说：“做了一个梦。”

叶婴漂亮的眼睛弯起来，笑着问：“什么梦啊？梦到我了吗？”

林远时紧紧地回抱住她，把头放在她的肩窝，小声说：“如果可以，我想早点遇见你。”

叶婴笑起来，轻轻拍了拍他的背。

林景川和林景淮都起来了。

林景淮一边“哒哒哒”地跑下楼梯，一边说：“快点，比谁下楼快！”最后三阶一起跳过，“我比你快！”

跟在后面的林景川不慌不忙慢吞吞走下来，并不屑这种比赛，“嘁”了一声：“幼稚。”

林景淮却沉浸在“谁比谁快”的游戏里不能自拔：“看，谁先到餐桌。”

然后，他三步并作两步跑过去：“我比你快！”

叶婴松开林远时的手，温婉地摆好早餐，说道：“慢一点，别摔着。”

林景淮笑嘻嘻地跟妈妈臭显摆：“妈妈，我比景川快！”

这时，林景川走过来坐在椅子上，面无表情地说：“我才没有跟你比。”

“那我也比你快。”

“那我也没跟你比。”

两个孩子叽里呱啦地吵，叶婴也不管，把牛奶都摆好之后，她才说道：“不管谁快，最后吃完的那个要洗碗。”

俩孩子立马熄火，低头认真吃饭。

叶婴欣慰地弯起嘴角。

林远时看着这一幕，想起梦里那个被他从“战火”中偷出来的小孩儿，也微笑起来，说道：“今天爸爸送你们。”

“啊？这么好啊？”

“嗯，然后带妈妈出去玩。”

林景淮第一个抗议：“那不行！我也要去！”

说完，林景淮开始跟林远时撒娇耍赖。

这时，林景川默默放下筷子，说道：“妈妈，我吃完了，景淮洗碗。”

林景淮猛地一扭头：“林景川，你……”

林景川抱着臂站在一边，学着他的语气说道：“我比你快！”

林景淮向来说不过林景川，只能化悲愤为怒吼，仰头长啸了一声。

叶婴和林远时都被孩子们逗笑了。

清晨的时光温柔而缓慢，一家四口的欢声笑语传遍四野。

林远时的目光总是若有似无地落在叶婴身上。

如果可以，我真的很想早点遇见你。

免你伤，免你扰，免你烦忧，免你痛楚。

倾尽我所有，把世间最美好的东西全都捧来给你。

送完两个孩子，林远时在车里把叶婴捞入怀中。

耳鬓厮磨间，他低语沉沉：“我好爱你。”

时光无法倒流，幸好我们还有以后。

我将用我全部的爱，温暖你，治愈你。